ZETA**MAXI**

Santuario

Raymond Khoury

Título original: *The Sanctuary*
Traducción: Cristina Martín
1.ª edición: marzo 2010

© 2007 by Raymond Khoury
© Ediciones B, S. A., 2010
    para el sello Zeta Bolsillo
    Bailén, 84 - 08009 Barcelona (España)
    www.edicionesb.com

Printed in Spain
ISBN: 978-84-9872-360-1
Depósito legal: B. 2.500-2010

Impreso por LIBERDÚPLEX, S.L.U.
Ctra. BV 2249 Km 7,4 Polígono Torrentfondo
08791 - Sant Llorenç d'Hortons (Barcelona)

Para mis asombrosas hijas,
que son mi propio elixir.
No hay padre que pueda sentirse más orgulloso.

Cuando un distinguido... científico afirma que algo es posible, es casi seguro que está en lo cierto. Cuando afirma que algo es imposible, lo más probable es que se equivoque.

ARTHUR C. CLARKE

Tempus edax, homo edacior.
(El tiempo devora, el hombre devora aún más.)

Antiguo proverbio romano

Prólogo

Nápoles, noviembre de 1749

El chirrido resultó apenas perceptible, y aun así lo despertó. En realidad no fue lo bastante sonoro como para levantar a nadie de un sueño profundo, pero es que él llevaba años sin dormir bien. Sonó a un metal que raspara contra la piedra. Podía no ser nada. Algún sonido anodino, propio de la casa. Uno de los criados estaría iniciando la jornada. Quizá. Por otra parte, podía tratarse de algo de no tan buen augurio. Como una espada. Que hubiese rozado accidentalmente la pared. «Aquí hay alguien.» Se incorporó y escuchó con atención. Durante unos momentos, todo permaneció sumido en un silencio sepulcral. Luego oyó algo más. Pasos. Subiendo sigilosamente la fría escalera de piedra caliza. En el filo de su percepción, pero inequívocos. Y acercándose cada vez más.

Se levantó de la cama de un salto y corrió a los ventanales franceses, situados enfrente de la chimenea, que daban a un pequeño balcón. Apartó la cortina a un lado, abrió la puerta sin hacer ruido y salió al frío aire de la noche. Ya estaba cayendo rápidamente el invierno, y los pies descalzos se le helaron al pisar el gélido suelo de piedra. Se inclinó sobre la balaustrada y miró hacia abajo. El patio de su *palazzo* estaba envuelto en una oscuridad estigia. Concentró la vista buscando un reflejo, un destello de movimiento, pero no vio ningún signo de vida. Ni caballos, ni carros, ni lacayos ni criados. Al otro lado de la calle y más allá, los contornos de las otras casas se distinguían a duras penas, recortados en contraste con el primer resplandor del amanecer que despuntaba por detrás del Vesubio. Varias veces había presenciado cómo se elevaba el sol por detrás de aquella montaña y su amenazante columna de humo gris. Era una vista majestuosa y estimulante que solía proporcionarle consuelo cuando no había muchas cosas más que se lo proporcionaran.

Esa noche era diferente. Notaba una sensación hormigueante y maligna en el aire.

Se apresuró a entrar de nuevo y se vistió unas calzas y una camisa sin molestarse en abrocharse los botones; había necesidades más apremiantes. Corrió a su tocador y abrió el primer cajón. Sus dedos acababan de cerrarse sobre la empuñadura de la daga cuando se abrió de repente la puerta de su cámara e irrumpieron tres hombres. Traían las espadas ya desenvainadas. Bajo el tenue resplandor de las ascuas que morían en la chimenea, distinguió también una pistola en la mano del hombre del medio.

La luz era suficiente para reconocerlo. Y al instante supo lo que estaba pasando.

—No cometáis ninguna necedad, Montferrat —rugió el principal de sus atacantes.

El hombre conocido por el nombre de marqués de Montferrat alzó los brazos con calma y se apartó con mucho cuidado del tocador. Los intrusos se desplegaron a un lado y a otro de él, apuntándolo a la cara con las espadas en gesto amenazante.

—¿Qué estáis haciendo aquí? —preguntó con cautela.

Raimondo di Sangro envainó su espada y dejó la pistola sobre el tocador. Acto seguido agarró una silla y la lanzó de una patada en dirección al marqués. Fue a caer sobre una grieta del suelo y aterrizó ruidosamente de costado.

—Sentaos —ladró—. Sospecho que esto va a llevarnos bastante tiempo.

Con la mirada clavada en Di Sangro, Montferrat enderezó la silla y tomó asiento, un tanto titubeante.

—¿Qué queréis?

Di Sangro alargó un brazo hacia la chimenea y prendió una astilla, la cual utilizó para encender una lámpara de aceite. Depositó ésta sobre el tocador y volvió a coger la pistola para, con ella en la mano, despedir a sus hombres con desdén. Éstos inclinaron la cabeza y salieron de la habitación cerrando la puerta tras ellos. Di Sangro acercó otra silla y se sentó en ella a horcajadas, mirando a su presa a la cara.

—Sabéis muy bien lo que quiero, Montferrat —contestó, apuntándole con gesto amenazante con la pistola de pedernal de doble cañón al tiempo que lo estudiaba con atención, para agregar seguidamente con acritud—: Y podéis empezar diciendo vuestro verdadero nombre.

—¿Mi verdadero nombre?

—Dejémonos de juegos, *marchese*. —Recalcó la última palabra en tono de mofa, con una expresión condescendiente en el rostro—. He mandado examinar vuestras cartas. Son falsas. De hecho, ninguno de los vagos fragmentos que habéis desvelado de vuestro pasado, desde el momento en que llegasteis aquí, parece contener nada de verdad.

Montferrat sabía que su acusador disponía de todos los recursos necesarios para llevar a cabo aquellas indagaciones. Raimondo di Sangro había heredado el título de *principe di San Severo* a la tierna edad de dieciséis años, tras la muerte de sus dos hermanos. Contaba entre sus amigos y admiradores al joven rey español de Nápoles y Sicilia, Carlos VII.

«¿Cómo he podido equivocarme tanto al juzgar a este hombre? —pensó Montferrat con creciente horror—. ¿Cómo he podido equivocarme tanto al juzgar este lugar?»

Tras varios años de tormento y dudas sobre sí mismo, por fin había abandonado su búsqueda en Oriente y había vuelto a Europa hacía menos de un año, para dirigirse a Nápoles vía Constantinopla y Venecia. No tenía intención de quedarse en aquella ciudad, sino que su plan consistía en continuar hasta Messina, y desde allí proseguir por mar hasta España y posiblemente regresar a Portugal.

Hizo una pausa para reflexionar.

El hogar.

Una palabra destinada a otros, no a él. Una palabra vacía y hueca, totalmente carente de cualquier resonancia a causa del paso del tiempo.

Nápoles había supuesto una pausa en sus ideas de rendición. Bajo los virreyes españoles, ésta había crecido hasta convertirse en la segunda ciudad de Europa, después de París. Y también formaba parte de una nueva Europa que él estaba descubriendo, una Europa distinta de la que había dejado atrás. Era una tierra en la que las ideas de la Ilustración estaban conduciendo a la gente hacia un futuro nuevo, ideas abrazadas y alimentadas en Nápoles por Carlos VII, que se había erigido en defensor del discurso, el saber y el debate cultural. El rey había creado una Biblioteca Nacional, además de un Museo Arqueológico para alojar las reliquias que se habían desenterrado de las recién descubiertas tumbas de Pompeya y Herculano. Más atractivo aún resultaba el hecho de que el rey era hostil a la Inquisición, que tiempo atrás le había amargado la vida a Monfterrat. Receloso de la influencia de los jesuitas, el rey había tomado cuidadosas medidas para suprimirlos, lo cual consiguió hacer sin suscitar las iras del Papa.

Y por eso había recuperado el nombre que había utilizado muchos años antes en Venecia, el de marqués de Montferrat. Le resultó fácil perderse en el bullicio de aquella ciudad y sus visitantes. Varios países habían fundado en Nápoles academias para alojar a la constante afluencia de viajeros que acudían a estudiar las ciudades romanas recién excavadas. Pronto empezó a reunirse con eruditos, tanto de allí como venidos de toda Europa, hombres de intelecto semejante al suyo, dotados de una mente inquisitiva.

Hombres como Raimondo di Sangro.

Una mente inquisitiva, en efecto.

—Todas esas mentiras —continuó diciendo Di Sangro, sosteniendo su pistola, mirando a Montferrat con un brillo de avaricia no disimulada en los ojos—. Y sin embargo, no deja de ser curioso y más bien extraño que esa anciana dama, la Contessa di Czergy, afirme haberos conocido por ese mismísimo nombre en Venecia, Montferrat... ¿Cuántos años hace ya de eso? ¿Treinta? ¿Más?

Aquel nombre acuchilló al falso marqués igual que la hoja de una espada. «Lo sabe. No, no puede saberlo. Pero lo sospecha.»

—Obviamente, esa vieja gallina clueca ya no tiene la cabeza igual que antes. Al final, todos acabamos sufriendo los estragos del tiempo, ¿verdad? —Di Sangro presionó un poco más—. Pero al hablar de vos fue tan insistente, tan clara, tan resuelta e inflexible afirmando que no estaba equivocada... que costaba trabajo desdeñar lo que decía y considerarlo desvaríos fantasiosos de una vieja chiflada. Y luego descubro que habláis árabe con la misma soltura que un nativo. Que conocéis Constantinopla como la palma de vuestra mano y que habéis viajado ampliamente por Oriente, posando, de forma impecable, o eso me han dicho, igual que un jeque árabe. Demasiados misterios para un solo hombre, *marchese*. Eso desafía a la lógica... o a la credulidad.

Montferrat frunció el ceño para sus adentros y se reprendió por haber pensado siquiera que aquel hombre pudiera ser un espíritu cultivado, un aliado potencial. Por haberlo puesto a prueba, por haberlo sondeado, aunque crípticamente.

Sí, se había equivocado totalmente al juzgarlo. Pero, se dijo, quizá fuera su destino. Quizás hubiera llegado el momento de liberarse de su carga. Quizá fuera la hora de dar a conocer su secreto al mundo. Quizás el hombre pudiera encontrar un modo de encajarlo con nobleza y magnanimidad.

Di Sangro tenía la mirada fija en él, estudiando hasta el más mínimo movimiento de su rostro.

—Adelante, hablad. He tenido que salir de la cama a estas horas intempestivas sólo para oír vuestro relato, *marchese* —dijo con altivez—. Y para seros franco, no me interesa particularmente quién sois en realidad ni de dónde venís. Lo único que quiero es vuestro secreto.

Montferrat sostuvo con firmeza la mirada de su inquisidor.

—No os conviene saberlo, *príncipe*. Confiad en mí. No es un regalo, no lo es para ningún hombre. Es una maldición, pura y simple. Una maldición que no concede descanso alguno.

Di Sangro no se conmovió.

—¿Por qué no dejáis que sea yo el que juzgue eso?

Montferrat se inclinó hacia delante.

—Porque tenéis una familia —respondió con voz profunda y distante—. Una esposa. Hijos. El rey es amigo vuestro. ¿Qué más puede pedir un hombre?

La respuesta le llegó con una facilidad inquietante:

—Más. De lo mismo.

Montferrat negó con la cabeza.

—Deberíais dejar las cosas tal como están.

Di Sangro se acercó un poco a su prisionero. Sus ojos llameaban con un fervor casi mesiánico.

—Escuchadme, *marchese*. Esta ciudad, ese insignificante niñorey... no son nada. Si lo que sospecho que sabéis es cierto, podemos ser emperadores. ¿No lo entendéis? La gente venderá hasta su propia alma por eso.

El falso marqués no lo dudó un segundo.

—Eso es lo que temo.

La respiración de Di Sangro se aceleró a causa de la frustración, en su intento de medir las fuerzas del otro. Su mirada bajó brevemente cuando le pareció distinguir algo en el pecho de Montferrat que despertó su curiosidad. Se inclinó un poco más hacia él, con gesto amenazante, extendió un brazo sobre la mesa y tomó el medallón que colgaba de una cadena bajo la camisa sin abotonar del falso marqués. La mano de Montferrat salió disparada y aferró la muñeca de Di Sangro. Consiguió inmovilizarla, pero el príncipe levantó su pistola y echó el percutor hacia atrás. Montferrat lo soltó muy despacio. El príncipe sostuvo el medallón en los dedos unos instantes más, y acto seguido lo arrancó bruscamente del cuello de Montferrat, de un tirón que partió la cadena. Lo sostuvo más de cerca y lo examinó.

Se trataba de una pieza redonda y sencilla, forjada en bronce, parecida a una moneda grande, de poco más de dos dedos de diámetro. Su única característica era una serpiente enroscada alrededor de la cara del medallón, formando un anillo, con la cabeza en la parte superior del círculo que formaba el cuerpo.

La serpiente estaba devorando su propia cola.

El príncipe dirigió a Montferrat una mirada interrogante. El falso marqués endureció la expresión y no pronunció palabra.

—Estoy cansado de esperar, *marchese* —siseó Di Sangro en tono de amenaza—. Estoy cansado de intentar encontrarle sentido a esto —gruñó al tiempo que apretaba el medallón entre los dedos y lo sacudía con rabia frente a Montferrat—, estoy cansado de vuestras crípticas observaciones, de intentar descifrar todas vuestras referencias esotéricas. Estoy cansado de oír decir que pasáis preguntas a determinados eruditos y viajeros y de ir atando cabos acerca de algo sobre vos que ahora estoy convencido de que es verdad. Quiero saber. Exijo saber. De manera que ahora depende de vos. Podéis decírmelo, aquí y ahora. O podéis llevároslo a la tumba. —Acercó aún más la pistola. Los dos cañones gemelos, superior e inferior, ahora se encontraban a escasa distancia de la cara de su prisionero. Permitió que la amenaza flotara en el aire durante unos momentos—. Pero si ésa fuera vuestra decisión —añadió—, morir aquí esta noche y llevaros vuestros conocimientos con vos, os pediría que reflexionarais sobre una cosa: ¿qué os da derecho a privarnos de ello, a dejar que el mundo continúe sumido en el desdén y la ignorancia? ¿Qué habéis hecho vos para merecer el derecho a tomar esa decisión por el resto de nosotros?

Era una pregunta que él mismo se había formulado muchas veces, que lo había atormentado a lo largo de toda su existencia.

En un pasado lejano, otro hombre, un anciano al que él vio morir, un amigo cuya muerte él incluso había, con sus propios ojos, ayudado a provocar, había tomado dicha decisión por él. Con su último aliento, su amigo lo dejó asombrado al decirle que a pesar de los actos deplorables y atroces que había cometido, él era capaz de ver la reticencia y la duda en sus ojos. De algún modo, el anciano estaba seguro de que el valor, la nobleza y la honestidad de su joven pupilo no se habían perdido, sino que seguían enterrados en lo más hondo de él, cubiertos por un equivocado sentido del deber. En su hora más oscura, aquel amigo había conseguido encontrar algo decidido y prometedor en la vida de su joven protegido, algo a lo que el falso marqués ya había renunciado mucho tiempo atrás. Y con ello le vino una aceptación, una revelación, y una misión que iba a consumirlo durante el resto de su vida.

La decisión la habían tomado por él. El derecho a decidir se lo había legado alguien mucho más merecedor de lo que él mismo se había considerado jamás.

Pero se había sorprendido a sí mismo.

Había hecho todo lo que estaba en su mano, se había esforzado al máximo para descubrir qué era lo que contenían las páginas que faltaban del códice y arrancar sus secretos perdidos a aquel antiguo libro.

Se las había arreglado para evadirse de sus acusadores en Portugal. Había buscado en España y en Roma. Había viajado a Constantinopla y más allá, a Oriente. Pero no había hallado nada que lo hiciera avanzar en su investigación.

Había fracasado.

Creyó que el hecho de volver a la tierra que lo vio nacer lo ayudaría a decidir cuál iba a ser el paso siguiente. La interrupción de Di Sangro había provocado una pausa en todo aquello. Y en la niebla que le ofuscaba la mente, una idea resplandecía con toda certeza: que mantener en el desdén y en la ignorancia al hombre que estaba sentado frente a él era algo que no iba a costarle nada hacer.

El resto del mundo... en fin, eso era harina de otro costal.

—¿Y bien? —exclamó Di Sangro moviendo la mano ligeramente debido al peso de la pistola.

El hombre que se llamaba a sí mismo Montferrat se levantó de un salto de la silla y se abalanzó sobre su adversario. Alargó la mano y empujó a un lado la pistola en el preciso momento en que Di Sangro apretaba el gatillo. La carga explotó en un rugido ensordecedor a la vez que los dos hombres intentaban agarrar la pistola. La bala de plomo surgió de la boquilla del cañón superior y pasó silbando junto al oído de Montferrat antes de incrustarse en el forro de la pared que éste tenía detrás. Ambos chocaron contra la mesa situada junto a la chimenea, sin dejar de luchar por hacerse con el arma, cuando de pronto se abrió la puerta de la habitación. Entraron a toda prisa los hombres de Di Sangro, con las espadas en alto. Montferrat captó una momentánea distracción en los ojos de su adversario y se aprovechó de ella para propinar al príncipe un fuerte codazo que lo alcanzó en la garganta. El príncipe retrocedió por efecto del golpe y perdió fuerza en la mano que sujetaba la pistola, justo lo suficiente para que Montferrat se la arrebatara. Éste apartó al príncipe a un lado y alzó el arma, hizo rotar el cañón de la misma y posicionó el percutor, al tiempo que se apartaba del primero de los esbirros del príncipe, que ya estaba cargando contra él. Disparó. El proyectil alcanzó a su atacante en el pecho y lo hizo retorcerse hacia un lado antes de que se desplomara en el suelo a sus pies.

Montferrat apuntó con la pistola vacía al segundo atacante, y rápidamente cogió la espada del otro. El príncipe se había recuperado a medias, y, a pesar de que le faltaba estabilidad, desenvainó su propia espada.

—No lo mates —siseó, acercándose para unirse a su secuaz—. Lo necesito vivo... por el momento.

Montferrat aferró la espada con ambas manos y la blandió en actitud defensiva, moviéndola a izquierda y derecha para mantener a raya a sus atacantes. Los dos hombres que tenía delante estaban impacientes, y según su experiencia, el aplomo era una arma tan efectiva como una espada. Esperaría a que cometieran un error. El esbirro estaba deseoso de demostrar su valía y se lanzó hacia delante de forma precipitada. Montferrat bloqueó el golpe con su espada y le propinó una patada con todas sus fuerzas. Su pie descalzo lo golpeó en el muslo. El hombre aulló de dolor, y por el rabillo del ojo Montferrat advirtió que el príncipe, muy sensatamente, se había quedado atrás. Decidió concentrarse en el primero y asestó un mandoble con la espada que chocó con el acero del otro, tambaleante, con tanta fuerza que lo hizo saltar de su mano. En aquel momento, el príncipe chilló de rabia y se abalanzó contra él, interrumpiéndolo, ahora que su espada se necesitaba en otra parte. Montferrat consiguió librarse de su primer agresor de una patada y girarse rápidamente para hacer frente a Di Sangro. El secuaz retrocedió a trompicones, se estrelló contra la mesa y resbaló de ella directamente hacia la enorme chimenea. Chispas y ascuas salieron despedidas por el aire mientras él gritaba de dolor por su mano abrasada, con la que había intentado detener la caída. Montferrat vio que se le prendía fuego a la manga justo en el momento en que la lámpara de aceite, que se había caído de la mesa, inflamaba la alfombra con una rápida llamarada.

El falso marqués luchó por bloquear los golpes que le asestaba un Di Sangro resurgente mientras las llamas de la alfombra crecían furiosamente y comenzaban a lamer la gruesa cortina de terciopelo para a continuación apoderarse de ella. El calor y el humo eran infernales. El príncipe luchaba de forma implacable, y sorprendió a Montferrat con un feroz mandoble que hizo saltar la espada de sus manos. Montferrat retrocedió varios pasos, en el intento de evitar la hoja de Di Sangro, que ahora se acercaba peligrosamente a su cuello. A través del humo que se elevaba en la habitación, reparó en que el matón de la mano quemada había logrado apagar las llamas de la manga y estaba levantándose para unirse a la refriega. Se movió hacia un costado y se colocó junto a la puerta de la cámara, para bloquear cualquier intento de huida por parte de Montferrat.

Montferrat estaba muy superado en número y en armas, y lo sabía.

Lanzando miradas nerviosas a derecha e izquierda, vio una posible vía de escape y decidió arriesgarse. Levantó las manos y comenzó a avanzar de lado, en dirección a la cortina en llamas, con la mirada fija en Di Sangro.

—Tenemos que apagar este incendio antes de que se propague a los otros pisos —gritó Montferrat, girando los pies poco a poco hacia la cortina.

—Al diablo con los otros pisos —replicó Di Sangro—, mientras que lo que sabéis vos no termine devorado por las llamas.

Montferrat se las había ingeniado para acercarse a la cortina incendiada. Allí, en el suelo, estaba la capa medio quemada del esbirro, ardiendo lentamente. Montferrat hizo su movimiento. Agarró la capa y se sirvió de ella a modo de escudo con el fin de protegerse las manos cuando atravesó las llamas y arrancó la cortina de su barra para arrojársela a Di Sangro y su lacayo. La prenda, envuelta en llamas, cayó pesadamente sobre el esbirro del príncipe, el cual lanzó un chillido de terror al tiempo que intentaba como loco quitársela de encima. La capa lo envolvió en su abrazo de fuego hasta que consiguió tirarla al suelo, donde formó una barrera entre ellos y su presa. Montferrat no esperó. Abrió de un tirón la puerta del balcón y se lanzó a la noche.

Después del intenso calor que reinaba en la alcoba, el aire gélido procedente de la bahía lo golpeó igual que una bofetada. Tras lanzar una rápida mirada hacia atrás, vio a Di Sangro y a su secuaz medio abrasado pisando febrilmente sobre las llamas y rodeándolas para seguirlo a él. Di Sangro levantó la vista y clavó la mirada en Montferrat. Éste hizo un gesto de asentimiento y, con el corazón en un puño, se subió a la barandilla y se lanzó desde ella.

Fue a caer con un ruido sordo en el balcón de una alcoba adyacente que había en el piso de abajo. El aterrizaje le produjo una punzada de dolor que le atravesó la mandíbula y los dientes y le repercutió en toda la cabeza. Se la sacudió y se puso en pie de un salto. A continuación trepó por la barandilla de hierro forjado y se lanzó sobre el tejadillo que sobresalía dos pisos por debajo, justo en el momento en que Di Sangro conseguía saltar al balcón.

—¡Atrápalo! —chilló Di Sangro a la oscuridad, allí de pie, iluminado desde atrás por las llamas, como si fuera un demonio del infierno. Montferrat volvió la mirada hacia la entrada del *palazzo* y distinguió a dos hombres que huían y se perdían en la oscuridad, sus siluetas recortadas contra la luz del candil que llevaba uno de los dos. Cruzó el tejadillo y saltó a la cubierta de una estructura contigua, con un estruendo de tejas que se hicieron añicos en el suelo. Miró los tejados y las chimeneas que había más adelante y trazó una ruta de escape. En la oscuridad de aquella ciudad densamente poblada, sabía que podía perder a sus perseguidores y desaparecer.

Lo que lo preocupaba más era lo que sabía que tenía que suceder.

Una vez que recuperase el preciado tesoro que guardaba oculto en un lugar seguro, lejos de su *palazzo* —una precaución que tomaba siempre—, tendría que huir otra vez.

Tendría que buscarse un nombre nuevo y un hogar nuevo.

Reinventarse a sí mismo. Una vez más.

Ya lo había hecho antes.

Y volvería a hacerlo.

Oyó a Di Sangro bramar «¡Montferrat!» a la noche como un poseso. Sabía que no era la última vez que iba a verlo. Un hombre como Di Sangro no iba a rendirse con tanta facilidad. Se había infectado con una avaricia enfebrecida que, una vez que hacía presa en un hombre, ya no lo abandonaba jamás.

Aquel pensamiento lo heló hasta la médula de los huesos, antes de desaparecer en la noche.

Bagdad, abril de 2003

—Señor, acabamos de rebasar la marca de los diez minutos.

El capitán Eric Rucker del Primer Batallón, Séptimo Regimiento de Caballería, consultó su reloj y afirmó con la cabeza. Observó las caras que lo rodeaban, mugrientas y tensas, goteantes de sudor. Ni siquiera eran todavía las diez de la mañana, y el sol ya los golpeaba con un calor mortal. El pesado equipo de protección tampoco ayudaba demasiado, con cuarenta y tres grados a la sombra. Pero no podían pasar sin él.

El plazo había finalizado.

Era el momento de entrar.

Con una sincronía estremecedora, la llamada a la oración proveniente de un minarete cercano surcó el aire polvoriento y asfixiante. Rucker oyó un crujido a su espalda y levantó la vista. Se trataba de una mujer mayor, con el cabello en parte gris y en parte teñido con henna, que se había asomado a la ventana de una casa del otro lado de la calle, frente al objetivo. La mujer lo observó con unos ojos tristes y sin vida y a continuación cerró las contraventanas.

El capitán le concedió unos instantes para buscar refugio en la casa y después, con un breve gesto de cabeza al segundo comandante, dio comienzo al ataque.

Una granada Mark 19 lanzada desde el Humvee que iba en cabeza cruzó silbando la ancha calle y destruyó la entrada principal del complejo. Los jefes de pelotón echaron a correr seguidos por aproximadamente una veintena de soldados, y de inmediato entraron en un tiroteo con armas cortas. Las balas estallaban a su alrededor mientras ellos se desplegaban por el patio y se agachaban para refugiarse detrás de todo lo que pudieran encontrar. Dos hombres cayeron antes de que los demás hubieran logrado situarse en posiciones seguras a uno y otro lado de la entrada de la casa.

Pronto desencadenaron un torrente de proyectiles sobre la vivienda, como cobertura mientras los heridos eran arrastrados apresuradamente hasta la relativa seguridad de la calle por unos hombres de grandes bíceps y aún mayor valor.

La puerta principal de la casa tenía una barricada y las ventanas estaban tapiadas. A lo largo de los veintidós minutos siguientes, se intercambiaron miles de salvas de proyectiles, pero se hicieron pocos progresos. Otro soldado fue alcanzado cuando el coche tras el cual se ocultaba fue acribillado por balas disparadas desde la casa.

Rucker dio la orden de retirada. La casa estaba rodeada. Los hombres que había dentro no iban a ir a ninguna parte.

Tenía al tiempo de su lado.

Al igual que tantos de los que siguieron, todo había empezado con una visita casual.

Aquella sofocante tarde de primavera, un hombre de mediana edad, vestido con un traje raído y un turbante de tela sucia alrededor de la cabeza, se acercó a los soldados que custodiaban la entrada del FOB Campamento Headhunter. Temeroso de que lo descubrieran confraternizando con el enemigo, habló rápido y en voz baja. Los soldados lo mantuvieron a raya mientras llamaban a un nativo que les servía de intérprete. El intérprete escuchó lo que decía el hombre y les dijo que tenían que dejarlo entrar lo antes posible, después de comprobar si llevaba explosivos, y seguidamente corrió a alertar al comandante del campamento.

Aquel hombre traía información relativa al paradero de una «persona de interés».

La caza había empezado.

Seguir la pista de los baasistas de núcleo duro que formaban la banda de Saddam era la prioridad número uno para los militares destacados en Iraq. La operación *thunder run* había sido rápida, la ciudad había sido tomada más pronto y con mucha más facilidad de lo que se había esperado, pero la mayoría de los malos habían huido. Pocos de los cincuenta y cinco iraquíes que formaban la baraja de los más buscados por el Pentágono —no el propio As de Picas, ni tampoco sus dos hijos— habían sido capturados o muertos.

A salvo y cómodamente instalado en una sala de reuniones de la base, al hombre del turbante se le notaba agitado cuando habló.

Más que agitado. Estaba claramente aterrorizado. Así se lo señaló el intérprete al comandante de la base, el cual no vio que ello significara gran cosa. Para él, era algo que cabía esperar. Aquella gente había pasado varias décadas viviendo bajo una dictadura monstruosa y despiadada; que cantaran de plano contra uno de sus atormentadores no era exactamente algo casual.

Pero el intérprete no estaba tan seguro.

El comandante de la base se quedó decepcionado al averiguar que el miembro del régimen que había sido traicionado por el hombre del turbante no figuraba en la lista de los más buscados del Pentágono. De hecho, nadie había oído hablar de él. Por lo visto, no sabían nada de él en absoluto.

El del turbante ni siquiera sabía cómo se llamaba. Tan sólo se refirió a él como el *hakim*.

El médico.

E incluso refugiado en la seguridad de la base de operaciones, sólo se atrevió a pronunciar aquella palabra en un tono quedo, acobardado.

No tenía ningún nombre que darles. No tenía gran cosa en lo que se refería a detalles concretos, excepto que antes de la invasión se veía con frecuencia a hombres en vehículos de lunas tintadas y aspecto oficial circulando por su complejo en mitad de la noche. El audaz líder en persona había acertado a verlo en unas cuantas ocasiones.

En realidad no supo ni describirlo, a excepción de un detalle sobrecogedor que dejó intrigados a todos los que estaban presentes en la sala: el *hakim* no era iraquí. Ni siquiera era árabe.

Era un occidental.

Y, desde luego, en la baraja no había occidentales.

Y ya puestos, sólo una persona de la lista no formaba parte del estamento militar ni del gobierno. Curiosamente, era también la única reina de la baraja... en sentido biológico, vamos. La carta de menor valor de la baraja era una mujer, una científica llamada Huda Ammash, cariñosamente apodada señora Ántrax, hija de un ex ministro de Defensa y, según se rumoreaba, la jefa del programa de armas biológicas de Iraq.

Estaban todos los elementos. Un médico. Cercano a Saddam. Occidental. Un nativo aterrorizado. Suficiente para echar a rodar el balón.

Aquella misma noche se solicitó Inteligencia y se entregó.

Se trazaron planes.

Con las primeras luces, Rucker y sus hombres ya habían asegurado el cordón exterior con fuerzas de tierra y vehículos blindados. La ubicación del objetivo, tal como indicó el hombre del turbante, era una casa de hormigón de tres plantas situada en el centro del distrito Saddamiya, de Bagdad. Aquella área no siempre había sido conocida con aquel nombre; en otro tiempo había sido un vecindario duro. Saddam había crecido en sus magras calles, allí había ido al colegio, y allí era donde había forjado su singular visión de la vida. Después de apoderarse del país, metió allí las excavadoras y niveló toda la zona para a continuación reurbanizarla como una comunidad cerrada de imponentes casas modernistas de hormigón y ladrillo, construidas detrás de paseos con arcadas y prácticamente apartadas del resto de la ciudad. Se le puso su nombre y se convirtió en el hogar de todos los que él consideraba dignos de vivir allí. El batallón estaba encargado de aquella zona desde que las tropas tomaron Bagdad, y la trataban con precaución, dada la evidente aversión a las fuerzas invasoras de los partidarios del régimen que aún vivían en aquel distrito.

Los pelotones armados tomaron posiciones, los francotiradores se colocaron en sus puestos. Todo estaba listo para iniciar el ataque.

Rucker, obedeciendo el recién adoptado procedimiento estándar para aquellos casos, había utilizado el modo de aproximación «acordonar y golpear». Una vez que el perímetro quedó asegurado, las tropas avanzaron hacia la casa y dieron a conocer su presencia. Un intérprete, ayudándose de un megáfono, informó a los que se encontraban dentro de las casas de que tenían diez minutos para salir con las manos en alto.

Diez minutos después, fue cuando se desató el infierno.

Mientras los sanitarios atendían a los heridos, Rucker dio la orden de «preparar el objetivo», a fin de reducir al mínimo las futuras bajas que se produjeran durante el inevitable intento de reentrar. Llegaron dos helicópteros OH-58D Kiowa que dejaron caer sobre la casa cohetes de 2,75 pulgadas y fuego de ametralladora, mientras las tropas de tierra disparaban más granadas Mark 19 y un par de misiles antitanque AT-4, más potentes y lanzados desde el hombro.

Al final la casa quedó en silencio.

Rucker envió a sus hombres otra vez al interior de la misma, sólo que esta vez cargaron por delante de ellos dos Humvee, echando humo por el cañón de sus ametralladoras del calibre 50. Pronto se dio cuenta de que el objetivo estaba más que preparado. Sus hombres se abrieron paso con escasa dificultad, hallaron varios cadáveres y se toparon solamente con tres solitarios y aturdidos soldados de la Guardia Republicana, los cuales fueron sacados de allí rápidamente.

Sintió una oleada de alivio cuando oyó por la radio los gritos de «despejado». Sus tropas de avance habían confirmado que se habían hecho con el control total.

Rucker penetró en la casa del *hakim* mientras los cadáveres eran alineados para proceder a la identificación de los mismos. Observó sus rostros sucios y manchados de sangre y arrugó el entrecejo. Se veía a las claras que todos eran naturales del lugar, iraquíes, soldados de infantería abandonados mucho antes por sus comandantes. Ordenó que trajeran a su presencia al hombre del turbante. Éste vino acompañado por una fuerte guardia y se le permitió examinar a los muertos. A cada uno que iba viendo, negaba con la cabeza; su miedo era más visible cada vez que identificaba a uno negativamente.

El *hakim* no se encontraba allí.

Rucker frunció el ceño. Aquella operación había requerido una cantidad considerable de recursos, tres de sus hombres habían resultado heridos, uno de ellos de gravedad, y por lo que parecía, todo había sido por nada. Estaba a punto de ordenar que hiciera otra pasada cuando sonó por la radio una voz que reconoció: la del sargento Jess Eddison.

—Señor. —La voz de Eddison tenía un temblor inquietante que Rucker no había oído otras veces—. Considero que tiene que venir a ver una cosa.

Rucker y su segundo fueron detrás de un jefe de pelotón hasta el vestíbulo interior de la casa, lugar desde el que la grandiosa escalinata de mármol ascendía a la zona de dormitorios de la planta superior. A un lado había una puerta que conducía al sótano. Sirviéndose de antorchas para alumbrar el pasillo sin ventanas, los tres hombres bajaron con cuidado los escalones y se reunieron con Eddison y con un par de PFC del segundo pelotón. Eddison dirigió el haz de su linterna hacia la oscuridad y los guió hacia abajo.

Lo que encontraron no fue exactamente una sala recreativa.

A no ser que uno se llamara Mengele.

El sótano abarcaba la planta entera de la casa y también el patio exterior de la misma. Las primeras habitaciones que encontraron no resultaron demasiado desagradables. La primera era un despacho. Su contenido parecía haber sido vaciado a toda prisa. El suelo estaba cubierto de papeles triturados, y en un rincón había un pequeño montón de libros quemados en medio de un montículo de ceniza negra y encuadernaciones. La siguiente habitación era un cuarto de baño grande, y a continuación había otra con sofás y un televisor de gran tamaño.

La habitación en la que entraron después era mucho más amplia. Se trataba de un quirófano dotado de todo lo necesario. Los accesorios y el equipo quirúrgico eran de lo más moderno. Su relativa limpieza contrastaba con el asqueroso estado del resto de la casa. Supuestamente, los guardias que vigilaban la casa no se habían aventurado a bajar al sótano. Puede que porque no quisieron. O puede que por miedo.

El suelo estaba mojado con un líquido azulado. Rucker y su equipo siguieron a Eddison, chirriando con sus botas sobre las baldosas húmedas. El pasillo llevaba a un laboratorio en el que había una cajonera de formica blanca, apoyada a todo lo largo de la pared y en la que se veía una fila de grandes frascos transparentes llenos de una solución verde azulada. Varios de ellos estaban rotos, debido a lo que parecía haber sido una rápida operación de encubrimiento; los demás se hallaban intactos.

Rucker y su jefe de pelotón entraron para examinarlo todo más de cerca. Había unos tubos que penetraban en el líquido, y en los frascos que estaban enteros había órganos humanos: cerebros, ojos, corazones y ciertas partes pequeñas del cuerpo que Ruker no supo reconocer. Al lado había una mesa de trabajo atestada de placas Petri. Éstas exhibían unas etiquetas meticulosamente escritas que resultaron indescifrables a sus ojos no entrenados. Junto a ellas había un par de potentes microscopios. También se veían cables desconectados, que antes habrían ido a algún ordenador. Todos los ordenadores habían desaparecido.

En un rincón, Rucker encontró otra sala, larga y estrecha. Al entrar en ella descubrió varios frigoríficos grandes y de acero inoxidable, alineados uno junto a otro. Dudó entre examinarlos él mismo y esperar a que viniera un equipo de tareas de emergencia.

Decidió que no existía peligro alguno, dado que no había cerraduras ni marcas, y abrió el primer frigorífico. Estaba lleno de frascos cuidadosamente apilados que contenían un líquido denso y rojo. Incluso antes de ver las etiquetas marcadas con fechas y nombres, Rucker ya supo que aquellos recipientes contenían sangre.

Sangre humana.

Pero no guardada en los pequeños viales médicos a los que estaba acostumbrado.

Aquello era sangre a paletadas.

Seguidamente Eddison los guió hacia la parte del sótano que les había señalado inicialmente. Un estrecho corredor llevaba a otra zona que debía de haber sido excavada bajo el patio, aunque Rucker no podía estar seguro, ya que aquel oscuro laberinto trastocaba todo sentido de la orientación que pudiera tener en el exterior. Aquello era, a todos los efectos, una cárcel. Una celda tras otra, alineadas a uno y otro lado del pasillo. El interior de las celdas estaba decentemente amueblado, con cama, inodoro y lavabo. Rucker había visto cosas mucho peores. Aquello, si acaso, se parecía más a una sala de hospital sin ventanas.

Si no fuera por los cadáveres.

En cada celda había dos.

Con un tiro en la cabeza, en un último y desesperado acto de demencia.

Había hombres y mujeres. Jóvenes y viejos. Niños, por lo menos una docena, chicos y chicas. Todos vestidos con idénticos monos de color blanco.

La última celda se le quedaría grabada a Rucker en la memoria hasta el final de sus días.

En el suelo blanco y desnudo yacían boca arriba los cadáveres de dos varones jóvenes. Hacía poco que les habían afeitado la cabeza. Ambos lo miraron con ojos fijos, la frente taladrada por un orificio pequeño y redondo, el rapado cráneo enmarcado por un charco de sangre densa y brillante, de aspecto acrílico. Y en la pared de la celda, un dibujo basto, grabado en el muro como si lo hubieran hecho con un tenedor o con algún otro instrumento romo.

Era obra de un alma desesperada, un grito silencioso lanzado por un niño aterrorizado a un mundo insensible.

La imagen circular de una serpiente, enroscada sobre sí misma, devorando su propia cola.

1

Zabqine, sur del Líbano, octubre de 2006

Tras echar un vistazo a lo que quedaba de la mezquita, Evelyn Bishop lo descubrió medio oculto detrás de una pared acribillada por la metralla, de pie y solo, sosteniendo el sempiterno cigarrillo entre el pulgar y el índice. El hecho de verlo la devolvió bruscamente a un pasado lejano.

—¿Faruk?

Incluso después de todo aquel tiempo, era él, inconfundible. Sus ojos, que le sonrieron con timidez, así se lo confirmaron.

Ramez —aquel antiguo alumno suyo, diminuto e hiperactivo, que ahora era profesor adjunto de su departamento y, convenientemente para acceder a aquella parte del país, un chií— levantó la vista de la cavidad que había bajo el muro exterior de la mezquita. Evelyn le dijo que volvería enseguida y se dirigió hacia donde estaba Faruk.

No había visto a Faruk desde que estuvieron trabajando juntos veintitantos años antes, en unas sofocantes excavaciones de Iraq. En aquella época, ella era la incansable *sitt* Evelyn, lady Evelyn, joven, vibrante, apasionada con su trabajo, una fuerza de la naturaleza, que dirigía las excavaciones del palacio de Senaquerib en Nínive y en Babilonia, situadas noventa y seis kilómetros al sur de Badgad. Él era simplemente Faruk, parte del séquito local de las excavaciones, un individuo bajo, barrigudo, casi calvo y fumador empedernido, tratante de antigüedades y «facilitador», una especie de intermediario que por lo visto era requerido en toda transacción que se llevara a cabo en aquella parte del mundo. Siempre había sido cortés, honrado y eficiente, un hombre callado y discreto que siempre entregaba lo que prometía con un humilde gesto de asentimiento y que nunca rehuía un encargo problemático. Pero a juzgar por sus hombros caídos, las profundas arrugas que le surcaban la frente y los pocos mechones de cabello gris que le quedaban donde antes reinaba una gruesa mata de pelo negro, estaba claro que los años no habían sido excesivamente generosos con él. Claro que últimamente Iraq no había experimentado precisamente una época dorada.

—Faruk —le dijo con una ancha sonrisa—. ¿Cómo estás? Dios mío, ¿cuánto tiempo ha pasado?

—Mucho, *sitt* Evelyn.

No era que Faruk fuera todo efusividad, pero su voz, en su opinión, se notaba bastante apagada. Evelyn no supo precisar a qué se debía la expresión de su cara. ¿Obedecería aquella actitud distante tan sólo a los años transcurridos, o a otra cosa?

Sintió una punzada de inquietud.

—¿Qué estás haciendo aquí? ¿Vives aquí ahora?

—No, sólo hace dos semanas que me fui de Iraq —contestó él en tono serio, antes de añadir—: He venido a buscarla a usted.

Aquella respuesta la dejó atónita.

—¿A mí...? —Ahora ya estaba totalmente segura de que ocurría algo malo. Y su preocupación aumentó al fijarse en cómo Faruk lanzaba miradas nerviosas a uno y otro lado entre las tensas caladas que iba dando al cigarrillo—. ¿Va todo bien?

—Por favor. ¿Podemos...? —Indicó el exterior de la mezquita y se la llevó detrás de una esquina en busca de un rincón más discreto y protegido.

Ella lo siguió, mirando con precaución el terreno que pisaba, siempre atenta a las pequeñas bombas racimo que había repartidas por toda aquella región. Al ver las miradas furtivas que lanzaba Faruk a la carretera principal del pueblo, que descendía por la colina, le quedó claro que él estaba alerta a una amenaza completamente distinta. Al pasar por las callejuelas, Evelyn alcanzó a ver brevemente la actividad que se desarrollaba colina abajo: camiones descargando ayuda humanitaria, gente levantando tiendas improvisadas, coches abriéndose paso por entre el caos a una velocidad de caracol, todo ello acompañado por alguna que otra explosión a lo lejos, un constante recordatorio de que aunque la guerra de treinta y cuatro días había terminado oficialmente y estaba vigente el alto el fuego, el conflicto distaba mucho de estar resuelto. Pero no acababa de ver qué era lo que preocupaba a Faruk.

—¿Qué sucede? —preguntó—. ¿Te encuentras bien?

Él miró en derredor, para asegurarse una vez más de que nadie los observaba, y entonces tiró el cigarrillo y se sacó del bolsillo de la chaqueta un sobre marrón, pequeño y ajado.

Se lo entregó a Evelyn y le dijo:

—Le he traído esto.

Evelyn abrió el sobre y extrajo un pequeño fajo de fotografías. Eran Polaroids, ligeramente combadas y gastadas.

Levantó la vista y miró a Faruk con gesto interrogante, aunque su instinto ya le estaba telegrafiando qué era lo que contenían aquellas fotos. Apenas había empezado a pasar las primeras cuando sus peores temores se vieron confirmados.

Se había trasladado al Líbano en 1992, justo cuando dicho país emergía de una guerra civil larga y en última instancia inútil. Se había escapado a Oriente Próximo poco después de graduarse en Berkeley, a finales de los sesenta. Estuvo trabajando en una serie de excavaciones en Jordania, Iraq y Egipto, y de pronto surgió un puesto de profesora en el departamento de Arqueología de la Universidad Americana en Beirut. Sumada a la posibilidad de participar activamente en las excavaciones del área central de la ciudad, recientemente accesible, una posibilidad que resultaba muy atractiva, teniendo en cuenta la historia fenicia, griega y romana que contenía aquella zona, aquélla era una oportunidad que no podía dejar escapar. Solicitó el puesto y lo obtuvo.

Ahora, década y media después, Beirut era, firme e irrevocablemente, su hogar. Sabía que viviría lo que le quedara de vida allí y que allí moriría, y dicha idea no le desagradaba. Aquel país se había portado bien con ella, y ella le había devuelto el favor con creces. De ello podían dar fe una camarilla de alumnos entusiastas y apasionados, así como el revitalizado museo de la ciudad. Durante la reconstrucción de la zona del centro, se había peleado con los urbanistas y sus excavadoras, y había presionado incansablemente al gobierno y a los observadores internacionales de la UNESCO. Unas batallas las había ganado y otras las había perdido, pero había cambiado algunas cosas. Ella había formado una parte intrínseca del resurgimiento de aquella ciudad, del país entero. Había experimentado el optimismo y el escepticismo, el altruismo y la corrupción, la generosidad y la avaricia, la esperanza y la desesperación, todo un cóctel de crudos sentimientos e instintos humanos, desvelados y exhibidos con escasa consideración por modestia o por vergüenza.

Y entonces sobrevino este desastre.

Tanto Hesbolá como los israelíes se habían equivocado gravemente al hacer los cálculos, y, de modo previsible, quienes pagaron el precio fueron los inocentes civiles. Aquel verano, apenas unas semanas antes, Evelyn había visto con un nudo en la garganta los Chinook y los buques de guerra llevarse a los extranjeros atrapados, pero en ningún momento se le ocurrió sumarse a ellos. Estaba en su hogar.

Mientras tanto, había mucho trabajo que hacer. Las clases estaba previsto que se reanudasen en el plazo de poco más de una semana, un mes más tarde de lo normal. Los cursos de verano hubieron de ser reprogramados. Algunos miembros del profesorado no pensaban volver. Los próximos meses iban a representar todo un reto de organización, con alguna que otra curiosa distracción que disfrutar, como la que aquel día la había llevado a ella allí, a Zabqine, una soñolienta localidad situada en el mar de colinas que se extendía al sur del Líbano, a menos de ocho kilómetros de la frontera israelí.

El pueblo en sí se encontraba allí sólo de nombre. La mayor parte de sus casas habían quedado reducidas a escombros grises, hierros retorcidos y vidrio fundido. Otras simplemente habían sido borradas del mapa, engullidas por los agujeros negros de las bombas guiadas por láser. Las excavadoras y los camiones se habían apresurado a eliminar los cascotes: más relleno macabro para algún hotel turístico de primera línea de playa. Los cadáveres de los que habían muerto bajo el suelo aplastado de su casa habían sido enterrados, y, de modo desafiante, la ciudad empezaba a dar ahora tímidos signos de vida. Los supervivientes, los que habían conseguido irse antes de que empezara todo, estaban regresando, y vivían en improvisadas tiendas de lona mientras pensaban cómo reconstruir. El suministro eléctrico aún tardaría mucho en volver, pero por lo menos se había traído un camión cisterna para que hubiera agua potable. Una corta fila de paisanos aguardaba pacientemente su turno, con recipientes de plástico y botellas en la mano, mientras otros vaciaban suministros de un par de camiones de UNIFIL que habían traído alimentos y otros productos básicos. Los niños correteaban por todas partes, jugando, precisamente, a la guerra.

Aquella mañana Ramez la había llevado al pueblo. Él era de una localidad cercana. Un anciano lugareño, el único que se había quedado en Zabqine durante el bombardeo, que lo había dejado medio sordo, los condujo por la alfombra de destrozada mampostería hasta los restos de la pequeña mezquita. Aunque Ramez se la había descrito, la visión que le dio la bienvenida cuando por fin llegaron a lo alto de la colina seguía siendo sobrecogedora.

La cúpula verde de la mezquita había sobrevivido, sin saber cómo, a las bombas que habían asolado el resto de la pequeña estructura de piedra. Estaba allí, en pie, sobresaliendo de forma absurda por encima de los cascotes, una posición surrealista que tan sólo la guerra es capaz de crear. Los jirones destrozados de lo que antes era la moqueta roja de la mezquita se agitaban colgando de manera fantasmal de las ramas desnudas de los árboles que había cerca.

Al derribar los muros de la mezquita, las bombas habían abierto la tierra y dejado al descubierto una grieta situada debajo de su límite posterior, la cual mostraba una cámara subterránea que antes había estado oculta. Los frescos bíblicos de sus paredes, aunque descoloridos y desgastados por el tiempo, resultaban inconfundibles. Se trataba de una iglesia preislámica, enterrada bajo la mezquita. Según la Biblia, aquella costa había sido muy transitada por Jesús y sus discípulos, y estaba salpicada de reliquias de los tiempos bíblicos. La iglesia de santo Tomás, que se hallaba muy cerca, en Tiro, se construyó encima de lo que se consideraba la iglesia más antigua de la que se tenía constancia, un edificio del siglo I levantado por santo Tomás a su regreso de Chipre. Pero el islam había barrido aquella región a finales del siglo VII, y muchos lugares de culto habían sido suplantados o acaparados por la nueva fe.

No iba a resultar fácil excavar alrededor de un santuario chií en busca de restos de otra fe anterior, sobre todo ahora, con las heridas de la guerra todavía recientes y con los sentimientos todavía más exacerbados de lo que ya estaban normalmente.

Evelyn ya había imaginado que aquel día iba a ser difícil.

Pero no de aquella forma.

Se sintió invadida por una oleada de decepción. Miró a Faruk sin disimular la tristeza en los ojos.

—¿Qué estás haciendo, Faruk? —preguntó en voz baja—. Tú me conoces demasiado bien para esto.

Las fotos que tenía en las manos mostraban instantáneas tomadas a toda prisa de objetos, tesoros de épocas pasadas, reliquias de la cuna de la civilización: tablillas cuneiformes, sellos cilíndricos, figuras de alabastro y de terracota, vasijas de cerámica. Evelyn había visto muchas fotos parecidas desde que las tropas estadounidenses entraron en Bagdad en 2003 y se elevó un clamor internacional de protesta por el hecho de que no hubieran sabido proteger el museo de la ciudad y otros lugares de importancia cultural. Los saqueadores habían corrido a sus anchas, se presentaron acusaciones de crímenes cometidos desde dentro y maquinaciones políticas, luego se retiraron, después se presentaron de nuevo, y las estimaciones del número de objetos robados se dispararon y volvieron a caer con unos altibajos que provocaban una fuerte desconfianza. Una cosa era segura: los tesoros que databan de miles de años era innegable que habían sido robados, algunos de ellos devueltos, pero la mayoría seguían estando desaparecidos.

—Por favor, *sitt* Evelyn... —rogó Faruk.

—No —lo cortó ella bruscamente, devolviéndole las fotos—. Vamos. Me traes esto... ¿para qué? ¿De verdad esperas que compre estos objetos, o que te ayude a venderlos?

—Por favor —repitió él en voz baja—. Tiene que ayudarme. No puedo volver allí. Mire. —Pasaba las fotos a toda prisa, buscando algo concreto—. Fíjese en esto.

Evelyn reparó en que los dedos amarillentos de Faruk estaban temblando. Observó su semblante, su lenguaje corporal... era obvio que estaba asustado, como era lógico. Sacar de Iraq objetos antiguos de contrabando acarreaba sanciones más bien severas, sanciones que podían resultar fatales, dependiendo del lado de la frontera en que lo apresaran a uno. Pero había algo que no dejaba de aguijonearla. Tenía que admitir que no conocía íntimamente a aquel hombre y que hacía años que no lo veía, pero en su opinión se le daba bastante bien entender a las personas y adivinar de qué estaban hechas, y el hecho de que Faruk participara en el saqueo de aquel país, un país que, según ella recordaba, él amaba profundamente... Claro que ella no había vivido varios derrocamientos sangrientos y tres guerras importantes, ni todos los horrores que hubo entre una y otra. Reprimió su instinto de juzgar y tuvo que reconocer que no tenía idea de cómo habría sido la vida de Faruk desde la última vez que lo vio. Ni a qué medidas desesperadas recurría la gente para poder sobrevivir.

Faruk separó un par de fotos de las demás y volvió a mirar a Evelyn a los ojos.

—Tenga.

Ella lo miró al tiempo que inspiraba profundamente para calmarse. Asintió y centró la atención en las fotografías que le entregaba.

La primera mostraba varios códices antiguos descansando sobre lo que parecía una mesa. Evelyn la examinó más de cerca. Sin poder estudiar el interior de aquellos libros, costaba trabajo distinguir qué antigüedad tenían. Aquella región del mundo poseía una historia muy rica, algo muy similar a un continuo desfile de civilizaciones que se extendieron a lo largo de varios miles de años. No obstante, halló unos cuantos detalles elocuentes que le indicaron aproximadamente su edad: los códices tenían tapas de cuero agrietado, algunas con grabados en oro y otras estampadas con dibujos geométricos, medallones de forma almendrada y colgantes. También eran claramente visibles los caballetes que discurrían por encima de los cordones del lomo, todo lo cual indicaba que aquellos libros eran anteriores al siglo XIV. Y eso los hacía potencialmente muy atractivos para museos y coleccionistas.

Pasó a la segunda fotografía, y se quedó petrificada al reconocerla. Se la acercó un poco más para estudiarla a fondo, la frotó con los dedos en un fútil intento de volverla más nítida, intentando abrirse camino por entre el aluvión de recuerdos que desencadenó aquella imagen. Mostraba un antiguo códice, inocentemente colocado entre otros dos libros viejos. Su trabajada cubierta se veía agrietada y polvorienta. La solapa de cuero de la cubierta posterior estaba extendida. Dicha solapa, una característica distintiva de los libros islámicos medievales, normalmente permanecía doblada bajo la cubierta delantera cuando se cerraba el libro, y se usaba como marcador de lectura y también para preservar y proteger sus páginas.

Así, a primera vista, aquel antiguo libro no tenía nada notable, excepto el símbolo grabado en la cubierta: el motivo circular, en forma de anillo, de una serpiente devorando su propia cola.

Los ojos de Evelyn se alzaron rápidamente para clavarse en los de Faruk. No pudo disparar las palabras con suficiente velocidad:

—¿Dónde has encontrado esto?

—No he sido yo. Lo ha encontrado un viejo amigo mío, Abu Barzan. También trata con antigüedades. Tiene una pequeña tienda en Al-Mausil —explicó Faruk, empleando la palabra árabe de la ciudad de Mosul, situada unos 320 kilómetros al norte de Bagdad. —Nada ilegal, ya sabe, sólo lo que nos han permitido vender bajo el régimen de Saddam. —La exportación de las antigüedades de mayor valor, antes de la invasión, era territorio exclusivo de las autoridades del partido Baas. A la chusma (el resto de la población) se le dejaban las migajas para que se peleara por ellas—. Saddam tenía informadores por todas partes, como usted ya sabrá. Ahora es diferente, por supuesto. Sea como sea, hace aproximadamente un mes mi amigo vino a verme a Bagdad. Él recorre el norte, los pueblos viejos, buscando piezas. Es medio kurdo, y cuando está aquí, convenientemente se olvida de su mitad sunní y la gente le abre su casa. Pues bien, había encontrado esas piezas, ya sabe cómo son las cosas ahora. Es un tremendo desconcierto, un caos total. Bombas, matanzas, escuadrones de la muerte... Gente asustada corriendo de un lado para otro, haciendo lo que sea para mantenerse a salvo y poner comida encima de la mesa. Venden lo que pueden, sobre todo ahora que pueden venderlo abiertamente. Pero no hay muchos compradores, por lo menos dentro de Iraq. Abu Barzan tenía una colección que estaba intentando vender. Quería salir del país y asentarse en un lugar seguro, lo que queremos todos, pero para eso hace falta dinero. Así que empezó a preguntar alrededor, discretamente, buscando un comprador. Sabía que yo poseía unos cuantos contactos buenos fuera del país y me ofreció repartir las ganancias conmigo.

Faruk prendió otro cigarrillo, una vez más mirando furtivamente a su alrededor.

—Sea como sea, cuando vi el Ouroboros me acordé de usted —agregó, alargando la mano y dando unos golpecitos en la foto de dicho códice—. Pregunté por ahí para ver si alguien sabía dónde estaba. Mahfud Zacaria...

—Naturalmente —lo interrumpió Evelyn. Estaba en contacto con el conservador del Museo Nacional de Antigüedades de Bagdad. Sobre todo después de la invasión, cuando estalló todo el escándalo del saqueo—. Faruk, ya sabes que no puedo tocar estas cosas. No deberíamos estar teniendo esta conversación.

—Tiene que ayudarme, *sitt* Evelyn. Por favor. No puedo volver a Iraq, es peor de lo que imagina. Usted quiere este libro, ¿no es así? Pues yo se lo conseguiré. Sólo tiene que ayudarme a quedarme aquí, por favor. Le vendría bien un conductor, ¿no? ¿Un ayudante? Haré lo que sea. Puedo serle de utilidad, lo sabe perfectamente. Por favor. No puedo volver allá.

Evelyn hizo una mueca de disgusto.

—Faruk, no es tan fácil.

Sacudió la cabeza levemente, en un gesto negativo, y contempló las desoladas colinas que se extendían desde la mezquita. A lo largo de un pequeño muro de piedra había una fila tras otra de hojas de tabaco marrones, cosidas a hilos meses antes para que se secaran al sol del verano, que ahora estaban podridas y ya grisáceas, cubiertas por el mismo polvo denso que tapaba la región entera.

El semblante de Faruk se oscureció. Su respiración se hizo más corta y rápida, sus manos se agitaron.

—¿Se acuerda de Hayy Alí Salum?

Otro nombre del pasado. También era tratante de antigüedades, si no le fallaba la memoria, cosa que no solía sucederle. Con base en Bagdad. Su tienda estaba a tres puertas de la de Faruk. Recordó que ambos eran amigos, aunque competían ferozmente el uno con el otro en lo que se refería a los clientes y a las ventas.

—Ha muerto. —A Faruk le temblaba la voz—. Y creo que ha sido por culpa de ese libro.

La expresión de Evelyn se ensombreció, e hizo un esfuerzo por hablar.

—¿Qué le ha pasado?

En los ojos de Faruk brilló un destello de miedo más intenso.

—¿De qué trata ese libro, *sitt* Evelyn? ¿Quién más va detrás de él?

Ella respondió con consternación:

—No lo sé.

—¿Y qué me dice del señor Tom? Estuvo trabajando con usted en él. A lo mejor él sí lo sabe. Tiene que preguntárselo, *sitt* Evelyn. Está ocurriendo algo muy malo. No puede enviarme allá de vuelta.

La mención de aquella persona fue como una aguja que se le clavó en el corazón. Pero antes de que pudiera responder, se oyó la voz de Ramez por encima de los montículos de escombros que los rodeaban.

—¿Evelyn?

Faruk le lanzó una mirada de ansiedad. Ella giró el cuello y vio aparecer a Ramez, que venía de la mezquita andando con dificultad. Volvió a mirar a Faruk, que tenía la cara vuelta observando las callejuelas, en dirección a la calle principal. Cuando se giró de nuevo para mirarla a ella, fue como si toda la sangre le hubiera huido del rostro. Le dirigió tal mirada de terror que Evelyn sintió que se le encogía el corazón. De improviso, le puso en las manos el fajo de fotos y el sobre y le dijo a toda prisa:

—A las nueve en punto, en el centro, junto a la torre del reloj. Por favor, venga.

Ramez llegó hasta ellos, y estaba claro que venía preguntándose qué estaba pasando.

Evelyn buscó las palabras apropiadas, no muy segura de qué decir.

—Faruk es un antiguo colega mío. De los viejos tiempos en Iraq. —Ramez pareció percatarse de la sensación de inquietud que pesaba sobre ellos. Evelyn notó que Faruk hacía un ademán y alargó una mano hacia él para tranquilizarlo—. No pasa nada. Ramez y yo trabajamos juntos. En la universidad.

Estaba haciendo todo lo que podía para telegrafiarle que su colega no representaba ninguna amenaza, pero era evidente que algo había espantado a Faruk, porque se limitó a saludar a Ramez con un gesto de cabeza y después le dijo a ella en tono insistente, suplicante:

—Por favor, no falte.

Y antes de que Evelyn pudiera objetar nada, ya estaba regresando por entre los escombros camino arriba, alejándose del centro del pueblo, en dirección a la mezquita.

—¡Faruk, espera! —Evelyn se apartó de Ramez y lo llamó, pero sin resultado alguno. Ya se había ido.

Se volvió de nuevo hacia Ramez, el cual parecía intrigado. De pronto se acordó de que todavía tenía las fotos en la mano, totalmente a la vista de él, y Ramez se fijó. Miró a Evelyn con expresión interrogante. Ella las guardó en el sobre y rápidamente se lo metió en el bolsillo al tiempo que esbozaba una sonrisa para desarmarlo.

—Lo siento mucho. Es que... es una historia muy larga. ¿Volvemos a la cámara?

Ramez asintió cortésmente y la condujo de regreso cuesta arriba.

Evelyn lo siguió con mirada distante, la boca del estómago agarrotada por las inquietantes palabras de Faruk y el cerebro demasiado ofuscado para percibir una fugaz escena que tuvo lugar abajo, en el pueblo: dos hombres que estaban de pie al borde de la carretera con una expresión dura y pétrea en los ojos, algo no infrecuente dado el lugar y el contexto, una expresión a la que ya había llegado a acostumbrarse desde la guerra, y, sin embargo, de algún modo desconectados de la actividad que los rodeaba. Ambos miraron en su dirección, y a continuación uno de ellos se subió a un coche que se alejó de manera más bien brusca, y el otro cruzó una mirada con ella momentáneamente antes de echar a andar y desaparecer tras una casa derrumbada.

2

—¿Lo tienes ya?

Había salido de Bagdad más de cuatro años antes, y sin embargo, a pesar del talento natural que poseía para los idiomas y de todo lo que se esforzaba, su vocabulario y su acento árabes todavía acusaban la influencia de los años pasados en Iraq. Ésa era la razón por la que los hombres asignados a trabajar para él —conducidos por Omar, el hombre que acababa de llamar— procedían todos del este de su recién adoptada patria, cerca de la frontera con Iraq, donde facilitaban el contrabando de armas y soldados en ambas direcciones. Las dos lenguas eran similares en términos generales —como el inglés del valle de California en comparación con el *cockney* del este del Londres—, pero las variaciones que había entre ambas bastaban para generar inexactitudes y malentendidos.

Y eso no servía.

Él se enorgullecía de valorar la exactitud. No toleraba la imprecisión, ni tenía mucha paciencia para la falta de fiabilidad. Y a juzgar por el tono de turbación del otro, desde el momento mismo en que tuvo que interrumpirse para atender la llamada se dio cuenta de que su paciencia estaba a punto de someterse a una dura prueba.

Se produjo una pausa de duda antes de que le llegara la fría respuesta por el teléfono móvil:

—No.

—¿Qué quieres decir con ese no? —masculló el *hakim* al tiempo que se quitaba los guantes quirúrgicos con fastidio—. ¿Por qué no? ¿Dónde está?

Omar no se acobardaba fácilmente, pero esta vez su tono de voz iba teñido de una deferencia adicional.

—Estaba siendo cuidadoso, *mu'alimna*.

Al otro lado de la frontera, los hombres que le habían sido asignados siempre lo llamaban así. «Nuestro maestro». Un sobrenombre de respeto por parte de un humilde servidor. Aunque en realidad no les había enseñado gran cosa. Lo justo para cerciorarse de que hicieran lo que se les ordenara y de que obedecieran sin hacer preguntas. No consistía tanto en enseñar como en entrenar, con el miedo como primer motivador.

—En realidad no se nos ha presentado la oportunidad adecuada —prosiguió Omar—. Lo seguimos hasta la Universidad Americana. Visitó el departamento de Arqueología. Lo esperamos a la entrada del edificio pero debió de salir por otra puerta. Uno de mis hombres estaba vigilando la entrada que da al mar y lo vio escabullirse y subirse a un taxi.

El *hakim* frunció el entrecejo.

—Así que sabe que lo siguen —dijo con un gruñido.

—Sí —confirmó Omar de mala gana, antes de añadir—: Pero eso no es un problema. Se lo traeremos antes de mañana por la noche.

—Eso espero —replicó el *hakim* con tono cáustico—. Por la cuenta que os trae. —Estaba haciendo un gran esfuerzo para contener su rabia. Omar todavía no le había fallado; sabía qué era lo que estaba en juego y era de una eficacia despiadada en su trabajo. Lo habían puesto al servicio directo del *hakim*, con órdenes claras de cuidar de él y asegurarse de que obtuviera todo lo que necesitara. Y sabía que no se toleraba el fracaso en el servicio. El *hakim* se consoló un poco con eso—. ¿Dónde está ahora?

—Lo hemos seguido hasta Zabqine, un pueblo del sur, cerca de la frontera. Ha ido allí a ver a alguien.

Aquello despertó enseguida el interés del *hakim*.

—¿A quién?

—A una mujer. Una norteamericana. Se llama Evelyn Bishop. Es profesora de arqueología en la universidad. Una mujer mayor, debe de tener sesenta y tantos. Le ha enseñado unos documentos. No hemos podido acercarnos lo suficiente para ver qué eran, pero debía de tratarse de fotos de la colección.

Interesante, meditó el *hakim*. Ese tratante iraquí dispone de apenas unas pocas horas, y lo primero que hace es irse derecho a ver a una mujer que casualmente es arqueóloga. Archivó aquella información para estudiarla más adelante.

—¿Y...?

Otra pausa dubitativa, y seguidamente Omar bajó el tono.

—Lo hemos perdido. Nos descubrió y salió huyendo. Lo hemos buscado por todo el pueblo, pero ha desaparecido. En cambio, estamos vigilando a la mujer. En este momento estoy frente a su apartamento. Los han interrumpido, tienen algún asunto sin terminar entre ellos.

—Lo cual quiere decir que esa mujer te llevará hasta él. —El *hakim* asintió en silencio para sí mismo. Alzó una mano y se frotó la frente con ella, y también se masajeó el ceño fruncido y la boca seca. Ciertamente, no se iba a tolerar ningún fallo; llevaba demasiado tiempo esperando aquello—. No la pierdas de vista —insistió con frialdad—, y cuando vuelvan a verse, tráeme a los dos. También la quiero a ella. ¿Entendido?

—Sí, *mu'alimna*. —La respuesta fue firme, esta vez no hubo titubeos.

Que era precisamente tal como le gustaba al *hakim*.

Cortó la llamada y reprodujo mentalmente la conversación durante unos segundos. Acto seguido se guardó el teléfono en el bolsillo y volvió al asunto que tenía entre manos.

Se lavó las manos y se puso unos guantes quirúrgicos nuevos. Después fue hasta la cama en la que yacía el joven sujeto con correas, al borde de la inconsciencia, con los ojos entrecerrados en forma de una franja blanca y vidriosa asomando por debajo de unos párpados pesados, tubos que emergían de varios puntos de su cuerpo succionando cantidades minúsculas de líquidos y absorbiendo su vida misma.

3

Ya eran más de las seis de la tarde cuando Evelyn regresó a la ciudad y a su apartamento, situado en un tercer piso de la Rue Commodore.

Se sentía exhausta al final de un día que la había dejado marcada en muchos niveles. Después de que se fuera Faruk, Ramez —que, en lo que ella había tomado por una notable exhibición de autocontrol, no le había preguntado por él ni tampoco había intentado sacarlo casualmente a colación— consiguió que les concedieran una entrevista personal con el alcalde de Zabqine, el cual, comprensiblemente, tenía cuestiones más apremiantes en la cabeza que hablar de la excavación de un posible templo paleocristiano. Aun así, Evelyn y su protegido lo habían conquistado, y la puerta quedó abierta para una visita exploratoria en el futuro. Lo cual suponía toda una hazaña, teniendo en cuenta que la mente de Evelyn estuvo totalmente en otra parte durante el tiempo que pasaron con él.

Desde el momento en que Faruk le mostró aquel manoseado sobre de fotos, los recuerdos que éstas despertaron en su interior habían consumido todo su pensamiento. Una vez en casa, se dio una ducha larga y caliente, y en ese momento estaba sentada a su mesa de trabajo, con la mirada fija en una gruesa carpeta que la había seguido como una sombra en cada mudanza. Apesadumbrada, desanudó las cintas de tela y empezó a hojear el contenido. Las viejas fotografías se habían decolorado, las amarillentas hojas de cuaderno y las fotocopias iluminaron una parte de ella que llevaba mucho tiempo oculta en la oscuridad. Las páginas pasaron volando, una tras otra, evocando una maraña de sentimientos que la inundaron y la transportaron a una época y un lugar que jamás había podido olvidar.

Al-Hilá, Iraq. Otoño de 1977.

Llevaba poco más de siete años en Oriente Próximo, y la mayor parte de ese tiempo la había pasado excavando en Petra, Jordania, y en el Alto Egipto. En aquellas excavaciones había aprendido mucho —fue cuando se enamoró por primera vez de aquella región del mundo—, pero no le pertenecían a ella. No pasó mucho tiempo hasta que comenzara a anhelar hincar los dientes en algo que fuera suyo. Y tras un intenso trabajo de investigación y una dosis de presión implacable para obtener financiación, consiguió lo que quería. La excavación en cuestión se centraría en la ciudad que llevaba tanto tiempo fascinándola que ya no recordaba cuánto, y que, sin embargo, últimamente no había recibido suficiente atención por parte de la arqueología: Babilonia.

La historia de aquella ciudad legendaria se remontaba más de cuatro mil años, pero como estaba construida con ladrillos de barro secados al sol, no de piedra, no había sobrevivido gran cosa de ella a los estragos causados por el tiempo. Lo poco que quedó terminó siendo aprovechado por las diversas potencias coloniales que habían gobernado aquella turbulenta zona durante el último medio siglo. Con la madre naturaleza, los otomanos, los franceses y los alemanes, todos dándose un festín con Babilonia como si fueran buitres, aquella antigua cuna de la civilización no tenía la menor posibilidad.

Evelyn había abrigado la esperanza, si bien en pequeña medida, de intentar rectificar aquella injusticia.

Las excavaciones se iniciaron en serio. La condiciones de trabajo no eran demasiado duras, y a aquellas alturas ella ya se había acostumbrado al calor y a los insectos. La sorprendió lo serviciales que fueron las autoridades. Los baasistas habían tomado el control del país cinco años antes, tras una década de golpes de estado, y a Evelyn le parecieron pragmáticos y educados: cuando ella llegó allí por primera vez acababa de rodarse *El exorcista* por allí cerca, y hacía ya años de la sangrienta toma de poder de Saddam. La zona que rodeaba la excavación en sí era pobre, pero las gentes eran amables y acogedoras. Bagdad estaba a tan sólo un par de horas en coche, lo cual resultaba muy cómodo cuando uno quería comer bien, darse un baño decente y recuperar un poco de la dolorosamente perdida interacción social.

El hallazgo se produjo por pura casualidad. Un pastor de cabras local que estaba cavando en busca de agua había descubierto un pequeño conjunto de tablillas cuneiformes, que constituían algunos de los ejemplos de escritura más antiguos, en una cámara subterránea, cerca de una vieja mezquita de Al-Hilá. Como se encontraba muy cerca, Evelyn fue la primera en acudir a la escena, y llegó a la conclusión de que aquella área merecía ser explorada un poco más.

Unas semanas más tarde, mientras efectuaba resonancias en el interior de un garaje viejo situado junto a la mezquita, descubrió otra cosa. Dicho hallazgo no era tan antiguo ni tan valioso como el primero. No era en ningún sentido un hallazgo espectacular: una serie de pequeñas cámaras subterráneas, abovedadas, que habían permanecido escondidas a lo largo de varios siglos. Las primeras estaban vacías, a excepción de unos cuantos muebles de madera austeros y varias urnas, jarras y utensilios de cocina. Interesante, pero no excepcional. Sin embargo, en la cámara más profunda encontró algo que captó su atención de manera mucho más visceral: un grabado de gran tamaño, en forma de anillo, de una serpiente devorando su propia cola, en la pared principal de la cámara.

El Ouroboros.

Se trataba de uno de los símbolos místicos más antiguos del mundo. Su origen podría buscarse miles de años atrás, hasta los dragones cerdo de la cultura Hongshan de China y el antiguo Egipto, y de allí hasta los fenicios y los griegos, que le dieron el nombre, Ouroboros, que significa «devorador de cola». A partir de ahí, esta imagen se encontró en la mitología escandinava, en la tradición hindú y en el simbolismo azteca, por nombrar sólo unos pocos. También ocupó un lugar importante en el arcano simbolismo de los alquimistas a lo largo de los siglos. La serpiente que se muerde la cola era un potente arquetipo que representaba cosas diferentes para pueblos diferentes; para unos era un símbolo positivo, y para otros era un presagio del mal.

Al explorar las cámaras más a fondo llegaron más descubrimientos curiosos. Lo que se creyó que eran utensilios de cocina de una de las cámaras resultó ser algo un poco más esotérico: material de laboratorio primitivo. Los trozos de vidrio roto, al examinarlos más de cerca, en realidad eran fragmentos de frascos y vasos de precipitación. También se encontraron restos de tapones de corcho y tubos, así como más jarras y bolsas confeccionadas con pieles de animales.

Había algo amenazador en aquellas cámaras que cautivó la curiosidad de Evelyn. Tenía la sensación de haber tropezado con la sede de un grupo clandestino desconocido, una congregación desconocida que deseaba ocultarse de la mirada de los curiosos, vigilada por aquel siniestro ser que devoraba su propia cola. Pasó las semanas siguientes explorando más detenidamente aquellas salas abovedadas, y fue recompensada con otro descubrimiento más: una jarra grande de barro, sellada con piel de animal, enterrada en un rincón de una de las salas oscuras. En ella se veía grabado el Ouroboros, similar al de la pared. En su interior Evelyn encontró folios de papel —el material que venía sustituyendo al pergamino y a la vitela en aquella región desde el siglo VIII, mucho antes de que llegara a Europa— que estaban abundantemente cubiertos de textos y complicados motivos decorativos en forma de dibujos geométricos que resultaban hipnotizantes, descripciones científicas de la naturaleza y estudios anatómicos llenos de color, si bien algo extraños.

Mientras iba pasando las hojas de las diversas imágenes de aquel símbolo —grabados, tallas en madera y otros—, se topó con un manojo de fotografías viejas y descoloridas. Dejó la carpeta a un lado y estudió las fotos. Había varias instantáneas de las cámaras, y otras en las que aparecía ella con los miembros del equipo en la excavación, entre ellos Faruk. «Cuánto ha cambiado —pensó—. Cuánto hemos cambiado todos.» Se puso tensa cuando sus dedos tocaron una foto que le produjo un leve temblor por todo el cuerpo. En ella se la veía mucho más joven, una mujer de treinta años, ambiciosa y con los ojos brillantes, al lado de un hombre de aproximadamente su misma edad. Estaban juntos en un yacimiento en el desierto, dos aventureros pertenecientes a una época ya pasada. Las fotos no tenían precisamente muy buena resolución, se trataba de instantáneas de pequeño tamaño que había revelado en aquella época y se habían deteriorado tras haber pasado casi treinta años dentro de aquella carpeta. Aquel día el sol caía a plomo con saña, y ambos tenían la cara oculta por las gafas de sol y protegida por la sombra de sus sombreros de safari. Pero de todos modos, los ojos de Evelyn llenaron rápidamente los detalles de los rasgos de su compañero. E incluso después de tantos años, el hecho de verlo hizo que el corazón le diera un vuelco.

Tom.

Escudriñó la imagen con más detenimiento, y el ruido procedente del caos urbano que se oía fuera fue cediendo hasta enmudecer. Aquella imagen trajo una sonrisa agridulce a su rostro, al tiempo que bullían en su interior un sinfín de sentimientos contrarios. Nunca había entendido lo que sucedió en realidad tantos años atrás.

Tom Webster había aparecido en Al-Hilá sin anunciarse, pocas semanas después del hallazgo. Se presentó como un arqueólogo e historiador del Instituto Haldane, un centro de investigación que estaba afiliado a la Brown University. Le dijo que se encontraba en Jordania cuando un colega le habló de las indagaciones que estaba llevando a cabo ella acerca del Ouroboros. En la edad oscura, la anterior a internet, para el trabajo de investigación se requería acudir a bibliotecas y servirse del cerebro de expertos hablando directamente con ellos... y a menudo, cosa sorprendente, en persona. Webster dijo que había atravesado el país para verla y saber más cosas de su descubrimiento.

Pasaron cuatro semanas juntos.

Desde entonces, jamás había sentido nada igual por ningún hombre.

Pasaban los días examinando la cámara, estudiando los escritos y los folios ilustrados que había en la misma, y siguiendo pistas que conducían a bibliotecas y museos de Bagdad y de otros lugares de Iraq, buscando a historiadores y eruditos.

La caligrafía de los textos situaba el origen de los mismos sin ninguna duda en la era abasí, alrededor del siglo X. La prueba del carbono 14 efectuada en una de las cintas de cuero de los folios corroboró dicho cálculo. Los textos estaban bellamente escritos e ilustrados, y trataban de muy diversos temas: filosofía, lógica, matemáticas, química, astrología, astronomía, música y espiritualidad. Pero nada explicaba quién los había escrito, ni tampoco se mencionaba el significado del símbolo de la serpiente que se muerde la cola.

Evelyn y Webster trabajaron juntos con una pasión compartida, y sus indagaciones arrojaron una breve chispa de esperanza cuando descubrieron información acerca de un grupo poco conocido de aquella misma época, los Hermanos de la Pureza. La identidad exacta de dichos hermanos era objeto de conjeturas. Poco era lo que se sabía de ellos, aparte de que eran filósofos neoplatónicos que se reunían en secreto cada doce días, y cuyo legado oculto incluía un notable compendio de enseñanzas científicas, espirituales y esotéricas recopiladas de distintas tradiciones, que se consideraba una de las enciclopedias más antiguas de las que se tenía constancia.

Sin embargo, había determinados aspectos de los escritos hallados en la cámara que coincidían con los escritos que habían dejado los Hermanos de la Pureza, tanto en estilo como en contenido. En cambio, ninguno de los escritos de la cámara trataba de la espiritualidad de sus ocupantes. Aunque tenían sus raíces en el islam, los escritos de los Hermanos también incluían enseñanzas de los Evangelios y de la Torá. Los Hermanos eran considerados librepensadores que no estaban adscritos a ningún credo concreto, y que en cambio pretendían encontrar la verdad en todas las religiones y valoraban el conocimiento como el verdadero alimento del alma. Luchaban por la reconciliación, por la fusión de las divisiones sectarias que plagaban aquella región, con la esperanza de crear un amplio refugio espiritual para todos.

Evelyn y Webster habían especulado acerca de si el grupo de aquella cámara subterránea podría haber sido un ramal de los Hermanos, pero no había nada que probara o desmintiera dicha teoría. No obstante, había un aspecto de aquella teoría que encajaba bastante bien: se creía que los Hermanos tenían su base en Basora y en Bagdad. Al-Hilá se encontraba entre ambas ciudades.

A lo largo de todo el tiempo que pasaron juntos, Evelyn no dejó de sorprenderse por el infatigable interés de Webster, y se sintió desconcertada por aquella energía sin límites y por su empeño en dilucidar el pequeño misterio que ella había desenterrado. Además, para tratarse de una persona de la que no había oído hablar, Webster parecía saber muchísimo del Ouroboros y de la historia de aquella región del mundo.

También estaba muy segura de que Webster se había enamorado de ella, igual que ella de él, lo cual hizo que su súbita marcha fuera mucho más dura de encajar. Sobre todo teniendo en cuenta lo que Webster le había dejado. Y la mentira con la que ella tuvo que vivir a partir de entonces.

Su semblante se ensombreció por la pena al recordar de repente aquella dolorosa separación. Una aceptación pasiva, que ella había alimentado durante muchos años, asumió el control y apartó a un lado el sentimiento de melancolía para tirar de ella y devolverla a su difícil situación actual.

Unas cuantas páginas sacadas de la cámara de la congregación, muy atractivas en su belleza y su misterio, la contemplaron desde los marcos que las sujetaban en la pared de enfrente. Apartó los ojos de ellas y sacó el fajo de fotos Polaroid que le había dado Faruk. Separó la que mostraba el antiguo códice, y sintió un escalofrío que le bajó por la nuca al recordar la inquietante noticia que le había transmitido el iraquí.

Que una persona que conocía ella había muerto. Por culpa de aquel códice.

¿Dónde lo habría encontrado el amigo de Faruk? ¿Y qué habría en él? Todos aquellos años atrás, la búsqueda que llevaron a cabo los dos, Tom y ella, no había arrojado ningún resultado. ¿Por qué iba a tener más importancia aquel libro?

Se acordó de la última pregunta de Faruk: «¿Quién más va detrás de este libro?»

Dado el tumulto que la rodeaba, aquello era lo último que necesitaba en aquel momento. Pero no había forma de eludirlo. No quería acudir al encuentro con Faruk, pero sabía que no podía decepcionarlo. Faruk contaba con ella. Necesitaba ayuda. Estaba asustado. Cuanto más se acordaba del miedo que contraía las facciones de la cara del iraquí, más aprensión sentía hacia aquel encuentro.

Y había otra idea que no dejaba de aguijonearla.

Tenía que decírselo a Tom.

Si pudiera contactar con él, claro está. No habían tenido precisamente mucho contacto. De hecho, no lo había visto ni hablado con él desde que Tom se fue de Iraq.

Ni siquiera cuando descubrió que estaba embarazada.

Dejó la foto y sacó su agenda personal. Era una Filofax grande y forrada de cuero, que llevaba varias décadas con ella y a duras penas podía cerrarla debido a los papeles, las tarjetas y las notas que había venido acumulando entre sus desgastadas tapas a lo largo de los años. Hurgó en los bolsillitos y compartimientos de la agenda hasta que dio con la vieja tarjeta. Llevaba su nombre impreso, Tom Webster, en letras austeras y caligrafiadas, junto con el nombre y el logo del instituto. Se había resistido a utilizarla, y con el tiempo la había ido dejando relegada en un rincón remoto de la Filofax y de su cerebro.

Treinta años. No merecía la pena intentar aquella llamada.

En sus oídos resonó el ruego de Faruk. «Tiene que preguntárselo, *sitt* Evelyn.» Sintió algo en su interior que la desgarraba y la obligaba a intentarlo.

La señal tardó unos momentos en rebotar en unos cuantos satélites antes de dar paso al conocido timbre de un teléfono fijo de

Estados Unidos, seguido poco después por una voz de mujer que, empleando un tono excesivamente amistoso, informó a Evelyn de que estaba hablando con el Instituto Haldane.

Evelyn titubeó.

—Estoy intentando hablar con un antiguo amigo —dijo al fin, con voz temblorosa—. Se llama Tom Webster. Me dejó este número de contacto, pero... en fin, ha pasado un tiempo.

—Un momento, por favor. —A Evelyn se le encogió el corazón mientras la telefonista examinaba sus datos—. Lo siento —contestó, con un tonillo más bien inapropiado, por lo festivo—. No me figura nadie con ese nombre.

Evelyn se contrajo en su asiento.

—¿Está segura? Quiero decir, ¿podría hacerme el favor de mirar otra vez?

La telefonista le pidió que confirmara cómo se escribía el apellido, repitió la consulta y de nuevo no encontró nada. Evelyn exhaló un suspiro de tristeza. La telefonista debió de notarlo, porque agregó:

—Si quiere, puedo consultar nuestro archivo de personal y llamarla más tarde. A lo mejor su amigo dejó información de contacto.

Evelyn le facilitó su nombre y el número de su teléfono móvil en Beirut, le dio las gracias y colgó. En realidad no había esperado encontrarlo allí, había transcurrido demasiado tiempo, pero la burbuja de emoción todavía la tenía tensa y nerviosa.

Miró el reloj. Eran casi las siete. Frunció el ceño. Había quedado con Mia para tomar una copa en su hotel. El momento no podía ser peor. Pensó en llamarla para anular la cita, pero no podía soportar la idea de pasar otras dos horas sentada a solas, presa de los recuerdos que revoloteaban sin cesar en su mente, esperando a salir para acudir a una cita que temía más a cada minuto que pasaba.

Decidió que tomarse la copa con su hija, rodeada de buena música y unas cuantas caras que la distrajesen, tal vez la ayudase a hacer más llevadera la espera. Sólo tenía que escaquearse un poco respecto de un tema particularmente latoso. Por lo menos hasta que entendiera lo que estaba pasando.

Cerró la carpeta y la dejó sobre la mesa de trabajo, metió las Polaroids y el teléfono móvil en el bolso y se encaminó hacia el hotel, que se encontraba al otro lado de la calle, frente a su apartamento.

4

Los télex ya eran historia. El restaurante chino medianamente bueno había desaparecido, y en su lugar había un Benihana nuevo y resplandeciente. El circular y epónimo Bar Noticias también había desaparecido hacía tiempo —suplantado por otro llamado Salón, también con un nombre igual de imaginativo, provisto de paneles de color *wengué*, con música a base de compilaciones del Café del Mar y con mojitos de fruta de la pasión—, lo mismo que *Coco*, su loro residente, el cual, con su perfecta e inquietante imitación del ruido que hace una bomba de artillería al acercarse, provocaba que muchos visitantes no iniciados corrieran a ponerse a salvo.

Los quince minutos de fama del hotel transcurrieron repartidos a lo largo de la década de los ochenta, cuando era el tugurio favorito de «el grupo» de Beirut. Dan Rather, Peter Jennings... todos se alojaron en él. En una época en la que las milicias rivales habían convertido el oeste de Beirut en el abanderado del caos urbano de la era moderna, antes de que dicho honor le fuera usurpado por Mogadiscio y después por Bagdad, el Commodore era un refugio en el que había *filet mignon*, electricidad, servicio de télex que funcionaba y un bar que no se agotaba nunca, gracias a un intrépido director y a ciertos pagos potentes que lo protegían. A decir verdad, probablemente el director desempeñaba su trabajo demasiado bien; la mayoría de los periodistas que estaban en la ciudad para cubrir la contienda rara vez se aventuraban fuera de la acogedora seguridad de aquel hotel, y redactaban sus informes como testigos presenciales desde el mostrador de recepción, y no desde el frente.

Afortunadamente, aquellos días hacía mucho que habían quedado atrás... al menos en su mayor parte. Y el lavado de cara que había devuelto a Beirut a la vida no pasó por el hotel, actualmente conocido como el Meridien Commodore. A pesar del maquillaje de moda, seguía siendo el paradero preferido por los medios de comunicación que venían de visita, incluso sin la presencia de *Coco*. El grupo era leal, una lealtad que resultaba muy evidente desde la súbita erupción de la breve pero brutal guerra que aquel verano acaparó los titulares de todo el mundo. El Commodore recuperó su antigua gloria, animado por el alcohol, la adrenalina y la mejor conexión de banda ancha de toda la ciudad, y volvió a exhibir aquel don intangible de hacer que sus clientes se sintieran como si formaran parte de una amplia familia siciliana, lo cual representaba un consuelo para Mia Bishop, dado que su experiencia en zonas de guerra era nula.

Aunque no era algo que tuviera mucho interés en remediar.

No había escogido la genética precisamente como un billete hacia la aventura.

—Ya sé que seguramente no es de mi incumbencia, pero... ¿estás segura de que te encuentras bien?

Después de charlar con Evelyn sobre la marcha de su propio trabajo y de intercambiar anécdotas y observaciones sobre la miríada de efectos secundarios de la guerra que afectarían a sus vidas dentro de un futuro previsible, por fin Mia sacó aquella pregunta. Llevaba carcomiéndola desde el momento en que las dos se sentaron, y aunque se sentía incómoda al preguntar, le causaba más incomodidad todavía no ofrecer a su madre una oportunidad para hablar, si es que la necesitaba.

Evelyn cambió ligeramente de postura al oír la pregunta y se acomodó mejor en el mullido sofá; luego bebió lentamente un sorbo de su copa de vino.

—Estoy bien —confirmó con lo que pareció una media sonrisa forzada, antes de que su mirada se desviara para perderse en el brillo aterciopelado del vino—. No es nada.

—¿Seguro?

Evelyn dudó.

—Es que... Hoy he visto a una persona. Alguien a quien llevaba mucho tiempo sin ver. Quince años, puede que más.

Mia le lanzó una sonrisa maliciosa.

—Entiendo.

Pero Evelyn le vio el juego.

—No es nada de eso, créeme —protestó—. Es sólo un intermediario local que nos ayudó en las excavaciones en Iraq. Antes de Saddam. Yo estaba en el sur, con Ramez... A Ramez ya lo conoces, ¿no?

Mia afirmó con la cabeza.

—Creo que sí. La semana pasada en tu despacho. Un tipo bajito, ¿verdad?

Era el único colega de Evelyn al que había conocido. Sólo llevaba tres semanas en Beirut, y había llegado en uno de los primeros reactores que aterrizaron en el aeropuerto desde que éste volvió a abrirse, después de que las pistas hubieran sido bombardeadas por aviones de combate israelíes el primer día de la guerra.

Su presentación al extraño mundo del Beirut posterior a la guerra había sido bastante rápida: el enorme Airbus se tambaleó y se detuvo bruscamente pocos segundos después de tomar tierra, y a continuación viró en una curva cerrada para salirse del asfalto, y en la maniobra dejó ver una pala excavadora y un camión de cemento que, indiferentes a todo, estaban reparando un gigantesco cráter producido por una bomba en el centro de la pista. Mia todavía se acordaba del saludo que con toda naturalidad les dirigieron los operarios a ella y al resto de los angustiados pasajeros que iban a bordo.

Beirut estaba abierta a los negocios, con cráteres en las pistas o sin ellos. Y ella por fin podría empezar a trabajar en el gran proyecto fenicio que llevaba todo el año preparando, si bien unos cuantos meses más tarde de lo previsto.

Se habían dirigido a ella mientras estaba trabajando en Boston con un pequeño equipo de genetistas, los cuales habían abordado la prodigiosa tarea de rastrear la proliferación de la humanidad por todo el planeta. Dicho proyecto, que implicaba recoger y analizar muestras de ADN de miles de hombres que vivían en tribus aisladas de todos los continentes, había confirmado con sobrecogedora exactitud que todos somos descendientes de una pequeña tribu de cazadores-recolectores que vivió en África hace aproximadamente 60.000 años, un descubrimiento que no cayó demasiado bien en algunos círculos más «sensibles». Mia se había incorporado al equipo justo al obtener su título de posgraduada, lo que ocurrió poco antes de que se anunciaran los hallazgos centrales; desde entonces, el trabajo había sido un tanto decepcionante y repetitivo, pues consistía principalmente en recoger cada vez más muestras para confeccionar la imagen global. Mia pensó en trasladarse a otras áreas de investigación que fueran más punteras, pero en genética el trabajo más interesante se veía obstaculizado por la aversión del presidente hacia la investigación de las células madre. Así que se quedó donde estaba, hasta que surgió la oferta.

El hombre que se había dirigido a ella era un representante de la Fundación Hariri, una organización benéfica que contaba con fondos considerables gracias al multimillonario ex primer ministro del Líbano, antes de su asesinato, cometido en 2005. La propuesta que le presentó el representante de dicha organización era más bien vaga, pero atrayente: expresada en términos sencillos, quería que ella los ayudara a averiguar quiénes eran los fenicios.

Y aquello la dejó estupefacta.

De modo sorprendente, y pese a que se los mencionaba en muchos textos antiguos escritos por otros pueblos con los que se relacionaron, era poco lo que se sabía de primera mano de los fenicios. Para haber sido un pueblo al que se le atribuía la invención del primer alfabeto del mundo y cuya labor de «intermediarios culturales» inició en Grecia el renacimiento que condujo a la creación de la civilización occidental, no dejaron gran cosa. No había sobrevivido ninguno de sus escritos ni nada de su literatura, y todo lo que se sabía sobre ellos había sido recopilado poco a poco a partir de informes de terceros. Hasta el nombre de fenicios les había sido atribuido por otros, en este caso los antiguos griegos, que los llamaban *foinikes*, los rojos, debido a las telas lujosas y de vivo color rojizo que fabricaban empleando una cotizada tintura que extraían de glándulas de moluscos. No había bibliotecas fenicias, ni tesoros de conocimientos, ni rollos de papiro ocultos en jarrones de alabastro. Nada de dos mil años de historia enigmática que finalizó bruscamente cuando sus ciudades-estado terminaron cayendo ante una serie de invasores que culminó con los romanos, los cuales, en el año 146 a. C., quemaron Cartago hasta los cimientos, esparcieron sal sobre sus ruinas, prohibieron todo reasentamiento en dicha ciudad por espacio de veinticinco años y borraron del mapa el último centro importante de la cultura fenicia. Fue como si todo rastro de ellos hubiera sido eliminado de la faz de la Tierra.

Pero su nombre suscitaba grandes pasiones en el Líbano.

Tras la guerra civil de las décadas de 1970 y 1980, algunas facciones cristianas del Líbano lograron secuestrar el nombre, y se sirvieron de él para crear una sutil distinción entre ellos y sus compatriotas musulmanes pintando a éstos como emigrantes de la península Arábiga tras el surgimiento del islam que tenían menos derecho a reclamar aquella tierra. Al parecer, todas las discusiones que tenían lugar en aquella región terminaban reduciéndose a cuatro sencillas palabras: «Nosotros estábamos aquí antes.» Las tensiones habían escalado hasta el punto de que la palabra «fenicio» se había convertido en un tabú en los círculos oficiales. No había ni una sola mención existente en el Museo Nacional de Beirut, en el que las etiquetas de los objetos expuestos exhibían ahora una terminología más políticamente correcta, como «Principios de la Edad de Bronce».

Lo cual era una lástima, además de, muy posiblemente, una distorsión de la historia. De ahí el proyecto.

Mia era consciente de que estaba metiéndose en un campo de minas político. Los fines del proyecto eran lo bastante altruistas: si era posible utilizar las muestras de ADN para establecer que todos los habitantes del país, tanto cristianos como musulmanes, descendían de una misma cultura, un mismo pueblo, una misma tribu, ello podría ayudar a desactivar los prejuicios que llevaban tanto tiempo en vigor y estimular un sentimiento de unidad. Se había contratado a dos expertos locales para que trabajaran con Mia: un historiador sumamente respetado que daba clases en la universidad y un genetista que le haría de ayudante. El primero era cristiano, el segundo musulmán. Pero, tal como Mia no tardó en averiguar, las lealtades tribales eran de importancia primordial para las gentes de aquella región, y redefinir la historia no era algo que necesariamente cayera en gracia.

Con todo, ahora que ya estaba a punto de cumplir los treinta, sin marido ni hijos de los que preocuparse, con una agenda social más triste que una tienda de licores en el centro de Kabul, y con un projecto interesante y generosamente financiado que le pertenecía a ella, no era para pensárselo dos veces, tanto más cuanto suponía una oportunidad para lograr conocer a su madre.

Para conocerla de verdad.

Así que firmó en la línea de puntos e hizo las maletas... pero enseguida las deshizo de nuevo y se dedicó a no quitarle el ojo a la CNN durante dos meses, hasta que cesaron las hostilidades, se acordó finalmente un alto el fuego y se levantó el bloqueo.

—Está literalmente debajo de la mezquita —estaba diciendo Evelyn a Mia—. Podría ser una de las primeras capillas de que se tiene constancia. Es de lo más asombroso. Ya te llevaré a verla, si quieres. Ramez es de un pueblecito que hay allí cerca, y se enteró.

—¿Y ese tipo se ha presentado allí sin más, salido de la nada? Evelyn afirmó con la cabeza.

Mia estudió a su madre. Había algo en el firme tono de sinceridad de Evelyn que le aseguró que no sólo estaba siendo tímida, sino que seguía habiendo un temblor de nerviosismo.

—Ya me imagino por lo que estarán pasando —comentó Mia con tristeza—. ¿Buscaba trabajo?

Evelyn hizo una mueca de incomodidad.

—Sí. Más o menos. Es... complicado.

Daba la impresión de no querer profundizar más en el asunto. Mia decidió dejarlo en aquel punto. Acusó la respuesta de Evelyn con un leve gesto de asentimiento y una media sonrisa recíproca y bebió otro sorbo de su copa. Entre ambas reinó un silencio significativo durante unos instantes, y luego apareció un camarero para llenar la copa de Mia con la botella casi vacía que estaba en el cubo del hielo, y les preguntó si deseaban que les trajera otra.

Evelyn se incorporó y salió de su ensoñación.

—¿Qué hora es?

Consultó su reloj mientras Mia rechazaba el ofrecimiento del camarero. Cuando éste se alejó, Mia reparó en un hombre de cabello muy corto y negro como el carbón, ojos hundidos y rostro lleno de marcas, que estaba de pie en la barra, fumando, y que las miró de reojo a ellas —una mirada fría, tal vez un punto demasiado fija— antes de volver la cara. No llevaba mucho tiempo en Beirut, pero sabía que en aquella ciudad los hombres se fijaban en ella más de lo que estaba acostumbrada, ya que el atractivo de sus cautivadores rasgos se veía amplificado por el aire claramente extranjero de su cutis claro y salpicado de pecas y su pelo de color rubio miel. Habría sido poco sincera si hubiera negado que le gustaban aquellas miradas de coqueteo, y en este caso le habría quitado importancia a la mirada de aquel hombre considerándola un cumplido, sobre todo si el tipo fuera mono, sólo que ni siquiera a la madre de aquel hombre se le habría ocurrido describirlo como «mono», y en su mirada no había nada ni remotamente coqueto. De hecho, su expresión cerrada le puso los pelos de punta. Lo cual, una vez más, no era la primera vez que le sucedía en aquella ciudad; lo malo de su atractivo como extranjera exótica era que muchas personas se ponían furiosas, y suspicaces, con los extranjeros, desde la brutal guerra que había estallado a su alrededor de forma inesperada. Pero por alguna razón aquel tipo no encajaba en aquel lugar, no daba la impresión de haber ido allí a pasárselo bien, la expresión de su cara era demasiado fría, demasiado distante, como la de un androide, y...

Evelyn interrumpió la breve nube de paranoia de Mia levantándose de repente.

—La verdad es que tengo que irme. No sé en qué estaba pensando —se reprendió a sí misma al tiempo que recogía su chaqueta y su bolso del sofá. Luego se volvió hacia su hija—: Lo siento, de verdad que no puedo llegar tarde a... Se supone que debo encontrarme con una persona. ¿Pedimos la nota?

Mia vio la urgencia pintada en el rostro de su madre.

—Vete. Ya me encargo yo.

Evelyn hizo ademán de buscar en su bolso.

—Por lo menos, déjame que...

Pero Mia puso una mano sobre la de ella, consoladora, para impedírselo.

—No te preocupes por ello. Vete tranquila. Ya pagarás tú la próxima vez.

Evelyn le dirigió una sonrisa que iba cargada de señales muy intensas —gratitud, preocupación, nerviosismo y puede que hasta miedo, pensó de pronto Mia con una inesperada sensación de angustia en el pecho— y se fue a toda prisa.

Mia la observó abrirse paso por entre los primeros bebedores que estaban de pie en el rincón y desaparecer en la masa de la multitud. El bar rebosaba de animación con su habitual clientela ruidosa, bebedora y más todavía fumadora. Se recostó, hundiéndose en el sofá, no muy segura de qué pensar, y, al pasear la mirada por el salón, se fijó en que el androide de la barra también estaba marchándose.

Y parecía tener prisa.

Demasiada prisa.

Aquella revelación fundió un fusible en el cerebro ya intranquilo de Mia. Intentó seguirlo con la mirada y se levantó a medias del sofá para torcer el cuello a fin de poder verlo, pero ya se había perdido en el mar de gente que abarrotaba el bar y le impedía ver la entrada.

La invadió una serie de pensamientos malignos procedentes de lo más recóndito de su imaginación, y el salón de pronto pareció retroceder y desenfocarse. Las dos —¿o habían sido tres?— copas de vino no la ayudaron precisamente. Volvió a reclinarse en el sofá, aturdida y agitada, para calmarse. Y entonces lo vio.

El teléfono móvil de Evelyn.

Metido en un lado del sofá, con un extremo sobresaliendo, apenas visible.

Su cerebro se puso a rebobinar a toda velocidad, y recordó haber visto a su madre sacarlo del bolso cuando se sentaron y dejarlo sobre el sofá, a su lado, como si quisiera que sonase.

Mia no lo dudó.

Agarró el teléfono y salió disparada en pos de Evelyn.

5

Mia salió del vestíbulo del hotel y pisó la calle justo a tiempo para ver un taxi Mercedes de color gris que desaparecía por la Rue Commodore. A través del parabrisas trasero distinguió a duras penas la parte de atrás de la cabeza de Evelyn. Varios taxistas que merodeaban por los alrededores del hotel buscando clientes se acercaron a ella para ofrecerle sus servicios, y entretanto pasó por su lado otro coche, un sedán BMW de color negro con cuatro hombres dentro, y por la ventanilla del pasajero Mia alcanzó a ver al androide del bar, hablando por un teléfono móvil y con la mirada fija al frente, sus ojos negros como el granito clavados como rayos láser en el taxi de Evelyn.

En su confuso cerebro ya no cabía la menor duda: a Evelyn la estaban siguiendo.

«Esto no puede ser bueno.»

Una idea cruzó la expresión pálida de Mia durante un nanosegundo —llámala al móvil, avísala—, pero entonces se acordó de que el móvil de su madre estaba allí mismo, en su propia mano.

«Brillante.»

Miró a izquierda y derecha, inundada por un torrente de adrenalina que le despejó la mente, la urgencia y lo absurdo de lo que estaba pensando luchando contra ello sin control, la cacofonía y la confusión de ofertas de los taxistas ofuscándole el cerebro todavía más... Entonces agarró al taxista que tenía más cerca y le gritó:

—¿Dónde tiene el coche?

El otro, en un inglés chapurreado, le dijo que su taxi estaba allí mismo, y le señaló otro Mercedes —en aquella ciudad debía de haber más Mercedes que en Fráncfort, pensó Mia cuando llegó— que estaba aparcado un poco más atrás, al otro lado de la calle.

Mia señaló con la mano el BMW que se alejaba. Ahora se le habían colocado detrás otros dos coches más.

—¿Ve ese coche? Tenemos que seguirlo. Tenemos que alcanzarlo, ¿de acuerdo?

El taxista no pareció entenderlo, y se encogió de hombros al tiempo que dirigía una mirada divertida a sus compañeros... Pero Mia ya lo estaba empujando en dirección a su taxi.

—Venga, vámonos, *yal-la* —insistió haciendo fuerza—. Tenemos que seguir a ese coche, ¿entiende? ¿Seguir? ¿Al coche? —Gesticulaba como loca y pronunciaba las sílabas despacio, como si ello lograra el milagro de que aquella lengua extranjera se volviera comprensible de pronto.

Sin embargo, algo lo consiguió, porque el taxista pareció captar el mensaje de que, fuera lo que fuera lo que aquella mujer le estaba gritando, era bastante urgente. La llevó hasta su taxi y le indicó que se subiera al asiento de atrás, mientras él se ponía al volante, y en cuestión de segundos el coche estaba saltando de donde estaba aparcado e incorporándose al caótico tráfico de últimas horas de la tarde.

Mia iba inclinada muy hacia delante, prácticamente sentada encima del taxista, mientras éste avanzaba metro a metro por las estrechas y congestionadas calles del oeste de Beirut. Bajaron toda la Rue Commodore, Mia lanzando miradas en cada cruce para asegurarse de que el taxi de Evelyn no hubiera girado en otra dirección. Y por fin avistó brevemente el Mercedes a lo lejos, virando hacia la derecha y dirigiéndose hacia Sanayeh Square.

El BMW negro, a uno o dos coches de distancia, hizo lo mismo.

A Mia la cabeza le daba vueltas. Luchaba por hacerse comprender con el taxista, intentando que mantuviera un delicado equilibrio entre asegurarse de no perder el coche de Evelyn y no hacer evidente al androide y a sus amigos que los estaban siguiendo. Pero no resultaba nada fácil comunicarse cuando una tenía que impartir instrucciones haciendo mímica por el espejo retrovisor.

De forma simultánea, su cerebro se veía asediado por un aluvión de preguntas. ¿Por qué estaban siguiendo a su madre? ¿Quién la seguía? ¿Estarían simplemente vigilándola? Al fin y al cabo, aquel lugar era típico de «policía secreta», y con la reciente guerra los extranjeros eran sospechosos, ¿no?, aunque Mia no alcanzaba a comprender qué amenaza podía suponer una mujer de sesenta años. ¿No estarían intentando hacerle daño? ¿Secuestrarla? En Beirut no había habido secuestros de extranjeros desde los días del Salvaje Oeste de la década de 1980 —Mia había hecho los deberes después de que el representante de la fundación se dirigiera a ella—, pero la región entera estaba descontrolándose poco a poco, los extremistas de todos los lados de la gran división soñaban todos los días con encontrar nuevas maneras de infligir dolor y causar escándalo, y la verdad era que no había nada que fuera inimaginable.

«Muy bien, estás haciendo el ridículo. Cálmate. Tu madre es profesora de arqueología, por Dios. Lleva años viviendo aquí. Lo más probable es que se trate de alguna formalidad rutinaria. Le devolverás el móvil, ella se irá a su cita y tú regresarás al hotel a tiempo para Jon Stewart.»

No se lo creyó ni ella.

Aquello le daba muy mala espina.

Al recordar mentalmente lo sucedido aquella tarde, y a pesar de que en realidad no conocía tan bien a su madre, aun así se había percatado de la incomodidad y la fingida calma que había en su tono de voz nada más sentarse en aquel sofá.

De hecho, constituía un pequeño milagro que el lazo que las unía fuera casi fuerte.

En realidad, a Mia la habían criado desde los tres años la hermana de su madre, Adelaide, y el marido de ésta, Aubrey, en Nahant, una diminuta isla situada al norte de Boston y comunicada con el continente por una calle. Sólo veía a su mamá por Navidad, cuando ésta venía de visita, y en los veranos, cuando ella viajaba al agujero sofocante en el que se encontrase su madre en aquel momento.

Poco después de dar a luz en Bagdad, Evelyn vio claramente que criar a Mia en Iraq iba a distar mucho de ser lo ideal. En aquella época, ser madre soltera en Oriente Medio constituía una invitación a ser discretamente despreciada por todo el mundo. La situación política tampoco era estupenda. Al año de nacer Mia, Saddam Hussein se hizo con el poder en un sangriento golpe de estado y hundió el país en la paranoia y el miedo. Iraq había cortado las relaciones diplomáticas con Siria, y las escaramuzas que tenían lugar a lo largo de la frontera con Irán condujeron a una guerra de diez años que se inició en 1980. Las excavaciones de Evelyn eran una fuente de orgullo para el nuevo régimen, de modo que ella estaba a salvo. Pero las circunstancias que la rodeaban se volvían más inhóspitas cada día que pasaba, y no tardó mucho en subirse a un avión con destino a El Cairo.

Egipto acogió a Evelyn, y el trabajo era enormemente gratificante. En cambio, las escuelas y la atención sanitaria eran otra cuestión. Evelyn se esforzó mucho durante el primer año que pasó allí, compaginando la tarea de ser madre con sus excavaciones, intentando proporcionar una vida decente a su hija pero sabiendo que tarde o temprano tendría que decidir una cosa u otra. Una epidemia de cólera que azotó el país cuando Mia tenía tres años la convenció de que no podía seguir teniéndola allí. La medicina escaseaba, los niños se morían, y Evelyn tenía que llevarse a Mia a un lugar mejor y más seguro.

La idea de abandonar aquella región del mundo dejó a Evelyn hecha polvo. Su hermana, Adelaide, le planteó un compromiso difícil. Ella y su marido tenían una hija única, una niña que era cinco años mayor que Mia. Ciertas complicaciones durante el parto impidieron que Adelaide pudiera tener más hijos, aunque ambos los deseaban con desesperación. Habían estado pensando en adoptar uno, cuando Evelyn fue a verlos aquella Navidad. Y una noche, mientras la nieve extendía un manto blanco sobre la playa a la que daba la casa, Adelaide hizo la sugerencia. Formaban una pareja sólida y que se quería —los dos eran profesores de universidad— y Evelyn sabía que podían proporcionar a Mia un hogar lleno de cariño y una hermanita.

Cumplieron su palabra y le dieron a Mia un hogar estupendo. Más adelante fue a la universidad, y, como solía ocurrir al llegar la edad adulta, se fue alejando poco a poco de su madre.

Y entonces fue cuando surgió aquel proyecto.

La búsqueda de ADN que realizaba Mia guardaba una relación estrecha con la investigación y la labor detectivesca, más tradicionales, de los historiadores y los arqueólogos, consistente en rebuscar entre piedras y huesos. Aquel proyecto contaba con un par de expertos en cultura fenicia, pero una gran parte de la información que necesitaba Mia era para Evelyn como una segunda naturaleza. De modo que las dos conectaron al momento el día de su llegada a Beirut, más como tímidas amigas que como madre e hija.

A Mia le hubiera gustado tener una relación más cálida con su madre, pero Evelyn era dura de pelar. Si bien poseía una instintiva curiosidad de exploradora acerca de la vida de la gente, ella rara vez invitaba a nadie a entrar en la suya. Mia compartía aquella misma fascinación, pero era mucho más directa... incluso demasiado, si había que creer a su madre. De modo que Mia, al principio, encontró a Evelyn distante y altiva, y su primera sensación fue la de que colaborarían cordialmente y nada más. Pero tras realizar unos cuantos viajes largos a yacimientos arqueológicos apartados, y tras un par de cenas animadas con *arak* en tradicionales *tejshibis* de las montañas, Mia se sorprendió agradablemente al descubrir que la excavadora eficiente y fríamente racional que era Evelyn Bishop tenía como motor un corazón grande y humano.

Un corazón grande y humano sobre el que en aquel momento se cernía la sombra de unos hombres de intenciones poco claras.

Reprimiendo su nerviosismo, Mia se concentró en la carretera que tenía al frente. Por un instante perdió de vista al Mercedes, pero después éste reapareció media docena de coches por delante de ella, cruzando la ciudad a toda velocidad, seguido de cerca por aquella sombra que lo acechaba.

El taxi de Evelyn abandonó la circunvalación y descendió en dirección a la zona del centro. Destripado durante la guerra civil, el corazón del viejo Beirut había sido reconstruido sin reparar en gastos, y ahora se lo veía rebosante de zonas comerciales y restaurantes. El Mercedes y el BMW consiguieron escapar antes de que el tráfico se cerrara en torno al taxi de Mia, con automóviles procedentes de tres direcciones distintas y convergiendo en el cruce de calles que había justo delante de ellos, en un follón tremendo que les cortó el paso.

Mia instó al taxista con gestos frenéticos y súplicas desesperadas, y lo acosó y lo intimidó mientras él se abría paso a volantazos y trompicones tratando de esquivar el laberinto de defensas y parachoques que los abrumaban por todas partes. Al cabo de una docena de maldiciones y unos cuantos gestos amenazantes con la mano, por fin lograron salir a la carretera despejada.

El tráfico se volvió mucho más intenso a medida que iban acercándose a las zonas peatonales, y aproximadamente a cien metros delante de ella Mia descubrió a Evelyn, que se apeaba de su taxi y desaparecía en una arcada comercial abarrotada de gente.

—Allí está, es aquélla —exclamó Mia señalando la figura a lo lejos... pero la descarga de adrenalina se interrumpió bruscamente cuando se percató de que su taxi había vuelto a quedar atascado. Entre Evelyn y ella se extendía un compacto mar de automóviles parados, todos muy juntos y de tres en tres, retenidos por un solitario guardia de tráfico del estilo del mismísimo Moisés, que daba paso a los coches provenientes de otra calle que, a base de empujones y bandazos, se abrían camino como podían.

Los ojos de Mia giraban a izquierda y a derecha intentando calcular cuál sería la mejor maniobra, y en eso descubrió al androide y a otro hombre bajándose del BMW —que también estaba empantanado en medio del tráfico— y deslizándose entre los coches en dirección a Evelyn. El área era un hervidero de gente: en Beirut nunca se cenaba antes de las nueve, a menudo más tarde, y en una agradable noche de octubre como aquélla los restaurantes y las amplias plazas peatonales del centro atraían a todo el mundo porque permanecían abiertos hasta bien pasadas las doce de la noche. La disyuntiva que se le presentaba a Mia dejó de ser teórica: una cosa era seguir a Evelyn desde la relativa seguridad de un coche en compañía de un conductor razonablemente fornido, por añadidura; y otra muy distinta alcanzarla de hecho y posiblemente espantar a sus perseguidores.

No tenía alternativa.

Buscó en el bolsillo, le puso al taxista en la mano un billete de diez dólares —los dólares estadounidenses eran la moneda preferida en el Líbano— y, con el corazón en un puño, se bajó del taxi de un salto y echó a correr por entre el lento tráfico, con la esperanza de que su instinto estuviera equivocado de plano y preguntándose qué iba a hacer en caso contrario.

6

El cerebro de Evelyn bullía de preguntas desde que Faruk la abordó en Zabqine. Fiel a su palabra, el iraquí se encontraba allí de pie, fumando con nerviosismo, esperándola junto a la torre del reloj que se erguía en el centro de la Place de l'Étoile.

Con una antigüedad de algo más de cien años, aquella torre había visto lo peor de la guerra civil y había sobrevivido, notablemente, pese a estar situada justo encima de la famosa Línea Verde que dividía el este y el oeste de Beirut. Casi quince años después de que hubieran sido restauradas meticulosamente una por una las almenas de su exquisita artesanía otomana, en la actualidad actuaba de centinela de una ciudad que una vez más ardía de furia y orgullo ultrajado. De sus costados colgaban banderas libanesas y estandartes de gran carga emocional en contra de la guerra, mientras que sobre su base se cernían imágenes gráficas de los horrores de las recientes hostilidades.

Faruk había elegido bien. La plaza estaba rebosante de público, unos contemplaban la exposición con asombro y silencio, otros pasaban por delante a paso vivo, llevando en la mano bolsas de tiendas o hablando por el teléfono móvil con ajena despreocupación. Era fácil pasar inadvertido entre la multitud, que era exactamente lo que él necesitaba. Además, tener el edificio del Parlamento al otro lado de la plaza, con el puñado de soldados armados que había apostados allí, era también un plus.

Apagó el cigarrillo justo cuando Evelyn llegó hasta él y, tras lanzar una mirada de aprensión por encima del hombro de ella, la apartó de la torre y ambos echaron a andar por una de las arcadas radiales de la plaza.

Evelyn prescindió de las formalidades y fue directa al grano:

—Faruk, ¿qué es lo que ocurre? ¿Qué quisiste decir con que Hayy Alí ha muerto por culpa de las fotos? ¿Qué le ha sucedido? Faruk se detuvo en un rincón tranquilo, junto a una galería de arte que tenía las contraventanas cerradas. Se volvió hacia ella y prendió otro cigarrillo con dedos trémulos. Una sombra descendió sobre su semblante; al parecer estaba luchando con algún recuerdo evidentemente doloroso.

—Cuando Abu Barzan, el amigo que tengo en Mosul, me mostró por primera vez lo que estaba intentando vender, pensé inmediatamente en usted para el libro que tenía el Ouroboros. Lo demás... eran piezas muy hermosas, de eso no hay duda, pero yo sabía que a usted no le interesaría formar parte de algo así. Pero tiene que comprender que las otras piezas son las que tienen más valor, obviamente, y, como le dije antes, necesitaba coseguir dinero, todo lo que me fuera posible, para escapar de ese maldito lugar de una vez por todas. Intenté ponerme en contacto con algunos de mis clientes que ponían, por así decirlo, menos objeciones de conciencia, pero de ésos no tengo tantos. Así que también se lo dije a Alí. Él tenía varios contactos buenos, una clientela diferente de la mía, personas que hacen menos preguntas... Y además yo tenía mucha prisa, tenía que encontrar un comprador antes que Abu Barzan, aunque tuviera que repartir mi parte con un tercero como Alí. La mitad de algo es mejor que nada, compréndalo, y si Abu Barzan conseguía vender antes que yo, yo terminaría con las manos vacías. Cuando le hablé a Alí de las piezas, le di unas fotocopias de las Polaroids que me había proporcionado Abu Barzan. —Faruk sacudió la cabeza en un gesto negativo, como si estuviera recriminándose haber cometido un terrible error—. Fotocopias de todas las fotos.

Faruk dio una larga calada al cigarrillo como si quisiera cobrar fuerzas para pasar a la parte más difícil de su relato.

—No sé a quién se las enseñaría, pero volvió menos de una semana después diciendo que tenía un comprador, al precio acordado, para el lote completo. Yo quería dejar el libro fuera de la venta, porque sabía lo mucho que le interesaba a usted en aquel momento todo lo que contuviera aquel símbolo, y pensé que a lo mejor eso podría servirle de acicate para que me ayudara a vender el resto de las piezas, o por lo menos me ayudara a encontrar un empleo aquí, en Beirut. Así que le dije a Alí que dijera a su comprador que podía quedarse con todas las otras piezas que aparecían en las fotos, todas excepto el libro, pero que le haríamos un pequeño descuento para compensárselo. Alí estuvo de acuerdo en que parecía una contraoferta razonable, porque ya las dos figuras de alabastro por sí solas valían mucho más de lo que pedíamos por el lote entero, y el libro, en fin... seguro que no lo echaría de menos. —Tragó saliva—. No podía estar más equivocado.

»Pasé una semana o así sin tener noticias de él, y de pronto una mañana me llamó su mujer. Estaba desesperada. Me dijo que habían ido unos hombres a buscarlo a su tienda. Que no eran iraquíes, que le parecieron más bien sirios, y que incluso podían ser... —se frotó el puente de la nariz como si la palabra en sí fuera suficiente para provocarle un dolor físico— *mujabarat.*

Mujabarat.

Se trataba de un término ubicuo en toda aquella región, que normalmente se pronunciaba con precaución, en tono discreto, y que era una de las primeras palabras que había aprendido Evelyn cuando pisó Bagdad por primera vez, tantos años atrás. En sentido literal, significaba simplemente «información» o «comunicaciones», pero nadie lo empleaba en aquel contexto. Ya no, desde que se convirtió en el nombre abreviado de los policías secretos, los despiadados «proveedores de información» sin los que no podía pasar ningún tirano. Y además, aquellas agencias de seguridad interna no se limitaban a Oriente Medio. En el preocupante, por su brutalidad, nuevo orden mundial del siglo XXI, casi todos los países —salvo, quizá, Liechtenstein— se servían de ellas con total abandono, y todas parecían tratar a sus víctimas con un salvajismo impenitente que hacía que las prácticas demenciales de Iván el Terrible parecieran blandas.

—La obligaron a esperar fuera mientras los dos hombres hablaban con Alí —prosiguió Faruk en tono dolido—, y a continuación oyó varios gritos. Querían saber dónde estaban las piezas. Lo golpearon unas cuantas veces y después lo sacaron a rastras de la tienda, lo metieron en un coche y se fueron. Se lo llevaron así, sin más. Es algo que ocurre comúnmente en Iraq en estos tiempos, pero esto no tenía nada que ver con la política. Antes de que se fueran, la mujer de Alí los oyó hablar de las fotos. Las fotocopias que le había dado yo. Ellos eran los compradores, *sitt* Evelyn, o, lo que es más probable, actuaban en nombre del futuro comprador. Y uno de ellos le dijo al otro: «Quiere sólo el libro. El resto lo podemos vender nosotros mismos.» Sólo el libro, *sitt* Evelyn. ¿Lo entiende?

Evelyn sintió una aguda náusea que le subía a la garganta.

—¿Y lo mataron?

Faruk apenas pudo pronunciar la frase:

—Hallaron su cadáver aquella noche, tirado en la cuneta a un lado de la carretera. Estaba... —Sacudió negativamente la cabeza, atormentado de sólo pensarlo, y dejó escapar un jadeo de dolor—. Habían utilizado con él un taladro eléctrico.

—¿Qué hiciste tú?

—¿Qué otra cosa podía hacer? Alí no sabía nada de Abu Barzan. Yo no le dije de dónde procedían las piezas. Aunque lo conocía bien, éstos son tiempos desesperados, vivimos en un estado de miedo y paranoia constantes, y me da vergüenza admitir que no me fiaba de él lo suficiente para hablarle de Abu Barzan, para que no tratara con él a espaldas mías.

Evelyn vio adónde quería llegar.

—Lo cual quiere decir que Alí sólo pudo hablarles de ti.

—Exacto. De modo que huí. Nada más colgar el teléfono, metí unas cuantas cosas en una maleta y salí de mi casa. Tenía un poco de dinero, porque todos guardamos en casa lo que tenemos, los bancos ya no son seguros. No era mucho, pero sí lo suficiente para poder salir de Bagdad y sobornar a los guardias de la frontera. Así que lo cogí y salí corriendo. Me oculté en casa de un amigo, y esa noche, después de que encontraran el cadáver de Alí, supe con seguridad que empezarían a buscarme a mí. Así que salí del país. Tomé autobuses, pagué para que me llevaran en camiones, cualquier cosa que pude encontrar. Primero fui a Damasco; era una ruta menos obvia que atravesando Ammán, y está más cerca de Beirut, que era a donde quería llegar. Para verla a usted. Pregunté en la universidad y me dijeron que había ido a Zabqine a pasar el día entero. No pude esperar, tenía que verla.

Evelyn odió la pregunta que tenía que hacer. A pesar del malestar que sentía en el estómago por la horrible suerte que había corrido Alí, y a pesar de lo profundamente apenada que estaba por Faruk, no sólo por su espantosa situación actual, sino también por la pesadilla que debía de haber vivido durante los últimos años, no podía apartar de su mente la imagen de la Polaroid.

Intentó controlar sus sentimientos contradictorios.

—¿Y el libro? ¿Lo viste? ¿Sabes dónde está?

A Faruk no pareció importarle.

—Cuando Abu Barzan vino a verme, le pedí que me enseñara la colección, pero no la tenía consigo. Era demasiado peligroso que viajara con ella encima. Había demasiados controles de carretera, demasiadas milicias. Imagino que debió de dejarla en su tienda, o en su casa, en algún lugar donde estuviera a salvo. Sólo tenía que trasladarla cuando encontrase un comprador, y llevársela al otro lado de la frontera, a un sitio más seguro, para concluir el trato, en Turquía o en Siria, más probablemente Turquía, que no está lejos de Al-Mausil, sin tener que arriesgarse a pasar por Bagdad.

En el cerebro de Evelyn se agolpaban más preguntas.

—¿Pero cómo se hizo con ella? ¿No dijo dónde la había encontrado?

Faruk no contestó. Estaba mirando más allá de Evelyn, y de repente sus ojos se iluminaron de pánico. La agarró de la mano y le dijo:

—Tenemos que irnos. Ya.

Durante el más breve de los instantes, Evelyn no llegó a registrar aquellas palabras. Parecieron quedar suspendidas en el aire, una conversación ajena, paralela, que no estaba, que no podía estar destinada a ella, una conversación que estaba presenciando desde lejos. Y entonces sintió que su cabeza giraba, casi como un reflejo, al margen de su control, siguiendo la expresión de alarma de Faruk, y reparó en dos hombres corpulentos, los mismos que le pareció recordar de una ocasión anterior, abriéndose paso violentamente por entre la gente, con la boca apretada y un bigote poblado y negro, los ojos como dos ranuras oscuras en medio de un casco con hoyuelos y desprovisto de vida, que venían directamente hacia ellos.

Entonces Faruk casi le arrancó el brazo del hombro, y ambos echaron a correr a toda prisa entre el público que, ajeno a todo, los rodeaba.

7

La adrenalina inundaba las venas de Mia mientras avanzaba con precaución por la calle abarrotada de gente, escrutando la multitud con la mirada por si captaba algún indicio de su madre y procurando al mismo tiempo no llamar la atención. Había perdido unos segundos muy valiosos atravesando el atasco de tráfico y esquivando el BMW, y para cuando por fin consiguió llegar a la zona peatonal, al androide y su colega no se los veía por ninguna parte.

Al llegar al final del pasaje comercial, no le quedó otro remedio que abandonar la relativa protección de la arcada y salir a la plaza abierta, la cual se inclinaba suavemente hacia la torre del reloj. El aire que la rodeaba estaba cargado de una desconcertante mezcla de festividad indomable y tristeza remanente. Con la esperanza de que no la descubrieran, se deslizó entre las filas de restaurantes, con las palmas de las manos sudorosas debido al miedo y los ojos buscando cualquier rastro de Evelyn o de sus perseguidores.

Se abrió momentáneamente un claro en la muchedumbre, y se le heló el corazón al descubrir a su madre, como a unos cien metros allá delante, hablando con un hombre al que no reconoció. Por un momento la invadió una oleada de alivio —Evelyn estaba allí mismo, hablando con alguien al que estaba claro que conocía, todo iba a salir bien—, cuando de pronto vio que el hombre reaccionaba súbitamente a algo, agarraba a Evelyn de la mano y ambos echaban a correr.

La urgencia de aquella reacción sobresaltó a Mia. Rápidamente recorrió la plaza con la mirada y localizó al androide y a su colega, a medio camino entre Evelyn y ella, no corriendo, pero sí moviéndose todo lo rápido que podían sin llamar demasiado la atención.

Un miedo que no había experimentado jamás en su protegida existencia académica la atravesó de parte a parte y la dejó clavada en el suelo. Le entraron ganas de gritar pidiendo socorro, pero no había ningún rostro familiar al que recurrir, ningún policía al que acudir, y nada de tiempo para pensar.

Así que dejó a un lado el miedo, ordenó a sus piernas que volvieran a la vida y salió disparada detrás de ellos.

Faruk y Evelyn cruzaron a la carrera la plaza peatonal, cortando por entre el gentío, moviéndose sin tener pensada ninguna ruta de escape ni ningún plan en particular, los dos lanzando miradas aterrorizadas a sus implacables perseguidores, esforzándose por ir todo el tiempo por delante de ellos.

—¡Faruk, para! —chilló Evelyn en tono de irritación y de pánico—. Hay mucha gente alrededor. Aquí no pueden hacernos nada.

—Por lo visto, eso no les importa —replicó Faruk sin aflojar el paso. Se habría arriesgado, tal vez, si los soldados del edificio del Parlamento estuvieran a su alcance, pero para cuando descubrió a los dos hombres que los perseguían, éstos ya se encontraban entre ellos y los soldados, y no hubo modo de dar un rodeo para llegar hasta allí.

De pronto atrajo su mirada algo que vio en la multitud que los precedía. Otro hombre, con el mismo gesto de dureza en la boca y la misma expresión glacial en los ojos, caminando con calma hacia Evelyn y él, introduciendo una mano en la chaqueta, donde Faruk estaba seguro de haber alcanzado a distinguir la culata de un arma.

Faruk vio una bocacalle lateral que salía a la izquierda y se lanzó por ella. Discurría cuesta arriba como un centenar de metros y llevaba a una mezquita que se encontraba situada en el borde de la zona peatonal.

Evelyn tropezó al dar la curva y se enderezó rápidamente. Ahora respiraba con dificultad, ya le dolían las piernas, y estaba claro que no iba a poder mantener aquel ritmo mucho más tiempo. Se encontraba en una forma física bastante razonable para una persona de su edad, pero llevaba sin correr de aquella manera, quizá, toda la vida.

Continuaron avanzando y dejaron atrás el bullicio y las luces brillantes de la plaza, levantando eco con sus pisadas en el túnel de oscuridad que los rodeaba ahora. De pronto la asaltó un pensamiento. Faruk no sabía adónde iba. No conocía bien Beirut, si es que lo conocía algo, y no tenía sentido que fuera él el que la guiara. Ella conocía muy bien el área del centro, pero aquel callejón no le resultaba familiar, y desde luego era más sensato quedarse donde hubiera gente. Además, el hecho de correr cuesta arriba, aunque se tratara de una pendiente suave como aquélla, no ayudaba precisamente.

—Faruk, escúchame —exclamó sin resuello—, tenemos que buscar a algún policía, alguien que pueda protegernos.

—No puede protegernos nadie de esos tipos —replicó Faruk con la voz rota por la desesperación—, ¿no lo entiende? Tenemos que encontrar un taxi, un coche, algo...

Su voz enmudeció cuando, a su espalda, se oyó el taconeo urgente de tres pares de pies que surcó la noche y rebotó en las paredes que los rodeaban. El hombre de la pistola oculta bajo la chaqueta se había unido a sus dos colegas, y los tres estaban acorralando a Faruk y a Evelyn, ahora que ya no tenían que preocuparse de no llamar la atención.

A Evelyn le costaba más trabajo cada vez continuar avanzando, y estaba a punto de rendirse cuando de pronto apareció a su derecha una callejuela estrecha que discurría a lo largo del muro posterior de la mezquita. Desembocaba en Rue Weygand, una importante avenida que estaba atestada de tráfico... y de taxis.

Al verla Evelyn ganó nuevos bríos, y a Faruk pareció producirle el mismo efecto.

—¡Vamos! —chilló él, y ambos doblaron hacia la derecha y echaron a correr sin aliento por la callejuela desierta, en busca de las luces brillantes y de la posible salvación que los aguardaba.

Se encontraban a medio camino de la callejuela cuando Evelyn vio un coche solitario que se metía en ella y se les acercaba de frente. Era un BMW negro.

Faruk fue directamente hacia el coche y empezó a hacerle señas frenético, chillando el equivalente a «¡socorro!», pero Evelyn aminoró el paso, temerosa de pronto. Logró distinguir la silueta de un hombre en el interior del coche, recortada contra las luces de la calle que tenía detrás. Le pareció que sostenía un teléfono junto al oído. Algo le dijo que aquel individuo no estaba allí por casualidad.

—Faruk —exclamó—, espera.

Faruk frenó en seco y se giró hacia ella, confuso y sin resuello.

Evelyn seguía observando el coche con gesto suspicaz, cuando de repente éste se detuvo en mitad de la callejuela con el motor todavía zumbando de forma siniestra. Entonces el conductor encendió las largas e iluminó la calle con una luz dura y fría.

Evelyn retrocedió un par de pasos, protegiéndose los ojos de la luz cegadora, y en eso llamó su atención un ruido a su espalda. Al girarse vio a los tres hombres irrumpir en la callejuela, nítidamente iluminados por los faros del BMW. Al ver a Evelyn se detuvieron. Uno de ellos traía un teléfono en la mano, de los que tienen tapa, y lo cerró y se lo guardó en el bolsillo. Miró a su alrededor para cerciorarse de que estaban a salvo e hizo un gesto con la cabeza a sus colegas. Evelyn oyó que se abrían las portezuelas del coche. Giró en redondo y vio al conductor apearse del mismo.

Miró a Faruk. Estaba allí de pie, tan paralizado por el miedo como ella, mientras los cuatro depredadores iban estrechando el cerco, con el BMW al fondo, abierto de puertas y ronroneando igual que un espectro hambriento aguardando a que le dieran de comer.

Evelyn se puso a gritar.

8

Mia oyó los gritos de su madre justo en el momento en que llegó al muro de la mezquita. Miró calle abajo y vio a dos hombres forcejeando con Evelyn. Estaban a mitad de la callejuela, como a unos sesenta metros de ella. Entrecerró los ojos para protegerse de los faros del coche, y le pareció reconocer la parrilla distintiva del BMW. Evelyn chillaba y pataleaba mientras el colega del androide intentaba amordazarla con la mano. Le propinó un mordisco y seguidamente lo golpeó con el bolso, lo cual lo enfureció todavía más. El hombre hizo presa en él, se lo arrancó de la mano y lo arrojó al suelo, y acto seguido le dio a Evelyn una violenta bofetada de revés que la hizo tambalearse.

Más cerca de Mia estaba Faruk, con la espalda apoyada contra el muro exterior de la mezquita adosada al callejón. Parecía un ciervo acorralado, iluminado de lleno por los faros del coche. Había otros dos hombres —el androide y otro al que no había visto antes— que se dirigían hacia él. El androide llevaba una mano levantada a la altura de la cara, con el dedo extendido en un gesto duro, amenazante.

A Mia se le puso todo el cuerpo en tensión. Su instinto de huida la empujaba a esconderse detrás del muro y ponerse a salvo, y todo instinto de lucha que pudiera tener había sido pulverizado y reducido a la sumisión por el sentido común. Las circunstancias actuaban abrumadoramente en su contra, y teniendo en cuenta que ella no era ninguna heroína, no se le ocurría nada que pudiera hacer.

Bueno, quizás hubiera una cosa.

Básica. Primaria. No demasiado creativa ni aventurera.

Puede que peligrosa.

Decididamente peligrosa, bien pensado, pero es que tenía que hacer algo.

Así que se puso a chillar como una descosida.

Primero gritó «mamá», y después «socorro».

El frenesí que tenía lugar en mitad de la callejuela se interrumpió de repente, como si alguien hubiera apretado el botón de pausa en un gran tiovivo cósmico. Todas las cabezas se giraron hacia Mia, los secuestradores la miraron con una expresión de enfado y sorpresa a la vez, el hombre que estaba con Evelyn se quedó estupefacto, con la boca abierta, y Evelyn cruzó su mirada con la de Mia en un breve gesto de desesperación y gratitud que ésta ya no olvidaría jamás.

Aquel instante congelado en el tiempo no duró mucho, y, al volver a la vida, los dos hombres que estaban con Evelyn redoblaron sus esfuerzos por meterla en el asiento de atrás del coche y el androide dejó a Faruk con su colega y echó a correr hacia Mia.

Ésta dio unos cuantos pasos vacilantes antes de que el instinto de huida entrara en acción a plena potencia. Retrocedió de un salto hacia la mezquita haciendo uso de hasta el último átomo de energía que quedaba en sus agotadas piernas, sin dejar de gritar a todo pulmón. Lanzó una mirada rápida hacia atrás y vio que el amigo de Evelyn se escabullía del matón que iba hacia él y lo empujaba hacia un lado para luego salir disparado en sentido contrario, recto hacia el lado del coche que correspondía al pasajero y que estaba sin proteger.

El androide, furioso, le gritó algo en árabe que le heló la sangre en las venas, y Mia oyó claramente sus pisadas, que se le acercaban por detrás al tiempo que ella rodeaba el muro de la mezquita. A punto estuvo de chocar de bruces con dos soldados del ejército libanés que en aquel momento doblaron la esquina a toda prisa. Al parecer, venían de la entrada principal de la mezquita, donde alcanzó a ver una pequeña casilla de centinela. Se aferró a uno de ellos y, luchando por recobrar el aliento, le señaló el androide, que acababa de aparecer a la entrada del callejón.

El androide frenó en seco, aturdido, al ver a los soldados.

—Mi madre. La están secuestrando. Por favor, ayúdenla —dijo Mia atropelladamente, buscando en los ojos del soldado algún indicio de que la estuviera entendiendo. Éste la observó con suspicacia, y a continuación le indicó fríamente que se hiciera a un lado y, con una mano ya en la culata de su arma, le gritó algo al androide que sonó como una orden. El androide alzó una mano con gesto firme pero sereno, y respondió a su vez con otro grito que dejó a Mia perpleja, porque casi lo estaba reprendiendo como si fuera su sargento. Más alarmante todavía le pareció el hecho de que se llevara la otra mano a la espalda. Mia se giró hacia el soldado confusa y presa del pánico, y vio que éste no se había dado cuenta. El soldado volvió a gritarle algo al androide a la vez que levantaba su pistola... y de pronto su pecho se abrió en una explosión de sangre y fue lanzado hacia atrás, contra el muro de la mezquita, en el preciso instante en el que dos disparos ensordecedores reverberaban en los oídos de Mia.

Mia apartó los ojos del soldado caído y giró en redondo. Vio que el androide estaba tomando puntería, y justo en aquel momento el otro soldado la agarró y la aplastó contra la pared mientras apuntaba con la otra mano. Del arma del androide estallaron varios disparos que se incrustaron ruidosamente en la pared al lado de Mia, despegando trozos de piedra que se clavaron en el suelo a su alrededor. El soldado que tenía al lado disparó unas cuantas balas que debieron de errar el objetivo, y vio que el androide disparaba un par de tiros o más y después se daba media vuelta y desaparecía calle abajo.

El soldado se incorporó de un salto y corrió a atender a su compañero. Mia se levantó del suelo haciendo un gran esfuerzo de voluntad y lo siguió con paso inseguro. Lo que vio le revolvió el estómago. El soldado herido parecía estar muerto. Tenía el rostro manchado de sangre y los ojos fijos en la nada. El soldado superviviente escupió algo con enfado y después le indicó a Mia por señas que se quedase donde estaba y salió corriendo en pos del androide. Mia lo miró con expresión vacía y volvió a posar los ojos en el cadáver ensangrentado que yacía en el suelo. Todavía aturdida y conmocionada, no tenía la menor intención de quedarse allí sola, de modo que se apresuró a seguirlo.

Al entrar en la callejuela oyó un chirrido de neumáticos. El soldado se encontraba a unos diez metros por delante de ella, con el arma en alto, pero no tenía ninguna posibilidad. El BMW ya estaba abalanzándose sobre él. Disparó un par de tiros al azar antes de que el enorme automóvil lo embistiera y lo hiciera rodar sobre el capó igual que una muñeca de trapo. Giró en el aire y se estrelló contra el parabrisas, el cual se cuarteó como si fuera una tela de araña, y luego rebotó pesadamente sobre el techo y el maletero, y finalmente fue a aterrizar en el suelo con un ruido sordo. La siguiente era ella.

Se agachó detrás de la pared justo en el momento en que el BMW salía de pronto del callejón. El parachoques recortó la esquina del muro a escasos centímetros de Mia, en una explosión de piedra y acero, y acto seguido viró bruscamente a la derecha y se alejó en dirección a la mezquita. Al verlo pasar por su lado, Mia distinguió a los hombres que iban dentro: el androide y el conductor en la parte delantera, y su madre en el asiento de atrás, aplastada entre los dos matones.

Del compañero de Evelyn no había ni rastro.

Mia salió de detrás de la pared tambaleándose. En la callejuela reinaba un silencio sepulcral, como si no hubiera pasado nada. No sabía hacia dónde dirigirse. Descubrió al segundo soldado tirado en el suelo, calle adelante. Más allá vio el bolso de su madre, con el contenido del mismo esparcido por el suelo a su alrededor, y un poco más lejos un zapato solitario. Se acercó hasta el soldado, y de pronto fue consciente de que le temblaba violentamente todo el cuerpo. El hombre estaba allí tendido en el suelo, contorsionado en ángulos antinaturales, con un reguerillo de sangre en la comisura de los labios. La miró con expresión de dolor y parpadeó.

A Mia se le doblaron las piernas, se arrodilló junto al soldado y rompió a llorar.

9

La una o dos horas siguientes transcurrieron en una nebulosa. Sentada en una austera sala de interrogatorios de la comisaría de policía de Hobeish, situada en Rue Bliss, Mia empezó a notar un malestar en el estómago, a lo cual contribuyó el hecho de que aquella sala, con sus desnudas paredes de bloques de hormigón, era un lugar frío y húmedo. Estaba temblando intensamente, aunque probablemente se debía más a la conmoción y al miedo. Procuró concentrarse en lo único que importaba de verdad en aquel momento: recuperar a su madre. Pero no estaba segura de que los dos detectives que estaban frente a ella al otro lado de la mesa o que los agitados policías que entraban y salían confusamente de la sala estuvieran captando el mensaje.

Había dejado al soldado ensangrentado y había echado a andar igual que un zombi hasta la calle principal en la que desembocaba el callejón, y se había quedado allí, con las lágrimas rodándole por la cara, de frente al tráfico y con los brazos en alto. En su expresión atormentada debía de haber algo que llamó la atención de los conductores, porque enseguida empezaron a parar uno tras otro para ayudarla. Antes de que pasara mucho tiempo, llegó la caballería en forma de varios Durango repletos de policías del Fuhud armados, una especie de fuerzas paramilitares. El tranquilo callejón se transformó rápidamente en un zoo dominado por el ruido y el caos. El soldado que recibió el disparo ya estaba muerto. El que fue atropellado por el coche todavía aguantaba, y pronto llegó una ambulancia y se lo llevó. El bolso de Evelyn y el zapato de ella fueron recuperados. A Mia la interrogaron y la pasaron de un policía a otro —ella intentó explicar que su madre se había dejado el teléfono móvil, y les entregó a ellos el aparato junto con el suyo propio, una petición que la inquietó ligeramente— antes de que terminaran subiéndola a uno de los todoterrenos y se la llevaran a la comisaría custodiada por hombres armados.

Cambió de postura en la fría silla metálica y bebió un corto sorbo de una botella de agua que alguien le había traído.

—Por favor —murmuró. Tenía la garganta como si se la hubieran rascado con papel de lija. Todavía le resonaban en los oídos los chillidos de desesperación. Tragó saliva y probó de nuevo—. Escúchenme. Tienen que buscarla. Se la han llevado. Tienen que hacer algo antes de que sea demasiado tarde.

Uno de los detectives que tenía enfrente asintió y le contestó en un inglés chapurreado, pero no lo que ella deseaba oír, sino más evasivas y tópicos condescendientes. Más preocupante era que el otro detective, un hombre fibroso y con cara de hurón que había estado hurgando en silencio en el bolso de su madre y esparciendo su contenido sobre la mesa, ahora parecía sentir una profunda curiosidad por unas fotos que había encontrado dentro de un sobre, también en el bolso. Mientras las estudiaba, iba lanzando miradas a Mia con un gesto que a ella no le gustó nada. Dio con el codo a su colega y le mostró las fotografías. Mia no podía entender lo que decían —ni siquiera alcanzaba a distinguir qué había en las fotos—, pero ahora las miradas de suspicacia ya se las lanzaban los dos por igual.

El temblor se hizo más pronunciado que antes.

Los dos detectives estaban hablando de algo entre ellos y parecían estar de acuerdo en cuál iba a ser el próximo paso que dar. El hurón recogió las cosas de Evelyn y volvió a meterlas en el bolso, mientras su amigo, el que se dedicaba a soltar un tópico tras otro, le indicaba a Mia con una seña que se quedara donde estaba y le explicaba lo mejor que podía que no tardarían en volver. Su capacidad de reacción seguía siendo un poquito lenta, y antes de que pudiera protestar o preguntar qué era lo que los preocupaba, ya estaban saliendo por la puerta. Cuando volvieron a cerrarla, Mia oyó la llave que giraba en la cerradura y concluía con un inquietante chasquido.

«Genial.»

Se derrumbó en la silla y cerró los ojos, con la esperanza de poder eliminar aquella pesadilla de un parpadeo y volver a empezar la jornada desde cero.

Una hora después, los dos detectives estaban nuevamente sentados a la mesa, enfrente de ella, sólo que ahora los acompañaba un individuo de nariz chata vestido con un traje gris, sin corbata, y con un rostro sonrosado y surcado de arrugas que lucía una expresión de fastidio, lo cual indicaba que lo habían sacado a rastras de la comodidad de su casa. Ahora Mia tenía la cabeza un poco más despejada —le habían ofrecido un café turco, una especialidad densa y azucarada a la que había tardado un poco en acostumbrarse, pero que en las últimas semanas le había ido gustando cada vez más—, y se irguió cuando su nuevo visitante se presentó como John Baumhoff y la informó de que pertenecía a la embajada de Estados Unidos.

La conversación que siguió fue mucho menos prometedora.

Baumhoff tamborileó con los dedos sobre las fotografías, las cuales había extendido sobre la mesa para que las viera ella.

—¿Así que dice usted que no sabe nada de esto? —volvió a preguntarle, en un tono de voz que resultaba ligeramente agudo para tratarse de un hombre.

Mia suspiró y realizó un esfuerzo consciente para calmarse.

—Ya le he contado lo que ha sucedido. No sé nada de esas cosas, esas reliquias, lo que sean. Estábamos tomando una copa. Mi madre se dejó el teléfono. Yo pensé que la estaban siguiendo. Intenté advertirla. Esos hombres la metieron en el coche y se la llevaron...

—Matando de paso a un soldado e hiriendo de gravedad a otro —la interrumpió Baumhoff al tiempo que dirigía una mirada de complicidad a los detectives que tenía de pie detrás, los cuales asintieron con gesto solemne.

—Sí, exacto —replicó Mia, irritada—, y por esa razón tiene usted que encontrarla, maldita sea. Lo más probable es que esté encerrada en algún agujero inmundo, mientras ustedes siguen aquí sentados, jugando a la canasta con esas fotos.

El otro la contempló con ojos cansados y demacrados, luego alargó la mano y recogió las fotos tomándolas de una en una con sus dedos rechonchos y letárgicos.

—Señorita... —parecía haberse olvidado ya del nombre que había escrito en la libreta que tenía delante— Bishop —continuó con su acento nasal—, si en efecto su madre ha sido secuestrada, había muy poco que nosotros hubiéramos podido hacer.

—Podían haber puesto controles en las carreteras —protestó

Mia—, podían haber alertado al ejército, Dios sabe que están en todas partes. Podían haber hecho algo.

Baumhoff le dirigió una mirada irónica.

—No estamos en nuestro país, señorita Bishop. Aquí las cosas no funcionan de igual manera. Si quieren tener a una persona, puede estar segura de que la capturarán. Se conocen todas las carreteras secundarias. Saben dónde pueden estar a salvo. Lo tienen todo organizado por adelantado. La cosa es —se encogió de hombros— que esto no es Iraq. Aquí no ha habido un secuestro de un extranjero desde, no sé, por lo menos quince años. Si no más. Sencillamente, ya no se hace. Aparte de algún que otro asesinato político, esta ciudad es sorprendentemente segura, sobre todo si uno es extranjero. Y por ese motivo —agregó, haciendo una pausa para volver a examinar las fotos que tenía en las manos— tengo que estar de acuerdo con estas personas en que probablemente esto sea otra cosa. Algún lío en el que se ha metido su madre.

Arqueó las cejas, metió los labios para adentro y abrió las palmas de las manos en un gesto interrogante, como si estuviera esperando que ella llenase los huecos o fuera a confesarlo todo.

Mia se lo quedó mirando perpleja.

—¿De qué me habla?

Él la observó durante unos breves instantes —aquellos manierismos de individuo desengañado ya le estaban resultando un tanto cargantes— y a continuación levantó el fajo de fotos.

—Estos objetos —dijo Baumhoff— son mercancía robada, señorita Bishop.

A Mia se le descolgó la mandíbula.

—¿Cómo?

—Que han sido robados —repitió Baumhoff—. De Iraq. Seguro que está enterada de la pequeña guerra que está librándose en ese país.

—Sí, pero... —A Mia volvió a invadirla la sensación de aturdimiento.

—Miles de reliquias de todas clases han sido robadas de museos de Iraq. Y todavía siguen desapareciendo piezas, que van a parar a manos de coleccionistas que no se preocupan demasiado por su origen. Valen mucho dinero... siempre que uno pueda sacarlas de contrabando, y —recalcó— siempre que uno encuentre al comprador adecuado. —Terminó con una mirada de complicidad.

A Mia se le nubló el semblante mientras buscaba qué decir.

—¿Usted cree que mi madre ha tenido algo que ver con eso?

Baumhoff indicó las fotos con un gesto.

—Tenía estas fotos en el bolso, ¿no es así?

—¿Y cómo sabe usted que son objetos robados? —contraatacó Mia—. Podrían ser legítimos, ¿no?

Baumhoff negó con la cabeza.

—Desde que empezó todo el follón, está en vigor una prohibición sobre todas las exportaciones de tesoros mesopotámicos. No puedo afirmar con seguridad que estos objetos hayan sido robados, aún no he tenido tiempo de comprobarlo, y no lo sabré hasta que mañana haga unas cuantas indagaciones con nuestra gente de aquí, pero lo más probable es que procedan del contrabando. Lo cual podría explicar lo que ha ocurrido esta noche. No son gente con la que uno deba andar jugando.

De pronto, a Mia le vino a la memoria la conversación que había tenido con Evelyn en el hotel.

—Espere un momento —dijo emocionada—. Mi madre me dijo que había ido a verla una persona. Un tipo que había trabajado con ella años atrás. En Iraq.

Aquello despertó el interés de los detectives, y le pidieron a Baumhoff que les aclarase el asunto. Mia les trasladó lo que le había contado Evelyn, y ellos lo anotaron con interés. Baumhoff se encogió de hombros y metió las fotos en su maletín.

—Muy bien. En fin, se ha hecho tarde y aquí ya no puedo hacer nada más. Van a tener que retenerla aquí esta noche, hasta que mañana pueda tomarle declaración formal un funcionario administrativo —la informó Baumhoff en tono de naturalidad al tiempo que se levantaba de la silla.

Pero Mia se mostró belicosa.

—¿Acabo de presenciar cómo secuestran a mi madre y ustedes me dejan aquí?

—No le permitirán irse hasta que obtengan esa declaración —informó Baumhoff en tono sombrío—. Forma parte de la burocracia francesa que han heredado, y a estas horas no se puede hacer. No le pasará nada. Le permitirán que pase la noche en esta sala, será más cómoda que una celda, créame. Ahora le traerán algo de comer, una almohada y unas mantas. Yo volveré mañana por la mañana.

—No puede dejarme aquí —le espetó Mia, poniéndose en pie con cansancio. El hurón extendió los brazos en ademán tranquilizador y le cortó el paso—. No puede hacer esto —insistió.

—Lo siento —dijo Baumhoff con frialdad clínica—, pero han matado a un hombre, otro se encuentra en estado crítico y, le guste o no, usted ha tomado parte en ello. Ya lo aclararemos todo mañana. No se preocupe. Procure dormir un poco.

Y justo en el preciso instante en que se despedía de ella con una sonrisa de impotencia, sonó un teléfono móvil en alguna parte de la sala.

Baumhoff y los detectives, de manera instintiva, hicieron el ademán de ir a coger sus móviles antes de darse cuenta de que aquel timbre no correspondía al de ninguno de los dos. El hurón —cosa nada sorprendente— fue el primero en olerlo. Introdujo la mano en el bolso de Evelyn y extrajo dos teléfonos móviles, el de Evelyn y el de Mia. Mia no reconoció el tono del timbre. Era el teléfono de su madre.

El hurón apretó instintivamente el botón de llamada y escuchó. Estaba a punto de decir algo por el teléfono cuando de repente se interrumpió. Se lo quedó mirando un instante y luego levantó la vista hacia Baumhoff. El de la embajada le contestó con un breve «Démelo a mí». El hurón se giró hacia su compañero en busca de instrucciones. Éste hizo un gesto de asentimiento y dijo algo en voz baja que obviamente le daba permiso, tras lo cual Baumhoff, angustiado por no perder la llamada, agarró el teléfono y se lo aplastó contra la oreja.

—Diga —aventuró empleando un tono natural pero forzado.

Mia vio cómo su semblante se endurecía a causa de la expresión de seriedad que puso. Le llegaron débiles ecos de la voz que hablaba al otro extremo de la línea; era claramente una voz de hombre, y sonaba norteamericana. Baumhoff escuchó unos segundos y después dijo:

—No, la señora Bishop no puede ponerse en este momento. ¿Quién es?

Mia oyó que el que llamaba respondía brevemente, y como lo que dijo no fue del agrado de Baumhoff, éste contestó irritado:

—Soy un colega de la señora Bishop. ¿Quién llama, por favor?

Su interlocutor dijo algunas palabras más que provocaron en Baumhoff una expresión de sorpresa.

—Sí, por supuesto, se encuentra perfectamente. ¿Cómo puede pensar lo contrario? ¿Quién llama? —Su paciencia iba agotándose rápidamente, y de pronto alzó la voz malhumorado—: Necesito que me diga quién es usted, señor.

En la sala se hizo el silencio por espacio de uno o dos segundos, y a continuación Mia vio que Baumhoff fruncía el ceño y se retiraba el teléfono de la oreja. Lo contempló con expresión de fastidio y miró a los detectives.

—No sé quién era. Ha colgado, y no aparece ningún número de identificación. —Se ayudó de gestos con las manos para confirmar lo que quería decir. Miró a Mia. Ésta le devolvió una mirada que decía que tampoco tenía la menor idea de quién podía ser. El hurón extendió la mano para coger el teléfono; Baumhoff se lo devolvió, asintió con la cabeza y se giró hacia Mia.

—Volveré mañana por la mañana.

Y, dicho eso, se fue.

Mia lo siguió con una mirada furibunda, pero no le sirvió de nada. Los detectives salieron de la sala y cerraron la puerta. Ella se puso a pasear nerviosa alrededor, con la vista fija en las paredes desnudas y lúgubres. La rabia que antes la había inundado de pies a cabeza y había hecho desaparecer toda incomodidad física estaba cediendo, y con eso estaban regresando las náuseas y el cansancio.

Se desmoronó en el suelo y se encogió contra la pared, sosteniéndose la cabeza entre las manos.

Aquella decisión suya de no pensárselo dos veces se estaba transformando en *El expreso de medianoche*.

10

Evelyn sentía una punzada de dolor que le atravesaba la cabeza con cada bache de la carretera. El maletero del coche estaba forrado con varias mantas dobladas, pero eso no ayudaba gran cosa. No sólo el firme de la carretera estaba desigual y salpicado de socavones que a veces parecían verdaderas grietas —aquello era más una pista de montaña que una carretera asfaltada, pensó Evelyn en sus efímeros momentos de lucidez—, además el trayecto en sí daba la sensación de ser una serie interminable de curvas cerradas que doblaban a izquierda y derecha y subían y bajaban colinas y montañas, lanzando su cuerpo de un lado para otro igual que si fuera una botella a la deriva en medio de una tempestad, y golpeándola contra los costados del maletero a cada cambio de dirección.

Su sufrimiento se veía incrementado por la cinta aislante que le tapaba la boca y por el saco de tela que le cubría la cabeza. El aislamiento sensorial ya habría sido bastante malo sin aquella infernal carretera larga y tortuosa. Apenas podía respirar, y luchaba por aspirar a través de la nariz leves bocanadas de aquel aire rancio y húmedo. La preocupaba qué ocurriría si le entrasen ganas de vomitar. Podría ahogarse con su propio vómito, y ellos ni siquiera la oirían. Aquella idea le produjo un golpe de ansiedad que le recorrió las venas. Le dolían los huesos por el constante traqueteo del viaje, y las cintas ajustables de nailon que le sujetaban las muñecas y los tobillos le estaban erosionando la piel, fina y arrugada.

Ojalá pudiera encontrar alivio perdiendo el conocimiento. Se notaba caer poco a poco en espiral en la oscuridad, pero cada vez que estaba a punto de desmayarse, llegaba otro bache que le causaba un dolor intenso en todo el cuerpo y la despertaba.

El coche no había recorrido mucho trecho desde la zona del

centro de la ciudad cuando se metió en un descampado que había detrás de un edificio en muy mal estado del extrarradio sur. Sacaron a Evelyn del automóvil, la maniataron, la amordazaron, le pusieron una capucha y la metieron en el maletero de un coche que estaba aguardando, todo ejecutado con la eficiencia que da la práctica. Oyó a sus secuestradores hablar brevemente de algo que no consiguió distinguir dado su estado de confusión y sus ataduras, y después se cerraron las puertas y el coche emprendió el viaje. No tenía ni la menor idea de cuánto tiempo llevaría allí dentro, pero sabía que ya habían transcurrido horas.

No tenía forma de saber cuánto más iba a durar aquello.

Su cerebro estaba asediado por una maraña de imágenes borrosas. Se vio a sí misma corriendo sin pensar por las galerías comerciales del centro, sin resuello, con las piernas agotadas a causa del esfuerzo. Siguiendo a Faruk. Su cara de miedo.

Faruk. ¿Qué le habría sucedido? ¿Habría logrado escapar? No iba con ella en el coche. Le pareció recordar haberlo visto escabulléndose de sus raptores y echando a correr por la callejuela, más allá del coche. Justo después de que alguien la llamara a ella a gritos.

Mia. No lo había soñado, ¿verdad? ¿De verdad habría estado su hija allí? Visualizó la imagen surrealista de Mia allí de pie, paralizada por la impresión, chillando desde el otro extremo de la calle. Estaba razonablemente segura de que aquello había sucedido de verdad. Pero ¿cómo? ¿Qué estaría haciendo allí? ¿Cómo había llegado tan deprisa? Se acordó de que estuvo tomando una copa con ella. La dejó en el hotel. ¿Por qué estaba en aquel callejón? Y, mucho más importante, ¿se encontraría a salvo?

Sintió una punzada de angustia que la recorrió de arriba abajo y le atenazó la garganta. Había habido muertes. Estaba segura de ello. Revivió el ruido de los disparos. El soldado, abatido junto al coche. Aquellos golpes sordos, ensordecedores y horribles, el cuerpo chocando contra el parabrisas igual que un muñeco de los que se usan para las pruebas y haciéndolo pedazos. Intentó concentrarse, intentó recordar con mayor nitidez, pero cada bache la sacudía violentamente y le impedía ordenar sus pensamientos.

Intentó dejarse llevar, obligarse a perder el conocimiento, pero no lo consiguió. La incomodidad y el dolor eran incesantes. Con creciente horror, empezó a concentrarse en los detalles concretos del viaje. Horas. Llevaba varias horas. Aquello no le sonó a nada bueno. Y menos en un país tan pequeño. ¿Adónde la llevarían?

Rebuscó entre recuerdos disonantes, hizo memoria de artículos de prensa que recordaba de años atrás, de los «días oscuros» del Líbano. De los secuestros. Los periodistas, los rehenes al azar que eran tomados de las calles. Recordó cómo habían descrito el viaje que habían hecho: envueltos en cinta aislante como momias, metidos en cajones de embalaje, ocultos en camiones. La fue invadiendo una sensación de miedo cada vez más viva al visualizar las celdas en las que los tuvieron cautivos. Desnudas. Frías. Encadenados a radiadores que no funcionaban. Sobreviviendo a base de restos de comida infames. Y entonces la asaltó el pensamiento más pavoroso de todos, un pensamiento que surgió de la oscuridad y la cegó: ninguno de ellos supo nunca dónde lo habían tenido secuestrado.

Años de cautividad. Lo servicios de inteligencia más eficientes del mundo. Ni una sola pista. Sin informadores. Sin rescates. Sin intentos de liberación. Sin nada. Era como si hubieran sido borrados de la faz de la Tierra para reaparecer años después... eso, si tenían suerte.

El coche debió de topar con un socavón de los grandes, porque la cabeza se le fue hacia atrás y rebotó contra la chapa metálica de la tapa del maletero. El estallido de dolor bastó para que por fin rebasara el umbral y cayera en la paz misericordiosa de un sueño libre de pesadillas.

11

Faruk contempló con la mirada perdida el caótico conjunto de refugios y tiendas improvisadas. Percibía el sufrimiento y la desesperación en la quietud que lo rodeaba, incluso en medio de aquella oscuridad opresiva que tan sólo era rota, aquí y allá, por el débil resplandor de una lámpara de gas. Reinaba un silencio fantasmal, salvo por los sonidos amortiguados de unas cuantas radios dispersas que se oían entre los árboles. La mayoría de los refugiados habían sucumbido finalmente al sueño.

El parque de Sanayi' era una de las escasas zonas verdes que había en el laberinto de hormigón que era Beirut; claro que «verde» era un término generoso, teniendo en cuenta lo seco y desatendido que estaba aquel lugar, incluso en circunstancias normales. Con el inicio de la guerra en el sur del país, centenares de refugiados habían hecho de aquel parque su hogar. Lo mismo que Faruk, que desde que llegó a Beirut no tenía nadie a quien recurrir. Es decir: ya no.

Dio una última calada a un cigarrillo antes de aplastarlo en el suelo, a su lado. Se palpó los bolsillos. El paquete de tabaco que encontró estaba vacío. Lo arrugó y lo tiró con un encogimiento de hombros. Se subió las solapas de la chaqueta y se acurrucó contra el muro de escasa altura que rodeaba aquella zona del parque.

Aquello era en lo que había desembocado su vida. Solo en otro país desgarrado por la guerra. Sin hogar. Agachado en cuclillas sobre un trozo de barro seco. El día siguiente se le presentaba todavía menos prometedor que el de las desgraciadas almas que se hacinaban en el terreno que se extendía ante él.

Se rodeó la cabeza con manos temblorosas e intentó aislarse del mundo, pero la agitación de las últimas veinticuatro horas no iba a esfumarse con facilidad. Se frotó la cara y se maldijo por haberse acordado del interés que tenía Evelyn, por haber interferido en una venta que ya casi estaba acordada, por haber instigado todo aquel desastre... y se quedó contemplando la oscuridad, pensando qué hacer a continuación.

¿Marcharse? ¿Volver a casa, a Iraq? Volver... ¿A qué? A un país demolido, arrasado por una brutal guerra civil. A una tierra de secuestros en masa, de pelotones de la muerte y coches bomba, un lugar de caos y sufrimiento sin paliativos. Meneó la cabeza en un gesto de negación. No había nada a lo que volver, y ningún otro sitio al que pudiera ir. Su país había desaparecido. Y él se encontraba allí, ahora, un desconocido en una tierra desconocida, y a la única persona que constituía para él un contacto y una amistad se la habían llevado.

Por su culpa.

Él había arrastrado a Evelyn a aquella situación, y ahora se encontraba en poder de ellos.

Aquel pensamiento fue como un puñal que se le clavara en el corazón. Volvió a negar con la cabeza, una vez, y otra más. ¿Cómo había podido permitir que sucediera? Había sido culpa suya, eso era innegable. Nada más verlos, supo que venían a por él, y aun así los condujo hacia Evelyn, hizo que se la llevaran a ella en su lugar. Se estremeció al recordar el cuerpo torturado de Hayy Alí. Su antigua amiga, *sitt* Evelyn, en las manos de aquellos monstruos. Era un pensamiento demasiado horrible para imaginarlo.

Tenía que intentar ayudarla. Como fuera. Que la gente supiera en dónde la había metido. Ayudar a dar con ella, a orientarlos en la dirección correcta. Avisarlos de a qué iban a enfrentarse. Pero ¿cómo? ¿Con quién podía hablar? No podía acudir a la policía, se encontraba ilegalmente en aquel país, estaba intentando vender mercancías robadas. Incluso con las mejores intenciones, la policía no iba a tratar con demasiada amabilidad a un contrabandista iraquí ilegal.

Se acordó de la joven de la callejuela. Si no hubiera sido por ella, a él se lo habrían llevado junto con Evelyn. Lo habrían... Imaginó el taladro eléctrico, su punta giratoria perforándole la piel. Apartó a un lado aquel pensamiento y volvió a concentrarse en la joven. Al principio creyó que había sido pura suerte; simplemente una desconocida que se equivocó de calle en un mal momento. Pero luego se acordó de lo que se puso a gritar. Le pareció que había dicho «mamá», y eso lo desconcertó. ¿Es que era hija de Evelyn? Y con independencia de eso, ¿qué estaba haciendo allí? ¿Habría quedado Evelyn en reunirse con ella en aquel lugar, o habría sido sólo una coincidencia?

Fuera lo que fuera, carecía de importancia en la práctica. No sabía quién era aquella joven ni dónde encontrarla. No se había quedado por los alrededores después de escapar. Ni siquiera sabía qué le había sucedido a la chica. Que él supiera, también la habían secuestrado.

En la nebulosa de su cerebro surgió un rostro. El hombre con el que estaba Evelyn en Zabqine, Ramez... así se llamaba, ¿no? ¿Qué había dicho Evelyn? Que habían trabajado juntos. En la universidad.

A él sí podía encontrarlo. Había estado en el departamento de Arqueología. Post Hall, en el campus. Y Ramez lo había visto con Evelyn. Podría contarle lo que sabía. Tal vez Evelyn le contó lo que le había contado él. Estaría preocupado por Evelyn. Le haría caso.

Ya estaba. Aquello era lo mejor que podía hacer. Conforme iba meditándolo, la idea le fue resultando más atractiva. Necesitaba dinero. Casi se le había agotado lo que llevaba, y ahora su situación era mucho más desesperada. Ya no se trataba de empezar una vida mejor en algún lugar que fuera más cuerdo que su tierra natal; ahora se trataba de sobrevivir, lisa y llanamente. Tenía que desaparecer, y para eso hacía falta dinero. Tenía que encontrar un comprador para la colección de Abu Barzan. No había hablado con él desde que salió de Iraq; a aquellas alturas aquel cabrón podría haber encontrado un comprador por sí mismo, y en tal caso, a él ya no le quedaría nada que vender. El colega de Evelyn tenía que tener contactos en aquel mundo. Coleccionistas libaneses ricos. A lo mejor podía despertar su interés para que lo ayudara a vender las piezas. Le daría una parte. En aquella ciudad, la línea que dividía a los ricos de los pobres era un auténtico cañón, y en los últimos tiempos la mayoría de la gente no era precisamente millonaria. El dinero escaseaba. Y hasta la gente virtuosa y con principios tenía que comer y pagar la renta.

Se abatió sobre él una nube de cansancio. Se deslizó hasta el suelo y se encogió sobre sí mismo con la esperanza de que le viniera el sueño. Al día siguiente iría a la universidad. Buscaría a Ramez. Hablaría con él. Y quizá, sólo quizá, todo aquello acabara para ellos mejor de lo que había acabado para su amigo Alí.

Pero no se lo creyó ni por un segundo.

12

Tom Webster dejó sobre la mesa su teléfono móvil y miró por el alto ventanal de su despacho, que daba al Quai des Bergues. En Ginebra hacía una tarde despejada. El sol estaba poniéndose por detrás de los escarpados picos de los Alpes, hacia el oeste, reflejándose en el lago y bañando sus aguas de un intenso resplandor rosa dorado. Todavía no había llegado la nieve, pero ya no tardaría mucho.

La llamada le había dejado una sensación de profunda inquietud.

Reprodujo la conversación mentalmente, examinó cada uno de sus matices, repitió punto por punto todo lo que había oído. Primero fue la pausa que se produjo en cuanto atendieron la llamada. Luego un claro titubeo. A continuación aquellas palabras confusas, en un idioma que tenía la relativa seguridad de que era árabe. Y por último el hombre que al final se puso al teléfono afirmando ser un colega de Evelyn. Había en su tono de voz algo que se notaba muy formal. Su insistencia en saber quién llamaba a Evelyn era una clara señal de que aquélla no era la contestación natural de un amigo que coge el teléfono.

Se ha metido ella sola en esto. Pero a continuación lo asaltó un pensamiento más preocupante: «¿No le habrá ocurrido algo?»

El mensaje que había recibido de la telefonista del instituto lo había tomado por sorpresa. Habían pasado... ¿cuántos años?

Treinta.

Lo intrigó qué habría empujado a Evelyn a llamarlo, después de todo aquel tiempo.

Aunque tenía sus sospechas.

Los dos sucesos —la llamada de uno de los exploradores que

tenía en Iraq, de repente, hacía poco más de una semana, y la llamada de Evelyn a la centralita del Haldane— tenían que guardar relación entre sí. Era evidente. Pero no había previsto que surgieran problemas. Él y sus socios siempre actuaban por debajo del radar. Tenían que ser prudentes, por supuesto, la discreción era de importancia primordial en su trabajo, pero no había motivos para esperar complicaciones.

Procuró racionalizar la llamada y calmar sus temores, pero no pudo librarse de ellos. Aquello no pintaba nada bien. Hacía mucho tiempo que había aprendido a fiarse de su instinto, y en aquel preciso instante éste reclamaba toda su atención. Necesitaba saber qué estaba ocurriendo. Y alcanzar un acuerdo unánime, como siempre hacían los tres, acerca de cómo afrontar la situación.

Consultó su reloj. En Beirut era dos horas más tarde. La diferencia horaria conllevaba que no iba a poder obtener respuestas hasta pasadas unas horas. Iba a tener que prescindir de acostarse y hacer unas cuantas llamadas justo antes de romper el día. Lo cual no le importó en absoluto.

Al igual que les había ocurrido a los otros que lo precedieron, aquello era a lo que había dedicado su vida entera.

Y si su instinto no se equivocaba, ahora también estaba implicada Evelyn.

Una vez más.

Exhaló con fuerza y se volvió hacia su mesa de trabajo. Sobre ella descansaba el códice. Lo había sacado de la caja fuerte. Estaba depositado sobre la mesa, inocentemente. Lo contempló unos instantes, y luego lo tomó en las manos y meneó la cabeza débilmente, en un gesto negativo.

Inocente.

Ni mucho menos.

Aquel libro lo había enredado a él, y a otros, en su tentadora red durante varios siglos. Era irresistible, y con razón. Merecía la pena.

Se encogió de hombros, lo abrió por la primera página y se puso a recordar cómo había comenzado todo.

13

Tomar, Portugal, agosto de 1705

Sebastian sintió el frío de la humedad que se filtraba por los muros y le calaba los huesos con su mortal abrazo mientras bajaba, tras el guardia, por la estrecha escalera de caracol. Mantuvo la vista baja, apartada de las llamas de la antorcha que portaba el guardia. En medio de aquella luz dorada y parpadeante distinguió una ranura producto del desgaste en el centro de los escalones. Al principio lo dejó perplejo, pero luego comprendió que había ido tallándose en la piedra a causa del constante paso de los grilletes.

Muchos prisioneros habían languidecido allí, en Tomar. Y aún había de ocurrirles lo mismo a muchos más.

Siguió al guardia por un pasadizo largo y angosto. A uno y otro lado había toscas puertas de madera provistas de imponentes cerraduras de acero. Por fin el guardia se detuvo frente a una de ellas. Manoteó con un aro de llaves de gran tamaño y la abrió. La puerta se estremeció sobre sus goznes al bascular hacia fuera. La abertura que dejó se asemejaba a la boca de una cueva, el umbral de un abismo tenebroso. Sebastian miró al guardia. Éste, sudoroso, asintió con inquietante indiferencia. Sebastian hizo acopio de fuerzas, tomó una antorcha de la pared, la encendió con la del guardia y entró.

A pesar de aquel entorno infernal, la figura cuya silueta distinguió acurrucada en un rincón oscuro le resultó familiar al instante. Sebastian se quedó petrificado al verla, y de inmediato lo envolvió una tristeza infinita.

—No pasa nada —le dijo el anciano—. Ven.

Sebastian no podía moverse. Sentía los pies como si los tuviera clavados a las frías piedras del suelo.

—Te lo ruego —susurró otra vez el anciano con voz ronca y seca—. Ven. Siéntate conmigo.

Sebastian dio un paso adelante con inseguridad, después otro. Sus ojos se negaban a aceptar la sobrecogedora visión que se ofrecía a ellos.

Aquel hombre molido y apaleado levantó un brazo retorcido y encadenado y le indicó con una seña que se acercara. Sebastian advirtió que tenía dos dedos que no se movían en absoluto. Y el pulgar había desaparecido.

Isaac Montalto era un hombre bueno. Había sido amigo íntimo del padre de Sebastian. Ambos eran hombres instruidos, maestros y tutores de la élite, y habían pasado varios años trabajando juntos en la gran ciudad de Lisboa, estudiando y traduciendo textos árabes y griegos que hacía mucho que habían quedado olvidados. Pero un invasor de tamaño diminuto había puesto fin a aquello. Un virus, que desde el punto de vista de hoy en día no pasaría de ser una gripe sin importancia, había asolado la ciudad sin misericordia aquel invierno, y se había llevado consigo a la familia de Sebastian. El niño más pequeño había sobrevivido, pues su padre había actuado con rapidez y lo había puesto al cuidado de su amigo Isaac, en la casa que tenía en la cercana localidad de Tomar, cuando aparecieron las primeras señales de la enfermedad en la familia. Isaac y su esposa cuidaron del pequeño lo mejor que supieron durante aquellas primeras semanas, hasta que la esposa de Isaac enfermó también. Al anciano no le quedó más remedio que dejar a Sebastian al cuidado de los monjes del monasterio de Tomar. Su esposa tampoco logró sobrevivir a aquel invierno, pero él y Sebastian sí.

Al ser viudo, Isaac no había podido quedarse con el niño. Los monjes del monasterio se encargaron de criarlo, junto con otros huérfanos. Pero Isaac nunca se alejó demasiado de él. Fue su amigo y mentor, y vigiló atentamente cómo el niño iba creciendo hasta hacerse un joven y después un hombre, el que era en la actualidad. Se despidió de él compungido cuando al chico lo escogieron para servir a Dios en los claustros de la catedral de Lisboa. Pero de aquello ya hacía tres largos años. Y ahora estaba allí, víctima de la Inquisición, un pálido y magullado reflejo del hombre que había sido antes.

—Isaac —dijo Sebastian con una voz llena de pena y remordimiento—. Dios mío...

—Sí —susurró Isaac con una risa cargada de dolor, entrecerrando los ojos al sentir un pinchazo en el pecho—. Ese Dios tuyo... —Tragó saliva con dificultad y asintió para sí—. Debe de sentirse muy orgulloso, al ver cuántas molestias están dispuestos a tomarse sus servidores para cerciorarse de que se obedezca su palabra.

—Estoy seguro de que él no tenía intención de hacer nada de esto —contestó Sebastian.

De alguna manera, una leve sonrisa se abrió camino hasta los ojos del anciano.

—Cuidado, mi querido muchacho —lo previno Isaac—. Palabras como ésas podrían hacer que acabaras en la celda de al lado.

La locura de la Inquisición había infectado la Península Ibérica desde hacía más de doscientos años. Al igual que sucedía con su análoga en España, más famosa, en Portugal su misión principal consistía en arrancar conversos de otras fes —musulmanes y judíos—, los cuales, a pesar de que afirmaban haber abrazado el catolicismo, todavía seguían en secreto sus creencias originales.

No siempre había sido así. La Reconquista —la recuperación de España y Portugal de manos de los moros que se inició en el siglo XI— había dado como resultado una sociedad tolerante, multirracial y multirreligiosa. Cristianos, musulmanes y judíos vivían, trabajaban y prosperaban juntos. En ciudades como Toledo, colaboraron en la traducción de textos que llevaban siglos almacenados en iglesias y mezquitas. Se descubrió de nuevo la enseñanza del griego, que se había perdido en Occidente hacía mucho tiempo, y las universidades de París, Bolonia y Oxford se basaron en dichos esfuerzos. Fue cuando comenzó de verdad el Renacimiento y la revolución de la ciencia.

Pero aquella tolerancia religiosa desagradaba a Roma. Había que poner fin al hecho de que se cuestionara la fe ciega en Dios y en un conjunto de principios. Los monarcas de España se valieron de dicha intolerancia para actuar según su interés. La Inquisición se creó en 1478, y Portugal hizo lo mismo sólo quince años después. Tal como ocurría en todos los conflictos que se basaban en las diferencias religiosas, la verdadera motivación tenía mucho más que ver con la avaricia que con la fe. La Reconquista y la Inquisición no fueron distintas. Ambas eran, esencialmente, una lucha por el territorio.

Inmediatamente comenzaron los bautizos a la fuerza. Había que purificar —y saquear— la península. A los judíos y los musulmanes que quedaban en España y en Portugal se les dio a elegir entre convertirse o ser expulsados. Los conversos recibieron el nombre de neocristos, es decir, cristianos nuevos. Muchos de los que decidieron quedarse eran terratenientes y prósperos comerciantes. Tenían mucho que perder. De modo que aceptaron la cruz, algunos de ellos abrazando a regañadientes la nueva fe, otros negándose a renunciar a la religión y los rituales en que habían nacido, y por lo tanto siguiendo los principios de su fe en los confines de su hogar y, en el caso de algunos de los marranos más testarudos, acudiendo de hecho a sinagogas clandestinas.

Las prisiones de la Inquisición pronto desbordaron a otros edificios públicos. Los que eran apresados para ser interrogados eran llevados al potro y se les dislocaban los brazos y las piernas. Los inquisidores, al parecer, también sentían debilidad por las plantas de los pies de sus víctimas. A algunos los azotaban con porras y a otros les cortaban la piel, les untaban la herida con mantequilla y les acercaban los pies al fuego.

Las decisiones amañadas de los tribunales y las denuncias falsas daban lugar a confesiones forzadas. A los que confesaban voluntariamente se les permitía pagar una multa y arrepentirse en un auto de fe, una ceremonia de penitencia en público; a los que confesaban en el potro se les confiscaban las propiedades y se los condenaba a prisión, a menudo de por vida, o se les quemaba en la hoguera.

Los neocristos mandaban enviados a Roma para suplicar —y sobornar— al Papa y a los cómplices de éste que refrenaran a los inquisidores. El rey gastaba todavía más en mantener a Roma de su parte. Y mientras el dinero fluía hacia el Vaticano, los marranos seguían viviendo en el miedo, teniendo que decidir si marcharse del país y perderlo todo o correr el riesgo de enfrentarse a las cámaras de tortura.

Isaac había decidido quedarse. Y la cámara de tortura que lo acechó durante años iba a convertirse en su definitivo hogar.

—No lo sabía, Isaac —le dijo el joven—. No sabía que iban a por ti.

—Está bien, Sebastian.

—¡No! —se encendió, con la voz quebrada a causa de la emoción—. Dicen que han encontrado libros en tu poder. Dicen que han visto pruebas escritas, de personas que te conocen y que confirman las acusaciones que pesan sobre ti —se lamentó—. ¿Qué puedo hacer, Isaac? Te lo ruego. Dime algo, cualquier cosa que pueda servirme para reparar esta horrible injusticia.

Sebastian Guerreiro había seguido la trayectoria de su señor de buena fe. No esperaba que diera lugar a aquello. Llevaba sólo poco más de un año al servicio de la Inquisición. El inquisidor general en persona, Francisco Pedroso, un hombre enérgico y carismático, lo había escogido a él para desempeñar aquella misión. Pero a cada día que pasaba, con cada horror que presenciaba, en su mente comenzaron a multiplicarse las preguntas, hasta que le resultó imposible reconciliar las enseñanzas que había abrazado con los actos de sus mentores.

—Calla —replicó el anciano—. Ya sabes que no se puede hacer nada. Además, las acusaciones son ciertas: mi fe me fue transmitida por mi padre, lo mismo que le ocurrió a él. Y aunque no fueran ciertas, treinta hectáreas de tierras de Tomar harían que lo fueran. —Isaac se aclaró la garganta y levantó la vista hacia Sebastian. Sus ojos, chispeantes de vida, contrastaban con su cuerpo destrozado—. Pero no es eso por lo que he pedido que te traigan aquí. Te lo ruego. Siéntate conmigo. —Palmeó el suelo cubierto de paja—. Necesito contarte una cosa.

Sebastian afirmó con la cabeza y se sentó.

—Durante muchos años he abrigado la esperanza de no tener que pedirte esto, Sebastian. Es algo que siempre he pensado hacer, pero —lanzó un profundo suspiro— no creo que ya pueda esperar mucho más.

La sorpresa y la confusión cubrieron el semblante de Sebastian.

—¿De qué se trata, Isaac?

—Necesito confiarte una cosa. Podría suponer una tremenda carga que soportar, una carga que podría acarrearte la muerte o depararte un destino dorado como éste para el resto de tus días. —Isaac hizo una pausa, durante la cual pareció estudiar la reacción del joven, y luego añadió—: ¿Debo continuar, o estoy equivocado al creer que sigues siendo el Sebastian que has sido siempre?

Sebastian le sostuvo aquella mirada escrutadora, pero enseguida bajó los ojos, avergonzado.

—Soy tal como tú me recuerdas, pero ya no estoy seguro de ser digno de tu confianza —dijo con tristeza—. He visto cosas, Isaac. Cosas que ningún hombre debería permitir que sucedieran, y aun así me he mantenido al margen sin decir nada. —Volvió a mirar al anciano, temiendo su mirada reprobadora. Pero vio que el prisionero tan sólo irradiaba calidez y preocupación—. He deshonrado la memoria de mi padre. Te he deshonrado a ti.

Isaac alzó su mano mutilada y trémula y la posó en el hombro del joven.

—Vivimos malos tiempos. No te eches la culpa de los actos de vileza de aquellos que tienen en su mano obrar de otra manera.

Sebastian asintió, todavía con el corazón oprimido por el arrepentimiento.

—Ninguna carga sería demasiado grande, Isaac, después de las cosas en las que he tomado parte.

Isaac pareció sopesar una última vez su decisión de desvelar su secreto a Sebastian.

—Tu padre quería que supieras una cosa —dijo por fin—. Yo le prometí que te la contaría cuando llegara el momento adecuado. Y temo que si no te la cuento ahora, tal vez ya no se me presente otra oportunidad. Y en ese caso todo estaría... perdido.

A Sebastian se le iluminaron los ojos.

—¿Mi padre?

El anciano hizo un gesto de asentimiento.

—Hace muchos años encontramos una cosa, él y yo, aquí, en Tomar, en las criptas del monasterio. —Clavó una mirada ferviente en el joven—. Un libro, Sebastian. Un libro maravilloso. Un libro que en otro tiempo tal vez contuvo un enorme regalo.

Sebastian frunció el entrecejo.

—¿En otro tiempo?

—El monasterio, como sabes, guarda un auténtico tesoro de conocimiento en sus criptas, arcones y cofres de códices y pergaminos antiguos que datan de hace siglos, botines de desventuras extranjeras y de cruzadas, todos ellos esperando a ser traducidos y catalogados. Supone una tarea ardua e interminable. Tu padre y yo tuvimos la suerte de ser invitados a trabajar con los monjes en la traducción de esos documentos, pero son muchísimos, y una gran parte de ellos se refieren a relatos triviales de disputas, correspondencia personal de escasa importancia... banalidades.

»En un arcón polvoriento hallamos un libro que capturó nuestro interés en el mismo instante en que lo vimos. Estaba perdido entre otros libros y pergaminos de más valor. En algún momento de su larga historia se había deteriorado parcialmente por culpa del agua, y le faltaban las últimas páginas y la cubierta posterior. Sin embargo, la anterior se encontraba relativamente intacta. En ella había un símbolo que no habíamos visto nunca: una serpiente enroscada formando un círculo y devorando su propia cola.

»El libro estaba escrito en árabe antiguo, bastante difícil de traducir. En cambio el título estaba muy claro. —Calló unos momentos para aclararse la garganta reseca y dirigió una mirada de preocupación hacia la puerta, para cerciorarse de que no los estuviera oyendo nadie—. Se llamaba *Kitab al Wasifa*, el libro de las recetas.

El anciano se inclinó en actitud conspiratoria.

—Tu padre y yo decidimos mantener en secreto la existencia de aquel libro respecto de los monjes. Una noche lo sacamos a hurtadillas del monasterio. Tardamos meses en traducirlo debidamente. La grafía *nasji* en que estaba escrito era muy antigua. Y aunque era árabe, se hallaba salpicado de palabras y expresiones del persa, algo que no era infrecuente al tratar con documentos científicos, pero que dificultaba su lectura. Con todo, lo leímos. Y los cuatro, tus padres, yo y mi querida y fallecida Sara, hicimos un pacto: poner en práctica nosotros mismos sus enseñanzas, para ver si funcionaban. Y en ese caso, dar a conocer nuestro hallazgo al mundo.

»Al principio, el libro pareció cumplir lo que prometía. Habíamos dado con algo maravilloso, Sebastian. Después, poco a poco, con el tiempo, fuimos dándonos cuenta del fallo. Un fallo que, si no se subsanaba, implicaba que nadie podría jamás tener noticia de nuestro descubrimiento, ya que ello conduciría a una convulsión de otro tipo, una convulsión que trastornaría el mundo de una manera que ningún hombre cuerdo desearía. Así que se quedó como nuestro secreto. —De pronto su rostro se entristeció—. Y entonces intervino el destino, con despiadada crueldad.

Los pensamientos del anciano parecieron volar hasta una época dolorosa, el invierno en que perdió a su esposa y a sus amigos. Desde entonces sus años se le habían antojado muy sombríos.

—¿Qué había en el libro? —inquirió Sebastian.

El anciano lo miró, y a continuación, con un brillo vehemente en los ojos, contestó sencillamente:

—La vida.

La revelación de Isaac turbaba la mente de Sebastian sin cesar y se apoderó de él, inmisericorde, por espacio de varios días. No era capaz de pensar en nada más. No podía dormir. Realizaba su trabajo sin poder concentrarse. La comida y la bebida perdieron su sabor.

Sabía que su vida ya no volvería a ser la misma.

Por fin consiguió encontrar un hueco entre sus obligaciones en un momento en que su ausencia no levantara sospechas y viajó a las colinas que había junto a Tomar. Conocía bien las tierras de Isaac. Se hallaban confiscadas desde que su propietario fue encarcelado, y los viñedos quedaron abandonados, sin que nadie los atendiera, mientras el tribunal de la Inquisición urdía la forma de dictar su inevitable veredicto.

Sebastian fue a caballo hasta el promontorio que Isaac le había descrito con todo detalle. Llegó a él justo cuando las últimas luces del día se aferraban obstinadamente al cielo cada vez más oscuro. El olivo en flor resultó fácil de encontrar. «El árbol de la aflicción», lo había llamado Isaac. En otro tiempo y otro lugar habría sido justamente lo contrario, pensó Sebastian.

Desmontó y dio veinte pasos hacia el sol poniente. Allí estaba el afloramiento rocoso, excactamente donde dijo Isaac. Los nervios de Sebastian se excitaron por la emoción. Se puso de rodillas y, con la ayuda de una pequeña daga, empezó a cavar el suelo reseco.

Momentos después, la hoja chocó con una caja.

Hundió las manos en el hoyo y se puso a retirar febrilmente la tierra que rodeaba el pequeño cofre. Seguidamente lo sacó con cuidado, como si fuera a hacerse pedazos al agarrarlo. Era una sencilla caja metálica, quizá de tres manos de anchura y dos de profundidad. De pronto una bandada de cuervos remontó el vuelo colina abajo, describieron un círculo sobre él entre graznidos y después desaparecieron en dirección al valle. Sebastian miró a su alrededor, se cercioró de que estaba solo, y acto seguido, con un hormigueo de emoción en la piel, abrió la tapa.

Dentro de la caja, tal como había dicho Isaac, había dos objetos. Una bolsa, envuelta en un pellejo de cuero engrasado. Y una cajita de madera. Sebastian dejó el cofre en el suelo y desenvolvió el objeto protegido por el cuero. Apareció el libro y su cubierta grabada.

Se lo quedó mirando fijamente, absorbiendo con los ojos el curioso y fascinante símbolo que figuraba en la tapa. Lo abrió. Las primeras páginas habían sido confeccionadas con un papel liso, fuerte y bruñido, y estaban repletas de bellas e intrincadas ilustraciones de gran tamaño, que mostraban el cuerpo humano y el funcionamiento interno del mismo, y plagadas de numerosas etiquetas con texto escrito. Otras páginas estaban cubiertas de escritura ejecutada con grafía *nasji*, esmerada y precisa, en tinta negra y con complicadas rúbricas por todas partes. Apartó la atención de aquellas páginas y dio la vuelta al libro para ver aquello de lo que le había hablado Isaac. La cubierta posterior había desaparecido. La encuadernación desgarrada indicaba que también se habían perdido algunas de las últimas páginas. Las dos últimas páginas que quedaban estaban marchitas y ásperas, la tinta se había corrido hacía mucho tiempo y no había dejado nada más que unas manchas azuladas e ilegibles.

Con una intensa quemazón en el pecho, Sebastian comprendió.

Faltaba una parte clave del libro. Al menos, eso era lo que esperaban Isaac y sus padres, una vez que se reveló el fallo: que las páginas perdidas guardaran el secreto, la clave para subsanarlo. Pero no podían estar seguros. Tal vez el fallo era insuperabe. Tal vez no había cura. En cuyo caso aquel libro constituía un grave peligro y toda la empresa estaba condenada al fracaso.

Dejó el libro y tomó la cajita. Ésta también tenía el mismo símbolo grabado en la tapa. Con ademán vacilante, desenganchó el cierre de cobre y la abrió.

El contenido de la caja seguía estando dentro de ella.

Y en aquel cerro solitario, Sebastian supo cuál iba a ser su destino.

Continuaría el trabajo de ellos.

Intentaría subsanar el fallo.

Aunque, al hacerlo, sabía que pondría su vida en grave peligro.

Rastrear el origen del libro no fue fácil. El padre de Sebastian e Isaac trabajaron años en ello. Lo más que habían podido determinar era que aquel libro había formado parte de varias cajas de códices y pergaminos que llegaron a Tomar tras la caída de Acre, acaecida en 1291.

Aquellos textos habían sido recopilados por los templarios a lo largo de sus incursiones en Tierra Santa, cuando dichos caballeros eran famosos por haber explorado la mística y los conocimientos de sus enemigos musulmanes, mucho antes de que la orden fuera suspendida en 1312 por el papa Clemente VI. Tras las detenciones de los templarios en Francia, se ordenó que las posesiones que tenían por toda Europa fueran transferidas a los Caballeros de la Orden de San Juan del Hospital, los hospitalarios. Sin embargo, se permitió que los consejos provinciales juzgaran a los templarios cada cual en su sitio, y en España el Consejo de Tarragona, encabezado por el arzobispo Rocaberti, que era amigo de los monjes guerreros templarios, se reunió y decretó la inocencia de los templarios catalano-aragoneses, así como los de Mallorca y los del Reino de Valencia. La orden sería disuelta, pero a los monjes se les permitiría quedarse en sus monasterios y recibir una pensión de por vida.

Jaime II, el rey de Aragón, que no quería que las riquezas de los templarios terminaran en las arcas de los hospitalarios, cada vez más poderosos, creó una orden nueva, la Orden de Montesa, y consiguió adscribir a ella a los antiguos templarios. Los miembros de la nueva orden, conocidos ahora como montesinos, se someterían a la regla de la ya consolidada Orden de Calatrava, que también era cisterciense y seguía unas ordenanzas similares a las de los templarios. Conservarían sus posesiones y protegerían aquel reino de los musulmanes de Granada, el último residuo del islam que quedaba en la Península Ibérica.

En Portugal, el rey, Dinis, no había olvidado la gran contribución que habían hecho los templarios al derrotar a los moros. Hábilmente se erigió en defensor del legado de dicha orden. Después de confiscar con calma todas sus posesiones, esperó a que se votara al sucesor de Clemente VI y seguidamente convenció al nuevo Papa de que permitiera la creación de una orden nueva a la que llamaría, simplemente, la Orden de Cristo. La orden de los templarios básicamente se limitó a cambiar de nombre. Los templarios castellano-portugueses ni siquiera fueron sometidos a interrogatorio, y mucho menos juzgados. Sencillamente pasaron a ser miembros de la nueva orden, también aceptaron obedecer la regla de la Orden de Calatrava y siguieron adelante sanos y salvos.

El castillo de Tomar había sido la sede de los templarios de Portugal y continuó siéndolo bajo la nueva denominación. Se trataba de un edificio imponente y de gran belleza arquitectónica que no había perdido nada de su esplendor, y era famoso en toda la península por sus complicados relieves y motivos góticos, románicos y manuelinos, así como por su iglesia de planta redonda, distintivamente templaria, en la que estaban enterrados muchos de los maestres de la orden. Con el paso de los años, se agregaron también un convento y varios claustros, y se conoció como el Convento de Cristo.

Isaac había contado a Sebastian que los documentos templarios demostraban que el cofre que albergó el códice deteriorado había venido de Levante. Costó trabajo obtener más detalles de su procedencia, ya que la documentación de los templarios en Portugal era difícil de descubrir. Se había realizado un esfuerzo concertado para enterrar toda prueba escrita de que los templarios se hubieran transformado, con todo descaro, en la Orden de Cristo. Además, los templarios portugueses —y con el tiempo la Orden de Cristo— habían absorbido a la mayor parte de sus hermanos franceses que habían logrado escapar de la persecución del rey Felipe el Hermoso. Sus apellidos, característicamente franceses, tuvieron que ocultarse a fin de evitar potenciales problemas provenientes del Vaticano.

Aun así, había criptas y bibliotecas a las que Isaac y el padre de Sebastian no habían podido acceder. Por otra parte, Sebastian, como agente de la Inquisición, sí podía. De modo que el joven empezó, con gran cuidado y discreción, a explorar los archivos secretos de la Iglesia, con la esperanza de descubrir algo más acerca del velado origen del códice.

Pasó horas en los archivos de Torre de Tumbo, en Lisboa. Visitó las antiguas iglesias y castillos que poseyó el Temple en Longroiva y Pombal, escrutó registros antiguos de donaciones, concesiones, disputas y códigos legales, en busca de pistas que dilucidaran el contenido de las páginas que faltaban o que le dijeran dónde podía encontrar otra copia del libro. Fue a caballo hasta el castillo de Almourol, construido por los templarios en una pequeña isla del río Tajo y que, según se rumoreaba, estaba habitado por el fantasma de una princesa que anhelaba el regreso de su amante, un esclavo moro.

Pero no encontró nada.

Mantuvo a Isaac informado de sus movimientos, pero el anciano empeoraba progresivamente. Una infección había hecho presa en sus pulmones, y Sebastian sabía que no sobreviviría al invierno. Pero sus indagaciones llamaron la atención de sus superiores.

Pronto fue citado para presentarse ante el inquisidor general. Francisco Pedroso estaba al corriente de las visitas que había hecho el joven al marrano moribundo y sabía que había estado investigando por todas partes. Sebastian ponía como excusa para sus viajes su exceso de celo en perseguir textos heréticos, y se cercioraba de no perjudicar a nadie con sus acciones. También disfrazó sus visitas a la celda de Isaac de un último y vano intento de salvar el alma del anciano.

Con unos labios pálidos y avejentados, el siniestro sacerdote le dijo a Sebastian que Dios vigilaba de cerca a todos sus súbditos, y le recordó que hablar en nombre de las víctimas se consideraba un delito mayor que el del acusado.

Sebastian supo que sus esfuerzos en Portugal habían tocado a su fin. A partir de entonces, lo vigilarían. Cualquier paso en falso podría llevarlo a las mazmorras. Y cuando aquel invierno murió Isaac, comprendió que ya no le quedaba nada en la tierra que lo había visto nacer.

El legado de sus padres, y de Isaac, tenía que ponerse a salvo. Más que eso, era necesario completar su obra, cumplir la promesa que habían hecho.

Una clara mañana de primavera, Sebastian condujo a su caballo en solitario al otro lado del Ponte Velha y se internó en los bosques de eucaliptos de las montañas que lo circundaban. Se dirigía a España, a las encomiendas templarias de Tortosa, Miravet, Monzón, Gardeny y Peñíscola. Si fuera preciso, continuaría buscando en la cuna misma del saber y de la traducción: Toledo.

Y cuando dichas indagaciones arrojaran escasos resultados, seguiría la pista de la serpiente que se mordía la cola hasta su origen, al otro lado del Mediterráneo, cruzando Constantinopla y penetrando en el corazón mismo del viejo mundo y en los velados secretos que éste albergaba.

14

La quejumbrosa llamada a la oración del amanecer procedente de una mezquita cercana se filtró a través de los poros de la pared de ladrillos de hormigón de la sala de interrogatorios y arrancó a Mia de su sueño. Consultó el reloj medio dormida y frunció el ceño. Justo acababa de superar la incomodidad de su lecho —dos mantas ásperas que había extendido dobladas sobre las baldosas del suelo— y aislarse del estridente ruido de llamadas y peticiones que sacudieron la comisaría durante toda la noche.

Las cosas mejoraron ligeramente un par de horas después, cuando en la puerta de la sala de interrogatorios apareció un policía solitario de actitud agradable con una botella nueva de agua y un *man'ushi* recién hecho, una especie de pizza muy fina, cubierta con una gruesa capa de tomillo, semillas de sésamo y aceite de oliva. En un acto de valor supremo, Mia solicitó usar otra vez el cuarto de baño, sabiendo de sobra que una segunda visita a las instalaciones de la comisaría y a la cutrez medieval de las mismas podía requerir años de terapia —y muy posiblemente una dosis de antibióticos— para superarla. La devolvieron a su improvisada celda y la tuvieron encerrada durante varias horas de mortificación, tiempo que ella empleó en pasear de arriba abajo y en intentar reprimir pensamientos negativos, hasta que, a eso de la hora de comer, se abrió la puerta y penetró la esperanza adoptando la forma de Jim Corben.

Se presentó como uno de los asesores económicos de la embajada y le preguntó si se encontraba bien. Venía acompañado del hurón y el Inspector Topicazo, pero Mia detectó de inmediato que esta vez la dinámica era totalmente distinta. Corben poseía presencia, y los detectives eran muy conscientes de ello. Su postura, su apretón de manos, el tono firme de su voz, la seguridad en el contacto visual... Eran dos especies de hombres distintas, pensó al compararlo con Baumhoff, y eso fue antes de entrar a considerar el tremendo abismo en cuanto al físico que separaba a ambos hombres de la embajada. En ese aspecto Baumhoff quedaba totalmente superado: tenía un aire porcino, sufría calvicie incipiente, lucía una piel pastosa y contaría unos cincuenta y tantos años, mientras que su rival era un tipo esbelto, de cabello tupido, ligeramente bronceado y en mitad de la treintena. Dicha impresión también se vio condicionada sin reservas por el hecho de que, nada más preguntarle si se encontraba bien, Corben pronunció las palabras mágicas que evaporaron su desesperación y casi le llenaron los ojos de lágrimas, seis palabras breves que jamás iba a olvidar:

—He venido a sacarla de aquí.

La sensación de felicidad tardó uno o dos segundos en calar hondo. Acto seguido, Corben se hizo cargo de la situación y la acompañó hasta la puerta. Los detectives no pusieron objeciones ni dijeron una palabra, incluso aunque ella todavía no había hecho una declaración formal. Era evidente que Corben había impuesto una ley superior, de modo que se limitaron a hacerse a un lado y observar cómo ella salía de la sala. Mia fue detrás de Corben y atravesó la parte posterior de la comisaría como en una nube, salió por una puerta trasera y emergió a la luminosidad del mundo exterior bañado por el sol sin ni siquiera haber tenido que rellenar un formulario ni firmar una orden de liberación.

Corben la condujo rápidamente a su coche, un Grand Cherokee de color gris marengo con lunas tintadas y matrícula diplomática que estaba estacionado entre los coches patrulla y los SUV del Fuhud, y la ayudó a subirse a él antes de sentarse él mismo al volante. Se abrió paso hasta la salida del aparcamiento de la comisaría y, tras saludar con un breve gesto de cabeza al guardia encargado de la barrera, se incorporó al tráfico del mediodía.

Corben miró por el espejo retrovisor.

—Hay un par de periodistas delante de la comisaría. No quería que usted se viera involucrada en eso.

—¿Saben quién soy?

Corben afirmó con la cabeza.

—Anoche hubo un montón de testigos. Pero no se preocupe. Hasta ahora he conseguido mantener el nombre de su madre fuera de esto, y a usted tampoco la han mencionado en ninguna parte, y me gustaría que las cosas continuaran así, por lo menos en lo que a usted concierne. Los de la comisaría tienen órdenes; saben lo que tienen que decir y lo que tienen que guardarse para sí.

Mia se sentía como si estuviera saliendo de la hibernación.

—Dice que no me han mencionado... ¿se refiere a las noticias?

—El secuestro de su madre ha salido en los periódicos matinales. En este mismo momento están hablando de una norteamericana sin nombre, pero hoy mismo averiguarán cómo se llama, y la embajada va a tener que hacer una declaración. Estamos intentando llevarlo de manera discreta, pero cada vez levanta más polvareda. Y tampoco el gobierno tiene demasiado interés en dar publicidad al asunto; es mala prensa para el país, y en este momento las cosas están un poco sensibles, como seguramente usted ya sabe. Van a hacer que parezca un trato respecto de unos tesoros robados que ha salido mal, contrabandistas que se pelean por los restos, esa clase de cosas.

—Pero eso es falso —protestó Mia—. Mi madre no es contrabandista.

Corben se encogió de hombros en un gesto de solidaridad, pero no parecía convencido.

—¿Usted la conoce bien?

Tal vez fuera porque estaba exhausta y hambrienta, o acaso porque había algo remotamente cierto en aquella insinuación, pero la verdad era que Mia ya no sabía qué pensar.

—Es mi madre —replicó de todas formas.

—No ha respondido a mi pregunta.

Mia frunció el entrecejo.

—Sólo llevo aquí tres semanas, ¿vale? Y antes estuve en Boston. Así que no puedo decir que hayamos sido uña y carne, pero sigue siendo mi madre, y yo sé cómo es. Oh, vamos. ¿Usted la conoce? En lo que tiene que ver con la arqueología, es mesiánica. —Lanzó un suspiro de cansancio y agregó—: Es una buena persona.

Una buena persona. Sabía cuán vacuo sonaba aquello, pero a fin de cuentas era lo que creía.

—¿Y su padre? ¿Dónde está?

Una tristeza distante veló el rostro de Mia.

—No llegué a conocerlo. Murió poco después de nacer yo. En un accidente de tráfico. En la carretera que va a Jordania.

Corben la miró y asintió. Dio la impresión de estar procesando aquella información.

—Lo siento.

—No pasa nada. —Mia se encogió de hombros—. Sucedió hace mucho tiempo.

Se quedó mirando por la ventanilla, en silencio. Las calles estaban llenas de gente ocupada en las actividades cotidianas de su vida. Sintió una punzada de envidia en el corazón. Codició aquella feliz despreocupación... antes de acordarse de que probablemente no estaban tan libres de preocupaciones como parecía, teniendo en cuenta lo que acababan de pasar y la fragilidad del país. Ella no sabía qué había detrás de aquella fachada afable, y eso le hizo pensar que, puestos a analizarlo, puestos a considerar los puntos de crisis que definen quién es una persona en realidad, a lo mejor no sabíamos tanto de los demás como creíamos. Con una punzada de culpabilidad, terminó preguntándose si quizá Baumhoff y Corben podrían estar en lo cierto. En realidad, ella no conocía tan bien a su madre; no sabía qué sucedía de verdad en su vida. Y en aquel punto era donde podían divergir fácilmente los sentimientos y la dura verdad.

El coche aminoró la velocidad y se detuvo, atascado en el tráfico de aquella calle estrecha y de sentido único. Se volvió hacia Corben y le dijo:

—No pensará en serio que mi madre es capaz de haber traficado con tesoros saqueados.

Él le sostuvo la mirada con firmeza.

—Tal como lo entiendo yo, iban detrás de ella específicamente, y a no ser que su madre sea la primera de una campaña centrada en los extranjeros, lo cual nuestro servicio de inteligencia sugiere que es algo sumamente improbable, en este momento ése es el único ángulo que tenemos para trabajar.

A Mia se le cayó visiblemente el alma a los pies mientras digería aquellas palabras. Corben la observó con aire pensativo.

—Mire, lo que importa no es por qué la han secuestrado. El meollo del asunto es que alguien la tiene en su poder, alguien ha sacado de la calle a una mujer, una norteamericana, y el motivo por el que lo ha hecho sólo tiene importancia si nos ayuda a recuperarla. Porque eso es lo que perseguimos, ése es el objetivo final. Recuperarla. Del resto ya nos ocuparemos más adelante. —Su voz había adoptado un suave tono tranquilizador.

Mia consiguió esbozar una media sonrisa. Los ojos se le iluminaron de decisión, y asintió con agradecimiento.

—Ya sé que está cansada —añadió Corben—, ya sé que probablemente estará desesperada por regresar a su casa y meterse debajo de la ducha para deshacerse de toda esta experiencia, pero yo necesito de verdad hablar con usted de lo que sucedió anoche. Usted estuvo presente. Lo que me cuente podría ser crucial para ayudarnos a encontrar a su madre. En estas situaciones, el tiempo siempre juega en contra de nosotros. ¿Se siente con fuerzas para afrontar eso en este momento?

—Desde luego —contestó Mia afirmando con la cabeza.

15

Un olor acre y amargo devolvió la conciencia a Evelyn. Se incorporó bruscamente para sacudirse la sensación. Abrió los ojos de golpe, pero enseguida se vio asaltada por la violencia de la luz de neón de la habitación. Parecía provenir de todos lados, como si estuviera dentro de una caja blanca. Volvió a cerrar los ojos con fuerza.

Lentamente fue experimentando retazos de percepción que se abrieron paso a través de la confusión que la dominaba. Para empezar, ya no estaba encerrada en el maletero del coche. Estaba sentada en una silla dura, metálica. Intentó cambiar de postura y sintió una fuerte quemazón en las muñecas y los tobillos. Trató de moverlos, pero no pudo. Se dio cuenta de que la habían amarrado al asiento.

Percibió movimiento a su alrededor, y abrió los ojos con cautela. A escasos centímetros de su rostro vio una mano borrosa que se retiraba. Los dedos sostenían algo, como un pequeño cilindro. Cuando pudo volver a enfocar la vista, comprendió que era una cápsula; pensó que debía de contener sales. Sintió un último efluvio de ellas al seguir la mano, que se alzó. Entonces vio a un hombre de pie, frente a ella.

Lo primero en que se fijó fueron sus ojos. Eran de un azul poco corriente y estaban desprovistos de toda emoción. Le vino a la mente la palabra «árticos». Aquellos ojos estaban fijos en ella, la escrutaban con una curiosidad fría, atentos al más mínimo movimiento de su cuerpo.

No parpadearon en ningún momento.

Calculó que aquel hombre tendría unos cincuenta y tantos años. Tenía un rostro apuesto, distinguido. Sus facciones —la frente, los pómulos, la barbilla y la nariz— eran prominentes, aguileñas, y sin embargo estaban bien esculpidas. La piel se veía ligeramente bronceada y de uno tono profundo y dorado. Lucía una cabellera completa, ondulada y de color sal y pimienta, que llevaba suavemente peinada hacia atrás con gomina, y era alto, fácilmente mediría más de uno ochenta. En cambio, lo que más la chocó fue lo delgado que estaba. No era precisamente esquelético o anoréxico, sino simplemente delgado, lo cual se veía acentuado por su estatura. Se notaba a las claras que se cuidaba y que mantenía a raya su apetito, y no por ello parecía más débil. Su postura exudaba seguridad en sí mismo e influencia, y sus ojos fríos presagiaban un carácter de hierro, inflexible, lo cual a Evelyn le resultó inquietante.

Por alguna razón, su instinto le decía que aquel hombre no era árabe. Lo cual quedó confirmado por su acento al hablar, cuando por fin decidió decir algo. Pero a ella no, sino a otra persona de cuya presencia no se había percatado, situada a su espalda.

—Dale un poco de agua —ordenó en tono calmo, en un árabe que claramente no sonó indígena pero que, cosa extraña, iba teñido de un deje iraquí.

A su lado apareció otro hombre que le acercó a la boca una botella de agua mineral fría. Las facciones de éste eran oscuras y serias, y los ojos inexpresivos, como los de los hombres que la habían raptado en Beirut. Por lo visto, su captor contaba con un verdadero escuadrón privado de gorilas a su disposición. Archivó dicho pensamiento al tiempo que, agradecida, tragaba varios sorbos de agua. A continuación, aquel hombre oscuro se apartó y desapareció de nuevo de su vista igual que un fantasma.

El hombre que tenía enfrente fue hasta un armario de escasa altura que había junto a la pared y abrió un cajón. Evelyn no vio lo que estaba haciendo, pero oyó algo que sonó a un paquete de plástico al rasgarse. Cada vez con mayor inquietud, recorrió la habitación con la mirada. Carecía de ventanas y estaba pintada toda entera de un blanco duro, acrílico. El reluciente armario blanco se extendía a todo lo largo de la pared. La sala parecía estar cuidada de forma impecable y meticulosamente eficiente... una eficiencia realmente dura, pensó Evelyn de pronto. Reflejo, comprendió, de su amo.

También hubo otros cuantos pensamientos preocupantes que asaltaron su cerebro.

El primero de todos era que no le habían vendado los ojos. Quienes la secuestraron en Beirut... bueno, eso se explicaba por sí solo. No iban a pasearse por las abarrotadas galerías comerciales del centro ataviados con pasamontañas. Pero allí... Esto era diferente. Y además, ése no era un esbirro contratado. Estaba claro que ese hombre era el que mandaba. Y el hecho de que no le importase mostrarle la cara a ella no prometía nada bueno.

Después estaba el atuendo. Llevaba una camisa deportiva y un pantalón caqui, y encima una americana azul oscuro. Pero ése no era el problema. El problema era la bata blanca de médico que llevaba encima de todo lo demás. En aquella habitación blanca. Con aquel armario blanco lleno de cajones y compartimientos. Y además, se percató al mirar hacia arriba, con aquella luz dura que uno normalmente encuentra en un quirófano.

Evelyn tragó saliva.

No se atrevió a mirar a su espalda, al resto de la sala, pero su cerebro imaginó el material quirúrgico que aguardaba detrás de ella.

—¿Por qué fue a verla ese hombre? —preguntó el hombre vuelto de espaldas. Su inglés tenía acento europeo. Si tuviera que adivinarlo, diría que era italiano, o posiblemente griego. Pero en aquel momento tenía preocupaciones más acuciantes.

Su primer impulso fue el de preguntarle quién diablos era y por qué había mandado a un puñado de matones asesinos que la secuestraran en plena calle, la metieran en el maletero de un coche y la trajeran a aquel lugar, pero contuvo su indignación. Su cerebro trabajó a toda velocidad para procesar los acontecimientos que habían desembocado en aquella situación. Sabía que tenía que ver con Faruk, su amigo asesinado. Con los tesoros traídos de Iraq. Y, si no le fallaba la memoria, muy posiblemente con el Ouroboros. Lo cual quería decir que el hombre de la bata blanca probablemente sabía con toda exctitud lo que estaba buscando. Y por lo tanto, enfurecerlo sería una maniobra errónea en aquel preciso momento.

—¿Por qué estoy aquí?

Él se volvió para mirarla. Tenía en la mano una jeringuilla y una goma. Hizo un gesto con la cabeza al hombre que estaba detrás de ella, el cual le acercó una silla y una mesita y las colocó delante de Evelyn. El hombre de la bata blanca se sentó y depositó la jeringuilla y la goma sobre la mesa, con toda parsimonia. A continuación se giró hacia Evelyn y, con ademán natural, alargó una mano y la cerró en torno a su mandíbula. Apretó con fuerza, dolorosamente, alrededor de la cara de Evelyn, pero no se inmutó lo más mínimo y su voz no se alteró:

—Si vamos a llevarnos bien —le dijo—, tenemos que establecer unas cuantas normas básicas. La norma número uno es no responder nunca a una pregunta con otra. ¿Entendido?

Mantuvo la mirada clavada en Evelyn hasta que ésta asintió. Entonces retiró la mano y sus finos labios se distendieron en una sonrisa casi imperceptible.

—Bien —prosiguió—, y desde luego preferiría no tener que repetirme, ¿por qué, exactamente, fue a verla ese hombre?

Evelyn sintió que se le erizaba la piel cuando vio que él comenzaba a subirle una manga. Percibió un aroma sutil y almizclado, a loción para después del afeitado; le fastidió descubrir que no estaba mal del todo.

—Supongo que estará hablando de Faruk —contestó, y lo dijo de una manera que no sonara a pregunta.

Por los labios del otro cruzó una sonrisa. Para tratarse de un rostro tan apuesto, resultó desconcertante por lo amenazador.

—Voy a concederle ésa. —Sujetó la manga en el sitio remetiéndola un poco—. Sí, estoy hablando de Faruk.

Evelyn lo observó atentamente, insegura de por dónde empezar.

—Necesitaba dinero. Estaba intentando vender unas piezas traídas de Iraq. Objetos mesopotámicos. —Hizo una pausa, vacilante, y luego aventuró—: ¿También se me permite a mí hacer preguntas?

Él frunció los labios en un gesto pensativo.

—Antes veamos qué tal nos llevamos —le dijo con la mirada fija en ella mientras le daba unos golpecitos con dos dedos en el antebrazo, buscando la vena.

16

El hotel no estaba lejos de la comisaría de policía, y era lógico que celebraran allí la conversación.

El bar —perdón, el *Salón*— estaba prácticamente vacío a aquella hora. Mia guió conscientemente a Corben para apartarlo del rincón en que había estado sentada el día anterior con Evelyn y lo llevó a la terraza del patio. En Beirut, octubre era un mes agradable y balsámico: no hacía el calor sofocante de los meses centrales del verano y era demasiado temprano para las lluvias del invierno. Resultaba perfecto para charlar en un café al aire libre. Aunque no tan perfecto cuando dicha charla suponía revivir la noche más traumática de la vida de uno pocas horas después de que hubieran tenido lugar los hechos.

Relató a Corben la serie de acontecimientos que habían llevado hasta el secuestro, empezando por la actitud de preocupación de Evelyn y el hecho de que mencionase a una persona «de su pasado», un intermediario iraquí de muchos años atrás que había ido a verla «de repente», cómo se habían «complicado» las cosas y —y esto la hizo estremecerse de inquietud— el androide con el rostro picado de viruela que había visto en la barra. Con una nitidez que poco a poco fue regresando a su extenuado cerebro, saltó rápidamente hasta el hombre que fue secuestrado junto con Evelyn y se preguntó en voz alta si a lo mejor era el intermediario iraquí.

Mientras ella hablaba, Corben la escuchó con total concentración, atento a todos los matices de la narración. Tomó unas cuantas notas en un cuaderno pequeño y negro y la interrumpió varias veces para acribillarla a preguntas acerca de detalles específicos que ella misma se sorprendió de recordar. Aunque no era que a ella le parecieran de mucha utilidad. Los detalles visuales se le habían grabado a fuego en la memoria: la cara del androide, el radiador del coche, el hombre con el que se entrevistó Evelyn; pero ninguno de ellos parecía lo bastante distintivo. Si uno de los matones tuviera una desagradable cicatriz en mitad de la mejilla o un gancho metálico en lugar de una mano, quizá. Pero aquellos tipos no tenían nada que los hiciera destacar de la gente normal, y en aquella ciudad. No le parecía que nada de aquello pudiera servirle de algo a Corben, y se deprimió al pensar que las posibilidades de que él pudiera devolver a su madre a un lugar seguro iban replegándose en lo más recóndito de su cerebro.

Mencionó que su madre se había dejado el teléfono móvil, y de pronto cayó en la cuenta de que no le habían devuelto el suyo. También se acordó de la extraña llamada que registró el móvil de su madre cuando ella estaba en la comisaría de policía, la que contestó Baumhoff. Aquel incidente dejó intrigado a Corben, el cual le pidió que fuera lo más concreta posible respecto a lo que había oído y observado. Además, tomó nota de recuperar el móvil de Mia y de hacerse con el de Evelyn, y de hablar con Baumhoff respecto de dicha llamada. Parecía pertinente, lo cual subió un poco el ánimo de Mia.

Corben le preguntó por las fotos, y ella reiteró lo que había dicho a Baumhoff y a los detectives: que no las había visto en su vida, que Evelyn no se las había enseñado. La última parte del relato —la aparición de los soldados, el tiroteo y el coche— resultó más dolorosa. Corben tuvo paciencia y demostró empatía hasta el final. Sus ojos transmitían apoyo y preocupación, y ayudó a Mia a revivir poco a poco todo lo sucedido.

No pareció demasiado reconfortado con lo que Mia le contó. Ésta lo vio recorrer con la mirada el recinto y después la parte posterior del hotel que daba al patio, como si estuviera midiéndola.

Mia advirtió la preocupación que le arrugaba la frente.

—¿Qué ocurre?

Corben pareció sopesar cuidadosamente sus palabras:

—Quiero que se cambie de hotel.

—¿Por qué?

—Considero que debemos tomar ciertas precauciones. Por si acaso.

—¿Por si acaso qué?

Él frunció el ceño como si prefiriera no entrar en detalles pero tuviera que hacerlo. Habló despacio y con serenidad:

—El individuo de la barra la vio a usted sentada con su madre, conversando largo y tendido. Después usted se presenta en ese callejón y se entromete en su plan. Yo diría que hay muchas posibilidades de que también fueran detrás del contacto de su madre, de lo contrario no se habrían molestado en secuestrarlo a él, y por lo que usted me cuenta, al parecer logró escabullirse y escapar. Si ése es el caso, no han conseguido todo lo que buscaban, y ha sido por culpa de usted, o más bien gracias a usted. Pero no van a quedarse tan contentos, y querrán saber por qué estaba usted allí. Cuál es su relación con Evelyn. Y si usted formaba parte o no de aquello en lo que está mezclada ella.

Mia sintió un escalofrío que le bajaba por la nuca.

—¿Está diciendo que podrían venir a por mí?

—Ellos no sabrán qué sabe usted hasta que hablen con usted —especuló Corben—. Pero eso no va a ocurrir, de modo que no se preocupe —se apresuró a tranquilizarla—. Pero tendremos que tener cuidado.

—¿Tener cuidado? ¿Qué quiere decir con eso? Por lo que parece, esas personas no tienen ningún problema en secuestrar a gente en la cale. —Mia tuvo la sensación de que las paredes del patio se cerraban sobre ella.

—Oiga, lo siento mucho, no es mi intención asustarla, pero tiene razón. Esos tipos no se andan con tonterías —confirmó Corben con gesto grave—. Voy a poner a un par de nuestros hombres a vigilarla, pero en este caso no mandamos nosotros. Dependiendo de cómo se desarrollen las cosas en los próximos dos días, quizá no le viniera mal pensar en dejar a un lado su proyecto de investigación durante una temporada y salir del país hasta que se solucione todo.

Mia lo contempló con muda consternación, luego sacudió la cabeza con incredulidad, desconcertada por el giro de los acontecimientos.

—No pienso irme a ninguna parte. Han secuestrado a mi madre, por amor de Dios. —Escrutó el semblante de Corben buscando una sonrisa, un gesto de asentimiento, algo, cualquier cosa que le indicara que el torrente de escenas violentas que estaba escupiendo su imaginación era tan sólo una reacción exagerada y paranoica. Pero no vio nada. Aquello era real.

Se sintió como si fuera a vomitar.

La voz de Corben irrumpió en su aturdimiento.

—¿Ha dicho que su madre vive al otro lado de la calle?

—Sí. —Mia afirmó con la cabeza—. Más o menos por eso escogí este sitio.

—Está bien. Necesito que me enseñe dónde es. Vamos ahora mismo. Echaré un vistazo rápido, y después volveremos aquí a que usted haga la maleta.

Corben se levantó de su asiento y le tendió una mano a Mia para ayudarla. Mia se puso de pie y sintió las piernas como si fueran de goma. Se agarró al brazo de Corben mientras recuperaba la compostura.

Él la tranquilizó con una sonrisa.

—Ya se recuperará. Todo va a solucionarse. Traeremos de vuelta a su madre.

—Pienso tomarle la palabra —respondió ella en un murmullo, diciéndose que no iba a perder a Corben de vista hasta que todo aquello hubiera quedado resuelto y su madre se encontrara cómoda y a salvo en otro continente.

17

El hombre de la bata blanca se reclinó en su silla y observó a Evelyn con sus ojos de halcón. Parecía estar confuso por algo.

—Así que ese hombre —la interrogó con acritud—, desesperado por vender unas antigüedades, cruza dos fronteras más bien peligrosas para venir a buscarla a usted, aun cuando, según ha reconocido usted misma, llevaba más de veinte años sin verlo, no es cliente suyo ni le gestionó la venta de piezas en el pasado. ¿Entiende adónde quiero llegar? —Hizo una pausa para reflexionar—. En realidad, todo nos hace volver a mi primera pregunta, que era por qué vino a verla.

Evelyn sintió un escalofrío que le recorrió la espalda de arriba abajo. «No vale la pena mentir ni esquivar el tema —pensó—. Está enterado.» No muy segura de si estaba haciéndose un favor a sí misma o cavando su propia tumba, respondió con voz quebrada:

—Sabía que yo iba a mostrar interés por una de las piezas.

La expresión del otro se suavizó, como si se hubiera superado una barrera difícil en la pequeña conversación entre ambos. Alzó las cejas en gesto interrogante.

—¿Y qué pieza era ésa?

—Un libro —contestó Evelyn sombríamente.

—Ah.

Él asintió despacio y se recostó con expresión satisfecha. Juntó los dedos delante de la boca y preguntó:

—¿Y por qué pensaba él que usted iba a mostrar interés?

Evelyn se aclaró la garganta. Le contó lo sucedido en Al-Hilá en 1977. Cuando la llamaron con motivo del descubrimiento accidental. Las cámaras subterráneas. Los restos de lo que ella estaba convencida de que era una sociedad secreta de algún tipo. También le habló del Ouroboros. Del que había en el interior de la cámara y en el libro que pretendía vender Faruk.

Mientras tanto, estudió el rostro de su inquisidor. Aunque se veía a las claras que estaba sumamente intrigado por lo que ella le contaba, se dio cuenta de que ya conocía el símbolo en cuestión. Le preguntó si había investigado dicha sociedad secreta, deseoso de saber qué había decubierto al respecto. Ella le habló de los Hermanos, de las similitudes que había en los documentos y las discrepancias entre los lugares. Lo cierto era que no había mucho que contar. Su investigación se había topado con una pared. Era como si la sociedad secreta de aquella cámara subterránea sencillamente se hubiera esfumado.

Evelyn calló por fin. Le había dicho todo lo que sabía, excepto una cosa. Había dejado a Tom fuera de todo aquello. No estaba segura de por qué no había querido mencionarlo. Tom no le había pedido específicamente que no mencionara a nadie lo que le interesaba. Pero ella lo sabía. Sabía que él no había sido sincero con ella. Sabía que no le había dicho por qué estaba allí en realidad, qué era lo que lo había llevado hasta allí, qué sabía en realidad de aquella sociedad desaparecida tanto tiempo atrás. Y ahora, sentada con las muñecas y los tobillos sujetos a una silla metálica en una habitación sin ventanas, supo que el hombre que tenía delante estaba buscando lo mismo que debía de estar buscando Tom tantos años antes. Y que, por lo tanto, si el hombre que tenía delante se enteraba de la existencia de Tom, estaría más que interesado en extenderle la misma invitación que le había extendido a ella.

Al pensarlo, sintió una leve punzada de rabia. De traición. ¿Qué sabía Tom en realidad? Y, más concretamente, ¿sabría que había otras personas interesadas por aquella sociedad secreta? Otras personas que eran, digamos, menos amistosas. Si Tom le hubiera contado todo lo que sabía, ¿habría estado ella más a salvo? ¿Habría actuado de manera distinta? No estaba segura de que hubiera diferencia alguna. Ya había pasado mucho tiempo.

A pesar de sus recelos, y después de todos aquellos años, todavía sentía el impulso de protegerlo. Lo cual era algo que no sabía explicar del todo. Era algo que... simplemente le sucedía. Un instinto que desafiaba a su instinto de conservación.

Cosa extraña, aquello hizo que se sintiera mejor, al saber que estaba ocultándole algo a su inquisidor, al saber que en cierto modo estaba resistiéndose a él. Una pequeña victoria, se podía decir.

Por desgracia, él pareció notarlo. Algo cruzó su semblante, y acto seguido preguntó:

—¿Así que abandonó eso y se centró en nuevas áreas de investigación?

—Sí —confirmó Evelyn en tono inexpresivo.

Su inquisidor la observó fijamente. Ella le sostuvo la mirada con la expresión más cándida que pudo adoptar, esperando que no se le notara la ansiedad que le recorría todo el cuerpo. Finalmente bajó los ojos y desvió el rostro.

—¿Quién más está enterado de su hallazgo? —inquirió el otro.

Aquella pregunta, aunque esperada, la puso nerviosa. Intentó reprimir su agitación.

—Nadie. —«Eso ha sonado demasiado a la defensiva», pensó de pronto. Además, era descaradamente falso, y él lo sabría, sin duda—. Quiero decir: las personas con las que trabajé en la excavación, los otros arqueólogos y los voluntarios, naturalmente —agregó con torpeza—. Y también pregunté en la universidad de Bagdad, y a otros contactos. —No estaba segura de si aquel «nadie» inicial había sido demasiado precipitado.

El hombre de la bata blanca la perforó con una mirada perturbadora y penetrante. Era como si estuviera dentro de su cerebro, lo sentía hurgar en su interior y quería que saliera. Por fin afirmó con la cabeza y se inclinó hacia delante.

—¿Me permite? —dijo tomando la goma.

Evelyn se estremeció.

—¿Qué está haciendo?

Él levantó las manos en un gesto que pretendía tranquilizarla.

—Sólo voy a sacarle un poco de sangre. Nada por lo que deba preocuparse.

Evelyn movió el brazo a izquierda y derecha para impedírselo.

—No, por favor, no...

Él alargó una mano y volvió a agarrarla por la mandíbula, sólo que esta vez apretó con la fuerza de un grillete. Sus ojos se endurecieron igual que el frío acero al tiempo que se inclinaba hacia delante, amenazador, a escasos centímetros de Evelyn, y le siseaba despacio:

—No me lo ponga más difícil.

La mantuvo agarrada un instante más, dejando que calara el mensaje, y a continuación la soltó y procedió a atarle la goma alrededor del brazo, por encima del codo.

Evelyn se limitó a seguir sentada, guardando silencio, y a mirar lo que hacía.

Él le sostuvo el brazo extendido y lo palpó con sus dedos largos y finos. Una vena palpitó a modo de invitación. Entonces alargó a mano y cogió la jeringuilla. Sin siquiera mirar a Evelyn, introdujo la aguja con cuidado en la vena. Después, con mano eficiente, le soltó la goma del brazo para permitir que volviera a fluir la sangre. Aguardó unos instantes y a continuación comenzó a tirar despacio del émbolo para llenarlo de sangre. Evelyn sintió una náusea que le subía a la garganta. Desvió la mirada hacia la pared del fondo, en un intento de apartar de sí aquella sensación desagradable.

—No ha estado mal, para empezar —observó él con naturalidad—. Por desgracia, voy a necesitar hacerle algunas preguntas un poco más concretas. En primer lugar, necesito saber quién más está al corriente del interés que tiene usted por esa sociedad desaparecida. Y también necesito saber exactamente qué le dijo nuestro pequeño intermediario, como por ejemplo de dónde sacó esos objetos, y, más importante todavía, dónde los tiene guardados. Y por último, necesito saber dónde puedo encontrarlo. Pero antes de que responda a ninguna de esas preguntas, le rogaría que fuera tan directa y concreta como le sea posible. Las opciones que tengo a mi disposición para infligirle dolor son demasiado numerosas para nombrarlas, y preferiría que usted no tuviera que explorarlas. Además, en realidad no deseo hacerle daño. Parece gozar de buena salud. Una vida como la suya, de ejercicio físico no demasiado intenso, es probablemente el mejor régimen a seguir. Usted podría serme de gran utilidad para mi trabajo. Pero lo cierto es que necesito determinadas respuestas, y si tengo que extraerle la verdad empleando la fuerza, supongo que algún que otro daño localizado en realidad no afectará a la utilidad del resto de su persona.

Evelyn no supo cómo interpretar aquellas palabras, que le martilleaban dolorosamente los oídos. ¿«La utilidad del resto de su persona»? ¿Qué demonios había querido decir con eso? Su cerebro se debatió bajo un aluvión de horribles implicaciones, antes de empezar a marearse a medida que la sangre iba saliendo de su brazo. Los minutos se alargaron hasta que por fin sintió que la aguja se retiraba.

El hombre de la bata blanca se incorporó, acercó la jeringuilla a la luz, la sacudió suavemente y pareció satisfecho de su trabajo.

Después le puso el capuchón y la depositó sobre la mesa. Cogió otra cosa, regresó y se sentó. Evelyn vio que había traído otra jeringuilla más pequeña, además de un pequeño vial de vidrio que contenía un líquido de color pajizo. También tenía una pequeña torunda de algodón empapada en alcohol, con la cual frotó el pequeño orificio que había quedado en el brazo. A continuación tomó la jeringuilla pequeña y el vial y trasvasó el líquido del segundo a la primera.

—Ya sé que no ha sido usted del todo sincera respecto al punto de a quién ha contado su pequeña fascinación. Nuestra voz y nuestros ojos pueden traicionarnos mucho más de lo que creemos, si uno sabe qué buscar. —Expulsó las posibles burbujas de aire que pudieran haber quedado en la aguja y se giró hacia Evelyn. En sus ojos había un brillo de crueldad cuando volvió a posarlos en ella—. Yo sí lo sé —la advirtió. Acto seguido le sujetó el brazo y le vació la jeringuilla dentro del cuerpo añadiendo—: Y ésta es una pequeña muestra de lo que puede usted esperar si vuelvo a tener la sensación de que no está siendo del todo sincera conmigo.

El miedo oprimió el corazón de Evelyn como una garra de hierro al observar cómo desaparecía el líquido en el interior de su cuerpo. Levantó la vista hacia su captor, con el cerebro ofuscado por el pánico, recorriendo su rostro impasible con los ojos en busca de alguna pista, la respiración rápida y entrecortada. Abrió la boca para formular una pregunta, pero se vio interrumpida por una extraña sensación de quemazón que se originó en el punto de entrada de la aguja. Permaneció allí unos instantes y después comenzó a extenderse en ambas direcciones, hacia las yemas de los dedos y hacia el pecho, navegando por el torrente sanguíneo y aumentando rápidamente de intensidad, dejando de ser un dolor hormigueante para convertirse en un tormento abrasador, insoportable, hasta que tuvo la impresión de que todas las venas de su organismo estaban en llamas, como si su sistema cardiovascular fuera una tubería llena de carburante en combustión.

A aquellas alturas ya estaba temblando, con todo el cuerpo rígido por el dolor, la visión borrosa, los labios estremecidos. En la frente se le formaron goterones de sudor que comenzaron a rodar por las mejillas.

Se sentía igual que si la estuvieran friendo desde dentro hacia fuera.

El hombre de la bata blanca se quedó allí sentado, observándola. Sostuvo el vial en alto, delante de Evelyn, y pareció sinceramente impresionado por él.

—Interesante, esta bonita sustancia. Se llama capsaicina. La obtenemos de la guindilla, aunque comerse una enchilada no es precisamente lo mismo que meterse este concentrado en vena, ¿verdad?

Su sonrisa irónica se tornó un tanto confusa al ver que Evelyn parpadeaba para evitar las lágrimas y se estremecía a causa del violento dolor.

—La guindilla es un fruto maravilloso —continuó diciendo en tono práctico—. Nos dice muchas cosas acerca de la naturaleza humana. Piénselo un poco. El motivo por el que pica tanto cuando uno la muerde es, en cuanto a la evolución, un mecanismo de defensa. Así es como se defiende la planta de los animales, y evita que se la coman. Y eso funciona con todos los otros animales, pero con los humanos no. No, nosotros somos diferentes. Nosotros cogemos este pequeño fruto de color rojo, en lugar de apartarnos de él. Lo buscamos, lo cultivamos y obtenemos placer de él. Un placer perverso. Para empezar, de hecho lo añadimos a la comida. Voluntariamente. Por decisión propia. Disfrutamos del dolor que nos provoca. Pero eso no es nada en comparación con el placer perverso que obtenemos al utilizarlo para provocar dolor a otras personas. ¿Sabía usted que los mayas castigaban a las muchachas descarriadas frotándoles los ojos con guindilla y, cuando estaba en entredicho su virginidad, los genitales? Los incas la empleaban para situarse a favor del viento respecto de sus enemigos y encendían enormes hogueras con guindillas antes de entrar en batalla. Incluso hoy en día, los chinos la usan para torturar a los monjes tibetanos. Los atan alrededor de una hoguera y arrojan guindilla a las llamas. Eso hace que las quemaduras sean mucho más intensas, por no decir lo que les pasa en los ojos. ¿Y sabe qué es lo más sorprendente? Que ahora estamos descubriendo que tiene un enorme potencial como analgésico. Analgésico. Hay que ver lo que es la inventiva humana.

Pero lo que decía no llegaba a Evelyn. Ésta veía que movía la boca y captaba fragmentos sueltos de frases, pero su cerebro estaba embotado y había perdido la capacidad de procesarlos. La oleada de dolor inundaba cada una de las neuronas de su cuerpo y la atravesaba hasta la médula misma. Intentó aferrarse a algo que le diera esperanza, alguna imagen o pensamiento que sirviera de contrapeso al dolor, y su mente se asió al rostro de Mia, no al que gritaba en el callejón, sino a aquel semblante radiante y sonriente al que estaba más acostumbrada. Ya estaba a punto de perder el conocimiento cuando, con la misma brusquedad con que se había extendido por su cuerpo, la sensación de quemazón comenzó a ceder. Hizo varias inspiraciones profundas y se puso en tensión para recibir otra oleada de dolor, aguardándola, temiendo que volviera, pero no volvió. Simplemente se apagó igual que una llama.

El hombre de la bata blanca la observaba con frío interés, como si ella fuera una cobaya encerrada en una jaula. Sus ojos árticos no registraron ni el más mínimo destello de preocupación. En vez de eso, echó un vistazo a su reloj con ademán de naturalidad y asintió casi imperceptiblemente para sí mismo, como si estuviera tomando nota de la reacción de Evelyn y del tiempo que había durado.

A la mente de Evelyn acudieron las últimas palabras que le había dirigido antes de administrarle la inyección. Había dicho que aquello era una pequeña muestra de lo que podría esperar.

Se estremeció al pensarlo.

No era simplemente una muestra.

Sino una muestra pequeña.

No podía imaginar siquiera cómo sería una dosis completa.

El hombre observó que Evelyn iba recuperándose, y le hizo una seña con la cabeza al fantasma que estaba detrás de ella. Sin pronunciar palabra, éste le dio a beber otro trago de agua y a continuación se replegó en las sombras. El hombre de la bata blanca ladeó la cabeza y se acercó un poco para mirarla mejor.

—Supongo que ahora tendrá cosas que contarme —le dijo, conciso.

18

Mia experimentó una desconocida sensación de vulnerabilidad al salir del hotel en compañía de Corben y cruzar la Rue Commodore. Era una sensación extraña. Todos los poros del cuerpo le hormigueaban de incomodidad, y se dio cuenta de que iba mirando con suspicacia las caras de todos los que andaban por la abarrotada calle, buscando amenazas ocultas, incluso miró con inquietud al grupo de taxistas que aguardaban.

Se mantuvo pegada a Corben cuando éste se detuvo junto a su coche aparcado y sacó una pequeña bolsa de cuero de la guantera. Al mirarlo, se percató de que él también observaba atentamente las personas y los movimientos que tenían lugar a su alrededor. No supo si aquello debía servirle de consuelo o preocuparla todavía más. De manera instintiva, se pegó un poco más a él cuando ambos se encaminaron de nuevo calle abajo, en dirección a la entrada del edificio en que vivía Evelyn.

Cuando Evelyn llegó a Beirut, aquella ciudad todavía estaba sacudiéndose el polvo de varios años de lo que los de allí denominaban estoicamente «los problemas». El gobierno central lo era sólo de nombre, y servicios básicos como la electricidad y el teléfono eran difíciles de obtener. Vivir al otro lado de la calle donde se encontraba el Commodore era un tanto a favor. El suministro ininterrumpido de servicios que el hotel ponía a disposición de sus clientes también se extendía a los vecinos allí acampados. La universidad se las arregló para conseguirle a Evelyn un apartamento decente en el tercer piso de un edificio de estuco gris que estaba situado literalmente enfrente del hotel, y desde aquel momento ella lo consideró su hogar. Puede que no tuviera las mejores vistas de la ciudad —no se veía el mar ni sus rojos atardeceres, ni tampoco la monumental cordillera que había al este—, pero por lo menos no tenía que acurrucarse al lado de una lamparita de gas para leer después de que aquellas puestas de sol se hubieran consumido tras el horizonte. Además, los camareros del hotel sabían preparar un martini bastante aceptable, y la carta de vinos era buena y tenía un precio que no estaba mal.

Mia había ido a ver a su madre a aquella casa varias veces a lo largo de los años. Para ella, el apartamento se había convertido en una casa de vacaciones hasta que fue a la universidad. Desde que tomó posesión del destino en Beirut había estado allí en un par de ocasiones, pero por alguna razón ya no era lo mismo. Y sabía que en esta visita tampoco iba a sentirse igual.

Cuando llegaron al edificio, Mia se lo señaló a Corben. Él miró con gesto de naturalidad arriba y abajo de la calle y a continuación condujo a Mia hacia el portal de acero y cristal, que estaba abierto, y penetraron en el vestíbulo de la planta baja. Era un edificio típico de la década de 1950, una estructura de seis plantas con balcones macizos en toda la fachada. Tenía un aire modernista, al estilo Bauhaus, lo cual también implicaba que no contaba con las alarmas electrónicas y demás artilugios de seguridad que había en construcciones más recientes. Las puertas del vestíbulo se cerraban con llave por la noche, pero durante el día permanecían abiertas. Lo normal era que hubiera un conserje en el exterior, jugando al *backgammon* o fumando de un narguile mientras hablaba, inevitablemente, de política, pero en esta ocasión no lo vieron.

Fueron al ascensor, un modelo antiguo con reja de metal que chirriaba y que había que cerrar a mano para que la cabina pudiera moverse, y lo tomaron para subir al tercer piso. El rellano era oscuro, pues sólo tenía una ventana alta y pequeña que daba a un patio interior, pero había un interruptor de la luz con temporizador que Mia accionó. En cada piso había dos viviendas, y Mia dirigió a Corben hacia la situada a la izquierda. Corben se quedó unos momentos frente a la puerta y examinó la cerradura. Luego miró la puerta del otro apartamento e indicó a Mia con un gesto que fuera hasta allí.

—Hágame el favor de ponerse aquí, ¿quiere? —La colocó de espaldas a la puerta.

—¿Así?

—Perfecto. —Escuchó un instante y después, una vez que estuvo seguro de que estaban solos, regresó a la puerta del apartamento de Evelyn.

Mia no comprendió del todo lo que pretendía Corben. Vio que abría su bolsita de cuero, de la cual extrajo varios instrumentos delgados. Acto seguido, con toda naturalidad, se puso a forzar la cerradura.

Mia giró la cabeza con precaución y se dio cuenta de que Corben la había colocado del tal modo que tapara la mirilla de la puerta que tenía a su espalda. Volvió a mirar a Corben y lo observó con curiosidad y asombro.

—Creía haberle entendido que era asesor económico —susurró por fin.

Él la miró de costado y respondió con un encogimiento de hombros como para quitarle importancia al asunto.

—Eso es lo que pone en mi tarjeta de visita.

—Ya. ¿Y entrar en una casa por la fuerza forma parte de qué carrera, exactamente?

Corben contrajo el rostro en un último gesto de concentración, y la cerradura se abrió con un chasquido justo en el momento en que se apagaba la luz del rellano. Le dirigió a Mia una leve sonrisa de orgullo.

—Era una asignatura optativa.

Ella sonrió y perdió parte del nerviosismo. En aquel momento, cuaquier alivio era de agradecer.

—Y yo que pensaba que nadie se acordaba de lo que había estudiado en la universidad.

—Simplemente hay que escoger las asignaturas adecuadas, eso es todo.

Mia lo miró con incertidumbre, y de pronto cayó en la cuenta.

—Usted es de la CIA, ¿verdad?

Corben no se dio prisa en contestar.

Ella contempló aquel silencio y luego agregó en tono sombrío:

—¿Por qué de repente tengo la sensación de que las cosas se han puesto mucho más serias?

La expresión de él se ensombreció de manera alarmante.

—Ya sabía que esto era serio. —Aquellas palabras, y la forma en que las pronunció, se le quedaron grabadas a Mia en el cerebro. Corben pareció darse cuenta del miedo que la invadió, porque añadió en tono tranquilizador—: Está en buenas manos. Vamos a hacer las cosas paso a paso. —Esperó un gesto de aceptación, el cual Mia esbozó finalmente.

Corben empujó la puerta muy despacio. Apareció un pequeño

vestíbulo de entrada, más allá del cual se extendía el cuarto de estar. Oteó el interior. El apartamento no era muy luminoso, ya que daba a una calle estrecha y estaba rodeado de edificios más altos, y en él reinaba un silencio malsano.

Corben penetró en la vivienda y le indicó a Mia con una seña que lo acompañara.

El cuarto de estar era espacioso y tenía una ventana y un par de puertas correderas de cristal que daban a un balcón a la calle. Estaba tal como ella lo había recordado siempre, cómodamente amueblado con sofás mullidos y alfombras persas. Se veía atestado de objetos que eran testimonio de toda una vida de viajes y exploraciones: manuscritos y grabados enmarcados en las paredes, piezas y antigüedades en montoncitos repartidos por estanterías y aparadores, y pilas de libros por todas partes. Recorrió la habitación con la mirada y fue absorbiendo toda su riqueza. Todo lo que contenía hablaba de la vida entera de Evelyn, de la devoción que sentía por el camino que había elegido. Desprendía un aire acogedor, ligeramente anticuado, envolvente, y olía a historia personal, y todo eso hacía que la casa de Mia, su austero piso alquilado de Boston, resultara decididamente triste. Y su alojamiento actual, la habitación del Commodore, era para no mencionarlo siquiera.

Paseó sin rumbo por aquella estancia como en una nube, confusa por los recuerdos que anegaban su cerebro. Se detuvo delante de los manuscritos enmarcados, atraída por aquellas inusuales descripciones del cuerpo humano y por la intrincada escritura que las acompañaba, y entonces vio que Corben se internaba un poco más en el apartamento. Fue detrás de él y lo vio salir del dormitorio de su madre, echar un vistazo al cuarto de invitados y al baño, y regresar hacia el salón, pasando por delante de ella.

Mia dudó un momento ante la puerta del dormitorio de su madre y después entró. La luz de primeras horas de la tarde se filtraba a través de los cortinas y bañaba la habitación de una suavidad que invitaba. Hacía años que no entraba allí. Nada más entrar, la asaltó un aroma inconfundible, vívido y caliente. Se sintió como si de nuevo tuviera diez años, cuando llegaba a casa de noche, sin hacer ruido, y se metía en la cama de su madre para acurrucarse a su lado. Dio unos pasos con inseguridad hacia el tocador. El espejo estaba rodeado por todas partes de fotos suyas, a todas las edades. Su mirada se fijó en una en la que se la veía en plena adolescencia, con Evelyn, sonriendo entre las ruinas de Baalbek. Se acordaba muy bien de aquel día. Experimentó un fuerte impulso de llevarse aquella foto, pero al pensarlo se sintió culpable y la dejó donde estaba.

De pronto la invadió un sentimiento de tristeza por haber penetrado sin invitación en el refugio sagrado de su madre, y la recorrió un espasmo de preocupación por ella. Apesadumbrada, salió del dormitorio y regresó al cuarto de estar. Allí estaba Corben, examinando las estanterías de Evelyn. Mia se rodeó con los brazos para procurarse un poco de consuelo, se acercó a la ventana que se abría junto al balcón y contempló la calle llena de gente que pasaba, deseando que Evelyn apareciera entre aquellas personas, a salvo y de una pieza.

Pero lo que vio en cambio fue un sedán azul marino, marca Mercedes serie E, que se deslizó discretamente por delante del edificio y se detuvo un poco más allá del hotel.

19

Corben examinó la habitación con ojo experto y comprendió que iba a ser preciso hacer otra visita, más prolongada y más concienzuda, en cuanto hubiera dejado a Mia en un lugar donde estuviera a salvo.

También iba a necesitar echar un vistazo lo antes posible dentro del despacho que tenía Evelyn en la universidad. Los detectives locales registrarían ambos lugares a no mucho tardar; allí no se movían con tanta rapidez como en casa, lo cual, en esta ocasión, le venía a las mil maravillas. Contaba con una oportunidad y sabía que tenía que aprovecharla.

Todo había ocurrido de forma inesperada, y sin embargo, irónicamente, de la misma manera podría habérselo perdido sin remedio. Normalmente, él no se habría visto envuelto en una situación como el secuestro de Evelyn, por lo menos una vez que tuviera la seguridad de que éste no tenía ninguna vertiente política, lo cual le había resultado completamente obvio desde el principio. Que ahora se encontrara allí, en el apartamento de la víctima, se debía a algo totalmente distinto. Se había situado, dentro de la embajada y entre sus colegas de la CIA, como especialista en Iraq. Y como tal, todo lo que tuviera que ver con dicho país acababa de forma inevitable encima de su mesa. Se había cerciorado de que todo el mundo estuviera al tanto de ello. Y por eso Baumhoff, inicialmente de forma caballerosa, le había hablado aquella mañana del secuestro de Evelyn y le había mostrado las fotos Polaroid.

El rastro que había arrancado de aquel laboratorio subterráneo de Iraq ya hacía más de tres años que se había enfriado. Desde entonces había cambiado de país y había trabajado en varias misiones más, pero no había dejado de vigilar aquella pelota esquiva, con la esperanza de que cuando surgiera una pista, un indicio, no lo dejara escapar. Y ahora, su diligencia y su empeño habían rendido sus frutos. Con un poquito de suerte, quizá, sólo quizás, el rastro se volviera candente otra vez.

La vida puede cambiar en un abrir y cerrar de ojos. Ya tenía suficiente experiencia para saber cuán cierto era aquello.

Vio a Mia de pie frente a la ventana y se dirigió al escritorio de roble que había en el rincón del fondo. Se hallaba atestado de carpetas, libros de texto y materiales de estudio. Pero Corben tenía más interés por el ordenador portátil que había a un lado. Al desenchufarlo, reparó en la agenda personal de Evelyn, gruesa y manoseada. Estaba abierta por una sección de dos páginas que abarcaba aquella semana. Encima había una tarjeta de visita anticuada y ligeramente envejecida. La tomó. Pertenecía a un arqueólogo de Rhode Island. Se sirvió de ella para señalar la página por la que estaba abierta la agenda, y a continuación cerró ésta y la puso encima del portátil. También quería examinarla.

Se fijó en una carpeta vieja que había debajo de la agenda. Tenía algo que llamó su atención, y la cogió.

Su posición sobre el escritorio sugería que Evelyn había estado examinándola justo antes de salir del apartamento la noche anterior. La primera imagen que le saltó a la vista nada más abrirla, un grabado en madera que representaba una serpiente que se muerde la cola, le provocó una descarga de adrenalina en las venas.

De repente el rastro se había calentado considerablemente. Y en aquel preciso instante, oyó una súbita exclamación de Mia que le cortó la emoción con eficiencia brutal.

—¡Son ellos! —dijo Mia impulsivamente, girándose hacia Corben, con el miedo pintado en los ojos—. Están aquí.

Corben corrió a la ventana y se asomó. Mia estaba señalando a tres hombres que venían caminando por la acera en dirección a la entrada del hotel. Toda la sangre le había huido de la cara.

—¡Ya vienen a por mí! —exclamó.

—¿Son los mismos que vio anoche?

Mia asintió.

—El del medio es el tipo de la barra del hotel. Y me parece que el que está a su izquierda estaba con él cuando perseguían a mi madre por las calles del centro. Del otro no estoy segura.

Corben observó atentamente a los tres individuos. Su ojo entrenado captó detalles apenas discernibles en su lenguaje corporal que señalaron al del medio, el que tenía el cabello negro azabache, como el jefe de la banda. Se movían con fluidez por la estrecha acera uno detrás de otro, lanzando miradas discretas a la calle, muy atentos a todo lo que los rodeaba. Escudriñó sus cuerpos buscando signos de que llevaran armas, y hasta desde aquella ventana de un tercer piso su ojo clínico logró distinguir un bulto debajo de la chaqueta del jefe.

Mia tenía los ojos clavados en ellos.

—¿Van a entrar en el hotel a buscarme, así sin más? ¿Pueden hacerlo? ¿A plena luz del día?

—Sí, si cuentan con una identificación de Seguridad Interna. Y bien podrían tenerla. Todas las milicias han recibido su cuota de agentes. Éstos podrían estar asociados a cualquiera de ellas. —Pero en su cerebro empezaba a tomar forma una hipótesis más preocupante cuando tomó su teléfono móvil y marcó un número determinado.

Corben contaba con aproximadamente una docena de «contactos» —en su mayoría miembros de antiguas milicias, que poseían sus propios «círculos de confianza», así como unos cuantos funcionarios de la inteligencia militar del Líbano, pasada y presente— a los que podía llamar para que le sirvieran de refuerzo, cuando tuviera necesidad. Cada contacto tenía su propia esfera de influencia y era de utilidad en un área concreta.

Al cabo de dos timbrazos, respondió una voz de hombre.

—Soy Corben —anunció en tono inexpresivo por el teléfono—. Necesito refuerzos en el Commodore. Tengo tres individuos entrando, puede que más. Van armados. —Miró por la ventana y añadió—: No cuelgues.

Corben y Mia dejaron pasar unos instantes en silencio, observando cómo los asesinos iban aproximándose al hotel. Corben tensó los músculos. Faltaban apenas unos segundos para el momento de la verdad.

Allá abajo, los tres hombres llegaron a la entrada del hotel.

Pero no entraron. Ni siquiera lo miraron.

Se limitaron a seguir caminando. Dejaron atrás un par de coches aparcados, y también el Grand Cherokee de Corben, y cruzaron la calle.

La segunda hipótesis empezó a materializarse.

Venían directos hacia ellos.

20

Mia observó cómo los asesinos cruzaban la calle, y se dio cuenta con creciente horror de que venían al edificio de Evelyn. Se le puso todo el cuerpo en tensión al perderlos de vista cuando se metieron bajo el balcón que sobresalía de la fachada. No tenía la más mínima intención de salir a la calle a ver por dónde iban. Se giró hacia Corben.

—¿Cómo han sabido que estábamos aquí? —preguntó.

—No creo que vengan a buscarla a usted. Es demasiado pronto para eso. Vienen a registrar el apartamento. —Volvió a ponerse el teléfono en la oreja—. Tienes que mandarme a alguien enseguida. Estamos en el bloque de pisos que hay enfrente del hotel. En la tercera planta. Es donde vive Evelyn Bishop. Date prisa, están entrando en este momento —ladró antes de cerrar el teléfono. Se metió la carpeta de Evelyn debajo de la chaqueta, por detrás del cinturón, a la espalda, y agarró a Mia del brazo—. Vamos —la apremió al tiempo que tiraba de ella hacia la puerta.

Salieron a toda prisa al rellano, y se dieron de bruces con una mujer que estaba saliendo del apartamento de al lado. La vecina se quedó paralizada al ver a dos desconocidos huyendo a la carrera del apartamento de Evelyn. Dudó un momento, luego empezó a decir algo en árabe, pero Corben la interrumpió bruscamente y la hizo callar.

—Vuelva a entrar, cierre con llave y no se acerque a la puerta. ¿Lo ha entendido?

La mujer miró alternativamente al hombre y a Mia, alarmada y confusa.

—Hágalo ahora mismo —ordenó Corben de nuevo. Fue hacia ella y la empujó al interior del piso. La mujer asintió furtivamente y desapareció detrás de la puerta, y acto seguido echó el cerrojo tal como le habían indicado.

La luz de «ocupado» del ascensor se tornó ámbar, después se oyó un sonoro chasquido y el zumbido del motor al ponerse en marcha. La cabina venía bajando desde el último piso hacia el portal. Pronto llegarían los asesinos.

Corben se acercó al borde de la escalera, que bajaba por un costado del hueco del ascensor, y escuchó durante unos instantes. Luego retrocedió, miró escaleras arriba e hizo una mueca de disgusto. No le gustaba aquella opción. El acceso a la azotea podía estar cerrado con llave. Podrían aparecer vecinos. Demasiadas incertidumbres.

—¿Qué? —le preguntó Mia—. ¿Qué hacemos?

—Adentro. —Volvió a entrar a toda prisa en el apartamento de Evelyn.

Cerró la puerta con cuidado y echó el pestillo. Vio que Evelyn tenía también una cadena de seguridad y levantó la mano para echarla, pero de pronto se lo pensó mejor y la dejó suelta. Sabía que aquello delataría que había alguien dentro del apartamento, y era lo último que deseaba.

Y también sabía que sólo disponía de unos segundos para trazar un plan.

Lanzó una mirada de águila a las grandes puertas correderas de cristal que daban al balcón, y después a la ventana, tomó una decisión y se volvió hacia Mia.

—Cierre esas cortinas. Todo lo que pueda. No quiero que entre nada de luz. Y cierre también las puertas del dormitorio.

Ella hizo lo que le ordenaban y sumió el cuarto de estar en una oscuridad asfixiante. Mientras tanto, Corben había tomado el paño del reposabrazos del sofá y estaba recorriendo una a una las lámparas y la araña del salón, aplastando las bombillas entre los dedos con fría eficiencia. Luego hizo lo mismo con la lámpara del vestíbulo.

Mia cerró las puertas del dormitorio y regresó a toda prisa. Encontró a Corben en la cocina, rebuscando en los cajones. Extrajo un par de cuchillos de cocina y comprobó lo afilados que estaban. Escogió el que le pareció más sólido de todos y se lo guardó debajo del cinturón, a un costado.

Mia lo observó estupefacta.

—Por favor, dígame que lleva una arma escondida en una tobillera, o donde sea —dijo medio en broma.

—Las tengo en el coche —repuso él con cara seria. El hecho de ser norteamericano suscitaba cada vez más suspicacias en aquella ciudad tan tensa, y «asesor económico» estaba empezando a entenderse, junto con «agregado cultural», como sinónimo de agente de la CIA. El bulto delator que formaba un arma —cosa que los habitantes de aquella ciudad eran más duchos en detectar que los ciudadanos de, digamos, Corleone— constituía decididamente una burla al destino. Y por ese motivo la Glock y la Ruger permanecían en un compartimiento cerrado del todoterreno a no ser que la situación requiriera usar una de ellas, o las dos. Pero en principio esta situación no había dado la impresión de requerirlo.

Otro tanto que apuntar a favor de la retrospectiva.

Corben examinó detenidamente la cocina. Estaba situada a un lado, lejos del cuarto de estar, y tenía una puerta de cristal que daba un balcón pequeño. Junto a la puerta había un frigorífico alto y solitario, de un modelo antiguo y pesado, y una pared forrada de armarios de cocina. Atravesó la estancia y se asomó al exterior. Observó que la puerta del balconcillo no tenía cortinas ni persianas. Aunque en realidad aquel detalle carecía de importancia; ya había decidido que aquélla iba a ser su posición de defensa. Se sacó la carpeta de Evelyn y se la entregó a Mia. Ella la miró con curiosidad y le dirigió a Corben una expresión interrogante.

—Quédese aquí y guárdeme esto —le dijo él—. Cierre la puerta cuando salga yo y no la abra hasta que vuelva. —Cuando ya salía, señaló con un dedo la puerta del balconcillo—. Y deje esa puerta abierta.

Mia intentó protestar, pero las palabras se le secaron en la boca. Corben advirtió lo afectada que estaba y se detuvo un momento.

—Saldremos de ésta —añadió en tono firme y con convicción en la mirada. Ella logró esbozar de mala gana un gesto de asentimiento apenas perceptible antes de que Corben la dejara sola.

Mia cerró la puerta notando los latidos del corazón en los oídos. Luego dio media vuelta y contempló la cocina, el balconcillo y por último la carpeta que sostenía en las manos.

Se la quedó mirando unos instantes con una curiosidad nerviosa, y entonces la abrió.

Fuera, Corben se movió velozmente a través de la oscuridad y llegó hasta la puerta de entrada. Atisbó por la mirilla justo en el momento en que el ascensor emitía un chasquido casi inaudible que indicaba que se había liberado el mecanismo de cierre de las puertas. Sabía que no había peligro alguno de que los otros detectaran ningún movimiento detrás de la lente ni por debajo de la puerta, ya que la habitación no estaba iluminada.

Oyó abrirse la reja metálica del ascensor, y de él salieron dos de los hombres que había visto en la calle. Comprendió que el tercero se había quedado abajo, vigilando. Aquellos hombres eran profesionales. Sabían lo que hacían. Al pensarlo se puso todavía más en tensión.

Los observó mientras el individuo picado de viruela que le había descrito Mia pulsaba el interruptor de la luz y recorría el rellano con la mirada.

Satisfechos al comprobar que nadie iba a interrumpirlos, se volvieron de frente a la puerta del piso de Evelyn. Corben flexionó los dedos y sintió cómo se le contraían los músculos cuando cada uno de los asesinos sacó una nueve milímetros automática, le ajustó un silenciador y le introdujo un cargador de munición. El del rostro picado de viruela indicó a su compañero con una seña que procediera.

Corben respiró hondo y se colocó a un lado de la puerta. Cuando ésta se abriera, él estaría escondido detrás. Se echó hacia atrás y se pegó a la pared. Cerró los ojos por una fracción de segundo para adaptarlos a la oscuridad que lo rodeaba.

La puerta chirrió levemente cediendo a un suave empujón exploratorio. No se oyó ningún ruido de llaves en la cerradura. Era evidente que los asesinos no las tenían. Corben apretó los dientes y esperó. Un segundo después, de una de las automáticas con silenciador estallaron media docena de disparos amortiguados, seguidos del eco de los fuertes impactos de las balas al clavarse en la madera de la puerta y destrozar la cerradura. Corben se llevó una mano a la cara para protegerse de las astillas y los fragmentos de acero que volaron por el pequeño vestíbulo de la entrada. Enseguida le llegó un débil olorcillo a madera chamuscada y a pólvora.

Se puso rígido cuando la puerta se abrió con un crujido y vino despacio hacia él, y observó con toda atención cómo aparecía un silenciador, suspendido en el aire, que penetró un poco más en el vestíbulo, seguido del resto del arma y del brazo del primero de los asesinos.

Entonces Corben se lanzó, y de repente todo transcurrió a cámara rápida.

21

Con la agilidad propia de un estoque, Corben se abalanzó contra el asesino y lo agarró por la muñeca para tirar de él hacia dentro de la habitación, al tiempo que cerraba la puerta empujándola con la espalda.

Se retorció sobre sí mismo y se sirvió del impulso del otro para hacerlo girar y estamparlo contra la hoja de la puerta, la cual quedó así bloqueada. De la pistola con silenciador explotó una ronda de disparos y el resplandor de la boquilla del cañón iluminó el rostro distorsionado del intruso, que estaba ensangrentado a consecuencia del encontronazo con la puerta. Corben sabía que no disponía más que de un segundo o dos antes de que el individuo picado de viruela que aguardaba fuera reaccionase e intentase embestir. Mantuvo una mano aferrada a la muñeca del asesino y utilizó la otra para asestarle un contundente puñetazo en la parte baja de la espalda que lo alcanzó en el riñón.

El hombre dejó escapar una fuerte exclamación al acusar el golpe. La pistola se le escapó de la mano y cayó ruidosamente al suelo. Corben notó que el hombre aflojaba los músculos, y entonces aprovechó la oportunidad: se apartó de la puerta yendo en dirección contraria y al mismo tiempo tiró del cuerpo del asesino para ponerlo delante de la entrada, justo en el momento en que se producían varios disparos que atravesaron la madera e hirieron a éste. Corben, todavía sujetándolo del brazo, sintió que se estremecía y se sacudía por los balazos que lo habían alcanzado, y lo soltó.

El hombre se desplomó en el suelo con un ruido sordo y se quedó allí, inmóvil, emitiendo un gorgoteo jadeante y bloqueando la puerta.

Corben recuperó el resuello y se escondió junto a la puerta, escuchando atentamente en medio del silencio mortal. El individuo de fuera exclamó:

—¿Fawaz?

—¡Está muerto, gilipollas! —respondió Corben, gritando a su vez—. Y tú eres el siguiente. Tengo su pistola.

Pero aquello no era cierto del todo. Por lo menos, aún no.

Corben frunció el ceño y esperó en tensión una respuesta, pero no le llegó ninguna. Por los agujeros de bala de la puerta se colaban finos haces de luz del rellano de la escalera que arrojaban un resplandor suave y etéreo sobre el vestíbulo y el cadáver. Corben miró en derredor buscando el arma, al tiempo que su cerebro estudiaba a toda velocidad las opciones que tenía. Ninguna de ellas le pareció demasiado prometedora. De pronto, la poca luz que había se apagó. El temporizador del rellano acababa de actuar, y el asesino que esperaba fuera no hizo ningún esfuerzo para volver a iniciarlo. En vez de eso, Corben lo oyó gritar otro nombre, «Wasim», seguido de una orden que levantó un eco inquietante escalera abajo. El de la cara picada de viruela probablemente estaba diciendo al tercer hombre que subiera.

Cuantos más seamos, mejor lo pasaremos.

Pues no.

Corben escudriñó la oscuridad con urgencia, en busca del arma del muerto. Al principio no dio con ella, pero de repente la localizó al otro extremo del vestíbulo, de cara a la puerta y a todo el que pudiera aparecer por ésta. Hacerse con ella sería peligroso; si lo intentaba, quedaría totalmente desprotegido.

Mientras meditaba cómo actuar, oyó unas pisadas rápidas que subían por la escalera y comprendió que en escasos segundos tendría que enfrentarse de nuevo a aquellos asesinos, que ahora contaban con una ventaja de dos contra uno y con dos armas automáticas, en comparación con el triste cuchillo de cocina que empuñaba él. Se dio cuenta de que tenía que hacer alguna maniobra. Saltó de la pared y se arrojó a por la pistola en el momento mismo en que el matón de fuera propinaba una patada a la puerta. Pero ésta se hallaba bloqueada por el cadáver de su compañero. El de fuera empujó la hoja hacia dentro y logró apartar un poco el cuerpo, a la vez que descargaba una cortina de fuego que explotó alrededor de Corben. Éste alcanzó con los dedos la pistola caída en el suelo entre un racimo de balas que rebotaron a su lado. Consiguió asirla y salir de allí dando un brinco, mientras otra salva de disparos hacía astillas las jambas del marco de la puerta, a escasos centímetros de él.

Cruzó a la carrera la habitación en penumbra y se refugió detrás del escritorio de Evelyn para escapar de la balas que se incrustaron en su estructura de roble. Entonces asomó la cabeza y lanzó una breve ronda de disparos propios, lo cual obligó al asesino a agacharse detrás de la puerta. No los separaban más de cinco metros. El cuarto de estar estaba sumido en la oscuridad, y eso dificultaba que cualquiera de los dos pudiera ver con claridad al otro para apuntar. Corben, por lo menos, poseía la ventaja de conocer la distribución del apartamento. Eso le permitiría ganar unos pocos segundos de más, los cuales iba a necesitar si quería llegar hasta donde estaba Mia.

Corben lanzó una mirada fugaz a la pistola que había cogido del suelo. Incluso con el tenue resplandor que provenía del borde de las cortinas, distinguió que se trataba de una SIG-Sauer, y más en concreto una P226. No tenía un diseño precisamente de lo más estilizado, pero era una pistola sumamente precisa y de fiar. Corben reflexionó sobre el arma: aquéllas no eran las típicas Makarov, que uno podía comprar por pocos centavos la docena; aquellos tipos, y quienes los habían enviado, tenían acceso a armas serias y disponían de financiación para hacerse con ellas. Hizo un rápido cálculo mental de las balas que le quedaban. Dado que el cargador de doble columna de la pistola tenía quince disparos, más otro en la recámara si uno estaba realmente empeñado en sacarle el máximo partido al dinero invertido, y suponiendo que el cargador estaba lleno antes de que el cadáver empujase la puerta, lo cual era una suposición bastante razonable, Corben estimó que aún le quedaba quizás otra media docena de balas.

Como mucho.

Oyó unos chasquidos... El asesino estaba probando con los interruptores de la luz, pero sin resultado alguno. Después, la puerta se abrió con un ruido de roce y se oyeron entrar más pisadas en el apartamento. Había llegado el tercer asesino. Corben oyó un breve y acalorado intercambio entre ambos hombres —poniéndose al corriente y planificando el paso siguiente, sin duda—, y decidió aprovecharse de aquella distracción momentánea. Con cuidado de no desperdiciar balas preciosas, disparó un par de veces y salió de detrás del escritorio, corrió por la habitación a oscuras y aterrizó detrás del enorme sofá cuyo respaldo estaba orientado al balcón.

Varios disparos amortiguados hicieron añicos la mesa de centro que tenía a su derecha y destrozaron dos marcos de fotos que había encima de la misma. Pero no respondió. En cambio, aguardó aguzando el oído para saber si alguno de los intrusos invadía su zona de tiro. Pero eran demasiado expertos para eso, y permanecieron ocultos tras la pared del umbral de la habitación. Oyó que uno de ellos volvía a cargar el arma. Sin dejarse intimidar, avanzó un poco más hasta que estuvo frente al pequeño pasillo que conducía a la cocina. Hizo un par de inspiraciones profundas y se lanzó a la carrera por aquel espacio abierto. Varios disparos surcaron el aire a su alrededor, pero no se detuvo, y fue a esconderse detrás de la pared justo cuando ésta era alcanzada por nuevas balas. Respondió con más disparos y otra vez se lanzó por el pasillo en dirección a la cocina. Empujó la puerta y la cerró con fuerza a su espalda.

Mia estaba con la espalda apoyada contra la isleta central, presa del pánico. Corben vio que tenía la carpeta apretada contra el pecho. Se le iluminó el rostro al verle de una pieza y al parecer ileso. Por su expresión, se diría que tenía una montaña de preguntas que hacerle, pero que sabía que aquél no era el momento oportuno.

Corben se guardó la pistola en el cinturón y se abrazó a la gigantesca nevera. Gruñendo y con el rostro cortorsionado, la arrastró por el suelo de baldosas con la intención de bloquear la puerta de la cocina con ella. Ya la tenía a medio camino cuando hubo varios disparos procedentes del salón que atravesaron la puerta y chocaron con la parte posterior de la nevera o explotaron contra la pared del fondo de la cocina. Mia lanzó un chillido cuando una de las balas dio en la puerta del balcón y produjo un manojo de grietas en forma de telaraña. Corben le gritó:

—¡No se acerque a la puerta!

Y con un último gruñido colocó la nevera en donde pretendía. Llegaron más balas que se incrustaron en la nevera, pero ésta aguantó y protegió a Mia y a Corben de morir de un disparo.

De pronto el tiroteo cesó y se oyeron unos golpes sordos en la puerta, desde el pasillo. Los asesinos estaban intentando abrirla, y la pesada nevera, aunque le costaba moverse, estaba cediendo milímetro a milímetro. Corben agarró una silla y la metió entre el borde de la nevera y un grueso radiador. Aquello les proporcionó unos segundos más, y sin pararse a tomar aliento, cogió la carpeta de las manos de Mia y se la guardó en el cinturón a la espalda gritando:

—¡Vamos!

Ambos se lanzaron hacia el balcón. Era un rectángulo pequeño y estrecho, con cuerdas a lo largo para tender la ropa. Corben, como ya lo había investigado, sabía que estaba adosado a un balcón de servicio simétrico que había en el apartamento de al lado. Los dos balcones estaban separados por una tapia de gruesos bloques de vidrio que se elevaba hasta el parapeto de estuco, el cual tenía montada una barandilla metálica.

Condujo a Mia hasta el borde del balcón.

—Súbase —la apremió—. Yo le echo una mano.

Mia no pareció demasiado emocionada por la perspectiva. Volvió a mirar fugazmente hacia el interior de la cocina. La nevera estaba corriéndose hacia dentro a cada empujón de la puerta, y la silla se tensaba cada vez más contra el radiador.

—Vamos —insistió Corben—, no tiene más que saltar al otro lado y no mirar hacia abajo. —Un consejo que las personas siempre daban en dichas situaciones, pero del que, por supuesto, nadie hacía caso.

Mia se dijo que ella no iba a romper la tradición. Se asomó por el balcón y miró abajo. El patio de la parte de atrás del edificio, un vertedero de cajas de embalaje y materiales de construcción de desecho, situado tres pisos más abajo, le pareció todavía más profundo.

Pero otro golpetazo en el interior terminó de convencerla.

Apretó los dientes y subió una pierna por encima del parapeto.

22

Abrazada al muro de separación, Mia se izó y cambió el peso de sitio para quedarse sentada sobre la barandilla, sin que ninguna pierna tocara el suelo.

Corben la sostuvo de la mano mientras ella avanzaba poquito a poco por la lisa barra metálica, y efectivamente consiguió hacerlo sin mirar abajo.

—Eso es, no se pare —la animó Corben, moviéndose a su lado mientras ella se deslizaba centímetro a centímetro, despacio y con cuidado, con los nudillos blancos de aferrar la barra.

De repente se oyó un fuerte ruido procedente de la cocina que la asustó: era la silla, que había saltado de su sitio. Mia perdió agarre y resbaló hacia atrás. Lanzó un grito al soltarse de la barandilla e intentó aferrarse al muro que estaba montando a horcajadas, pero los bloques de vidrio eran demasiado lisos para asirse a ellos.

Corben se lanzó hacia delante y la atrapó. La enderezó y le dio un último empujón, el cual la envió al balcón del vecino, donde aterrizó con un golpe sordo y sin aliento.

Corben lanzó una última mirada a la cocina antes de subirse a la barandilla para pasar al otro lado. La puerta del balcón que tenía frente a él, misericordiosamente, estaba abierta. En el momento en que se reunía con Mia, ambos oyeron que la nevera resbalaba furiosamente por el suelo de la cocina bajo los tremendos empellones de los dos asesinos. Corben apremió a Mia para que entrara en la vivienda, y los dos se apresuraron a ocultarse en el pequeño apartamento. No había rastro de la mujer que habían visto, y menos mal; debía de haberse escondido en un cuarto de baño o debajo de una cama, que era donde Corben esperaba que se quedase hasta que ellos se hubieran alejado lo suficiente del edificio.

Soltó el pestillo de la puerta de la escalera y abrió ésta de par en par. El rellano estaba en silencio, los asesinos seguían dentro del apartamento de Evelyn. Hizo una seña a Mia y a continuación los dos se lanzaron escaleras abajo. Casi habían llegado al primer piso cuando oyeron gritos y ruidos de pisadas que venían tras ellos. Y para acompañar la amenaza renovada, volaron varios disparos amortiguados por el hueco de la escalera que arrancaron chispas a la barandilla y se incrustaron en los peldaños de piedra caliza, a sus pies.

Corben y Mia bajaron la escalera a toda velocidad, cruzaron el portal como una flecha y salieron a la acera. Calle arriba se encontraban el todoterreno de Corben y el hotel. Más allá del hotel estaba aparcado el Mercedes de los asesinos. Corben no creía que Mia y él tuvieran tiempo de subirse al coche y marcharse de allí antes de que los asesinos llegaran a la calle, pero sí era bastante probable que le diera tiempo de abrir el escondite donde guardaba las armas, lo cual representaba una importante diferencia. Con Mia a su costado, echó a correr hacia el todoterreno, y en eso vio a un individuo que se dirigía hacia ellos con la misma expresión dura. Ya había echado mano al bulto que se le apreciaba debajo de la chaqueta. Los asesinos habían dejado a un cuarto hombre vigilando el coche.

Mia también se había fijado en él.

—Jim —avisó.

Corben lanzó una mirada calle abajo para calcular las opciones que tenían.

—Por aquí.

Cogió a Mia de la mano y echaron a andar en sentido contrario, calle adelante, en dirección opuesta al hotel y al todoterreno con su compartimiento lleno de armas.

Corrieron por la estrecha acera abriéndose paso a empujones por entre varios peatones sorprendidos, que protestaron por el atropello. Mia vio que Corben miraba hacia atrás, y siguió su mirada. Alcanzó a ver brevemente al androide y a otro asesino que emergían del edificio de Evelyn y se reunían con otro hombre. Ahora los tres venían tras ellos, corriendo por la calle. De pronto abrió unos ojos como platos al descubrir que el androide estaba muy cerca. Su mirada feroz la golpeó igual que un puñetazo en el estómago.

Él la reconoció de la noche anterior. A Mia no le cupo la menor duda.

Al comprenderlo, sintió que se le doblaban las rodillas, pero hizo acopio de toda la fuerza de voluntad que le quedaba y siguió corriendo.

Corben conocía razonablemente bien aquella zona, y sabía que sus opciones eran limitadas. La calle estaba jalonada de tiendas y portales de edificios de pisos, y nada de aquello podía servirles de protección. Sabía que los asesinos no iban a retroceder, y que tampoco tendrían ningún problema en pegarle a él un tiro y secuestrar a Mia a la vista de todo el mundo. También sabía que le quedaban en la pistola dos o tres balas, lo cual no iba a ayudarlo demasiado a la hora de detenerlos. Escrutó con la mirada todos los huecos y portales en busca de un milagro, y descubrió un desnivel en la acera que anunciaba una rampa de entrada. De la boca cavernosa del garaje subterráneo emergió un vehículo, giró y enfiló calle arriba, dejándolos atrás a ellos.

—¡Por aquí! —le gritó a Mia al tiempo que la agarraba de la mano y tiraba de ella.

Bajaron a la carrera por la rampa en curva, taconeando con los zapatos sobre la desnuda superficie de hormigón y levantando un sonoro eco, como de aplausos, contra las paredes lisas.

Llegaron a la zona de aparcamiento principal, que estaba salpicada por un bosque de columnas. Los espacios que dejaban entre sí estaban ocupados por coches. No se veía por ninguna parte a ningún empleado, ni tampoco había ningún manojo de llaves que llevarse. Corben frunció el entrecejo. Estaban acorralados.

De pronto se apagaron las luces de neón y el garaje quedó sumido en la oscuridad. Corben se volvió hacia Mia y señaló el otro extremo del recinto.

—Vaya hasta ese rincón del fondo y escóndase debajo de un coche. Oiga lo que oiga, no haga ningún ruido.

Ella contuvo una exclamación.

—¿Qué va a hacer usted?

—Evitar que entren aquí. Cuando bajen por la rampa quedarán a la vista, y si puedo cargarme a uno de ellos, pienso que los otros retrocederán. Váyase ya.

Observó cómo Mia se perdía en los oscuros recovecos del garaje, y seguidamente se deslizó entre los coches y tomó posición detrás de un sedán de gran tamaño que estaba directamente enfrente de la rampa. Sacó la automática, la sostuvo con las dos manos y apuntó hacia la entrada, que estaba iluminada desde atrás por el resplandor proveniente de la calle. En silencio abrigó la esperanza de no haberse equivocado al contar mentalmente las balas que había gastado, y si se había equivocado, esperaba que hubiera sido a su favor. Todavía le latía el corazón como si quisiera salirse del pecho. Aspiró varias veces por la nariz procurando no hacer caso del tufo a aceite y grasa que lo rodeaba y se calmó a fin de prepararse para disparar.

Oyó un ruido de pisadas que llegaban a la rampa haciendo eco, pero se desvanecieron de repente. El garaje quedó bañado en el silencio. Sabía que los asesinos venían andando hacia ellos. Flexionó los dedos y acto seguido los cerró en torno a la empuñadura de la pistola al tiempo que se colocaba en posición.

Una sombra estrecha y alargada bajó rápidamente por la rampa, seguida de otras dos formas fantasmales que se fundieron con ella. A juzgar por el ángulo que formaban dichas sombras en la pared, Corben supo que los asesinos venían agachados. Se le puso el cuerpo entero rígido. Apuntó con cuidado, echó hacia atrás el dedo en el gatillo y se preparó para disparar. Cada una de las balas tenía que acertar, y aun así tenía muchas posibilidades en contra.

Con el pulso latiéndole en los oídos, observó que la sombra distorsionada se deslizaba por la pared de la rampa y se detenía de improviso. Aflojó ligeramente la presión sobre la pistola, pero enseguida volvió a apretarla, con el tacto en los dedos a flor de piel. Intentó borrar los sonidos que le llegaban de la calle y concentrarse en cualquier ruido que le indicara qué estaban haciendo los asesinos, pero no hubo ninguno. Se imaginó lo que iban a hacer, que dependía de cuán desesperados estuvieran. Abalanzándose sobre él seguramente conseguirían dominarlo, pero se llevarían uno o dos balazos. A no ser que la pistola que se había apropiado no estuviera del todo cargada, lo cual no merecía ni ser tomado en cuenta. Apartó a un lado las dudas y se concentró en la sombra.

No se movió. Se quedó donde estaba, amanazadora, acechándolo, mofándose de él.

Entonces oyó un súbito ruido de pisadas y se puso en tensión. Escudriñó la amplia entrada con la mirada como si fuera un radar, girando la pistola a izquierda y a derecha del margen de tiro, y por una fracción de segundo lo inundó la adrenalina antes de ver que la sombra volvía a subir, no a bajar, a toda prisa por la pared. Los asesinos estaban replegándose, y de forma precipitada. Corben mantuvo su posición, con todos los sentidos alerta por si intentaban hacerlo salir del escondite, y finalmente oyó el aullido distante de una sirena que se acercaba.

Los refuerzos. Lo había conseguido.

Salió de detrás del coche de un brinco y cargó rampa arriba. Llegó a la calle a tiempo para ver el Mercedes de los asesinos salir de donde estaba aparcado y alejarse a toda velocidad. Por su espalda llegaron dos coches del Fuhud que se detuvieron al lado del Commodore. Se apearon varios policías armados con fusiles M16 y aseguraron la calle mientras tres agentes subieron los escalones a la carrera y desaparecieron en el interior del hotel.

Corben exhaló el aire con fuerza, se guardó la pistola y volvió a bajar la rampa para informar a Mia de que estaban a salvo.

Por el momento.

23

Mia paseaba por su habitación del hotel en total confusión. Su cerebro se encontraba bajo asedio, a las puertas estaban los bárbaros gemelos del miedo y el cansancio. Estaba decidida a mantenerlos a raya un poco más de tiempo. Necesitaba hacer las maletas y largarse de allí. El hotel había dejado de ser un lugar seguro. Ya puestos, no tenía la certeza de que hubiera ningún lugar seguro. Los individuos con los que se había cruzado dos veces en menos de veinticuatro horas, aquellos psicópatas, no parecía que tuvieran el menor problema en encontrar a una persona cuando la buscaban, ni tampoco daba la impresión de que sufrieran de pánico escénico. Se presentaban con todo descaro a la vista de todo el mundo y procedían a llevar a cabo sus sucias tareas como si tuvieran un salvoconducto para entrar en todas partes. Y ella les había desbaratado los planes. Dos veces.

Aunque aquello no era algo en lo que deseara insistir de momento.

Procuró calmar sus nervios y concentrarse en la tarea que tenía entre manos. Corben le había dicho que cogiera sólo lo más esencial, pero en realidad no tenía mucho que meter en la maleta, ya que el grueso de su equipaje aún estaba aguardando a ser enviado cuando ella se encontrara más a gusto en aquella ciudad y ya instalada en un apartamento. Corben le había dado quince minutos para organizarse, y ya habían transcurrido veinte.

Estaba embutiendo el ordenador portátil y unos cuantos papeles en una mochila cuando regresó Corben. Traía un portátil y una enorme agenda personal con tapas de cuero, dos cosas que ella sabía que pertenecían a su madre y que recordó haber visto encima de su escritorio.

—¿Ya está lista? —preguntó Corben.

Mia afirmó con la cabeza.

Corben la condujo a la puerta. Ella echó un último vistazo a la habitación y se fue con él para bajar al vestíbulo y salir del hotel. Toda la calle estaba ocupada por policías y agentes del Fuhud. Los coches atravesaban lentamente el improvisado control, los policías les iban dando paso tras echarles una mirada superficial. Delante de las tiendas y en los balcones de las casas se acumulaban curiosos que observaban la interrupción del tráfico y —una tradición local— intercambiaban turbias teorías de conspiración que ya estaba generando el tiroteo.

De camino al todoterreno de Corben, Mia dirigió una mirada de intranquilidad a la entrada del edificio de su madre. Vio a varios agentes conteniendo a la gente con malas maneras mientras unos sanitarios sacaban una camilla. El cadáver del asesino —porque supuso que de eso se trataba— estaba cubierto con una manta vieja y ajada que hubiera provocado un infarto a un investigador forense. Estaba claro que en aquel momento los forenses no eran la prioridad.

Subió al asiento del pasajero del coche de Corben y lo observó mientras él intercambiaba unas palabras con dos de los hombres de expresión dura y vestidos de civil antes de sentarse al volante. Se fijó en que ellos se metían en un Range Rover negro y polvoriento que estaba aparcado en las proximidades. Cuando el que tenía más cerca se subió al coche, se le abrió la chaqueta y se le vio la sobaquera y el arma que llevaba debajo.

Corben metió la marcha, y el enorme todoterreno abandonó la acera y enfiló la calle a toda velocidad. Mia miró a su alrededor con preocupación y vio que el Range Rover los seguía de cerca. Fue tras ellos por aquella calle de dirección única a lo largo de dos manzanas. Mia advirtió que Corben miraba en el espejo retrovisor, y al girarse hacia atrás vio que el Range Rover aminoraba de pronto y se detenía ligeramente en ángulo, para bloquear la calle a los que vinieran detrás. Corben hizo un breve ademán de satisfacción y siguió adelante. Un truco sencillo y eficaz, supuso Mia, para asegurarse de que nadie los siguiera.

—¿Adónde vamos? —preguntó.

—A mi casa —respondió Corben en tono cortante—. Hasta que sepamos de qué va todo esto, no me fío de ningún hotel.

Aquel plan la dejó perpleja.

—¿Y está seguro de que en su casa estaré a salvo?

En la voz de Corben no hubo vacilación.

—Considérelo de esta forma. Está fuera del radar. Y para quienes la tienen en su radar, queda fuera de límites, y lo saben.

—¿Fuera de límites?

Corben reflexionó un momento antes de contestar.

—Las únicas personas que podrían saber a qué me dedico en realidad son otros agentes de inteligencia, y existen acuerdos en vigor, entre gobiernos. Líneas rojas. Claramente definidas. Y uno no las cruza si no es arriesgándose a sufrir graves repercusiones. La orden tendría que venir de muy altas esferas, y éste no es el caso. —Hizo una pausa y después añadió—: En mi casa estará a salvo. En este momento, esto no va con usted. Iban buscando a su madre, querían registrar su apartamento. A usted no la han visto necesariamente con suficiente claridad para darse cuenta de que también estuvo presente en la escena del secuestro, pero tenemos que jugar sobre seguro. Si poseen informadores dentro de la policía, lo cual es muy probable, establecerán la relación. Déjeme que la quite a usted de en medio mientras compruebo una serie de cosas. Además, necesita descansar un poco. Yo iré a mi oficina y haré unas cuantas llamadas, hablaré con nuestra gente. Después ya pensaremos en el siguiente paso que dar.

Mia estaba demasiado aturdida y cansada para seguir cuestionando el criterio de Corben, de manera que se limitó a asentir para sí misma y miró al frente.

Guardó silencio durante el resto del trayecto. Estaba claro que Corben tenía muchas cosas en la cabeza, y ella no estaba para hablar de nada, allí y en aquel momento. Con aquel estado mental. Necesitaba recuperar el aliento, permitir que disminuyera el torrente de adrenalina de las útimas horas y despejarse la cabeza. Más adelante le entrarían ganas de hablar de cosas. Y eso llevaría tiempo.

Faruk aguardaba pacientemente en las sombras frente al edificio denominado Post Hall. Delante de él, alumnos y personal deambulaban en ambas direcciones por el estrecho paseo que discurría ante la construcción otomana de piedra que albergaba el departamento de Arqueología de la universidad.

Vigilaba atentamente la entrada, apoyado contra uno de los

pocos coches aparcados que tenían la suerte de contar con pases para el campus, protegido bajo un tupido manto de densos cipreses. A sus pies había un montón de colillas de cigarrillo esparcidas por el suelo. Llevaba horas allí, y los rugidos cavernosos de su estómago eran cada vez más frecuentes.

Había visto en los periódicos matinales la noticia del secuestro de Evelyn, y se había aproximado al edificio con precaución. Para su sorpresa, esta vez no le pareció en absoluto diferente de como estaba en su anterior visita, el día antes, cuando fue allí buscando a Evelyn. Recordó que los periódicos no mencionaron el nombre de Evelyn, lo cual explicaba la ausencia de reporteros y de cámaras, pero no la de seguridad adicional, por lo menos, él no había visto ninguna. Aunque había registrado a los dos detectives del Fuhud que penetraron en el edificio y salieron tal vez una hora después, seguía sin sentirse cómodo para entrar, como había hecho el día anterior, a buscar al profesor ayudante. Prefirió esperar fuera, donde pudiera observar quién se acercaba y evitar más sorpresas desagradables.

Su paciencia por fin se vio recompensada cuando Ramez, el élfico colega de Evelyn, hizo su aparición alrededor de la hora del almuerzo.

Faruk oteó el paseo en ambas direcciones. No vio nada que le diera motivos de alarma. De modo que, con el corazón latiéndole en los oídos, salió de su escondite y echó a andar hacia él.

A menos de cuatro manzanas de allí, Omar cerró de una palmada su teléfono móvil y miró por el parabrisas del Mercedes clase E de color azul marino. El tráfico que circulaba por la Rue Bliss, cosa sorprendente, era bastante fluido. Aquella calle, todavía surcada por las vías de los antiguos tranvías, por lo general representaba una pesadilla. Medía unos tres kilómetros y bordeaba toda la universidad. La tapia del campus corría por una de sus aceras, tan sólo interrupida por un par de verjas de entrada. La otra acera estaba repleta de cafés muy populares, pastelerías y heladerías. Los clientes estacionaban el coche en doble y triple fila con una despreocupación que quitaba la respiración —una práctica habitual en Beirut— y provocaban atascos y alguna que otra trifulca con una puntualidad invariable digna de elogio.

En este caso, el caos resultaba útil. Proporcionaba una buena coartada para una conversación informal. Razón por la que se encontraba allí Omar.

Le habían negado el acceso libre al apartamento de la mujer. Había perdido a un hombre en el caos que siguió. Y lo peor de todo era que el *hakim* no estaba contento.

Sabía que tenía que corregir errores.

Miró por el espejo retrovisor. Había varios policías de pie junto a la entrada de la comisaría de Hobeish.

Localizó a su contacto saliendo del edificio.

El individuo en cuestión miró calle abajo, en dirección a él, y vio el Mercedes. Omar le hizo un ademán con la mano, discreto y casi imperceptible, desde la ventanilla. El hurón lo captó, saludó con naturalidad a sus colegas con un gesto de cabeza al pasar junto a ellos y se encaminó hacia el coche aparcado.

Mia contempló su nuevo alojamiento con pesadumbre. Se terminó el sándwich *shawarma* de cordero que habían comprado apresuradamente de camino al apartamento y fue hasta la cocina andando como si fuera sonámbula, aún intentando comprender los sucesos que la habían llevado hasta allí.

El apartamento tenía dos dormitorios, uno más de los que necesitaba Corben, que estaba soltero y vivía solo, pero es que en Beirut costaba encontrar pisos más pequeños, y los alquileres eran relativamente baratos. Él le hizo una breve visita guiada —cocina, baño, dormitorio de invitados, toallas limpias— y a continuación la dejó sola y se fue a la embajada. Dijo que regresaría al cabo de pocas horas.

Mia se sintió rara en aquel lugar, viviendo con un hombre al que apenas conocía. Más bien un hombre al que no conocía en absoluto. Normalmente —suponiendo, claro está, que se encontrara allí porque estuviera saliendo con aquel tipo o sintiera alguna clase de interés hacia él— habría matado el tiempo fisgoneando por ahí, curioseando los libros de la librería, los CD del estéreo, las revistas de la mesa de centro. Actividades de épocas antiguas, para los que carecen de un iPod o de páginas en Facebook que le dicen a uno todo lo que necesita y lo liberan de la necesidad de fisgar físicamente. Quizás hasta hubiera echado un vistazo al interior de los roperos del dormitorio de Corben, a la mesilla de noche o al armario del cuarto de baño. Era vergonzoso, pero cabía esperar algo así. Básica curiosidad humana. Uno recurría a ello para hacerse una idea de lo que interesaba a la otra persona. Con suerte, lo que descubría le ponía una sonrisa en la cara y lo acercaba un poco más a aquel ser; en ocasiones menos afortunadas, le producía escalofríos y le daba ganas de echar a correr.

Pero en este caso no sucedió ni lo uno ni lo otro.

Mia no sintió el impulso de explorar, ni siquiera sabiendo que aquel tipo era agente de la CIA. Había montones de posibilidades. Desde lo más recóndito de su imaginación la llamaba una cueva de Aladino llena de tesoros, pero no hizo caso. Apenas le dedicó al apartamento una mirada somera, y lo que vio casi no lo tuvo en cuenta. Aunque no era que hubiese mucho que tener en cuenta. Estaba escasamente amueblado, y los pocos muebles que había proyectaban la imagen de cuero oscuro y cromados típica de un hombre soltero. Todo lo que había allí parecía obedecer a un motivo, no había nada que fuera superfluo o que hubiera sido añadido para crear un determinado efecto. Sin embargo, no era necesariamente un indicativo de sosez por parte de Corben; Mia supuso que los hombres como él, los hombres que hacían lo que hacía él, viajaban y vivían ligeros de equipaje. No pensaba que Corben guardase en las estanterías recuerdos de sus cambios favoritos de régimen político, o que tuviera álbumes de fotos de inflitraciones e informadores sobre la mesa del salón.

Tiró el envoltorio del sándwich a la papelera, se lavó las manos y se apoyó contra la encimera. Había saciado el hambre, pero todavía se sentía fatal. Estaba sufriendo el bajón de adrenalina, y el cansancio estaba haciendo presa en ella rápidamente. Sintió que le flaqueaban las piernas y cerró un momento los ojos para disipar aquella sensación. Se sirvió un vaso grande de agua, se lo bebió de golpe y después fue a la sala de estar, donde se tumbó acurrucada en el sofá.

En cuestión de segundos su cuerpo echó el cierre sin oponer resistencia y la hundió de cabeza en un sueño profundo.

24

Mantener una embajada en Beirut llevaba más de treinta años siendo una importante fuente de jaquecas para el Departamento de Estado. Aunque dicho dolor había disminuido recientemente, todo el que trabajaba allí sabía que no era más que un respiro momentáneo.

El antiguo edificio, situado en el transitado paseo marítimo que daba al Mediterráneo, tendría que haber sido sustituido a mediados de la década de 1970 por una estructura específica, pero la guerra civil que dio comienzo en 1975 puso fin a dicho plan. El embajador Francis E. Meloy fue secuestrado mientras recorría en coche la Línea Verde de la ciudad y lo asesinaron en 1976, y para cuando un año más tarde la contienda tuvo el primero de sus muchos descansos, la ciudad ya se la habían repartido las facciones rivales y el área en que estaba construyéndose la nueva embajada ya no era considerada segura para los estadounidenses. El proyecto fue aparcado, y el abandonado esqueleto de hormigón permaneció en pie hasta la actualidad.

El personal de la embajada se quedó en el edificio antiguo hasta que un coche bomba suicida —el primer uso importante de esa arma terrorista, y heraldo de otros muchos ataques devastadores contra intereses de Estados Unidos en todo el mundo— arrancó la mitad frontal del mismo en abril de 1983. Fallecieron cuarenta y nueve trabajadores de la embajada, incluidos ochos agentes de la CIA, uno de los cuales era el director de la misma en Oriente Próximo, Robert Ames. Dichas muertes mermaron eficazmente la capacidad de la CIA en el Líbano y prepararon el terreno para la cadena de secuestros de altas personalidades que vino a continuación. Se tardó años en volver a tener una presencia allí, y de nuevo cinco de sus agentes —el equipo que justo acababa de empezar a rebuscar en el desastre que era el Líbano en la década de 1980— fueron barridos del cielo en Lockerbie, Escocia, en 1988, mientras iban a bordo del vuelo 103 de Pan Am.

Lo que quedaba de la misión diplomática se agazapó en la cercana embajada británica —un edificio de apartamentos de siete pisos que se hallaba cubierto de arriba abajo por una peculiar y gigantesca red anticohetes— por espacio de varios meses de tensión, antes de realojarse en dos villas de Awkar, en las exuberantes y boscosas colinas que había al norte de la ciudad. Aquella zona se encontraba bajo control cristiano, pero no estaba demostrado que fuera más segura. Pero al año siguiente, otro coche bomba destrozó aquel complejo y dejó once muertos. El Departamento de Estado tiró la toalla y cerró su misión durante un par de años, pero cuando las hostilidades cesaron por fin a principios de los noventa, el personal regresó a Awkar mientras esperaba a que se construyera un nuevo complejo, sumamente fortificado, al este de la capital, cerca del Ministerio de Defensa, un proyecto que aún no se había materializado.

Corben había ido directamente a Awkar después de dejar a Mia en su casa.

Conversó brevemente con sus colegas del segundo piso del anexo consular. Allí era donde tenían sus despachos el jefe de estación de la CIA, Len Hayflick, y los otros cuatro agentes del equipo de Beirut. Tenían las manos llenas. Además de las misiones en curso, como seguir la pista a Imad Mugniya, el hombre al que se consideraba responsable del camión bomba que en 1983 hizo saltar por los aires el complejo de los marines y mató a 241 empleados, y vigilar a grupos militantes de reciente creación como Fatah al-Islam, el Líbano estaba otra vez «en juego». Había una guerra sucia, no declarada, que se encontraba en pleno apogeo. Era el pan de cada día de la agencia, pero aunque había grandes oportunidades, todavía eran mayores los riesgos. Con todo, el secuestro de Bishop era una cuestión que había que atender con urgencia, y Corben había maniobrado rápidamente para apropiarse aquella misión en cuanto Baumhoff le enseñó las fotos tomadas con la Polaroid.

Corben pasó la tarde en su despacho, hablando por teléfono y consultando sus bases de datos. No había ninguna novedad sobre el secuestro. No entraron llamadas, nadie reivindicó la autoría del hecho, no se exigió ningún rescate. No era que lo sorprendiera, pero había esperado a medias que algún grupo marginal reclamase haber cometido el secuestro y tratara de utilizarlo para ejercer algún tipo de presión. Estados Unidos amenazaba aquella región con mano dura, pero también era capaz de conceder grandes favores si se merecían o, en este caso, si se veía obligado a ello. Pero no se solicitó dicho favor.

Una llamada de reiteración a un agente del Fuhud con el que había conversado brevemente después de dejar a Mia en la habitación del hotel le informó de que el muerto del apartamento no llevaba encima documentación ni placas que lo identificaran. Iban a publicar un primer plano de su rostro en los periódicos del día siguiente, pero Corben no creía que nadie fuera a reclamarlo enseguida. Hizo otro par de llamadas a contactos suyos de los servicios de inteligencia libaneses y los sondeó sin desvelar gran cosa acerca de su participación personal, aparte del dato de que estaba buscando a una ciudadana estadounidense. No había surgido nada nuevo, ningún dedo que señalara en una dirección o en otra. Le aseguró que se pondrían en contacto con él si surgía algo.

Recuperó el teléfono móvil que estaba en poder de Baumhoff y revisó la lista de llamadas recibidas, pero la última correspondía a un número sin identificar, lo cual confirmó lo que le había dicho Baumhoff. Desde entonces no había llamado nadie. Entró en la lista de llamadas efectuadas. En los últimos días Evelyn había llamado a un puñado de números locales, pero el más reciente fue el que captó de inmediato su atención. Era un número de Estados Unidos. De Rhode Island, según el prefijo.

Entonces se acordó de la tarjeta de visita que había visto sobre la agenda abierta de Evelyn, y la sacó. El número coincidía. Pertenecía a un tal Tom Webster, del Instituto Haldane de Arqueología y del Mundo Antiguo. Corben hizo un cálculo rápido de la diferencia horaria y comprendió que en la Costa Este aún era temprano. No era probable que hubiera nadie allí a aquella hora. Abrió un navegador en su ordenador y entró en la página web del instituto en cuestión. Ésta lo informó de que se trataba de un centro privado de investigación dedicado a estudiar y promover la arqueología y el arte de la antigüedad en el Mediterráneo, Egipto y Asia Occidental, afiliado a la Universidad de Brown. En sus listados no había ni rastro de nadie que se llamara Webster. Escribió en su libreta «Tom Webster», «Haldane, Universidad de Brown» y «financiación privada», y tomó nota mentalmente de llamar más tarde.

Acto seguido llevó el teléfono a la oficina de comunicaciones y se lo entregó al excéntrico pirado jefe de la misma, el oficial de operaciones técnicas Jake Olshansky, con la petición de que hiciera magia y viera si podía localizar al tímido personaje que había llamado al teléfono de Evelyn. También le solicitó al joven técnico una lista de todas las llamadas entrantes y salientes de las dos últimas semanas y que viera si podía prepararle otra lista igual del teléfono fijo del piso de Evelyn, suponiendo que lo tuviera. Recogió de Baumhoff el móvil de Mia y le echó un vistazo rápido, pero no encontró nada que le resultara interesante. Pidió a Olshansky que obtuviera los datos de su tarjeta SIM y tomó nota mentalmente de recogerlo a la salida, para devolvérselo a Mia. También le entregó el ordenador portátil de Evelyn; había intentado arrancarlo, pero se había topado con que estaba protegido por contraseñas de acceso, en cambio sabía que Olshansky hallaría la manera de entrar sin demasiados problemas.

De vuelta en su despacho, volvió a centrar la atención en la agenda de Evelyn. Estaba rebosante de tarjetas y notas, un alijo de información activo y muy agitado. El primer rastreo no sacó a la luz nada de utilidad. Las entradas de calendario de la última semana, y en particular de los dos últimos días, no parecían mencionar nada acerca de aquel hombre de su pasado con el que se había encontrado Evelyn. Corben dejó la agenda a un lado y la guardó para más tarde. Sabía que iba a necesitar más tiempo para examinarla en detalle.

Los perfiles que extrajo para Evelyn y Mia no le aportaron ninguna sorpresa, aunque la verdad era que no contenían gran cosa. En ninguna de las dos había nada que apuntase a otra cosa que dos mujeres que llevaban una vida discreta y que nunca se habían saltado la ley, ni siquiera por una multa de aparcamiento sin pagar. Encontró algunos comentarios bastante ruidosos que había hecho Evelyn respecto de la zona del centro de la ciudad entre urbanistas y conservacionistas, pero no eran excesivamente agresivos, y enseguida les quitó importancia.

Se reclinó en su silla y repasó lo que había sucedido desde que Mia tomó aquella copa con Evelyn la noche anterior. Se dio cuenta de la facilidad y la seguridad con que operaba aquel grupo de matones. Beirut había recorrido un largo camino desde la época en que reinaba la anarquía, y un equipo de asesinos a sueldo bien armados y bien entrenados no podía operar con impunidad sin contar con ningún tipo de conexión «oficial» ni con la aprobación de alguna de las muchas milicias locales principales, lo cual quería decir, inevitablemente, que existía una conexión «superior» con uno de los servicios de inteligencia del gobierno, o el libanés o el sirio. Identificar al asesino muerto podría apuntar inmediatamente al clan para el que trabajaba dicho grupo, pero aquello no parecía probable. Los pistoleros contratados eran baratos de conseguir, y las pistas se ocultaban con facilidad. Toda milicia, toda agencia tenía a alguien a su disposición dentro para que las cosas ocurrieran o, más a menudo, desaparecieran.

Necesitaba saber de dónde procedía la amenaza. Hasta un acento en la forma de hablar sería de gran utilidad a la hora de identificar de dónde provenía el pistolero y posiblemente a la hora de conducirlo hasta su objetivo, el cual, sin duda, había contratado al equipo de asesinos a sueldo. Tristemente, la capacidad verbal del pistolero había quedado gravemente comprometida por, en fin, la muerte. Corben sabía también que aquellos tipos ya la habían cagado dos veces. Era improbable que lo intentaran una tercera. A partir de ahora iba a tener que andarse con mucho cuidado.

Tomó la carpeta que había cogido del escritorio de Evelyn y la hojeó. Seguramente habría más información en el disco duro del portátil, pero a la vista de lo viejas que parecían las hojas y las fotografías que contenía la carpeta, sospechó que era en ésta donde debía concentrar sus esfuerzos. Leyó más concienzudamente las notas de Evelyn y examinó de nuevo las fotos. Por la época que había pasado en Iraq, sabía que Al-Hilá se encontraba a un breve trayecto en coche al sur de Bagdad.

Se imaginó la cámara subterránea que había descubierto Evelyn y le vino a la memoria el laboratorio que había investigado él.

Los dos situados en Iraq, a ciento sesenta kilómetros el uno del otro.

Los dos con el símbolo del Ouroboros.

Qué coincidencia que estuvieran justamente allí, con políticos altruistas, almuerzos gratis y un Oriente Medio democrático en aquella galería de la fama de fantasilandia.

Repasó las notas que había tomado durante la conversación con Mia. Se concentró en las palabras «intermediario iraquí» y las rodeó con un círculo. Meditó unos instantes sobre aquello y después echó otro vistazo a las fotos Polaroid que había en el bolso de Evelyn. En su cerebro estaba comenzando a tomar forma una idea, y le concedió un poco de espacio. Todo parecía encajar. Un hombre del pasado de Evelyn en Iraq, aquel «intermediario», aparece sin ser anunciado. Poco después, ella desaparece. En su bolso hay unas fotos de unas antigüedades mesopotámicas muy valiosas. Estaba bastante seguro de que el intermediario había ido a verla para ofrecerle aquellas piezas, en particular el libro. Ella tenía una conexión previa con la serpiente que se mordía la cola, una conexión de la que Corben necesitaba saber más. Pero sabía que su objetivo estaba aún vivito y coleando, y que operaba con la misma libertad despiadada que había mostrado en Bagdad. Sabía que aquella misma crueldad había enviado a varios hombres a secuestrar a Evelyn y registrar su apartamento.

Estaba cerca.

Sentía al *hakim*, allí fuera, persiguiendo su escurridizo sueño. Necesitaba hacerlo salir de su escondrijo, y la ruta más obvia implicaba al intermediario iraquí. Estaba claro que éste tenía lo que andaba buscando el *hakim*. Él era la clave para seguir la pista de aquellas piezas, y seguía estando allí fuera, probablemente oculto en alguna parte. La cuestión era: ¿cómo encontrarlo? ¿Cómo dar con él antes que el *hakim*? Era necesario atraer al intermediario con un señuelo... suponiendo que no se hubiera largado ya de la ciudad, lo cual era una clara posibilidad, dado lo precaria que parecía ser su presencia en ella. Corben pensó en ello y echó un segundo vistazo a la carpeta que se había traído del apartamento de Evelyn. Contenía varias fotografías viejas, recuerdos de la excavación en cuestión, y en algunas de ellas se veía a Evelyn al lado de hombres que eran claramente trabajadores árabes. Existían muchas posibilidades de que uno de ellos fuera el intermediario perdido, pero Corben no sabía qué cara tenía.

Por otra parte, Mia sí que lo sabía.

Reflexionó unos instantes sobre el tema. Tenía que hablar con ella al respecto. Prefería no involucrarla —la chica ya había pasado bastante en menos de veinticuatro horas—, pero era mucho lo que había en juego y ella ya estaba metida en el asunto. Sólo tendría que cerciorarse de proceder con sumo cuidado. Lo cual no iba a resultar fácil, dado con quién estaba tratando.

De repente sonó el teléfono de su mesa e interrumpió la cadena de pensamientos que se estaba desplegando en su mente. Antes de contestar miró el número que llamaba. Era el embajador.

25

La desesperación se abatió sobre Evelyn igual que una densa niebla invernal cuando contempló las paredes de su celda. Por fuera, aquel pequeño recinto era mejor de lo que había esperado. No se parecía en nada a los agujeros infernales, mugrientos, decrépitos e infestados de ratas que había imaginado basándose en las cosas que había leído acerca de rehenes secuestrados en los años ochenta. Aquella celda recordaba más a lo que cabía encontrar en un hospital de Oriente Medio. O bueno, tal vez no en un hospital cualquiera; más bien en un psiquiátrico. Las paredes, el suelo y el techo estaban pintados de blanco. La cama, aunque era estrecha y estaba atornillada al suelo, de hecho tenía un colchón, así como el lujo adicional de una almohada, sábanas y una manta. También había un inodoro y un lavabo pequeño, y ambos funcionaban. Lo más duro era la iuminación, cortesía de dos plafones de neón en el techo que emitían un molesto zumbido a la altura de su umbral auditivo. Sin embargo, había dos rasgos que minaban toda sensación de alivio que pudiera obtener de la relativa amabilidad de su alojamiento. La única abertura existente no se encontraba en ninguna de las paredes, sino en una pequeña mirilla de observación —dotada de un cristal unidireccional y que permitía a sus captores ver el interior de la celda, supuso— montada en la gruesa puerta metálica, una puerta que, según se fijó también, carecía de tirador. Aparte de eso, la celda era tan inquietante como cualquier pozo negro del que hubiera leído algo, sólo que de manera distinta. Su relativa comodidad aludía a una estancia prolongada, y su austeridad clínica y fría resultaba aún más amenazante que las celdas de las que había oído hablar. Entre aquellas paredes se palpaba un verdadero rencor, y lo sentía hasta en los poros de la piel.

El dolor abrasador que le había recorrido las venas ya había desaparecido por completo. Se frotó los brazos despacio, todavía sorprendida de que no notara ningún efecto secundario de la... ¿cómo la había llamado? No se acordaba. Rememoró con rabia la prisa con que le salieron las palabras una vez que empezó a contarle a aquel hombre lo que sabía. Se sintió débil, impotente y, lo peor de todo, humillada. En muchas ocasiones se había enfrentado a la adversidad y a situaciones difíciles desde que se mudó a vivir a aquella zona tanto tiempo atrás, y se enorgullecía de su fuerza interior y de la decisión que sabía que podía sacar de dentro cuando era necesario. Pero las últimas horas habían aplastado totalmente cualquier percepción que pudiera tener de su propio valor. Su captor la había reducido, sin esfuerzo, a una piltrafa de persona acobardada y aterrorizada, y aquella idea la abrasaba por dentro igual que aquel líquido demoníaco que él le había inyectado brutalmente.

Lo peor de todo, la parte más frustrante y más exasperante, era que ni siquiera sabía en dónde se había metido.

El descubrimiento de Al-Hilá no condujo a nada al final. La pista se había interrumpido bruscamente en la misma cámara en que había surgido, y con ella la relación con Tom.

Después de que Tom la dejara, después de que el ciclón que arrasaba su mente se hubiera calmado, se reprendió a sí misma por haberse permitido arrastrar por él, por no haber hecho caso de las señales. Pero claro, es que Tom era dificilísimo de entender. A lo largo de toda la breve relación que tuvieron, ella percibió en él una intranquilidad anclada en lo más hondo, un conflicto profundo en el cual se debatía. Evelyn no tenía duda de que Tom le ocultaba cosas, y el hecho de que ahora se encontrase en aquella celda así lo demostraba. En aquella época pensó —abrigó la esperanza, más bien— que no se trataba del manido engaño que cabía esperar: una esposa en alguna parte, una vida prosaica de la que estaba escapando durante algún tiempo. Aquello parecía ser más profundo. Pero cuando se atrevió a sacarlo a colación, él esquivó el tema y cambió de conversación con habilidad y encanto. Evelyn sabía que lo que sentía hacia ella era auténtico, así se lo había dicho él mismo. Naturalmente, sabía que los hombres mentían, pero en lo más hondo de sí sabía que con Tom no se equivocaba, y su instinto había resultado ser muy de fiar a lo largo de los años. Todavía se acordaba de la sinceridad que brillaba en sus ojos cuando le dijo lo que sentía por ella, pero su capacidad para continuar adelante con un empeño tan frío y racional era algo de lo que ella nunca se había recuperado.

Todavía le parecía oír sus palabras de despedida, como si en aquel momento lo tuviera a su lado, susurrándole al oído. «No puedo quedarme contigo. No podemos estar juntos. No hay nadie más. Ojalá fuera así de simple. Pero es algo de lo que no puedo hablar. Lo único que tienes que saber es que si hubiera en el mundo alguna forma de que estuviéramos juntos, yo intentaría aprovecharla.» Y dicho aquello, se fue.

Y la dejó con la nada envidiable tarea de seguir adelante con su vida y olvidarse de él, la dejó sola ante la necesidad de afrontar una separación que aún resultó más intolerable por el sencillo hecho de que carecía de toda explicación y de que —por lo menos a sus ojos— estaba injustificada. Y también la dejó sola con la tarea de criar a la hija que tuvo de él, una hija de la que él no sabía nada. Una hija a la que había mentido durante años. Una niña cuyo padre ella le había dicho que estaba muerto.

Llevaba treinta años viviendo con aquella mentira, e incluso después de todo aquel tiempo, el mero hecho de pensar en ello le causaba una sensación de opresión en el pecho. Era una empresa difícil, pero Evelyn sabía que Mia habría ido en busca de su padre si hubiera sabido que estaba en alguna parte, y Evelyn no deseaba tal cosa. Tom lo había dejado todo bien claro. No había necesidad de someter a Mia a una dolorosa desilusión.

Al menos, había logrado ocultarle aquello al *hakim*. Por encima de todo lo demás, no podía permitir que supiera que Mia era hija de Tom. Eso lo habría incitado a intentar secuestrar también a Mia, algo que no soportaba imaginar siquiera.

Pequeñas victorias. Era lo único a lo que se podía aferrar por el momento.

De pronto oyó algo fuera de la celda que captó su atención. Un ruido. Movimientos ásperos, trabajosos, pisadas que se arrastraban contra el suelo de piedra.

Fue hasta la puerta e intentó ver algo por la mirilla de espejo, pero lo único que vio fue su propia cara reflejada. Luego pegó la oreja a la puerta y escuchó con atención. Oyó que se abría una cerradura, y después algo de movimiento y un grito que le provocó escalofríos en la espalda, el llanto, dolorido y suplicante, de un niño. A aquel sonido insufrible lo siguió rápidamente la voz furiosa de un hombre que le ordenaba que cerrase la boca —*jras, ualaa*— y un sonido que Evelyn estaba segura de que había sido una bofetada, seguido por un grito de dolor del pequeño, como si acabaran de pegarle. Sólo alcanzó a oír unos lloriqueos antes de que la puerta volviera a cerrarse, y después el ruido del cerrojo al entrar en su sitio.

Aguardó un minuto o así a que se fuera el hombre, contando los segundos, con el corazón en un puño, pensando si no debería intentar establecer contacto con el otro prisionero. Entonces se le ocurrió otra idea: ¿y si había más personas retenidas allí? No tenía modo de saberlo. El hombre que la había conducido de nuevo hasta su celda le había tapado la cabeza con una capucha negra y se la había quitado una vez que estuvo dentro de la misma. No tenía ni idea de lo que había al otro lado de aquella puerta. Y la noción, la posibilidad, de que allí hubiera más personas secuestradas la asustó todavía más.

Decidió correr el riesgo.

—¿Hola? ¿Hay alguien ahí? —El susurro hizo eco en el silencio que la rodeaba.

No hubo respuesta.

Repitió el saludo, esta vez un poco más alto, con más desesperación. Pero siguieron sin responder.

Le pareció oír un débil lloriqueo a lo lejos, pero no podía estar segura. El pulso le latía con fuerza en los oídos y le confundía las cosas.

Aguardó unos minutos más y probó de nuevo, pero no obtuvo más que un silencio mortal. Temblando, y desanimada, se dejó caer en el suelo y se cubrió la cara con las manos en un intento de encontrarle sentido a la pesadilla que giraba a su alrededor.

Su cerebro voló nuevamente al rostro del hombre vestido con bata blanca que la miraba atentamente mientras escuchaba su relato. Su interés aumentó visiblemente cuando ella mencionó a Tom. Le formuló toda clase de preguntas sobre aquel hombre, deseoso de saberlo todo de él. Estaba fascinado y tomaba notas, asintiendo lentamente mientras ella hablaba. Su instinto no andaba descaminado; debería haber mantenido a Tom al margen de aquello, pero, siendo realista, había muy poco que pudiera haber hecho para guardar silencio. Las llamas que le recorrían el cuerpo se habían encargado de ello.

Mia estaba a salvo, de momento —al menos, esperaba que así fuera—, pero sabía que su captor no ahorraría ningún esfuerzo a fin de dar con Tom Webster. Y al lado de aquel inquietante pensamiento afloró otro, más preocupante aún, al preguntarse si su hija sería capaz de conseguir que alguien la ayudara a buscarla a ella siquiera con la mitad de diligencia de aquel hombre, y si volvería a verla otra vez.

26

El despacho del embajador estaba situado en la parte posterior de la villa principal, lo más lejos posible de la entrada del complejo y sellado del mundo exterior por unas puertas a prueba de bombas y un grueso cristal de espejo a prueba de balas. El pinar que se extendía por detrás del complejo estaba patrullado por marines y por tropas del ejército libanés, y también la verja de la entrada.

Obviamente, aquellas precauciones eran necesarias, pero nadie se hacía ilusiones respecto de su efectividad en última instancia. Si se tomaba la decisión —más que probable en una de las capitales de aquella región del mundo— de atacar la embajada como parte de algún perverso plan político, ninguna barricada sería capaz de impedir dicho ataque. Todos los que trabajaban allí lo sabían, empezando por la persona que ocupaba el centro de atención, el embajador mismo. Corben sabía por experiencia que los hombres llevaban cada uno de modo muy distinto el hecho de encontrarse en aquella agraciada posición. El embajador actual, para mérito suyo, lo sobrellevaba con un estoicismo admirable.

Corben entró y halló al embajador sentado en compañía de un hombre que no conocía y que se apresuró a presentarse como Bill Kirkwood. Le estrechó la mano con firmeza y poseía una mirada penetrante y un porte atractivo. Era alto, de la misma estatura que Corben, y parecía encontrarse en razonable forma física. Corben le calculó unos pocos años más de edad que él mismo, alrededor de los cuarenta.

—Bill acaba de llegar esta tarde de Ammán —informó el embajador a Corben—. Ha venido con motivo de la situación Bishop.

Aquello sorprendió a Corben. Un poquito precipitado, para su gusto.

—¿Qué interés tiene usted en este asunto? —le preguntó a Kirkwood.

—Conocí a Bishop hace unos años. —Trabajo en la división de patrimonio cultural de la UNESCO, y Evelyn estaba aquí apoyándonos contra los urbanistas de la zona del centro de la ciudad. Es un verdadero torbellino, una persona difícil de olvidar —agregó Kirkwood con una sonrisa afable—. Desde entonces venimos financiando parte del trabajo que lleva a cabo.

Corben dirigió al embajador una mirada interrogante, no muy seguro de adónde conducía aquello.

—Bill está preocupado —lo informó el embajador—, tanto desde un punto de vista personal como desde el profesional. —A continuación se giró hacia Kirkwood para que éste se encargase de ampliar la explicación.

—Bueno, mi principal preocupación es, por supuesto, el bienestar de Evelyn. Eso es de importancia primordial. Es una persona que respetamos y apreciamos, y necesito cerciorarme de que se está haciendo todo lo posible para recuperarla rápidamente y sin ningún percance —aclaró Kirkwood—. Aparte de eso —añadió con cierta vacilación—, sí, existe una clara preocupación por el hecho de que uno de nuestros profesionales más respetados y más visibles se vea mancillado con algo que los periódicos recalcan que es contrabando de antigüedades, lo cual, según tengo entendido, es la interpretación que quisiera dar a esto el gobierno libanés. —Calló unos instantes para dirigir una mirada interrogante al embajador, y después añadió—: Y sólo puedo suponer que nosotros no estamos demasiado poco dispuestos a apoyarlos en eso.

—Tenemos que sopesar los pros y los contras del resultado —replicó el embajador con la serena actitud defensiva de un profesional curtido—. En estos momentos, el Líbano se encuentra en un estado de suma fragilidad. Un ciudadano estadounidense, sobre todo una mujer mayor, que es secuestrado en plena calle sin motivo alguno sin duda se consideraría un acto de terrorismo antioccidental. Y el momento elegido no puede ser peor. Esta gente está desesperada por restaurar la imagen de paz y normalidad que justo acababan de recuperar después de todos esos años de caos. Y con lo que ha ocurrido este verano, este país necesita urgentemente inversión extranjera, ahora más que nunca. El primer ministro y el ministro del Interior ya me han llamado a ese respecto. Están muertos de miedo. No hace falta que le diga que a la hora de recaudar fondos tiene mucho que ver la impresión que reine en general, y si esto empieza a dispararse y servir de inspiración a otros que quieran imitarlo...

—Mientras que un contrabandista pillado en un asunto sucio no es reflejo de inestabilidad política, y por lo tanto resulta mucho más fácil de eliminar —observó Kirkwood con cierta ironía, antes de girarse hacia Corben—. Ahora entiende usted a qué nos enfrentamos.

—No imagino cómo puede tener una repercusión positiva para su organización el hecho de que se presente a Evelyn Bishop como contrabandista —replicó Corben.

Kirkwood reflexionó un instante sobre aquel comentario y asintió con gesto de culpabilidad.

—Por supuesto que no. No voy a negar que también nos importa mucho evitar que nuestra organización se vea empañada por asociación. No contamos con un apoyo exactamente incondicional por parte del Capitolio. Justo ahora acabamos de reincorporarnos como nación, y no nos ha resultado nada fácil.

De hecho, Estados Unidos había sido uno de los treinta y siete miembros fundadores de la UNESCO, Organización de las Naciones Unidas para la Educación, la Ciencia y la Cultura. Dicha organización, que abrió sus puertas en 1945, poco después del final de la guerra, se creó para promover la paz y la seguridad fomentando la colaboración entre naciones por medio de la educación, la ciencia y la cultura. A lo largo de las cuatro décadas siguientes, a medida que iba creciendo hasta abarcar más de 150 países miembros, sus políticas —principalmente su política exterior, que fue considerada preocupantemente «izquierdista»— fueron divergiendo de los motivos particulares de Estados Unidos. La brecha alcanzó su punto máximo en 1984, cuando Estados Unidos se retiró por fin de la organización. Tan sólo se reincorporó a la misma en 2003, en un simbólico gesto bipartidista realizado por el presidente Bush, pero no había que cavar muy hondo para darse cuenta de que la organización todavía se veía en los círculos oficiales de Washington con el mismo escepticismo y el mismo desprecio que su hermana mayor, la ONU.

—Esta situación va a haber que abordarla con sumo cuidado —afirmó el embajador—, tanto en lo que se refiere a recuperar a Evelyn Bishop como en lo que vamos a decir al público.

Corben estudió a ambos hombres por espacio de unos instantes.

—En cuanto a recuperar a Evelyn Bishop, saben que ésa también es una prioridad para nosotros. Y en cuando a los medios, en fin... esto no es de índole política. De esto estamos bastante seguros. —Se volvió hacia Kirkwood—. Estoy convencido de que esto tiene que ver con antigüedades iraquíes, pero el papel desempeñado por Evelyn Bishop en ese contexto no acaba de estar claro.

—¿Sabe usted de qué antigüedades se trata? —inquirió Kirkwood.

Corben titubeó unos instantes. No quería decir nada más de lo que debía decir, pero tenía que proceder con cautela.

—Estatuillas, tablillas, sellos. Tenemos unas fotos —los informó.

—¿Me permite verlas?

Aquella pregunta le causó cierta sorpresa a Corben. Kirkwood estaba profundizando más de lo que él había esperado.

—Claro. Las tengo en mi despacho.

Kirkwood asintió.

—Muy bien. Así que pensamos que Evelyn Bishop estaba relacionada de algún modo con esos tipos. ¿Pero ha participado voluntariamente en la transacción, o por el contrario su intención era impedir que se llevara a cabo? ¿Entienden lo que quiero decir? Ése es el punto de vista que debemos adoptar. Le llegó una información de alguna parte, intentó detener a esos tipos o entregarlos a la policía, y ellos la secuestraron. Conociéndola, es muy probable que sea eso lo que ha sucedido.

—Desde luego, esa hipótesis dejaría satisfechos a todos —comentó el embajador.

—Lo curioso es —observó Corben— que no se ha puesto en contacto con nadie al respecto. Si de verdad su intención era impedirle que actuaran, habría llamado a alguien, y así habría dado a los contrabandistas un motivo para silenciarla. Eso es precisamente lo que constituye mi principal preocupación en estos momentos. Si es eso lo que ha ocurrido, y ellos desean silenciarla... no van a acudir a nosotros a exigirnos nada. Tenemos que llegar hasta ellos y ofrecerles algo a cambio de que que ella regrese sana y salva. Suponiendo que no hayan ido ya demasiado lejos. —Miró a los otros dos con expresión lúgubre.

—Imagino que usted dará el asunto a conocer a través de sus canales, que propagará el mensaje de que queremos que Evelyn Bishop vuelva, sin hacer preguntas —dijo el embajador.

—Ya he puesto eso en marcha —le aseguró Corben—. Pero desde el verano nuestros contactos son mucho más débiles. El país está dividido por la mitad. Una parte no quiere hablar con nosotros en absoluto, y la otra no nos es de mucha utilidad en este caso.

—Yo poseo numerosos contactos en esta zona —le dijo Kirkwood a Corben—. Me gustaría trabajar con usted en este asunto. Es posible que yo pueda acceder a gente distinta de la que puede conocer usted. En lo que concierne a antigüedades iraquíes, tenemos un gran número de contactos. Además, puede entenderse como un esfuerzo neutral, dirigido por la ONU, en lugar de proceder directamente del Gran Satán —agregó, utilizando el adjetivo favorito en aquella región del mundo para referirse a Estados Unidos.

Corben miró al embajador, que a todas luces se sentía muy cómodo con aquella propuesta. Pero Corben no estaba cómodo. Siempre trabajaba solo. Formaba parte de la descripción de su trabajo y además era una decisión personal. Y aunque no le hacía gracia tener a alguien mirando por encima de su hombro, no deseaba negarse del todo. Además, Kirkwood podía resultar útil. En efecto, la ONU contaba con amplios contactos en aquella zona, y, al fin y al cabo, el hecho de buscar a Evelyn conduciría sin duda alguna hacia el *hakim*. Lo cual era la fase final de todo aquello, si bien no era algo que deseara compartir con ninguno de los dos hombres que tenía delante.

—No hay problema —convino Corben.

Kirkwood lo sorprendió con la pregunta siguiente.

—Tengo entendido que hay otra mujer implicada. ¿Qué sabemos de ella?

—Mia Bishop —lo informó Corben—. Es la hija.

27

La sala de estar disfrutaba del suave resplandor del atardecer cuando Mia, tendida en el sofá, se revolvió y salió de su sopor. Al abrir los ojos se sintió confundida momentáneamente por aquel entorno desconocido, pero enseguida le vino todo a la memoria. Se incorporó lentamente y se sacudió la languidez pasándose las manos por la cara. Esperó a que se le reiniciaran los sentidos y después se obligó a ponerse de pie y caminó hasta las puertas francesas para salir al balcón.

Los edificios del otro lado de la calle eran de un gris uniforme y tenían un aspecto tan cansado y decaído como ella misma. Muchos de los balcones habían sido transformados ilegalmente en galerías acristaladas que convertían las terrazas exteriores en espacio interior, y casi todas las fachadas presentaban cicatrices de metralla y agujeros de bala. En las planas azoteas brotaba un bosque de antenas de televisión, y los cables del teléfono y de la luz formaban una maraña que recordaba constantemente el carácter improvisado y provisional de aquel lugar. Desde un punto de vista estrictamente estético, aquella ciudad no era atractiva, en absoluto; y sin embargo, desafiando toda expectativa y toda lógica, inoculaba su encanto a todo el que la visitaba. Incluida Mia.

Estaba secándose tras una ducha rápida cuando oyó un ruido proveniente de la puerta de la calle. Se le puso todo el cuerpo rígido. Escuchó con atención un instante, y después se envolvió a toda prisa en una toalla y se acercó a la puerta del cuarto de baño. La abrió unos centímetros y se asomó por la estrecha abertura. No alcanzaba a ver la puerta de entrada. Entonces su cerebro se puso a funcionar a toda velocidad. ¿Debería atrincherarse en el cuarto de baño? Mala idea. No tenía ventanas. ¿Debería escabullirse a uno de los dormitorios, que tenía acceso a un balcón? No era demasiado útil, dado que aquel apartamento se hallaba situado en un sexto piso y no le apetecía lo más mínimo realizar otra exhibición de funambulismo. Se le estaban acabando las opciones cuando de pronto el pestillo saltó ruidosamente y se abrió la puerta. Durante un nanosegundo, todos los pelos del cuerpo se le pusieron de punta, antes de oír la voz de Corben resonando por todo el piso.

—¿Mia?

Cerró los ojos y exhaló el aire con alivio, reprendiéndose a sí misma por dejar volar la imaginación.

—Enseguida salgo —contestó, haciendo un esfuerzo por parecer lo menos aturdida posible.

Se vistió y encontró a Corben en la cocina. Le había traído el teléfono móvil. Lo encendió y vio que tenía un par de mensajes. Que Evelyn era la mujer secuestrada que habían mencionado en las noticias era algo que estaba empezando a filtrarse. El primer mensaje era de la fundación, del supervisor del proyecto. El segundo era de Mike Boustany, el historiador local que trabajaba con ella en el proyecto y al cual había llegado a conocer bastante bien. Tenía que llamarlos a los dos y contarles lo que había sucedido, pero decidió que aquello podía esperar hasta el día siguiente. También conocía a otros amigos y colegas más preocupados que la llamarían en cuanto se extendiera la noticia, de modo que puso el volumen del teléfono en posición baja y pasó a ver la lista de llamadas. La única llamada que pensaba atender, si es que llegaba, sería la de su tía de Boston. Antes quería hablar con Corben más en profundidad. Además, Corben había comprado algo de comer de camino a casa, y ella estaba famélica.

Pusieron sobre la mesa de centro de la sala de estar los recipientes de papel aluminio llenos de brochetas *kafta* de cordero, *hummus* y otros aperitivos, se sentaron con las piernas cruzadas sobre unos cojines y se pusieron a dar cuenta de la comida, acompañada por unas cervezas Almaza frías. Tanto en Beirut como en el resto del Mediterráneo, comer constituía un complicado festín de platos delicadamente preparados y también un ritual social de importancia primordial. Mia sucumbió a los encantos terapéuticos de la comida y la cerveza, y durante un rato la conversación informal entre Corben y ella —que giró sobre todo alrededor de la colación— fluyó sin obstáculos y le permitió disfrutar de un descanso tras la locura frenética vivida en las últimas horas y, además, de la compañía de aquel hombre, aunque lo que hablaron se mantuvo dentro de una prudente superficialidad. Pero a Mia no le importó. En aquel momento las conversaciones informales suponían un agradecido respiro, pero conforme los platos fueron vaciándose y la luz del crepúsculo fue tiñéndose de negro, también fue desvaneciéndose la fantasía de que aquella comida divina tuviera algo de agradable. El gorila de quinientos kilos que los venía acechando desde los oscuros rincones de su jaula había conseguido salir de la misma y ahora reclamaba atención.

Mia había empleado el tiempo que había pasado a solas para repasar todo lo sucedido, todo lo que había visto u oído. Tenía la sensación de estar olvidándose de muchas cosas.

—Jim —aventuró por fin, tras una grávida pausa—, ¿de qué va todo esto, en realidad?

Advirtió una pequeña maniobra evasiva en los ojos de Corben antes de que volvieran a fijarse en los suyos.

—¿Qué quieres decir? —preguntó él.

—Es que tengo la impresión de no entender una palabra de lo que está pasando.

El semblante de Corben se nubló.

—No estoy seguro de saber mucho más que tú. Se puede decir que nos han arrojado al fondo sin previo aviso, y hasta ahora lo único que hemos hecho ha sido reaccionar a lo que va sucediendo sobre la marcha.

—Pero tienes una idea —persistió Mia. Sintió que se sonrojaba. No estaba acostumbrada a presionar a una persona de aquel modo, ni en semejante situación, pero es que nunca había estado en una situación como aquélla. Y tampoco imaginaba que hubiera estado mucha gente.

—¿Qué te hace decir eso?

—Venga, Jim.

—¿Qué? —protestó él extendiendo las manos en un gesto interrogante.

—Bueno, para empezar, está la carpeta.

—¿Qué carpeta?

Mia lo miró con claro recelo.

—La que cogiste del apartamento de mi madre. Le eché un vistazo mientras estuve en la cocina.

—¿Y...?

—Pues que de todas las cosas que había en su apartamento, fue la única en la que te fijaste. Tiene por todas partes ese símbolo, el de la serpiente enroscada que se muerde la cola. El mismo símbolo que vi en la tapa de uno de los libros que aparecen en las fotos que me enseñaron en la comisaría, las que estaban en el bolso de mi madre. —Mia hizo una pausa y escrutó la expresión de Corben para calcular qué pensaba. No detectó nada en su reacción, o más bien en su ausencia total de reacción, pero claro, tampoco esperaba menos de un operativo de inteligencia. Sin embargo, estaba embalada y sentía una energía nerviosa que le recorría todo el cuerpo, de modo que presionó un poco más—: Y luego está el nivel de violencia del mundo del crimen. Por Dios, ya sé que robar piezas de un museo no es exactamente un delito de cuello blanco, y no soy ninguna experta en lo que se refiere al submundo o lo que en estos tiempos pasa por ser normal en las calles de Beirut, pero a mí todo esto me parece de lo más duro: secuestrar personas en plena calle, matar a otras, organizar tiroteos en apartamentos... —Dejó la frase sin terminar mientras hacia acopio de valor para aventurarse todavía más—. Y luego está tu participación.

Corben arrugó el entrecejo.

—¿Mi participación?

Mia le dirigió una media sonrisa, pícara pero nerviosa.

—La verdad es que no creo que la CIA tenga tanto interés en recuperar mercancía robada de museos.

—Han secuestrado a una ciudadana estadounidense —le recordó Corben—. Eso es competencia de la CIA. —Con naturalidad, bebió un último sorbo de su botella y depositó ésta sobre la mesa. Después volvió a posar la mirada en Mia.

«Inescrutable como la Esfinge», se dijo ella con la mente despistada, pensando lo exasperante que sería enfrentarse a él en una mesa de póquer, o, peor aún, vivir con una persona tan reservada.

—Si tú lo dices... Pero... —Se encogió de hombros y no pareció convencida, si bien no pretendía parecerlo—. Venga, Jim. —Escudriñó sus ojos buscando una conexión, la voluntad de abrirse—. Evelyn es mi madre. Ya sé que vosotros tenéis siempre esa «necesidad de saber», y lo entiendo, pero aquí lo que está en la balanza es la vida de mi madre, y tal vez la mía.

Sostuvo la mirada de Corben. Se veía a las claras que él estaba sopesando la posibilidad de rendirse. A Mia casi le pareció oír la maquinaria de su cerebro repasando los preocupantes detalles del asunto en que estaban metidos y seleccionando qué revelar, si es que había que revelar algo, y qué conservar dentro de la caja fuerte. Tras un breve silencio, Corben frunció los labios y asintió casi de forma imperceptible; acto seguido se levantó y cruzó la habitación. Regresó con su maletín y volvió a sentarse. Abrió el candado y extrajo la carpeta, y la plantó sobre la mesa de centro frente a sí, con las manos apoyadas en ella.

—No tengo una imagen de conjunto de lo que está pasando, ¿de acuerdo? Pero voy a contarte lo que sé. —Palmeó la carpeta—. Tu madre tenía esta carpeta encima de su escritorio, una carpeta vieja que a primera vista no parece guardar ninguna relación con su trabajo actual. Aparece en su escritorio el mismo día en que se entrevista con una persona de una antigua excavación en Iraq. Mi opinión es que esa persona pudo darle las fotos que se encontraban dentro de su bolso. A lo mejor vino a verla con la intención de vender las piezas, a lo mejor tenía la esperanza de que ella lo pusiera en contacto con algún comprador. A lo mejor ella misma tenía interés. A causa de esto. —Abrió la carpeta y sacó una fotocopia, una de las imágenes del Ouroboros, y se la acercó a Mia—. Tal como has observado correctamente, la excavación de la carpeta tiene que ver con este símbolo de la serpiente, el mismo que figura en el libro.

Se trataba de una imagen antigua y en blanco y negro de la serpiente enroscada, tomada de un grabado en madera de varios siglos de antigüedad. Mia la estudió con mayor detenimiento que la última vez. El animal que aparecía en la imagen era más que una serpiente: tenía escamas y colmillos exagerados, se asemejaba más a un dragón. Sus ojos eran fríos e inexpresivos y miraban de frente, como si el acto de devorarse a sí misma fuera el más natural e indoloro de los actos. Era una imagen siniestra que rememoraba un miedo primario, una copia amarillenta y desgastada que despedía maldad.

Mia levantó la vista y miró a Corben.

—¿Qué es?

—Se llama Ouroboros. Es muy antiguo, lo han utilizado diferentes culturas en distintas épocas.

—¿Qué significa?

—Al parecer, no tiene un significado concreto. Creo que es más bien un arquetipo, un símbolo místico que significó cosas diferentes para pueblos diferentes, dependiendo de dónde se empleara. He encontrado muchas versiones de él, desde los mitos del antiguo Egipto hasta las leyendas hindúes, y más tarde en los alquimistas y en los gnósticos, y eso sin dedicarle demasiado tiempo.

A Mia le estaba costando trabajo apartar los ojos de aquella imagen.

—Las piezas no son importantes. El que tiene secuestrada a mi madre persigue este libro.

—Es posible. Aquí dentro podría haber algo que nos diga más. —Tamborileó con el dedo sobre la carpeta de Evelyn—. Todavía no he tenido tiempo de examinarla a fondo. Pero sea como sea, en realidad el problema no es ése; sólo viene al caso en el sentido de que por esa razón han secuestrado a Evelyn. Y en este momento, la mejor pista que tenemos para encontrarla es el individuo que yo creo que le entregó estas fotos, ese hombre de su pasado, el intermediario iraquí que mencionó, según tú. Él sabe más cosas sobre lo que está pasando y sobre quién más anda metido en esto. Nosotros no sabemos nada sobre él, pero... —Corben hizo una pausa y titubeó. Mia se dio cuenta de que había algo que le impedía continuar, pero al cabo de unos momentos dijo—: Podrías estar en lo cierto respecto de que era el mismo hombre que estaba con ella cuando la secuestraron. Y si era él, en fin, tú lo viste, y por lo tanto puedes identificarlo. Y espero que si se trata del mismo hombre, entonces quizá —dio la vuelta a la carpeta para colocarla derecha frente a Mia—, sólo quizás, haya una foto de él aquí dentro. Eso nos ayudaría mucho.

Mia lo miró insegura, sintiéndose un tanto defraudada por aquella respuesta. Después asintió y abrió la carpeta otra vez. Por más atraída que se sintiera hacia los materiales que contenía —las hojas de apuntes, escritos a tinta con una caligrafía clásica y elegante que ella conocía bien por las cartas que le había enviado su madre cuando era pequeña; las fotocopias de documentos y páginas de libros en inglés, en árabe, unas pocas en francés, con frases subrayadas y anotaciones garabateadas en los márgenes; los mapas de Iraq y de todo el Levante, con marcas, flechas y notas encerradas en círculos; todo ello acompañado de numerosísimos signos de interrogación...—, los hojeó sin dedicarles más que una mirada superficial, buscando las fotografías que necesitaba examinar.

Se topó con un conjunto de instantáneas esparcidas entre los papeles y las estudió detenidamente. En algunas de ellas reconoció a una Evelyn más joven y más delgada, vestida con pantalones anchos de color caqui, sombreros de rejilla y grandes gafas de sol con montura de carey, y no pudo por menos de imaginarse la vida emocionante y poco convencional que debió de llevar su madre en aquella época: una mujer soltera, una occidental, viajando a lugares exóticos y achicharrados por el sol, conociendo gentes distintas, sumergiéndose en su cultura, trabajando con ellas para explorar los tesoros ocultos de su pasado. Una vida estimulante, y que con toda probabilidad la llenaba mucho, pero de las que pasan factura, y en el caso de Evelyn fue, al parecer, una soledad melancólica, un aislamiento protegido.

Sus dedos se detuvieron en una fotografía que mostraba a Evelyn sola con un hombre. Éste tenía las facciones demasiado escondidas tras las gafas de sol, por el ala del sombrero y por el ángulo de la cara, hacia abajo y un poco vuelta hacia un lado. Sintió un escalofrío en la nuca. Conocía aquella foto. Su madre le había dado una copia cuando tenía siete años, y ella se la había guardado en la cartera para llevarla siempre cerca. El hombre de la foto era su padre. Evelyn le había dicho que era la única foto que tenía de él. Tan sólo habían pasado unas semanas juntos. A Mia le produjo tristeza que ni siquiera supiera cómo era en realidad físicamente.

Contempló la fotografía con pena, y de pronto le vino una revelación. Su padre se encontraba allí. Estaba con Evelyn cuando ésta encontró las cámaras subterráneas.

Y falleció un mes más tarde. En un accidente de tráfico.

Sintió un dolor agudo que le atravesó el corazón. Por un segundo, fue como si éste hubiera dejado de latir del todo, y notó que la sangre huía de su rostro.

Corben pareció advertirlo.

—¿Qué ocurre?

Mia le tendió la foto.

—Este hombre. —Habló como si emergiera de una densa niebla—. Era mi padre. Estuvo allí.

Corben la miró fijamente, aguardando más.

—Murió un mes más tarde, en un accidente de coche. —En los ojos de Mia bailaba un sinfín de preguntas—. ¿Y si lo mataron? A causa de esto.

Por el semblante de Corben cruzó una mirada de incertidumbre. Negó con la cabeza.

—No lo creo. Aquí no hay nada que indique que Evelyn haya tenido problemas con esto anteriormente. Si la muerte de tu padre guardara relación con todo esto, ella también habría corrido peligro. Lo cual no parece ser el caso. Quiero decir que llevó una vida bastante a la vista de todos.

Le devolvió la foto a Mia. Ella la miró otra vez con detenimiento y asintió.

—Supongo que tienes razón —concedió.

—De todas formas voy a echar un vistazo, para cubrir todas las bases. ¿Cómo se llamaba? —preguntó Corben.

—Webster —contestó Mia—. Tom Webster.

Aquel nombre abofeteó a Corben igual que la explosión de una pistola.

Tom Webster.

La noche anterior, Evelyn había intentado ponerse en contacto con Tom Webster. Y, por lo general, los videntes no solían llamar a la centralita de las instituciones académicas para ponerse en contacto con los muertos.

No estaba muerto. Por lo menos Evelyn no creía que lo estuviera. Estaba vivo. Y durante todos aquellos años había mentido a su hija.

Sintió que lo inundaba un torrente de adrenalina. Aquello era importante. Tenía que adjudicar la máxima prioridad a aquel nombre. Necesitaba obtener más información de Mia acerca del lugar en el que supuestamente había fallecido Webster, acerca de qué más le había contado Evelyn de él, aunque, habida cuenta de que le había mentido en lo de su muerte, Corben no creía que nada de lo que Mia pudiera decirle de su desaparecido padre resultara ser cierto.

El asunto podía esperar.

Observó a Mia mientras ésta dejaba la foto a un lado y seguía mirando, estudiando unas cuantas fotos más, hasta que sus ojos se posaron en algo que pareció suscitar su interés.

—El hombre del callejón. Me parece que es éste —dijo.

28

El *hakim* ajustó el portaobjetos bajo el microscopio y pulsó unos cuantos botones del teclado. En la pantalla plana apareció otra imagen ampliada. La estudió detenidamente, tal como había hecho con todos los datos que le habían proporcionado los análisis.

«Está limpia», se dijo. En la sangre de Evelyn no había surgido nada anormal. No había sustancias extrañas, ni manipulaciones. Los análisis se correspondían con lo que cabía esperar encontrar en una mujer de su edad razonablemente sana.

Contempló las células que se veían en la pantalla y repasó lo que ella le había revelado. No le quedaba ninguna duda de que le había contado todo lo que sabía. Estaba trabajando sobre una base sólida.

Tom Webster. No conseguía quitarse aquel nombre de la cabeza.

¿Podría ser uno de ellos?

Aquella posibilidad lo electrificó. Le dio vueltas en el cerebro, una y otra vez. Parecía demasiado descabellada. Habían pasado tantos años... ¿Pero qué otra explicación podía haber? Cada vez que intentaba descartar la idea, interpretarla de otro modo, regresaba su sospecha inicial y cercenaba sus dudas con el filo afilado propio de una navaja, para implantarse firmemente en su conciencia. ¿Por qué, si no, iba a aparecer así, sin anunciarse, al primer signo del descubrimiento, y luego desaparecer cuando la pista pareció perderse? No, no existía ninguna otra explicación racional.

Tenía que ser uno de ellos.

Encargado de la tarea de proteger el secreto.

Vigilando las excavaciones arqueológicas de aquella región del mundo, cerciorándose de que nadie tropezara con algo que ellos se habían esforzado tanto por suprimir. Algo que ellos guardaban, algo que habían acaparado avariciosamente para sí, pensó frunciendo el entrecejo, a lo largo de los siglos.

Se le aceleró el pulso.

Pensó de nuevo en la patética historia del amor perdido de Evelyn, y reprodujo el relato en su mente. El hombre en cuestión —Tom Webster, un nombre que se había grabado a fuego en su conciencia, si bien no creía que fuera su nombre verdadero— había entrado y salido de la vida de Evelyn con clínica eficiencia. El descubrimiento no había llevado a ninguna parte, o eso la indujo él a creer. ¿Qué habría descubierto en realidad, que no quería compartirlo con Evelyn? Y después ejecutó un numerito de desaparición y la abandonó soltándole un aburrido discurso sobre los motivos por los que no podía estar con ella, motivos que no podía revelarle.

Déjà vu.

Ya había oído —leído, en realidad— algo parecido anteriormente.

Muchos años atrás. En casa, en Italia.

En Nápoles.

Fue en parte lo que motivó su viaje.

Sí, naturalmente, sabía que era algo que decían algunos hombres cuando perdían el interés, cuando deseaban seguir con su vida y hacer nuevas conquistas. Capítulo uno del manual del idiota para salir con mujeres. Normalmente, su visión desengañada y hastiada de la humanidad habría apoyado esa interpretación.

Pero esta vez, no. Esto tenía pinta de ser otra cosa.

Encajaba.

Y la idea misma de que el tal Tom Webster pudiera formar parte de algo de lo que él ni siquiera tenía la seguridad de que existiera, algo en lo que él se empeñaba en creer, en contra de toda lógica, era... Sonrió para sus adentros.

«Esto es real. Es tal como he sospechado siempre. El *príncipe* tenía razón.»

Lo invadió una oleada de euforia, unida a un sentimiento de rabia provocado por el modo en que el destino repartía su suerte. Evelyn había decubierto la cámara en 1977 y se había ido del país tres años después. Él había llegado a Iraq un par de años después de eso.

Maldijo su mala suerte.

Si hubiera estado allí en el momento en que se descubrieron las cámaras, tal vez le hubiera llegado la noticia. Tal vez hubiera conocido a aquel Tom Webster. Y tal vez tuviera ya en su poder lo que estaba buscando.

El destino. El momento oportuno. El lugar adecuado en el momento inadecuado. Pero quizás ahora se le presentaba una oportunidad para compensarlo.

Necesitaba encontrar al tal Webster. El número que tenía Evelyn de él estaba dentro de su agenda, en su apartamento. Omar y sus hombres deberían habérselo traído, pero dicho esfuerzo se había visto frustrado. Iba a tener que celebrar una conversación muy en serio con alguien al respecto. Sabía que podría dar fácilmente con el número entrando en internet, pero no esperaba encontrar gran cosa. Lo más probable era que Webster no deseara que lo localizasen. Seguro que había cubierto su pista.

El *hakim* necesitaba también echarle mano a aquel escurridizo tratante de antigüedades. Tenía que echarle mano al libro, que sabía que podía constituir la clave de todo. Pero aquella mujer y su historia... La verdad era que ella era una enviada de Dios. Aunque él en realidad no creía en semejantes estupideces.

Pero había complicaciones que necesitaba comprender mejor.

Para empezar, la hija de aquella mujer. Había arriesgado la vida interrumpiendo a sus hombres y había permitido que el tratante escapase. Luego estaba el problema del hombre que estaba con ella en el apartamento de la arqueóloga. El *hakim* había enviado allí a Omar y sus hombres para que le trajeran todo lo que hubiera de interés y todo lo que llevara el dibujo de la serpiente. La hija no sólo estaba allí también, sino que además el hombre que la acompañaba era a todas luces un profesional, un individuo bien entrenado que venció a Omar —el cual no era precisamente un principiante en aquellos trabajitos— y mató a uno de sus hombres. A juzgar por lo que le dijo Omar, era norteamericano. ¿Quién era, y qué estaba haciendo allí con la hija? ¿Sería un nuevo jugador de aquel juego, otro más? ¿Sería también uno de ellos? ¿De repente todo estaba cobrando vida? ¿O estaría allí por otras razones, más triviales, sin saber de qué iba realmente aquel juego?

El *hakim* intentó contener su euforia. Llevaba mucho tiempo esperando, se había esforzado mucho. Había dedicado la vida a aquella empresa. Y ahora sentía cada vez con mayor certeza que todo estaba empezando a tomar forma.

Por fin.

Tenía que saber quiénes eran aquellos nuevos jugadores.

Pero hasta que llegara ese momento, tendría que proceder con cautela.

Se serviría de sus contactos para investigar a Webster, aunque sospechaba que le iba a resultar difícil dar con él. Omar llamaría a los contactos que poseía en la policía libanesa y en los servicios de inteligencia de dicho país. Averiguaría todo lo que pudiera acerca de aquel norteamericano. Pero más urgente era encontrar al tratante de antigüedades. No podía perder aquello de vista. Comprendió con aire sombrío que no existían garantías de encontrar a aquel individuo. Omar ya había fallado en dicho empeño, aunque sabía que su hombre haría todo lo que fuera necesario para compensar su error.

De pronto se animó cuando le vino a la cabeza una idea que se abrió paso por entre las preguntas que le anegaban el cerebro. Si la arqueóloga no había sido solamente otra víctima engañada, si aquel Webster en realidad albergaba sentimientos sinceros hacia ella... a lo mejor él podía utilizarla para hacer salir a Webster de su escondrijo.

El cebo de la damisela en apuros.

En las películas siempre funcionaba.

Simplemente tenía que cerciorarse de que el grito de auxilio de ella fuera lo bastante audible.

29

Mia se acercó la foto a la cara. El rostro pertenecía a un hombre que estaba de pie en actitud altiva, ligeramente apartado de un grupo de trabajadores sudorosos y sonrientes. Se concentró e intentó asociarlo con el hombre aterrorizado que había estado en un tris de que lo metieran en un coche y se lo llevaran —junto con su madre— hacia un destino desconocido.

Sostuvo la foto en alto.

—Este tipo de aquí. —Se la pasó a Corben y señaló el hombre al que le pareció reconocer.

Corben la examinó y después le dio la vuelta. En el reverso había varios nombres escritos a lápiz, con la misma caligrafía elegante que los apuntes de la carpeta. La volvió otra vez del derecho y del revés, para asignar los nombres a las caras.

—Al parecer, se llama Faruk.

—¿Sólo Faruk?

—Eso es. —Corben sacó su libreta y lo anotó—. Sin apellido.

Mia lo miró, desinflada.

—¿Y con eso es suficiente?

Corben dejó la libreta sobre la mesa.

—Algo es algo. —Estudió el rostro que aparecía en la foto, como si quisiera aprendérselo de memoria—. Examina las demás fotos, ¿quieres? Puede que aparezca en alguna otra.

Mia obedeció, pero sin éxito. Con todo, por lo menos tenían una cara y un nombre, lo cual, supuestamente, era algo con lo que podría empezar a trabajar la gente de Corben.

Mia dejó las fotos. Su pensamiento no dejaba de dar vueltas en torno a su madre. Ya llevaba casi veinticuatro horas desaparecida.

Mia había oído el cliché de que las primeras cuarenta y ocho horas eran las más críticas en la investigación de una persona desaparecida, pero no se lo había oído a nadie que perteneciera a las autoridades, sino en incontables películas y series de televisión. Aun así, no era algo que pareciera contrario a la intuición —los clichés eran clichés por algo—, y si era cierto, la mitad de las oportunidades de encontrar a Evelyn se habían esfumado ya.

—¿Cómo vas a encontrarlo? —inquirió.

—No lo sé. No tenemos gran cosa para continuar. Está la agenda de tu madre, aunque en las páginas correspondientes a esta semana no figura nada. Ahora que tenemos un nombre, tendré que investigarlo otra vez, a ver si existen datos para ponerse en contacto con él. También tenemos el teléfono móvil de Evelyn. Habrá que examinar la memoria, por si alguno de los números fuera el suyo. Y lo mismo con el ordenador portátil, aunque está protegido por una contraseña y por lo tanto es posible que nos lleve un poco de tiempo entrar en él.

Mia asintió con gesto serio y volvió a coger la foto de Faruk. La recorrió con la mirada, frustrada y sintiéndose impotente, y de pronto en su cerebro surgió una idea incómoda.

—Él me vio a mí, estoy segura —dijo con voz temblorosa, sin dejar de mirar la foto, acordándose de aquella noche—. Me vio cuando llegué al callejón.

Corben la miró con indecisión. Él ya lo sabía.

—Me reconocerá. Y eso quiere decir que si vuelve a verme confiará en mí. A lo mejor eso podría servirnos de algo. A lo mejor hay una manera de hacer que salga a la luz.

—¿Cómo, usándote a ti como cebo? —preguntó Corben con cierta incredulidad—. Estamos intentando mantenerte fuera de la vista del público, ¿recuerdas?

Mia afirmó con la cabeza. Aun así, tenía la impresión de que aquél era un hilo del que deseaba tirar un poco más. Faruk la había visto, de modo que debía fiarse de ella. Aquello tenía que servir de algo, de un modo u otro. Su cerebro regresó a la conversación que tuvo con su madre. ¿Qué era lo que había dicho? Algo de un colega suyo. Que estaba con ella.

—Existe un profesor de arqueología. Se llama Ramez. Trabaja con mi madre. Un hombre joven. Él fue quien la llevó ayer al sur, a examinar aquella cripta. Mi madre dijo que estaba con ella cuando ese hombre, Faruk, se presentó de pronto.

—No lo mencionaste cuando estuvimos hablando en el hotel —apuntó Corben.

Ella arrugó la cara en un gesto que pedía disculpas.

—Lo siento, debería haberlo dicho. Pero estoy pensando que a lo mejor él sabe algo. Puede que mi madre le contase algo de lo que estaba pasando.

Corben procesó aquella información durante un segundo.

—¿Tú conoces a ese tipo?

—Lo vi una vez, cuando fui al despacho de mi madre en el campus.

—Muy bien. —Corben registró el nombre en su libreta. Después consultó su reloj y frunció el ceño—. Ya no estará en la universidad, a estas horas. —Buscó en su maletín y extrajo la agenda de Evelyn. De pronto se le ocurrió otra idea, cogió el teléfono y pulsó una tecla de marcación rápida. Se levantó y fue hasta las puertas de cristal que daban al balcón. Mia oyó que conectaba con alguien y que le pedía que buscase en el móvil de Evelyn a un tal «Ramez». Aguardó unos momentos y luego dijo «No cuelgues» y regresó a la mesa. Apuntó un número en la libreta, espetó un breve «Lo tengo» a quienquiera que fuera su interlocutor y volvió a marcar a toda velocidad. Mia oyó que sonaba el timbre, pero por lo visto no contestó nadie. Corben lo dejó sonar unas cuantas veces más —en Beirut, los teléfonos móviles, un detalle irritante, casi nunca contaban con un servicio de contestador— y a continuación colgó el teléfono con una expresión de frustración.

—No lo coge —informó a Mia.

—No estarás pensando que a él también lo han... —Mia dudó en verbalizar el resto de la frase, pues de pronto tuvo la sensación de estar volviendo a dejar volar la imaginación.

De manera preocupante, la expresión de Corben indicaba que no descartaba del todo la idea.

—No, supongo que ya habría oído algo. Lo más probable es que esté cansado de recibir llamadas de gente que habrá tenido noticias del secuestro de tu madre y que sabe que él trabaja en el mismo departamento.

Mia frunció el ceño con preocupación.

—¿Y no puedes conseguir la dirección de su casa? —preguntó, sorprendida ella misma por su tenacidad, antes de pensar si aquella pregunta no llevaría un fastidioso deje al estilo de «a mí me vas a enseñar tú».

Pero Corben no pareció inmutarse, y consultó de nuevo su reloj.

—No quiero ponerlo en evidencia ante la policía local, y menos a esta hora. Además, no hay motivo para que figure en nuestra base de datos a fin de que podamos disponer de esa información nosotros mismos. Intentaré llamarlo otra vez dentro de unos minutos.

Mia lo miró fijamente mientras él procesaba la información. Su expresión seguía siendo casi hermética, pero era evidente que traslucía una cierta preocupación. Se acordó de cuando estaba a su lado frente a la puerta del apartamento de su madre, y alzó los ojos para clavarlos en los suyos. Entonces, con un ligero endurecimiento en el tono de voz, se aventuró a hacerle otra pregunta.

—Cuando estábamos ante la puerta del apartamento de mi madre, dijiste que yo ya sabía que esto era serio. Y naturalmente que lo era, ya lo sé, pero la manera en que lo dijiste... —Calló unos instantes. Sabía que tenía razón, y la convicción que llevaba por dentro le salió con cegadora claridad—: Todavía no me lo has contado todo. Hay más, ¿verdad?

Corben se reclinó en su asiento, se pasó una mano por el pelo y terminó frotándose brevemente la nuca. Después miró a Mia y pareció alcanzar un veredicto. Se inclinó hacia delante, buscó en su maletín y sacó su portátil. Lo abrió, lo arrancó y luego puso el dedo índice sobre el pequeño escáner de huellas digitales antes de pulsar una serie de teclas. La pantalla se iluminó. Navegó por ella en silencio, encontró la carpeta que necesitaba y se giró hacia Mia.

—Esto es confidencial —la informó alzando un dedo. Después hizo una pausa para tomar aire, al parecer debatiendo todavía si no estaría cometiendo un error al compartir aquello con Mia.

Dio la vuelta a la pantalla para que Mia pudiera verla. Mostraba una fotografía de lo que parecía ser una pared del interior de un recinto similar a una celda. En dicha pared había un dibujo circular, del tamaño de un paraguas abierto, a juzgar por la escala del plafón de luz del techo. Mia lo reconoció al instante.

—En los primeros años de la guerra, yo estuve destinado en Iraq —explicó Corben—. Una de nuestras unidades recibió un mensaje de inteligencia acerca de un médico próximo a Saddam, pero para cuando hicieron una redada en su complejo, él ya había desaparecido.

A Mia se le ocurrieron una andanada de preguntas, pero Corben no había terminado.

—Lo que sí encontraron en su complejo resultó bastante horrible. En el sótano había un laboratorio enorme. Un quirófano modernísimo, dotado de todo lo necesario. Allí llevaba a cabo experimentos, unos experimentos que... —Se le apagó la voz por un instante mientras escogía las palabras adecuadas, y por su semblante cruzó una fugaz expresión de dolor, un dolor que Mia le notó en la voz—. Estaba experimentando con seres humanos. Jóvenes y viejos. Hombres, mujeres, niños...

Mia sintió que se le helaba la sangre, consumida de horror y preocupación por su madre a partes iguales.

—En el complejo había celdas, pero todas las personas que había en ellas habían sido ejecutadas poco antes de la redada. También encontramos decenas de cadáveres enterrados en un campo situado no muy lejos de la casa —prosiguió Corben—, amontonados en fosas comunes, desnudos. Muchos de ellos habían sido intervenidos. A algunos les faltaban partes del cuerpo. Había montones de órganos, litros y litros de sangre guardada en frigoríficos. Algunas de sus heridas se habían dejado sin suturar. Aquel tipo no se había tomado la molestia de cerrarlas después de sacar lo que le interesaba. Además, en aquel laboratorio hubo otros descubrimientos más... inquietantes que prefiero ahorrarte. Utilizaba a las personas como conejillos de indias y desechaba lo que no necesitaba. Por lo visto, se las suministraba Saddam, junto con todo lo demás que pudiera necesitar. —Corben hizo una pausa, como si quisiera purgar aquellas imágenes de su cerebro y recuperar el control de sí mismo—. Esto —señaló la imagen del Ouroboros que aparecía en la pantalla del ordenador— estaba grabado en la pared de una de las celdas.

Mia sintió una súbita humedad en la boca y se dio cuenta de que sin darse cuenta se había mordido el labio inferior y había apretado con fuerza suficiente para hacerse sangre. Dejó de morderse y se limpió el labio con el dedo.

—¿Qué clase de experimentos realizaba?

—No estamos seguros. Pero dado el interés que tenía Saddam en encontrar maneras eficientes de cometer asesinatos en masa...

Mia abrió unos ojos como platos.

—¿Piensas que estaba trabajando en una arma biológica?

Corben se encogió de hombros.

—Teniendo en cuenta el secretismo que rodeaba su trabajo, los cadáveres, la defensa por parte de Saddam... digamos que sí. No creo que estuviera buscando una cura para el cáncer.

Mia volvió a mirar la foto de la celda.

—Pero ¿a qué se debe ese dibujo en la pared?

—No lo sabemos. Hemos conseguido seguir la pista a varias personas de Bagdad que conocieron a ese médico. Yo estuve hablando con un tratante de antigüedades, y también con un tipo que había sido conservador del Museo Nacional. Al parecer, ese hombre, al que llaman el *hakim*, se sentía fascinado por la historia de Iraq, concretamente por el cambio de milenio. Decían que sabía mucho al respecto y que había viajado ampliamente por toda la región. Cuando se sintieron lo bastante cómodos para hablar con mayor franqueza, me dijeron en un aparte que él les había pedido que buscaran las referencias que hubiera allí acerca del Ouroboros, en libros y manuscritos antiguos.

—Lo cual, supuestamente, fue lo que hicieron.

—Así es —confirmó Corben—, pero no encontraron nada. Así que el *hakim* les pidió que buscaran más, que ampliaran la búsqueda, incluso fuera de las fronteras de Iraq. Y que no dejasen de buscar. Y eso hicieron. Decían que estaba completamente obsesionado con el tema y que los dos le tenían auténtico terror.

—¿Y no encontraron nada?

Corben negó con la cabeza.

—Y ahora quiere ese libro... —Mia unió mentalmente los puntos—. Así que ese... ese médico sigue libre.

Corben asintió.

Mia sintió una fuerte sensación de pánico que le oprimió el pecho.

—¿Y tú crees que tiene a mi madre? —Aquellas palabras casi se le secaron en la garganta al pronunciarlas. Deseó que la respuesta fuera negativa.

Pero la expresión sombría de Corben le indicó que no lo era, aunque ella ya lo sabía.

—Su rastro se perdió al norte de Tikrit, pocas semanas después de que se descubriera el laboratorio, y desde entonces no hemos sabido nada. Dado que Evelyn tenía una conexión con el Ouroboros por medio de la cámara que descubrió, y dada la crueldad de quienquiera que ande detrás de esas antigüedades —dijo con gravedad—, opino que es más que probable que tu madre esté en poder del *hakim* o de alguien que esté relacionado de alguna forma con él.

Mia sintió que se le escapaba el aire de los pulmones. La situación de su madre ya parecía bastante horrible cuando creyó que simplemente estaban tratando con una banda de contrabandistas. Esto... esto era demasiado horroroso de imaginar.

Se quedó con la mirada perdida y el cerebro en cortocircuito tras la lúgubre revelación de Corben. A su alrededor la habitación pareció oscurecerse, y todo lo que contenía se desenfocó ligeramente. En la periferia de su percepción percibió que Corben tomaba el teléfono y marcaba varios números, y que a continuación se oía el mismo timbre de antes sin que nadie contestara. Corben cerró el móvil. Mia tardó unos instantes en emerger de su estupor y comprender que Corben debía de haber marcado de nuevo el número de Ramez.

Una pregunta surgió flotando de la niebla. Se giró hacia Corben y le dijo:

—Teniendo en cuenta todo ese lío por las armas de destrucción masiva y lo que sabes de ese hombre, yo pensaba que contabas con un equipo de hombres dedicados a este caso, trabajando contigo. Porque supongo que cazarlo será de la máxima prioridad, ¿no?

—Lo era —replicó Corben con tristeza—. Ya no lo es. Hemos gritado la voz de alarma respecto de las armas de destrucción masiva demasiadas veces, y esa frase ya está envenenada. Nos lo merecemos, supongo, pero nadie quiere oír hablar más de esas armas, y si acaso, la prioridad consiste en retirarse de Iraq, no en comprometer más recursos.

—Pero ese hombre es un monstruo —protestó Mia, poniéndose de pie furiosa.

—¿Crees que es el único monstruo que anda por ahí suelto? —replicó Corben con serena frustración—. Hay muchos otros asesinos en masa, en Ruanda, en Serbia, en muchos sitios. Viven tranquilamente en lujosas urbanizaciones a las afueras de Londres o de Bruselas con nombres falsos, sin que nadie los moleste. Los únicos que van tras ellos son los periodistas de investigación, y ya está. Son los nuevos Simon Wiesenthal, y no son tantos, sino solamente un puñado que se preocupan lo suficiente como para dedicar su tiempo y arriesgar la vida siguiéndoles la pista a esos carniceros. Ellos son los únicos que hacen cambiar las cosas. De vez en cuando, sacarán a uno de ellos en un reportaje que a lo mejor merece unas cuantas columnas no muy lejos de la primera plana, y es posible que un abogado acusador preste atención y lo investigue si le huele mal, pero por lo general estos tipos escapan a la justicia.

Aquello era cierto. Saddam y su cuñado decapitado eran raras excepciones. La norma era que los dictadores depuestos a menudo consiguieran disfrutar de un tranquilo exilio rodeados de comodidades y libres de remordimientos, mientras que sus subordinados, los sicarios que habían supervisado o participado de hecho en las matanzas, desaparecieran en una vida de plácido anonimato.

—No existe un esfuerzo oficial y conjunto para llevar a esas personas ante la justicia —añadió Corben—. La vida sigue adelante. Los políticos se retiran y otros vienen a ocupar su sitio, y los crímenes del pasado no muy lejano se olvidan rápidamente. En estos momentos, en el Departamento de Estado no hay nadie que quiera saber nada de esto. Los propios iraquíes no están en situación de perseguir a ese individuo, tienen problemas más importantes que solucionar. Y yo no acabo de ver que el gobierno libanés vaya a meterse en ese asunto estando el país como está.

Mia no daba crédito.

—¿Estás trabajando solo en esto?

—Más bien. Puedo disponer de los mismos recursos de la CIA si los necesito, pero hasta que tenga echado el lazo a ese tipo definitivamente, y digo definitivamente, no puedo pedir refuerzos.

Mia se lo quedó mirando, estupefacta. Las noticias iban haciéndose más sombrías a cada minuto que pasaba, y las imágenes que Corben había inoculado en su mente se negaban a desaparecer.

—¿Ese individuo experimentaba con niños?

Corben asintió.

De pronto Mia tuvo una revelación que le golpeó con fuerza la boca del estómago.

—Tenemos que recuperar a mi madre. Pero también tenemos que detenerlo a él, ¿no crees? —Sintió que se le llenaban los ojos de lágrimas, pero las reprimió.

Corben tenía la mirada clavada en ella, y por un momento en sus ojos se agitó algo más cálido. Asintió pensativo, reflexionando sobre lo que ella había dicho.

—Sí.

—Necesitamos encontrar a Faruk. Si logramos dar con él antes que —calló un instante, insegura de cómo referirse al *hakim*, y por fin lo decidió— ese monstruo, y si él tiene el libro, tal vez podamos canjearlo por mi madre.

A Corben se le iluminó la expresión de la cara.

—Eso es lo que espero yo.

Acto seguido, cogió el teléfono y pulsó la tecla de repetición de la llamada.

30

Ramez observó con gesto de preocupación su teléfono, que vibraba con un grave zumbido que lo hacía desplazarse de lado sobre la mesa de centro dando tortuosos saltos. Con cada sacudida vibratoria, se iluminaba la pantalla LED y proyectaba un efímero resplandor de un verde azulado fantasmal, que destacaba en la penumbra del cuarto de estar de su pequeño apartamento.

Cada una de aquellas veces sus ojos prestaban atención, transfigurados por el brillo de la pantalla, la cual le devolvía el mensaje de NÚMERO DESCONOCIDO —que quería decir que quien llamaba no deseaba revelar su número— y lo alarmaba y lo atormentaba antes de volverse negra otra vez. Cada vez que el teléfono cobraba vida, se le ponía todo el cuerpo en tensión, como si aquel chisme estuviera conectado directamente con su cerebro.

Gracias a Dios, al cabo de unas ocho sacudidas, dejó de vibrar. La habitación volvió a sumirse en la oscuridad, una oscuridad tétrica y solitaria que se veía interrumpida ocasionalmente por el reflejo de los faros de coches que pasaban por la calle barriendo las paredes, prácticamente desnudas. Era la tercera vez en una hora que aquel llamante anónimo intentaba localizarlo, y el profesor ayudante no tenía la intención de contestar. Teniendo en cuenta que casi nunca recibía llamadas como aquélla —en el Líbano los números desconocidos eran, curiosamente, una metedura de pata social muy mal vista—, sabía a qué asunto debía referirse. Y eso lo aterrorizaba.

Aquel día había comenzado igual que cualquier otro. Se levantó a las siete, tomó un desayuno ligero, se dio una ducha y se afeitó, y después se dirigió a pie al campus, un paseo de veinte minutos a paso vivo. Antes de salir de casa leyó el periódico de la mañana y descubrió la noticia de la mujer secuestrada en el centro de la ciudad, pero no tenía ni idea de que se tratara de Evelyn. Hasta que se presentaron los policías en Post Hall.

Él fue la primera persona a la que se dirigieron en el departamento, y la noticia lo dejó totalmente sin respiración. A cada palabra que pronunciaba, notaba que iba hundiéndose poco a poco en un pozo de alquitrán lleno de problemas que deseaba vivamente eludir, pero que no podía eludir. Estaban intentando encontrar a Evelyn, y él tenía que ayudarlos. No había modo de escabullirse.

Le preguntaron si sabía algo acerca del interés de Evelyn por las antigüedades iraquíes, y a él le vino de inmediato a la memoria el hombre que apareció en Zabqine.

Mostraron interés cuando él mencionó el nombre de Faruk, y les facilitó el nombre —el de pila, porque no conocía el apellido— y la descripción. A juzgar por los comentarios reservados que hacían, Ramez dedujo que dicha descripción coincidía con la que tenían de un hombre que había sido visto con Evelyn cuando fue secuestrada.

El encuentro con los detectives ya lo atemorizó bastante. Pero ver unas horas más tarde a Faruk emerger detrás de unos coches aparcados frente a Post Hall y aproximarse a él le dio un susto de muerte. Al principio no supo qué pensar. ¿Estaría Faruk conchabado con los secuestradores? ¿Habría ido allí a secuestrarlo a él también? Al verlo acercarse se encogió, obedeciendo a un instinto de protección, pero la actitud suplicante y afligida del intermediario iraquí lo convenció enseguida de que aquel hombre no representaba ninguna amenaza.

Ahora, allí sentado, en su cuarto de estar a oscuras, rememoró aquella preocupante conversación, cuyas palabras recordaba aún con una nitidez escalofriante. Hallaron un sitio tranquilo donde hablar, en la parte posterior del edificio. Faruk había iniciado la charla diciendo que necesitaba contar a la policía lo que sabía del secuestro, a fin de ayudar a Evelyn, pero que no podía acudir a ella él solo. Se encontraba ilegalmente en el país, y, dado lo que había visto en los periódicos, las piezas robadas ya constituían un punto de discusión. Ramez lo interrumpió diciéndole que la policía ya había ido a verlo a él, y lo informó de que él mismo les había proporcionado su descripción, con la esperanza, reconoció, de ayudar a encontrar a Evelyn.

Aquella noticia le metió a Faruk el pánico en el cuerpo. Tenían su nombre y su descripción física, y cada vez daba más la impresión de que iban tras él a causa del contrabando de antigüedades. Sus ojos adquirieron un brillo inquietante cuando pidió a Ramez que lo ayudara. Tenía una urgente necesidad de dinero, y sí, estaba intentando vender unas valiosas piezas antiguas. Al principio había abrigado la esperanza de que Ramez lo ayudara a hacerlo, pero ahora eso era un tema discutible. Lo único que importaba era la supervivencia. Le contó a Ramez todo lo que sabía, lo que había visto: los hombres que lo persiguieron en Iraq, el libro, las marcas de taladro que presentaba su amigo Hayy Alí Salum, y con cada una de aquellas revelaciones el profesor sintió que se le iba helando la sangre en las venas.

Faruk le pidió que actuara como intermediario. Quería que hablara con la policía, que hiciera un trato en su nombre; y a cambio él los ayudaría todo lo que pudiera a encontrar a Evelyn, pero no quería acabar en una cárcel libanesa, ni tampoco quería que lo enviasen de vuelta a Iraq. Más que eso, deseaba protección. Sabía que los hombres que habían secuestrado a Evelyn en realidad querían atraparlo a él, y sabía que no lograría sobrevivir durante mucho tiempo por su cuenta.

Ramez puso reparos, pues no deseaba verse implicado, pero Faruk estaba desesperado. Le suplicó y le rogó que tuviera en cuenta la situación de Evelyn, que lo hiciera por ella. Al final, Ramez dijo que lo pensaría. Le dio a Faruk el número de su móvil y le dijo que lo llamara al día siguiente, a mediodía.

Dicho mediodía era el del día siguiente.

No las diez de esa noche.

De esa misma noche.

Ramez todavía tenía los ojos pegados al teléfono móvil, mientras su cerebro agotado intentaba adivinar quién lo habría llamado. Si era Faruk, no quería atender la llamada; aún no había decidido si iba a ayudarlo o no. Por una parte, sentía que se lo debía a Evelyn, y al margen de eso, tenía que ayudarla. No podía precisamente ocultar una información tan crucial a los policías que estaban investigando. Por otra parte, Beirut no era concretamente famosa por su rigurosa observancia de los procedimientos legales, y Ramez, por encima de todo lo demás, deseaba seguir vivo.

Y si no era Faruk el que llamaba, Ramez no quería ni imaginar siquiera quién podía ser. Lo invadió una oleada de paranoia al imaginarse hombres con taladros elétricos entrando en su casa y llevándoselo consigo. Se hundió en el sofá, abrazándose las rodillas con las manos, la respiración agitada y las paredes de la habitación cerrándose a su alrededor.

Iba a ser una noche muy larga.

31

Mia observó cómo Corben cerraba de nuevo su teléfono móvil. Luego se volvió hacia ella y movió la cabeza con un gesto negativo. Consultó su reloj y frunció el ceño con preocupación.

—No me gusta dejar esto hasta mañana —dijo—, pero no creo que tengamos otro remedio. Si ya han ido a por él, nosotros llegamos demasiado tarde. Y si no, preferiría no alertarlos a esta hora. Lo primero que haré mañana por la mañana será llamar a los chicos de Hobeish —agregó, refiriéndose a la comisaría de policía en la que había estado retenida Mia—, y seguiré desde allí.

—Podríamos ir a la universidad, temprano —sugirió Mia—, y hablar con él antes de nada.

Corben reaccionó mostrando sorpresa.

—¿Podríamos?

—Tú no sabes cómo es Ramez físicamente. Yo puedo señalártelo —protestó Mia.

—Pero puedo preguntar por él en el departamento.

—Yo lo conozco. Se sentirá más cómodo si ve una cara conocida —insistió ella, en un tono de voz teñido de una energía nerviosa—. Además, no quiero quedarme aquí sola. Me siento como una víctima fácil. —Calló unos instantes para recuperar el aliento—. Quiero ayudar, ¿de acuerdo?

Corben desvió la mirada. Era obvio que estaba sopesando sus opciones y que por lo visto no le gustaba ninguna. Al cabo de un momento se volvió hacia Mia y le habló en tono jovial.

—Está bien —cedió—. A ver qué puede decirnos, y a partir de ahí, veremos. —Fue hasta la nevera y sacó otras dos cervezas, una de las cuales ofreció a Mia.

Ella la aceptó y caminó hasta el balcón. Allí se detuvo y bebió un sorbo de la botella, contemplando pensativa la noche. Las luces del denso bosque de edificios brillaban con intensidad y coronaban la ciudad de un aura pálida y blanquecina. Se preguntó dónde estaría su madre en aquel preciso momento, y pensó en Faruk y en Ramez. ¿Dónde se habrían escondido para pasar la noche? Beirut era una ciudad muy poblada, y sabía guardar sus secretos. Nadie sabía en realidad lo que ocurría detrás de las puertas cerradas, pero en aquella ciudad, sospechó Mia, la maldad que acechaba tenía personalidad propia.

—No lo entiendo. —Se volvió hacia Corben—. Ese símbolo, la serpiente enroscada. ¿Que es lo que busca ese hombre, exactamente? Si en realidad lo que quiere es ese libro, ¿por qué lo desea tanto? No puede ser sólo un coleccionista maniático.

—¿Por qué no?

—Porque por lo visto está dispuesto a recurrir a medidas bastante extremas para hacerse con él —observó Mia—. Tiene que tener alguna importancia seria para él, ¿no te parece?

—Es un científico de armas biológicas. Esos tipos trabajan con virus, no con piezas que tienen cientos de años de antigüedad —le recordó Corben—. No entiendo qué relación puede guardar con su trabajo.

—A no ser que esté buscando pistas de alguna plaga antigua —dijo Mia medio en broma.

Corben no descartó tan deprisa aquella observación, sino que su semblante se oscureció y por sus labios cruzó una levísima sonrisa.

—Ése sí que es un pensamiento alegre para irse a la cama.

Mia experimentó una punzada de preocupación. Hubiera preferido un rechazo más tajante.

Lo dejaron así, se terminaron las cervezas y recogieron la comida en medio de un pesado silencio. Mia contempló a Corben mientras éste procedía a realizar las operaciones nocturnas de costumbre: echar el cerrojo a la puerta y apagar las luces. Le gustaría saber qué era lo que hacía que una persona llevara una vida así: solitaria, peligrosa, atenazada por un sinfín de secretos, estando entrenado para manipular y predispuesto a desconfiar. Por lo que pudo deducir, Corben parecía un tipo pragmático y de ideas claras que no sufría niguna fantasía ilusoria de ser el virtuoso que iba a salvar al mundo. No pudo negar que su faceta de héroe de acción resultaba atractiva; no había conocido precisamente a muchos hombres como él en las tranquilas aguas del mundo académico por las que navegaba habitualmente. Pero además había en él algo oscuro, impenetrable y reservado, aunque atractivo a la vez, que también daba un poco de miedo.

—¿Puedo preguntarte una cosa?

Él se giró con curiosidad.

—Claro.

Mia sonrió, ligeramente incómoda con aquel momento.

—¿Jim es tu nombre verdadero? Quiero decir, he leído en alguna parte que vosotros siempre usáis nombres como Mike o Jim a modo de cobertura.

Corben emitió una breve risa e hizo una mueca.

—En realidad me llamo Humphrey, pero... no encaja demasiado con el perfil del puesto.

Mia permaneció insegura unos instantes... y entonces Corben sonrió.

—Me llamo Jim. ¿Quieres ver mi pasaporte?

—Sí, claro —se burló ella—. Todos los que tendrás. —Hizo una pausa y después se puso seria—. Gracias. Por todo lo de hoy.

Él hizo una mueca de incomodidad.

—Lamento haberte llevado allí. Al apartamento de tu madre.

Mia se encogió de hombros.

—Hemos cogido sus cosas antes que ellos. A lo mejor eso cuenta para algo.

Eran casi las once cuando Mia apoyó finalmente la cabeza en la almohada del dormitorio de invitados. Le costó trabajo dormirse, de modo que permaneció tumbada en la cama, contemplando aquel entorno desconocido e impersonal, preguntándose cómo podía ser que todo se hubiera complicado tan rápidamente. Ya la habían advertido respecto de venir a Beirut cuando le presentaron la oferta, mayormente personas que sólo conocían aquella ciudad por los interminables reportajes que salían en las noticias sobre la guerra civil, los bombardeos y los secuestros, personas que no tenían idea de que aquel país estaba resurgiendo de sus cenizas como el ave fénix, si bien de manera tenue, por lo menos del conflicto que acababa de suspenderse un par de meses antes. Podría haberse negado a tomar posesión del puesto —no necesitaba ninguna excusa, ya que la guerra era un motivo bastante convincente para que cualquiera evitase un país—, pero sintió el atractivo de explorar en nuevas direcciones y de experimentar una vida más emocionante que aquella con la que parecían conformarse alegremente la mayoría de sus iguales.

Intentó sosegar su agitada mente, dio vueltas y más vueltas, ahuecó la almohada incontables veces, cambió de postura, pero era una batalla perdida. Estaba demasiado despierta.

Se incorporó en la cama y escuchó. No oía nada proveniente de fuera de su habitación. Corben debía de estar dormido. Contempló la posibilidad de probar otra vez a domesticar a la bestia del insomnio, pero decidió que mejor no, y salió de la cama.

Entró en el cuarto de estar. El pálido resplandor de una farola de la calle proyectaba sombras alargadas sobre las paredes. Fue hasta la cocina sin hacer ruido y se sirvió un vaso de agua. Cuando regresaba al cuarto de estar, sus ojos se posaron en la carpeta de su madre, que descansaba sobre la mesa de trabajo de Corben.

Llamándola.

Recordó el rápido vistazo que le había echado en la cocina de su madre y decidió que aquello merecía un poco más de atención.

Fue hasta la mesa y abrió la carpeta.

Al instante acapararon su atención las imágenes del Ouroboros.

Se sentó en el sofá y empezó a pasar las fotografías de las excavaciones y las fotocopias de imágenes tomadas de libros. Esta vez les dedicó una buena mirada y dejó a un lado los apuntes tomados a mano.

A medida que iba examinándolas, fue extrayendo las diferentes encarnaciones de la bestia que había compilado su madre y las fue colocando sobre la mesa de centro. Eran notablemente disintas unas de otras. Algunas eran rudimentarias, y Mia supuso que eran las más antiguas. Una parecía azteca. Había dos que tenían un estilo claramente propio de Extremo Oriente, con una serpiente que se parecía mucho más a un dragón. Otras eran más complicadas y figurativas, más asociadas con la imaginería del Jardín del Edén o de los dioses griegos.

Se concentró en la versión que ofrecía mayor interés, la que había sido grabada en el libro que se veía en las fotos Polaroid y que también apareció en la pared de la cámara subterránea. Aquella imagen la turbó, igual que la vez anterior. La dejó a un lado y se puso a estudiar los apuntes de su madre.

Se hacía evidente que Evelyn había pasado muchas horas investigando aquello, pero que en un momento dado se había rendido. Como confirmación de ello, Mia reparó en que muchas de las hojas estaban fechadas, las más tempranas en 1977, las últimas en 1980. Rápidamente deduje que la cámara subterránea que había descubierto Evelyn se encontraba en una localidad llamada Al-Hilá, en Iraq. Picada por la curiosidad, se levantó, sacó su ordenador portátil del bolso y lo encendió. Encontró una conexión Wi-Fi sin protección, entró en ella y abrió el navegador. Realizó una búsqueda rápida y encontró con facilidad en un mapa la ubicación de la localidad en cuestión, al sur de Bagdad. La guardó en la memoria y siguió adelante.

Leyó información acerca de los manuscritos que Evelyn había descubierto escondidos en el interior de la cámara. Según los apuntes, el estilo de lo que había escrito en ellos recordaba al de una sociedad secreta de la misma época, un grupo de gnósticos sumamente sofisticados denominados Hermanos de la Pureza, que también tenían su sede en el sur de Iraq. Había varias páginas de apuntes que versaban sobre aquella línea de investigación, con ideas posteriores y anotaciones adicionales y flechas que unían frases. Mia apuntó el nombre de la sociedad y tomó nota mentalmente de investigarlo. Había palabras subrayadas o rodeadas por un círculo. Su vista se fijó en la mención «¿Una rama de los Hermanos?» que iba acompañada de un prominente signo de interrogación.

Al volver la página, le llamó la atención un párrafo encerrado en un círculo. Decía: «Coincide con otros escritos, pero en éste no se mencionan rituales ni liturgia. ¿Por qué?» En el margen de la página contraria, al lado de más fechas y anotaciones, Evelyn había escrito: «¿Creencias? ¿Herejía? ¿Por eso se ocultaban?», acompañado de múltiples interrogantes, grandes y enfáticos.

Mia leyó la hoja con mayor detenimiento. Su madre había encontrado un terreno común en los escritos de los Hermanos y los de la cámara. Sin embargo, existía una destacada diferencia: que nada había quedado en el interior de la cámara que cubriera las creencias espirituales de los ocupantes de la misma.

En las páginas siguientes se exponía la investigación llevada a cabo por Evelyn en relación con el Ouroboros. Mia volvió a examinar algunas de las fotocopias de las diversas imágenes, que también tenían anotaciones a mano por todas partes.

Según parecía, existían tantas interpretaciones de lo que significaba aquel símbolo como culturas que lo habían adoptado. Algunas lo consideraban una representación del mal, mientras que otras —muchas más, observó Mia— lo veían como un símbolo benigno, de esperanza. A Mia aquello le resultó desconcertante, reñido con la punzada de nerviosismo que sentía cada vez que veía la serpiente.

Evelyn había recopilado decenas de referencias a aquel símbolo a lo largo de la historia, desde el antiguo Egipto y Platón hasta un químico alemán del siglo XIX llamado Friedrich Kekulé, que había descubierto la estructura molecular en forma de anillo del benceno después, según afirmó él mismo, de soñar con una serpiente que se mordía la cola, y, más recientemente, hasta Carl Jung, que había estudiado su influencia arquetípica sobre la psique humana y su significado particular para los alquimistas. Incluso había, advirtió Mia con un nudo agridulce en la garganta, una versión fenicia de dicho símbolo: un dragón que se mordía la cola tallado en el interior de uno de sus templos.

En todo aquello Mia captó un tema recurrente, un tema que chocaba abiertamente con lo que le decía su instinto. Era un tema de continuidad: hablaba del carácter cíclico de la naturaleza, del ciclo interminable de la vida, la muerte y el renacimiento, la unidad primordial de todas las cosas. Volvió a leer una hoja en la que se veía una versión casi pastoral de un Ouroboros alado en un jardín, con un querubín en el centro.

Mia lo miró fijamente, procesando lo que había leído. Había algo que no encajaba. Rememoró otra vez la conversación que había tenido con Corben acerca de los posibles motivos del *hakim*. Aquel símbolo no estaba asociado con nada preocupante, pero claro, es que tampoco tenía por qué. Al fin y al cabo, la esvástica era un símbolo de buena suerte en Extremo Oriente desde la Edad de Piedra. Hitler lo entendió de otra manera y lo transformó en algo monstruosamente diferente. ¿Podría estar ocurriendo lo mismo en este caso? Corben no dejaba de decir que aquel tipo estaba loco. Pero ¿y si en efecto estuviera buscando un virus perdido, un veneno, una plaga? Por alguna razón, la importancia de aquellas piezas parecía portentosa, malévola. Y no obstante, la mayoría de lo que había leído acerca del símbolo de la serpiente que se mordía la cola parecía transmitir la sensación contraria. No acababa de ver nada temible en lo que mayormente se consideraba un símbolo de continuidad. Se cuestionó si su reacción inicial no sería más primaria, si no tendría algo que ver con la instintiva aprensión que inspiraba aquel arquetipo en la mayoría de las personas, con independencia de su pretendido simbolismo. Tal vez aquello, junto con el contexto en el que ella lo había experimentado —huyendo, escondiéndose de asesinos y con las balas silbando a su alrededor— ayudara a explicarlo. Pero dejaba varias preguntas sin contestar. ¿Era la serpiente que se mordía la cola algo que había que temer? ¿Qué significado tenía para el *hakim*, si no era algo siniestro? ¿Los miembros de la sociedad que se reunía en la cámara subterránea tenían algo en su poder que el *hakim* ansiaba con desesperación? Volvió a pensar en la fecha, el siglo X, y se puso nuevamente ante el ordenador. Hizo una búsqueda de los científicos de aquella época. Algunos de los nombres importantes que recordaba —Avicena, Yabir ibn Hayyán— aparecieron de imediato. Navegó de una página web a otra, recogiendo fragmentos de interés y por el camino entrando en su cuenta de la edición *on line* de la Enciclopedia Británica.

Mia tenía la mente enfrascada en una zona cómoda a la que estaba muy acostumbrada, y fue abriéndose paso por entre el material de investigación que iba apareciendo en la pantalla. Pero cuanto más leía, más se erosionaba dicha comodidad. Nada de lo que iba encontrando parecía arrojar luz sobre la pregunta de qué podía estar persiguiendo el *hakim*.

No había precisamente una falta de grandes mentes trabajando en aquella área en la época de los Hermanos. Rastreó un par de biografías de Al-Farabi, considerado en general un sabio por detrás sólo de Aristóteles en su comprensión de la ciencia y la filosofía, lo cual le valió el apodo de Segundo Maestro. Leyó información acerca de Al-Razi, que los europeos conocerían, mucho más tarde, como Rhazes, el padre de lo que ahora denominamos yeso, y que ya se usaba en el siglo X para inmovilizar fracturas de huesos; y Al-Biruni, que viajó ampliamente por Extremo Oriente y escribió extensos tratados sobre los hermanos gemelos. Sin embargo, más pertinente para lo que pensaba Mia era Ibn Sina, o Avicena, ya que llegó a ser muy conocido en Occidente. Avicena, el médico más influyente de su época, a la edad de dieciocho años ya se había convertido en un consumado filósofo y poeta. A los veintiuno escribió largos y expertos tratados sobre todas las ciencias conocidas en aquella época. Se diferenciaba de sus predecesores en que él sentía más interés por el potencial que albergaban las sustancias químicas para tratar las enfermedades. En ese sentido, estudió enfermedades tales como la tuberculosis y la diabetes con gran detalle, y su obra maestra, el *Canon de Medicina* en catorce volúmenes, tenía tanta autoridad y era tan avanzado que fue el texto habitual de referencia en medicina en Europa hasta el siglo XVII, más de quinientos años después de haber sido escrito.

Todos aquellos hombres habían logrado grandes avances en muchas disciplinas. Estudiaron el cuerpo humano, identificaron enfermedades y propusieron curas. Pero nada los relacionaba con el Ouroboros, ni tampoco encontró Mia en sus obras nada que tuviera un aspecto inicuo. Simplemente tenían interés por llegar a dominar las fuerzas de la naturaleza.

Si acaso, aquellos científicos-filósofos estaban interesados en mejorar la humanidad, no en destruirla.

Mia cogió las fotografías de la cámara subterránea y las estudió de nuevo. Intentó imaginar lo que sucedió allí y lo examinó con nuevos ojos. En realidad, no tenían nada de siniestro. Siguió aquella línea de razonamiento y tomó un papel de la carpeta en el que su madre había dibujado un plano de las cámaras y había marcado lo que habían encontrado. No hallaron ni huesos, ni rastros de sangre seca, ni herramientas para cortar, ni altares para sacrificios. Al parecer, Evelyn había llegado a la misma conclusión. En la parte inferior del croquis, escrita con su caligrafía característica, había anotado y subrayado la palabra «refugio», seguida de otro signo de interrogación.

¿Un refugio para protegerse de qué? ¿De quién, o de qué, se escondían?

En eso, se le agotó la batería del portátil, y con ello sintió que la invadía una profunda sensación de cansancio. Dejó la carpeta y regresó a la cama.

Esta vez no tardó mucho en quedarse dormida, pero mientras tanto hubo un pensamiento persistente, confuso, que parecía empeñado en imponerse por encima de todas sus esperanzas de conciliar un pacífico sueño: la idea de que existía un antiguo terror que estaba resucitando para desatar un desastre en este mundo, presagiado por la inquietante imagen de la serpiente que se mordía la cola, y que de forma inexorable se había abierto camino hasta lo más recóndito de su cerebro.

32

París, octubre de 1756

El falso conde se movía con paso cansado por el caldeado y sofocante salón de baile, con un dolor de cabeza provocado por el parloteo arrogante, las risas estridentes y la música incesante e implacable, los ojos atacados por las chispas de la girándula y por los gloriosamente estrafalarios disfraces de jirafas, pavos reales y otros animales exóticos que desfilaban ante él.

Era en noches como aquélla cuando más echaba de menos Oriente. Pero sabía bien que aquellos días ya hacía mucho tiempo que habían quedado atrás.

Paseó sus cansados ojos por el gran salón, sintiéndose de pies a cabeza como el impostor que era. Las cabezas de animales de papel-maché colocadas precariamente sobre pelucas empolvadas lo miraron fijamente, y grandes plumas le cosquillearon la nariz mientras, todo a su alrededor, los invitados del Palacio de las Tullerías pululaban y bailaban con abandono. Las perlas y los diamantes atraían su mirada adondequiera que giraba la cabeza, reluciendo bajo la luz de cientos de velas que ensuciaban descuidadamente las alfombras con montículos de cera fundida. No era su primer baile, ni sería el último. Sabía que iba a sufrir muchas más veladas como la de aquella noche, el *bal de la jungle*, que habría más exhibiciones espantosas de pompa desenfrenada, más conversaciones sin valor alguno, más coqueteos desvergonzados. Todo ello formaba parte de la nueva vida que se había fabricado para sí, y su presencia era esperada —ansiada, incluso— en ocasiones como aquélla. También sabía que el dolor no iba a terminar allí: en los días y noches venideros, tendría que soportar relatar de nuevo en incontables salones, machaconamente y entre risas tontas, las glorias públicas de aquella velada y los tejemanejes privados de la misma, mucho más jugosos.

Era un precio que tenía que pagar para obtener el acceso, un acceso que necesitaba si quería triunfar, aunque, con cada año que pasaba, dicho triunfo se le antojaba cada vez más distante.

Ciertamente, era una tarea imposible.

A menudo, como esa noche, se sorprendía a sí mismo divagando, absorto en sus pensamientos, intentando recordar quién era, qué estaba haciendo allí, cuál era en realidad su vida.

Y no siempre lo recordaba con facilidad.

Cada vez con mayor frecuencia, le costaba trabajo mantener a raya el personaje que se había inventado y no perderse del todo en aquella personalidad falsa. La tentación lo acosaba a cada paso. Cada día pasaba frente a decenas de pobres en las calles, hombres y mujeres que darían su brazo derecho por llevar la vida de la que él disfrutaba, la vida que ellos creían que disfrutaba. Se preguntó si ya habría luchado lo suficiente, si se habría ocultado lo suficiente, si habría estado lo bastante solo. Se sintió tentado a abandonar su misión y renunciar al papel que se le había sido confiado en aquella mazmorra de Tomar tantos años atrás, y a abrazar su afortunada posición de cara a la galería, sentar la cabeza y vivir el resto de sus días rodeado de caprichos y comodidades y —más importante— de normalidad.

Era una tentación que cada vez le resultaba más difícil apartar de sí.

Su viaje a París había sido cualquier cosa excepto sencillo.

Se las había arreglado para escapar de Nápoles, pero sabía que no estaría a salvo en ninguna parte, desde luego en ningún lugar de Italia, y que Di Sangro no iba a descansar hasta dar con él. Lo había visto en sus ojos; y también sabía que el príncipe contaba con el dinero y los hombres que hacían falta para seguirle los pasos. De manera que decidió borrar su pista fabricándose una identidad nueva en los lugares a los que fuera y después continuando su camino y dejando atrás confusas invenciones acerca de su pasado y de sus movimientos.

Cuidadosamente había sembrado engaños en Pisa, Milán y Orléans de camino a la gran ciudad, y había ido adoptando nombres nuevos mientras viajaba hacia el norte: el conde Bellamare, el marqués d'Aymar, el caballero Schoening. En los años siguientes llegarían otros nombres que —algunos justamente, otros con falsedad— se asociarían con él. Sin embargo, por el momento se encontraba cómodamente instalado en sus apartamentos de París y en su nueva identidad, la del conde de St. Germain.

París le venía al conde como anillo al dedo. Aquella ciudad era enorme y rebosaba de actividad, representaba el asentamiento humano más grande de toda Europa y atraía a muchos viajeros y aventureros, tanto a los bulliciosos como a los discretos. Su aparición en ella se vería diluida entre la de otros muchos. Allí podría conocer a otros viajeros, hombres que, al igual que él, habían estado en Oriente y que quizá se hubieran tropezado en sus viajes con el símbolo de la serpiente que se mordía la cola. También era una ciudad de ciencia y de dicurso, depositaria de grandes conocimientos, provista de bibliotecas bien surtidas y de incontables colecciones de manuscritos, libros y antigüedades, incluidas las que a él le interesaban en particular: las que fueron hurtadas de Oriente durante las Cruzadas y las confiscadas tras la supresión de la orden de los templarios casi cinco siglos antes. Las que podían contener la pieza que faltaba del rompecabezas que había hecho presa en su vida tantos años atrás.

Llegó a París en un momento en que aquella gran ciudad se encontraba en transición. Había pensadores radicales que desafiaban a los tiranos gemelos de la monarquía y la Iglesia. París bullía de contradicciones y convulsiones, de ilustración e intrigas, unas intrigas que St. Germain supo aprovechar muy bien.

A las pocas semanas de su llegada, logró hacerse amigo del ministro de guerra del rey, y con su ayuda se insinuó en la órbita del monarca. Impresionar a los aristócratas no resultó difícil. Sus conocimientos de física y química, adquiridos durante los años que había pasado en Oriente, bastaron para entretener y engañar a aquellos bufones corruptos. Su familiaridad con tierras extranjeras y su dominio de numerosas lenguas —en París hablaba un francés tan impecable como el italiano que hablaba en Nápoles, a lo que había que sumar su dominio del inglés, el español, el árabe y el portugués, su idioma materno— los esgrimía con precaución siempre que su notabilidad requería un empuje adicional. Pronto se encontró cómodamente instalado entre la camarilla de mimados acólitos del rey.

Una vez establecidas sus credenciales, pudo reanudar su misión. Con su estilo zalamero se abrió paso hasta las grandes casas de la nobleza y logró entrar en las colecciones más privadas. Se congració con el clero a fin de poder investigar en las bibliotecas y las criptas de sus monasterios. También leyó mucho y se sumergió en los diarios de viajes de Tavernier, en los estudios de patología de Morgagni, en los tratados médicos de Boerhaave y en otras grandes obras que estaban apareciendo en aquella época. Estudió con todo detalle la *Pharmacopeia Extemporanea* de Thomas Fuller y los interesantes *Discursos sobre la vida sobria* de Luigi Cornaro, un hombre que había fallecido con noventa y ocho vibrantes años de edad. Y aunque adquiría una gran riqueza de conocimientos leyendo aquellas obras, no conseguía acercarse a la solución de su imposible búsqueda.

El símbolo de la serpiente que se mordía la cola no se encontraba por ninguna parte, ni tampoco parecía haber pistas médicas ni científicas que superasen la importante deficiencia de la sustancia.

Osciló entre el entusiasmo y la desesperación. Aparecían pistas nuevas que lo emocionaban, y luego, cada vez que desembocaba en un callejón sin salida, resurgían las dudas respecto de su misión y socavaban aún más sus fuerzas. Desearía poder compartir aquella carga con otra persona, reclutar a alguien que lo ayudase y que quizás incluso siguiera adelante con su misión, pero después de ver que hasta el más vago atisbo había transformado a Di Sangro en un depredador obsesionado, no se atrevió a correr el riesgo de acercarse a nadie más.

Muchas noches se preguntaba si el hecho de desprenderse de la sustancia y de la demoníaca formulación de la misma lo liberaría de su esclavitud. Consiguió pasar sin ella en varias ocasiones, pero nunca durante más de una semana o dos. Y a continuación lo dominaba un renovado sentido del destino, y se resignaba a llevar la única vida que conocía.

—Os pido perdón, señor.

La voz de la mujer lo sacó de su torturado ensimismamiento. Al girarse vio ante sí un pintoresco grupo de joviales juerguistas. Sus expresiones variaban entre el aturdimiento y la confusión. De entre ellos se destacó con aire cauteloso una mujer de más edad, que frisaría los sesenta años, ataviada con un orondo disfraz de oveja.

Había algo en ella que provocaba en St. Germain una sensación de ansiedad. La mujer lo contempló con una expresión curiosa y perpleja en su rostro redondo y acto seguido extendió una mano y se presentó como *madame* de Fontenay. Aquel nombre hizo que se intensificara la sensación de ansiedad. El falso conde disimuló su nerviosismo con una leve inclinación de cabeza y aceptando su mano.

—Mi querido conde —dijo ella, azorada y con una emoción nerviosa—, ¿tendríais la gentileza de decirme si tenéis un pariente cercano que estuvo en Roma hará unos cuarenta años? ¿Un tío, tal vez, o acaso —dudó— vuestro padre?

St. Germain sonrió efusivamente, con una falsedad perfeccionada por la práctica.

—Es muy posible, *madame*. Al parecer, mi familia sufre una insaciable sed de viajar. Y en cuanto a mi padre, me temo que no podría decíroslo con certeza. Ya me resultaba sumamente difícil llevar la cuenta de sus viajes cuando era niño, y me temo que en lo que se refiere a sus desplazamientos antes de venir yo al mundo me encuentro sumido en la más completa ignorancia. —El pequeño grupo rio en voz alta y mucho más generosamente de lo que merecía la observación de St. Germain—. ¿Por qué, si se me permite preguntarlo —añadió—, queréis saberlo?

La mirada de curiosidad de la mujer no se había apagado.

—Porque conocí a un hombre en esa época. Me hizo la corte. Y todavía recuerdo nuestro primer encuentro —rememoró—. Estábamos cantando juntos unas barcarolas que había compuesto él, y... —Un brillo sereno iluminó sus ojos mientras su mente parecía regresar hasta aquella época—. Sus rasgos, su cabello, su actitud... incluso su porte. Transmitía una impresión y una nobleza que tan sólo se encuentran en las personas con grandeza. —Parecía estar sinceramente sorprendida—. Y ahora veo eso mismo, todo ello, en vos.

St. Germain inclinó la cabeza con falsa modestia.

—Sois demasiado generosa, *madame*.

La mujer quitó importancia a aquellas palabras con un gesto de la mano.

—Por favor, conde. Os suplico que reflexionéis sobre ello y me digáis si efectivamente el hombre que conocí era pariente vuestro. Simplemente, la similitud es demasiado aguda para descartarla sin más.

St. Germain hizo algo para poner fin a su incomodidad. Sonrió a su inquisidora.

—*Madame*, sois sumamente amable al hacerme semejante cumplido —dijo con fruición—. No descansaré hasta que haya encontrado la identidad de mi ilustre pariente, ese que tanto os impresionó. —Ofreció a la mujer una reverencia final. Su lenguaje corporal fue una indicación para que se fuera, pero ella no se movió. Se quedó allí de pie, fascinada por él.

—Resulta de lo más intrigante —musitó para sí misma, antes de preguntar—: Me han dicho que también tocáis el piano divinamente, conde. Tal vez os enseñó el hombre que yo recuerdo. St. Germain le sonrió, pero su sonrisa encontró dificultades para llegar a sus ojos. Estaba a punto de responder cuando reparó en un rostro conocido que lo observaba desde el borde del grupo. La mujer en cuestión, Thérésia de Condillac, parecía estar disfrutando del atolladero en el que estaba metido.

—Ah, estáis ahí —exclamó ella finalmente, dando un paso adelante con un brillo malicioso en los ojos—. Os he buscado por todas partes.

Se intercambiaron gestos y reverencias de cortesía, así como presentaciones apresuradas, y después la mujer enlazó su brazo en el de St. Germain y, con la más breve de las disculpas, se lo llevó con todo descaro y lo rescató de la atormentadora que lo tenía atrapado.

—Espero que no os importe que os haya arrancado de tan ardiente admiradora, *monsieur* —comentó ella al tiempo que se perdían entre la multitud.

—No estoy seguro de que yo hubiera empleado la palabra «ardiente». ¿«Senil», tal vez?

—No deberíais ser tan poco amable, conde —rio ella—. A juzgar por el cutis sonrosado de esa mujer, bien podría conduciros a varios medio hermanos de los que vos no erais consciente.

Pasearon en dirección a los jardines, que se hallaban iluminados con antorchas y más girándulas. De los artículos pirotécnicos surgían volutas de humo que permanecían casi pegadas al suelo y no dejaban ver la orilla del río. Los extensos jardines estaban llenos de elefantes, cebras y un conjunto de monos, traídos de la casa real de fieras de Versalles, símbolos de la onmipotencia de sus dueños de la realeza, que eran felizmente ajenos a las metáforas de esclavitud y opresión que los menos afortunados asociaban con los animales enjaulados.

Encontraron un banco tranquilo que se hallaba protegido por

un castaño y daba al embarcadero, a la orilla del río. Se habían conocido unas semanas antes, en la casa del tío de Thérésia. St. Germain había acudido a verlo porque había oído hablar de su reputación de gran orientalista poseedor de una sustancial colección de manuscritos procedentes de dicha región.

Volvieron a verse en el salón de *madame* Geoffrin, por casualidad, pensó él al principio, si bien, a medida que fue avanzando la velada y las preguntas de ella fueron haciéndose más personales, ya no estuvo tan seguro de ello. Aunque no le importó. Thérésia de Condillac era una mujer muy deseada. Había sido agraciada con una femineidad radiante y era una viuda acaudalada y sin hijos a la que no faltaban pretendientes y que no se sentía intimidada por las insinuaciones de éstos.

Contemplaron desde lejos el ejército de gente que se divertía e intercambiaron los cumplidos de rigor, de vez en cuando a expensas de otros invitados ataviados con disfraces más estrafalarios. El disfraz de Thérésia era tan minimalista como el de St. Germain en su ambición: constaba simplemente de un chal de plumas blancas, el cual, extendido sobre su sencillo vestido de baile de color blanco, la imbuía del carácter etéreo —y claramente contrario a la jungla— de una paloma. St. Germain, sin peluca y vestido de negro de la cabeza a los pies, tenía aún menos aspecto de pantera que la imagen que pretendía dar.

—Mi tío me ha dicho que os habéis convertido en un visitante habitual de su casa —mencionó ella al fin—. Está profundamente impresionado por vuestro conocimiento del Levante. Él anhela regresar a Constantinopla, ¿sabéis?

St. Germain se volvió hacia ella. Su interlocutora parecía estudiar su rostro en busca de una reacción.

—Comprendo que la eche de menos. Produce un gran consuelo su... —calló unos instantes para apreciar la escena surrealista que tenía lugar a lo lejos— sencillez. —Y en eso, de pronto, como si se tratara de una burla hacia lo que acababa de decir, se sobresaltó al ver una imagen fugaz a lo lejos.

A través de la niebla de los fuegos artificiales, entre la multitud de gorilas y avestruces de pastiche, se materializó un par de ojos que lo miraron fijamente, los ojos de un joven que llevaba las mejillas y la frente pintadas con fuertes trazos de marrón y oro, la cabeza cubierta por una peluca de rizos rubios perforada por unas orejas de animal, y una gruesa melena de pelo alrededor del cuello.

Lo taladraba con la mirada a través de la gente, igual que un tigre con la vista clavada en su presa a través de la densidad de la sabana africana.

El depredador permaneció allí durante un brevísimo instante, y a continuación quedó oculto tras un pequeño ramillete de invitados. Un momento después, cuando éstos hubieron pasado, había desaparecido.

St. Germain parpadeó y oteó su campo visual, pero no vio rastro alguno del tigre. Con el estruendo que formaban la multitud y la orquesta todavía golpeando sus sentidos, se preguntó si sería verdad que lo había visto. Apartó aquella imagen de sí y volvió a centrarse en su compañera.

Thérésia pareció percatarse de que sus ojos vagaban de un lado a otro, pero no mostró reacción alguna.

—Posiblemente —se limitó a contestar—. Claro que sospecho que quizás eso tenga más que ver con su ansia de tener un *mariage à la cabine* —bromeó, refiriéndose a una forma de matrimonio temporal que se practicaba allí, el *kabin*, según el cual se podía contratar a una mujer cristiana por meses—. Lo cual —agregó con un deje de seriedad en el tono— es algo que imagino que también os atraería a vos, si no me equivoco.

Su candor pilló a St. Germain desprevenido.

—Imagino que atraería a la mayoría de los hombres —repuso.

—Sí, pero hay algo en su naturaleza impersonal y falta de compromiso que... parece encajar perfectamente con vos.

Aquel comentario le llegó al alma. Aunque no resultó inesperado. Había cultivado la fama de ser un hombre que valoraba su independencia y su privacidad y que, si bien disfrutaba de alguna que otra relación íntima, no mostraba ningún apetito por el compromiso. Pero el modo en que lo dijo ella, con aquel ligero tono malicioso y sardónico en la voz, en los ojos, fue como si fuera capaz de ver a través de él. Y aquello lo inquietó.

—No estoy seguro de si he de tomarme eso como un cumplido o como un reproche —replicó con cautela.

—Yo diría que no es ninguna de las dos cosas —dijo ella en tono juguetón—. No es más que un comentario superficial de una observadora intrigada.

—¿Una observadora? ¿Debo entender que estoy siendo estudiado, como una de esas pobres bestias? —inquirió St. Germain señalando con la mano la jaula que tenía más cerca. En contra de sí mismo, una vez más escrutó la multitud en busca de algún indicio del tigre merodeador. Pero no halló ninguno.

—Ni mucho menos, mi querido conde —lo tranquilizó ella—. Aunque imagino que a alguien que se sintiera intrigado por vos le resultaría intolerablemente frustrante, dada vuestra inclinación por ofrecer respuestas evasivas hasta a las preguntas más básicas. Me gustaría saber si hay alguien que os conozca en realidad, en el verdadero sentido de la palabra.

Él sonrió ante aquella pregunta. Sintió deseos de responder que en realidad no se conocía él mismo, ya no, y lo extraño fue que experimentó el impulso de decírselo así a su interlocutora. Pero sus defensas instintivas acudieron al instante, tras la mera insinuación de dicha idea.

—¿Dónde estaría mi atractivo si fuera como un libro abierto? —dijo en cambio.

—Oh, opino que vuestro atractivo puede soportar el hecho de desvelar un poquito de información. Simplemente me gustaría saber si en realidad se trata de que tenéis miedo de asustar a vuestras admiradoras, o más bien miedo de permitir a alguien entrar en vuestra vida.

Él no se dio prisa en contestar. En vez de eso, le sostuvo la mirada y se regodeó en ello, inseguro de cómo reaccionar.

Después de aquella cena en el salón de *madame* Geoffrin, había hecho indagaciones en secreto acerca de Thérésia. Tenía fama de disfrutar de la compañía de los hombres —hombres que escogía ella—, pero últimamente había cambiado algo. Llevaba meses sin unirse sentimentalmente a ninguno de sus pretendientes. St. Germain no era lo bastante engreído para pensar que aquello hubiera tenido algo que ver con él. Su retiro de la promiscuidad había tenido lugar mucho antes de que ambos se conocieran. Y aunque en efecto él había recibido insinuaciones, demasiadas para recordarlas todas —la aristocracia de París era particularmente corrupta—, esto parecía ser distinto. Por alguna razón le daba la sensación de que era menos frívolo. Más sustancial.

Y eso suponía un problema.

St. Germain deseaba con desesperación estar con ella. Había algo en Thérésia de Condillac que resultaba innegablemente deseable, pero las mismas razones por las que se sentía atraído hacia ella eran también las que hacían que fuera demasiado peligroso invitarla a entrar en su vida.

—Tengo la sensación de que vos pintáis mi vida con muchas más florituras de las que merece —contestó por fin.

Thérésia se le acercó un poco más.

—¿Por qué no me decís qué secretos acechan en esa impenetrable fortaleza vuestra y dejáis que sea yo quien lo juzgue?

St. Germain se encogió de hombros.

—No me atrevería a aburriros con las banalidades de mi tediosa existencia. Pero... —Su voz se fue apagando. Por más atractivo que fuera el rostro de Thérésia, no pudo evitar que su mirada se desviara hacia lo lejos, donde, más allá del desfile de llamativos disfraces, volvió a descubrir al tigre. Igual que en la ocasión anterior, el hombre permaneció allí, inmóvil detrás de la marea de personas en movimiento, contemplándolo con la mirada fija. E, igual que en la ocasión anterior, desapareció de la vista casi de forma instantánea.

St. Germain notó que lo invadía una oleada de inquietud. De pronto se sintió al descubierto, en peligro.

Esta vez, Thérésia sí que mostró una reacción.

—¿Va todo bien, conde?

El tono de voz de St. Germain no se quebró:

—Por supuesto. Es que ya se ha hecho tarde, y me temo que debo excusarme. —Le tomó la mano y se la besó.

Ella pareció ligeramente perpleja por el hecho de que se marchara, y le dirigió una sonrisa irónica.

—¿Otra vez subís el puente levadizo, conde?

—Hasta que termine el asedio —replicó él con una media reverencia, y a continuación se fue, sintiendo que ella lo seguía con la mirada hasta que se fundió con la multitud.

Se movió con rapidez entre los invitados, lanzando miradas a derecha e izquierda, el cerebro embotado por los surrealistas disfraces de animales que giraban a su alrededor a cada paso que daba, y se encaminó hacia la entrada principal. Sentía el pulso acelerado en los oídos cuando salió del palacio e hizo señas a su cochero, el cual se encontraba junto con otros conductores alrededor de una pequeña hoguera. Echó a correr para ir a buscar el carruaje de su señor, y momentos después estaban ya enfilados en dirección este, por la Rue St. Honoré, hacia el apartamento que poseía St. Germain en la Île de la Cité.

Se hundió en el confort del asiento de velvetón del carruaje y cerró los ojos. El rítmico martilleo de los cascos del caballo lo fue serenando. Pensó en lo sucedido y se reprendió a sí mismo por aquel ataque de pánico que ahora parecía injustificado. Se preguntó si sus instintos no se habrían visto turbados por la presencia de Thérésia, y, de algún modo, el hecho de pensar en ella hizo que se esfumara su nerviosismo y lo ayudó a apaciguar su cansada mente. Se dio cuenta de que tenía que verla otra vez. Era inevitable. Se giró hacia la ventanilla y dejó que el frío aire nocturno le azotase la cara.

El carruaje torció a la derecha en Rue de l'Arbre Sec, y pronto estuvieron cruzando el Pont Neuf. St. Germain había elegido el viejo distrito de Cité en vez de los barrios nuevos de la ciudad, y había alquilado unas elegantes habitaciones que daban al río y a los muelles de la orilla derecha. El flujo de las aguas le resultaba reconfortante, a pesar de la espuma de basuras flotantes que ensuciaban su superficie. La brisa, que bajaba por el Sena la mayoría de los días y las noches, también contribuía a mitigar el hedor de las basuras domésticas y los desechos humanos que habitualmente eran arrojados a las calles siguiendo aquella desagradable costumbre de *tout à la rue*.

St. Germain miró a su izquierda cuando cruzaban el puente. Hacía una despejada noche de otoño, y la luna, que estaba casi llena, derramaba sobre la ciudad un resplandor frío y plateado. Le encantaba la vista que había desde el puente, sobre todo una vez caída la noche, cuando los comerciantes y los buhoneros ya habían recogido sus enseres y llegaban los paseantes. El muelle norte que se extendía corriente arriba estaba atestado de esquifes y veleros vacíos y salpicado de fogatas aquí y allá. Más allá, los tejados de pizarra de los edificios que se apiñaban al otro lado de Pont Notre Dame resplandecían bajo la luz de la luna, y en sus ventanas se distinguía el tenue brillo de muchas velas parpadeantes. Y más a lo lejos se distinguía la sublime Notre Dame irguiéndose sobre la isla, con sus torres gemelas sin cimborrios estirándose de manera imposible hacia la cúpula de estrellas, un edificio construido a la grandeza de Dios que cada día que pasaba iba siendo aceptado como otra prueba más de la genialidad del hombre.

Llegaron a la punta occidental de la isla y giraron para tomar el Quai de l'Horloge, una estrecha vía con una fila de casas a un lado y una tapia de escasa altura que daba al río al otro. El hogar de St.

Germain se encontraba en un edificio encalado situado al final del paseo. Se hallaban todavía a unos cincuenta metros de la entrada cuando oyó que el cochero daba una voz al caballo y accionaba el freno. El carruaje se detuvo prematuramente. St. Germain sacó la cabeza por la ventanilla y le dijo al cochero:

—Roger, ¿por qué nos hemos parado aquí?

El cochero dudó un momento antes de contestar.

—Hay un problema ahí delante, *monsieur le Comte*. El camino está bloqueado. —Su voz llevaba un temor desconocido.

St. Germain oyó relinchar a un caballo y miró calle abajo. En aquel mes las calles de París estaban iluminadas, y bajo el débil resplandor de una lámpara de aceite suspendida, bloqueando el camino quizás a unos treinta metros de donde se encontraban ellos, vio a tres jinetes. Estaban allí sin hacer nada, inmóviles el uno junto al otro.

Oyó que se acercaban más cascos de caballo desde la dirección del puente, y se volvió para mirar atrás. Vio otro jinete que venía por el muelle, y cuando éste pasó bajo otra lámpara de aceite St. Germain alcanzó a distinguir las franjas negras y doradas del tigre pintadas en su rostro, más amenazantes ahora que las veía bajo una flameante capa negra.

St. Germain se giró, alarmado, hacia los jinetes que le bloqueaban el paso. Sus ojos escudriñaron la oscuridad y compararon las facciones en penumbra del jinete del medio con la información que guardaba en lo más recóndito de su memoria. Apenas había conseguido dar forma plena a dicha imagen cuando le llegó una voz familiar que fue como un bramido surcando la noche.

—*Buona sera, marchese.* —La voz de Di Sangro era exactamente tal como la recordaba St. Germain: seca, sardónica y áspera—. ¿O quizá preferís que os llame *gentile conte*?

St. Germain lanzó una mirada fugaz hacia atrás, hacia el jinete que se le aproximaba y que le cortaba la retirada, cuyo rostro enmascarado de pronto cobró vida en su cerebro. Comprendió por qué aquel joven le había provocado aquella sensación de inquietud, y recordó haberlo vislumbrado con anterioridad, en un café de París pocas semanas antes, y también en el lugar en que se habían conocido. En Nápoles. Años atrás. Brevemente, durante una visita al *palazzo* de Di Sangro. Era el hijo de Di Sangro. Sin embargo, el adolescente respetuoso había desaparecido y había sido reemplazado por un joven que exudaba intenciones amenazantes.

St. Germain dirigió una mirada a su cochero, que estaba observándolo con nerviosismo.

—Adelante, Roger —le ordenó en tono firme—, pasa a través de ellos.

El cochero lanzó un grito y azotó al caballo, el cual se arrancó al galope y cargó de frente. Asomado por la ventanilla, St. Germain vio que los caballos que les bloqueaban el paso retrocedían ligeramente, y que a continuación uno de los jinetes sacaba algo que emitió un peligroso destello bajo la luz de la luna. St. Germain tardó una fracción de segundo en comprender que se trataba de una ballesta, y antes de que tuviera ocasión de dar la voz de alarma, el jinete apuntó y disparó. El virote rasgó el aire con un silbido agudo y alcanzó de lleno al cochero en el pecho. Éste dejó escapar un gemido de dolor y seguidamente se desplomó hacia un lado y cayó del carruaje, que continuó avanzando.

Los jinetes se desplegaron en abanico y se acercaron, vociferando y agitando los brazos contra el caballo, el cual, confuso, dio bandazos erráticos de un lado a otro pero siguió galopando. El carruaje traqueteaba sobre el pavimento desigual. St. Germain iba aferrado al marco de la ventanilla, examinando a toda velocidad las opciones que se le planteaban, y de pronto vio que el jinete que cabalgaba al otro flanco de Di Sangro alzaba otra ballesta y disparaba al caballo.

Por el agudo chillido de dolor que lanzó el animal, St. Germain supo que la flecha se le había clavado muy hondo en la carne. El caballo se alzó de manos y provocó que el carruaje se inclinara hacia un costado. Una rueda debió de encajarse en el borde de un adoquín, porque St. Germain se encontró colgando sobre el marco de la ventanilla al tiempo que el ligero carruaje saltaba hacia delante y se tumbaba pesadamente sobre un costado, se deslizaba unos cuantos metros y por fin se detenía del todo.

St. Germain se recobró con una sacudida y se estiró, con todos los sentidos alerta a los movimientos de fuera. La calle había quedado en silencio, y el único sonido que turbaba aquella mortal quietud era el que provenía de los cascos de los caballos de sus agresores, que habían comenzado a cercarlo lentamente. Con la espalda contra la portezuela que tenía debajo, flexionó las piernas y propinó una patada a la otra para abrirla; después salió del carruaje, lastimado y dolorido por el vuelco que acababa de sufrir. Puso los pies en el suelo y miró calle arriba. Allí estaba el cadáver de su cochero, inmóvil. Se sintió arder de cólera mientras enderezaba el cuerpo magullado y se erguía del todo.

A los tres jinetes se había sumado ahora el hijo de Di Sangro.

—Bravo, *ragazzo mio* —lo felicitó Di Sangro—. *Sei stato grande.* —Seguidamente se volvió hacia St. Germain.

Los cuatro se situaron delante de él, apabullándolo, iluminados desde atrás por la débil lámpara que se mecía sobre sus cabezas. Di Sangro instó a su caballo a dar unos pasos, sin apartar la mirada de su presa.

—Os habéis fabricado toda una vida nueva, *marchese*. París se entristecerá al perderos.

—Y la pérdida de París supondrá una ganancia para Nápoles, ¿no es así? —escupió St. Germain a su vez.

Di Sangro sonrió y desmontó.

—Puede que no lo sea para Nápoles, pero desde luego lo será para mí. —Su hijo hizo lo propio, mientras que los otros dos jinetes permanecieron a lomos de sus monturas. El príncipe se aproximó un poco más a St. Germain y escrutó su semblante por primera vez—. Os veo muy bien, *marchese*. Extraordinariamente bien, de hecho. ¿Podría ello deberse simplemente a que este viciado aire de París os sienta de maravilla?

St. Germain no dijo nada. El parecido era muy acentuado, sobre todo en los ojos, y más ahora que el muchacho se había convertido en un hombre. El propio Di Sangro había envejecido notablemente en los años que habían transcurrido: estaba más corpulento y más pálido, y la piel de la cara y el cuello se le había vuelto flácida y surcada de arrugas. Se maldijo a sí mismo por no haber establecido antes la relación, por no haberse dado cuenta de quién era aquel joven en el minuto mismo en que puso los ojos en él en aquel café. Siempre había esperado que Di Sangro lo alcanzara en algún momento, y había disfrutado de varios años de pacífico, aunque protegido, anonimato. Supo que su vida en París había tocado a su fin, pero, con carácter más inmediato, necesitaba hacer algo si quería contar con alguna posibilidad de empezar una existencia nueva.

Su cerebro se puso a repasar frenéticamente todas las opciones, pero no le quedaban muchas. No obstante, tuvo una idea que brilló como un faro de salvación en medio de todas aquellas lúgubres hipótesis, una sencilla revelación que coloreó su reacciones en las diversas confrontaciones con Di Sangro que había reproducido mentalmente a lo largo de los años: que Di Sangro lo necesitaba vivo. Las amenazas de que debía revelar la información o afrontar la muerte eran vacuas; sabía que Di Sangro haría todo lo que estuviera en su mano para mantenerlo con vida y que se serviría de todos los métodos que tuviera a su disposición, por muy horripilantes que fueran, y durante todo el tiempo que hiciera falta, con tal de arrancarle la verdad.

Sin embargo, aquélla era un arma de doble filo. Seguir vivo era sólo una opción atractiva siempre y cuando gozara de libertad. La cautividad y la tortura eran mucho menos deseables. Sobre todo teniendo en cuenta las dudas que albergaba acerca de cuánto tiempo iba a resistir su resolución.

Estaba acorralado. Los dos hombres a caballo se habían colocado uno a cada lado de su amo, bloqueando ambas vías de escape. Detrás tenía la pared del edificio, cuya puerta de entrada estaba cerrada desde la puesta del sol. Y frente a él, detrás de Di Sangro y su hijo, estaba la tapia de baja altura y el río.

Hizo una inspiración profunda y desenvainó su espada.

—Sabéis que no puedo acompañaros —le dijo a Di Sangro con timbre rotundo—. Y aquí no hay nada para vos.

Di Sangro sonrió con frialdad e hizo una seña a sus hombres.

—No creo que tengáis mucho donde elegir, *marchese*. —Desenvainó su espada y la sostuvo en alto hacia St. Germain, y lo mismo hizo su hijo. Por el rabillo del ojo, el conde advirtió que los jinetes de las ballestas también habían vuelto a cargar sus armas.

St. Germain se deslizó hacia un lado, manteniendo a raya al príncipe y al hijo con la punta de la espada. Pese a lo cansado y harto que estaba de soportar la carga con la que había viajado a través de continentes, aquél no era el desenlace que estaba buscando. No podía aceptar la idea de ser capturado, y menos por aquel hombre. Estaba dispuesto a resistirse con todas sus fuerzas, aunque sabía que si él moría, el secreto, hasta donde sabía, moriría con él. Se preguntó si aquello no sería, a fin de cuentas, algo bueno, o si le debía al mundo mantener vivo aquel conocimiento, aunque fuera en las manos de un hombre maníaco y egoísta como Di Sangro.

No, tenía que conservar su libertad. Tenía que seguir vivo. No estaba preparado para morir. Además, ahora también se daba cuenta de que ya no podía seguir guardándoselo para sí, era demasiado peligroso. Si lograba escapar de ésa y continuar con su búsqueda, tenía que reclutar a otros, con independencia de los peligros que ello entrañara. Simplemente tendría que escoger mejor.

Una fiera determinación surcó sus venas, y se abalanzó con ferocidad contra los dos hombres. Cuando las espadas chocaron ruidosamente en la calle desierta, se fijó en que Di Sangro estaba un poco más lento desde la última vez que se habían encontrado, pero que su hijo había compensado con creces aquella debilidad. El joven era un consumado espadachín. Contrarrestaba los golpes de St. Germain con una eficiencia quirúrgica y parecía predecir sus movimientos sin equivocarse. El príncipe se echó hacia atrás, contento con actuar de barrera para que St. Germain no pudiera escapar, mientras su hijo se hacía cargo de la situación asestando mandobles al conde. De pronto al joven se le resbaló la capucha de la cabeza, y, bajo el débil resplandor de una lámpara cercana, las marcas de tigre que le cruzaban la cara adquirieron un aspecto claramente demoníaco, acentuaron su ceño de depredador y causaron desconcierto en St. Germain.

La espada del hijo ya cortaba el aire cada vez con más velocidad y más agresividad, y St. Germain se esforzaba en parar los golpes y bloquear sus mandobles. Cuando ambos se desplazaron hacia el canalón central y sus sucias aguas, St. Germain se hizo a un lado para esquivar otro gran mandoble, y su zapato tropezó con un adoquín y le hizo perder el equilibrio. El hijo de Di Sangro aprovechó la oportunidad y se lanzó hacia delante, encima de St. Germain. El conde recuperó la posición y saltó a la derecha, pero no pudo evitar del todo la hoja de la espada, que se le hundió en el hombro izquierdo y le provocó un violento dolor por todo el cuerpo. Volvió a levantar la espada justo a tiempo para desviar el siguiente golpe de su agresor y retroceder para rehacerse.

Giraron en círculo el uno alrededor del otro como felinos salvajes, con la mirada clavada el uno en el otro, el entrechocar de las espadas sustituido ahora por la respiración laboriosa de ambos. Una sonrisa burlona curvó los finos labios del joven, el cual dirigió una mirada a su padre, y éste le respondió con un gesto de cabeza que indicaba complacencia y aprobación. St. Germain, sintiendo el reguero de sangre que le bajaba por el interior de la manga, captó una vanidad no disimulada en el joven y un orgullo similar en el padre. La herida se le estaba enfriando, y con ello el dolor iría haciéndose más intenso y los músculos se tornarían rígidos. Tenía que moverse deprisa, aun cuando sabía que no iba a derrotar a los cuatro hombres.

Sabía dónde tenía que golpear.

Hizo acopio de toda la energía que pudo encontrar y se abalanzó sobre el hijo del príncipe con renovados bríos, descargando su hoja desde todos los ángulos y obligándolo a retroceder varios pasos hasta que lo tuvo situado en el canalón central y su montón de lodo. El joven parecía sorprendido por la decisión del ataque de St. Germain, y al tiempo que intentaba frenar el aluvión de golpes y mandobles enloquecidos, lanzó una mirada de duda a su padre, como si le estuviera pidiendo que lo tranquilizara. St. Germain advirtió aquel instante de debilidad y atacó. Su acero se hundió en el costado del joven espadachín y le arrancó un aullido de dolor.

El hijo del príncipe retrocedió tambaleándose, con una expresión de asombro, casi de incredulidad, tras tocarse la herida y retirar la mano cubierta de sangre. Di Sangro vio cómo su vástago se movía con paso vacilante en las sucias aguas y corrió hacia él llamándolo por su nombre, Arturo. Pero el joven se sacudió el dolor y frenó a su padre en seco alzando una mano. Se giró hacia St. Germain y levantó la espada, pero le flaquearon las piernas cuando intentó dar un paso adelante.

Di Sangro vociferó a sus hombres:

—*Prendetelo!* —Y se apresuró a socorrer a su hijo. St. Germain observó cómo los dos jinetes desmontaban y convergían sobre él cerrando ambos extremos de la calle. Las ballestas relampaguearon en medio de la oscuridad. Miró detrás de sí; la tapia de escasa altura que bordeaba el paseo estaba a su alcance. De pronto saltó, se agarró a ella, lanzó su espada al otro lado y comenzó a trepar. Sintió una llamarada de dolor en el hombro al izarse hasta el borde, pero consiguió enderezarse y ponerse de pie.

Bajo él discurría el Sena, frío y cargado de basuras, sólo que esta vez el agua, que fluía lenta y brillante a la luz de la luna, no ofrecía ningún consuelo, sino que le producía vértigo. Aspiró el aire de la noche y se volvió de cara a la calle. Di Sangro lo vio allí de pie. Las miradas de ambos se cruzaron durante un breve instante, y St. Germain apreció el dolor, la rabia y la profunda desesperación que irradiaba Di Sangro, el cual chilló de pronto:

—¡No seáis necio, *marchese...*!

Pero antes de que el príncipe pudiera hacer o decir nada más, St. Germain se dio media vuelta, cerró los ojos y saltó del borde del muro para dejarse caer en la corriente.

Chocó con fuerza contra la superficie del río y se hundió profundamente en sus aguas oscuras y turbias. Tras dar una voltereta de cabeza, se desorientó durante unos momentos y no supo distinguir lo que era arriba o abajo. Agitó los brazos mientras daba vueltas y más vueltas sin control, los oídos tensos por el cambio de presión, los pulmones luchando por inhalar un poco de aire. Procuró calmarse, pero el frío lo debilitaba y sentía que sus pensamientos se tornaban difusos. Mientras rodaba en espiral, alcanzó a ver por un instante lo que le pareció que podía ser un reflejo en la superficie, y decidió ir hacia allí, pero el peso de la ropa tiraba de él hacia abajo. Consiguió quitarse los zapatos empapados, pero las demás prendas estaban bien sujetas por medio de filas de botones y una capa tras otra del mejor género: pantalones, camisa, corbata, chaleco y casaca, que ahora se le pegaban a la piel y estorbaban sus movimientos.

Se sintió como si el demonio en persona estuviera aferrándolo y arrastrándolo a la muerte, y en aquel brevísimo instante experimentó el perverso alivio de que allí acabara todo, en aquel momento, pero algo lo impulsó a luchar para seguir vivo, y se debatió con brazos y piernas empujando con desesperación contra el agua, hasta que consiguió emerger de nuevo a la superficie.

Logró abrirse camino y terminó flotando corriente abajo en el Sena, entre fragmentos desperdigados de madera y fruta podrida. Se había apartado de la Île de la Cité y ahora se encontraba en mitad del río, regresando lentamente en dirección a las Tullerías. Luchó contra la corriente dando grandes tragos de agua corrompida que volvía a escupir, todavía hundiéndose a cada poco por el peso de la ropa mojada, braceando a ciegas para apartar de sí los residuos y las basuras. Luchó como no había luchado jamás, forcejeó para permanecer vivo, para seguir a flote, intentando todo el tiempo aproximarse en lo posible a la orilla derecha, a tierra seca. Poco a poco fueron quedando más cerca las fogatas de los vagabundos, esparcidas por los muelles a su derecha, y para cuando por fin pudo aferrarse a una argolla de hierro que sobresalía del embarcadero de piedra de la orilla, ya había perdido toda noción del tiempo.

Se arrastró fuera del agua y se quedó tendido de espaldas, aspirando agradecido grandes bocanadas de aire, dejando que su cuerpo extenuado recuperara cierta apariencia de vida. No supo si fue minutos u horas después, pero seguía estando oscuro cuando oyó una voz conocida que lo llamaba. Creyó estar soñando cuando, momentos más tarde, vio sobre sí el sonriente y angelical rostro de Thérésia, recortado contra las estrellas, musitando palabras que no pudo asimilar del todo.

Sintió que un hombre alzaba su maltrecho cuerpo por las axilas y, asistido por Thérésia, pronto se vio envuelto en una gruesa manta y cómodamente instalado entre los cojines de un gran carruaje que lo alejó de las ratas y los bandidos y lo escondió en las oscuras calles de la ciudad de la luz.

Mientras se dirigían al apartamento de Thérésia, las preguntas empezaron a acumularse en St. Germain, y su ofuscado cerebro se esforzó por procesar las respuestas que ella le iba dando.

Thérésia le dijo que se había percatado de que algo pareció ponerlo nervioso en el baile, y que cuando él salió del palacio ella vio a un hombre disfrazado de tigre que fue tras él. Ella misma dejó el baile poco después, tras haber perdido el interés por completo, y su cochero le dijo que, efectivamente, aquel hombre había seguido al conde hasta el exterior y había seguido la pista a su carruaje. Thérésia decidió ir tras ellos, percibiendo el peligro, y presenció la pelea desde el puente, demasiado asustada para intervenir. Cuando St. Germain se arrojó al río, pensó que se había ahogado. Pero su cochero lo descubrió flotando en medio de las aguas y fue quien, en última instancia, la llevó hasta él.

Aquel relato no acabó de calar del todo en la comprensión de St. Germain, pero no le importó. Por el momento, se sentía feliz de estar vivo y de estar con Thérésia. En lo más profundo de sí, sabía que aquello iba a ser sólo temporal, pero no quería pensar en ello en aquel preciso momento. De modo que se abandonó al consuelo de sus brazos e intentó aislarse del mundo durante todo el tiempo que le fuera posible.

Thérésia lo llevó a su apartamento, situado en el distrito del Marais, que estaba actualmente de moda, y ordenó a su sirvienta que preparase un baño caliente. Lo ayudó a desvestirse y a meterse en la bañera, y después, una vez que le hubo curado la herida y le hubo dado algo de comer, apagaron todas las velas a excepción de un cirio solitario junto a la cama e hicieron el amor con voraz desenfreno.

Despertó con los primeros retazos de sol y contempló a Thérésia dormida a su lado. Aún le dolía el hombro, pero por lo menos la herida había dejado de sangrar. Pasó la mano con delicadeza por la espalda de ella, deleitándose en la suavidad de su piel bajo los dedos y temiendo la inevitable reinvención que pronto tendría que asumir.

Al contemplar a Thérésia respirando apaciblemente a su lado, su memoria voló a una vida más feliz en la que no tenía que vivir en la mentira, y en la que podía obtener placer del tiempo siempre menguante que le iba restando. Se hizo la misma pregunta que lo atormentaba en los últimos tiempos, volvió a cuestionarse la validez de la misión a la que había consagrado su vida, se preguntó si no habría llegado la hora de renunciar por fin a todo y retirarse a llevar una existencia beatíficamente insustancial.

Mientras sopesaba el viaje de su vida, también le entraron dudas sobre lo que conseguiría finalmente aunque lograse encontrar lo que estaba buscando.

Una cosa era encontrarlo.

Pero anunciarlo, darlo a conocer al mundo y asegurarse de que estuviera al alcance de todos y fuera compartido por todos... aquello representaba un desafío mucho más insuperable.

El mundo no estaba preparado para ello, de eso estaba seguro. Las fuerzas del poder se unirían para contenerlo, para evitar que alterase —y diera poder— a la humanidad. La inmortalidad —la inmortalidad espiritual e individual, claro está— era un don que tan sólo la religión tenía autoridad para conceder. Ninguna otra cosa podía recibir permiso para aliviar el temor a la inevitable e irresistible invitación que nos hace el fantasma de la muerte. El don que perseguía él era sacrílego, impensable. La Iglesia no lo consentiría jamás. ¿Quién era él para vencer semejante hostilidad?

La confusión inundó su cerebro. Como contrapartida a su extenuación y su desesperanza estaba la observación de que, pese a todo, el futuro guardaba una promesa. Con cada año que pasaba, sentía que soplaban vientos de cambio sobre las ciudades y los hombres que lo rodeaban. Los salones y los cafés rebosaban de ideas nuevas que desafiaban la ignorancia, la tiranía y la superstición. Los dogmas y las persecuciones religiosas estaban socavándose. Rousseau, Voltaire, Diderot y otros trabajaban febrilmente al tiempo que se protegían contra la supresión de sus obras por parte de los sempiternos jesuitas. La gente se sentía elevada e inspirada por las palabras de grandes pensadores que estaban convencidos de que el hombre era esencialmente bueno, y de que la felicidad en esta vida terrenal, obtenida mediante la fraternidad social y los avances de las ciencias y de las artes, constituía una aspiración mucho más sensata y noble que la esperanza de alcanzar el Paraíso a través de la penitencia.

Estaban empezando a atreverse a valorar la vida en la Tierra más que la vida en el más allá.

Pero aún quedaba mucho por superar. La enfermedad y la pobreza, principalmente. A la vuelta de cualquier esquina acechaba una muerte prematura, y las mentes más brillantes todavía intentaban comprender de qué estaba hecho el cuerpo humano y cómo funcionaba. Esto representaba una enorme distracción de su trabajo, y podía tener efectos desastrosos.

Y al margen de todo eso estaba el, por lo visto, intratable problema de la avaricia del hombre, su innata propensión a codiciar y amasar. Tal como había presenciado St. Germain, de primera mano, en Di Sangro.

St. Germain miró la silueta que dormía junto a él. Extendió una mano y le acarició el hombro desnudo. Contempló su rostro, radiante incluso en sueños, y vio promesa e inspiración en aquellas facciones bellamente esculpidas, y eso lo atormentó. Algo se desgarró en su interior.

Se sentía agotado.

Quizá todo era inalcanzable. Quizás había llegado el momento de ser egoísta.

Quizás había llegado el momento de abandonar.

Aquella idea le procuró consuelo. Pero había problemas más acuciantes que resolver.

Fuera como fuese, tenía que irse. Poseía la capacidad de viajar y reinventarse a sí mismo. Había llevado a cabo un par de misiones sensibles para el rey, el cual, en otro equivocado intento de afirmar su posición, había instituido le Secret du Roi, el «secreto del rey», una fuerza encubierta de agentes que pensaba enviar al extranjero con objetivos que eran mayormente contrarios a la política que había anunciado públicamente, como buscar la paz con los británicos. A St. Germain no le vendría mal servirse del sistema para escabullirse e instalarse de nuevo en secreto.

Con pesadumbre, supo que era la única alternativa.

Como si le hubiera leído la mente, Thérésia se rebulló y se estiró hasta despertarse. Su rostro se iluminó con una sonrisa radiante y enroscó su cuerpo al de St. Germain.

Pareció percatarse de la expresión de la cara de éste, y su semblante se oscureció durante un instante de silencio. Pero luego preguntó con timidez:

—Vas a marcharte de París, ¿no es así?

Él no se atrevió a mentir, sobre todo a ella. Se limitó a asentir con la cabeza sin desviar el rostro.

Ella le sostuvo la mirada y a continuación le dio un lánguido beso. Cuando por fin se retiró, dijo con sencillez:

—Quiero ir contigo.

Él la miró y sonrió.

33

El campus apenas estaba volviendo a la vida cuando Ramez caminaba con cautela por el paseo silencioso y cubierto por las sombras de los árboles que llevaba a Post Hall. Casi no había dormido. Había pasado la noche mirando cómo el reloj iba desgranando poco a poco las interminables horas, minuto a minuto, y para cuando por fin el sol se dignó hacer su aparición, ya no soportó más aquel confinamiento. Vacilante, emergió de su apartamento y se encaminó hacia la universidad, mirando atrás de vez en cuando, escrutando la calle y avivando el paso, alerta a cualquier cosa que pareciera incluso remotamente distinta de lo normal. El edificio en sí se hallaba desierto a aquellas horas de la mañana. Los miembros más concienzudos del claustro de profesores no llegaban antes de las siete y media, y para eso aún faltaba media hora. Paseó nervioso por su despacho, observando los cipreses del exterior y lanzando miradas de ansiedad al teléfono móvil que descansaba sobre su mesa de trabajo, atormentado por la indecisión... y por el miedo.

Cuando oyó al primero de sus colegas entrar en el departamento, resolvió poner fin al lacerante dolor que le oprimía el pecho y cogió el teléfono.

El hurón observó atentamente mientras el detective de más estatura hablaba por el teléfono. Leyendo entre líneas, comprendió lo que estaba pasando. Sus sospechas pronto se vieron confirmadas cuando su colega colgó. El hombre que había llamado trabajaba en la universidad con la profesora norteamericana secuestrada. Se había puesto en contacto con él el contrabandista de antigüedades iraquí que ellos estaban buscando, el cual quería hacer un trato antes de presentarse. Estaba asustado.

El detective de más estatura le había dicho que no se moviera del sitio; que él y su compañero acudirían enseguida.

Le dijo al hurón que se preparase para irse con él a la universidad y tomó su teléfono móvil para hacer una llamada. No estaba precisamente echando a correr por la puerta a causa de la noticia. Aquello era bueno.

El hurón supuso que estaría llamando al agente norteamericano para darle la noticia. Tenía que moverse con rapidez. No le pagaban por permanecer pasivo.

Tenía que pasarles la información. Y luego tenía que retrasar las cosas en la comisaría el tiempo suficiente para que ellos llegaran primero.

Le dijo a su compañero que necesitaba echar una meada rápida y salió de la habitación. Encontró un rincón discreto en una sala de interrogatorios, se cercioró de que nadie lo estuviera escuchando y marcó el número de Omar.

El breve timbre del móvil resonó por todo el apartamento y sacó a Mia de un sueño casi comatoso. Se incorporó y se frotó los ojos, un tanto aturdida. No esta asegura de qué hora era. La habitación se encontraba completamente a oscuras, el mundo exterior estaba aislado de forma implacable por los estores. Se fijó en que se filtraba un poco de sol por debajo de la puerta del dormitorio, y comprendió que ya era de día.

Le sorprendió lo profundamente que había dormido, dadas las circunstancias. Se pasó las manos por el pelo, se puso los pantalones y salió tambaleándose del dormitorio para encontrarse con Corben en la cocina. Ya se había vestido y estaba hablando por el teléfono al tiempo que guardaba varios expedientes —incluida la carpeta que se había llevado del apartamento de Evelyn— en su maletín.

Su lenguaje corporal, concentrado y urgente, le provocó a Mia un espasmo de pánico a lo largo de la columna vertebral.

Corben la vio e inclinó el teléfono hacia arriba, para apartarlo de la boca, y en un tono bajo pero firme le dijo:

—Tenemos que irnos.

Su expresión inflexible hizo el resto. Tenían que irse de inmediato. Las preguntas que tenía preparadas tendrían que esperar. A duras penas consiguió calzarse antes de tomar el ascensor a toda prisa para bajar al garaje del sótano. Corben la fue informando al tiempo que se subía a su Cherokee, y en cuestión de minutos ya estaban saliendo disparados en dirección a la universidad.

—Van a enviar a un par de hombres —terminó Corben—, pero cuando llegue esa llamada, yo preferiría tener a Ramez bajo nuestra custodia antes que bajo la de ellos.

Consultó su reloj. Mia consultó el suyo.

—¿Así que está previsto que Faruk lo llame a mediodía?

Corben afirmó con la cabeza.

—Disponemos de casi cuatro horas.

El cerebro de Mia funcionaba a toda velocidad con un montón de interrogantes, y una descarga de adrenalina inundaba sus sentidos.

—Y entonces, ¿por qué anoche no cogía el teléfono, cuando tú intentaste llamarlo? ¿Y si hubiera sido Faruk? ¿Y si hubiera cambiado de opinión, o le hubiera ocurrido algo?

Corben se encogió de hombros.

—Supongo que lo sabremos dentro de cuatro horas.

—Debería haber atendido el teléfono —insistió Mia.

Corben se giró hacia ella.

—Esto es bueno. Por lo menos ha establecido contacto.

Mia respiró hondo y se reclinó en su asiento intentando dominar a la científica analítica y metódica que llevaba dentro, pero había demasiadas incógnitas, demasiadas posibles variantes, para que pudiera desconectar.

—¿Y si Faruk está vigilando a Ramez? No querrás espantarlo.

—Si está vigilando, te verá a ti —la tranquilizó Corben—. Y eso debería consolarlo un poco, incluso animarlo a salir a la luz.

Mia asintió para sus adentros y volvió el rostro. Se puso a mirar la calle que pasaba rauda por su lado. No le gustaba el silencio. Le permitía tomar conciencia de lo que estaba haciendo, y ello le provocaba aprensión. Pensó otra vez en su madre, en lo que debía de estar sintiendo. Procuró calmarse pensando en el futuro más próximo e imaginando el mejor de los casos, una posibilidad carente de contratiempos: recogerían a Ramez, llamaría Faruk, lo harían venir, y seguidamente actuarían según la información que él les proporcionara para dar con el *hakim* y liberar a su madre, o bien se harían con las piezas robadas y las canjearían por la libertad de Evelyn, y todo el mundo quedaría contento. Pero su cerebro se negó a cooperar y en cambio insistió en proponerle desenlaces que eran mucho menos de color de rosa y que, a pesar de sus esfuerzos por bloquearlos, implicaban mucho sufrimiento y un número preocupante de muertes.

Corben viró a la derecha al llegar al final de la Rue Abdel Aziz para tomar el extremo de Bliss, y giró en la glorieta de la entrada principal de la universidad. La Puerta Médica, como se la conocía, estaba sumida en la oscuridad a todas las horas del día, debido a la amplia copa de un antiguo y gigantesco baniano. Enfiló directamente hacia la verja de hierro forjado. El acceso de vehículos al campus estaba controlado a causa de la inclinación existente en aquella zona a utilizar coches bomba, pero el de Corben llevaba matrícula diplomática 104 que indicaba que estaba afiliado a la embajada de Estados Unidos y disfrutaba de privilegios especiales. Y en efecto, el guardia de la entrada vio la matrícula y, tras echar un vistazo superficial al interior del coche, les indicó con una seña que podían pasar.

Penetraron en un aparcamiento situado bajo una fila de regios cipreses que jalonaban el paseo que llevaba a Post Hall. Mia sintió un hormigueo nervioso cuando se apeó del coche detrás de Corben. Se dio cuenta de que él miraba alrededor, como si quisiera asegurarse de que nadie los miraba, y entonces abrió el portón trasero del Cherokee. El maletero estaba vacío, a excepción de una manilla que había en el fondo enmoquetado del mismo, la cual Corben desbloqueó. Echó otra mirada rápida a los alrededores y acto seguido abrió la tapa oculta. Cuidadosamente sujeto en su sitio con una correa y escondido en el interior del compartimiento apareció un pequeño arsenal: escopeta, subfusil, un par de automáticas y varias cajas de munición. El hormigueo se hizo más pronunciado cuando Corben sacó una de las pistolas, le introdujo un cargador lleno y se la guardó en el cinto, por debajo de la chaqueta.

Cuando volvió a cerrar el portón pareció detectar la aprensión que Mia llevaba pintada en la cara.

—Es sólo por si acaso —le dijo para tranquilizarla.

—Buena idea —musitó ella, no muy segura de si debía sentirse aliviada de que esta vez Corben fuera armado.

Pasaron junto a un par de alumnos que estaban haciendo tiempo antes de clase y entraron en el viejo edificio de piedra. En el vestíbulo no había recepcionista; el departamento de Arqueología era pequeño, no contaba con más de una docena de miembros a jornada completa. Mia sabía que el despacho de su madre estaba en la planta de arriba, y condujo a Corben más allá de la vacía sala de lectura y de la entrada al museo del campus en dirección a las escaleras.

Examinaron los despachos junto a los que iban pasando por el corredor, hasta que llegaron al de Ramez. La puerta estaba abierta. Al profesor ayudante se le iluminó la cara de alarma al verlos, pero su expresión se trocó en confusión al reconocer a Mia.

—Soy la hija de Evelyn. —Mia sonrió, en un intento de serenarlo—. Ya nos conocemos, ¿no se acuerda? En el despacho de mi madre.

—Por supuesto. —Aún se le notaba el miedo en los ojos al mirarla alternativamente a ella y a Corben. Hizo ademán de ir a decir algo, pero Corben no le dio la oportunidad y se hizo cargo de la situación.

—Yo trabajo para la embajada de Estados Unidos —lo informó en tono tajante—. Estamos intentando encontrar a Evelyn, y esperamos que usted pueda ayudarnos. Los detectives del Fuhud a los que usted llamó me han hablado del hombre que vino a verlo ayer, un tal Faruk. Lo cierto es que necesitamos hablar con él, por si pudiera ayudarnos a liberar a Evelyn.

—Va a llamarme a mediodía. —La voz de Ramez tembló de manera incómoda.

Corben señaló el móvil que había encima de la mesa.

—¿Por ese teléfono?

Ramez afirmó con la cabeza.

—Dijeron que iban a presentarse aquí. Que ya me dirían lo que tenía que hacer.

—Yo preferiría que viniera con nosotros a la embajada —replicó Corben—. Allí estará más seguro. Sólo hasta que hagamos venir a Faruk.

Ramez abrió unos ojos como platos al oír aquello, e instintivamente dio un paso atrás.

—¿Más seguro?

—Es sólo como precaución —lo tranquilizó Corben—. No sabemos lo bien conectados que están esos tipos, pero por lo visto saben lo que hacen. También están buscando a Faruk. Yo no puedo garantizar su seguridad en ningún otro sitio. —Calló unos instantes para dejar que la advertencia calara hondo.

Y a juzgar por la expresión grave de Ramez, debió de calar bien hondo.

—Deberíamos irnos ya —le dijo Corben con seriedad al tiempo que se acercaba a la mesa y cogía el móvil. Se lo entregó a Ramez, el cual lo tomó, se lo quedó mirando un momento y después se lo guardó en el bolsillo delantero de los vaqueros—. Voy a informar a los detectives de que usted nos acompaña. —Vio una cierta ansiedad residual en los ojos del profesor—. No le va a pasar nada. Vámonos.

Ramez miró a Mia. Ella le hizo un breve gesto de asentimiento y le sonrió para darle ánimos. Él se encogió de hombros y asintió a su vez con gravedad.

Corben iba delante cuando salieron del edificio y regresaron hacia el coche. Oteó el silencioso entorno que los rodeaba —el campus de la universidad era un oasis de tranquilidad incluso en las peores épocas— e indicó a Ramez que subiera al asiento de atrás. Momentos más tarde, las dos grandes verjas volvieron a abrirse y el voluminoso Cherokee gris se incorporó nuevamente a las ruidosas calles de Beirut.

Corben aguardó a que pasaran un par de coches antes de atravesar la Rue Bliss en el sentido contrario y dirigirse hacia el gran cruce de calles que había frente a la entrada de la universidad. Miró a Ramez por el espejo retrovisor y cogió su teléfono móvil para llamar a los detectives del Fuhud. El profesor, nervioso, miraba al frente con el semblante contraído a causa de la inquietud. Y en aquel preciso momento hubo otra cosa que apareció de pronto en el espejo retrovisor, una sombra oscura acompañada del gruñido de un motor forzado y un ensordecedor chirrido de neumáticos. Una fracción de segundo más tarde, algo embistió de lleno al Cherokee desde atrás.

34

Las manos de Corben se apretaron al volante cuando el coche se lanzó hacia delante a resultas de la colisión. La fuerza del impacto arrojó a Mia y a Ramez contra sus cinturones de seguridad, al tiempo que chillaban presas del pánico.

Corben lanzó una mirada por el espejo exterior y vio el coche, un Mercedes grande y oscuro que reconoció de haberlo visto frente al apartamento de Evelyn. El Mercedes retrocedió ligeramente cuando el Cherokee se separó unos instantes de su agresor llevado por la inercia que lo impulsó hacia delante, pero antes de que pudiera pisar a fondo el pedal para intentar dejarlo atrás, el Mercedes arremetió de nuevo contra la trasera del Cherokee, y esta vez lo golpeó un poco en ángulo y lo hizo zigzaguear violentamente y sin control. Los vehículos que estaban aparcados a la derecha pasaron por su lado como un borrón, antes de que el parachoques delantero del Cherokee chocara con uno de ellos y girase sobre sí mismo, para ir a empotrarse en el estrecho hueco que había entre dos de los coches. Los airbags saltaron a la cara de Corben y Mia cuando el Cherokee arrolló los otros vehículos en una orgía de acero retorcido y neumáticos que reventaban, hasta que terminó por detenerse con un derrape sobrecogedor.

Habían transcurrido menos de cinco segundos desde el momento del primer impacto.

Aturdido, con la visión borrosa y un zumbido en los oídos, Corben oyó que el vehículo agresor daba un frenazo para pararse cerca de ellos, a su izquierda. Supo que sólo les quedaban unos segundos de vida si no se movían a la velocidad del rayo. No pudo ver nada por el parabrisas, que se había quebrado como una tela de araña, pero la ventanilla de su lado estaba abierta, y vio que las puertas del Mercedes se abrían de par en par y de él se apeaban varios hombres armados; uno de ellos, el de la cara picada de viruela, al que reconoció por la persecución ante el apartamento de Evelyn, escupió varias órdenes en árabe. Corben miró a Mia, que parecía conmocionada pero por lo visto estaba ilesa, aprisionada por un airbag contra el asiento, y extrajo su pistola. Sin pestañear, disparó una vez contra su propio colchón de aire, y después contra el de Mia. Ambos se desinflaron con una súbita efusión de gas. Acto seguido, se agachó, sacó el brazo por la ventanilla y disparó unas cuantas balas hacia los sicarios, lo cual los obligó a buscar refugio, mientras él le gritaba a Mia:

—¡Sal del coche, vamos! —al tiempo que señalaba la portezuela con el dedo.

Mia se soltó el cinturón de seguridad y tiró desesperadamente de la manilla de la puerta. Pero ésta no se abrió, pues el bastidor se había doblado a causa de la colisión.

—¡Está atascada! —gritó a su vez empujando la portezuela con todo su peso—. ¡No quiere abrirse!

—Ábrela ya mismo, o estamos muertos —chilló Corben al tiempo que disparaba otra vez por la ventanilla, acribillando la calle a su alrededor, para ganar unos pocos segundos más—. Ramez, salga del coche y apártese de la calle —ordenó. Se incorporó unos centímetros para mirar por encima del reposacabezas de su asiento y vio las yemas de los dedos de Ramez en alto, temblando de nerviosismo—. ¡Ramez! —chilló de nuevo, pero el profesor no le contestó y murmuró algo con rabia en árabe que Corben no pudo entender.

Mia golpeó la portezuela con el hombro y consiguió que ésta se abriera apenas unos centímetros. La pateó y la empujó hasta que la abertura fue lo bastante ancha para que pudieran salir los tres.

—¡Ya está! —vociferó.

Corben la apremió frenético, gritando:

—¡Sal y agáchate! —Disparó unas cuantas balas más y después se trasladó al asiento del pasajero, agachando la cabeza, y se deslizó fuera del coche de cabeza sobre la acera—. ¡Ramez! —gritó aporreando la puerta de atrás. Torció el cuello para mirar el interior del coche, pero tuvo que volver a agacharse, maldiciendo, cuando una salva de disparos se incrustó en el otro costado del Cherokee y en la pared que tenía detrás.

Oyó que el jefe de los sicarios gritaba algo en árabe, «Lo necesitamos vivo, no matéis al profesor», y un segundo después Ramez contestaba, también en árabe: «¡Ya salgo, no disparen!»

Corben chilló «¡No!» al oír que se abría la puerta del otro lado. Se giró hacia Mia y le ordenó:

—No te levantes.

Aferró con fuerza la pistola con los dos puños, respiró hondo y se incorporó de un salto, con el dedo en el gatillo. Pero lo que vio fue a Ramez con las manos en alto y andando con paso inseguro hacia dos de los asesinos, que ahora habían salido de su escondite. La mira de la boca de la pistola de Corben encontró a uno de ellos, y disparó un par de veces. El hombre saltó hacia atrás y gritó de dolor cuando su hombro estalló en una explosión roja de sangre. Corben giró hacia un lado para disparar al otro hombre, pero titubeó un instante al encontrar a Ramez en su línea de fuego, y antes de que pudiera apuntar nuevamente, el individuo de la cara picada de viruela salió de su refugio y disparó a su vez. Corben se agachó mientras unas balas penetraban igual que tachuelas en los paneles retorcidos del Cherokee y otras pasaban silbando, rozando el techo, para ir a incrustarse en la pared de atrás.

Mia y Corben se acurrucaron contra el Cherokee y permanecieron agachados, con la espalda pegada al coche. Corben miraba a derecha e izquierda, pensando a toda velocidad, y Mia lo observaba con el corazón en un puño.

Corben oyó varias órdenes más en árabe, «Rematadlos, deprisa, hay que moverse», y se puso en tensión cuando se asomó por encima del bastidor de la puerta y vio que dos de los asesinos venían hacia el Cherokee, uno por cada lado, mientras que Ramez era metido a empujones en el gran sedán por el jefe del grupo. Corben aspiró una profunda bocanada de aire, alzó un dedo hacia Mia para imponer precaución y aguardó una fracción de segundo, escuchando atentamente el suave ruido de los pasos que se aproximaban. Entonces rodó hacia un costado, hacia la parte posterior del Cherokee, y, sin levantarse, alzó la pistola para disparar desde debajo del vehículo a los pies de uno de los asesinos, que ahora se encontraba a menos de tres metros de distancia. Afianzó la mano en la culata y disparó tres tiros rápidamente. Vio que brotaba sangre de los tobillos del asesino y que acto seguido éste se desplomaba de bruces, chillando de dolor.

Aquella maniobra tomó al otro sicario por sorpresa. Fuera de sí, desató una feroz andanada de disparos contra el Cherokee lanzando juramentos a pleno pulmón mientras las balas perforaban el metal y los asientos y hacían estallar las ventanillas que quedaban, hasta que por fin el jefe le ordenó con un ladrido que regresara al Mercedes. El enloquecido tirador siguió maldiciendo y disparando al tiempo que se replegaba hacia el sedán.

Corben sintió que se le tensaban los músculos de la mandíbula mientras esperaba a que se diera la vuelta y subiera al coche, calculando que aquello le proporcionaría un hueco para disparar él. Pero el salvaje tiroteo cesó un par de segundos después. Corben lo visualizó subiéndose al coche, y justo en el momento en que imaginaba que el asesino sería más vulnerable, a mitad de la maniobra, salió como una exhalación de detrás del Cherokee y disparó, pero el otro ya estaba cerrando la portezuela y, más preocupante todavía, el individuo al que le había destrozado los tobillos estaba girándose hacia él y lo apuntaba con su subfusil. Corben se puso rápidamente a cubierto y disparó cuatro veces al pecho y la cabeza de su agresor antes de ver cómo el Mercedes se alejaba calle abajo a toda velocidad hasta perderse de vista al doblar una esquina.

Corben se puso de pie sintiendo en los oídos el retumbar ensordecedor de su corazón. Salió a la calle y examinó al asesino derribado. Había pocas dudas de que estaba muerto. Miró a su alrededor absorbiendo aquel silencio sepulcral, como de otro mundo, después del estrepitoso caos que había escasos segundos antes, y preguntó a Mia:

—¿Estás bien?

Mia emergió de detrás del Cherokee, cubierta de polvo y con la mirada perdida, pero por lo demás intacta.

—Ah... sí —contestó con un gesto de asentimiento al tiempo que rodeaba el coche destrozado para reunirse con él.

Toda aquella experiencia había sido brevísima e intensa, y se sentía conmocionada y en cambio, cosa extraña, desensibilizada. La colisión, las balas... se sentía extrañamente disociada de todo aquello, como si le hubiera sucedido a otra persona. Todo se le antojaba borroso, una tormenta confusa y frenética a la que, sin saber cómo, había logrado sobrevivir.

Vio al asesino muerto tirado en medio de la calle y le entraron ganas de darse media vuelta, pero no pudo, al menos de inmediato. Algo la impulsó a acercarse un poco más a él. Contempló su cadáver largamente, con frialdad —uno de los pies estaba seccionado justo a la altura del tobillo y a su alrededor había un charco de sangre sobre el asfalto—, y también su rostro duro y sin vida, antes de levantar la vista hacia Corben.

Él la miró a su vez, como si intentara adivinar lo que sentía. Por alguna razón, Mia no se sentía destrozada. No estaba asustada, no tenía ganas de llorar. Se sentía distinta. Estaba furiosa.

Y en aquel momento, allí mismo, en medio de aquella calle polvorienta, con aquel charco de sangre bajo el cuerpo del asesino muerto, el motor humeante del Cherokee y los perplejos transeúntes que aparecían en todas las esquinas y convergían sobre ellos mudos de asombro, lo que más deseó en el mundo fue asegurarse de que los malnacidos que habían hecho aquello, los malnacidos que habían secuestrado a su madre y matado a aquellos soldados, y que ahora se habían llevado también a Ramez, los psicópatas patológicos que habían destrozado varias vidas y habían pisoteado aquella ciudad como si fuera su pequeño feudo, imponiendo dolor y sufrimiento con una mortificante indiferencia, fueran —por usar una expresión cuyo significado ahora apreciaba de otra manera totalmente nueva— literalmente borrados del mapa.

35

Corben acababa de terminar de registrar el cadáver del sicario por si llevaba encima algo que los llevara hasta el *hakim*, o un teléfono móvil —no halló ninguna de las dos cosas— cuando irrumpieron en la escena los detectives del Fuhud.

Ahora que estaban ellos allí para hacerse cargo del transporte del cadáver y del Cherokee destrozado, le convenía marcharse. No deseaba quedarse por allí más tiempo del necesario, y además no tenía por qué. Informar a los detectives era una cortesía, para conservar las buenas relaciones con ellos, pero el reloj continuaba avanzando. Faruk llamaría a Ramez dentro de menos de cuatro horas, y estando Ramez en manos del enemigo, Corben tenía que moverse deprisa.

Recuperó su maletín y, sin abrigar demasiadas esperanzas, miró en el asiento de atrás del coche por si a Ramez se le hubiera caído el móvil del bolsillo en medio del caos. No lo vio. Se agachó sobre una rodilla y miró también debajo del coche, pero allí tampoco vio ni rastro del teléfono. Se cercioró de que el escondite de las armas del maletero estaba bien cerrado, y tras proporcionar a los dos detectives un breve informe de lo sucedido y decirles que despejaran la zona lo más rápidamente posible y de momento no dijeran una palabra a la prensa, rechazó la oferta de que lo llevaran a alguna parte y paró un taxi que pasaba para ir, con Mia, a la embajada ubicada en Awkar.

Mia echó un último vistazo a la escena del tiroteo por el espejo retrovisor del taxi mientras éste se alejaba en dirección a Beirut este y las colinas.

Aún estaba un poco conmocionada por lo que había sucedido a su alrededor tan sólo unos minutos antes, y en su cerebro nadaba un revoltijo de imágenes frenéticas, impactantes. Se hundió en la suave normalidad de aquel automóvil tan cómodo: el taxista, que apenas hablaba inglés, y la radio encendida, que emitía una música moderna en árabe que adormecía los sentidos, mientras Corben hablaba por teléfono con alguien de la embajada. Dejó que su mente fuera calmándose poco a poco, hasta que empezó a procesar con mayor claridad lo que había ocurrido. Mientras veía pasar por su lado bloques de pisos apretujados unos con otros y un tanto destartalados, se preguntó adónde habrían llevado a Ramez. Se lo imaginó en alguna habitación mugrienta y sin ventanas —quizá su madre también estuviera prisionera— y de pronto pensó en la llamada inminente de Faruk. De repente aumentó su preocupación, al imaginarse mentalmente las implicaciones.

Oyó que Corben daba por finalizada la conversación telefónica y, dado que aquel taxi lo habían parado en la calle al azar, y que el fallido intento por parte del conductor de establecer una conversación informal había dejado bien claro que su dominio del inglés era prácticamente nulo, pensó que no había peligro en hablar. De modo que se volvió hacia Corben.

—Tenemos que encontrar la manera de avisar a Faruk —lo apremió—. Si llama a Ramez, caerá en una trampa.

—Estás dando por sentado que ellos saben que va a llamar.

Mia no lo había pensado a fondo, pero le pareció que tenía su lógica.

—¿Y para qué, si no, se lo han llevado? Es un momento demasiado oportuno para que se trate de una coincidencia, ¿no te parece? Quiero decir, Ramez llama para decir que está en contacto con Faruk y ¡zas!, aparecen ellos y lo secuestran. —Aquella idea le causó más inquietud todavía. Al tomar conciencia de la presencia del taxista, bajó el tono de voz—. Anoche dijiste que no querías ponerlo en evidencia ante la policía local; seguramente piensas que los secuestradores tienen un topo en la comisaría, ¿no es cierto?

Corben lanzó una mirada al taxista. Mia hizo lo propio. El hombre parecía no mostrar interés alguno.

—Si no lo tuvieran, me asombraría mucho —contestó Corben en tono neutro, como si tal cosa.

—Lo cual significa que saben que Faruk va a llamar a Ramez

—presionó Mia, esta vez susurrando en tono de conspiración—. Tienes que hacer algo para avisarlo. ¿Y si dijeras algo por televisión? Podrías conseguir que los canales más importantes dieran la noticia de que Ramez ha sido secuestrado, y es posible que eso le sirva a Faruk como señal para aparecer, para acudir a la policía o... no —se apresuró a corregirse a sí misma—, para llamarte a ti, llamar directamente a la embajada.

—Si Faruk se entera de que han secuestrado a Ramez —replicó Corben—, huirá. Le entrará tal miedo que no se fiará de nadie. Sencillamente, desaparecerá. Y en ese caso, perderemos la única conexión que tenemos con tu madre.

—Pero caerá en una trampa.

La expresión de Corben sugería que ya había pensado en aquello.

—A lo mejor podemos aprovecharlo.

Aquel comentario dejó a Mia atónita.

—¿A qué te refieres?

Corben vaciló.

—A que tal vez tengamos la oportunidad de dar con Faruk y al mismo tiempo ahuyentar a esos tipos. —Dirigió otra mirada al conductor del taxi—. Pero no vamos a hablar de eso ahora.

Mia captó la indirecta. Seguía teniendo la impresión de que no había ningún peligro en hablar de aquello, pero cedió, se reclinó en el asiento y se puso a mirar por la ventanilla, incómoda con la idea de utilizar a Faruk como cebo.

El taxi avanzó plácidamente siguiendo la línea de la costa y dejó atrás el nuevo puerto deportivo, en el que relucientes yates de treinta metros se codeaban incómodos con desvencijados pesqueros de madera, y tomó la autopista que llevaba a Beirut este. La ciudad bullía ajena a todo, haciendo la vista gorda ante los no tan infrecuentes actos de violencia que en otros países hubieran provocado un enorme escándalo. Mientras pasaban raudos por su lado los vendedores de frutas y verduras, Mia seguía notando algo que la irritaba, una pregunta que no terminaba de dejarla en paz y que, aparte de la prioridad de recuperar a Evelyn, en realidad constituía el meollo de todo lo que estaba pasando.

De nuevo se volvió hacia Corben.

—¿Qué es lo que persigue ese tipo? ¿Qué demonios anda buscando en un libro viejo y mohoso?

—No lo sé —respondió Corben con sencillez.

—Pero tú debes de haber investigado el tema. Has de tener alguna teoría acerca de lo que se cuece aquí, de lo que busca ese hombre, ¿no?

Corben lanzó otra mirada en dirección al conductor, y después miró a Mia.

—Como ya te dije, no es necesariamente algo pertinente en relación con lo nuestro.

—¿Que no?

—Estás intentando aplicar tu lógica, tu manera de pensar, a lo que buscan los maníacos como ese tipo —aclaró—. Pero esto no funciona así. Estamos hablando de gente muy trastornada, individuos que están locos de atar. Saddam, sus hijos, sus primos... Esa gente vive en su propio mundo de fantasía. Para ellos la vida humana no tiene ningún valor. ¿Sabes esos chavales que se lo pasan en grande arrancándoles las alas a las mariposas o reventando ranas con un petardo? Pues esa gente es igual, sólo que a ellos los seres humanos les resultan mucho más divertidos que las ranas.

—De acuerdo, lo entiendo, pero sigo sin comprender qué interés puede tener por unas antigüedades.

—Podría ser cualquier cosa —repuso Corben—. ¿Te acuerdas de los experimentos de Mengele? ¿De la obsesión que tenía Hitler por lo oculto? A lo mejor es que se siente conectado con algún culto de la antigüedad. Aquí, la palabra clave es «loco». Una vez que se tiene eso en cuenta, es posible cualquier cosa. Hace unos años, en los tiempos del *apartheid*, hubo en Suráfrica un científico que trabajaba en armas biológicas. ¿Sabes cuál era su querido proyecto? Una arma biológica específica según la etnia. Estaba desarrollando un virus que matara sólo a los negros. Y eso fue después de que empezaran a ponerles en el agua sustancias que causaban infertilidad. Y es factible. Cualquier cosa es factible cuando se trata de matar gente. Así que tú me dirás. ¿Nuestro amigo está buscando alguna antigua receta de algo, un virus, una plaga, un veneno que para él tiene un cierto atractivo poético? ¿O será solamente un chiflado cuya obsesión contribuirá a su propia perdición? Yo me inclinaría por lo segundo.

Mia reflexionó unos instantes sobre aquello. Podía ser que efectivamente no fuera pertinente, después de todo. De lo que se trataba era de liberar a Evelyn, y como extra, detener al *hakim*. Con todo, la cuestión seguía fastidiándola.

—Iraq, Persia, toda esa zona tiene mucha historia, en lo que se refiere a medicina —observó—, pero de eso hace mil años.

Ahora su cerebro funcionaba con más eficiencia, y el hecho de pensar en historia y en medicina la hizo entrar en un territorio más cómodo y conocido, una disposición mental teórica, de solución de problemas, que la ayudaba a apartarse de la cruda realidad en la que se había metido sin querer. Y también la consoló la idea de que quizá fuera en aquel aspecto en donde ella podía ser útil.

—¿Sabes qué antigüedad tiene ese libro?

—No.

Frunció el ceño, sumida en hondas cavilaciones. De pronto afloró una idea:

—Yo, en mi proyecto, he estado trabajando con un historiador. Ese tipo, que se llama Mike Boustany, es una enciclopedia ambulante en todo lo que tiene que ver con esta región del mundo. A lo mejor, si le enseñara las Polaroids, podría darnos una idea de la antigüedad de esos libros.

Corben hizo una mueca.

—No estoy seguro de que nos convenga ir enseñándolas por ahí. Con lo que está en juego.

—Pues yo estoy segura de que puede actuar con discreción, si nosotros se lo pedimos. —Mia vio que Corben no estaba convencido—. Tenemos que explorar todos los ángulos, ¿no es así? Mi madre querría que lo hiciéramos.

Corben le sostuvo la mirada durante unos instantes.

—Claro, por qué no —cedió—. Hasta que termines agotada. Pero me gustaría que pensaras en otra cosa. Quiero que vuelvas a plantearte la posibilidad de salir del país. —Mia abrió la boca para protestar, pero Corben alzó una mano y se lo impidió—. Ya sé que piensas que tienes que estar aquí, y es normal. Yo también quiero que te quedes, opino que quizá podrías recordar algo que fuera importante. Pero esto está empezando a desmadrarse. Ya sé que quieres hacer todo lo que esté en tu mano para ayudar a tu madre, pero, siendo realistas, creo que no hay nada más que puedas hacer. Hoy, esos tipos venían preparados para matarte. Tienes que pensar en tu seguridad. Nosotros podemos velar por ti, pero... no puedo garantizarte nada. No estoy diciendo que tengas que irte muy lejos, pero hasta Chipre sería mejor que quedarte aquí. De verdad que necesito que lo pienses, ¿de acuerdo?

Mia sintió una opresión en el pecho. Sabía que ya había consumido todas las esperanzas kármicas que hubiera podido abrigar en los dos últimos días. Quedarse allí suponía simplemente tentar al destino, y, pensándolo bien, la sugerencia de Corben, aunque desalentadora, le resultaba de lo más sensata. Pero es que allí no tenía cabida el pensamiento racional. No podía irse. Era así de sencillo. Sabía que allí no estaba a salvo, ni siquiera estaba segura de que tuviera algo que aportar a la misión de encontrar a su madre. Pero formaba parte de ello. Se sentía conectada no sólo con Evelyn, sino también con Ramez y con Faruk, y con la lucha de ambos por sobrevivir. Se sentía conectada con aquella ciudad y con sus gentes, y, sin el menor asomo de duda, con aquella euforia perversa y peligrosamente visceral que la invadió cuando silbaban las balas y corría para salvar la vida.

Acosada por un confuso cóctel de consternación y alivio, insegura de a qué instinto hacer caso, miró a Corben.

—Entonces haz todo lo que puedas —musitó por fin, en realidad sin desear entrar en debate sobre el tema en aquel momento—. No puedo pedirte más.

—Exacto. —Corben calló unos instantes y luego asintió para tranquilizarla—. Recuperaremos a tu madre.

Mia sabía que aquello no era una certeza. Ni mucho menos.

Tenían todas las circunstancias en su contra.

De pronto la invadió una profunda sensación de pérdida, y se giró para mirar por la ventanilla cómo pasaba la ciudad velozmente, en un desdibujado conjunto de formas de hormigón bañadas por el sol.

36

Corben encontró a Mia sentada ante un ordenador en un pequeño despacho vacío que había junto a la oficina de prensa, donde pudo hacer varias llamadas y utilizar la red de internet.

Le había dicho que, dada la inminencia de la llamada prevista de Faruk y el actual estado de cosas, ordenaría que dispusieran todo lo necesario para que pudiera quedarse en un hotel o en una casa franca de la embajada, y que tanto en un caso como en otro pondría alguien a vigilarla. También iba a ordenar que trajeran sus cosas del apartamento, en cuanto tuviera la oportunidad de ir allí él mismo, pero que mientras tanto debía decirle si necesitaba alguna cosa.

La dejó en el anexo y cruzó el patio que llevaba a la villa principal y al despacho del embajador.

Le vino a la memoria la idea de que Mia hablase de las fotos con su colega historiador. Le causaba una cierta preocupación, pero supuso que era inevitable. Hubiera preferido que Mia hubiera accedido a salir del país. El *hakim* y sus hombres no estaban ahorrando esfuerzos, sin pararse a pensar en las consecuencias. Y aparte del hecho de que Mia supiera identificar a Faruk, en realidad Corben no creía que pudiera aportar nada más. Aun así, sabía que iba a quedarse. Y aquello le provocaba una mezcla de sentimientos.

A pesar del contexto, había disfrutado de la compañía de Mia. Era guapa e inteligente, y era norteamericana, lo cual representaba un cambio respecto de las acompañantes nativas con las que había salido desde que lo destinaron a aquel pequeño rincón del planeta. En Beirut no faltaban mujeres —de hecho ocurría todo lo contrario, debido al gran número de hombres que abandonaban el país buscando un sueldo decente y un poquito menos del peligro de morir alcanzados por un trozo de metralla—, y Corben era un hombre atractivo y disponible. Y teniendo en cuenta la electricidad sexual que rebotaba en las paredes de toda la ciudad debido a la constante amenaza —y en el caso del verano anterior, ya realidad— de la guerra, tenía su carnet de baile bastante bien surtido. Pero aquel puesto implicaba que su vida personal tendría limitaciones. Los encuentros casuales nunca llegaban a ser nada más que eso, y sabía que con Mia tampoco habría pasado nada, incluso aunque no hubiera estallado todo aquello a su alrededor. Lo cual le venía muy bien.

Porque él no era precisamente de los que quieren construir un nido.

Subió las escaleras que conducían al despacho del embajador. Aunque hubiera preferido no perder el tiempo ahora en una reunión así, tenía que informar a su jefe de lo sucedido aquella mañana. En realidad no deseaba hablar con nadie de la embajada, pero no podía evitar la reunión. El tiroteo había sido demasiado visible, demasiado estridente, para dejarlo de lado. Así que le irritó descubrir que, además del jefe de policía, también iban a asistir el embajador y Kirkwood. Sabía que las próximas horas iban a ser críticas, y lo último que necesitaba era sufrir interferencias injustificadas.

Lo hicieron pasar de inmediato, saludó a todos y tomó asiento frente a la mesa del embajador.

Sopesó con cuidado todo lo que dijo. Lo cual no le supuso ningún problema.

Para él, era una segunda naturaleza.

Les habló del secuestro de Ramez y pintó a Faruk como un tratante de antigüedades transformado en contrabandista que conocía a Evelyn y había acudido a ella para que lo ayudara a vender las piezas robadas. Omitió toda mención al libro, así como la relación de éste con el *hakim*, y conjeturó que seguramente Evelyn estaba en manos de varios contrabandistas rivales que perseguían aquel alijo y que también iban detrás de Faruk. Les habló de la llamada que se esperaba para mediodía, y de lo que tenía planeado hacer para intentar llegar a Faruk él primero, con la esperanza de averiguar quién tenía a Evelyn y de contar con cierta ventaja a la hora de liberarla.

Nada de aquello resultaba ideal. En realidad no deseaba ninguna interferencia. Y menos ideal todavía era que no estaba seguro de Kirkwood. Su repentina llegada y su vivo interés habían disparado varias alarmas dentro de él, unas alarmas de las que había aprendido a fiarse mucho tiempo atrás. Percibía que aquel individuo les ocultaba algo.

Por desgracia, en aquel momento no tenía tiempo para estudiar el tema a fondo.

Desde una ventana del primer piso, Kirkwood observó a Corben regresar al anexo.

Ya se encontraba en la embajada cuando llegó la llamada que informó al embajador del atentado con armas que había tenido lugar frente a la universidad.

Otro atentado patente, a plena luz del día, y esta vez en una zona muy poblada de la ciudad.

Las cosas estaban saliéndose de madre.

Iba a tener que moverse con cuidado.

Corben lo había acompañado hasta su despacho tras la reunión inicial con el embajador del día antes. Había presentido que Corben no iba a mostrarse excesivamente abierto ni franco, pero ya se lo esperaba, teniendo en cuenta el modo en que se ganaba la vida. La ofuscación y el engaño eran algo que cabía esperar. Aquellos tipos no podían siquiera intercambiar información con otros organismos de la ley. Con todo, Corben había accedido a permitirle ver las Polaroids, y al ver la foto del códice se confirmaron sus sospechas. Los dos sucesos —la llamada del explorador de Iraq, así de repente, hacía poco más de una semana, hablándole del libro, y la llamada de Evelyn a la centralita del instituto Haldane, cinco días después— estaban relacionados entre sí.

Reprodujo la situación mentalmente y no le cupo ninguna duda de que el que había secuestrado a Evelyn Bishop iba persiguiendo lo mismo que él. Había alguien que se había enterado de su existencia y, a todas luces, estaba dispuesto a hacer lo que fuera preciso para echarle la zarpa encima.

Y aquello le complicaba las cosas a él.

Él tenía varias cartas fuertes que jugar. Pero implicaban ciertos canjes, y además, no estaba seguro de que fuera a tener ocasión de ponerlas en juego.

Sacó su teléfono móvil y, tras cerciorarse de que no había nadie cerca que pudiera oírlo, pulsó una tecla de marcación rápida. La señal tardó unos segundos en rebotar en un par de satélites antes de que se oyera un timbre extraño, crepitando ligeramente. Al cabo de dos timbrazos, respondió un hombre de voz grave y gutural.

—¿Qué tal va la cosa? —preguntó Kirkwood.

—Bien, bien. He tardado un poco más de lo esperado en cruzar la frontera. Hay mucha gente intentando salir de aquí. Pero ahora las cosas van bien. Estoy de camino.

—¿De modo que seguimos dentro de lo programado?

—Por supuesto. Estaré ahí dentro de unas horas. ¿Sigue en pie la reunión de mañana, como se acordó?

Kirkwood pensó un momento si la situación no merecería un cambio de planes, pero decidió atenerse a lo que habían acordado. Probablemente el momento era oportuno, y además no veía ningún atajo que no presentara peligros o complicaciones.

—Sí. Te veré en ella. Si hay problemas, llámame inmediatamente.

—No va a haber problemas —contestó el otro con orgullo.

Kirkwood colgó, preguntándose si habría tomado la decisión adecuada.

Miró por la ventana y volvió a pensar en Mia Bishop. Ya la había visto antes, cuando entró detrás de Corben en el anexo.

Lo sorprendió la firmeza con que caminaba, teniendo en cuenta por lo que acababa de pasar. Le hubiera gustado saber qué estaba pasándole por la mente a aquella mujer, qué sentiría al verse arrastrada a aquello. Y más importante, sabía que ella era la última persona que había visto a su madre. ¿Hasta qué punto estarían unidas? ¿Confiaría Evelyn en su hija? ¿Estaría aquella joven genetista diciéndole a Corben todo lo que sabía?

Necesitaba hablar con ella.

Preferiblemente, sin que estuviera presente Corben.

37

Corben subió corriendo las escaleras hasta la tercera planta, en dirección a la oficina de comunicaciones. Ya eran más de las nueve y media, y la llamada de Faruk debía producirse dentro de menos de tres horas.

Ya había llamado a Olshansky desde el coche, y le había dicho que se pusiera a trabajar en el teléfono.

La reunión informativa no había ido demasiado mal. Le habían dado permiso para seguir adelante, lo cual era lo único que necesitaba en aquel momento. Kirkwood se había recostado en su asiento y no había hecho ninguna pregunta molesta.

Encontró a Olshansky en su cueva, sentado delante de un conjunto formado por tres pantallas planas. Por los altavoces del ordenador se oían sonidos amortiguados y alguna que otra voz distorsionada. La pantalla del centro mostraba varias ventanas abiertas. Una de ellas era una demostración gráfica del trazado del sonido en forma de onda. Debajo había lo que parecía ser un sintetizador en pantalla, el cual Olshansky estaba manipulando por medio del teclado.

—¿Qué tal va eso? —preguntó Corben.

Olshansky no levantó la vista y mantuvo los ojos fijos en las pantallas.

He conseguido descargar el *rover* en su teléfono, pero por el momento deduzco que está metido en el bolsillo de alguien. Sólo recoge galimatías.

El predecesor de Olshansky había pirateado los ordenadores de las dos compañías de teléfonos móviles del Líbano sin demasiadas dificultades. Claro que algo ayudaba el hecho de tener a varios de sus empleados en la nómina. Corben abrigaba la esperanza de utilizar dicho acceso para escuchar lo que sucediera dentro del radio de alcance del micrófono que tenía el móvil de Ramez, usando un *roving bug*, una manera de intervenir el teléfono activada por control remoto. Era de una tecnología alarmante por lo simple.

La mayoría de los usuarios de teléfonos móviles no se daban cuenta de que sus aparatos nunca quedaban desconectados del todo, aunque los apagasen. Sólo hacía falta poner la alarma del teléfono para que sonara en una hora en la que estuviera apagado, y ver cómo se encendía. El FBI, que trabajaba con la Agencia de Seguridad Nacional, había inventado una técnica de vigilancia —aunque negaba rotundamente que existiera— que permitía descargar a distancia *software* de escucha en la mayoría de los teléfonos móviles. A continuación, dicho *software* permitía que el micrófono del móvil se encendiera y apagara por sí solo, en cualquier momento, a distancia y en secreto, con lo cual el móvil se convertía eficazmente en un micrófono de escucha, con independencia de que estuviera encendido o no. Ni siquiera necesitaban acceder físicamente al móvil para pincharlo. Era una inteligente evolución de una técnica antigua y sencilla que había sido empleada por primera vez por el KGB, que implicaba aumentar el voltaje de una línea fija justo lo suficiente para activar el micrófono del teléfono incluso estando colgado.

Corben prestó atención al sonido procedente del teléfono de Ramez. Sonaba como si alguien estuviera restregando un trozo de tela contra el micrófono, como si el móvil estuviera dentro del bolsillo de alguien. Al fondo se oían unas voces apenas discernibles.

—¿Puedes aumentar la intensidad de esas voces?

—Lo he intentado. Pero la distorsión afecta a todos los sonidos. No puedo aislarlas. —Y luego añadió con un encogimiento de hombros—: De momento, esto es lo mejor que podemos conseguir.

Ramez no podía evitar temblar. Sus muñecas doloridas vibraban contra las correas de plástico, y el movimiento constante generaba una sensación irritante, como una quemazón. Por lo menos, aquello era lo que imaginaba que estaba pasando, porque no podía ver nada con el saco que le cubría la cabeza.

Se lo habían puesto en cuestión de segundos, nada más empujarlo al interior del coche, y después —sin que él se hubiera resistido— aquellos sádicos le pegaron un par de fuertes puñetazos en la cara, como medida de prevención, antes de obligarlo a acurrucarse en el hueco para los pies y pisarlo con los zapatos para que no se moviera de allí.

El trayecto no fue muy largo, y aunque estar dentro de aquel coche —con la cabeza tapada por aquel saco maloliente, algún que otro pisotón en las costillas y oyendo a lo lejos los ruidos apagados de la ciudad— ya era bastante horrible, él hubiera preferido alargarlo un poco, aunque ello hubiera implicado prolongar su situación actual.

Lo sacaron del coche a rastras y lo metieron en un edificio donde rebotaba el eco. Lo hicieron bajar unas escaleras y después lo sentaron en una silla y lo ataron a ella. El maníaco de los nudillos de hormigón no pudo resistirse a arrearle otro puñetazo, el cual fue más terrorífico si cabe, ya que, al igual que los anteriores, llegó sin anunciarse y le explotó en la cara a través de la asfixiante oscuridad del saco.

De vez en cuando percibía un movimiento, ruido de pasos a su alrededor, y un poco más lejos una serie de voces, voces masculinas. El acento era claramente sirio, lo cual no le gustó nada de nada... aunque tampoco se podía decir que le causara buena impresión todo lo demás. Le tembló la boca al notar el sabor del sudor que le resbalaba por el magullado rostro y se mezclaba con la sangre que brotaba del labio partido. El saco, que olía a una especie de mezcla infernal de fruta podrida y aceite de motor, no era opaco del todo. Por él se filtraban varios haces de luz minúsculos, insuficientes para alcanzar a ver algo, pero que lo atormentaban ofreciéndole una mínima muestra del mundo exterior sin permitirle ver venir los puñetazos que a sus captores parecía divertirles tanto asestarle de vez en cuando.

De repente se puso en tensión al oír unos pasos que se acercaban directos hacia él. Percibió la presencia de alguien, a escasos centímetros, estudiándolo. La silenciosa sombra bloqueaba toda luz que pudiera provenir del exterior, y el mundo de Ramez se volvió aún más oscuro.

El hombre no dijo nada por espacio de varios segundos de desesperación. Ramez cerró los ojos y se puso rígido, esperando otro puñetazo. El temblor no cesaba; al contrario, se incrementó, y con él la sensación de quemazón en las muñecas.

Pero el puñetazo no llegó.

En vez de eso, el hombre habló por fin.

—Hay una persona que va a llamarlo a su móvil, dentro de un par de horas. Un hombre de Iraq que vino a verlo ayer. ¿Es cierto? El pánico inundó los sentidos de Ramez. «¿Cómo han podido enterarse de eso? Yo no se lo he contado a nadie. Sólo he llamado a la policía.» Entonces comprendió de pronto, y la idea lo golpeó igual que un yunque. «Tienen contactos en la comisaría. Y eso quiere decir que no va a venir nadie a buscarme.» De todos modos, era abrigar falsas esperanzas. A lo largo de toda la horrorosa historia de Beirut, no había habido una sola víctima de secuestro que hubiera sido rescatada por la fuerza. O era liberada o —en la mayoría de los casos— no era liberada.

No tuvo tiempo para meditar sobre aquella lúgubre perspectiva, porque sintió que el hombre lo aferraba por la garganta y lo sujetaba con fuerza. Tenía una mano maciza como una roca. Ramez se quedó petrificado.

—Quiero que le diga exactamente lo que voy a ordenarle yo que diga. —La voz del hombre sonaba inquietante y amenazadora, a pesar de su tono calmo—. Necesito que lo convenza de que todo va bien. Tiene que creérselo. Tiene que creer que todo va perfectamente. Si hace eso por nosotros, podrá irse a casa. Con usted no tenemos ninguna disputa. Pero esto es muy importante para nosotros. Necesito que entienda lo importante que es. Y para ello, necesito que sepa que si no lo convence, esto...

Con una brusquedad sorprendente, el hombre agarró el dedo corazón de Ramez y se lo dobló hacia atrás, despegando el hueso del cartílago, hasta que el dedo tocó el dorso de la mano.

A Ramez le brotaron lágrimas en los ojos y se retorció contra las ataduras aullando de dolor, y estuvo a punto de perder el conocimiento a pesar de la inútil descarga de endorfinas, pero el hombre no se conmovió lo más mínimo. Se quedó allí de pie, sujetándole el dedo, y continuó hablando.

—... es lo que puede esperar, sólo que mucho más, antes de que le permitamos morir.

Olshansky se llevó un susto tremendo cuando el alarido estalló en los altavoces de su sistema.

Duró varios segundos de horror y después se transformó en un quejido, para finalmente enmudecer. Incluso sobresaltó a Corben, aunque éste ya se esperaba algo parecido. Sabía lo que iban a exigir a Ramez, y sabía que tenían que cerciorarse de que llevara una cicatriz lo bastante obvia para llevar a cabo una actuación convincente.

—Dios santo —musitó Olshansky—. ¿Qué diablos le han hecho?

—Más te vale no saberlo —replicó Corben con el ceño fruncido. Lanzó un suspiro de frustración, imaginando la escena que estaría teniendo lugar en aquel agujero bajo tierra.

El chillido y el quejido ya habían dejado de oírse, y habían sido reemplazados por el mismo galimatías molesto de antes. Olshansky se pasó una mano por la cara y sacudió la cabeza en un gesto negativo. Parecía claramente afectado.

Corben le concedió unos momentos de silencio.

—¿Y la ubicación? —le preguntó pasados unos segundos, girándose hacia la pantalla que tenía a su derecha. Mostraba un mapa de Beirut, trazado según la delimitación de las diferentes zonas de telefonía móvil que cubrían toda la ciudad.

Olshansky reordenó sus ideas.

—Se encuentran en esta celda de aquí —dijo, señalando en el mapa. En Beirut se utilizaba mucho el móvil, y cada celda de telefonía móvil de aquella ciudad tan poblada cubría solamente un área de unos dos kilómetros cuadrados. Pero incluso con la triangulación mejorada de que disponía Olshansky, los cien metros de diámetro de la zona objetivo seguían siendo un pajar bastante grande en el que buscar una aguja.

Corben frunció el ceño. Ramez estaba en el extrarradio sur de Beirut. Territorio de Hesbolá. Decididamente, una zona no recomendada para muchos libaneses. Y para un norteamericano era prácticamente otro planeta, sobre todo para uno que ocupara el dudoso puesto de «consejero económico». Era precisamente la zona en la que él no poseía ningún contacto local.

—Por lo menos sabemos de dónde vendrán cuando se produzca la llamada —observó Corben. Consultó otra vez su reloj. Necesitaba regresar a la ciudad enseguida. Se levantó con la intención de marcharse—. Mantenme informado si obtienes algo, ¿de acuerdo?

—Por supuesto —confirmó Olshansky sin apartar los ojos de la pantalla—. ¿A qué hora va a producirse esa llamada?

—A las doce del mediodía. He pedido a Leila que venga a echarte una mano —agregó Corben, refiriéndose a una de las traductoras incluidas en la nómina de empleados—, para cuando consigas algo nítido.

—Está bien —respondió Olshansky sin más.

Corben ya se dirigía hacia la puerta cuando de pronto Olshansky se acordó de una cosa.

—A propósito. Ese que llamó y tenía pánico escénico es suizo.

Corben se detuvo.

—¿Cómo?

Olshansky todavía tenía cara de susto.

—El que llamó al móvil de Evelyn Bishop desde un número desconocido. ¿Recuerdas que me preguntaste por él?

Corben se había olvidado de la llamada telefónica que había pedido a Olshansky que rastreara, la que había atendido Baumhoff aquella noche por el teléfono de Evelyn en la comisaría de policía.

—Procedía de Ginebra —continuó diciendo Olshansky.

Aquello fue una sorpresa para Corben.

—Y no te lo pierdas —añadió Olshansky—: quienquiera que llamase, desde luego valoraba mucho su intimidad. La llamada fue enrutada pasando por nueve servidores internacionales, cada uno oculto tras un cortafuegos de cagarse.

—Pero no hay nada que pueda resistirse a tus métodos, ¿no es así? —Nunca era mala idea masajear el ego de pirata informático de Olshansky.

—En este caso, me temo que sí —repuso Olshansky con melancolía—. Logré rastrear la llamada hasta el servidor de Ginebra, pero no más. En este caso estamos hablando de un código realmente impenetrable. No puedo entrar. Y eso quiere decir que ya no puedo ubicarlo más cerca.

—En Ginebra.

—Eso es. —Olshansky se alzó de hombros.

—Bueno, si consigues reducirlo a algo ligeramente más manejable, avísame —dijo Corben en un tono sin inflexiones—. Sería un tanto trabajoso poner bajo vigilancia a la ciudad entera.

Y dicho eso, salió, con el alarido del profesor todavía resonando en sus oídos.

38

El supervisor del proyecto de la fundación pareció mortificado cuando Mia le relató lo que había sucedido. Pidió disculpas profusamente, como si su propia familia fuera la responsable del atentado, y le aseguró que comprendía perfectamente su postura y que la apoyaría en cualquier decisión que tomara.

Mia colgó, y su mirada se posó en la pantalla de ordenador que tenía enfrente. Se dio cuenta de que había estado exiliada del correo electrónico desde que tomó aquella copa con su madre. Corben había pedido a una secretaria que la registrase en el sistema de la oficina de prensa, pero cuando Mia puso las manos sobre el teclado decidió prolongar un poquito más el exilio.

Sencillamente, se sentía sobrepasada. Miró por la ventana el frondoso bosque que cubría las colinas que se extendían detrás de la embajada, esquivando las escenas confusas y frenéticas que tenían lugar en su cerebro, e invitando a aquella tranquilidad que se apreciaba al otro lado de la ventana a que se filtrase en su interior. Pero lo único que le vino a la cabeza fue un recuerdo del Ouroboros, y no tardó mucho en ponerse a dibujarlo sobre el cuaderno que tenía delante.

Finalmente renunció a intentar eludirlo. Extrajo un número de su teléfono móvil y lo marcó. Mike Boustany, el historiador con el que estaba trabajando en el proyecto, respondió a la cuarta llamada, y el tono dulce de su voz se transformó en sentida preocupación. Aún no sabía nada del secuestro de Ramez, y lo pilló por sorpresa. Y más se sorprendió todavía cuando Mia le contó que ella había estado presente en ambos secuestros.

El historiador le preguntó qué estaba pasando. Mia no se sintió empujada a ocultarle nada. Él guardó silencio durante casi todo el relato, claramente estupefacto por la experiencia que había vivido Mia.

—A lo mejor podrías ayudarme en una cosa, Mike —terminó Mia—. ¿Qué sabes acerca del Ouroboros?

—¿La serpiente que se muerde la cola? Tenemos varios grabados de ella, en templos fenicios. ¿Te refieres a ella?

—No. El Ouroboros que me interesa es mucho más moderno. Del siglo X, quizás. —Acto seguido, le contó que dicho símbolo había aparecido en las cámaras subterráneas y en el libro.

Boustany sabía muchas cosas acerca de los Hermanos de la Pureza, pero no veía qué relación podían tener con el Ouroboros. Mia deseaba profundizar más, pero presintió que debía evitar mencionar al *hakim* y su casa de los horrores. En cambio, le dijo a Boustany que estaba un poco confusa respecto del significado de aquel símbolo, y le contó lo que había leído acerca de los científicos árabes y persas de la época.

Un tema del que Boustany sabía mucho.

—Lo que no entiendo es lo siguiente —concluyó Mia—: hay alguien que está dispuesto a derramar mucha sangre con tal de hacerse con ese libro, pero no hay nada de siniestro en lo que esos científicos pretendían conseguir. Así pues, ¿qué es lo que contiene ese libro?

Boustany rio con suavidad.

—Debe de ser el *iksir*.

—¿El qué? ¿De qué estás hablando?

—De lo que más ha ansiado siempre el hombre. Sólo que tú lo estás mirando desde un punto de vista racional.

Mia frunció el ceño.

—Eso me dicen.

—Has estado leyendo cosas sobre los logros de esos científicos-filósofos que son fáciles de demostrar. Pero, como tú sabes, ellos no se limitaron exclusivamente a una única disciplina. Ellos se interesaban por todo lo que conocía el hombre, deseaban llegar a dominar las misteriosas fuerzas de la naturaleza y convertirse en la luz que guiase todas las ciencias. De modo que estudiaron medicina, física, astronomía, geología... Poseían una mente voraz, y había mucho que descubrir. Diseccionaron cadáveres, formularon teorías acerca de cómo funciona el sistema solar... Y tarde o temprano, lo único que terminaba acaparando su atención era la alquimia.

—¿La alquimia? Pero si eran científicos, no curanderos.

El tono de voz de Boustany se tornó calmo como la superficie de un lago.

—La alquimia era una ciencia. Si no hubiera sido por ella, hoy todavía estaríamos frotando un palo contra otro.

Y dicho eso, se llevó a Mia a los primeros tiempos de la nada fácil relación entre la religión y la ciencia, y a los orígenes de la alquimia.

Boustany explicó que los antiguos griegos separaron la ciencia (que en aquella época consistía principalmente en estudios de astronomía y en explorar la *jemeia*, que significaba «mezclar conjuntamente» sustancias) de la religión, con importantes resultados.

—La ciencia floreció como vocación racional de académicos y pensadores —le contó Boustany—. Pero todo eso cambió cuando uno de los generales de Alejandro Magno, Ptolomeo, estableció su reino en Egipto. Alejandría, la ciudad que había sido fundada por Alejandro y que tomó su nombre de él, se convirtió en un centro del saber más avanzado, sirva como ejemplo su legendaria biblioteca. Los invasores quedaron impresionados por el dominio que tenían los egipcios de la *jemeia*, aunque estaba fusionada con su religión y con su obsesión por la vida en el más allá. De manera que los griegos absorbieron tanto la ciencia como la religión. La *jemeia* se entrelazó con el misticismo, y a quienes la practicaban se los consideró maestros en la sombra de oscuros secretos. Los que practicaban la *jemeia* y los astrólogos pasaron a ser tan temidos como los sacerdotes. Pronto abrazaron el hecho de que se los percibiera como tales, se regodearon en su nuevo estatus de magos y hechiceros y cerraron filas para retirarse tras un velo de secretismo. En un esfuerzo por alimentar su propio mito, rodearon sus escritos de un simbolismo que sólo los iniciados podían entender.

La ciencia y la magia se volvieron imposibles de distinguir.

Y, a consecuencia de ello, la ciencia —la ciencia seria— floreció. Esa actitud llevó a los científicos a trabajar separados y a no compartir sus descubrimientos... ni sus fracasos. Peor aún, atrajo a curanderos y charlatanes, los cuales desprestigiaron todavía más la ciencia. El atractivo del supremo reto de la química, convertir los metales básicos en oro, se hizo preponderante. Todo fue descontrolándose cada vez más hasta que aparecieron dos fuerzas que casi suprimieron la ciencia en Europa: el temor del emperador romano Diocleciano a que el oro barato socavara su dominio, lo cual lo llevó a ordenar que se echaran al fuego todos los escritos de *jemeia* conocidos; y el surgimiento del cristianismo, que aplastó sin piedad todo el saber pagano y herético. Así fue como todo el saber griego fue borrado del imperio cristiano de Roma. Oriente, sin embargo, recogió el testigo y continuó avanzando con él en la mano.

En el siglo VII, los ejércitos de las tribus árabes se unieron e, impulsados por una religión nueva, salieron de la Península Arábiga y se esparcieron por Asia, Europa y África. Cuando conquistaron Persia, descubrieron los restos que habían sobrevivido de la ciencia de los griegos. Aquellos escritos despertaron su interés. La *jemeia* se transformó en *al-jimia*, incorporando el artículo «al» del árabe. El destino había confiado la alquimia greco-egipcia a los científicos árabes. Y permanecería al cuidado de éstos durante los quinientos años siguientes.

Y ellos le hicieron los honores, abrazando el conocimiento que les había sido entregado y haciéndolo avanzar enormemente.

Aquella edad de oro se marchitó bajo las invasiones de los bárbaros mongoles y turcos. Con el tiempo, los cruzados llevaron los restos de los conocimientos científicos de los árabes a Europa. Los cristianos de la Península Ibérica, en particular, encabezaron el retorno del saber perdido de Grecia a su hogar de Europa cuando recuperaron las tierras de España y Portugal de manos de los moros. Gracias a los esfuerzos realizados por los traductores que trabajaban en Toledo y en otros centros del saber, los avances científicos de Oriente hallarían una vida nueva en Occidente.

Al-jimia se transformaría en alquimia, y siglos más tarde adoptaría el nombre, más respetuoso, de química.

—Esos científicos-filósofos lograron grandes cosas en el campo que ahora denominamos química —informó Boustany a Mia—. Crearon ácidos, mezclaron metales y sintetizaron sustancias nuevas. Pero había una sustancia en particular que fue la más buscada a lo largo de los siglos.

—El oro —dijo Mia sin emoción.

—Por supuesto. La tentadora posibilidad de fabricar oro nunca dejó de seducir hasta a los científicos más sensatos. En algún momento de sus carreras, todos se obsesionaron con lo que más interesaba a sus clientes, los califas y los imanes: convertir los metales básicos en oro.

Mia reflexionó sobre aquellas palabras. En el apartamento de Corben había resumido una breve biografía de Yabir ibn Hayyán, a quien más tarde los europeos conocerían como Geber. Sus escritos, ocultos bajo un código ilegible, se consideraron la raíz del vocablo inglés *gibberish*, que significa galimatías. Logró preparar ácidos muy potentes, pero también trabajó ampliamente, y con éxito, en la transmutación de los metales. No había prestado demasiada atención a aquel detalle, dado que, aunque fuera remotamente posible, y ella no creía precisamente que lo fuera, no le parecía, por emplear el término favorito de Corben, pertinente, teniendo en cuenta lo que se había descubierto en el laboratorio del *hakim*.

—No creo que eso tenga nada que ver con lo que está pasando aquí —dijo.

—¿Por qué no?

—Hay una cosa que no he mencionado —añadió Mia titubeante—. Hay un individuo que creemos que puede estar detrás de todo esto. Hace un tiempo estuvo llevando a cabo ciertos experimentos médicos muy extraños.

La voz de Boustany desapareció durante unos instantes.

—¿Con seres humanos?

—Sí.

Boustany guardó silencio y ponderó aquella respuesta.

—En tal caso, puede que ese individuo efectivamente vaya detrás del *iksir*.

—Ya estamos otra vez con el *iksir*. ¿Se puede saber de qué estás hablando?

—De una obsesión tan antigua como el tiempo mismo. La *Épica de Gilgamesh*, que es uno de los relatos escritos más antiguos con que cuenta la historia, habla de ello.

En el poco tiempo que hacía que lo conocía Mia, el historiador había desarrollado aquella costumbre de aguijonearla. Con frecuencia resultaba entrañable. Pero en aquel momento necesitaba saber a qué se refería.

Boustany le explicó que para Avicena y los demás científicos-filósofos, la pieza que faltaba en el rompecabezas era el disparador, el catalizador que estimulara la mezcla adecuada de los metales básicos.

La tradición antigua los llevó a creer que el catalizador era un polvo seco. Los griegos lo habían llamado *xerion*, que significaba seco. Dicha palabra, al pasar al árabe se convirtió en *al-iksir*. Cientos de años más tarde, los europeos se refirieron a ese *al-iksir* que aún estaba por descubrir como *elixir*. Y, dado que los científicos de aquella época se consideraban filósofos, y dado que se creía que aquella sustancia provenía de la tierra, también se llegó a conocer como la piedra filosofal.

—Esta sustancia mítica se creía que era tan maravillosa que aquellos alquimistas pronto le adjudicaron también otros poderes —prosiguió Boustany—. Además de ser el catalizador que ayudaría a crear riquezas incalculables, también le atribuyeron el poder de curar todas las enfermedades. Con el tiempo, se pensó que también se encontraba entre dichos poderes el de conferir la inmortalidad. Así que fue cobrando fuerza la idea de un potencial *al-iksir* de la vida, un elixir de la vida, y la *al-jimia* se convirtió en una búsqueda doble, que pretendía alcanzar dos objetivos íntimamente relacionados entre sí: el oro y la vida eterna.

Ambos se arraigaron profundamente en la mente de los alquimistas. El oro en sí mismo ya era incorruptible, no envejecía. Algunos científicos incluso descubrieron maneras de ingerirlo como un elixir en sí mismo, por lo general en forma de polvo, y empezó a ser más codiciado por sus presuntos poderes contra el envejecimiento que por su belleza atemporal o por su valor monetario.

La idea de un elixir de la vida, siguió diciendo Boustany, abrazó la teoría arquetípica del envejecimiento, y culpó a éste de la pérdida de algún tipo de sustancia vital. Por esa razón nuestro cuerpo se marchitaba y se encogía antes de dejar de funcionar del todo. Los taoístas llamaron a dicha sustancia *ching*, y la describieron como el aliento vital. Aristóteles, Avicena, y desde entonces muchísimos otros, también pensaron que el cuerpo, al envejecer, perdía su «humedad innata». El médico vienés Eugen Steinach aconsejaba el *coitus reservatus* para rejuvenecer a sus pacientes: un método de preservar el fluido vital, al que actualmente denominamos vasectomía. Otro médico, Serge Voronoff, estaba convencido de que, dado que las células reproductoras no envejecían tanto como las demás células del cuerpo, tenían que contener alguna especie de hormona antienvejecimiento. En un torpe intento de volver a transferir más de ese elixir mágico al interior del cuerpo, injertó testículos de mono en los de sus pacientes, con resultados previsiblemente funestos. Ni siquiera la ferviente creencia en una vida de color de rosa en el más allá pareció desalentar esa desesperada búsqueda de la longevidad: en la década de 1950, el papa Pío XII, que estaba haciéndose viejo, tenía seis médicos personales a su disposición a todas horas. Un cirujano suizo de nombre Paul Niehans le inyectó glándulas de fetos de cordero. Dentro de la impresionante lista de clientes que tenía Niehans en su clínica de Montreux, en Suiza, se encontraban reyes y estrellas de Hollywood.

—De modo que —concluyó Boustany— a lo largo de las épocas de la historia, alquimistas y curanderos han elaborado toda clase de pociones y elixires, fuentes de la juventud que pudieran reponer o sustituir esa «esencia» vital perdida.

Los carromatos de los buhoneros han sido reemplazados por los pasillos de suplementos vitamínicos de los supermercados y por internet, los vendedores de aceite de serpiente por pseudocientíficos que ofrecen hormonas, minerales y otras curas milagrosas y prometen devolver a nuestro cuerpo el vigor de la juventud con escasas o nulas pruebas científicas, o bien con una interpretación sumamente selectiva de los datos científicos, para respaldar lo que pregonan. Pero la búsqueda es la misma. Es la última frontera, la única que nos queda por conquistar.

Mia suspiró con tristeza.

—Entonces, supongo que en este caso estamos tratando con un loco.

—Eso parece.

Mia colgó el teléfono, luchando contra la idea de que la etiqueta de «científico loco» que había estado intentando reprimir cuando pensaba en el hombre que tenía prisionera a su madre probablemente no estuviera muy alejada de la realidad.

39

El *hakim* se reclinó en el sillón de su estudio, sintiéndose maravillosamente lleno de energía.

El tratamiento matinal, un régimen semanal que llevaba años siguiendo religiosamente, le había proporcionado el estímulo de costumbre. Se deleitó en el límpido aire otoñal y lo aspiró ansiosamente, a bocanadas, mientras el cóctel de hormonas y esteroides recorría sus venas y le provocaba en la piel una sensación como electrificada. Aquel torrente le despejó la cabeza y los ojos y le aguzó los sentidos, y casi ralentizó todo lo que le rodeaba. Era lo mejor que podía imaginar, sobre todo teniendo en cuenta que no implicaba hacerle perder el control, algo que, para él, resultaría inconcebible.

La gente no sabía lo que se estaba perdiendo.

Además, la noticia que le había llegado de Beirut era prometedora. Omar y sus hombres habían apresado al profesor ayudante. Uno de ellos había resultado muerto y otro malherido —iba a ser necesario atenderlo, porque llevarlo a un hospital, aunque fuera a uno situado en una parte amistosa de la ciudad, quedaba totalmente descartado, y por lo visto las heridas eran demasiado graves para sacarlo por la frontera—, pero en conjunto la operación había tenido éxito.

Era una lástima que el norteamericano no hubiera muerto. El *hakim* presentía que el interés de aquel hombre estaba convirtiéndose en un problema. Estaba demasiado cerca de la situación, demasiado... comprometido. Omar lo había informado de que el norteamericano había cogido del apartamento de Bishop el ordenador portátil de ésta, además de una carpeta. Una carpeta. ¿Era el procedimiento estándar a seguir en una investigación así, o allí había algo más? Sí, había que reconocer que habían secuestrado a una norteamericana, y los norteamericanos se tomaban aquellas cosas más en serio que la mayoría, pero la tenaz insistencia de aquel tipo apuntaba a algo de índole más personal.

¿Sabría lo que estaba en juego en realidad?

Había ordenado a Omar que en adelante tomara precauciones adicionales. La llamada telefónica del tratante iraquí era inminente. El libro pronto sería suyo.

Las cosas se presentaban bien.

Mejor que bien.

De alguna manera, con la claridad mental que le había proporcionado la nueva dosis que circulaba por el interior de su cuerpo, supo que esta vez, por fin, estaba cerca de verdad.

Cerró los ojos e hizo una inspiración profunda, disfrutando de la perspectiva del éxito inminente. Con la mente flotando libre, pronto surgieron espontáneamente en su cerebro imágenes del hogar.

Reminiscencias.

De la primera vez que reparó en los insólitos exvotos de la capilla.

La primera vez que tomó conciencia de su singular legado.

No era la primera vez que estaba dentro de la capilla, naturalmente. Había crecido allí, en Nápoles, una ciudad en la que, hasta el presente, el apellido de su antepasado todavía se susurraba con discreción. Pero aquella visita, cuando tenía nueve años, lo despertó a los misterios de su pasado.

Aquel día había ido a la capilla llevado por su abuelo.

Le gustaba pasar ratos con el anciano, era un hombre que tenía algo sólido y reconfortante. Incluso a aquella tierna edad, el niño —en aquella época se llamaba Ludovico— ya se daba cuenta del respeto que inspiraba su abuelo en quienes lo rodeaban. Anhelaba tener él mismo aquella fuerza interior, sobre todo en el patio del colegio, donde otros niños mayores y más fuertes se mofaban de él a causa de su linaje.

En Nápoles, apellidarse Di Sangro representaba una cruz muy pesada de llevar.

Su abuelo le había enseñado a sentirse orgulloso y a tomar nota del legado de su familia. Eran príncipes, por amor de Dios, y además, era frecuente que los genios y los visionarios fueran ridiculizados y perseguidos en sus respectivas épocas. El padre de Ludovico no tuvo interés por comprender lo que había en el pasado de la familia, y prefirió pasarse la vida pidiendo disculpas, avergonzado y débil, por el linaje del que procedía. En cambio Ludovico era distinto, y su abuelo así lo vio en él, y cultivó aquel interés. Le enseñó que el antepasado de la familia obtuvo numerosos y sorprendentes logros. Sí, lo llamaron de todo, desde hechicero hasta alquimista diabólico. Abundaron los rumores que decían que había realizado experimentos horrendos en víctimas sin el consentimiento de éstas. Algunos creían que tenían algo que ver con perfeccionar la creación de *castrati* todavía mejores, aquellos cantantes de ópera castrados de forma ilegal que fascinaron al público y llevaron la ópera italiana a un lugar prominente en los siglos XVII y XVIII. Hubo quien fue aún más lejos y afirmó que el príncipe había ordenado dar muerte a siete cardenales que mostraron desagrado por sus actividades y que había mandado construir sillas con sus huesos y su piel.

En la opinión de su abuelo, semejante forma de hablar indicaba un intelecto y una imaginación limitados, e inevitablemente celos, por parte de los detractores de Raimondo di Sangro. Al fin y al cabo, su antepasado había pertenecido a la prestigiosa Accademia della Crusca, el club de la élite literaria de Italia, que gozaba de alta estima. Inventó nuevos tipos de armas de fuego, como una escopeta de carga posterior, así como revolucionarios fuegos artificiales. Creó tejidos impermeables y perfeccionó nuevas técnicas para colorear el mármol y el vidrio. No obstante, mucho más que eso, creó un monumento de un poder inmortal: la Capilla San Severo, su capilla personal en el corazón de Nápoles.

El *hakim* recordó aquella fatídica visita que realizó con su abuelo. En los muros exteriores de la capilla, junto a la entrada, se encontraban las ventanas con barrotes del sótano, que en otro tiempo había sido el laboratorio del príncipe. Por dentro, la pequeña iglesia barroca resplandecía adornada con las pinturas y obras de arte más singulares. Las esculturas de mármol, la más famosa de las cuales era el *Cristo yacente* de Sammartino, resultaban fascinantes en todos sus detalles, los rasgos faciales de los personajes se hacían claramente visibles bajo un fino velo de mármol. Aún hoy en día, los expertos no comprenden cómo se consiguió dicho efecto.

Su abuelo lo llevó un poco más adelante, a la escultura de Queirolo denominada *El desengaño*. Otra maravilla velada que mostraba al padre del príncipe intentando zafarse de los confines de una red, ayudado por un joven alado. El abuelo del *hakim* explicó a éste que aquella estatua representaba al hombre intentando liberarse de la trampa de las falsas creencias, asistido por su intelecto. El sótano albergaba más maravillas. Había una estrecha escalera de caracol que descendía al laboratorio del príncipe, donde había dos recipientes de vidrio que contenían las infames «máquinas anatómicas», esqueletos de un hombre a un lado y de una mujer embarazada al otro, con las venas, las arterias y los órganos de todo el sistema circulatorio inmaculadamente preservados empleando una técnica de embalsamamiento desconocida y que todavía causa perplejidad.

Con el paso de los años, el abuelo enseñó al joven Ludovico más cosas acerca de la misteriosa vida de su antepasado. El *príncipe*, según le contó su abuelo, estaba obsesionado con alcanzar la perfección humana. Los *castrati* eran cantantes perfectos. Las máquinas anatómicas formaban parte de su proyecto de crear el cuerpo humano perfecto. En la lápida de su tumba, de manera muy adecuada, se leía lo siguiente: «Un hombre admirable, nacido para atreverse a todo.» La lápida se erguía sobre un sepulcro vacío. El cadáver había sido robado. Pero en algún momento de su vida su obsesión había dado un giro espectacular. Y cuando Ludovico cumplió los dieciocho años, su abuelo le contó por fin lo que había inflamado la obsesión de su antepasado.

También le entregó los diarios de Raimundo di Sangro, además de otra cosa que él valoraba por encima de todo: un talismán, un medallón que llevaba la marca de una serpiente que se mordía la cola, un objeto que el joven llevaría siempre encima, incluso en la actualidad.

Aquella revelación inspiró a Ludovico mucho más de lo que había imaginado su abuelo en sus más descabellados sueños... o pesadillas.

Al principio todo fue muy bien. Ludovico destacó en los estudios y asistió a la universidad de Padua, donde obtuvo el doctorado —con nota— en medicina geriátrica y biología celular. Siendo ya un brillante biogenetista de sólida reputación, dirigió un laboratorio de investigación bien financiado en la universidad, en el que exploró las células madre, las trayectorias hormonales y el análisis celular. Pero, con el tiempo, empezó a sentir las restricciones de la ciencia aceptable. Comenzó a forzar las cosas y a desafiar los límites aceptados de la bioética. Sus experimentos se fueron haciendo cada vez más aventureros. Más extremos.

En un giro amargo del destino, aproximadamente por aquellas fechas falleció su abuelo. Sus padres habían intentado educarlo como un buen católico, y le habían enseñado, en casa y en la iglesia, que la muerte era lo que Dios deseaba para nosotros, y que Él era el único que podía dar la inmortalidad. Su abuelo había procurado suavizar los efectos de dichas enseñanzas, y en la hora de su muerte, en aquel suceso aislado y transitorio, sus palabras calaron hondo. Aquello hizo comprender a Ludovico que en su naturaleza no estaba aceptar la muerte, ni tampoco ser derrotado por ella. No pensaba caer sin luchar. La tumba —la suya y la de sus seres queridos— podía esperar.

El amor no iba a conquistar a la muerte. Pero la ciencia, sí.

Y así, con aquella actitud, sus experimentos se volvieron menos aceptables.

Pronto se hicieron ilegales.

Fue expulsado de la universidad, ahuyentado por la inminente amenaza de ser denunciado.

Ningún laboratorio de Occidente le tocaría.

Sin embargo, la Universidad de Bagdad le ofrecería una salida. Y con el tiempo lo llevaría —o eso esperaba él— al esquivo descubrimiento que había obsesionado a su antepasado.

Con el cerebro acelerado a causa de las sustancias químicas que circulaban por el interior de su cuerpo, se puso a repasar lo que había sucedido en los últimos días, poniendo todo boca arriba y examinándolo desde nuevos ángulos. Pese a su alegría casi desbordada ante la perspectiva de apoderarse del tratante iraquí y del libro, no pudo evitar pensar de nuevo en el amor perdido de la arqueóloga norteamericana. Aquella idea no dejaba de minar y socavar su serenidad, como si se hubiera disparado un sensor dentro de él.

Y en el estado vigorizado en que se encontraba, surgió de los límites exteriores de su percepción otra pieza del rompecabezas, una deliciosa epifanía.

¿Cómo podía no haberla visto antes?

Hizo un rápido cálculo mental. Según lo que le había dicho

Omar de la edad de la hija de la arqueóloga, ciertamente era del todo factible.

Más que factible. Era perfecto.

La muy zorra, pensó. Así que se había guardado aquella pequeña joya para ella sola.

Se puso en pie de un salto y cruzó su estudio a grandes zancadas, volando sobre las baldosas a la vez que ladraba la orden de que lo acompañaran al sótano.

Evelyn se irguió de pronto al oír el zangoloteo de las llaves en la cerradura de la puerta.

No sabía cuánto tiempo llevaba allí dentro, ni si era de día o de noche. Toda sensación de tiempo y espacio había dejado de ser pertinente en el brutal aislamiento de su celda. Lo único que sí sabía era que no llevaba tanto tiempo allí, y que, si podía tomar como referencia otros secuestros que habían tenido lugar en Beirut, todavía tenía para rato.

La puerta se abrió de par en par y entró por ella su inquisidor. Esta vez no llevaba puesta la bata de laboratorio, lo cual a Evelyn le pareció un poco más tranquilizador. Recorrió la celda brevemente con la mirada, igual que haría un severo director de hotel examinando la habitación de un huésped, y después se sentó en el borde de la cama.

En sus ojos brillaba una energía maníaca que resultaba de lo más inquietante.

—Me parece que durante nuestra última charla olvidó usted mencionar un pequeño detalle —le dijo en tono jovial.

Evelyn no estaba segura de a qué estaba refiriéndose, pero fuera lo que fuera, se le veía demasiado contento de haberlo descubierto para que fuera algo bueno.

—Ese casanova errante suyo —dijo el *hakim*, frunciendo el ceño con una condescendencia que se hacía irritante—. Tom Webster. Me asombra que todavía tenga esos profundos sentimientos hacia él, que lo proteja tanto. Teniendo en cuenta cómo la dejó.

Se inclinó hacia delante y miró a Evelyn con apetito, como si estuviera saboreando la aprensión que sentía su presa por aquel jueguecito mental, y al hacerlo, ella descubrió el medallón que colgaba entre los pliegues de su camisa abotonada. Aquel breve atisbo fue lo único que necesitó para reconocer el símbolo del Ouroboros que llevaba grabado, y en aquel preciso instante supo que había mucho que él —y Tom— le había ocultado acerca de los desaparecidos ocupantes de la cámara de Al-Hilá.

—Embarazada —susurró el *hakim*—. Porque no estoy equivocado, ¿verdad? Mia... es hija de él, ¿no es así?

40

Una voz de hombre se hizo un hueco entre los lúgubres pensamientos de Mia.

—Usted debe de ser Mia Bishop. —El hombre que estaba frente a ella le tendió una mano—. Bill Kirkwood. Estaba buscando a Jim.

Al estrecharle la mano, se fijó en sus facciones. Se trataba de un individuo de físico agradable, pero había algo distante en su actitud, una vacilación reservada, que le causó incomodidad.

—No sé dónde está —respondió—. Me dejó aquí hace más o menos una hora.

—Ah. —Pareció esperar unos instantes y después agregó—: Lamento lo que le ha sucedido a su madre.

Mia no supo muy bien cómo contestar a aquello, así que optó por:

—Supongo que son cosas que pasan en esta parte del mundo.

—La verdad es que últimamente no. Al menos en el Líbano. Nos ha pillado a todos por sorpresa. De todos modos, estoy seguro de que se encuentra bien.

Mia asintió y permitió que se extendiera entre ellos un silencio incómodo.

—En fin, tengo entendido que ha vivido usted otra aventura al estilo del Salvaje Oeste —aventuró Kirkwood.

Mia se encogió de hombros.

—Por lo que parece, tengo un talento especial para estar siempre en el lugar más inoportuno a la hora más inoportuna.

—Se podría considerar así. Claro que el hecho de que usted estuviera presente aquella noche y de que informara de lo que le ocurrió a su madre podría terminar salvándole la vida.

A Mia se le iluminó la cara. Aquella idea le aportó una brizna de consuelo.

—Eso espero. ¿Usted la conocía?

Kirkwood afirmó con la cabeza.

—Un poco. Por la UNESCO. Hemos financiado varias de sus excavaciones. Es una gran señora, no sentimos por ella otra cosa que el mayor de los respetos, puede estar segura. Y todo esto es, sencillamente... horrible. Dígame, Mia... ¿me permite tutearla?

—Claro.

—¿Qué impresión te dio?

—¿A qué se refiere?

—Tú fuiste la última persona que la vio antes del secuestro —le recordó Kirkwood—. ¿Te pareció que estaba nerviosa por algo? ¿Preocupada, quizá?

—No especialmente. Estaba un poco agitada por Faruk, ya sabe, el tratante iraquí, porque se había presentado de pronto y le había dado una sorpresa. Pero por lo demás... —Su voz fue apagándose al reparar en que la mirada de Kirkwood se había desviado hacia la mesa y se había posado en el cuaderno. Éste estaba lleno de anotaciones que ella había garabateado durante las llamadas y de esbozos del Ouroboros por todas partes.

Kirkwood ladeó la cabeza, intrigado.

—Ese símbolo que aparece en uno de los libros —medio observó, medio preguntó— es de Iraq.

Mia se sintió ligeramente alterada.

—Sí —contestó, un tanto sorprendida de que él supiera aquello.

—¿Sabes lo que es?

—Se llama Ouroboros. —No estaba segura de cuánto debía decir, y se conformó con un—: No sé mucho al respecto. —Puso una sonrisa forzada, que supo que no le había llegado a los ojos. Se preguntó si él se habría dado cuenta.

—¿Tú crees que ese libro es lo que persiguen en realidad los secuestradores? —inquirió Kirkwood.

Mia se debatió internamente.

Kirkwood debió de notarlo, porque se adelantó a su nerviosismo.

—Es igual. Estoy trabajando con Jim en recuperar a tu madre. Él me ha contado la conversación que tuvisteis. Me ha dicho que lo llevaste al apartamento de Evelyn. —Calló unos instantes—. Todos estamos del mismo lado —añadió con una sonrisa imperceptible al tiempo que se inclinaba y escrutaba las anotaciones del cuaderno.

Mia se relajó y asintió.

—Es la única cosa que relaciona a mi madre, las cámaras de la sociedad secreta, el libro y el *hakim*. Tiene que querer decir algo.

El semblante de Kirkwood se nubló con una expresión confusa.

—¿El *hakim*?

A Mia se le hizo un nudo en la garganta. Sabía que la había cagado nada más decirlo. Buscó a toda prisa algo que la sacara del atolladero, pero no le salía nada—. Está... ya sabe, en Bagdad —murmuró—. ¿Por qué no le pregunta a Jim al respecto?

En aquel momento, por fortuna, apareció Corben.

Venía acompañado de otro hombre, más joven que él, un tipo al que no había visto nunca. Tenía el cabello corto y de color castaño y el cuello ancho, y llevaba un traje azul marino sin corbata. Corben pareció sorprendido al ver allí a Kirkwood y lo saludó con un breve gesto de cabeza. Cuando Kirkwood le devolvió el saludo, Mia captó una inquietud apenas perceptible en la expresión de Corben al bajar la vista a la mesa, donde estaban los dibujos, muy visibles.

Corben indicó con un gesto al hombre que lo acompañaba.

—Éste es Greg —le dijo a Mia—. Va a llevarte al hotel, cuando estés lista, y se quedará contigo. Vamos a alojarte en el Albergo. Es un hotelito que hay en Ashrafieh, la parte cristiana de Beirut. Allí estarás bien.

—De acuerdo —aceptó Mia con un gesto de asentimiento.

—Es donde me alojo yo —agregó Kirkwood, antes de girarse hacia Corben—. ¿Ha aparecido algo en ese teléfono pinchado?

—Todavía nada —respondió Corben sin emoción.

—Entonces ¿qué va a hacer? —preguntó Kirkwood.

—Voy a regresar al centro, para no alejarme mucho. —Corben se encogió de hombros—. A lo mejor surge algo. —Luego se volvió hacia Mia—. Ya te llamaré más tarde, para cerciorarme de que te has instalado sin sufrir contratiempos.

—No me pasará nada —dijo ella.

Corben la miró, y después hizo una seña con la cabeza al otro agente, como si le dijera: «Toda tuya.»

Cuando Corben ya se daba media vuelta para marcharse, Kirkwood dijo:

—Buena suerte. Y manténganos informados.

Por alguna razón, a Mia le dio la impresión de que Corben no tenía muchas intenciones de hacer tal cosa. Más bien parecía estar un tanto receloso de Kirkwood. Lo cual quería decir que probablemente ella debería estarlo también.

Kirkwood levantó la tapa de plástico y extrajo un vaso de café de la máquina que había en el vestíbulo del anexo. Se aventuró a beber un sorbo. Cosa sorprendente, no estaba tan mal.

Reprodujo mentalmente la pequeña charla que había tenido con Mia. Era obvio que ella, y por lo tanto Corben, sabía mucho más de lo que decía. Durante las reuniones, Corben no había dicho nada de que los secuestradores tuvieran un interés concreto por ninguna de las piezas robadas, ni mucho menos había mencionado de forma específica el libro, ni tampoco había comentado el descubrimiento por parte de Evelyn de la cámara subterránea. Y, no obstante, era evidente que Mia estaba enterada de ambas cosas.

Y, desde luego, Corben no había mencionado al tal *hakim*. Aunque estaba claro que formaba una parte intrínseca de la ecuación.

Más interesante aún era que Mia había dicho que el *hakim* estaba en Bagdad. Él sabía que *hakim* significaba médico, y aquella palabra sonaba de una manera que no le sentaba nada bien a su estómago.

Experimentó una inquietud que hundía sus raíces en lo más profundo de sí. Había motivos que él desconocía. Y el tratante iraquí seguía distando mucho de encontrarse en buenas manos. Necesitaba saber qué se cocía en realidad, y el punto por el que debía empezar era Corben. Lo cual no iba a resultar fácil. Los contactos que poseía dentro de la ONU eran sólidos como una roca, pero sus contactos dentro de los organismos de inteligencia no lo eran tanto. No obstante, la ONU había desempeñado —en unas ocasiones a propósito, en otras sin querer— un papel significativo en la guerra de Iraq, en particular durante toda la debacle de las armas de destrucción masiva. Podría servirse de sus contactos para explotar aquella veta mientras buscaba otras maneras de introducirse en la maquinaria interna de la CIA.

Y también necesitaba obtener más información acerca de los antecedentes de Mia, pero eso tendría que conseguirlo empleando otros métodos. No creía que le fuera a resultar demasiado difícil.

Bebió otro sorbo de su vaso de café, se sacó el móvil del bolsillo y marcó.

41

Corben consultó su reloj. Eran las doce menos cuarto. Quince minutos para el despegue. Llevaba media hora sentado dentro del Nissan Pathfinder, esperando. No le importó. Le gustaba aquella paz. Le proporcionaba un rato para meditar las cosas con calma, metódicamente, y para evaluar las diversas opciones que podían presentarse. Tenía que tener opciones. En su trabajo, las cosas rara vez salían exactamente según el plan.

Se estiró para eliminar la rigidez de los huesos, dio un último sorbo al *espresso* doble que había comprado y arrojó el vaso de papel al espacio para los pies del asiento de atrás. La dosis de cafeína ya empezaba a correrle por las venas, y le produjo una sensación de bienestar. O tal vez fuera solamente la emoción por lo que le aguardaba.

Echó un vistazo al asiento contiguo y extrajo la Ruger MP9 de su estuche. Era una arma tirando a fea, pero muy eficaz. Examinó el cargador. Estaba lleno hasta el máximo de su capacidad. Treinta y dos balas. Apretó con el dedo el cartucho primero de todos, sintiendo cómo cedían los muelles, y lo hizo girar levemente para asegurarse de que estuviera debidamente colocado. A continuación volvió a cerrar el cargador. Se cercioró de que el selector de modo de fuego estuviera en la posición AUTOMÁTICO. Así podría escupir toda la munición en poco menos de tres segundos. En las manos de un drogata enloquecido, la mayoría de aquellas balas, si no todas, seguramente fallarían el blanco. Por otra parte, Corben poseía experiencia suficiente para aprovechar cada una de ellas.

En el estuche había tres cargadores de repuesto, todos llenos. También llevaba una Glock 31 en la sobaquera. Tenía sólo diecisiete balas, pero eran del calibre 357, con lo que eran capaces de atravesar la chapa de un coche como si fuera de papel.

Necesitaba potencia de fuego.

Había reflexionado mucho y había llegado a la conclusión de que, pese a implicar un riesgo mayor, tenía que hacer aquello él solo. Se las arregló para convencer de ello al jefe de la comisaría, argumentando que Faruk se asustaba con facilidad y había que aproximarse a él a la velocidad del rayo y al mismo tiempo con el mayor de los cuidados. Un ejército de agentes extranjeros que se presentara de repente haría que pusiera los pies en polvorosa.

Había contemplado brevemente, muy brevemente, la posibilidad de traerse consigo a Mia. Faruk, que sin duda esperaba encontrarse con un montón de policías libaneses, no lo conocía a él, y por lo tanto no tenía motivo para creerle ni para fiarse de él. Pero Mia y Faruk se habían cruzado las miradas en la noche del secuestro de Evelyn. No cabía duda de que la presencia de ella en el punto de recogida podría haber tranquilizado un poco al iraquí, pero en realidad no era una opción a tener en cuenta, dado lo peligroso que podía ser y lo que ya había soportado Mia aquella misma mañana. Su presencia habría resultado inapropiada, y habría supuesto un serio estorbo para el estilo de Corben en un momento en que necesitaba pensar rápido y moverse más rápido aún.

Corben tampoco quería involucrar al Fuhud, pues no sabía de quién podía fiarse en dicho cuerpo. Sabía que lo más probable era que se enfrentase a una montaña de sicarios. Sólo abrigaba la esperanza de encontrarse con Faruk antes que ellos y evitar convertir todas las esquinas de Beirut en las que se escondiera el iraquí en otro campo de tiro.

Aquélla era en realidad la cuestión clave. ¿Desde dónde llamaría Faruk? Según la señal procedente del teléfono de Ramez, los secuestradores se encontraban en la zona de Malaab, en el extremo sur de la ciudad.

Corben tenía que situarse en algún sitio en el que tuviera oportunidad de adelantarse a ellos. Había estudiado un mapa de Beirut y había tachado varias zonas por considerarlas escondites improbables para un inmigrante ilegal que hablaba con un fuerte acento iraquí y que seguramente llevaba poco dinero en el bolsillo. Una zona así era Beirut este. Y otra, los ostentosos barrios del centro. La parte sur de la ciudad constituía un feudo cerrado y representaba un territorio fuera de límites para los foráneos.

De modo que sólo quedaba Beirut oeste.

Corben había elegido esperar frente a los cines Concorde. Éstos se encontraban en una calle importante que dividía Beirut oeste en sentido diagonal y que estaba cerca de otras anchas arterias que podía utilizar para cruzar al otro lado de la ciudad si fuera necesario. Si la llamada llegara de algún punto cercano a la universidad, que era el último lugar en el que había sido visto a Faruk, Corben estaría más cerca de él que el pelotón de matones, y tendría bastantes posibilidades de llegar a él antes que los otros. Suponiendo que no tuvieran destacado a uno de ellos, haciendo guardia.

Para hacerse con las armas había saqueado la armería, y también firmó para llevarse un chaleco de *kevlar*, el cual, a juzgar por la rigidez que notaba en la espalda, no estaba diseñado para resultar cómodo. También decidió usar uno de los automóviles que no llevaban matrícula de la embajada. Si iba a haber problemas, no quería que el vehículo que utilizaba pudiera ser identificado con facilidad.

De repente la voz de Leila crepitó en el auricular Bluetooth de su teléfono móvil.

—Estamos recibiendo algo.

Y Olshansky añadió:

—Por lo visto, por fin han sacado el móvil de Ramez del agujero en que lo tenían metido.

Corben oyó unas voces al fondo hablando en árabe; se trataba de los secuestradores, a través de los altavoces de la cueva de Olshansky.

Las palabras se hicieron más nítidas. Se imaginó al hombre que las estaba pronunciando, posiblemente el líder de los secuestradores, el que él había visto frente al apartamento de Evelyn.

Leila trabajó deprisa, hablando de forma intermitente en cada pausa que hacía el que hablaba:

—Está diciendo a Ramez que ya casi es la hora... Le pregunta si entiende exactamente lo que necesita que haga Faruk... Ramez dice que sí lo entiende. En realidad no le oigo del todo bien, pero parece aterrorizado... Le está recordando que le prometió dejarlo en libertad si lo hace... Le dice que puede guardar silencio, que no hace falta que lo sepa nadie, cosas así. —Se produjo una pausa y luego volvió a oírse la voz—: Le dice que no se preocupe, que todo va a salir bien. Que tenga cuidado. Que no cometa ningún error. Que ahora su vida está en sus propias manos, que depende de él.

El hombre calló un momento, y después volvió a hablar.

Leila tradujo:

—Ahora está diciendo a sus hombres que preparen el coche.

Por cuarta vez en la última media hora, Faruk preguntó al hombre que estaba sentado a su lado qué hora era.

Se encontraba en un pequeño café de Basta, una parte deteriorada y muy poblada de Beirut, alejada de los rascacielos revestidos de mármol y de los McDonald's con aparcacoches. Aquel laberinto de callejuelas estaba abarrotado de vehículos estacionados de cualquier modo y tambaleantes carretillas de mano atestadas de comida, ropa barata y DVD pirateados. Aquella zona también era un hormiguero de tratantes de antigüedades, que acaparaban las estrechas aceras con sus mercancías y obligaban a los peatones a pasar por la calzada. Faruk conocía aquel lugar de años atrás, porque había vendido varios objetos mesopotámicos a un par de tratantes locales a los que no volvió a ver más y con los que no quería arriesgarse a ponerse en contacto.

También era un buen lugar en el que mezclarse, un buen sitio para pasar inadvertido.

La ropa le resultaba incómoda y olía mal; no se acordaba de la última vez que se había dado un baño. Después de ver a Ramez no había regresado a la plaza del parque de Sanayi'. Le entró paranoia al pensar en volver una segunda vez al mismo sitio. De manera que en lugar de eso se quedó en Basta, entreteniéndose en los cafés viejos y en los bazares de antigüedades, subsistiendo a base de *ka'ik* y zumos de vendedores ambulantes. Pasó la noche en un cementerio que había cerca, acurrucado contra una cripta, preocupado por el momento crucial que lo aguardaba al llegar las doce del mediodía, y que, según el individuo levemente irritado que fumaba al lado de él una pipa de agua narguile con sabor a miel, ya había llegado.

Dio las gracias al individuo, se levantó de la silla y, dejando atrás un grupo de jugadores de *backgammon*, se dirigió al mostrador con el corazón en un puño. Le preguntó al propietario, un hombre orondo dotado de un bigote prodigioso, si podía utilizar el teléfono —cosa que ya le había mencionado anteriormente— y volvió a asegurarle que se trataba de una llamada local. El hombre le echó una mirada recelosa antes de entregarle el inalámbrico.

Faruk se volvió de espaldas, metió la mano en un bolsillo y extrajo el papel arrugado en el que Ramez había escrito su número. Lo puso sobre la barra, dio una calada al cigarrillo para sentirse mejor y marcó.

Ramez sentía que a su alrededor el mundo se había ralentizado hasta una velocidad surrealista mientras su cerebro iba contando cada segundo que pasaba. Todavía estaba atado a la silla y con aquel saco mohoso por encima de la cabeza, que le resultaba insoportable y agobiante y que además le acentuaba el insistente dolor de cabeza. No podía soportar la tortura de tener que reclinarse, esperar y rezar por que Faruk hiciera la llamada, tal como había prometido.

A su incomodidad se sumaba el hecho de que ahora había empezado a desarrollar un dolor agudo en la pelvis, y comprendió que su vejiga necesitaba vaciarse urgentemente, pero no era el momento de sacar el tema a relucir.

Sabía que iban a tener que quitarle el saco de la cabeza si... —no, nada de condicionales; no podía haber condicionales; era mejor decir «cuando»— se produjera la llamada. Desde luego, sus captores no podían esperar que él hablase con Faruk con el saco puesto. Y además cabía la posibilidad de que quisieran darle instrucciones por señas a lo largo de la llamada. Se dijo que mantendría los ojos cerrados, por si acaso a ellos les preocupaba que pudiera identificarlos, o por lo menos se limitaría a mantener la mirada baja y evitar el contacto visual. Había pensado en preguntarles al respecto, pero decidió que era mejor que no, pues lo preocupaba que aquello pudiera alertarlos de algo que para ellos no supusiera necesariamente una molestia.

El timbre del teléfono lo sobresaltó igual que una descarga eléctrica. A continuación, alguien le quitó el saco de un tirón, con lo cual la conmoción fue doble.

Sus ojos no enfocaban debidamente, pues aún estaban adaptándose a la fría luz de neón que iluminaba aquel sótano sin ventanas. Le pareció reconocer al hombre que se erguía sobre él, de cuando lo empujaron al interior del coche. El hombre estaba mirando fijamente el teléfono de Ramez, el cual sonó de nuevo. Ramez imaginó que su captor estaba cerciorándose de que no fuera un número que estuviera en la memoria del móvil; el número de Faruk no sería reconocido.

Ramez clavó la mirada en la del hombre. No pudo apartar los ojos. Toda idea de evitar el contacto visual se había esfumado. El otro —cabello oscuro, bien afeitado, pero con unos ojos inexpresivos que daban miedo— le dirigió una mirada muda de tal ferocidad que Ramez estuvo a punto de ahogarse. Alzó un dedo en un ademán de advertencia y amenaza, le lanzó una mirada que decía: «mucho cuidado», de manera inequívoca, y pulsó la tecla del teléfono antes de acercarlo al oído de Ramez.

—¿*Ustad* Ramez?

Ramez lanzó un suspiro. Era Faruk —no había dejado de llamarlo *ustad*, es decir, profesor, durante la conversación anterior. Asintió esperanzado hacia su captor.

Éste le devolvió en silencio otro gesto de asentimiento, para estimularlo, y le indicó con una seña que hablase. Después se inclinó, acercó la cabeza a Ramez e inclinó ligeramente el teléfono para poder oír él también a Faruk.

—Sí, Faruk. —A Ramez le salió una voz un poco demasiado aguda, y la bajó para no parecer agitado—. Me alegro de que haya llamado. ¿Va todo bien? —Sentía la boca seca, pronunciaba como si tuviera bolas de algodón dentro. Se pasó la lengua por los labios.

—¿Ha hablado con ellos? —inquirió Faruk con un evidente tono de desesperación.

—Sí. He hablado con los detectives de la comisaría de Hobeish, los que están trabajando en el caso. Les he dicho lo que usted me pidió que dijera.

—¿Y?

Ramez miró de reojo a su captor. Éste afirmó con la cabeza a modo de aprobación.

—Están dispuestos a hacer lo que usted ha pedido. No les preocupan las piezas, y no tienen interés en devolverlo a usted a Iraq. Simplemente están desesperados por que usted los ayude a recuperar a Evelyn.

—¿Está seguro? ¿Ha hablado con alguien que tenga autoridad?

—He hablado con el jefe de los detectives —le aseguró Ramez—. Me lo ha garantizado él personalmente. Hasta que esto haya terminado, no se le acusará de nada y recibirá protección total. Después será libre para hacer lo que quiera. Si todo sale bien, incluso lo ayudarán a obtener los papeles de la residencia.

Ramez oyó un silencio en la línea y se preguntó si no se habría extralimitado. Le dio un vuelco el corazón, y se lanzó adelante:

—Están desesperados, Faruk. Quieren encontrar a Evelyn, y usted es su única esperanza. Lo necesitan a usted.

—Gracias —musitó por fin Faruk al otro extremo de la línea—. Gracias, *ustad* Ramez. No sé cómo podré agradecérselo. Me ha salvado la vida.

—No se preocupe por eso —fue la respuesta simple de Ramez mientras le recorrían por dentro oleadas de culpabilidad y de alivio que chocaban entre sí. Se mordió el labio para contener aquel remolino.

—¿Qué quieren que haga?

Los ojos de Ramez giraron hacia su captor. El momento de la verdad.

Su captor asintió. Había llegado el momento de atrapar a aquel cachorrillo.

—Quédese donde está. No vaya a ninguna parte. Están aguardando a que yo los llame —dijo Ramez, intentando desesperadamente controlar el temblor de su voz—. Pasarán a buscarlo. Sólo están esperando que yo les diga adónde tienen que ir. —Calló unos instantes, con un nudo de espinas en la garganta, y después preguntó—: ¿Dónde está, Faruk?

Los cuatro segundos de silencio que siguieron a continuación fueron sin duda alguna los más largos y más petrificantes que había experimentado el profesor en toda su azarosa vida.

Y entonces Faruk habló.

42

Corben ya tenía el motor en marcha mientras escuchaba el miedo que traslucía el tono de Faruk. De pronto irrumpió la voz de Leila en el auricular.

—Está en un café del barrio de Basta. Tiene que tomar la circunvalación y salir antes del tramo elevado.

Corben lanzó una mirada a su espalda, vio que había un hueco de cincuenta metros entre él y un automóvil que se aproximaba, y decidió que aquello tendría que servir.

Giró el volante y pisó el pedal a fondo. El Pathfinder salió de un brinco de donde estaba aparcado y, con un chirrido de neumáticos, hizo un giro en forma de U y salió disparado en sentido contrario.

Mientras se dirigía a toda velocidad hacia la antigua emisora de radio, Corben reprodujo mentalmente el plano de Beirut y maldijo para sus adentros. Sabía dónde estaba Basta, y, si no se equivocaba, él y el escuadrón de matones se encontraban bastante equidistantes del punto en que aguardaba Faruk.

Cada segundo contaba.

—Leila, ¿ha anotado usted la ubicación exacta en Basta? —Corben sabía que navegar por las calles estrechas y abarrotadas del mercado podía plantear un problema.

—Sí, Faruk va a esperar delante de una gran mezquita. Avíseme cuando tome la salida, y yo le guiaré.

—¿Y qué pasa con Ramez?

—Le ha dicho a Faruk que se quede donde está y espere, que pronto llegarán. —Hizo una pausa—. Y después han colgado.

Ramez observó cómo su captor cortaba la comunicación y ordenaba a sus hombres que se pusieran en marcha. Eran dos, uno algo mayor que su jefe y el otro más joven. Ambos lucían la misma expresión, dura e impávida, los ojos vacíos del menor rastro de humanidad. Salieron de allí rápidamente y dejaron a Ramez a solas con su captor.

—Ha estado bien, ¿no? He hecho exactamente lo que usted me ha pedido, ¿no? —preguntó Ramez, ahora con la respiración rápida y entrecortada.

—*Adim* —respondió el otro lacónicamente. Perfecto.

Ramez sintió que se le llenaban los ojos de lágrimas al ver a su captor afirmar con la cabeza y guardarse el móvil en el bolsillo con toda naturalidad. Bajó la vista hacia el teléfono, después la levantó hacia su captor, sonriendo con nerviosismo, el corazón acelerado, los nervios en tensión, convenciéndose a sí mismo de que a pesar de toda lógica, a pesar de lo que indicaba el sentido común más básico, iban a dejarlo en libertad.

Pero aquella débil fantasía quedó aplastada sin piedad cuando su captor extrajo una pistola del cinturón, apuntó directo a la frente de Ramez y disparó.

Mientras el Pathfinder adelantaba a un torpe taxi y dejaba atrás la plaza de Sanayi', Corben oyó dos disparos rápidos que taladraron el auricular que llevaba en el oído, seguidos un par de segundos después por un tercero.

El disparo de control. Para estar seguros.

Se le tensaron todos los músculos.

«Qué hijos de puta.»

Sabía que era inevitable. Ya había reproducido mentalmente aquella situación, y no se había hecho ilusiones sobre el modo de actuar de aquellos tipos. El profesor ayudante ya no les era de utilidad, después de haberles entregado a Faruk en bandeja de plata. Y no era que Corben creyera que Ramez tuviera mucho donde elegir. Una vez que lo agarraron, estaba muerto de un modo o de otro. Lo único que podía escoger era cuánto dolor iba a tener que sufrir antes de responder a aquella llamada.

Por el auricular le llegó un sollozo. Supo que se trataba de Leila.

De repente oyó la voz de Olshansky:

—Jim, ¿has oído eso?

—Lo he oído —contestó Corben sin emoción.

Sabía que resultaba duro para cualquiera oír algo así, pero no había tiempo para consolar a Leila. La necesitaba —y también a Olshansky— centrada en la cuestión.

—Leila. Voy a necesitar esas instrucciones.

Tardó un par de segundos, pero enseguida oyó que Leila se sorbía las lágrimas y volvía a hablar, con voz entrecortada y estremecida.

—¿Dónde está en este momento?

—Justo tomando la circunvalación. —Vio frente a sí el paso elevado que unía el este y el oeste de Beirut.

—Tiene que tomar la primera salida que encuentre nada más pasar el túnel. —La voz de Leila ya era más clara y, percibió también, más fuerte.

Estaba a un par de minutos.

Omar miraba ceñudo al frente, sin pestañear, mientras el coche avanzaba a toda velocidad por la avenida recién construida que atravesaba la ciudad.

Necesitaba que aquello saliera bien.

Quería apoderarse de Faruk. Con desesperación.

Los dos últimos días habían sido mediocres. Él se enorgullecía de poseer una fría eficiencia, de ser un estilete en un mundo de hachas romas. Tareas como las que le habían asignado desde que comenzó aquel asunto eran para él el pan de cada día. Y en cambio ya había perdido a dos hombres... en realidad tres, si tenía en cuenta al del hombro destrozado, aunque eran casi tan fáciles de reponer como los coches que habían quedado destruidos en los encuentros, y aquel cabrón de mierda seguía libre.

El norteamericano también se había convertido en una espina en el costado. Lo había avergonzado, y eso era imperdonable. Omar iba a tener que vérselas con él, en algún momento, fueran cuales fueran las implicaciones. Ya encontraría la manera. Dar con el momento ideal lo era todo.

Esperaría a que llegara el momento oportuno, uno de los cataclismos políticos recurrentes en el país. Así el hecho pasaría inadvertido, excepto a los ojos de aquellas personas cuya opinión él valoraba, y la verdad quedaría enterrada bajo otras preocupaciones más acuciantes.

Vio la curva que llevaba al mercado de antigüedades y dijo a los tres hombres que lo acompañaban que comprobaran sus armas. No pensaba regresar sin su presa.

Corben pisó el freno a fondo al salir del túnel de la circunvalación. De pronto se vio bloqueado por un muro de coches. Aquel paso elevado de cuatro carriles era una arteria principal que unía ambos lados de la ciudad. Cualquier obstáculo que hubiera en ella —un roce entre dos conductores, un viejo camión averiado, un automóvil acribillado por las balas de un francotirador— asfixiaba el tráfico al obligarlo a circular por un solo carril. En Beirut, los atascos aleatorios e imprevistos formaban parte de la experiencia de conducir. Por lo general, la gente era creativa a la hora de enfrentarse a ellos. Invadir los carriles contrarios constituía una manera de flexibilizar el uso de la calzada. Por desgracia, la circunvalación tenía una barrera central, enorme e infranqueable. Y la salida que necesitaba tomar Corben aún se encontraba a un centenar de metros.

Corben no alcanzaba a ver qué era lo que estaba provocando el atasco. Miró hacia atrás. Había un par de coches acercándose a él, pero justo a su espalda no había nadie. Así que metió la marcha atrás y pisó el acelerador.

El Pathfinder dio un brinco hacia atrás y se metió en el túnel. Éste era demasiado corto para que nadie se tomara la molestia de encender las luces, y el brusco cambio del sol intenso a la oscuridad total le dificultó distinguir si venía algún vehículo en su dirección. Sus ojos tardaron unos instantes en adaptarse, y cuando se adaptaron, descubrió un coche que se dirigía directo contra él.

Maldijo para sus adentros a la vez que levantaba el pie del acelerador y se acercaba todo lo que podía hacia la pared del túnel. El coche que venía hacia él frenó con fuerza para esquivarlo y lo pasó casi rozando, levantando eco con el claxon por todo el túnel. Corben volvió a pisar el acelerador y condujo marcha atrás. Evitó por los pelos a otro coche que pasaba y por fin emergió del túnel.

Siguió marcha atrás hasta que llegó a una rampa de subida que llevaba al cruce que había encima del túnel. Entonces clavó los frenos, metió la primera y se lanzó rampa arriba.

—He tenido que salir del túnel —gritó al teléfono—. Ahora me dirijo a la plaza principal que hay arriba.

Enseguida le llegó la voz de Leila.

—Muy bien, ahora tiene que tomar la primera a la derecha, y después a la izquierda. Siga por esa calle y verá a su derecha el parque de bomberos.

Corben siguió las instrucciones, pero el paso al que avanzaba era lento. Aquellas calles tan estrechas estaban rebosantes de tráfico, y los coches aparcados de cualquier modo y los vendedores callejeros convertían aquello en una carrera de obstáculos. Los preciados segundos se transformaron en minutos mientras se abría paso con el Pathfinder a través de aquel embrollo, gritando, tocando el claxon y haciendo señas a los coches para que se apartaran a un lado, hasta que por fin llegó al parque de bomberos.

—¡Ya veo los bomberos! —exclamó.

—Gire a la derecha y siga esa calle —contestó Leila—. A su izquierda verá la tapia del cementerio. Cuando llegue el final, gire a la izquierda y verá una mezquita como a unos cincuenta metros, en esa misma calle, a mano derecha. Allí es donde está Faruk.

Corben prácticamente saltó por encima de los coches que lo precedían, y por fin localizó la mezquita. Se erguía entre varios bazares viejos de antigüedades. Aminoró la marcha al aproximarse, evocando la foto de Faruk de la carpeta de Evelyn, recorriendo la calle con la mirada en busca de algún signo de Faruk o de los sicarios del *hakim*.

Entonces lo descubrió.

El tratante iraquí estaba allí de pie, esperando nervioso, tal como le habían ordenado.

43

El iraquí resultaba inconfundible, incluso en un entorno en el que no destacaba precisamente. Su postura —reservada, lanzando miradas furtivas arriba y abajo de la calle, procurando confundirse con el fondo— confirmó que se trataba de él.

Corben observó los coches que venían y miró una vez más el espejo retrovisor, temeroso de la inminente llegada de los sicarios. Detuvo el coche frente a la mezquita y bajó la ventanilla.

Faruk lo miró. Corben pensó que debió de notar su interés por él, porque de inmediato su semblante se tornó de aprensión, volvió la mirada hacia la dirección contraria, como si estuviera buscando la salvación, y retrocedió unos cuantos pasos.

Corben se apeó del coche e intentó moverse lo más rápido posible sin alarmar a Faruk. Levantó las manos en actitud apaciguante.

—Faruk. Soy un amigo de Evelyn. Tiene que venir conmigo.

Faruk lanzó una mirada fugaz calle arriba y volvió a mirar a Corben, sin dejar de retroceder, la aprensión transformada ya en pánico sin paliativos.

—Faruk, escúcheme. Esta mañana Ramez fue secuestrado por la misma gente que raptó a Evelyn. Es una trampa. La policía no va a venir a recogerlo, sino los secuestradores. En este momento vienen de camino hacia aquí.

—No —murmuró Faruk, y de pronto dio media vuelta y echó a correr calle abajo.

Corben frunció el entrecejo y salió disparado detrás de él, sorteando el enjambre de peatones que le bloqueaban el paso. Faruk tampoco se movía demasiado deprisa, y Corben acortó rápidamente la distancia. Faruk miró hacia atrás y al momento siguiente se metió en un bazar de antigüedades. Corben fue tras él.

Los angostos callejones de aquel centro comercial en miniatura estaban llenos de tiendas diversas a las que sólo se accedía desde el interior del bazar. Los pasadizos estaban atiborrados de muebles y baratijas, algunos antiguos, pero la mayoría de ellos falsificaciones fabricadas allí mismo según patrones muy rigurosos. Corben vislumbró a Faruk perdiéndose en la oscuridad, a su izquierda. Corrió en pos de él chocando con mesas turcas de marquetería y sillas estilo Luis XVI, pasando como una exhalación junto a tenderos estupefactos que le gritaron al pasar. Llegó a un cruce de calles y vio a Faruk a su derecha, metiéndose por un pasaje que llevaba a otra entrada, la cual daba a una calle lateral. Corben apretó el paso, haciendo uso de todas sus reservas de energía, y acortó la distancia. Al final alcanzó a Faruk justo antes de la salida. Dio un salto, lo asió y lo empujó hacia un lado, contra el escaparate de vidrio de un vendedor de alfombras.

—¿Pero qué hace? —le ladró al tiempo que lo sacudía por el cuello de la camisa—. No tenemos tiempo para estas tonterías. Esos tipos van a llegar en cualquier momento. Estoy intentando salvarle la vida.

Faruk lo miró con los ojos como platos. Los labios le temblaban al buscar qué decir.

—Pero Ramez...

—Ramez está muerto —rugió Corben—. ¿Quiere ser usted el siguiente?

Los ojos de Faruk adquirieron una expresión de aturdimiento. Se quedó inmóvil, y apenas consiguió menear la cabeza en un gesto negativo.

—Vamos —ordenó Corben al tiempo que empujaba a Faruk hacia la entrada principal.

Pero en el momento mismo en que entraron de nuevo en el pasaje que conducía a la calle, Corben descubrió al matón picado de viruela. Estaba en la acera que había justo a la entrada del bazar, oteando la calle en busca de su objetivo.

Corben volvió a empujar a Faruk hacia dentro y lo ocultó detrás de un armario de gran tamaño que ocupaba una buena parte del paso. Entonces sacó su pistola. Le indicó a Faruk con una seña que guardara silencio y se asomó. El asesino seguía allí, vigilando la calle con el ceño fruncido, sus ojos cavernosos irradiando una expresión de profundo disgusto.

Y también bloqueando la ruta de regreso de Corben a su coche.

Corben miró a su espalda, se cercioró de que el pasadizo estaba despejado y empujó a Faruk otra vez al interior del bazar. Caminaron bordeando los muebles expuestos y giraron para entrar en el pasaje oscuro que habían tomado antes.

—Vamos —lo apremió Corben al tiempo que lo llevaba por donde habían venido, en dirección a la entrada lateral que había visto.

Corben asomó la cabeza y se cercioró de que la estrecha callejuela estuviera vacía antes de emerger a través de los muebles. Guiñando los ojos para adaptarlos a la luz del día, echó a andar sigilosamente por la maltrecha acera, asegurándose de que Faruk lo iba siguiendo, con el arma baja y pegada a la pierna para no provocar la alarma.

Llegó a la esquina de la calle y lanzó una mirada furtiva hacia la mezquita. El Pathfinder se encontraba a media manzana de allí, tentadoramente cerca. Unos quince metros más allá estaba el jefe de los sicarios, todavía paseándose por delante de la entrada principal del bazar.

Al otro lado de la calle, más cerca de él, Corben descubrió también un Mercedes sedán aparcado en doble fila. Vio que el matón de la cara picada de viruela dirigía una mirada al conductor del Mercedes, el cual respondió a su señal con un gesto negativo de cabeza. Tenía que haber al menos otro hombre más, pero no consiguió verlo.

Aguardó unos instantes, escogió el momento y dijo a Faruk, al tiempo que lo empujaba fuera de su escondite:

—Muévase.

Caminó deprisa, con Faruk a su lado, procurando ampararse lo más posible en los peatones que pasaban, la mano fuertemente aferrada a la pistola, los ojos girando a izquierda y derecha, vigilando los objetivos.

Tenía ya su coche al alcance de la mano cuando de repente salió de un café situado a su derecha un hombre algo más joven que él, de mirada nerviosa y expresión dura. Los dos se reconocieron al instante. El hombre sacó su arma y se refugió detrás de un anciano que estaba entrando en el café. A Corben le tembló la mano durante una fracción de segundo, buscando una línea clara de tiro que no tenía. El anciano, aterrorizado, lanzó un chillido y se desplazó de costado contra la pared. Corben seguía teniendo un ángulo de tiro parcialmente bloqueado, y no apretó el gatillo. En vez de eso, hizo otra cosa. Agarró a Faruk por detrás y le apoyó la pistola contra el cuello.

—Buscas a este hombre, ¿verdad? ¿Quieres que lo mate? —le espetó al asesino.

Empujó a Faruk hacia delante, resguardado detrás de él. Por el rabillo del ojo vio que el matón picado de viruela, que estaba más allá del Pathfinder, reaccionaba a aquella conmoción y sacaba el arma. Su ventaja duraría tan sólo uno o dos segundos más. Se aproximó unos metros más a su coche y vio que el asesino del café se zafaba de los peatones y observaba la escena con gesto confuso. Corben giró la pistola hacia él y le metió dos balazos en el pecho. Las balas del calibre 357 lo levantaron del suelo y lo hicieron caer hacia atrás, contra las mesas y las sillas.

—¡Entre en el coche, rápido! —le chilló a Faruk al tiempo que lo empujaba hacia la portezuela del pasajero. A su alrededor, la gente corría buscando dónde esconderse. Localizó al jefe de los sicarios, saliendo a toda prisa de la entrada del bazar, y disparó un par de veces en su dirección antes de abrir la puerta del conductor y saltar al interior del coche.

Accionó el encendido y pisó el acelerador. Empujó la cabeza de Faruk hacia abajo, vociferando:

—¡Agáchese!

El Pathfinder se lanzó a la calle, en dirección al Mercedes aparcado. Con el cerebro funcionando a toda velocidad, rápidamente llegó a la conclusión de que no podía largarse sin más. Estaba en un laberinto de callejuelas estrechas, y no había forma de saber en qué momento el tráfico se ralentizaría o incluso llegaría a pararse. Los alcanzarían muy pronto. Necesitaba una ventaja adicional.

Cuando el Pathfinder llegó a la altura del Mercedes, clavó los frenos y detuvo el pesado coche con un bandazo y un chirrido de neumáticos. A continuación extrajo la Glock y apuntó. El sorprendido conductor se agachó hacia un lado cuando Corben disparó tres veces al neumático delantero del Mercedes, el cual quedó destrozado e hizo que el Mercedes se desplomara. Aquello le permitiría ganar un poco de tiempo. Acto seguido volvió a pisar el pedal y salió disparado como una flecha, pero, conforme el coche aceleraba, descubrió un cuarto tirador emergiendo de una calle lateral por el lado de Faruk, que apuntó su pistola al Pathfinder y disparó. Las balas perforaron la puerta derecha del coche en el preciso momento en que, por el espejo retrovisor, el jefe del grupo le gritaba algo al tirador al llegar a su altura. Corben sabía que lo estaba reprendiendo por poner en peligro a Faruk. El *hakim* lo necesitaba vivo, y por eso él lo había utilizado para distraer al primer asesino.

Miró ceñudo hacia delante, intentando recordar cuál era el camino más rápido para salir de aquel agujero de ratas en el que se habían perdido. Mientras tanto, oyó un gemido procedente de Faruk.

Giró la cabeza y vio que el tratante, con una mueca de dolor en la cara, tenía una mancha carmesí en el costado que se agrandaba de manera alarmante.

44

Corben avanzó con empeño aproximadamente kilómetro y medio, maniobrando con el Pathfinder por el tráfico de primeras horas de la tarde. En el asiento de al lado, Faruk se retorcía y gemía. No dejaba de mirarse la herida con incredulidad, con las manos ensangrentadas de apretar contra ella como le había dicho Corben, murmurando todo el tiempo para sí y lamentando su suerte en árabe.

Corben tenía un ojo pegado al espejo retrovisor, pero no había rastro alguno de los hombres del *hakim*. Sabía que Faruk estaba sufriendo mucho, sin embargo necesitaba que aguantase un poco más, hasta que él tuviera la seguridad de que estaban a salvo. Por fin viró para salirse de la carretera principal cerca del ancho canal de hormigón del río Beirut, actualmente seco, traqueteó por un callejón polvoriento y se detuvo junto a unos garajes viejos que tenían echado el cierre.

—Déjeme ver —le dijo a Faruk. Alargó una mano y, con cuidado, examinó de nuevo la herida. Era un claro disparo con orificios de entrada y salida en el costado derecho, que le había entrado por la parte baja de la espalda y le había salido justo por encima de la cadera.

Faruk no sufría un dolor insoportable, lo cual probablemente significaba que el estómago y el hígado no se habían visto afectados, y dado que aún seguía vivo, se podía suponer sin temor a equivocarse que la aorta no estaba seccionada. Pero Corben sabía que habría daños internos, y si bien la hemorragia no era tan abundante, seguía habiendo pérdida de sangre.

Era necesario tomar decisiones.

La respiración de Faruk estaba volviéndose jadeante y entrecortada. Sus ojos, agrandados por el miedo, miraron a Corben en busca de consuelo.

—¿Es muy grave?

—Al parecer, la bala no ha afectado a los órganos importantes. Se pondrá bien. —Corben miró por el interior del coche, pero no logró encontrar nada que dar a Faruk para que lo aplicase al costado—. Siga apretándose la herida con las manos. Eso ayudará a contener la hemorragia.

Faruk puso las dos manos sobre la herida e hizo una mueca de dolor. El sudor le resbalaba por la cara, y los labios le temblaron al hablar.

—¿Sabe dónde está el hospital más cercano?

Aquello era precisamente lo que estaba pensando Corben.

—No quiero arriesgarme a llevarlo a un hospital —le dijo a Faruk en un tono carente de inflexiones—. Esa gente tiene contactos en todas partes. Allí no estará a salvo. Voy a llevarlo a la embajada, está sólo a veinte minutos de aquí.

La expresión de Faruk pasó de perpleja a un tanto aliviada. La embajada era una buena alternativa. Probablemente mandarían llamar a los mejores médicos.

Se recostó en el asiento y cerró los ojos, como si pretendiera aislarse del mundo.

Corben volvió a meter la marcha y arrancó.

—Necesito saber unas cuantas cosas de usted. ¿Quién lo persigue?

—No lo sé —contestó Faruk, haciendo un gesto de dolor cada vez que el coche tropezaba con un agujero del asfalto viejo y agrietado.

—Bueno, pero debe de hacerse una idea. ¿Cómo se enteró esa gente de lo de las piezas robadas? ¿Cómo han dado con usted?

Hundiéndose un poco más en el asiento, Faruk explicó que Abu Barzan lo había invitado a vender su alijo; que Hayy Alí Salum había encontrado un comprador; que él le dijo que el libro con el símbolo de la serpiente no formaba parte del trato; que el cliente de Alí quería la colección entera; que los asesinos se presentaron en la tienda de Alí; que lo torturaron con el taladro eléctrico.

—¿Por qué no quiso incluir el libro en el trato? —quiso saber Corben.

El semblante de Faruk se nubló de remordimiento.

—Sabía que lo querría *sitt* Evelyn, y que a cambio me ayudaría.

Corben afirmó con la cabeza.

—Usted estuvo con ella en Iraq, cuando descubrió la cámara subterránea. —Era más una afirmación que una pregunta.

Inicialmente, Faruk pareció un poco sorprendido de que Corben supiera tanto, pero luego se relajó.

—Sí. Pasó mucho tiempo intentando entender qué significado tenía. Y cuando mataron a Hayy Alí, tuve que huir, porque comprendí que aquello era lo que estaban buscando, aunque no sabía por qué.

Corben procesó rápidamente aquella información. Encajaba bastante bien con su idea general de lo que había sucedido, pero ahora tenía la imagen global. Sin embargo, quedaba por contestar una cuestión crucial.

—¿Y dónde está?

—¿El qué? —Faruk parecía confuso.

—El libro. ¿Dónde está?

Faruk hizo un gesto de dolor y respondió:

—Está en Iraq —como si esperase que Corben lo supiera desde el principio.

Corben se volvió hacia él, sorprendido.

—¿Qué?

—Todo sigue estando en poder de Abu Barzan, ¿dónde si no? —Hablaba con rapidez y desesperación—. No iba a entregarme nada hasta que yo tuviera el dinero para pagarlo. Ni siquiera llevó el material a Bagdad, era demasiado peligroso viajar con él encima. Lo tiene todo en Mosul.

—Usted le dijo a Ramez que lo tenía consigo —replicó Corben.

—Le dije que iba a venderlo —protestó Faruk—. Él debió de suponer que yo lo tenía en mi poder. Pero no es mío.

Corben fijó la vista en la carretera, ceñudo y pensativo. Había tomado aquello como una posibilidad a tener en cuenta, pero le había parecido más probable que Faruk se hubiera llevado consigo el libro al Líbano y lo hubiera guardado en algún lugar seguro mientras buscaba a Evelyn.

—Ese Abu Barzan, ¿está en Iraq?

—Creo que sí —respondió Faruk con voz débil—. Probablemente habrá vuelto a Mosul.

Corben rumió furioso sin decir nada, pensando a toda velocidad. El abanico de opciones que había estudiado antes de recoger a Faruk había sido desmembrado por resultar totalmente obsoleto.

—¿Tiene su número de teléfono?

—Por supuesto.

Corben sacó su teléfono móvil.

—¿Cuál es?

Faruk lo miró con temor.

—¿Qué quiere decirle?

—Yo no voy a decir nada. Es usted el que va a hablar con él. Va a decirle que tiene un comprador. Eso es lo que él le pidió, ¿no? —Corben desechó aquella información con la mano—. ¿Cuál es el número?

Mientras Corben marcaba, Faruk de pronto se sintió incómodo con el hombre que lo había rescatado, o al menos eso afirmaba haber hecho. El mismo hombre que momentos antes le había puesto una pistola en la cara y se había tirado un farol con su vida.

La cabeza le daba vueltas, sentía los párpados más pesados, y la sensación de quemazón que sentía en la cintura estaba haciéndose más intensa. Maldijo su suerte, maldijo al destino y hasta a Dios mismo, y deseó poder volver atrás el reloj, deseó no haberse acordado jamás de Evelyn y de su interés por la serpiente enroscada, deseó haber dejado las cosas en paz, haber pasado la mercancía a los compradores de Alí, haberle dado un beso en la frente como gesto de gratitud y haberse largado con el dinero.

Hasta Bagdad era mejor que aquello.

Corben escuchó unos instantes y acto seguido le entregó el teléfono. Faruk lo tomó con mano trémula. En su oído sonó la llamada con un gemido lejano e irregular.

Al cabo de un par de timbrazos, respondió Abu Barzan con su voz de fumador, grave y bronca:

—¿Quién es?

—Faruk. —Notó que la voz de Abu Barzan era un poco más fuerte de lo normal, y oyó una radio al fondo. Pensó que a lo mejor estaba dentro de un coche.

—Faruk —tronó Abu Barzan, tan jovial como siempre—. ¿Dónde diablos estás? —Añadió un par de jocosas obscenidades para describir a su amigo—. He intentado llamarte, pero tu línea no funciona.

—Estoy con un comprador —dijo Faruk de manera impulsiva—. Quiere las piezas.

Corben se giró hacia él. No supo cómo, pero Faruk consiguió esbozar una media sonrisa.

Corben siguió conduciendo.

—Llegas tarde —lo informó Abu Barzan con una risotada altanera antes de lanzar otro colorido insulto—. Ya las he vendido.

Aquella noticia azotó a Faruk igual que una tempestad.

—¿Qué quieres decir con eso de que ya las has vendido? —le dijo irritado.

—Precisamente en este momento voy a entregarlas.

A Faruk se le aceleró el corazón.

—Entonces, ¿todavía las tienes tú?

—Las tengo aquí mismo.

—Bueno, pues te estoy diciendo que tengo un comprador.

Faruk vio que Corben se giraba al oír su tono de alarma, y sintió una punzada de preocupación por aquella reacción. Procuró recuperar la compostura e indicó a Corben con un gesto de cabeza que no pasaba nada.

—Pues véndele otra cosa —estaba diciendo Abu Barzan—. Tienes el sótano de tu tienda repleto de chatarras de valor incalculable, ¿no?

—Escúchame —dijo Faruk siseando, procurando no dar la impresión de estar turbado ni débil—. Hay unas personas que andan detrás de uno de los libros que vas a vender. Personas poco recomendables. Han matado a Hayy Alí, y también a otros. Han secuestrado a una amiga mía por culpa de ese libro, y a mí acaban de pegarme un tiro, ¿me entiendes?

—¿Te han disparado? —Siguieron más obscenidades, aunque esta vez no a expensas de Faruk.

—Sí.

—¿Y te encuentras bien?

Faruk tosió.

—Sobreviviré.

—¿A quién dices que han secuestrado?

—A una norteamericana. Una arqueóloga, aquí en Beirut.

—¿Estás en Beirut?

—Sí —contestó Faruk, exasperado—. Oye, esa gente va en serio. Van a ir a por ti.

Abu Barzan se encogió de hombros.

—Lamento lo que estás pasando, pero no es problema mío. Yo he quedado con mi comprador mañana por la noche. Le entregaré la mercancía, él me pagará, y a partir de ahí es problema suyo. Pero gracias por el aviso. Tendré bien abierto mi tercer ojo.

Faruk arrugó el rostro y dejó escapar un pesado suspiro. Se sentía como si estuviera ahogándose desde dentro. En realidad no estaba sorprendido. Abu Barzan no sólo era un cerdo mugriento, sino también un sórdido tipejo capaz de vender a sus propios hijos si encontrase un comprador que no sintiera repugnancia hacia los asquerosos genes de los chicos después de haberle echado un vistazo a él.

Faruk le dijo:

—No cuelgues. —Y a continuación se volvió hacia Corben con la boca fruncida en una mueca de dolor y frustración—. Dice que ha vendido las piezas. Que en este momento va camino de entregarlas.

Corben reflexionó mientras conducía, y luego preguntó:

—¿Todavía tiene el libro en su poder?

Faruk asintió y preguntó a Abu Barzan por el libro, el cual describió de forma específica. Abu Barzan contestó que creía que sí. El trato incluía el lote entero.

—Pregúntele cuánto van a pagarle por todo —dijo Corben a Faruk.

Faruk se dio cuenta inmediatamente de que aquélla era la jugada correcta, asintió y lo preguntó.

Abu Barzan se echó a reír.

—¿Tu comprador tiene pasta de la buena?

—Sí. —Faruk, al borde de su resistencia, insistió pacientemente.

Por fin le llegó la respuesta.

—Trescientos mil dólares. En efectivo.

Se lo transmitió a Corben y puso cara de estar impresionado, como diciendo: «Es una oferta considerable.»

Corben meditó unos instantes y luego dijo:

—Yo le doy cuatrocientos.

Faruk abrió unos ojos como platos y transmitió la oferta.

Abu Barzan soltó una risa de mofa.

—Sí que es rápido. ¿Habla en serio, ese tipo?

—Por supuesto que sí.

—Más le vale. —Ahora el tono de Abu Barzan era más serio.

En lo que tenía que ver con dinero en cantidad, no se andaba con bromas—. Y dime, ¿qué tiene de especial ese libro?

—Ni lo sé ni me importa —le espetó Faruk enfadado—. Lo único que pretendo es salvarle la vida a la arqueóloga.

—Ahórrame las sensiblerías, ¿quieres? —Abu Barzan hizo una inspiración profunda y ruidosa—. De acuerdo. Me interesa. Pero necesito llamar a mi comprador. Lo menos que puedo hacer es darle la oportunidad de superar la oferta del tuyo.

Faruk informó a Corben. Éste le pidió que averiguara cuánto tiempo iba a llevar la operación.

—Me ha llamado hoy —dijo Abu Barzan—. Yo voy a llamarlo ahora. ¿Cuál es tu número?

Corben ordenó a Faruk que le dijera que ellos lo llamarían dentro de cinco minutos. Faruk así lo hizo, y después colgó, al tiempo que el Pathfinder salía de la autopista principal que seguía la costa. A lo lejos se divisaban las estribaciones de las colinas en las que se hallaba la embajada.

Faruk se acurrucó en el asiento y respiró profundamente, en un intento de apartar a un lado el intenso dolor que le quemaba las entrañas, consolándose con la idea de que todavía respiraba y con la esperanza de que, en contra de lo esperado, a lo mejor las cosas terminaban para él mejor de lo que habían terminado para su amigo Alí.

45

Kirkwood se apoyó contra un banco que había en el patio situado detrás del anexo y esperó. Lo invadía la frustración, no podía preguntar lo que tenía que preguntar, tenía la sensación de que estaba perdiendo unos minutos valiosísimos mientras lo único que podía hacer era sentarse a mirar, impotente. Estaba consultando la hora una vez más cuando de pronto le sonó el teléfono. Vio la identidad del número del llamante y frunció el ceño. Se levantó, miró en derredor para cerciorarse de que no hubiera nadie que pudiera oírlo y abrió el móvil.

—Acabo de recibir una llamada de un comprador interesado —tronó la voz de Abu Barzan en su oído—. Me ofrece por la colección más que usted, amigo mío.

—Pensaba que teníamos un trato —señaló Kirkwood en tono de irritación.

—Lo teníamos, y lo seguimos teniendo. Pero ésta es una oferta interesante y yo soy un hombre de negocios, ¿sabe?

¿Habría de verdad un comprador competidor, o se trataría simplemente de una estafa?, se preguntó Kirkwood. Fuera como fuese, tenía que seguir el juego.

—¿Cuánto ofrece? —inquirió con fingida paciencia.

—Cuatrocientos mil.

Kirkwood reflexionó un momento. Otro comprador, salido de la nada. Ofreciendo mucho más de lo que valía la colección. Si se trataba del mismo grupo que tenía prisionera a Evelyn, echar mano a las piezas robadas equivalía a hacerla a ella prescindible. Por no decir nada del hecho de que él tampoco estaba por la labor de permitir que se apoderase de ellas nadie más, tan fácilmente.

—Le daré quinientos, pero con una condición. Que no volvamos a jugar a este jueguecito. Le conviene andarse con cuidado. Sabe que yo soy de fiar, conmigo no va a tener ningún problema. Pero por ahí hay mucha gente peligrosa.

—Eso tengo entendido —convino Abu Barzan en tono serio—. Voy a decirle una cosa. Deme seiscientos y la colección entera será para usted. Incluido el libro.

Kirkwood sintió una opresión en el pecho. Se suponía que Abu Barzan no sabía nada del libro. No quería morder el anzuelo, y tampoco quería dar la impresión de que fuera tan fácil pagar más. Dejó reposar la cuestión unos instantes y luego dijo:

—De acuerdo. Seiscientos. Pero es un precio muy alto, usted lo sabe perfectamente.

—Oh, créame, lo sé de sobra. Hasta mañana por la noche.

—Ese nuevo comprador —se apresuró a preguntar Kirkwood—. ¿Puede decirme algo sobre él?

Abu Barzan soltó una risa gutural.

—Lo siento, amigo mío. No es más que otro americano loco, como usted. Intenta echarle la zarpa a ese libro. A lo mejor debería quedarme con esa pieza, ¿qué opina usted?

Kirkwood logró a duras penas contener su disgusto.

—Yo no se lo recomendaría —repuso en tono cortante.

Abu Barzan rio de nuevo, burlón.

—Relájese. Según tengo entendido, por lo visto es un libro maldito. Me voy a alegrar mucho de librarme de él. No se olvide de traer el dinero de más.

Y dicho eso, colgó.

Kirkwood se quedó mirando el teléfono unos segundos antes de guardarlo. Pensó en la confluencia de circunstancias y percibió que algo no encajaba. Aquel nuevo comprador iba concretamente detrás del libro. Las únicas personas que él conocía que podían haber estado en contacto con Abu Barzan eran los secuestradores de Evelyn y el tratante iraquí al que Corben intentaba detener. ¿Habría fracasado? ¿Habrían conseguido los secuestradores ponerle la mano encima?

Fue hasta la villa principal y subió al despacho del embajador. La secretaria lo informó de que el embajador estaba reunido y no estaría disponible hasta dentro de aproximadamente una hora. Kirkwood le dio las gracias. Volvió a salir del edificio y cruzó al anexo. Una vez allí, se dirigió a la oficina de prensa.

Allí seguía Mia, donde la había dejado. Estaba leyendo algo de párrafos muy densos que había conseguido en internet, y daba la impresión de estar profundamente enfrascada en ello. Kirkwood no alcanzó a ver ningún encabezamiento, y el texto era demasiado pequeño para distinguir de qué trataba.

—¿Has sabido algo de Corben? —le preguntó.

—No. —El semblante de la joven estaba teñido de preocupación. Consultó su reloj.

Kirkwood ya había consultado el suyo. Sabía que eran más de las doce. Levantó la vista y cruzó la mirada con Mia, y vio ansiedad en sus ojos.

La llamada de mediodía seguramente ya se había efectuado. Muy pronto lo sabrían.

El Pathfinder emergió de la congestionada autovía de la costa y comenzó a subir en dirección a Awkar.

El motor gruñó cuando la carretera, primero ancha y llana, se estrechó y se transformó en una serie de curvas cerradas que ascendían de forma serpenteante por la falda del monte Líbano. Las construcciones irregulares y no reguladas que jalonaban la carretera fueron haciéndose más dispersas a medida que iban subiendo, y los espacios entre una fachada de piedra y otra fueron ensanchándose para dejar ver una porción mayor de los frondosos bosques que se divisaban al frente.

Corben llamó a Olshansky y le dio el número del móvil de Abu Barzan. Le dijo que necesitaba ubicar su posición, que con toda probabilidad estaría en el norte de Iraq. Además le dijo que era muy posible que aquel teléfono estuviera en funcionamiento en aquel preciso instante, y que también le interesaba saber quién se encontraba al otro lado de la línea.

Se aseguró de que Olshansky comprendiera que debía tocar todos los registros que fueran necesarios.

Estaban a sólo diez minutos de la embajada, y a Corben no le quedaba mucho tiempo para evaluar las opciones que tenía. Necesitaba llamar de nuevo a Abu Barzan, aunque sospechaba que ya sabía lo que éste iba a decirle. A pesar de todo, no estaba preparado para la interferencia que inevitablemente iba a caerle encima tan pronto como penetrara en el complejo de la embajada.

Descubrió una carretera secundaria que ya había utilizado en otras ocasiones, aminoró la marcha y giró para tomarla. Se trataba de un camino estrecho que tenía el asfalto cuarteado. Avanzó por él, dejando atrás unas cuantas casas y edificios bajos desperdigados que pronto dieron paso al pinar. El camino se niveló antes de comenzar a descender a lo largo de varias curvas cerradas. Ya se había alejado aproximadamente un kilómetro y medio de la carretera principal cuando se detuvo en un pequeño claro y apagó el motor.

Aquél era un lugar resguardado y fresco, gracias a las densas copas de los árboles, que de vez en cuando dejaban pasar un etéreo rayo de sol. Además, allí reinaba un silencio mortal, salvo por el canto de apareamiento de incontables cigarras que resonaba a su alrededor.

Faruk observó los árboles y se volvió hacia Corben, confuso.

—¿Por qué nos detenemos aquí?

—No quiero hacer la llamada desde la embajada.

Faruk pareció desconcertado.

—¿Por qué no?

—Prefiero dejar esto resuelto antes de llegar —repuso Corben con calma—. No se preocupe por eso, estamos a un par de minutos. Estaremos allí antes de que se dé cuenta.

Consultó el reloj. Ya era la hora. Cogió el teléfono, buscó la antepenúltima llamada efectuada y pulsó el botón verde. Al cabo de unos segundos empezó a sonar.

Cuando oyó que Abu Barzan atendía la llamada al segundo timbrazo, le pasó el teléfono a Faruk.

Faruk escuchó un momento antes de girarse hacia Corben con el rostro distorsionado por el dolor y la consternación.

—Su comprador le ha ofrecido seiscientos.

Corben ya se lo esperaba.

Sabía que sería inútil hacer una contraoferta. Las piezas no valían tanto dinero, ni con mucho, y eso quería decir que, decididamente, el comprador perseguía lo mismo que él y que probablemente estaba preparado para pagar lo que hiciera falta con tal de conseguirlo. Aun así, pensó en subir la oferta. Otra cosa distinta era que llegara a tener que presentarse con el dinero en efectivo. Pero antes de que pudiera contestar siquiera, se percató de que Faruk seguía escuchando atentamente a Abu Barzan.

La expresión del rostro del iraquí se ensombreció todavía más.

—Dice que no hace falta que usted le ofrezca más dinero —transmitió Faruk con la respiración trabajosa—. Dice que su cliente ya sabía desde el principio que iba a hacerse él con las piezas, lo cual quiere decir que si hay alguien matando gente por ellas, desde luego no es su comprador. Y que está más que contento con el precio. Nos da las gracias por mejorar la oferta, pero el trato está cerrado.

Corben frunció el entrecejo. Aquello se le estaba escapando de las manos. Necesitaba una ventaja, y la única carta que podía jugar era débil, era una carta que tanto podía funcionar bien como salirle por la culata, dependiendo de la política de Abu Barzan, la cual no disponía de tiempo para evaluar, y de la propensión del iraquí a sentirse intimidado.

Decidió probar suerte.

—¿Habla inglés?

Faruk afirmó con la cabeza.

—Deme el teléfono.

Faruk murmuró una breve presentación, convenció a Abu Barzan de que no colgara, y seguidamente entregó el teléfono a Corben. Estaba pegajoso de sangre.

—No puedo superar la oferta de su cliente —dijo Corben—, pero me gustaría que estudiara de nuevo la mía.

—Lo siento, amigo mío —respondió Abu Barzan con una risotada—. Yo sé que mi comprador es real, sé que mañana voy a cobrar, y que volveré a Mosul siendo un hombre rico, pero no sé nada de usted. Además, ustedes tienen una expresión en su país, ¿no es cierto? Algo así como «pon el dinero encima de la mesa y déjate de chorradas».

—Sólo necesito que piense en unas cuantas cosas —le dijo Corben en tono calmo—. No todo gira en torno al dinero. Yo trabajo para el gobierno de Estados Unidos, y se me ocurren cosas peores que deberle un favor importante a usted. Teniendo en cuenta cómo se están desarrollando las cosas en Iraq, por el momento no vamos a irnos de ese país. Y a lo mejor usted descubre que tener un amigo dentro del sistema podría serle de bastante utilidad en los tiempos que corren, ¿sabe a qué me refiero?

Abu Barzan guardó silencio por espacio de unos instantes. Cuando volvió a hablar, el tono relajado y burlón había desaparecido, y en su lugar había un gélido desdén.

—¿Cree usted que diciéndome que trabaja para el gobierno de Estados Unidos va a convencerme para que lo ayude? ¿Cree que puede hacer algo por mí en Iraq?

Ya estaba clara la política.

—Mejor será que nosotros estemos en deuda con usted que cabreados con usted, de eso no hay duda —contraatacó Corben sin alterarse, sabiendo que aquello tampoco iba a funcionar.

—¿Ahora me amenaza? —escupió Abu Barzan, a lo que siguió un torrente de inspirados insultos. Iba ya por el segundo «que le jodan» cuando Corben cortó la comunicación.

Faruk lo miraba con unos ojos como platos y con expresión de desconcierto.

—¿Qué ha dicho?

Corben negó ligeramente con la cabeza.

—No le interesa.

Faruk dejó escapar un pesado suspiro.

—Entonces no tiene usted nada que pueda canjear por *sitt* Evelyn.

Aquello era verdad. Pero él sabía quién tenía el libro. Y ahora tenía su número de teléfono.

Abu Barzan había dicho a Faruk que iba de camino a entregar la mercancía, y había añadido que le iban a pagar al día siguiente por la noche. Eso le daba a Corben un margen de algo más de veinticuatro horas para dar con su paradero. Si Abu Barzan estaba de viaje y necesitaba permanecer en contacto con su comprador, probablemente no tendría tiempo de cambiar de teléfono, ni tampoco se arriesgaría a ello. Corben confiaba razonablemente en que Olshansky fuera capaz de ubicar su posición.

Ahora que reflexionaba sobre ello, se dio cuenta de que las cosas no se habían dado demasiado mal. Claro que el descubrimiento de que existía otro comprador complicaba la situación. Por otra parte, también había sacado a la luz a una persona que Corben tenía el mismo interés por encontrar, una persona que había conseguido permanecer oculta en las sombras desde mucho antes de que Corben tuviera noticia de nada. Y aquello, en sí mismo, ya era un avance importante.

Sólo quedaba Faruk.

Allí sentado, jadeando, gimiendo y manchando de sangre el coche que Corben había tomado prestado de la embajada.

Corben sabía lo que eran las heridas como aquélla. Sabía que en televisión a la gente que recibía un disparo siempre se le decía que había tenido suerte de que fuera «solamente» una herida en la carne, y que en cuestión de días estaría dando brincos por ahí, sin otra cosa que lucir que un gran vendaje de color blanco. Pero la realidad era muy distinta. La mayoría de los balazos requerían hospitalización y gotero intravenoso. Las infecciones se producían con facilidad y eran cosa común. Y una herida como la de Faruk iba a exigir, como mínimo, un mes en el hospital. Además, era muy probable que notara sus efectos, de un modo u otro, durante el resto de su vida.

Y aquello era un problema.

Tal como le había dicho a Faruk, en un hospital no estaría a salvo del *hakim*, que poseía contactos en la policía libanesa. Además, lo último que quería era que el *hakim* se enterase de que a Faruk le habían pegado un tiro. Y aunque no capturase a Faruk en el acto, averiguaría lo que Corben ya sabía, y éste perdería cualquier ventaja que pudiera tener sobre él.

Los detectives del Fuhud tomarían parte en el asunto. El jefe de la comisaría. Y la prensa también, seguramente. Todo movimiento, toda decisión que tomara Corben o que quisiera tomar, sería analizada con microscopio. También se verían implicados el embajador y el gobierno del Líbano. Si averiguaran algo sobre las piezas que tenía en su poder Abu Barzan y consiguieran apoderarse de ellas, tal vez plantearan un intercambio con el *hakim* y las canjearan por Evelyn. El *hakim* conseguiría lo que buscaba, volvería a replegarse en las sombras y Corben se quedaría sin nada, excepto frustración y toneladas de informes que rellenar. Y si el *hakim* no lograba capturar a Faruk, o si no se llevaba a cabo ningún canje, también desaparecería.

Aquello descartaba el hospital.

Tampoco podía dejar a Faruk en la embajada. Allí no disponían de los servicios médicos necesarios. Ya sería bastante malo que Faruk muriera en el hospital, pero si moría estando en la embajada... El embajador era un hombre honrado y de principios, y no ocultaría la presencia de Faruk, ni ante al Departamento de Estado ni ante las autoridades locales. La muerte de Faruk en suelo estadounidense crearía un revuelo que echaría todo a perder.

Y él no conseguiría lo que estaba buscando.

Al pensar en ello de manera desapasionada, no veía que Faruk fuera a serle ya de utilidad. Simplemente se había metido en aquel embrollo de forma accidental, y ahora que él sabía lo que sabía Faruk de Abu Barzan, el iraquí había quedado obsoleto.

Más que obsoleto.

Era un lastre.

Mirara a donde mirara, lo único que veía Corben en el hecho de retener a Faruk eran preguntas, obstáculos, complicaciones y aflicción.

Lo cual, en realidad, no le dejaba muchas alternativas. Se giró hacia Faruk. El iraquí herido parecía un animal vapuleado, encogido sobre sí mismo y empapado de sangre. La cara le brillaba de sudor y tenía un color ceniciento, acentuado por la luz pálida y difusa del bosque. Le temblaba todo el cuerpo, y las manos, estremecidas y cubiertas de plastones de sangre, seguían presionando la herida débilmente. Miraba a Corben con ojos asustados y apagados que a duras penas conseguía mantener abiertos.

Abrió la boca seca y agrietada para decir algo, pero Corben le indicó con un gesto tranquilo que no hablara. Se inclinó hacia él y le dijo:

—Lo siento.

Faruk lo miró con una débil expresión de desconcierto.

Entonces Corben se abalanzó sobre él. Una mano se situó detrás de la cabeza, para sujetarla con firmeza. La otra aferró la cara de Faruk y se la estrujó con fuerza, cerrándole la boca y la nariz.

Faruk abrió los ojos como platos y agitó los brazos, pero no le quedaba fuerza en ellos. Corben bajó una mano y le asestó un puñetazo junto a la herida del costado, un golpe que le hizo expulsar el aire en un débil aullido de dolor y doblarse hacia delante. Corben volvió a empujarlo contra el asiento sin aflojar la tenaza que le impedía respirar. Faruk empezó a toser y jadear produciendo un sonido profundo, como un gorgoteo, con los ojos casi fuera de las órbitas mientras miraba a Corben con un terror primitivo. Corben apretó con más intensidad y notó que el iraquí iba perdiendo las fuerzas, notó que los últimos soplos de vida abandonaban su maltrecho cuerpo, hasta que la fútil resistencia cesó completamente.

46

Por la ventana de la salita de la oficina de prensa, Mia se fijó en el Pathfinder que pasaba junto al anexo y se dirigía a la parte posterior del complejo. La ventanilla del lado del conductor estaba abierta, lo cual le permitió ver a Corben, que llevó el coche hasta un aparcamiento cubierto que estaba separado del edificio principal, como una adicional medida de seguridad contra los coches bomba.

Se puso en pie de un salto y se asomó. Se le aceleró el pulso al enfocar la mirada en el coche. El ángulo no le permitía ver a nadie en el asiento del pasajero. Transcurrieron unos segundos interminables antes de que por fin apareciera Corben por detrás de la protección del aparcamiento.

A Mia se le cayó el alma a los pies. Venía solo.

Peor aún, se lo veía cubierto de algo que sólo podía ser sangre. Y por si aquello no fuera suficiente, el severo ceño que le oscurecía el rostro lo decía todo.

Mia sintió que le flaqueaban las rodillas. Volvió a dejarse caer en la silla, sintiendo un enorme desgarro interior.

No había conseguido traer a Faruk.

No había manera de hacerse con el libro.

No tenían nada que canjear por su madre.

Corben cerró los ojos y dejó que el chorro de agua caliente lavara el cansancio de su cuerpo dolorido. El gimnasio de la embajada era un remanso de paz, sin ventanas y escondido en el sótano del anexo, y en aquel preciso momento el cubículo de la ducha le concedió un respiro momentáneo de la sangre y la mugre del que había sido el día más intenso que había vivido desde que lo enviaron a aquella agitada ciudad.

Mientras conducía de vuelta a la embajada había pensado detenidamente en lo que iba a decir a sus jefes —el jefe de la comisaría y el embajador— antes de ir a verlos y ponerlos al corriente de todo. Habían disparado a Faruk. Con resultado de muerte. Había fallecido antes de que él pudiera llevarlo a un hospital. Y a aquellas alturas sólo se le ofrecía una única alternativa: necesitaba cerciorarse de que los secuestradores no averiguaran que Faruk había sido asesinado. Si se enteraban, podrían suponer que con él se había perdido la ubicación de las piezas, y que en tal caso no habría nada que canjear por Evelyn.

No podía llevar el cadáver a la embajada, que era técnicamente suelo estadounidense. Y tampoco podía entregárselo a la policía. Habida cuenta de los numerosos contactos que los secuestradores tenían desplegados en ella, averiguarían que Faruk estaba muerto mucho antes de que llegara a enfriarse su cadáver. Tenía que hacerlo desaparecer. Al menos durante unos días. Y así ganar algo de tiempo para buscar otra manera de recuperar a Evelyn.

De modo que se internó un poco más en los pinares que había al este de la ciudad y arrojó allí el cadáver, junto a una pequeña pista que apenas se utilizaba. No había nadie alrededor. Cuando terminaran por descubrir el cuerpo, Corben y la embajada podrían negar totalmente que supieran nada del asunto. Sí, Corben se había ido con él en el coche, pero Faruk había resultado herido en el tiroteo y se había arrojado fuera del coche cuando éste quedó atascado en el tráfico y salió huyendo. Una teoría completamente plausible era la de que los hombres que lo perseguían, y que habían matado al profesor, consiguieron atraparlo. Para entonces, todo el asunto probablemente estaría ya zanjado y cubierto de polvo, y nadie se preocuparía de la suerte que había corrido un extranjero ilegal, y mucho menos uno procedente de Iraq.

En realidad, Corben no podía escoger. Se le planteaba una decisión difícil de tomar, en aquel momento. Era eso, o poner en peligro la empresa en su totalidad. Y a aquello no estaba dispuesto. El premio que pretendía obtener era demasiado trascendental para eso.

Sacudió la cabeza para apartar sus dudas, y pronto su pensamiento migró hacia algo más productivo. Olshansky había conseguido un éxito preliminar en cuanto a la localización del teléfono móvil de Abu Barzan. No se encontraba en el norte de Iraq, como habían supuesto. La señal viajaba desde algún punto situado en el este de Turquía, cerca de la frontera con Siria. Olshansky iba a necesitar un poco de tiempo para estrecharle más el cerco. Le había dicho a Corben que estaba seguro de poder darle la ubicación de aquel individuo, pero que trabajar hacia atrás para dar con la persona con la que se había puesto en contacto iba a resultar más difícil, y después añadió no sé qué tecnicismos acerca de sistemas de redes incompatibles de los que Corben no hizo caso.

La ubicación no le sorprendió. Un comprador extranjero no iba a correr el riesgo de aventurarse en Iraq para tomar posesión de las piezas, y Mosul —el lugar de procedencia de Abu Barzan— no estaba lejos de la frontera turca. Corben conocía bastante bien aquella zona. Era predominantemente kurda, a uno y otro lado de la frontera, igual que Mosul. Supuso que el comprador habría dispuesto que la transacción se llevara a cabo en Batman, Mardin o Diyarbakir. Aquellas tres ciudades tenían un aeropuerto que operaba con vuelos regionales y compañías chárter, y todas se encontraban a pocas horas en coche de la frontera entre Turquía e Iraq.

Era un intercambio que Corben no quería perderse.

La revelación que le hizo Faruk de que había un comprador dispuesto a pagar una cantidad impensable por el pequeño alijo de Abu Barzan puso en duda todos los planes de Corben. Hasta aquel momento, su principal objetivo había sido el *hakim*, el único hombre presente en su radar del que sabía que estaba persiguiendo aquel sueño de forma implacable. Y ahora aquel comprador misterioso suscitaba su interés tanto como el *hakim*. De alguna manera se las había arreglado para enterarse antes que el *hakim* de que el libro estaba disponible. Había triunfado sobre él en el empeño de hacerse con el libro. Diablos, bien podía ser que supiera más que el *hakim* sobre aquel libro y sobre su significado. La cuestión era la siguiente: ¿lo que sabía bastaba para que el *hakim* dejara de tener importancia para los planes de Corben, o su trabajo estaba incompleto? ¿Habría averiguado ya el tratamiento, o necesitaba los extraordinarios recursos e instalaciones del *hakim* para convertir el sueño en realidad?

Ahora se le planteaban dos objetivos a Corben. Uno de ellos se pondría en contacto con él, de forma ineludible. El *hakim* supondría que Corben tenía en su poder a Faruk —y el libro— y que deseaba negociar. El otro acudiría a una discreta cita en algún punto del este de Turquía. Corben necesitaba estar presente en ella, pero tenía que hallar el modo de hacerlo poniendo él las condiciones y sin involucrar a sus colegas de la embajada. A aquellas alturas, aparte del comprador misterioso y del propio Abu Barzan, nadie más estaba al tanto de la inminente transacción. Y él deseaba dejarlo tal cual por el momento, al menos hasta que pudiera organizar su viaje a Turquía según sus condiciones. Necesitaba escoger bien lo que iba a decir, si quería llevarlo todo a cabo sin atraer la atención de forma excesiva.

De un modo u otro, la fase final del juego estaba cerca.

Kirkwood estudió el rostro de Corben mientras escuchaba su informe cada vez con más preocupación.

Las cosas no se habían desarrollado acordes con el plan. Había que reconocer que Corben había ido improvisando sobre la marcha. Nunca había existido garantía alguna de que fueran a poder interceptar la llamada efectuada a Ramez, y mucho menos de que pudieran adelantarse a los secuestradores en la tarea de capturar a Faruk. Corben lo había hecho notablemente bien y había capturado al iraquí antes que ellos, y casi lo había logrado del todo, de no haber sido por una desafortunada bala que acertó a hundirse en el costado de Faruk.

Escrutó los demás rostros de la sala. El embajador y Hayflick, el jefe de la comisaría, también escuchaban atentamente la explicación que daba Corben y cómo iba hilando las ideas con una claridad impresionante.

—Entonces, ¿qué es lo que tenemos? —preguntó el embajador—. ¿Sabemos dónde escondió las piezas que están buscando los secuestradores de Bishop?

Corben negó con la cabeza.

—No me ha dado tiempo a obtener de él esa información. Se encontraba en estado de *shock* y no hacía más que murmurar incoherencias en árabe, hasta que su cuerpo pudo más que él.

El embajador asintió con gravedad.

Kirkwood seguía con la mirada fija en Corben. Le gustaría saber si éste sabía también que no había ningún alijo de piezas que encontrar. La llamada de Abu Barzan había suscitado varias preguntas inquietantes en Kirkwood, y dado que Faruk no había sido capturado por los secuestradores, el otro comprador no era uno de ellos. Lo cual quería decir que era otra persona. Y que aquello hubiera sucedido todo al mismo tiempo suponía demasiada coincidencia para descartar la posibilidad de que el otro comprador estuviera relacionado con Corben, si es que no era él mismo.

Lo cual le permitió hacer ciertas deducciones sumamente preocupantes.

Una de ellas era que Corben, muy posiblemente, estaba al tanto de la próxima transacción a efectuarse en Turquía. La otra era que, teniendo en cuenta los ulteriores motivos que parecía perseguir, recuperar a Evelyn sana y salva quizá no fuera exactamente prioritario para él.

—¿Cree usted que los secuestradores van a ponerse en contacto? —sondeó Kirkwood.

—Tienen que hacerlo —especuló Corben—. En este preciso momento creen que nosotros tenemos a Faruk, y eso significa que han de suponer que también tenemos el alijo. Y eso es lo que persiguen ellos. Tengo que pensar que llamarán y ofrecerán canjear a Evelyn por las piezas. Por lo menos, espero que lo hagan. Ahora mismo, tiene todos los visos de ser nuestra única oportunidad de recuperarla.

Se hizo un grave silencio en la habitación.

«No es suficiente», pensó Kirkwood. No se sentía cómodo con aquella estrategia de esperar y rezar, con el peligro potencial que entrañaba un falso canje si en efecto llamaban. Necesitaba azuzar la situación.

—Tenemos que enviarles una señal —sugirió—. Un mensaje. Para hacerles saber que estamos dispuestos a realizar un intercambio. —Se volvió hacia el embajador—. Tal vez usted podría hacer una declaración a la prensa, algo así como «Estamos esperando tener noticias de los secuestradores, para poder solucionar las cosas y darles lo que necesitan a fin de concluir este asunto de una forma que favorezca a todas las partes». Ese tipo de cosas.

Al embajador se le nubló el semblante.

—Usted conoce de sobra nuestra política a la hora de negociar con terroristas. ¿Y quiere que salga por la televisión y los invite a realizar un intercambio?

—No son terroristas —le recordó Kirkwood—. Son contrabandistas de antigüedades.

—Vamos, Bill. Ése es un matiz del que no va a percatarse nadie. Para la mayoría de la gente que lo estará viendo, unos y otros son la misma cosa.

Kirkwood frunció el ceño con frustración.

—¿Y qué me dice de la otra Bishop? Una hija suplicando de forma conmovedora que regrese su madre.

—En eso no veo ningún problema —concedió el embajador—. Muy bien. Ya prepararé algo. Pero va a resultar difícil que nos salga bien semejante farol, teniendo en cuenta que no tenemos las piezas.

—Si recibimos esa llamada y quieren negociar, recuperaremos a Bishop pase lo que pase —le aseguró Hayflick—. Podemos montarlo de manera que la ventaja la tengamos nosotros.

Kirkwood se volvió hacia Corben. Creyó detectar una pizca de incomodidad en su expresión endurecida, pero ésta no dejaba entrever gran cosa. Se limitó a aceptar la sugerencia de Kirkwood con un breve gesto de asentimiento.

En el fondo del cerebro de Kirkwood había otra cosa que pugnaba por recibir atención. Cada vez más, tenía la sensación de que iba a ser inevitable. Él y sus socios estaban todos de acuerdo al respecto. «Haz todo lo que puedas por liberar a Evelyn sin dejar el proyecto a la vista. Pero si te ves en la necesidad, haz uso del libro.» Como aún no había visto el libro, no estaba seguro de que el hecho de renunciar a él fuera a poner nada al descubierto, pero sí que podía hacer peligrar el trabajo que habían realizado hasta entonces y un legado que llevaba cientos de años elaborándose.

Pero no era una decisión que tuviera que tomar por el momento. No venía al caso tomarla mientras los secuestradores no establecieran contacto.

Notó una vibración en el bolsillo y extrajo su móvil. Miró el número del llamante. Era su principal contacto en la ONU.

—Perdonen, tengo que contestar esta llamada —se disculpó con los demás al tiempo que se levantaba de su asiento y se apartaba de la mesa.

La voz contundente que habló al otro extremo de la línea fue directa al grano:

—Eso que me preguntaste —dijo su contacto de la ONU—. Lo del *hakim*. Creo que tengo algo para ti.

El tono contrito con que hablaba Omar inflamó al *hakim*.

—Se escapó, *mu'alimna*. Lo tiene el americano.

El *hakim* ardía de incredulidad. ¿Cómo podía haberle fallado

Omar... otra vez? Contaba con todas las ventajas necesarias. Contaba con los recursos, los contactos, la potencia de fuego, y aun así había fallado.

Omar recitó de un tirón su explicación y sus excusas, pero el *hakim* lo silenció con un feroz reproche. No necesitaba conocer los detalles, tan sólo le importaban los resultados. Y necesitaba gente capaz de proporcionarle los que deseaba. Cuando aquello terminara, tendría que ocuparse de sustituir a Omar. Tendrían que proporcionarle a alguien que fuera más de fiar. Más capaz. Alguien que hiciera bien el trabajo.

Permitió que se le calmara la respiración y se concentró en el movimiento siguiente. Sabía que todavía le quedaba un triunfo en la manga. Le darían lo que quería a cambio de la mujer, de eso no le cabía la menor duda. Pero aquel canje entrañaría riesgos, y teniendo en cuenta la reciente hoja de servicios de Omar, no estaba en absoluto asegurado que pudieran lograrlo sin dejar una pista. El *hakim* odiaba correr riesgos innecesarios, pero la ineptitud de Omar había hecho que fuera ineludible correr uno bien grande. El canje de rehenes nunca era a prueba de necios, para ninguna de las partes.

Pero había algo más que le corría por las venas, algo mucho más venenoso que la inminente amenaza que suponía el canje: el americano había vuelto a humillar a sus hombres, y eso significaba que lo había humillado a él. Aquello constituía una afrenta personal, un insulto grave, que el *hakim* consideraba intolerable e imperdonable. Aquella transgresión tenía que ser castigada. Era necesario restaurar el orden.

—Llama a tus contactos. Hazlo ya. Quiero saber todo lo que haya que saber acerca de ese americano —rugió—. Todo.

47

Refugiada en su habitación del hotel, Mia se estaba viendo en la televisión con tranquilo desapego. Observaba fijamente la pantalla, en la que su propia cara la miraba de forma extraña, recitando la súplica cuidadosamente preparada que le había entregado Corben antes de dejarla en las manos del agregado de prensa de la embajada. Sin embargo, la imagen de la pantalla no hacía mella en su subconsciente; se le antojaba una realidad alternativa, un universo paralelo surrealista que estaba contemplando a través de una rasgadura en un continuum al estilo de *Matrix,* excepto que no lo era. Era real. Brutalmente, incuestionablemente real.

Con pesadumbre, había llamado a Nahant, a casa de su tía, justo antes de la rueda de prensa. Cuando su tía contestó al teléfono, su voz alegre indicaba que todavía no había leído nada de lo del secuestro. Mia hizo acopio de valor hablando primero de cuestiones banales y a continuación, con sumo cuidado, le contó a su tía lo que había sucedido. Fue una conversación difícil, pero su tía era una mujer fuerte y, aunque se preocupó enormemente, se lo tomó con estoicismo. Mia la avisó de la rueda de prensa y le aseguró que se estaban haciendo todos los esfuerzos posibles por encontrar a Evelyn y recuperarla sana y salva, y añadió que sí, que ella también tendría mucho cuidado. Colgó con una sensación de opresión en el pecho.

Bajó el volumen y se puso a meditar sobre las lúgubres noticias que le había dado Corben. Con Faruk muerto y el alijo desaparecido, no había nada que canjear por su madre. Y eso sí que era una noticia nefasta. Se le había ocurrido regresar al apartamento de Evelyn a rebuscar entre sus cosas, por si encontraba otro libro, algo que llevara el símbolo de la serpiente y que pudiera serle de utilidad, algo que incitara a los secuestradores a efectuar un trueque, pero Corben descartó rápidamente aquella idea. Él mismo había estado allí y no había encontrado nada que pudieran usar en lugar del libro.

Además, en aquel momento todo era una mera hipótesis. Aquellos hijos de puta todavía no habían establecido contacto. Para sus adentros esperaba —rezaba— que lo hicieran. Tenían que establecer contacto. ¿Qué interés tenía secuestrar a su madre, si no era para canjearla por algo?

El informativo pasó a otro suceso más edificante. Apagó la televisión y recorrió la habitación con la mirada. Odió la profunda soledad que se respiraba allí dentro y se acordó de la noche anterior, cuando estaba en el apartamento de Corben. Aunque apenas lo conocía, su presencia le resultaba reconfortante. Cayó en la cuenta de que con él, en las pocas horas que hacía que lo conocía, había pasado más que con la mayoría de los hombres con los que había salido. Pensó en llamarlo, para averiguar si había alguna novedad, pero enseguida enterró la idea, segura de que no era nada acertada.

Miró la cama y supo que el sueño, si conseguía llegar, tendría que ser con coacción, sobornos y mimos.

Cogió la tarjeta que servía de llave y el teléfono móvil y se encaminó hacia la puerta.

En la penumbra de su cuarto de estar, Corben apagó la televisión y se dirigió al dormitorio. Había sido un día tremendo, probablemente el más difícil de toda su vida. Todo el tiempo se había sentido impulsado por un torrente de adrenalina, pero ahora dicho pozo estaba completamente seco. Notaba el cansancio de la batalla en todos los poros del cuerpo, que reclamaba a gritos que le diera un respiro. Y, desde luego, él no pensaba discutírselo.

Se metió en la cama y apagó las luces. Las persianas opacas lo aislaron del mundo exterior, y dejó divagar la mente. Ésta se resistió al principio, empeñada en reflexionar sobre las tareas que lo aguardaban.

Sus pensamientos se centraron en la llamada realizada por Evelyn Bishop a Tom Webster. Corben había pedido a un analista de proceso de datos de Langley que introdujera aquel nombre en el sistema. Hubo demasiadas coincidencias, pues se trataba de un nombre sorprendentemente común. Corben le facilitó al analista la edad estimada del sujeto y un poco de información sobre él a fin de reducir el campo, pero iba a llevar tiempo asociar el nombre a una identidad, si es que sucedía tal cosa.

A continuación pasó al asunto más acuciante que tenía entre manos. La última actualización que le había proporcionado Olshansky demostraba que el tratante iraquí se había detenido a hacer noche en Diyarbakir, una pequeña localidad situada en el sureste de Turquía, a unos ochenta kilómetros de la frontera con Siria. Corben había pensado que se dirigiría a Mardin, que se encontraba a un par de horas menos de la frontera iraquí. Las dos ciudades tenían aeropuerto, pero el de Diyarbakir era más grande, la ciudad también era mayor, y los visitantes no corrían el riesgo de llamar tanto la atención. Empleando el sistema de triangulación, Olshansky había localizado al tratante dentro de un radio de cincuenta metros, lo cual, en un sitio tan remoto como Diyarbakir, no estaba nada mal.

Corben necesitaba calcular cómo llegar allí sin alertar a sus colegas de lo que pudiera encontrar. La Agencia tenía gente en aquella zona en general, pero no deseaba delegar en nadie. Quería estar allí en persona, y no quería que Hayflick ni nadie, ya puestos, conociera el verdadero motivo. Pensó en servirse del rastreo telefónico que había realizado Olshansky para justificar el viaje. Podría decir que se trataba de una persona a la que había llamado Faruk desde el café. Una persona de interés. Diyarbakir estaba a sólo 480 kilómetros. En un avión pequeño, no tardaría más de un par de horas en llegar. Tendría que organizar dicho vuelo a primera hora de la mañana si quería llegar a tiempo para cuando se presentase el comprador misterioso.

La idea de aquel encuentro le causó satisfacción, y sirvió para arrullarlo y sumirlo en un sueño que necesitaba con urgencia.

Dos pisos por encima de la habitación de Mia, Kirkwood levantó la vista de su ordenador portátil y miró a medias la declaración que estaba haciendo la joven por televisión. Ya la había visto en uno de los otros canales locales. Los encargados de prensa de la embajada lo habían hecho muy bien, y también Mia; sin duda alguna, los secuestradores de su madre captarían el mensaje.

Pero su atención se hallaba presa en otra parte, y sus ojos se enfocaron de nuevo en la pantalla de su portátil y en el siniestro archivo que le había enviado por correo electrónico el contacto que tenía dentro de la ONU. Ya lo había leído una vez, y estaba a punto de leerlo nuevamente.

Era el archivo del *hakim*.

El archivo arrojaba luz sobre Corben, ya que era el agente asignado para seguirle la pista. El propio Corben no tenía nada raro. Las misiones que había llevado a cabo eran el pan de cada día para la Agencia en Oriente Medio, nada demasiado agresivo ni demasiado violento. Era la información relativa al *hakim* lo que había desconcertado a Kirkwood.

Sus contactos en Iraq habían mencionado que en los últimos años alguien había estado preguntando en varias ocasiones por el Ouroboros, pero que nunca habían conseguido averiguar quién realizaba dichas indagaciones. Bajo el régimen de Saddam, la gente tenía miedo de hablar.

Y más todavía en este caso.

Volvió a examinar el informe, con el corazón encogido de asco. Lo que se había descubierto en Iraq era más que atroz. Las autopsias que se les habían realizado a algunos de los cadáveres encontrados tras la redada efectuada en el complejo del *hakim* confirmaron, con detalles abrumadores, en qué trabajaba aquel individuo. Quedaban pocas dudas de qué era lo que andaba buscando.

Muchas de las técnicas que había probado el *hakim* se habían ensayado en animales de laboratorio, principalmente ratones, y habían alcanzado diversos grados de éxito en el rejuvenecimiento de dichos animales o en el intento de prolongarles la vida. La cosa era que el *hakim* no empleaba animales. Estaba realizando los mismos experimentos en seres humanos.

Uno de aquellos experimentos, llevado a cabo por neurocientíficos italianos y norteamericanos a principios de la década de los noventa, consistía en transplantar tejido extraído de las glándulas pineales de ratones jóvenes a ratones viejos, y viceversa. Dicho en términos sencillos, los ratones viejos se volvían jóvenes, y los jóvenes se volvían viejos. Los primeros parecían más sanos, podían correr alrededor de la jaula y dar vueltas en la rueda con un vigor sorprendente, y vivían más tiempo que los ratones de control de su misma edad. Los segundos perdían brillo en el pelo, se hacían cada vez más lentos, hasta el punto de no poder realizar cosas básicas que hacían con facilidad antes del trasplante, y morían más pronto. Las autopsias demostraron también que varios de los órganos internos de los ratones viejos que habían recibido el trasplante mostraban claros signos de rejuvenecimiento. Y dado que la glándula pineal es la responsable de la producción de melatonina, dicho rejuvenecimiento se atribuyó a un incremento de los niveles de melatonina de los receptores del trasplante, lo cual disparó la moda de tomar suplementos de melatonina.

Sin embargo, la imagen de conjunto no era tan prometedora. Los científicos que estudiaron los resultados con más detenimiento descubrieron que los ratones que se utilizaron en los experimentos tenían un defecto genético que de hecho les impedía producir melatonina. Por lo tanto, resultaba patentemente absurdo atribuir la mejora en su fisiología a la melatonina. Pero demostrar que la melatonina no era responsable de que tuvieran una vida más sana y más larga no negaba el hecho de que, efectivamente, parecían más jóvenes y vivían más. Aquello obedecía a algo. Y no era la melatonina.

Las autopsias indicaban que algunos de los experimentos del *hakim* tenían como fin averiguar si los injertos y trasplantes de la glándula pineal tenían el mismo efecto en los seres humanos. Pero realizar dichos experimentos en humanos no resultaba fácil. La glándula pineal, que en el cuerpo humano tiene sólo el tamaño de un guisante, se encuentra situada en el centro del cerebro. Está activa sobre todo durante la pubertad, y después, en la edad adulta, se calcifica y según se cree se vuelve obsoleta. Lo cual quiere decir que las únicas glándulas pineales que merece la pena extirpar tendrían que proceder de niños o de adolescentes, y la microcirugía endoscópica necesaria para llegar a dicha glándula era compleja y delicada y entrañaba un serio peligro para el donante.

Claro que eso no suponía ningún problema si uno contaba con una reserva inagotable de niños prescindibles.

El otro problema importante era que los experimentos para prolongar la vida se llevaban a cabo en su mayoría en especies que tenían una vida corta, a fin de poder observar y documentar los cambios dentro de un plazo de tiempo razonable. Las efímeras, o moscas de mayo, resultaban ideales, dado que vivían muy poco. También se empleaban mucho los gusanos nemátodos, que tenían una vida de aproximadamente dos semanas, al igual que los ratones de laboratorio, aunque el período vital de éstos, de unos dos años, los hacía menos adecuados. Los seres humanos necesitaban períodos de observación mucho más largos para poder advertir algún cambio significativo. Eso quería decir que, después de someterse a los tratamientos extremos del *hakim*, los sujetos de ensayo tenían que permanecer encarcelados meses, o años, antes de que los resultados de sus experimentos comenzaran a notarse.

Las autopsias revelaron que el *hakim* no estaba jugando sólo con la glándula pineal, sino que había otras que también formaban parte de su repertorio, como la pituitaria y el timo, así como los testículos de los varones y los ovarios de las mujeres. En algunas víctimas, había limitado la experimentación a estudiar los efectos de diversas hormonas y enzimas en el cuerpo de los sujetos. Su trabajo había avanzado notablemente, y abarcaba tanto sustancias básicas para aumentar la longevidad como la telomerasa, como obsesiones más recientes, tales como la proteína PARP-1. El equipo que tenía a su disposición era el último grito en tecnología, y estaba claro que él era un experto cirujano y biólogo molecular.

De manera invariable, sus sujetos de prueba sufrían una muerte horrible. Algunos de los hombres, mujeres y niños que entraban en su quirófano en camilla eran utilizados para extirparles los órganos que le eran de utilidad y después eran desechados sin más. Otros, los receptores, soportaban períodos prolongados viviendo con los efectos de los demenciales procedimientos del *hakim*, y cuando por fin sus cuerpos se rendían, él desde luego no sentía el menor escrúpulo a la hora de abrirlos en canal para echar un vistazo y ver qué había salido mal, antes de arrojar sus restos a fosas comunes.

Kirkwood sintió náuseas. Notaba cómo le quemaba la bilis en el fondo de la garganta. Él conocía a científicos que habían huido a países menos concienciados en los que pudieran continuar con sus grotescos experimentos sin preocuparse de los activistas y de los comités de ética. Pero esto era distinto. Esto iba mucho más allá de lo que él hubiera considerado humanamente posible.

Esto era auténtica maldad.

La parte más sorprendente de todo aquello era que a Corben, según el informe, se le había asignado la tarea de buscar al *hakim*.

Pero no para detenerlo.

Sino para aprovecharse de sus talentos.

No era la primera vez. Los gobiernos siempre estaban dispuestos a olvidar antiguas ofensas, por muy horrorosas que fueran, y a bailar con el diablo si ello les permitía hacerse con investigaciones innovadoras y de gran valor. El gobierno de Estados Unidos había sido uno de los primeros en adoptar dicho modelo. Lo hizo con científicos de cohetes nazis. Lo hizo con expertos rusos en guerra nuclear, química y biológica. Y, por lo visto, estaba muy dispuesto a hacerlo también con aquel *hakim*.

La misión de Corben consistía en encontrar al *hakim* y meterlo en el redil. El secuestro de Evelyn le había proporcionado un modo de conectar con él. Pero aquello tenía que significar que para ellos Evelyn era prescindible. Un medio para alcanzar un fin. Nada más.

Recordó la inesperada llamada telefónica de Abu Barzan. El comprador que apareció por sorpresa. Al mismo tiempo que Faruk fue herido de muerte.

Mientras estaba bajo la custodia de Corben.

Antes de morir.

¿Hasta dónde estarían dispuestos a llegar?

Iba a tener que modificar sus planes.

Kirkwood se preguntó quién más estaría en el ajo. ¿Estarían todos implicados? Hayflick, el jefe de la comisaría... probablemente. El embajador... tal vez no. Kirkwood no había recibido aquella impresión de él, pero claro, aquella gente se ganaba la vida mintiendo.

Iba a tener que llamar a los demás e informarlos de sus descubrimientos. Sabía que estarían de acuerdo. Tenía que cortocircuitar la misión de Corben, aunque con ello pusiera en peligro el proyecto. De ello dependía la vida de Evelyn, y también la de innumerables inocentes que podían acabar en la mesa de operaciones de aquel monstruo.

Las imágenes de las víctimas del *hakim* le salían al paso a cada momento. Sabía que aquella noche iba a tardar mucho en conciliar el sueño.

Una ráfaga de golpes amortiguados despertó de súbito a Corben.

Se incorporó bruscamente, y sus ojos apenas distinguieron el brillo fantasmal de los números del reloj despertador, que señalaba las 2:54 de la madrugada, su turbio cerebro todavía estaba arrancando y esforzándose por procesar algún ruido en el límite mismo de su umbral auditivo: unas pisadas rápidas que corrían sigilosas por las frías baldosas del suelo de su apartamento y venían derechas hacia él.

Comprendió lo que estaba pasando, e, instintivamente, su mano se movió hacia el cajón de la mesilla de noche para coger la pistola, pero justo cuando cerraba los dedos en torno a la culata, se abrió de par en par la puerta del dormitorio y entraron tres individuos cuyos rasgos no logró distinguir en la oscuridad. El primero de ellos cerró el cajón de una patada atrapando la muñeca de Corben. Éste se retorció de dolor y se giró a tiempo para vislumbrar el brazo levantado del hombre, que se abatía sobre él igual que un rayo del cielo.

Le pareció ver que empuñaba una pistola, una fracción de segundo antes de que el golpe entrara en contacto con su cráneo y lo sumiera de pronto en la negrura más absoluta.

48

La azotea del hotel Albergo tenía un ambiente apacible y sosegado, lo cual representaba un cambio agradable frente al caótico ajetreo del bar del hotel anterior en que paraba Mia. Nunca había estado allí. Escondidas entre los jazmines y las higueras enanas, había un puñado de personas esparcidas por los oscuros recovecos de aquel oasis colgante que miraba las azoteas de la ciudad y, allá a lo lejos, el mar. Encontró un rincón tranquilo y pronto estuvo disfrutando del reconfortante abrazo de un martini. E. B. White había denominado a aquella bebida «elixir de la quietud», y en aquel momento le parecía precisamente de lo más acertado.

Estaba demasiado ensimismada en sus pensamientos para percatarse de que era la única persona que no iba acompañada. Habían sucedido muchas cosas en las últimas cuarenta y ocho horas, y su cerebro tenía mucho que meditar.

Estaba buscando un camarero para que le sirviera otra copa cuando apareció Kirkwood y se reunió con ella. Compartieron una ronda y se entretuvieron en una charla intrascendente, comentando brevemente los encantos del hotel y las contradicciones de aquella ciudad. Mia notó que Kirkwood tenía el pensamiento en otra parte, porque sus ojos irradiaban una inquietud profunda, y era obvio que había algo que lo atormentaba.

Él fue el primero en llevar la conversación hacia la dura marea contra la que estaban luchando.

—Te he visto en la televisión. Has estado genial. Seguro que funcionará. No hay duda de que ese *hakim* captará el mensaje. Y llamarán.

—Pero ¿y luego, qué? —preguntó Mia—. No tenemos nada

que ofrecerles, e intentar colarles un farol... —Dejó la frase sin terminar.

—Los chicos de la embajada saben lo que hacen —la tranquilizó Kirkwood—. Ya prepararán algo. Se las arreglaron para capturar a Faruk antes que los hombres del *hakim*, ¿no?

Mia se dio cuenta de que Kirkwood tampoco estaba muy entusiasmado con la perspectiva, pero agradeció el esfuerzo.

—Sí, y mira qué bien ha salido.

Kirkwood logró esbozar una media sonrisa.

—Tengo a mis contactos de Iraq trabajando en el tema. Estoy bastante seguro de que se les ocurrirá algo.

—¿El qué? ¿Qué pueden encontrar para cambiar la situación?

En realidad, Kirkwood no tenía ninguna respuesta que darle. En aquel momento pasó un camarero y rellenó discretamente los platitos de bastoncitos de zanahoria y pistachos. Luego, en un sorprendente giro de conversación, Kirkwood dijo:

—No estaba enterado de que Evelyn tenía una hija.

—No estaba aquí —repuso Mia—. Estaba viviendo con mi tía. En Boston. Bueno, cerca de Boston.

—¿Y tu padre?

—Murió antes de nacer yo.

Una sombra cruzó el rostro de él.

—Lo siento.

Ella se encogió de hombros.

—Estuvieron juntos en Iraq. En aquella cámara. Y un mes después, él va y se muere en un accidente de tráfico. —Levantó la mirada hacia Kirkwood. Su voz había perdido el tono ligero de antes—. Esa serpiente que se muerde la cola. Es todo un amuleto de la suerte, ¿a que sí?

Kirkwood guardó silencio y asintió con gesto sombrío.

—Quiero decir: ¿en qué diablos está pensado ese demente? —exclamó enfadada—. ¿Es que pretende revivir alguna plaga de la Biblia, o de verdad espera encontrar una poción mágica que le permita vivir eternamente? No se puede razonar mínimamente con un tipo así.

Kirkwood alzó una ceja.

—¿Tú crees que el *hakim* está buscando una especie de fuente de la juventud? ¿De dónde has sacado esa idea? He visto el informe sobre él, y no menciona eso por ninguna parte.

Mia lo desechó con un gesto de la mano y, casi burlándose de sí misma, mencionó la conversación que había tenido con Boustany sobre los elixires.

Kirkwood bebió un sorbo de su cóctel, como si sopesara lo que iba a decir a continuación. Dejó el vaso y miró a Mia.

—Bien, tú eres la genetista. Dímelo tú. ¿Realmente es tan demencial?

—Por favor —se burló Mia.

Kirkwood no se reía. Estaba serio.

—¿Me estás preguntando si es posible? —dijo ella.

—Lo único que digo es que no hay más que fijarse en que hace pocos años los trasplantes de cara eran impensables, y en cambio ahora se hacen. Si se piensa en lo que ha avanzado la medicina en los últimos años... resulta asombroso. Y lo que se sigue avanzando. Hemos conseguido trazar el mapa del genoma humano. Hemos clonado una oveja. Hemos logrado fabricar tejido cardíaco partiendo de células madre. Así que no sé. A lo mejor eso es posible.

—Naturalmente que no —replicó Mia rechazando la idea.

—Una vez vi un documental sobre un científico ruso de los años cincuenta, creo que se llamaba Demijov, que estaba investigando los trasplantes de cabeza. Para demostrar que era factible, injertó la cabeza y la parte superior del cuerpo de un cachorro de perro en otro más grande, y creó un perro de dos cabezas. Aquel bicho anduvo por ahí tan contento y vivió seis días. —Se encogió de hombros—. Y ése es sólo un caso que conocemos.

Mia se inclinó hacia delante con los ojos brillantes de convicción.

—Los trasplantes consisten en conectar de nuevo nervios y venas, y sí, puede que un día incluso la médula espinal. Pero esto es diferente. Aquí de lo que se trata es de frenar el daño que sufren nuestras células, nuestro ADN, nuestros tejidos y nuestros órganos, con cada inspiración que hacemos. Estamos hablando de los errores que se producen en la replicación del ADN, de que las moléculas de nuestro organismo son bombardeadas por los radicales libres y sufren mutaciones erróneas, y por eso van degradándose con el tiempo. Estamos hablando del desgaste.

—Precisamente ahí es adonde quiero llegar yo. No cuentan los años que tiene el coche, sino los kilómetros que ha recorrido —dijo intencionadamente—. Tú estás hablando de que las células sufren daños y se rompen, lo cual es muy distinto de decir que están programadas para vivir un determinado tiempo y luego morir. Es como si uno se compra un par de zapatillas deportivas. Las usa, se las pone para correr, las suelas van desgastándose y la zapatilla termina por deshacerse. Si uno no las usa, no se desintegran por haber estado varios años metidas en la caja. Desgaste. Por eso es por lo que nos morimos, ¿no es verdad? No existe ningún reloj que le diga a nuestro cuerpo que se le ha agotado el tiempo. No estamos programados para morir, ¿no?

Mia se revolvió en su asiento.

—Ésa es una manera de pensar.

—Pero es la que se lleva la palma actualmente, ¿no es así?

Mia sabía que aquello era cierto. Era una especialidad con la que había coqueteado, pero al final torció en otra dirección, sabiendo que la investigación antienvejecimiento era el pariente pobre del que nadie quería hablar. La biogerontología, la ciencia del envejecimiento, venía teniéndolo difícil desde, en fin, desde el Jurásico.

En los círculos oficiales, no se la consideraba muy alejada del curanderismo de los alquimistas y la charlatanería de los vendedores de aceite de serpiente de antaño. Los científicos serios, aferrados a la creencia tradicional de que hacerse viejo es algo inevitable, se cuidaban mucho de no dedicarse a algo que estaba condenado al fracaso, y todavía se cuidaban más de no ser ridiculizados si intentaban explorarlo. Los organismos del gobierno no financiaban la biogerontología, la desechaban por considerarla una fantasía inalcanzable y eran reacios a que los vieran financiando algo en lo que su electorado en realidad no creía —a causa de lo que le habían dicho y enseñado— que fuera posible. ncluso cuando se les mostraban argumentos de peso y descubrimientos muy convincentes, quienes manejaban las finanzas no querían ni acercarse al tema, debido a creencias religiosas muy arraigadas: los seres humanos envejecen y mueren. Así funciona el mundo. Es lo que quiere Dios. Es inútil e inmoral intentar superarlo. La muerte es una bendición, nos demos cuenta de ello o no. Los buenos se vuelven inmortales, por supuesto, pero sólo en el Cielo. Y no hay que pensar siquiera en discutirlo con el Consejo de Bioética del presidente. La prevención del envejecimiento supone, todavía más que Al Qaeda, una malévola amenaza para nuestro digno futuro como seres humanos.

Caso cerrado.

Y, sin embargo, en un contexto más amplio, hasta el momento los científicos habían obtenido éxitos espectaculares en prolongar la vida humana. Durante una buena parte de la historia de la humanidad, la esperanza media de vida, esto es, el número medio de años que se espera que viva un ser humano, osciló entre veinte y treinta. Ese promedio estaba fuertemente desviado hacia abajo debido a una causa principal: la mortalidad infantil. Morían tres o cuatro niños pequeños por cada persona que lograba eludir la peste, esquivar el tajo de una espada y llegar a los ochenta años. De ahí el bajo promedio. Los avances en la medicina y en la higiene —agua limpia, antibióticos y vacunas— permitieron que los niños pequeños sobrevivieran hasta alcanzar la edad adulta, y eso consiguió que el promedio de vida aumentase de forma espectacular en los cien últimos años, lo que se suele llamar la primera revolución de la longevidad. En el siglo XIX la esperanza de vida llegó a los cuarenta años, en el sigo XX alcanzó los cincuenta, y en la actualidad estaba alrededor de ochenta en los países desarrollados. De hecho, desde 1840 la esperanza media de vida había venido aumentando un cuarto de año cada año. Se demostró de forma insistente que los demógrafos que predecían un límite máximo para nuestro período vital estaban equivocados.

La diferencia crucial estribaba en que dicha prolongación de la vida se había conseguido gracias al desarrollo de vacunas y antibióticos que no se habían concebido con el propósito de alargar la vida, sino con el de ayudar a combatir las enfermedades, un fin indiscutiblemente loable. El matiz tenía una importancia crítica. Y había sido sólo recientemente cuando tuvo lugar un cambio de paradigma en la actitud de la comunidad de la investigación médica hacia el envejecimiento, que pasó de percibir éste como algo inevitable y predestinado a considerarlo algo mucho menos draconiano: una enfermedad.

Una sencilla analogía era la de que, hasta hacía poco, el término Alzheimer se empleaba exclusivamente para referirse a quienes padecían esa forma de demencia por debajo de determinada edad, alrededor de los sesenta y cinco. Si estaban por encima de dicha edad, no padecían ninguna enfermedad, sino que estaban sencillamente seniles, y no merecía la pena hacer nada al respecto. Formaba parte del proceso de hacerse viejo. Esto cambió en la década de 1970, cuando una persona senil de noventa años de edad recibió un tratamiento no distinto del de otra de cuarenta que sufría de Alzheimer; ahora se consideraba que las dos padecían una enfermedad que los investigadores estaban esforzándose en comprender y curar.

De forma muy parecida, la «vejez» empezó a verse cada vez más como una enfermedad. Una enfermedad sumamente compleja, desconcertante y de múltiples facetas, pero una enfermedad al fin y al cabo.

Y las enfermedades pueden curarse.

La revelación clave que puso en marcha ese nuevo enfoque fue una respuesta decepcionantemente simple a la pregunta fundamental de por qué envejecemos. La respuesta era, dicho de manera sencilla, que envejecemos porque en la naturaleza no había ninguna otra cosa que envejeciera.

O, para ser más exactos, casi ninguna.

Durante miles de años —prácticamente casi toda la evolución de la humanidad— en medio de la naturaleza y lejos de los mimos y los avances del mundo civilizado, los seres humanos y los animales rara vez llegaban a la vejez. Sufrían los estragos de los depredadores, las enfermedades, el hambre y la intemperie.

No tenían la oportunidad de hacerse viejos.

Y la obsesión de la naturaleza ha sido siempre cerciorarse de que sus organismos se reproduzcan, perpetuar la especie, nada más. Lo único que pedía a nuestro cuerpo, lo único para lo que estábamos diseñados desde el punto de vista de la evolución, era que alcanzáramos la edad reproductiva, que tuviéramos crías y que las alimentáramos hasta que fueran lo bastante mayores para sobrevivir por sí solas en la naturaleza.

Eso era todo.

Eso era lo único que preocupaba a la naturaleza.

Aparte de eso, éramos superfluos, tanto el hombre como los animales. Aparte de eso, todas las células que formaban nuestro organismo no tenían otro motivo para mantenernos vivos.

Y dado que no teníamos ninguna posibilidad de sobrevivir mucho más de la edad reproductiva, la naturaleza concentró sus esfuerzos —con toda razón— en acumular posibilidades a nuestro favor para que alcanzáramos dicha edad y nos replicáramos. La selección natural sólo se preocupó de que llegáramos a la edad de reproducirnos y —con razón, y nuevamente para desgracia de quienes deseaban quedarse aquí un poco más de tiempo— escogió un período breve durante el que reproducirnos, porque eso resultaba más eficiente: permitía que fuera más corto el lapso entre generaciones, que hubiera más mezcla de genes, lo cual permitía una mayor adaptabilidad a los entornos hostiles. Todo ello quería decir que un proceso —el envejecimiento— que en realidad nunca se manifestaba en la naturaleza, en estado salvaje, no podría haber evolucionado genéticamente.

La naturaleza, aunque nos hacía evolucionar, no sabía qué era el envejecimiento.

Dicho de otro modo, el envejecimiento no estaba programado genéticamente en nuestro organismo.

Esto dio lugar a una visión del envejecimiento radicalmente nueva.

Si no estábamos programados para morir, si lo que nos mataba era el desgaste —decía el razonamiento—, entonces quizá, sólo quizá, podíamos ser reparados.

49

Un punzante olor a sales agredió los sentidos de Corben y lo devolvió a la vida. De inmediato tuvo conciencia de un agudo dolor que le palpitaba en la nuca, y se sintió extrañamente incómodo. Comprendió que tenía las manos y los pies atados por detrás de la espalda, y las piernas dobladas del todo hacia atrás, al contrario de la postura fetal. Además, estaba todavía en calzoncillos. La boca y la mejilla las notaba apretadas contra algo duro y áspero que parecía papel de lija, y sentía la garganta reseca. De forma instintiva intentó pasarse la lengua por los labios, pero en ellos encontró tierra seca. La escupió y tosió.

Miró nervioso a su alrededor, en un intento de captar rápidamente el entorno, y vio que estaba tumbado en el suelo, de costado, en una especie de campo. Era un lugar sin ruidos. Estaba iluminado de lleno por las agresivas luces de los faros de un coche aparcado; más allá vio que aún era de noche, aunque ya se empezaba a ver el débil resplandor del sol que despuntaba por detrás de unas montañas que había a su derecha.

Montañas. Al este. Archivó aquella idea, y supuso que debía de encontrarse en algún punto del valle Bekáa. Y si estaba a punto de amanecer, quería decir que llevaba fuera de su casa por lo menos un par de horas. Lo cual lo llevó a hacer un cálculo de cuánto tiempo se tardaba en llegar allí en coche desde Beirut, sobre todo a aquellas horas de la noche, en que las carreteras estaban desiertas.

A medida que se le iban despertando las terminaciones nerviosas, fueron anunciándose nuevos dolores y contusiones por todo el cuerpo. Intentó cambiar a una postura que fuera menos forzada, pero su esfuerzo fue retribuido con una brusca patada en las costillas propinada por una bota, que le causó un afilado dolor en todo el costado.

Se encogió hacia delante, tensando la cuerda de náilon que le sujetaba las manos y los pies, todavía tendido de lado y con la cara hundida en el duro suelo. Entonces giró la cabeza hacia arriba y vio al matón picado de viruela que lo miraba con gesto burlón.

—*Jalás* —oyó decir a alguien. «Ya basta.»

Por el rabillo del ojo percibió un movimiento. El propietario de la voz que había hablado se acercaba en medio del resplandor de los faros. Desde donde se encontraba, en el suelo, Corben sólo alcanzó a distinguir los zapatos —mocasines de cuero, de aspecto caro— y el pantalón negro. La cara estaba demasiado alta para poder verla.

El hombre se aproximó a Corben hasta que sus pies quedaron a escasos centímetros de su rostro. Él intentó rodar despacio, torpemente, para quedar un poco más boca arriba, pero sus piernas flexionadas hacia atrás se lo impidieron. El otro se limitó a permanecer allí de pie, contemplándolo como si fuera un insecto. La verdad era que Corben no lograba distinguir sus facciones, pero sí reparó en que se trataba de un individuo delgado, bien afeitado y con el cabello color plata y más bien largo.

La sensación de vulnerabilidad e impotencia resultaba desconcertante. Y, como para confirmarlo, el hombre levantó el pie, lo elevó por encima de la cara de Corben y acto seguido, con naturalidad, despacio, le puso la suela del zapato encima de la nariz. Al principio no apoyó su peso en ella, pero luego fue apretando poco a poco, aplastándole la nariz y las mejillas, provocándole un dolor insoportable en toda la cara conforme le iba incrustando la cabeza en el suelo.

Corben intentó zafarse, pero el pie del otro lo tenía inmovilizado. Dejó escapar un grito de dolor, medio amortiguado, para que cesara aquella tortura.

Pero el otro no cedió, y prolongó el sufrimiento de Corben durante unos segundos más antes de retirar el pie. Luego lo contempló ceñudo, estudiándolo con detenimiento.

—Usted tiene algo que yo quiero —dijo en un tono de voz teñido de mofa y desprecio.

Corben escupió la arena y la tierra que tenía en la boca.

—Y usted tiene algo, alguien, que queremos nosotros.

El hombre volvió a levantar el pie y lo sostuvo en el aire por encima del rostro de Corben, amenazante. Corben no se inmutó. El otro aguantó un poco más con el pie levantado, como si se dispusiera a aplastar un bicho, pero por fin lo retiró.

—No creo que esté usted en situación de jugar duro —le dijo con calma—. Quiero el libro. ¿Dónde está?

—Yo no lo tengo. —A través de su visión borrosa, Corben captó el acento que tenía el que le hablaba. Era del sur de Europa, sin duda. Posiblemente italiano. Guardó aquella idea a buen recaudo.

El hombre hizo una seña a alguien que estaba detrás de Corben. Antes de que pudiera ver quién era, sintió otra fuerte patada en el costado.

Lanzó un chillido de dolor.

—Le digo que yo no lo tengo, maldita sea.

El otro pareció sorprenderse.

—Naturalmente que lo tiene. Tiene en su poder al iraquí.

—No lo tengo todavía, ¿vale? Lo tendré mañana. —El tono de voz de Corben rebosaba de rabia. Intentó ver con más claridad la cara del otro, pero su visión aún estaba distorsionada por la presión del zapato, y además los faros del coche cegaban lo poco que podía alcanzar a ver—. No lo llevaba encima —añadió furioso.

El otro lo miró fijamente desde arriba.

—No quiero más juegos. Consígame el libro, o de lo contrario haré de su vida un infierno. Para lo cual, como puede ver, estoy capacitado de sobra.

Corben lo miró con fiereza y determinación.

—Le conseguiré el libro. Quiero que lo tenga usted. Pero también quiero otra cosa.

La voz de su captor adquirió un deje de intriga.

—¿Oh?

Corben sentía cómo le latía el pulso en los oídos.

—Sé en qué está trabajando.

El otro frunció los labios en actitud de duda.

—¿Y en qué estoy trabajando?

—He visto su laboratorio. En Saddamiya. Las fosas comunes. Los cadáveres despedazados. El banco de sangre. —Corben lo miró fijamente. Se le estaba aclarando la vista y empezaba a ver con nitidez las facciones del otro. Clavó la mirada en él y agregó—: He estado allí, *hakim*. —Entonces detectó el leve respingo, el que delataba que había dado en el clavo.

Y en aquel instante supo que había encontrado a su hombre.

Hasta aquel momento, lo había sospechado, había supuesto que el médico de Bagdad también tenía que ver con el secuestro de Evelyn, pero no tenía la seguridad. Nunca había visto una foto del *hakim* ni había oído su voz, ni mucho menos lo había conocido en persona. Y aunque no era de esta manera como esperaba tener su encuentro con la bestia, ni mucho menos, allí lo tenía, de pie ante él... o más bien encima de él.

De repente lo recorrió un confuso escalofrío de horror y euforia a la vez.

—Incluso enviamos a varios expertos forenses a echar un vistazo —siguió diciendo—. Vieron los cadáveres, los restos de las intervenciones quirúrgicas, el equipo que dejó usted. Los órganos guardados en los frascos. Y las conclusiones que sacaron fueron... sorprendentes.

Hizo una pausa, sopesando la reacción del *hakim*. Éste se limitó a mirarlo impasible, con la boca y los ojos convertidos en estrechas ranuras. Corben le concedió unos instantes para que calara lo que había dicho, y luego le preguntó:

—¿Ha conseguido descubrirlo?

—Así que usted quiere mi trabajo de investigación, ¿es eso? —El *hakim* se burló con desprecio—. ¿Ha venido a ofrecerme la bendición y el apoyo del gobierno de Estados Unidos a cambio de que yo comparta mi trabajo con ustedes?

—No. —La mirada de Corben se endureció—. Los del gobierno de Estados Unidos, no. Sólo los míos.

50

—Según lo que he leído —le dijo Kirkwood a Mia—, los hermanos gemelos tienen exactamente los mismos genes, pero no viven el uno tanto como el otro ni mueren por las mismas causas, y no estoy hablando de los que son atropellados por un autobús. Se han llevado a cabo estudios que demuestran que el ADN de cada gemelo desarrolla mutaciones dañinas propias. Si el envejecimiento estuviera codificado genéticamente dentro de nosotros, los dos envejecerían de la misma forma. Pero no es así. El deterioro de sus células se acumula de manera aleatoria, igual que nos sucede a los demás.

Mia bebió otro sorbo de su copa al tiempo que reflexionaba sobre aquella pregunta.

—¿Te das cuenta de lo que conlleva eso de «repararnos»? Estamos hablando de células como las del cerebro y el corazón, que no son reemplazadas cuando mueren, de mutaciones cromosómicas que conducen al cáncer, de la acumulación de proteínas en el interior y el exterior de las células... Son muchas las formas en que nuestro organismo va desmoronándose con el paso del tiempo.

—Querrás decir con el desgaste —la corrigió Kirkwood con una sonrisa.

—Sí, bueno, la vida es puro desgaste, ¿no? —Mia se encogió de hombros—. No tengo previsto encerrarme en un monasterio del Tíbet, lejos de todo estrés, a pasar el resto de mi vida canturreando melodías y meditando para ganar un par de décadas.

—Después de Beirut... podría resultar de lo más aburrido —bromeó Kirkwood.

—Aunque la verdad es que, pensándolo mejor... ahora mismo no me importaría disfrutar de un poco de aburrimiento.

Kirkwood asintió, solidario, pero después su expresión se tornó seria.

—Lo único que digo es que es posible. Lo que pasa es que todavía no sabemos cómo. Se cree que el cáncer se puede curar, ¿no? Estamos trabajando en ello. Puede ser que tardemos cien años más en encontrar la cura, pero existen muchas posibilidades de que algún día demos con ella. Forma parte de nuestro modus operandi. No hace mucho, las infecciones, desde los simples virus hasta las pandemias de gripe, eran la causa principal de muerte. La peste se consideraba una maldición de Dios. Pero hemos aprendido que las cosas no son así. Ahora que hemos domesticado esas enfermedades, vivimos lo suficiente para experimentar enfermedades cardíacas y cáncer. Hace cien años, se creía que eran incurables, a diferencia de las infecciones. Se creía que salían de dentro de nosotros. Pero ahora sabemos que no es así. Y una vez que las tengamos domesticadas, ¿quién sabe qué efecto tendrá eso en el resto del organismo?

Mia lo observó con curiosidad.

—Por lo que parece, sabes mucho de estas cosas.

Kirkwood sonrió.

—La verdad es que tengo un interés personal.

Mia lo miró, no muy segura de cómo tomarse aquel comentario. Kirkwood calló unos instantes, como si estuviera fomentando aquel momento de incertidumbre, y luego añadió:

—Lo tenemos todos, ¿no es cierto? No creo que nadie quiera morirse antes de lo previsto.

—¿Así que de verdad te lo tomas en serio? ¿Y también te matas de hambre y te tomas doscientas pastillas al día?

Muchos biogerontólogos importantes seguían un régimen de ejercicio regular, el único recurso aceptado universalmente para tener una vida más sana y más larga. Además, se medicaban con vitaminas y antioxidantes y tenían mucho cuidado con lo que comían. De vez en cuando, esto último lo llevaban al extremo de forma insensata, pues se sabía que una restricción severa del número de calorías prolongaba la vida —en los animales, no en seres humanos—, aunque la mayoría estaban de acuerdo en que contaba con graves desventajas en el apartado de calidad frente a cantidad.

—Yo me cuido, por supuesto —concedió Kirkwood—. ¿Y tú?

Mia levantó su vaso con gesto sarcástico.

—Esto, y las balas. No es precisamente lo ideal, si uno espera romper la barrera de los cien años —bromeó. Depositó el vaso y observó fijamente el rostro de Kirkwood. Había algo en su expresión que no decía, una cautela que le resultaba impenetrable—. Pero, hablando en serio —insistió—, tú estás más en sintonía con estas cosas que una persona que simplemente se cuida.

—En la ONU tenemos una pequeña división que se llama Organización Mundial de la Salud... ¿te suena? —la aguijoneó Kirkwood—. He estado presente en varios comités. Contamos con un amplio abanico de iniciativas en relación con el envejecimiento, pero en su mayoría tienen que ver con mejorar la calidad de vida de las personas mayores. Sin embargo, también organizamos debates y preparamos algunos estudios en profundidad, los cuales yo me molesto en leer... dado que tengo un interés personal y todo eso. —La miró con intención—. Tú ya estarás enterada de los avances que se están haciendo en biología molecular. La ciencia y la tecnología están experimentando un crecimiento exponencial. Ese crecimiento acelerado posee el potencial de encoger las proyecciones lejanas y transformarlas en un futuro tangible. Lo que pensamos que podría tardar cientos de años en conseguirse podría llegar en sólo unas pocas décadas. Se podría cultivar órganos para trasplantes a partir de células madre; las propias células madre podrían inyectarse en el cuerpo para repararlo. Las posibilidades son infinitas. Y ni siquiera estoy hablando de sueños lejanos como la inteligencia artificial y la nanotecnología; estoy hablando de lo que sabemos que es factible. Y si nuestro cuerpo puede ser reparado, si el desgaste celular puede detenerse o repararse una vez, no hay razón alguna por la que no pueda repetirse dicho proceso. Sería como llevar nuestro coche a revisión cada diez mil kilómetros. Ello podría permitirnos vivir muchos más años, o, si forzamos esa noción hasta su conclusión lógica, incluso podríamos estar (de hecho, tengo la impresión de que en la actualidad muchos científicos están convencidos de que ya estamos) al borde de lograr la inmortalidad médica. Y si eso es lo que está buscando el *hakim*... explicaría muchas cosas, ¿no crees?

Mia, con la frente contraída, reflexionó sobre aquella posibilidad.

—¿En serio piensas que algunos alquimistas primitivos que trabajaron hace mil años pudieron averiguar algo que hoy en día sólo estamos empezando a comprender que podría ser posible?

Kirkwood se encogió de hombros.

—En la antigua Grecia ya empleaban el moho como antibiótico. Hace menos de cien años, los científicos lo perfeccionaron y lo llamaron penicilina, pero lleva miles de años existiendo. Y lo mismo sucede con la aspirina. Estoy seguro de que tú sabes que la usaban los fenicios, igual que los asirios, los nativos americanos y otros muchos pueblos. Al fin y al cabo, no es ciencia aeroespacial. Es un sencillo proceso de oxidación de un polvo extraído de la corteza del sauce. Ahora pensamos que todo el mundo debería tomar una dosis pequeña a diario para mantener a raya las enfermedades del corazón. Ayer mismo estuve leyendo que los chilenos están volviendo a descubrir los remedios de sus tribus mapuche indígenas para toda clase de enfermedades, y de que están funcionando muy bien. Hay muchas cosas que desconocemos. Lo único que hace falta es encontrar un compuesto, tal vez un potente depredador de radicales libres que sea capaz de reparar el daño que causa la oxidación en nuestras células. Un solo compuesto. No es tan imposible de imaginar.

—Pero, aun así —replicó Mia—, con todo lo que sabemos, con todos nuestros conocimientos, no hemos conseguido fabricarlo.

—No estaría mal si se estuviera realizando un gran esfuerzo para prevenir el envejecimiento, pero no es así. Lo cierto es que hay muy pocas personas trabajando en eso. Los científicos no se sienten precisamente muy motivados a meterse en ese campo. Los gurús del gobierno, los líderes religiosos y los científicos «defensores de la muerte» les dicen que no es posible, y que aunque lo fuera, no es algo que nos convenga precisamente. Los medios de comunicación son muy rápidos en eso de lanzarse sobre cualquier cosa que parezca prometedora, y eso tiene el efecto de convertir cualquier empresa seria en un chiste apologista. A todos los científicos serios que estudian ese campo les preocupa, y con razón, que los igualen con el ejército de charlatanes que hay por ahí vendiendo juventud y siendo nominados para los Premios Vellocino de Plata. Saben que no van a recibir financiación en cuanto se les ocurra mencionar que su trabajo tiene que ver con el antienvejecimiento, y ya ni siquiera utilizan esa palabra, ahora la disimulan bajo el término «medicina de la longevidad». Les preocupa trabajar en algo que, si se pretende demostrar que funciona en seres humanos, necesita décadas para arrojar resultados, lo cual puede provocar un gran desánimo cuando existen muchas posibilidades de fracasar, y si encima se van a reír de uno durante todo ese tiempo... Tú eres genetista. ¿Tú te meterías en ello?

Mia meneó la cabeza con melancolía. Aquello se acercaba demasiado para que se sintiera tranquila. Al parecer, todo el campo en el que trabajaba ella últimamente parecía minúsculo.

—¿Entiendes a qué me refiero? —prosiguió él—. Tú sabes lo que opina el gobierno de tu línea de trabajo. Ni siquiera están preparados para respaldar la investigación con células madre. Y lo mismo sucede con la Iglesia. Así que la financiación y los incentivos no existen. Pero las cosas están cambiando. Los nuevos megaricos están haciéndose viejos, y sienten interés. No quieren morir de manera innecesaria. Y averiguar algo así ocurre por chiripa, o bien con un montón de trabajo duro y un montón de dinero. ¿Cuánto nos gastamos en el Proyecto Manhattan? ¿En enviar un hombre a la Luna? ¿En la guerra de Iraq? ¿Acaso investigar si podemos reparar el cuerpo humano y erradicar enfermedades y estragos de la vejez no merece una décima parte de esa misma financiación? ¿Una centésima parte, incluso? Ni siquiera tenemos eso. ¿Sabes cuántas personas mueren todos los días de enfermedades relacionadas con la vejez? Cien mil. Cien mil muertes al día. —Hizo una pausa y se encogió de hombros—. A lo mejor merecía la pena pensarlo.

Dejó el vaso y calló unos instantes para dejar que calaran sus palabras.

—No me interpretes mal. Si eso es en lo que está trabajando ese *hakim*, no digo que esté justificado. Sus métodos son más que demenciales. Es un monstruo que merecería que lo destriparan y lo descuartizaran. Pero quizá, sólo quizá, lo que busca no sea tan irracional. Y si no lo es, imagina lo que sucedería si se descubriera.

Mia se terminó la copa y se reclinó en el asiento. Tenía el cerebro anegado de tantas posibilidades.

—Me parece que estoy empezando a entender su grado de compromiso. Si él cree que es siquiera remotamente posible... —De pronto se le iluminó la cara al comprender—. Tiene que estar desesperado por echarle el lazo a ese libro. Y eso podría darnos a nosotros una ventaja para recuperar a mi madre.

—Desde luego. —Kirkwood hizo una pausa—. ¿Has hablado de esto con Jim?

Mia negó con la cabeza.

—Hasta hace una hora, en el fondo no estaba segura de que hubiera nada de que hablar. ¿Por qué?

—Estaba pensando qué opinión tendrá él de todo esto. Sólo hemos hablado de los detalles operativos de lo que estaba sucediendo.

—Jim cree que ese tipo está trabajando en un arma biológica. Quizá debiera estar enterado también de todo esto. Lo llamaré mañana por la mañana.

Kirkwood hizo una mueca de incomodidad.

—Yo lo dejaría estar. En realidad no afecta a sus planes.

—Ya, pero si esto es posible, si es lo que está buscando el *hakim*... podría cambiar las cosas.

El semblante de Kirkwood se oscureció.

—Pero no para bien, en lo que se refiere a recuperar a Evelyn.

Mia experimentó una súbita punzada de preocupación al notar la seriedad de aquel comentario.

—¿Qué quieres decir?

Kirkwood la miró durante un momento, sopesando sus palabras. Cuando se inclinó hacia ella, la expresión ceñuda aún no había desaparecido de su rostro.

—Piénsalo. Jim es agente del gobierno. Si ahí fuera hay algo así, si saben que eso es, en efecto, en lo que está trabajando el *hakim*... ¿qué crees que harían? ¿Dejarlo en manos de un lunático? ¿O guardarlo en secreto?

51

La observación que hizo Corben tomó por sorpresa al *hakim* y lo hizo detenerse, aunque apenas por un instante.

—Y la ayuda y el apoyo de usted se supone que han de parecerme más atractivos que los de su gobierno, ¿no es eso?

Corben lo miró y contestó con voz calma y firme:

—Me pidieron que diera con usted. Que le siguiera la pista. Pero eso fue hace cuatro años. Desde entonces han cambiado muchas cosas. —Cambió ligeramente de postura, en un intento de aliviar la incomodidad del duro suelo.

—El desastre de las armas de destrucción masiva supuso para nosotros un parón —siguió diciendo—. «Informe de inteligencia» pasó a ser un insulto, un sinónimo de invención de la Casa Blanca. Nos transformó en unos parias. El movimiento en contra de la guerra y la prensa nos destrozaron. Empezaron a despedir a gente o a relegarla a puestos de menor importancia, incluido mi jefe. Cambiaron las prioridades. Todo el mundo estaba ocupado apuñalando por la espalda, apuntando con el dedo y escabulléndose para intentar salvar el culo, y en ese revuelo hubo muchas cosas que se perdieron. Una de ellas fue el informe sobre usted. La Agencia perdió el interés.

—Pero usted no —observó el *hakim* secamente.

—Yo no estaba seguro. Existían muchas posibilidades de que usted supusiera una pérdida de tiempo, una búsqueda inútil. Llevaba a cabo experimentos, contaba con todos los recursos y los conejillos de indias humanos que necesitaba, pero yo no tenía ni idea de si había tenido éxito en su trabajo. Y además había desaparecido sin dejar rastro, una maniobra perfecta. Hubiera abandonado y pasado a otra cosa, pero estaba el símbolo ese, el de la serpiente que se muerde la cola, grabado en la pared de una de sus celdas. Los de proceso de datos no habían averiguado sobre él nada que guardara relación, pero yo me puse a indagar al estilo antiguo en nuestros archivos de Langley y encontré algo. Un expediente viejo, olvidado hacía mucho tiempo. Se trataba de un informe de un hombre que la Agencia tenía en el Vaticano, un memorándum sobre un antiguo caso del siglo XVIII que incluía el símbolo de la serpiente, un falso marqués y un príncipe que estaba convencido de que aquel hombre no había envejecido un solo día en cincuenta años. —Corben advirtió que la mandíbula del *hakim* adquiría un perfil más pronunciado, más afilado—. Y me hizo preguntarme si usted sería simplemente un curandero más (Dios sabe que ya tenemos suficientes) o si de verdad estaba sobre la pista de algo. Así que mantuve una mentalidad abierta. ¿Sabe esos detectives que no son capaces de abandonar un caso sin resolver que los ha marcado? Pues usted era mi caso particular. Si en todo aquello había algo real, representaba mi billete de tren para salir de aquel sórdido pozo del trabajo de inteligencia, para hacer un corte de mangas a esos hijos de puta de Washington D. C., desagradecidos y santurrones, que no tienen el menor escrúpulo en utilizarnos y después colgarnos fuera a secar, una manera de largarme de allí bebiendo champán en el asiento trasero de un cochazo de lujo.

Todo aquello, al menos hasta la llamada telefónica a Abu Barzan, era la verdad. Ahora, en cambio, Corben ya no estaba seguro de que el *hakim* fuera la ruta más directa hacia la fuente de la juventud, si es que existía semejante cosa. Hasta que supiera todo lo que sabía el comprador misterioso. Pero no deseaba que el *hakim* supiera aquello. Por lo menos, de momento. Sobre todo si quería regresar a Beirut de una sola pieza.

—Después de Bagdad —finalizó Corben— me destinaron aquí. Mantuve los ojos y los oídos bien abiertos, por si surgía algo. Y aquí estamos. —Su tono de voz se endureció—. Nadie más sabe que usted está implicado. Nadie conoce la relación. Creen sencillamente que esto tiene que ver con unos contrabandistas que se pelean por unos despojos de guerra. Eso es lo que les he hecho creer yo. Y puedo hacer que lo sigan creyendo.

El *hakim* desvió la mirada y asintió para sí mismo de forma casi imperceptible. Al parecer, estaba meditando lo que había dicho su cautivo.

—¿Qué cree que podría ofrecerme usted que yo no tenga ya? —le preguntó por fin.

—Oh, puedo ofrecerle varias cosas. Acceso a nuestro sistema de inteligencia, a nuestros recursos. Investigación. También puedo proporcionarle una red de seguridad. No sé dónde ha estado escondido usted desde que Bagdad implosionó, pero esta parte del mundo no es la más estable, y si vuelve a estallar, quizá le convendría reubicarse en un sitio menos... latoso. Yo se lo puedo organizar. Papeles nuevos, una identidad nueva. Y si en efecto tiene algo que el mundo quiera, algo por lo que la gente esté dispuesta a pagar mucho dinero, yo puedo ser quien dé la cara por usted. Puedo servirle para desviar la atención y las sospechas hacia otra parte. Y no hace falta que le diga que se puede ganar mucho dinero.

El *hakim* continuaba con cara de póquer, mirando a Corben y reflexionando sobre lo que decía. Pasados unos instantes, y en el mismo tono de desdén, dijo simplemente:

—Creo que no —e hizo un seña a alguien que estaba detrás.

Corben sintió que lo recorría un escalofrío de alarma. Hizo un esfuerzo para ver qué pasaba, pero no pudo.

—¿Qué quiere decir con eso de que cree que no?

Apareció un hombre en la dirección del coche, portando un pequeño maletín. Lo abrió y lo sostuvo en alto. La tapa no dejó a Corben ver el contenido del mismo. El *hakim* introdujo las manos en él. Cuando volvió a sacarlas, sostenían una jeringuilla y un frasco pequeño. Entonces hizo una seña con la cabeza, con indignación e indiferencia, al hombre que estaba detrás de Corben. El individuo de la cara picada de viruela se agachó, agarró a Corben y lo inmovilizó mientras el *hakim* hundía la aguja en el frasco y llenaba la jeringuilla.

—Quiero decir que va a decirme dónde está el libro, que mis hombres me lo traerán, y que después decidiré si le permito vivir o no.

—No hay necesidad de esto, le digo que...

El de la cara picada de viruela asestó a Corben un puñetazo en el estómago que le hizo expulsar todo el aire. Éste sintió que le torcían el brazo para situarlo en posición y que le aplicaban rápidamente un torniquete por debajo del hombro, mientras el *hakim* se inclinaba sobre él y sacaba una burbuja de aire de la jeringuilla.

—¿Dónde está el libro?

Los ojos de Corben se clavaron en la aguja.

—Ya le he dicho que no lo tengo.

El *hakim* le inyectó el líquido. Segundos después, la sensación de quemazón subió rápidamente por sus venas convirtiendo la sangre en lava. Corben lanzó un grito de dolor. El *hakim* permaneció sobre él, observándolo con fría curiosidad.

—¿Dónde está el libro?

—¡No lo tengo! —chilló Corben.

El *hakim* empujó un poco más el émbolo.

—¿Dónde está el libro? —rugió.

Corben sentía la piel como si se la estuvieran friendo por dentro. La vista se le volvió borrosa a causa de las lágrimas.

—En Turquía —barbotó—. El libro está en Turquía.

El *hakim* extrajo la aguja.

La quemazón fue disminuyendo, como si se evaporizase por los dedos de las manos y de los pies.

—Siga.

Corben respiró hondo, con todo el cuerpo temblando por el efecto de la droga.

—Faruk, el tratante iraquí que fue a ver a Evelyn, no lo tenía en su poder. Sólo estaba intentando venderlo. Y el tratante que lo tiene se encuentra de camino a entregar el alijo a otro comprador.

Aquella última parte inflamó visiblemente el interés del *hakim*.

—¿Otro comprador? ¿Quién?

—No lo sé.

El *hakim* levantó la jeringuilla en gesto amenazante.

—No lo sé —insistió Corben—. No quiso decírmelo. Yo intenté hacer una contraoferta, pero el otro comprador ofreció todavía más.

No hubiera querido que el *hakim* se enterase de la existencia del otro comprador, y maldijo para sus adentros al darse cuenta de que el *hakim* estaba pensando lo mismo que él, desesperado por averiguar quién era la otra parte interesada.

—¿Dónde va a tener lugar ese intercambio?

—Aún no lo sé —respondió Corben a regañadientes—. Estamos siguiéndole la pista. Por lo visto, va a pasar la noche en Diyarbakir. El intercambio va a realizarse mañana. —Lanzó una mirada ceñuda a su captor—. Si quiere ese libro, va a tener que trabajar conmigo. Yo soy el único que puede obtener esa información de nuestro servicio de inteligencia, y si mañana por la mañana no me presento en mi despacho, ya puede olvidarse.

Una tenue sonrisa jugueteó en los labios del *hakim*.

—Oh, estoy seguro de que puede obtener esa información por teléfono. No me imagino a los agentes de la CIA teniendo que fichar todas las mañanas. Siempre que no se olvide de hacer la llamadita de control.

El *hakim* estaba bien informado. Sabía que la Agencia exigía a los agentes de campo que llamaran todas las mañanas a determinadas horas para confirmar que se encontraban bien. Corben miró al *hakim* mientras éste reflexionaba unos momentos y después añadía:

—¿Qué excusa tenía pensado utilizar para justificar su pequeña excursión a Diyarbakir?

—Que iba a investigar a una persona a la que había llamado Faruk. Sin mencionar el libro.

El *hakim* asintió con un gesto.

—Quiero ese libro —dijo con firmeza—. E incluso más que ese libro, quiero saber quién es el otro comprador. Voy a llevarlo a usted a Diyarbakir sin que se entere su gente. Pero mientras tanto, preferiría no tenerlo muy lejos de mí. Si más adelante necesita una salida, podrá decir que lo capturamos en su apartamento y lo obligamos a venir con nosotros. —Miró fijamente a Corben—. Lleve a mis hombres al lugar en que va a efectuarse ese intercambio. Vuelva con el libro y con el comprador, y luego podremos hablar de nuestro futuro. ¿Hay trato?

La mirada de Corben se endureció. Afirmó con la cabeza. No tenía mucho donde elegir. Si había algo evidente, era que aquel hombre era un tipo metódico.

Pero todavía quedaba una cuestión de la que hablar.

—¿Y la mujer, Evelyn Bishop? Habrá oído el anuncio del embajador. Jugaría con mejores cartas si lograra rescatarla en algún momento.

El *hakim* se encogió de hombros.

—Como he dicho, tráigame el libro y el comprador. Tal vez después pueda representar una escapada milagrosa y liberarla a ella también. —Miró con expresión interrogante al de la cara picada de viruela y le preguntó algo en árabe.

Corben se esforzó por mirar a su espalda, y vio que el asesino sacaba el teléfono suyo de un bolsillo. Le había quitado la batería, la cual sostenía en la mano.

El *hakim* asintió y acto seguido volvió a guardar la jeringuilla en el maletín e indicó con una seña a sus hombres que se lo llevaran. Seguidamente dio media vuelta y se alejó andando, con una seña tajante en dirección a sus hombres. Éstos se aproximaron a Corben.

—¿Así que es real? —exclamó Corben.

El *hakim* siguió andando.

—¿Funciona? —gritó Corben, persistente.

El *hakim* se detuvo, se volvió, y sus labios se curvaron en una sonrisa fina, irónica.

—Espero que no intente pasarse de listo. Siempre puedo encontrarle un hueco en mi pequeña clínica. ¿Nos entendemos?

Corben cruzó la mirada con el *hakim*. Se dio cuenta de que aquel hombre iba a ser imposible de refrenar, y supo que iba a tener que modificar sus planes conforme a dicha circunstancia. Si el otro comprador era un experto, Corben dejaría plantado al *hakim*. En aquel momento la idea de detener a aquel enfermizo hijo de puta, o, mejor todavía, de meterle una bala en la frente le resultaba sumamente placentera.

El *hakim* subió a un coche que aguardaba. Abandonó aquel lugar mientras sus hombres convergían sobre Corben, lo amordazaban con un trozo de cinta de embalar, lo levantaban del suelo y se lo llevaban igual que un saco de patatas para meterlo en el maletero de otro vehículo y dejarlo encerrado allí dentro.

52

El polvoriento sol matinal conspiró con las bocinas de los coches y los vendedores callejeros para despertar a Mia. A decir verdad, no había dormido nada bien, a pesar de que su cama era cómoda y mullida. Como si no fuera suficiente la idea de que la demencial aspiración del *hakim* quizá no fuera tan demencial, lo último que había dicho Kirkwood había creado un torbellino de confusión en su mente. Y los tres martinis probablemente ayudaron mucho a ese respecto.

Kirkwood tenía razón. Tenían que guardar todo aquello en secreto, por lo menos hasta que Evelyn estuviera a salvo.

Lo cual significaba ocultárselo a Corben.

Pensando en retrospectiva, Mia se acordó de que había percibido en Corben un cierto recelo la primera vez que lo vio en presencia de Kirkwood. ¿Cuál era el verdadero motivo de ello? ¿Sabría Corben más cosas de las que le había contado a ella? Recordó que Corben le contó lo del laboratorio de Bagdad; sugirió que tenía que ver con armas biológicas, pero no le dio una explicación satisfactoria de por qué el *hakim* pretendía apoderarse del códice, y repitió —de manera irritante, en opinión de ella— que aquel detalle no resultaba pertinente para el rescate de Evelyn. Si los experimentos del *hakim* tenían que ver con la longevidad, seguro que los expertos de la CIA lo habrían descubierto ya.

Lo cual quería decir que querían guardarlo en secreto.

Podía ser que ella estuviera totalmente equivocada, lo cual le parecía bastante probable. Pero también podía ser que, en la remota posibilidad de que lo que habían especulado ella y Kirkwood la noche anterior fuera real, Corben le estuviera ocultando cosas. Y aquello, se recordó a sí misma, no sería tan raro. Corben era de la

CIA, tenía una misión que cumplir. No decirle a ella toda la verdad no era algo que fuera a quitarle el sueño, precisamente.

Por otra parte, ella no sabía mucho de Kirkwood. Notaba en su actitud un cierto distanciamiento, un titubeo, casi timidez... respecto de algo. Pero también desprendía calma, una seguridad en sí mismo que provenía de poseer unos conocimientos muy perfeccionados. Con todo, en realidad no sabía nada de él. Se había presentado en Beirut con el deseo de ayudar a rescatar a Evelyn, trabajaba para la ONU, y eso era todo. Mia se dio cuenta de que también con él iba a tener que ser cautelosa. Los mismos motivos que la hacían desconfiar de Corben valían también para Kirkwood.

Sintió la boca seca y notó que el estómago protestaba con un gruñido. Decidió que el bufet resolvería el problema más deprisa que el servicio de habitaciones, se puso rápidamente unos pantalones *sport* y una camisa y se encaminó hacia el restaurante del hotel.

Estaba sumida en sus pensamientos y esperando el ascensor cuando de pronto se abrieron las puertas de éste. Dentro estaba Kirkwood.

A sus pies había un maletín de color plata y una mochila. Por lo visto, se marchaba.

Mia entró en el ascensor y miró fugazmente el rostro de Kirkwood y después el equipaje. Se le hizo un nudo en la garganta.

—¿Te vas?

Él tensó los músculos de la cara, como si lo hubieran pillado por sorpresa.

—No, es que... —balbució—. Voy a volver esta noche.

Mia asintió con un gesto, percibiendo su incomodidad. Decidió sondear un poquito más.

—Oye, he estado pensando en lo que estuvimos hablando anoche, y creo que debería contárselo a Jim. —Estudió su semblante—. A lo mejor serviría de ayuda.

Kirkwood tampoco había dormido bien. La conversación que tuvo con Mia en el bar de la azotea le había dejado una profunda inquietud. Había rozado apenas la verdad, y luego se había replegado. Y aquello suscitó un montón de preguntas en Mia. Preguntas que podían causarle problemas.

Era evidente que Corben y sus tratantes tenían sus propios motivos. Evelyn era prescindible, Kirkwood lo sabía de sobra. Mia no suponía una amenaza importante para ellos, pero si empezaba a hacer demasiadas preguntas y a convertirse en una molestia, sí que podían sentirse amenazados. Y él sabía cómo se las gastaba aquella gente cuando se sentía amenazada.

No era la primera vez que cometía aquel error. Guardar silencio acerca de la verdadera importancia de la serpiente que se mordía la cola había puesto en peligro a otras personas. Y no deseaba que volviera a suceder.

Desde luego, no deseaba que le sucediera a Mia.

—Antes de eso, vamos a hablar un poco más sobre el tema —dijo cuando se bajaron del ascensor. Recorrió el vestíbulo con la mirada y descubrió al agente que vigilaba a Mia sentado junto a la entrada del hotel, leyendo un periódico.

El agente saludó a Mia con un gesto de cabeza, y ella hizo lo propio y después se volvió hacia Kirkwood.

—Ya sé que no estás seguro de los motivos de Jim —presionó—, pero ha sido bastante franco conmigo y me ha contado qué es lo que tienen, y...

—Por favor, Mia —la interrumpió Kirkwood—, en esto tienes que fiarte de mí. —Miró el reloj e hizo un gesto de disgusto.

La noche anterior no había querido contarle todo. Aquella misma mañana había pensado en llamar a su habitación, para ponerla al corriente de lo que estaba ocurriendo, pero se contuvo.

Se la llevó aparte, hacia el pequeño bar biblioteca, fuera del campo visual del agente. Allí dentro no había nadie más.

—Esta misma mañana hemos recibido una información desde Iraq —mintió—. Yo ya había propagado la noticia a través de los contactos que tenemos allí sobre el terreno. Últimamente estamos dedicándonos muy activamente a intentar poner a buen recaudo el patrimonio histórico de Iraq, sobre todo después del desastre del Museo Nacional, hace cuatro años. En el pasado hemos ofrecido recompensas y amnistías, y esa estrategia ha obtenido mucho éxito. Y también nos ha ayudado a desarrollar una importante red de contactos dentro de la comunidad relacionada con las antigüedades. Sea como sea, creemos saber quién tiene las piezas que Faruk intentaba vender. Un tratante de Bagdad que lo conoce, bueno, que lo conocía, dijo a uno de los nuestros que Faruk le había mencionado dichas piezas. Afirmó que Faruk estaba intentando venderlas en nombre de otro tratante, un tipo de Mosul. —Se había saltado la parte difícil, pero es que ya estaba embalado—. Faruk no tenía las piezas consigo aquí, en Beirut. Por eso tenía sólo las Polaroids.

—Entonces, ¿el libro está todavía en Mosul? —Los ojos de Mia se iluminaron de interés.

—No. Está en Turquía. —Calló unos segundos para observar la reacción de Mia, antes de profundizar un poco más—: En estos momentos me dirijo hacia allá para traer el libro. Ven conmigo. Ya te buscaré un sitio en el avión.

Las preguntas y los sentimientos confusos atosigaban el cerebro de Mia.

No estaba segura de Kirkwood, pero claro, tampoco estaba segura de Corben. La única persona de la que podía fiarse de verdad en cuanto a mirar por los intereses de su madre era ella misma. Si el libro que podía liberarla estaba allí realmente, tenía que hacer todo lo que estuviera en su mano para que llegara a las manos de ellos —de ella— sano y salvo. Pero aún seguía sintiendo una molesta incertidumbre que reclamaba su atención y la advertía de algo.

—No puedo subirme contigo a un avión, así sin más —protestó.

—Mia, escúchame —insistió Kirkwood—. Hay cosas que no sabes.

Aquello la puso furiosa.

—¿Como cuáles? —preguntó en tono rabioso.

Kirkwood dejó escapar un suspiro de indecisión.

—Mira, lo siento, pero... anoche no fui del todo sincero contigo. Cuando mencionaste en la embajada a ese *hakim*, me las arreglé para hacerme con el informe que hay sobre él. —Mia captó la profunda preocupación que traslucía su tono de voz—. Lo que estuvimos hablando anoche es exactamente en lo que está trabajando. Y Corben y su gente lo saben.

A Mia se le descolgó la mandíbula.

—¿Los experimentos...? —Pero ya conocía la respuesta.

Kirkwood asintió con gesto sombrío.

—Eso es lo que les interesa.

Mia no supo hacia dónde girarse, pero desde lo más recóndito de su cerebro empezó a abrirse paso una certeza ineludible: no podía fiarse de Corben. Ya no. Por otra parte, el veredicto sobre Kirkwood todavía era una incógnita, pero no tenía muchas alternativas. De modo que tuvo que arriesgarse a buscar uno.

—¿Qué le digo al agente de ahí fuera? —preguntó en un tono sin inflexiones, señalando hacia el hombre que la vigilaba.

—No le digas nada.

—Está aquí para vigilarme. No va a permitir que me vaya contigo alegremente sin informar a Jim. —Aquel nombre le supo a veneno en la lengua.

Kirkwood frunció el entrecejo y reflexionó unos segundos.

—El restaurante que hay aquí al lado pertenece al hotel, pero tiene una entrada propia por la calle, un poco más adelante. Tienen que compartir la misma cocina. Yo tengo un coche afuera, esperándome. Vuelve a tu habitación, coge el pasaporte y lo que necesites llevarte y baja al restaurante por las escaleras, y desde allí sal a la calle. Yo estaré aparcado a la vuelta de la esquina.

Mia estaba a punto de irse cuando Kirkwood le puso una mano en el brazo.

—Por favor, Mia. Confía en mí. No te enfrentes a Jim. Todavía no. Hasta que sepamos que tenemos el libro a salvo. No quiero dar a nadie la oportunidad de que nos joda la posibilidad de recuperar a Evelyn.

Mia escrutó rápidamente su rostro. Sus ojos brillaban de sinceridad. O le estaba diciendo la verdad o desde luego era un embustero extraordinario.

Fuera lo que fuese, pronto lo iba a averiguar.

Afirmó con la cabeza y se dirigió al ascensor.

Kirkwood la observó irse con un nudo en el estómago. Ahora estaba comprometido. Ya no había vuelta atrás.

Consultó el reloj y decidió poner en marcha una precaución que había estado ponderando. Sacó su móvil y marcó el número del hombre destacado en Iraq que había llamado su atención respecto de Abu Barzan.

Era un tipo del que se podía fiar. Así lo demostraban varios años de colaboración, un par de pruebas de confianza superadas con éxito y un generoso anticipo económico.

No podía correr el riesgo de llamar él mismo a Abu Barzan. Sabía que si efectivamente era Corben el que había hecho la contraoferta por el libro, él y sus acompañantes conocían a Abu Barzan y tenían su número de teléfono. Podían estar vigilándolo. Y por el momento prefería no dar a conocer su verdadero interés.

El hombre destacado en Iraq contestó enseguida. Kirkwood le dijo lo que tenía que hacer. Tenía que hacerlo rápidamente y ser breve. Y también tenía que cuidarse mucho de no espantar a Abu Barzan. Le pidió que le devolviera la llamada desde otro número y lo informara de dónde iba a tener lugar la reunión.

Colgó, recogió el maletín y la mochila y se encaminó hacia la puerta.

53

Ochenta kilómetros al este de allí se hallaba Corben, tumbado en una cama estrecha y contemplando el frío color blanco de su celda. Aquella pequeña habitación carecía de ventanas, y no tenía ni idea de qué hora del día podía ser, pero en realidad no había dormido y no creía que hubieran transcurrido más que unas horas desde que lo metieron en el maletero del coche y se lo llevaron. Intentó imaginar lo que debían de estar pasando los otros prisioneros que había en el complejo del *hakim*. Visualizó mentalmente a Evelyn Bishop y se preguntó si estaría cerca de él y si algún día volvería a sentir el calor del sol.

En su cerebro fue tomando forma una imagen, y todas las piezas parecieron encajar. Debía de encontrarse en alguna ciudad del norte del Líbano o en Siria. Le pareció más probable lo segundo. El acento del matón de la cara picada de viruela y del resto de sus compinches delataba claramente su nacionalidad. Corben no hablaba mucho árabe, pero lo poco que sabía le permitía identificar los distintos acentos: libanés, iraquí, del Golfo, palestino, sirio. Y ahora que los había oído hablar era capaz de situar cada acento. Además, el trayecto en coche encajaba también, por lo menos la segunda etapa, la que había recorrido despierto. Una carretera llena de curvas subiendo una montaña y después bajándola, una parada y un poco de conversación —probablemente la frontera— y después más curvas hasta llegar a una ciudad que resonaba con una ensordecedora cacofonía de llamadas a la oración, mucho más notable que en Beirut.

Tenía que ser Damasco.

Aquella idea lo enfureció. Damasco había sido la primera ciudad, y la más obvia, que había elegido él en 2003, cuando la misión que le encargaron fue oficialmente seguir con vida, cuando intentó calcular adónde habría escapado el *hakim*. Muchos compinches de Saddam habían huido hacia Damasco para evitar la conmoción y el asombro. A pesar de la histórica y profunda animosidad que había entre ambos países, la comodidad de la cercanía y los objetivos comunes permitían que dos países que eran enemigos encarnizados entre sí de vez en cuando hallasen razones para ayudarse el uno al otro.

Sin embargo, en el caso del *hakim*, Corben sabía que aquel arreglo no tenía nada que ver con la política.

También resultaba lógico para el *hakim*. Allí podía encontrar patrocinadores que podrían proporcionarle el mismo grado de apoyo que el que disfrutaba en Bagdad. Le proveerían de todo lo que necesitara. Su pequeña casa de huéspedes funcionaría con aforo completo. Y cuando surgieran complicaciones —u oportunidades— como las de los últimos días, enseguida pondrían a su disposición mano de obra experta y despiadada.

Pensaba en eso cuando de pronto oyó que abrían la cerradura. En la puerta de la celda apareció el *hakim*. Lo acompañaban el asesino picado de viruela, Omar y otros dos hombres armados.

—Es la hora de la llamada de control —anunció el *hakim*. Hizo una seña a Omar, el cual sacó el teléfono móvil de Corben y le puso la batería—. Es necesario que obtenga las coordenadas GPS exactas del tratante iraquí —añadió, y alzó un dedo para advertirlo—: recuerde, treinta segundos. No más.

Corben, todavía en calzoncillos, se levantó e hizo lo que le ordenaban. Se puso en comunicación con Olshansky. Por lo visto, nadie de la embajada había notado que pasara nada. Claro que no tenían motivos para ello. Mientras él hiciera la llamada de control a su hora, no se dispararía ninguna alarma.

—Tu objetivo no se ha movido desde anoche —lo informó Olshansky—. Sigue estando en la misma ubicación, en Diyarbakir, pero en cambio ha surgido otra cosa. Le han llamado de Iraq.

—¿Quién? —inquirió Corben.

—No lo sé —repuso Olshansky—. La llamada ha sido demasiado breve para ubicarla. El que llamaba le dijo solamente que colgara, que quitara la batería al móvil y que volviera a llamarlo desde otro teléfono.

Corben no permitió que aquella complicación inesperada le alterase el semblante. Mantuvo la sangre fría y, sin el más mínimo temblor en la voz, pidió a Olshansky las últimas coordenadas GPS del móvil del iraquí.

—¿Seguro que las quieres? —le preguntó Olshansky—. A estas alturas ya tiene que saber que lo tienen localizado, después de esa llamada. Lo más probable es que se haya largado hace un buen rato.

—Tú dame las coordenadas —dijo Corben sencillamente.

Olshansky pareció un tanto desconcertado, pero obedeció.

—Una cosa más —dijo después—. El móvil de Ginebra que he estado intentando ubicar... ya no está en Suiza. La señal rebotó en un batiburrillo de satélites y servidores y después desapareció en un inframundo digital, pero el rastro que ha dejado indica un cambio de región. Estoy hablando con un contacto que tengo en la Agencia de Seguridad Nacional, que ha dado prioridad a ese rastreo para nosotros. Él piensa que tal vez pueda localizar su posición a lo largo de hoy.

—Que sea lo antes posible. La necesito —respondió Corben brevemente al tiempo que se guardaba aquella información bajo llave.

Tenía sus sospechas respecto de hacia dónde podía dirigirse el que había llamado.

El *hakim* lo miró con gesto suspicaz y le indicó con una seña que colgase, y Corben así lo hizo, después de decirle a Olshansky que lo mantuviera informado si la señal del iraquí cambiaba de ubicación. Omar se apresuró a quitarle el teléfono y sacó la batería. Aquellos tipos estaban muy versados en lo que había que hacer para cubrir su rastro digital, se dijo Corben. Habían mantenido activo el teléfono de Ramez para no perder la llamada de Faruk, pero con el suyo no iban a cometer el mismo error. No iba a poder trabajar desandando el camino a fin de poder ubicar la guarida del *hakim* más allá de los amplios confines de la ciudad.

Le pasó las coordenadas al *hakim*; sabía que seguramente no iban a servirle de mucho, pero no tuvo más remedio. A partir de allí, tendría que improvisar sobre la marcha. Al mismo tiempo que las recitaba, Omar las iba introduciendo en un dispositivo portátil —Corben advirtió que el sicario hablaba inglés, obviamente—, en el cual apareció un mapa de la frontera sirio-turca y la ciudad de Diyarbakir. Omar asintió con un ademán de satisfacción.

Una fina sonrisa se dibujó en las facciones aguileñas del *hakim*.

—Hay que irse —ordenó, a la vez que indicaba a Omar con una seña que trajera a Corben.

Omar, a su vez, hizo una seña a uno de sus hombres, el cual le entregó un bulto de ropa doblada y unas botas. Él los dejó caer a los pies del prisionero. Éste se puso la ropa encima de los calzoncillos: pantalones flojos color caqui, jersey de chándal gris oscuro y botas militares. Omar sacó unas esposas de plástico y le indicó a Corben que juntara las muñecas. Corben obedeció de mala gana. Omar lo esposó y a continuación sacó un saco de tela negro. Agarró a Corben por los hombros y le dio la vuelta sin contemplaciones, preparado para pasarle el saco por la cabeza.

—*Yal-la, imshi* —gruñó. «Muévete.»

Corben ya estaba harto de que lo empujaran de un lado para otro.

—No me toques, gilipollas —se revolvió. Dio un tirón para soltarse el brazo y empujó a Omar hacia atrás—. Sé hacerlo yo solo.

Omar volvió a agarrarlo y lo empujó contra la puerta, chillando:

—*Imshi, ualaa!*

Corben se resistió, pero en eso intervino el *hakim* y ordenó a su hombre que se apartara. Omar miró furioso a Corben, pero le puso el saco en la mano y retrocedió.

Con la oreja pegada a la puerta, Evelyn escuchó atentamente el ruido que había en el exterior de su celda. Había oído que abrían una cerradura y temió que fueran a encerrar a otra víctima como ella o, peor todavía, que hubieran venido a buscar a una para celebrar otra sesión de tortura con su trastornado anfitrión.

Pero en vez de ello oyó a un hombre hablando en inglés. Un norteamericano. La verdad era que no logró distinguir lo que decía, pero parecía gozar de buena salud.

Y ahora oyó ruidos como de pelea y comprendió que se lo estaban llevando. El hombre se había resistido.

En su cerebro cundió el pánico. No estaba segura de qué hacer. Una parte de ella deseaba gritar, para hacer notar su presencia al otro prisionero. Si escapaba, si era liberado, daría a conocer al mundo que ella seguía estando viva.

Pero otra parte de ella estaba aterrorizada. Aterrorizada de causarle un problema a aquel hombre, de que la castigasen a ella por semejante insubordinación.

Pero no podía dejar pasar la oportunidad.

Al cuerno las consecuencias.

—¡Socorro! —chilló a todo lo que le daba la voz—. ¡Soy Evelyn Bishop! ¡Soy ciudadana estadounidense! ¡Me secuestraron en Beirut! ¡Por favor, informe a la embajada! —Golpeó repetidamente con las manos contra la puerta, pero ésta era maciza e inflexible—. Ayúdeme. Tengo que salir de aquí. Por favor. Dígaselo a alguien, a quien sea.

Guardó silencio un instante, los nervios agotados debido al esfuerzo, su extenuado cuerpo en tensión a causa del miedo y torturado por la desesperanza, y escuchó por si había alguna reacción.

Pero no hubo ninguna.

Se derrumbó en el suelo, con un estremecimiento nervioso en la comisura de los labios, y se envolvió los temblorosos brazos alrededor del cuerpo.

Corben se quedó petrificado al oír los gritos de Evelyn. Giró la cabeza y recorrió con la mirada la serie de puertas que había a un lado y a otro del largo pasillo, preguntándose en qué celda estaría ella. Su voz había sonado como si se encontrara muy cerca, pero aquel sonido amortiguado podía haber venido de cualquiera de los recintos contiguos.

Aunque en realidad no importaba.

Porque él no se encontraba en situación de hacer nada al respecto.

Miró al *hakim*. Éste mostraba una expresión impávida. Parecía estudiar la reacción de Corben.

Los delgados labios del *hakim* esbozaron una breve sonrisa.

—De usted depende —dijo con un timbre sardónico—. ¿Quiere ser un héroe? ¿O quiere vivir eternamente?

Corben dejó calar aquellas palabras. Odiaba que aquel demente, aquel monstruo enloquecido y malvado pudiera jugar así con él, provocarlo, tentarlo. Odiaba al *hakim* por ello; y más que eso, se odiaba a sí mismo por sucumbir a ello. Un pacto con el diablo. Nunca salía bien, ¿no? Si se le presentara la oportunidad, en aquel momento, de situarse en una posición de ventaja sobre sus captores, de volarles la tapa de los sesos y liberar a Evelyn y a los demás, ¿lo haría?

No estaba seguro.

Pero si tuviera que escoger, tenía que admitir que probablemente no lo haría.

Era demasiado lo que había en juego.

El premio era demasiado importante.

Corben miró ceñudo al *hakim* y le dio la respuesta. A continuación se cubrió la cabeza con el saco. Y envuelto en aquella oscuridad, abrigó la esperanza de que el tormento de los gritos de Evelyn no quedase grabado a fuego en su conciencia demasiado tiempo.

Porque la eternidad era, ciertamente, un plazo demasiado largo.

54

El Beechcraft King Air siguió el perfil de la verde costa mediterránea impulsado por sus dos motores de turbohélice en dirección norte, hacia Turquía.

Mia no había tenido muchos problemas para escabullirse del hotel sin que la vieran. El coche de Kirkwood estaba aparcado a la vuelta de la esquina. Y en el aeropuerto no tuvo que someterse a formalidades; Kirkwood y ella fueron conducidos directamente al pequeño aparato que los aguardaba con las hélices girando. Despegó prácticamente en cuanto subieron a bordo. Estaba claro que la ONU tenía poder en Beirut, y más todavía teniendo en cuenta que actualmente había varios miles de soldados suyos velando por la paz en el sur del país.

Diyarbakir se encontraba al noreste de Beirut, y la trayectoria del vuelo directo hubiera atravesado Siria en sentido diagonal, pero el espacio aéreo de Siria estaba estrechamente controlado. Kirkwood había decidido tomar una ruta más discreta aunque ligeramente más larga.

Volarían hacia el norte, bien alejados del espacio aéreo sirio, hasta que alcanzaran la costa de Turquía. Una vez allí, virarían a la derecha y enfilarían hacia el este, tierra adentro, en dirección a Diyarbakir.

Mia apartó la vista de la lejana costa que resplandecía en el horizonte al ver que Kirkwood regresaba de hablar con los pilotos. Tomó asiento frente a ella y abrió el mapa que llevaba en la mano.

—El amigo de Faruk se llama Abu Barzan —la informó—. Ayer cruzó la frontera en coche por este punto, en Zaju, y continuó hacia el interior de Turquía. —Kirkwood señaló el mapa y le mostró el paso de frontera que había cerca de la punta en que confluían Turquía, Siria e Iraq—. Está en Diyarbakir. —Indicó una ciudad situada unos ochenta kilómetros al norte de la frontera siria.

—¿Ahí es donde va a reunirse con su comprador? —preguntó Mia.

Kirkwood afirmó con la cabeza.

—Tenemos allí a un par de contratistas privados. Ellos nos llevarán hasta Abu Barzan.

Todo estaba sucediendo demasiado deprisa. Mia no estaba segura de qué pensar de aquel súbito progreso.

—¿Cómo habéis conseguido dar con él?

Kirkwood dudó un momento.

—No ha sido tan difícil de localizar —contestó al tiempo que plegaba el mapa—. Mosul es mucho más pequeño que Bagdad, y él ha estado alardeando de apuntarse un tanto importante.

—¿Cómo vas a quitarle el libro?

Kirkwood parecía incómodo con sus preguntas.

—Entregará el libro y el resto de las piezas a cambio de que nosotros no lo enviemos de vuelta a Iraq para que lo juzgue la justicia.

—¿Y su comprador? —inquirió Mia—. Podría formar parte de esto, ¿no?

Kirkwood negó con la cabeza.

—Probablemente será algún tratante de antigüedades de Londres o de Fráncfort —elucubró quitando importancia al asunto—. Eso no nos preocupa. Nosotros sólo necesitamos el libro, para canjearlo por Evelyn.

Mia frunció el entrecejo. No le había llegado ninguna noticia a ese respecto desde que hizo la súplica por televisión, y no acababa de estar del todo cómoda con aquello de no poder contactar con la embajada... ni con Corben.

—No sabemos si los secuestradores habrán establecido contacto ya —apuntó.

—Llamarán. Podemos organizar otra rueda de prensa, decir que hemos detenido a varios contrabandistas, dejando bien claro que el libro es el centro de la cuestión. —Kirkwood la miró con feroz determinación—. No te preocupes. Llamarán. Yo me aseguraré de eso.

Mia asintió con un gesto y se giró hacia la ventanilla, sumida en sus pensamientos.

Al cabo de unos instantes, la voz de Kirkwood la sacó de su ensimismamiento.

—¿Qué ocurre?

Su rostro transmitía cansancio.

—Es que me cuesta trabajo asimilar que estemos haciendo eso. Que realmente pueda existir algo así. —Movió la cabeza en un gesto negativo y soltó una risa irónica, pero era más de agotamiento que de otra cosa—. Es como el anillo de Frodo. Tienta al hombre con el poder que ejerce sobre la naturaleza, con la promesa de prolongarle la vida. Juega con nuestro corazón, tan fácil de corromper.

Kirkwood frunció los labios en un gesto de duda.

—Yo no lo llamaría corrupción. Morir supone un enorme desperdicio de talento. Y de sabiduría.

Mientras el King Air atravesaba los delgados jirones de niebla, ellos hablaron de los profundos cambios que provocaría una potencial «bala mágica» de la longevidad, los movimientos sísmicos que causaría en nuestra forma de vivir. El problema más obvio era el exceso de población. Desde que aparecieron los homínidos en el planeta, se había tardado ochenta millones de años en alcanzar los mil millones de habitantes, a principios del siglo XIX. Y se tardó bastante más de cien años en llegar a los dos mil millones, cifra que se alcanzó en 1930, pero desde entonces se habían ido sumando mil millones más cada quince años aproximadamente. Este incremento de población provenía casi en su totalidad de los países menos desarrollados; los más desarrollados, de hecho, apenas producían suficientes niños para mantener su nivel de población actual. Aun así, el hecho de que sobrevivieran al mismo tiempo cinco o diez generaciones de una misma familia daría lugar a toda clase de cataclismos. Se necesitarían más recursos naturales, más alimentos y más viviendas. Los sistemas de prestaciones sociales y de pensiones, entre otras cosas, requerirían una revisión general todavía mayor de la que ya requerían en la actualidad. Y las relaciones humanas serían espectacularmente distintas.

El matrimonio: ¿seguiría significando algo dicha institución cuando en realidad nadie esperara permanecer un par de siglos con la otra persona? Los hijos: ¿de qué forma envejecerían y se comportarían en relación con sus padres? Los cambios afectarían también al trabajo. Al desarrollo de una carrera. A la jubilación. ¿Tendría que trabajar la gente durante toda la vida, ahora más larga? Lo más probable. ¿Podría afrontarlo mentalmente? ¿Qué pasaría con la antigua idea de pasar a otra cosa para que los jóvenes pudieran encontrar su sitio en la vida? ¿Habría sitio para que una persona pudiera ascender? ¿Y qué decir de otras implicaciones menos obvias, como las condenas de cárcel, por ejemplo? ¿La amenaza de una sentencia de treinta años resultaría igual de disuasoria para alguien que esperase vivir doscientos?

Cuanto más hablaban de ello, más cuenta se daba Mia de que, si aquello era real, iba a plantearse la necesidad de definir de nuevo todos los aspectos de la vida tal como la conocían. La verdad era que nunca había explorado sus ramificaciones más allá de las conjeturas científicas y los interrogantes idealizados, pero al pensar en ello tomándolo como algo potencialmente real, constituía una perspectiva inquietante, incluso pavorosa de imaginar.

—Estamos viviendo en una era «posthumana» —dijo Kirkwood—. Y eso aterroriza a las altas esferas conservadoras y religiosas. Pero claro, ese miedo es irracional. Esto no sucedería de la noche a la mañana, sino que sería un cambio gradual. La «reparación», si llegara a descubrirse, se anunciaría al público y simplemente la gente, en fin, no envejecería. O envejecería muy despacio. Y el mundo se adaptaría. Nosotros ya somos enormemente distintos de los que vivieron hace cien años. Para ellos, nosotros ya somos «posthumanos». Y por lo que parece, estamos llevando bastante bien el aumento de la longevidad, los avances médicos y las innovaciones en tecnología.

Pero claro, Mia sabía que no siempre prevalecían el sentido común y el bien mayor. El miedo al cambio ya había tomado posiciones para bloquear dicho descubrimiento, unido a una visión del mundo condescendiente, arrogante y autoritaria. Aparte de su mentalidad dogmática y conservadora, al gobierno lo asustaban los costes que podía suponer —en cambio no hacía caso de lo mucho que se podía ahorrar en costes sanitarios originados por enfermedades crónicas relacionadas con la edad— y los cambios organizativos que traería el hecho de disfrutar de una vida significativamente más larga. A las grandes compañías farmacéuticas las encantaba ver cómo se desintegraba nuestro cuerpo y poder vendernos fármacos para sobrellevar las enfermedades. Y también las cremas anti-edad, los suplementos vitamínicos y las hormonas, que en realidad no funcionaban, eran sumamente lucrativos: generaban seis mil millones de dólares al año.

—Los que están en contra —concluyó Kirkwood— son por lo general personas profundamente religiosas, o bien filósofos que de todas formas no viven en el mundo real. Nos comparan con las flores o se valen de alguna otra fútil analogía para celebrar la importancia de la muerte, citan a pensadores de Grecia y de Roma o, inevitablemente, las Escrituras. Para ellos, la vida se define mediante la muerte.

»Yo diría que es exactamente lo contrario: la vida se define por la ambición, la necesidad, el deseo de evitar la muerte. Eso es lo que nos hace humanos. Por eso tenemos médicos y hospitales. Somos la única especie que es consciente de su propia mortalidad, somos la única especie que de hecho posee la capacidad, el intelecto y la conciencia que son necesarios para aspirar a derrotarla. Viene siendo una ambición del hombre desde que comenzamos a caminar por este planeta. Forma parte de nuestro proceso evolutivo.

Mia observó atentamente a Kirkwood y afirmó con la cabeza. Estaba de acuerdo con él, pero sentía una idea incómoda que le roía el cerebro:

—Y para recuperar a mi madre, ¿podríamos estar poniendo todo eso en manos de un psicópata?

Kirkwood contempló la confusión y la incertidumbre que nublaban el semblante de Mia.

Él también se había hecho aquella pregunta.

Odiaba tener que mentirle y retrasar lo inevitable. Deseaba contarle toda la verdad, allí mismo, pero cada vez que lo intentaba había algo que se lo impedía. Sabía que iba a tener que hacerlo, y que lo iba a hacer. Pero todavía le resultaba terriblemente difícil enfrentarse a ella y contarle lo que ella ignoraba.

Tenía mucho que compensar.

Para complicar aún más su debate interno estaba el informe sobre el *hakim*. Kirkwood había viajado a Beirut con una misión muy clara: ayudar a recuperar a Evelyn, y al mismo tiempo procurar mantener el secreto a salvo. Pero el hecho de leer el informe sobre el *hakim* había desbaratado dichos objetivos. Había incontables víctimas que habían sufrido una muerte horrible, y había muchas más en peligro.

Había que detener a aquel hombre.

Kirkwood y sus socios estaban todos de acuerdo en aquello. Tenía que prevalecer por encima de todas las demás consideraciones.

Incluida Evelyn. Incluido el secreto mismo.

No se podía consentir que el *hakim* siguiera adelante con su búsqueda asesina.

Dónde lo dejaba aquello a él, a Evelyn y a Mia era ya harina de otro costal.

55

A través del saco que le cubría la cabeza, Corben se concentró en el zumbido de la turbina del helicóptero. Era un sonido más gutural, más grave, muy diferente del de los Huey, Blackhawk y Chinook a los que él estaba acostumbrado. El asiento al que lo habían empujado confirmó sus sospechas; estaba colocado de lado, a lo largo de la pared exterior de la cabina, y el tejido que lo recubría era áspero y duro, la almohadilla fina, y tenía un bastidor metálico que se le clavaba en los muslos.

Se trataba de un helicóptero militar.

De fabricación rusa. Un Mil, sin duda.

Pronto lo sabría, porque notaba que el aparato estaba aminorando la velocidad e inclinándose fuertemente, dos cosas que sugerían un aterrizaje inminente. Y para confirmarlo, dio un bandazo e inició el descenso.

No estaba seguro de cuánto había durado el vuelo, pero la impresión que tenía concordaba con el viaje que suponía que estaban haciendo: dos horas de vuelo aproximadamente. Encajaba de sobra con el alcance y la velocidad en el aire de los grandes helicópteros.

Pronto tomaron tierra. Lo sacaron de la cabina a toda prisa y oyó que alguien gritaba órdenes antes de que las grandes turbinas volvieran a alcanzar la máxima potencia y se abatiera sobre él el azote del rotor con toda su intensidad. Cuando el helicóptero despegó de nuevo, se sirvió de aquel probable momento de distracción entre sus captores para alzar las manos, sujetas por las esposas de plástico, y quitarse el saco de la cabeza. Pero Omar se dio cuenta de ello y le ladró algo enfurecido, aunque demasiado tarde. Corben alcanzó a ver brevemente el Mi-25, que se inclinaba de costado y enfilaba nuevamente hacia el sur. No llegó a distinguir ninguna marca en el flanco camuflado, pero era un helicóptero militar, y sólo había un país dentro de un radio de cuatro horas en coche desde Beirut que tuviera aquellos aparatos.

Respondió a Omar con una sonrisita, le mostró el dedo medio levantado sin decir nada y después miró a su alrededor. Omar había traído consigo a tres hombres más. Lucían un equipo de lo más impresionante: Corben identificó dos rifles de francotirador, varios subfusiles y un par de paquetes de armas adicionales. Todo lo cual confirmaba que quienquiera que fuera el patrocinador del *hakim*, desde luego era bastante potente. Por lo visto, disponía de unas fuerzas de apoyo y una potencia de fuegos significativas, además de un suministro de helicópteros al parecer inagotable. Habían logrado volar en línea recta hasta Turquía en un abrir y cerrar de ojos, sin duda ayudados por la simbiótica relación «enemigo de mi enemigo» que había entre Turquía y Siria, dos naciones que estaban empeñadas en una lucha permanente por aplastar las aspiraciones nacionalistas de los kurdos, un pueblo que carecía de país.

Corben se dio cuenta de que cualquier idea que se hubiera hecho acerca de una posible colaboración con el *hakim* estaba gravemente equivocada. Además de constituir un caso difícil ya en sí mismo, se hacía obvio que el *hakim* contaba con patrocinadores de peso ante los que debía responder. Fueran quienes fuesen, habían hecho una fuerte inversión en él. Tendrían serias discrepancias respecto de invitar a su fiesta a un agente de inteligencia norteamericano.

Aquello no disgustó necesariamente a Corben. Había desarrollado un profundo desagrado por aquel hombre y por la suela de cuero de su mocasín hecho a mano. Estaba deseando tener la oportunidad de metérselo por la boca, si aquel comprador misterioso resultaba ser de utilidad.

Advirtió que Omar sacaba el teléfono que le habían quitado a él y volvía a introducirle la batería antes de guardárselo en el bolsillo y ponerse a examinar un dispositivo GPS de mano. Corben paseó la mirada alrededor. El helicóptero los había depositado en un claro que había en lo alto de un pequeño cerro, al borde de una vasta llanura de terreno árido. Vio varios parches de verdor que salpicaban la orilla de un río, el Tigris, el cual atravesaba la llanura y serpenteaba hacia el sur, para más adelante cruzar todo Iraq. Aproximadamente a un kilómetro y medio de su posición, dominando la reseca explanada desde su promontorio, se encontraba la antigua ciudad de Diyarbakir.

Omar se acercó a él y le entregó su teléfono.

—No tiene ningún mensaje —le dijo con un fuerte acento—. Así que la posición de Abu Barzan sigue siendo la misma.

—La misma —confirmó Corben—. Pero más vale que a partir de ahora mantengamos el teléfono encendido, por si me llaman para comunicarme algún cambio. —Si Olshansky no lo llamaba pronto, las cosas podrían ponerse feas. Tenía que encontrar un hueco y aprovecharlo.

—Ya lo llevo yo —dijo Omar—. Por el momento.

Corben sonrió. Fue una sonrisa que ni siquiera intentó llegarle a los ojos.

—*Intal raís, ya Omar.* —«Tú eres el jefe.»

Un movimiento captó su atención cuando llegaron dos todoterrenos polvorientos para recogerlos. Omar les indicó por señas que se acercasen y ordenó a gritos a sus hombres que subieran la carga.

En cuestión de minutos todos estaban en camino.

El King Air fue recibido en la pista por uno de los asesores de seguridad de Kirkwood. Cosa típica de las operativas de los que habían trabajado en el SAS o en las Fuerzas Especiales, sus servicios estaban muy solicitados desde que Iraq se había sumido en el caos. A petición de Kirkwood, Mia y él lograron desembarcar en un rincón alejado del pequeño aeródromo, protegidos de miradas indiscretas. Se acomodaron en el asiento trasero del coche que los estaba aguardando, un Toyota Land Cruiser con las lunas muy tintadas, mientras que el pistolero contratado, un australiano que dijo llamarse Bryan, les tomó los pasaportes para que se los sellaran en la pequeña terminal. Momentos después, se fueron del complejo del aeropuerto y se dirigieron a su reunión con Abu Barzan.

—¿Ha establecido contacto con él? —preguntó Kirkwood al australiano.

—Sí —confirmó éste—. Estaba un poco molesto por el cambio de lugar, pero le he dicho que era sólo una medida de seguridad. Está allí uno de mis hombres, con él.

Mia escuchó aquel diálogo con cierto desconcierto.

—¿Qué cambio de lugar? ¿Es que sabía que venías?

—Se lo he notificado esta mañana —explicó Kirkwood—. Por si acaso Corben y los otros andan detrás de él.

Había algo en todo aquello que a Mia no le terminaba de encajar.

—¿Está protegido, o algo? Quiero decir, ¿no te preocupa que se os escape?

Kirkwood pareció percibir la suspicacia de Mia.

—Te lo explicaré todo cuando estemos con él, te lo prometo.

Los dos todoterrenos polvorientos cruzaron un estrecho puente de hormigón e iniciaron la subida en dirección a Diyarbakir. Aquella ciudad había crecido hasta convertirse en la capital kurda del este de Turquía. La ciudad vieja, situada en lo alto del promontorio, estaba rodeada por una maciza muralla bizantina de defensa. Tan sólo la Gran Muralla de China la superaba en tamaño. Construida con grandes bloques de basalto negro, contaba con cinco imponentes puertas que daban acceso a la ciudad vieja y con seis torres que jalonaban su circunferencia. Desde el borde exterior hacia abajo había construcciones más modernas que se diseminaban por la llanura de alrededor.

Desde la parte de atrás del vehículo que iba en cabeza, Corben estudió a sus captores. Omar estaba a su lado, estudiando las coordenadas GPS en la pantalla de su dispositivo manual, y uno de sus hombres, armado con una escopeta, iba sentado junto al conductor. En el coche de atrás iban los otros dos esbirros de Omar y otro conductor.

Iba preguntándose si tendría suerte antes de que se descubriera su farol cuando de pronto sonó su teléfono móvil. Omar miró la pantalla y se lo pasó a Corben al tiempo que sacaba su escopeta y apoyaba el cañón de la misma contra el cuello de Corben.

—Cuidado con lo que dice.

Corben no hizo caso de aquel comentario y cogió el teléfono. Miró la pantalla. Era Olshansky.

—¿Se puede saber dónde diablos estás? —preguntó el técnico—. Tu teléfono me da un tono de lo más extraño.

—No te preocupes por eso —replicó Corben—. ¿Qué tienes?

Olshansky parecía emocionado.

—Los de Seguridad Nacional han localizado a tu misterioso suizo. No te lo vas a creer.

Corben miró a Omar como si fuera un colega.

—Está en Turquía —le dijo a Olshansky sin emoción.

—No sólo en Turquía, amigo —lo engatusó Olshansky—. Está en Diyarbakir.

—¿En qué lugar de Diyarbakir?

—Según la última ubicación, en el aeropuerto... no, espera un momento. Acaba de cruzar a otra zona. Va camino de la ciudad. —El tono de Olshansky cambió a otro de preocupación—. Oye, ¿estás bien?

—Estoy genial. Llámame cuando deje de moverse. —Corben colgó con brusquedad y volvió la cabeza para mirar la carretera que se veía por la ventanilla—. ¿Ésta es la carretera del aeropuerto? —preguntó a Omar.

Omar transmitió la pregunta en árabe al conductor. Éste afirmó con la cabeza.

Corben se giró y observó la carretera a sus espaldas. Estaba desierta.

—Dígale al conductor que pare en algún sitio discreto. Nuestro comprador está a punto de pasar por aquí.

56

El paisaje bañado por el sol que se extendía entre el aeropuerto y la ciudad elevada se veía desolado y estéril. Mia y el conductor de Kirkwood tuvieron que parar varias veces por culpa de los aldeanos de ropas raídas que atravesaban la carretera con sus rebaños de ovejas y cabras, en lánguidas procesiones escoltadas por escuadrones de moscas y que iban dejando una estela de un olor acre.

Por fin el Land Cruiser llegó al puente de hormigón y enfiló la subida a la ciudad. Los edificios que bordeaban la ruta formaban una desordenada e irregular mezcla de lo viejo y lo nuevo, de construcción barata, muchos de ellos aún más deteriorados por los carteles electorales semiarrancados y por los chillones letreros de las tiendas que ocupaban el nivel de la calle. La carretera estaba atestaba de furgonetas y sedanes cargados hasta los topes que transportaban de todo, desde sandías hasta frigoríficos.

El conductor se abrió paso a través de aquella congestionada carrera de obstáculos. Ni él ni sus pasajeros se fijaron en dos todoterrenos polvorientos que estaban aparcados en su misma vía, ocultos por un gran camión cisterna que estaba descargando agua.

Cuando el Land Cruiser pasó junto al coche de Corben, éste captó algo en él que llamó su atención. Estaba razonablemente limpio, se encontraba en buen estado, y aunque no logró distinguir gran cosa de lo que había detrás de las lunas tintadas, sí alcanzó a vislumbrar al hombre que iba sentado en el asiento del pasajero cuando el coche se dirigió hacia ellos. Se trataba de un individuo de piel clara, cabello color arena y gafas negras.

Aquél tenía que ser el objetivo. Poquísimos coches habían pasado por allí viniendo del aeropuerto, y aquel tipo no era nativo.

—Ahí está. —Se lo señaló a Omar—. Ése es nuestro comprador. Sígalo.

Omar ordenó al conductor que así lo hiciera. Los dos todoterrenos salieron al centro de la carretera y comenzaron a avanzar lentamente, dejando dos o tres coches de distancia entre ellos y el Land Cruiser.

Los músculos de Corben se tensaron por la emoción. No estaba seguro de que aquél fuera el vehículo del comprador, pero presentía que había acertado. Fuera como fuese, pronto recibiría una confirmación de Olshansky respecto del destino final del comprador.

Miró a Omar. El hombre del *hakim* le hizo un gesto de asentimiento y acto seguido sus ojos sin vida volvieron a concentrarse en seguir a su presa.

El Land Cruiser pasó por debajo de una enorme entrada de piedra y se internó en la ciudad vieja. Allí las casas eran mucho más antiguas y más bajas, y estaban construidas alternando bandas de piedra blanca y basalto negro rojizo. Abundaban las mezquitas, cuyos minaretes perforaban el denso paisaje urbano. Las aceras, desiguales y agrietadas, estaban abarrotadas de hombres, la mayoría de ellos ataviados con el tradicional pantalón negro bombacho, y de mujeres con pañuelos blancos en la cabeza. Desde la vía principal irradiaban muchas calles estrechas, que servían de refugio a los niños que jugaban a la sombra.

Los dos todoterrenos siguieron al Land Cruiser desde una distancia prudencial. Se detuvieron al doblar la esquina de un gran mercado cuando su objetivo hizo un alto frente a una casa contigua.

Fuera esperaban dos hombres. Uno de ellos era árabe, el otro occidental. Los dos daban la impresión de estar haciendo el equipaje. Omar preguntó al conductor dónde se encontraban. El conductor explicó que aquello era el Hassan Basha Han, un antiguo caravansar que actualmente albergaba tiendas de recuerdos y vendedores de alfombras.

Corben no estaba escuchando. Tenía la vista fija en el Land Cruiser y en las puertas del mismo, abiertas de par en par.

El primero que se apeó fue el hombre de piel clara, que oteó los alrededores con mirada experta. Las gafas y el bulto que le formaba la sobaquera bajo la sahariana color caqui le indicaron a Corben que se trataba de un pistolero a sueldo. Mientras intercambiaba un par de palabras con el occidental que aguardaba frente a la casa, se abrieron las portezuelas de atrás del Land Cruiser.

Corben vio bajarse primero a Mia. Y por si aquello fuera poco, el ver después apearse a Kirkwood terminó por quemarle los circuitos del cerebro que le quedaban intactos.

A quien esperaba ver era a Webster. Su cerebro se apresuró a procesar aquel cambio. Estaba claro que Webster y Kirkwood trabajaban juntos. Lo cual explicaba en gran medida la aparición de Kirkwood en Beirut y el interés que había demostrado.

Miró a Omar. Éste también había visto a Mia, pero no conocía a Kirkwood. Corben se limitó a asentir con la cabeza y se guardó su satisfacción para sus adentros.

Perfecto.

57

Mia se apeó del Land Cruiser y observó que el australiano entregaba a Kirkwood el maletín plateado. Kirkwood se volvió hacia ella.

—Dame un minuto, ¿quieres? Voy a asegurarme de que no va a causarnos ningún problema.

Mia afirmó con la cabeza. Kirkwood entró en la casa con el australiano y la dejó sola en la calle, con el otro pistolero a sueldo, un surafricano llamado Héctor, y el hombre de Abu Barzan. Los dos le hicieron breves inclinaciones de cabeza —el árabe de manera un poco más obvia que el surafricano— y después ambos se acordaron de su trabajo y se concentraron en las calles y los edificios colindantes.

La ciudad parecía haber entrado en el sopor de mediodía típico de Oriente Medio. La calle estaba en silencio y había poca gente entrando y saliendo del bazar. En una callejuela pavimentada con adoquines había unos cuantos críos que no habían sucumbido al letargo general y jugaban al fútbol descalzos, debajo de unas cuerdas llenas de ropa tendida. Mia se fijó en que uno de ellos hacía rebotar el balón repetidamente con los pies, las rodillas y los muslos, entre el regocijo y las exclamaciones de sus amigos.

La voz de Kirkwood interrumpió su momentánea distracción y la invitó a que lo acompañara al interior de la casa. La puerta de la calle daba directamente a un salón de gran tamaño, que estaba escasamente amueblado y olía a nicotina rancia. Allí dentro estaba el escolta australiano, además de tres árabes, todos los cuales, se fijó Mia, estaban fumando.

—Éste es Abu Barzan —la informó Kirkwood, señalando a un individuo corpulento, con triple papada y el pelo teñido de negro azabache, un poblado bigote a juego y un prominente lunar en la mejilla izquierda.

—Encantado de conocerla —dijo Abu Barzan sonriente, sosteniendo el cigarrillo en el labio inferior al tiempo que tomaba la mano de Mia entre sus manazas, grandes y sudorosas, con entusiasmo—. Éste es *kaak* Mohsen —dijo, empleando el término kurdo que significaba «hermano» y señalando con un gesto a un hombre mayor que él y más reservado que la saludó con una media reverencia—, un querido amigo mío que ha tenido la amabilidad de invitarnos a hacer uso de su casa, avisándolo con muy poca antelación —añadió intencionadamente, mirando a Kirkwood, el cual respondió a dicha observación con un breve gesto de gratitud con la cabeza—. Y mi sobrino Bashar —finalizó el iraquí indicando a un hombre más joven, barrigón y que lucía una incipiente calvicie.

Mohsen le ofreció a Mia la ubicua taza de té muy azucarado. Mientras bebía de ella, se fijó en lo que había detrás de los hombres y vio la panoplia de armas esparcidas por la habitación. Sobre un aparador, junto a una puerta que conducía a la parte de atrás de la casa, había dos rifles, y el sobrino de Abu Barzan empuñaba una metralleta AK-47 y llevaba una pistola bajo el cinto.

También reparó en el maletín plateado de Kirkwood, que descansaba sobre la mesa de comedor del rincón. Bryan, el mercenario australiano, parecía vigilarlo. A su lado, en el suelo, había varias cajas de madera llenas de objetos envueltos en sacos de tela suave.

Su mirada se topó con la de Kirkwood.

—¿Tiene el libro? —inquirió.

—Ah, ese famoso libro —dijo Abu Barzan con una risa gutural. Su abultado contorno se agitó a la par de su respiración trabajosa—. Sí, naturalmente que se lo tengo preparado. Téngalo —dijo al tiempo que se acercaba pesadamente hasta la mesa y cogía un envoltorio para mostrárselo con gesto de complicidad—. Éste es el que quería, ¿no? —Apartó el envoltorio de cuero aceitado, dejó al descubierto el códice y lo sostuvo en alto, con orgullo.

Incluso desde el otro extremo de la habitación, Mia distinguió el símbolo de la serpiente enroscada. La sala entera pareció vibrar de expectativas y promesas.

Abu Barzan dejó el códice en el centro de la mesa.

—Por favor.

Hizo un gesto con la mano invitándolos a que se aproximaran. Kirkwood miró a Mia y a continuación se acercó a la mesa casi con reverencia. Mia hizo lo mismo. Kirkwood alzó una mano para coger el códice, pero Abu Barzan, con toda calma, posó sobre ella sus dedos amorcillados y le dirigió a Kirkwood una breve sonrisa de interrogación. Kirkwood la aceptó e hizo una seña significativa a Bryan. Mia observó, con un aleteo de inquietud, cómo el australiano tomaba el maletín y se lo entregaba a Abu Barzan, el cual se retiró respetuosamente con una expresión de felicidad.

A Mia le entraron ganas de preguntar qué estaba pasando, pero su atención estaba prendida en Kirkwood, que estaba tomando el códice en sus manos. Lo levantó para que ella también pudiera examinarlo.

La tapa se encontraba en un estado notablemente bueno. El Ouroboros había sido meticulosamente grabado en el cuero, y habían tallado las escamas una por una. Kirkwood levantó la vista hacia Mia con una expresión que irradiaba una emoción nerviosa, y seguidamente, con mucho cuidado, lo abrió.

Se leía de derecha a izquierda, igual que la escritura árabe. La cubierta principal de dentro tenía una parte encolada en blanco, lo cual era común en la época. La primera página tenía en el centro algo escrito en caligrafía nasji.

En cuanto los ojos de Kirkwood absorbieron aquellas palabras, su rostro se distorsionó en una mueca de desilusión.

—¿Qué ocurre? —preguntó Mia.

—Que éste es un libro distinto —respondió él moviendo la cabeza con desaliento—. Se llama *Kitab al kayafa* —leyó en voz alta—. El libro de los principios.

Durante una fracción de segundo, cruzó una expresión de desconcierto por el semblante de Mia, al descubrir que Kirkwood sabía leer árabe. Lo contempló embelesada mientras él volvía las páginas y dedicaba una breve mirada a cada una de ellas.

Fuera lo que fuese lo que estaba buscando, era obvio que no se encontraba allí.

Mia guardó silencio mientras Kirkwood regresaba a la primera página, y de nuevo sus ojos se vieron rápidamente atraídos por los renglones escritos con caracteres latinos que habían sido añadidos, por lo visto mucho más tarde, en el ángulo superior.

—¿Qué dice esa inscripción? ¿Está en francés? —preguntó, haciendo un esfuerzo por entender aquella estilizada escritura.

—Sí —confirmó Kirkwood. Leyó las líneas para sí, en silencio. Mia escrutó su semblante; estaba enfrascado en una contemplación profunda, como si el resto del mundo hubiera dejado de existir para él. Lo que estaba escrito en aquella antigua hoja de papel parecía haberlo tocado en lo más hondo de su ser.

Mia esperó con paciencia, sin querer entrometerse, pero llegó un momento en que ya no pudo contener más la emoción.

—¿Qué dice?

—Es un mensaje —le dijo Kirkwood en tono solemne—. De un hombre moribundo a su esposa, a la que ha perdido hace mucho tiempo. —Hizo una pausa; se notaba a las claras que aún estaba procesando lo que acababa de leer.

Al cabo de unos momentos, habló:

—Dice: «A mi amada Thérésia, cuánto anhelo verte, decirte lo mucho que te echo de menos, disfrutar una vez más de tu cálido abrazo, y demostrarte que lo que ahora sé es real, porque todo es verdad, amada mía. Todo lo que yo esperaba es cierto. Lo he visto con mis propios ojos, pero hasta el descubrimiento de toda una vida palidece cuando pienso en lo que me ha costado, que ha sido estar contigo y con nuestro querido hijo Miguel. Adiós.» Y está firmado «Sebastian».

En su semblante se dibujó una expresión de desconcierto. Ladeó la cabeza, como si estuviera jugando con una idea, y después volvió la página y empezó a leer. Se percató de algo, pasó a la página siguiente, inmerso en sus pensamientos, y después a la siguiente, y a la otra. Se le fueron iluminando los ojos conforme iba recorriendo el texto, devorando aquella escritura árabe, y por fin estalló una ancha sonrisa en su rostro.

—¿Qué? —preguntó Mia con la mirada clavada en él—. ¿Qué ocurre?

—Esto es... es maravilloso —contestó Kirkwood con una sonrisa radiante—. Es real, Mia. Es real.

58

—Verás, fíjate aquí, por ejemplo —dijo Kirkwood, entusiasmado—, habla de que «los recuerdos de los hombres y las mujeres de la nueva sociedad serán desafiados como nunca», e indica métodos para superarlo. Y aquí —volvió a la página anterior— habla de que los hombres y las mujeres de la nueva sociedad tendrán que tratar con numerosos descendientes en el mundo nuevo. No sólo los hombres. Los hombres y las mujeres.

—No entiendo —confesó Mia.

Kirkwood todavía estaba ordenado sus ideas.

—Este libro es un libro de códigos, una guía para la ética y las relaciones. Establece las normas, los principios para vivir en una sociedad formada por personas cuyas vidas se han alterado de manera radical.

—¿Por el hecho de vivir más años?

—Sí. Trata de cómo adaptarse a la nueva longevidad. Y habla de hombres y mujeres, ¿no lo ves? Hombres y también mujeres. —Sacudió la cabeza—. Después de todos esos años, lo encontró. Lo encontró de verdad.

Mia no entendía nada.

—¿De qué estás hablando?

—De Sebastian Guerreiro. Dedicó su vida a buscar la formulación correcta, y eso le costó todo: su esposa, su hijo, pero al final lo consiguió. Lo consiguió. Debió de encontrar otro libro, o tal vez varios, otra cámara oculta como la que encontró tu madre, sólo que ésta tenía dentro la fórmula completa. Es real. —Sonrió de oreja a oreja—. Existe.

Una nube de preguntas invadió el cerebro de Mia.

—¿Y cómo sabes eso? Quiero decir, este libro podría ser teórico. ¿Cómo sabes que no es más que un tratado filosófico que explora cómo funcionaría una sociedad si existiera una sustancia así?

—Porque Sebastian ya tenía parte de la fórmula —le dijo Kirkwood—. Encontró... o, más bien, le encargaron que buscara un libro similar a éste. La misma cubierta, el mismo título... Describía una serie de experimentos utilizando una sustancia que al parecer detenía el proceso de envejecimiento. Dichos experimentos habían conducido a una formulación, una manera de preparar un elixir, pero el libro no estaba completo. Le faltaba la última parte. Sebastian no sabía qué había en el resto del libro. No sabía si habían tenido éxito, incluso si existía una fórmula completa, una que funcionara de verdad, o si el libro simplemente describía los experimentos fallidos al intentar conseguir que funcionara debidamente. Pero de todas maneras consideró que era lo bastante importante para dedicar la vida entera a averiguarlo.

—¿Pero este libro no contiene la fórmula?

—No, pero confirma que existe. La caligrafía de este libro... es la misma que la del libro que tenía Sebastian.

—¿Tú lo has visto?

—Sí —confesó Kirkwood, con un leve titubeo—. Se trata de la misma sociedad secreta, del mismo grupo, estoy seguro.

Mia sintió que la cabeza le daba vueltas.

—¿Y cómo sabes tú todo esto? ¿Quién era ese tal Sebastian?

—Un inquisidor portugués. —Kirkwood la miró, y su rostro se tiñó de un rubor de profundo orgullo—. Y también fue mi antepasado.

En la azotea de una casa de dos pisos situada un poco calle abajo, en la acera frente a la vivienda de Mohsen, Corben escuchaba lo que decía Kirkwood a través de unos auriculares conectados al micrófono direccional que sostenía Omar.

Omar lo miró. El árabe también estaba escuchando, y por lo que parecía, entendía lo que hablaban, porque asentía con la cabeza.

—¿Tu antepasado? —preguntaba Mia enfadada—. ¿Qué demonios pasa aquí? ¿Quién demonios eres tú?

—Mia, por favor, no... por favor. —Kirkwood calló unos instantes, y luego le oyeron decir en tono urgente—: ¿Dónde encontró usted este libro? —Estaba claro que la pregunta era para Abu Barzan.

—No lo sé, no... no estoy seguro —contestó una voz iraquí, obviamente la de Abu Barzan, con un balbuceo no del todo convincente.

—No haga esto, ¿de acuerdo? Después de todo lo que hemos hecho para llegar hasta aquí. Ya se le ha pagado una pequeña fortuna. ¿Dónde encontró el libro? —insistió Kirkwood en tono enérgico.

Tras una breve pausa y algo que sonó a una profunda calada a un cigarrillo, el iraquí dijo por fin:

—Me lo encontré en un pueblo yasidí. Un lugar muy pequeño, en las montañas que hay al norte de Al Amadiya, cerca de la frontera. Se llama Nerva Zhori —admitió con cierta tristeza.

—¿Y los demás libros que había allí llevaban también este símbolo? —preguntó Kirkwood con empeño—. ¿Vio allí algo más que se pareciera a esto?

—No lo sé. El *mujtar* del pueblo —aquel término se refería al equivalente de un alcalde— me dijo que echara un vistazo a un almacén de trastos viejos que tenía, por si veía algo que me interesara comprar —repuso Abu Barzan—. Me llevé unas cuantas cosas, unos libros viejos, unos pocos amuletos. No les importaba lo que me llevase, necesitaban dinero. Desde la guerra, la gente está desesperada, se ve obligada a vender lo que pueda para intentar ganar algo de dinero.

Kirkwood calló un momento y luego dijo, supuestamente a Mia:

—Una vez que tu madre se encuentre a salvo, tenemos que ir a ese pueblo. Hemos de hablar con ese *mujtar* y averiguar cómo terminó allí este libro.

—¿Por qué? —inquirió Mia.

—Porque Sebastian desapareció en algún punto de Oriente Medio mientras buscaba la fórmula —explicó Kirkwood con una pasión en la voz que se abrió paso a través del siseo de la estática del micrófono—. Y porque ésta es la primera vez que hemos dado con una pista de lo que le sucedió y de dónde terminó sus días.

Omar levantó una mano y se apretó el dedo contra el auricular, y un segundo después se volvió hacia Corben y le hizo un gesto de asentimiento como diciendo: «Esto es todo lo que necesitamos.»

Corben contestó con un breve movimiento negativo de cabeza que decía: «Aún no», pero Omar no prestó interés. Ya había echado mano de su radio portátil y, en un grave murmullo, había dado la orden de matar.

59

—Aguarda un segundo —insistió Mia—. Todavía no has contestado a mi pregunta. ¿Qué quieres decir con eso de que es tu antepasado? ¿Quién eres tú? ¿Qué estás haciendo aquí, en realidad?

—Es una historia muy larga. —Kirkwood miró en derredor. Se veía a las claras que se sentía incómodo teniendo público—. Vamos a meterlo todo en el avión. Allí te contaré el resto.

En eso, dos sonidos amortiguados perturbaron la quietud que se respiraba fuera de la casa. Apenas perceptibles, salvo por Bryan, que era el que estaba colocado más cerca de la ventana del frente.

—No —se inflamó Mia—. Me lo vas a contar ahora. Ya estoy harta de que Corben y tú me deis con cuentagotas lo que os parece que...

—Silencio —la interrumpió Bryan en tono cortante. Se había aproximado un poco al borde de la ventana. Mia y Kirkwood se callaron de repente y observaron cómo Bryan, procurando servirse de la pared como protección, se asomaba por detrás del visillo.

Su colega y el hombre de Abu Barzan estaban desplomados en el suelo. El surafricano tenía un charco de sangre debajo de la cabeza. El árabe sangraba por la zona del pecho. Ninguno de los dos movía un párpado.

—Agáchense —ordenó Bryan sacando su pistola y apartándose a toda prisa del cristal de la ventana—. Tenemos compañía.

Se asomó otra vez con cuidado y oteó las azoteas de enfrente. Vislumbró brevemente a un francotirador que buscaba una presa, y se agachó detrás de la pared en el preciso momento en que otros dos rápidos proyectiles disparados con silenciador perforaron la ventana y se incrustaron en las baldosas del suelo provocando una lluvia de cristales rotos que inundó aquella parte de la habitación.

Bryan volvió a asomarse y disparó unas cuantas veces hacia la azotea mientras, a su espalda, todo el mundo buscaba cobijo. Kirkwood aferró el libro contra sí y empujó a Mia detrás de la mesa de comedor, sin dejar de recorrer la habitación con la mirada, buscando más opciones. Abu Barzan agarró con una mano el maletín y con la otra blandió una pistola. Su sobrino y el anfitrión de la casa también habían echado mano de sus armas, y los tres retrocedían en dirección a una puerta que había al fondo.

—¿Existe otra salida? —gritó Kirkwood a Abu Barzan.

El orondo iraquí estaba medio a gatas, mirando las ventanas con nerviosismo y replegándose hacia el interior de la vivienda.

—Sí, en la parte de atrás —dijo inquieto—. Se va por aquí.

Bryan disparó varios tiros más por la ventana y vació el cargador antes de correr a la parte de atrás a reunirse con Kirkwood y Mia.

—¿A cuántos ha podido ver? —preguntó Kirkwood.

—Únicamente al francotirador. —Bryan introdujo con destreza un cargador nuevo en la pistola—. ¿Quiénes son esos tipos?

—No lo sé —respondió Kirkwood en el mismo momento en que varios disparos destrozaban la cerradura de la puerta de la calle. Acto seguido se abrió de una patada propinada por una bota militar.

—¡A cubierto! —vociferó Bryan al tiempo que volcaba la mesa de comedor y la ponía de costado para agacharse detrás de ella antes de asomarse en busca de un objetivo.

La habitación fue barrida por una andanada de fuego de pistola silenciado antes de que uno de los atacantes irrumpiera en ella disparando y apartándose de la puerta. Bryan le siguió el movimiento y le disparó varias veces. Una de las balas le acertó en el muslo. Lanzó un alarido de dolor y se derrumbó detrás de un sofá. Cuando Bryan asomó la cabeza con la intención de rematarlo, otro tirador realizó dos disparos con silenciador, uno de los cuales alcanzó al australiano en el hombro.

Con una mueca de dolor, Bryan se arrojó otra vez detrás de la mesa y se examinó la herida con la mano buena.

—Salgan por la parte de atrás —les dijo en un susurro a Kirkwood y a Mia, con los dientes apretados y la frente perlada de sudor.

Kirkwood protestó.

—No podemos dejarle así...

—Váyase, amigo —ordenó Bryan—. Lárguese de aquí antes de que sea demasiado tarde.

Y dicho eso, volvió a asomarse y disparó a todo lo que se movía junto a la puerta. Alcanzó al primer hombre al que había herido e hizo retroceder al otro, que estaba avanzando.

Kirkwood se giró hacia Mia y chilló:

—¡Vamos!

Acto seguido se apartó de la mesa de un salto, todavía con el códice agarrado bajo el brazo. Mia lo siguió pegada a sus talones, y ambos se apresuraron a cruzar la puerta que conducía a la parte posterior de la casa.

Pasaron junto a la escalera que llevaba a los pisos superiores y llegaron a la cocina. Apenas habían puesto un pie en ella cuando oyeron más disparos y golpes, y entonces vieron a Abu Barzan entrar desde fuera, él solo, por la puerta de la cocina. Aún no estaba dentro del todo cuando, de pronto, sus ojos se clavaron en los de Mia a la vez que algo hacía impacto en él por la espalda. Se desmoronó en el suelo retorciéndose de dolor, mientras en su muslo izquierdo se iba formando una mancha de color carmesí.

Kirkwood llevó a Mia otra vez hacia el interior de la casa, gritando:

—¡Atrás, por el otro camino, rápido!

Ella apartó los ojos del iraquí tirado en el suelo y echó a correr de nuevo hacia el salón.

Corben estaba al lado de Omar, con los músculos en tensión y las manos todavía esposadas por delante, y contempló cómo el primer pistolero cargaba contra la casa.

Había visto cómo los dos guardias de fuera eran abatidos por el francotirador, el cual acababa de regresar con ellos. Omar ya había enviado a tres hombres a la parte de atrás de la casa, y Corben sabía que era para que bloqueasen todo intento de retirada. En aquel momento no había nada que él pudiera hacer. Se limitó a permanecer junto a la pared, haciendo tiempo, buscando una oportunidad, y contemplando impotente cómo los hombres de Omar cumplían con su cometido.

Sabía que sus órdenes consistían en no hacer daño al comprador norteamericano —había oído a Omar repetir las órdenes varias veces—, y sintió una oleada de furia al pensar que Mia estaba atrapada en aquella galería de tiro.

Omar no había dicho nada respecto de ella.

Oyó disparos procedentes de la parte de atrás de la casa, y a continuación una andanada de proyectiles que repiquetearon contra la entrada, a su alrededor. Omar miró ceñudo la casa, escuchó con atención y ordenó al francotirador que entrara.

El tirador asintió, se asomó, cerró el brazo y disparó varias veces. Un grave gruñido de dolor proveniente de dentro indicó a Corben que acababa de caer el segundo de los escoltas de Kirkwood. Miró a Omar. El hombre del *hakim* también lo había oído. En sus ojos de asesino brilló un destello psicótico cuando ordenó a sus hombres que remataran al herido.

En el salón, Bryan introdujo el último cargador que le quedaba y miró una vez más la parte delantera de la casa. Los dos tiradores habían buscado refugio. No podía quedarse mucho tiempo más detrás de aquella mesa volcada, porque tarde o temprano se abalanzarían sobre él. Ahora le dolía más el hombro, la herida estaba enfriándose rápidamente, y la pérdida de sangre empezaba a afectarle a la cabeza.

Tenía que hacer alguna maniobra.

Se asomó, vio un movimiento y disparó unas cuantas balas con cuidado antes de escabullirse, deprisa y agachado, en dirección a la puerta por la que habían desaparecido los demás. Descubrió al tirador de fuera, que miraba hacia dentro, y disparó un par de veces en su dirección al tiempo que alcanzaba la puerta.

Se arrojó sobre ella y corrió hacia la parte posterior de la casa. Llegó a la escalera al mismo tiempo que Kirkwood y Mia, que regresaban de la cocina. No era buena señal; había pensado huir con ellos por la parte de atrás.

Vio que Mia levantaba la vista y chillaba:

—¡Por aquí!

En la parte delantera de la casa estallaron unas órdenes urgentes pronunciadas en árabe, y Bryan vio venir al tirador al que no había herido. Se refugió en la escalera, contó varios segundos para sus adentros, saltó como un resorte y le encajó al otro un disparo en el pecho que lo hizo desmoronarse igual que un trozo de gelatina.

Entonces fue cuando la primera de las tres balas se le clavó en la espalda.

Mia apenas había subido los primeros escalones, con Kirkwood pegado a ella, cuando una ráfaga de proyectiles acribilló las paredes del estrecho pasillo alrededor de Bryan. Miró abajo y vio que el australiano buscaba cobijo y devolvía el fuego, pero segundos más tarde era alcanzado en la espalda por un tirador que los había seguido desde la cocina.

Experimentó un espasmo de horror por dentro al ver que el cuerpo del australiano se desplomaba en el suelo cosido a balazos, pero buscó fuerzas y ordenó a sus piernas que siguieran funcionando. Corrió frenética escaleras arriba, con Kirkwood a la zaga, y pronto llegó al primer piso. La escalera proseguía hacia otro nivel.

—¡No te pares! —chilló Kirkwood, pero ella ya había reanudado la carrera, completamente a merced de sus instintos, estresados por el esfuerzo que se les exigía.

Otro tramo de escaleras y llegó a una trampilla horizontal de madera provista de un viejo pestillo que, gracias a Dios, no estaba cerrado con llave. Empujó contra ella, la abrió y salió como un rayo, y de pronto se encontró en la azotea del edificio. Kirkwood salió detrás de ella y volvió a cerrar la trampilla, pero por fuera no tenía cerradura ni nada con que poder bloquearla.

Kirkwood recorrió la azotea con la vista, encontró un trozo de metal oxidado y lo encajó entre los postigos de la trampilla. Aguantaría, pero no durante mucho tiempo.

Mia giró sobre sí y oteó aquel espacio blanco y encalado, esperando un milagro. En el centro, junto a la trampilla, se posó una paloma gorda. Mia paseó nerviosa, con los nervios destrozados y el cerebro trabajando a toda velocidad para estudiar las alternativas posibles, que se reducían todas a la nada. Aquella casa era independiente de las demás, y estaba rodeada por todos lados por calles y pasadizos.

No tenían ningún sitio adonde ir.

60

Corben observó cómo Omar, con la pistola desenfundada, examinaba el salón de la vivienda antes de tirar de él como si fuera un perro atado a una correa y penetrar con él en la casa.

Descubrió al tirador herido junto a la entrada y le pasó por encima de unas pocas zancadas. Estaba despatarrado en el suelo, acurrucado contra la pared, y a juzgar por la impresión que daba no se encontraba demasiado bien. A sus pies yacía el cadáver del tirador que había entrado el segundo.

Omar se refugió junto a la puerta abierta y gritó algo hacia el pasillo, pidiendo datos actualizados.

Le contestó una voz que decía que un tal Radwán estaba muerto —uno de los dos tiradores que había enviado Omar a la parte posterior de la casa, el tercer miembro de su equipo de sicarios o bien uno de los conductores que se habían unido a ellos—, pero que el otro pistolero había caído y que el americano y la chica habían huido escaleras arriba.

Omar arrugó el ceño, enfurecido, y a continuación agarró a Corben por el cuello y penetró un poco más en la casa. Se tropezaron con el tirador superviviente que había entrado por la puerta de atrás. Al pie de las escaleras estaba el cadáver del otro mercenario de Kirkwood, empapado de sangre.

Omar miró hacia arriba, reflexionó por espacio de un nanosegundo y se giró hacia Corben.

Entonces alzó la pistola y puso el cañón bajo la barbilla de Corben, taladrándole con la mirada, con una furia que rezumaba de todos los agujeros de su cara marcada.

Corben no se inmutó. O moría allí mismo, o tenía otra oportunidad.

El hombre del *hakim* le ladró a su esbirro que se quedara con Corben y lo vigilara de cerca, y acto seguido echó a correr escaleras arriba en busca de Kirkwood y Mia.

Kirkwood y Mia se movían por la azotea aturdidos, intentando idear una forma de escapar, lanzando miradas de ansiedad desde el parapeto de escasa altura que los rodeaba a la trampilla.

Habían recorrido todo el perímetro de la casa y habían regresado al punto inicial.

Pronto estarían allí los asesinos.

Tenían que hacer algo.

Kirkwood se dirigió al lado en el que era más estrecho el espacio que los separaba de la vivienda siguiente, y llamó a Mia para que lo siguiera.

Se quedaron de pie junto al borde. Había un hueco de dos metros hasta la azotea del edificio de al lado, la del bazar, que era alargada y tenía muchas protuberancias que podían utilizar para esconderse.

Pero había que dar un salto de dos metros salvando una caída de tres pisos de altura, por encima de la estrecha callejuela adoquinada que discurría debajo.

—¿Podrás saltar esta distancia? —preguntó Kirkwood frenético, mirando una vez más hacia la trampilla, esperando que se abriera en cualquier momento.

—¿Estás loco? —replicó ella.

—Puedes hacerlo —insistió.

—No pienso saltar por aquí.

De repente se oyeron unos fuertes golpes contra la trampilla.

La mirada de Kirkwood perforó la de Mia.

—¡Sí puedes! —exclamó—. Tienes que saltar.

Otro tremendo golpetazo contra la trampilla. Se abrió apenas una rendija y las bisagras vibraron. No iba a aguantar mucho más.

Mia miró la azotea del bazar y después otra vez a Kirkwood.

—Salta tú, y después yo te lanzo el libro —dijo Kirkwood—. No me esperes. Márchate. Ve a una de nuestras embajadas, insiste en hablar con un embajador, sólo con un embajador, ¿lo entiendes?

Ella parecía mirar dentro de Kirkwood, con el cerebro inundado por una avalancha de sentimientos y preguntas.

La trampilla se estremeció de nuevo.

—¿Por qué haces esto? —le preguntó—. ¿Quién eres? ¿Por qué tengo que fiarme de ti?

Aquellas preguntas eran como lanzas que le atravesaran el corazón. Lo invadieron un violento dolor y una furia desbocada que se apoderaron de él al mismo tiempo.

—Porque yo estuve con tu madre en aquella cámara de Al-Hilá —le dijo.

En el rostro de Mia se dibujó una expresión de profunda perplejidad.

—Porque estoy bastante seguro de ser tu padre —agregó Kirkwood con desesperación, como si allí mismo le hubieran arrancado el alma del cuerpo.

Otro fuerte golpe, y esta vez la trampilla cedió.

Kirkwood y Mia se giraron de forma simultánea, al tiempo que el asesino con la cara picada de viruela aparecía por el hueco de la trampilla y salía a la azotea.

—¡Vete! —ordenó Kirkwood.

Mia miró el pasadizo oscuro que discurría por debajo, levantó la vista hacia el hombre que acababa de decirle que era su padre y afirmó con la cabeza. Estaba demasiado entumecida para hablar, tenía el cerebro sumergido bajo un aluvión de preguntas. Así que simplemente dio unos pasos hacia atrás, tomó carrerilla y se lanzó al espacio.

La odisea duró menos que un abrir y cerrar de ojos. Sus piernas se agitaron en el aire haciendo amplios movimientos de rotación, y después cayó pesadamente sobre la azotea del bazar y rodó sobre su superficie cubierta de polvo. Se incorporó y volvió a ponerse en pie de un brinco, con los dientes castañeteando y la cabeza mareada a causa del duro aterrizaje, y corrió de nuevo hacia el parapeto.

Kirkwood seguía allí de pie, con las facciones distendidas en una radiante sonrisa de alivio al verla incorporarse ilesa.

Una sombra se abalanzaba sobre él por detrás. El mismo hombre con la cara picada de viruela que había visto ella en Beirut cada vez que volvía a comenzar la locura. Tenía una pistola en la mano.

—¡Detrás de ti! —exclamó.

Kirkwood miró a su espalda, se volvió otra vez hacia Mia, bajó la vista, echó una última mirada al libro que tenía aferrado en las manos y en un movimiento fluido se lo lanzó a ella.

El libro giró en el aire, rotando sobre sí mismo, un disco Frisbee antiquísimo y de un valor inestimable, y fue a aterrizar en los brazos de Mia en el preciso momento en que el asesino llegaba al parapeto. Mia vio que apuntaba hacia ella con el arma, vio la muerte a punto de salir por aquel cañón para segarle la vida, pero lo que sucedió fue que el hombre al que ella conocía como Bill Kirkwood se arrojó sobre el árabe desde un costado, lo placó, le apartó el brazo e hizo que la bala se desviara de su curso y se perdiera en el aire vacío.

—¡Corre! —chilló Kirkwood mientras forcejeaba con el asesino armado.

Y a pesar de todos los anhelos, las emociones y los instintos que le mantenían los pies pegados al suelo, Mia echó a correr.

En la oscuridad que reinaba al pie de las escaleras, Corben observaba al nervioso tirador que lo vigilaba, ambos escuchando los golpes repetidos que venían de arriba. Sonaban como si Mia y Kirkwood se hubieran encerrado en una habitación. Omar no tardaría en irrumpir en ella, de eso Corben no tenía la menor duda. Pronto acabaría todo. Si quería intentar algo, debía intentarlo ya.

Sólo había un único hombre vigilándolo.

Y además estaba hecho un manojo de nervios.

Hora de entrar en acción.

El pistolero muerto de Kirkwood bloqueaba las escaleras. Un poco más adelante, en el pasillo, estaba uno de los tiradores de Omar, muerto y despatarrado en el suelo. Pero junto a su brazo había algo interesante.

Los ojos de Corben se clavaron en la mirada nerviosa de su guardia y después se desviaron hacia un lado, hacia el cadáver del sicario de Omar, y luego volvieron a posarse en el guardia con una expresión de falsa sorpresa.

—El libro. Está ahí, mire. —Corben señaló el suelo ensangrentado. Seguidamente dio un paso hacia el tirador muerto sin perder de vista a su vigilante, poniendo a prueba su reacción.

El guardia le gritó para advertirle que no se moviera, pero Corben lo miró fijamente y continuó moviéndose, y le dijo en un tono de voz todavía más alto:

—Es el libro, gilipollas, ¿entiendes? *Al kitab.*

Dio otro paso más. Levantó las manos esposadas en un gesto de impotencia y luego señaló hacia el suelo.

—*Al kitab* —repitió—. Es lo que anda buscando tu *mu'alim,* pedazo de imbécil.

El tirador seguía gritando y alzando el arma, lanzando miradas nerviosas escaleras arriba, por donde había desaparecido Omar, sin saber qué hacer. Corben ya estaba decidido, se había embalado y ya no pensaba dar marcha atrás. Siguió señalando el suelo y gritando:

—El libro, ¿de acuerdo? *Al kitab*, ¿entiendes?

Y tras decir aquello, se colocó de espaldas al pistolero, cerró los dedos en torno al arma con silenciador del muerto, se giró de repente para encararse con el sorprendido árabe y apretó el gatillo, rezando a un dios en el que no creía para que el cargador no estuviera vacío y experimentando una breve conversión en materia de fe al tiempo que descargaba varios proyectiles sobre el pecho del otro y lo empujaba hacia atrás de un puñetazo, antes de dejarlo caer al suelo en medio de un charco de sangre.

En la azotea, Omar se zafó de Kirkwood de un tremendo cabezazo y se incorporó de nuevo. Lo mantuvo a raya con el arma mientras escrutaba la azotea del bazar contiguo.

No había rastro de Mia ni del libro.

Agarró a Kirkwood por el cuello y lo obligó a ponerse de pie. Entonces echó una última mirada a la azotea, se rindió y le gritó a Kirkwood que echara a andar. Lo empujó por la trampilla y lo condujo escaleras abajo apoyándole la pistola en la espalda.

Estaba congestionado.

Había perdido el libro, precisamente cuando lo tenía allí mismo, al alcance de la mano. Pero tenía lo que más deseaba el *hakim*: el comprador. Ileso. Listo para interrogarlo. Pero no había sido un éxito, ni remotamente. Aparte del libro, había perdido a varios hombres.

Tenía que darse prisa en salir de allí. Sin duda, la policía turca llegaría enseguida, alertada por el tiroteo.

Bajó detrás de Kirkwood y al llegar al pie de las escaleras vio a Corben de espaldas. Le gritó algo furioso al hombre al que había dejado vigilando al norteamericano.

Corben se volvió hacia él despacio, sin amenazarle, con expresión impasible.

Y en la oscuridad de aquel pasillo polvoriento, Omar no vio el arma que sostenía Corben en la mano, ni siquiera cuando ésta escupió una bala de nueve milímetros que le atravesó la frente de parte a parte.

61

Kirkwood contempló cómo Omar se desplomaba en el suelo a su lado y caía resbalando por los últimos peldaños, de cabeza, hasta quedar inmóvil, como un bulto desmadejado, a los pies de Corben.

Corben miró escaleras arriba.

—¿Dónde está Mia? —preguntó en tono de urgencia.

Kirkwood lo miró fijamente a los ojos. Todavía estaba asimilando el estallido de los últimos minutos. Los asesinos eran árabes, y tenían que ser hombres del *hakim*... sólo que Corben estaba con ellos. Pero aquel detalle no computaba.

—¿Qué está haciendo usted aquí?

Corben parecía muy ocupado en asimilar las cosas a su vez.

—Me capturaron anoche.

—¿Cómo se han enterado de esta cita? —presionó Kirkwood—. ¿A través de usted? ¿Le ha estado siguiendo la pista a Abu Barzan? —Su tono de voz tenía un deje claramente acusatorio.

Pero aquello no intimidó a Corben.

—No tenemos tiempo para esto —replicó tajante—. ¿Dónde está el libro?

—Lo tiene Mia. Y puede tener por seguro que a estas alturas ya debe de encontrarse bien lejos. —Kirkwood buscó una reacción en Corben—. La verdad es que no se lo reprocho, con todas las mentiras que llevaba oyendo de que recuperar a su madre era lo más prioritario para usted.

Corben miró escaleras arriba, y luego se enfrentó a la mirada de Kirkwood.

—Por lo que se ve, usted también —contraatacó en un tono cargado de cinismo—. Quiero decir, ésa es la única razón por la que está aquí, ¿no es cierto? No tiene nada que ver con el hecho de perseguir la fórmula que buscaba su antepasado.

El hecho de que mencionara aquello hizo saltar una alarma en el cerebro de Kirkwood. Corben no podía estar enterado... a no ser que hubiera estado escuchando. Y aquello tenía que significar que no estaba allí en calidad de prisionero. Y que trabajaba con el *hakim*, sólo que, evidentemente, había modificado sus planes en parte, dado que acababa de matar al hombre que parecía ser el jefe del grupo de sicarios del *hakim*.

Corben dirigió una mirada a la puerta de la calle. Acto seguido, se agachó sobre el cadáver de Omar, extrajo un cuchillo de uno de los bolsillos y se cortó las ataduras de las manos. Se frotó las muñecas para que volviera a circular la sangre y después recuperó su teléfono móvil del árabe muerto y se apresuró a examinar la batería. Estaba totalmente cargada. La sacó del teléfono, se guardó ambas cosas y a continuación se giró hacia el cadáver de Bryan, recogió el subfusil, se lo echó al hombro y rebuscó en los bolsillos. Encontró unos cuantos cargadores de repuesto, y los cogió, además de las llaves del Land Cruiser, que eran lo que buscaba en realidad.

Kirkwood se fijó en que volvía la vista hacia la parte de atrás de la casa, como si estuviera pensando en algo.

—Vamos —ordenó a Kirkwood al tiempo que pasaba por encima del cadáver de Omar y se adentraba en la vivienda.

—¿Adónde vamos? —quiso saber Kirkwood.

Corben no respondió.

Kirkwood fue tras él hasta la cocina. Corben echó un rápido vistazo al callejón que pasaba por detrás de la casa y volvió a entrar. En un rincón yacía Abu Barzan, boca abajo, con un charco de sangre oscura debajo. Junto a sus pies estaba el maletín.

Corben lo recogió. Se dio la vuelta. Kirkwood seguía allí, mirándolo. Le dirigió una mirada interrogante y tendió una mano para recibir el maletín.

Pero Corben movió la cabeza en un gesto negativo.

—Me parece que me lo voy a quedar yo. Me cercioraré de que regrese sano y salvo a la ONU. No nos conviene perderlo ahora, ¿no cree? —En su expresión severa se dibujó una leve sonrisa burlona.

Kirkwood le sostuvo la mirada durante unos instantes y después asintió en silencio, frustrado. Estaba claro que se habían terminado los miramientos. No merecía la pena disimular. Bajó la vista, y sus ojos se posaron en una de las armas de los iraquíes, una pistola tirada en el suelo a su lado. Se hallaba tentadoramente a su alcance.

Corben también la había visto.

Kirkwood puso los músculos en tensión y clavó la mirada en la de Corben. Fue como si cada uno pudiera leer lo que pensaba el otro, los dos lo tenían pintado en la cara.

—No es buena idea —lo previno Corben.

—Podría haber más ahí fuera —faroleó Kirkwood—. No le vendría mal contar con otro hombre armado.

Pero Corben desechó aquella propuesta con un gesto negativo de cabeza.

—Ya han caído todos. —Movió el arma hacia la parte posterior de la casa para indicar a Kirkwood que se pusiera en marcha—. Vámonos —ordenó.

Mia agarró el códice con fuerza y se agachó detrás del parapeto de la azotea del bazar.

Lanzaba constantemente miradas nerviosas hacia la casa de la que había escapado, pero por lo visto no salió nadie por la trampilla en su persecución. Aunque aquello no la tranquilizó lo más mínimo. El corazón todavía le retumbaba febrilmente e intentaba encontrarle la lógica a lo que había sucedido y, todavía más apremiante, a lo que le había dicho Kirkwood... o como se llamara en realidad.

«Porque estoy bastante seguro de ser tu padre», le había dicho.

Pero aquello no tenía sentido.

Él no podía haber estado con Evelyn en Al-Hilá. Aquello había sucedido treinta años antes, y Kirkwood no parecía tener más de cuarenta.

La única explicación posible era una que no se atrevía ni a plantear.

Además, Kirkwood también había dicho que su antepasado estaba buscando la fórmula completa del elixir. Que estaba incompleta. Y si estaba incompleta, no funcionaba, y él no podía estar usándola.

Se sacudió toda aquella idea de la cabeza. Sencillamente, no era posible. No podía serlo. Kirkwood le estaba mintiendo, tenía que ser eso. Lo cual era la conclusión más cómoda y reconfortante a que aferrarse, excepto que no podía aferrarse.

Lo había mirado a los ojos cuando él le dijo aquello, cuando le habló de su antepasado Sebastian, del códice, de quién era. Todo en él proclamaba a gritos su sinceridad. Mia ya había experimentado la misma sensación cuando estuvieron conversando en el avión, y antes de aquello, en el bar de la azotea del hotel. No mentía. Por alguna razón que no acababa de dilucidar, estaba segura de ello.

Lo cual quería decir que todo lo que ella consideraba imposible tenía que ser revisado, cuestionado y, si su instinto no la engañaba, reclasificado prescindiendo del prefijo *im*.

De pronto oyó movimiento abajo, y se asomó por el borde del parapeto. Se quedó petrificada al ver a Kirkwood, que caminaba por el estrecho callejón que discurría al costado de la casa. Lo seguía otro hombre. Estiró el cuello para verlo mejor, y el corazón le dio un vuelco cuando descubrió que era Corben.

«¿Qué estará haciendo aquí?»

No estaba segura de que aquello tuviera importancia, y el hecho de verlo le levantó el ánimo. Se las había arreglado para salvar a Kirkwood de los hombres del *hakim*, y los dos se encontraban a salvo.

Estaba a punto de incorporarse de un brinco y dar a conocer su presencia cuando de pronto reparó en un detalle al verlos dirigirse a la calle, dejando atrás los cadáveres de Abu Barzan y del otro guardaespaldas de Kirkwood. Corben iba andando detrás de Kirkwood. Tenía un subfusil echado al hombro y portaba en la mano el maletín plateado. En la otra mano también llevaba algo. Una pistola.

En todo aquel lenguaje corporal fallaba algo. Había tensión entre ellos, en la manera de andar de Kirkwood, cauteloso, por delante de Corben.

Era casi como si lo llevara prisionero.

Corben fue detrás de Kirkwood y lo guió hacia el Land Cruiser, con el maletín fuertemente agarrado en una mano y la pistola con silenciador en la otra.

Mientras se dirigían al coche, su mirada examinó con calma las viviendas de las inmediaciones. Vislumbró brevemente a un niño que los observaba desde una ventana abierta y al que su madre, temerosa, volvió a meter en la casa. Percibió movimiento en otras ventanas. Tendrían que darse prisa; lo más probable era que la policía turca fuera de camino para allá —en toda aquella región siempre estaban en estado de alerta, debido a la constante amenaza que representaban los militantes separatistas del PKK kurdo, en cuyo territorio se encontraban ahora—, y en aquel momento Corben no tenía ningún interés en explicarse ante ellos ni, ya puestos, ante nadie.

Llegaron al Land Cruiser. Éste tenía las ventanillas bajadas, y Corben se percató de que las puertas no estaban cerradas con llave.

—Suba al coche —ordenó a Kirkwood con un gruñido— y no cometa ninguna estupidez.

Kirkwood se subió al asiento del pasajero, mientras que Corben metía el maletín y el subfusil en la parte trasera del vehículo. Cerró con llave y oteó las azoteas que se erguían por encima de ellos. No vio a Mia por ninguna parte, pero sabía que tenía que estar observándolos.

—¡Mia! —bramó—. Sal de donde estés. No pasa nada. Tenemos que irnos de aquí ahora mismo.

Mia continuó agachada a pesar de oír la voz de Corben resonar en la calle.

Lo último que quería era quedarse abandonada allí, sola, en aquel rincón del mundo olvidado de Dios, rodeada de cadáveres. De forma alarmante, le vino a la memoria la analogía con la película *El expreso de medianoche*. Quería creer que Corben estaba de su lado y que estaba allí para salvarlos, que estaba intentando rescatar a su madre. Era evidente que había matado a los hombres del *hakim*, y eso tenía que ser bueno. Entonces, ¿qué importaba que estuviera al corriente de los experimentos del *hakim*? Así que le había mentido respecto a la finalidad de todo aquello. Pues vale. Ella no «necesitaba saber». Y ello no quería decir que al mismo tiempo no estuviera intentando rescatar a Evelyn.

—¡Mia! —voceó de nuevo Corben—. Tenemos que irnos. Vamos.

Cerró los ojos y se imaginó a Corben y Kirkwood marchándose en el coche sin ella, y de pronto dicha idea la horrorizó. No podía soportar que la dejaran allí tirada.

Así que dominó sus sentimientos encontrados y, con el estómago encogido por el miedo de estar cometiendo un terrible error, se puso de pie.

Sentado en el Land Cruiser, Kirkwood sintió una punzada de ansiedad al escuchar los gritos de Corben. Tenía que hacer algo. Estaba seguro de que Corben ya no deseaba seguir cargando con Mia, una vez que se había hecho con el libro. Mia sabía demasiado.

Tenía que advertirla.

Extendió el brazo, abrió la portezuela y se apeó del coche.

—¡Mia, no salgas! —chilló, recorriendo con la vista las azoteas que los rodeaban—. ¡Escóndete!

Corben se abalanzó sobre él y lo derribó en el suelo a escasos metros del Land Cruiser. Lo agarró por el cuello de la chaqueta y le apretó la pistola contra la cara.

Kirkwood lo miró desafiante.

—¿Qué va a hacer, dispararme?

Corben lo mantuvo allí por espacio de unos instantes, ardiendo de frustración y de rabia.

—Levántese —le ordenó al tiempo que tiraba de él para incorporarlo y lo empujaba en dirección al coche.

Se detuvo un momento, lanzó una última mirada a las azoteas y a continuación obligó a Kirkwood a entrar en el Land Cruiser y subió él también.

Mia contuvo la respiración al ver a Kirkwood bajarse del coche y echar a correr por la calle. Se le puso todo el cuerpo en tensión cuando Corben le echó la mano encima, lo tiró al suelo y después volvió a llevarlo al coche a la fuerza.

Se agachó de nuevo en su escondite y vio que Corben se subía al coche, y se le cayó el alma a los pies cuando oyó que arrancaba el motor y a continuación desaparecía tras una esquina con un chirrido de neumáticos.

Se obligó a ponerse de pie, con la cara pálida y una sensación de mareo. Contempló la calle, ahora silenciosa. El Land Cruiser había desaparecido por completo y había dejado tras de sí una nube de polvo y los dos cadáveres. De las casas adyacentes y del bazar empezaban a surgir con cautela personas sorprendidas y picadas por la curiosidad.

Miró el libro que tenía en las manos y se percató de que había dejado las uñas marcadas en la tapa de cuero. Le entraron ganas de destrozar aquel maldito trasto y hacerlo pedazos, de gritar hasta vaciarse los pulmones, pero en vez de eso miró en derredor, vio lo que parecía el borde del hueco de una escalera y se dirigió hacia él.

62

Mia se escabulló por una entrada lateral del bazar y salió al callejón adoquinado del que habían emergido Corben y Kirkwood. Notó que había aumentado la actividad en la calle principal, frente a la casa, pues la gente se había dado cuenta de que la amenaza había desaparecido, y se desvió hacia el otro sentido, entrando de nuevo en el callejón.

Al doblar la esquina vio una figura corpulenta que salía de la vivienda dando tumbos. Era Abu Barzan. El iraquí caminaba despacio y con dificultad, completamente encorvado, con una mano apretada contra el muslo y el pantalón empapado de sangre. El callejón estaba salpicado de cadáveres. Se detuvo ante uno de ellos y se agachó para pasar la mano por la cara del muerto. Mia comprendió que había tropezado con el cadáver de su sobrino.

Se aproximó a él. Abu Barzan volvió la cabeza hacia ella. Hacía inspiraciones profundas y laboriosas. Tenía los ojos semicerrados y empañados por el sufrimiento, y sus mofletes caídos brillaban de sudor.

—Lo siento —musitó Mia, evitando mirar demasiado de cerca al hombre que yacía a los pies del iraquí.

Abu Barzan se limitó a asentir con estoicismo, con una expresión que rebosaba desafío y cólera.

—Déjeme ver —dijo Mia, señalando la herida.

El iraquí no reaccionó. Mia extendió las manos, vacilante, y le rasgó la tela del pantalón alrededor de la herida, para dejarla a la vista. Vio un punto de entrada y otro de salida en la gruesa carne del muslo. Al apreciar que la hemorragia no era intensa, unido a que Abu Barzan estaba de pie y respirando, calculó que probablemente la arteria femoral no había resultado seccionada por la bala ni por fragmentos de hueso. Aquello eliminaba el peligro de que muriera desangrado, pero era necesario atender de inmediato la herida para disminuir la pérdida de sangre y evitar que se infectase.

—No creo que se haya astillado ningún hueso —observó—, pero hay que limpiar la herida.

De pronto se oyó a lo lejos el débil ulular de una sirena. Abu Barzan miró a Mia con ansiedad.

—Tengo que irme —gruñó, y empezó a andar cojeando.

—Espere. —Mia fue tras él, pasando por encima de los sicarios muertos—. Necesita ir a un hospital.

Pero Abu Barzan desechó aquella idea con un gesto de la mano.

—¿A un hospital? ¿Está loca? Soy medio kurdo —escupió—. ¿Cómo cree que voy a explicar esto?

Mia asintió con expresión sombría.

—Ni siquiera estoy segura de cómo voy a explicarlo yo.

Abu Barzan la observó atentamente unos segundos, y después le dijo:

—Venga.

Ella le puso un brazo bajo el hombro y lo ayudó a no apoyar el peso en la pierna herida, mientras ambos desaparecían en los oscuros callejones de la ciudad vieja.

Corben se mantuvo muy atento al espejo retrovisor yendo al volante del Land Cruiser. Abandonó la ciudad y enfiló en dirección sur, hacia Mardin.

Tenía que tomar una decisión importante, pero cuanto más pensaba en ello, más se convencía de que iba a poder salir bien parado. Tenía en su poder a Kirkwood, el cual podía desvelar el misterio si se le motivaba adecuadamente, y si había algo que estaba claro, era que Corben era un experto en motivar a la gente. Se le brindaba una oportunidad en la que podía portarse mal: lo habían secuestrado mientras dormía, de eso daría cumplido testimonio la puerta de su apartamento. Diría que era prisionero del *hakim*, que todo lo había hecho con un arma apuntada a la cabeza. Y ya estaba dicho todo.

El problema era Kirkwood.

No podía permitir que se fuera de allí de rositas, con todo lo que sabía. En cuanto a Mia... en el caso de ella podía actuar con diplomacia. Pero lo de Kirkwood era más complicado.

—¿En serio trabaja para la ONU? —le preguntó. Tenía la pistola sobre las rodillas.

—La última vez que lo comprobé, sí —contestó Kirkwood en tono inexpresivo, con la mirada vacía y fija al frente.

Corben asintió, impresionado.

—Seiscientos de los grandes. No es lo que se dice calderilla. —Aguardó una reacción, pero no obtuvo ninguna—. ¿Cuántos son ustedes?

Detectó una pizca de confusión en Kirkwood.

—¿De qué habla?

—¿Cuántos de ustedes están buscando esto? Quiero decir, está usted, y está Tom Webster, ¿cierto? —sondeó Corben—. Usted es capaz de presentarse recién bajado de un avión en un abrir y cerrar de ojos, con un maletín lleno de dinero. Estoy pensando que deben de contar con una fuente de recursos inagotable.

Kirkwood ignoró aquel comentario.

—¿Adónde vamos?

—Los dos perseguimos lo mismo. Así que propongo que lleguemos hasta el final. —Corben calló unos momentos y miró a Kirkwood—. Además, echo de menos las montañas. El aire limpio que se respira en ellas. Es bueno para los pulmones —comentó sin emoción.

La frontera de Iraq se encontraba a un par de horas en coche. Corben ponderó si le convenía más llegar a ella, informar al jefe de la comisaría de que lo habían secuestrado, decirle que se las había apañado para escaparse y que en aquel momento se encontraba persiguiendo al contrabandista iraquí responsable del secuestro, y conseguir que ellos hicieran una llamada por adelantado y garantizasen que se le permitiera cruzar la frontera sin obstáculos. Pero decidió que no, que prefería tener a sus cohortes en la ignorancia un poquito más de tiempo. Y aunque no llevaba encima ni el pasaporte ni ninguna identificación, portaba en la parte de atrás un documento de viaje mucho más eficaz: un maletín lleno de billetes de dólar.

En aquel país desesperado, sabía que unos cuantos de aquellos billetes verdes eran capaces de abrir la mayoría de las puertas. Desde allí no quedaba mucho trecho hasta Al Amadiya. Si todo transcurría sin tropiezos, antes de que se hiciera de noche llegarían al pueblo del que había hablado Abu Barzan.

—¿Y qué planes tiene, si está allí? —le preguntó Kirkwood a

bocajarro—. No creo que nuestro gobierno esté preparado, ni con mucho, para hacer frente a algo así. Preservar el statu quo, y todo eso. —Se volvió para mirar a Corben—. Porque ése es el plan, ¿no? Enterrarlo... junto con todo el que esté al tanto.

Corben esbozó una sonrisa de satisfacción y dejó escapar un gorgoteo.

—Lo más probable. Pero no es el plan que tengo yo.

Kirkwood alzó una ceja.

—¿Oh?

Corben lo miró con una sonrisa irónica en la comisura de los labios.

—Digamos que yo poseo una visión más emprendedora de la vida. —Calló un momento—. La cuestión es: ¿qué tienen planeado ustedes?

—Un mundo mejor para todos —repuso Kirkwood, al parecer desconcertado por la caballerosa actitud de Corben—. Y cuando digo todos, me refiero a todos.

Corben se encogió de hombros.

—Entonces, supongo que estamos del mismo lado.

—Excepto por un detalle sin importancia. Que yo no estoy preparado para matar por ello.

—A lo mejor usted aún no ha tenido que enfrentarse a esa decisión.

Kirkwood dejó reposar aquel comentario.

—¿Y si se me presentara la necesidad?

Aquella insinuación intrigó a Corben, pero supo enmascarar dicho sentimiento.

—En tal caso, diría que yo me preocupo más que usted por hacer del mundo un lugar mejor —respondió Corben con indiferencia.

—¿Y dónde encaja Evelyn Bishop en todo esto? ¿Es un daño colateral?

—No necesariamente. —Corben se volvió hacia él. Acababa de ofrecérsele una herramienta de motivación—. Ayúdeme a averiguarlo, y nada me causará más placer que detener al *hakim* y rescatarla a ella.

Corben enarcó una ceja, esperando la reacción de Kirkwood, y sonrió para sus adentros. Lo había hecho pensar, lo cual era bueno. Significaba que iba a pasar menos tiempo intentando luchar por su libertad.

Decidió incitarlo un poco más en aquella dirección.

—A propósito, ¿cuándo tenían pensado usted y Webster decirle a Mia que su padre aún estaba vivo?

Kirkwood se puso rígido al notar el tono jocoso de Corben. Por lo menos Corben no conocía la verdad en su totalidad, se recordó a sí mismo.

Por lo menos no sabía que él era Tom Webster.

Pensó otra vez en lo que Corben debió de oír en Diyarbakir y reprodujo mentalmente la conversación. Corben daba por sentado que la fórmula no funcionaba, que no funcionaba para nadie. Y aquél era el motivo por el que no había dado el salto.

«Dejémoslo así», pensó.

El nombre que había utilizado con Evelyn hizo que sus pensamientos divagaran hacia ella. Se sintió consumido por el sentimiento de culpa. Si en aquel entonces le hubiera dicho la verdad, en Al-Hilá, a lo mejor ella habría sido más cuidadosa. Habría sabido que había personas peligrosas que andaban detrás de aquello. Siempre las había. Aparecían de no se sabía dónde nada más olerse algo. Así era como funcionaba el mundo. Así había sido desde hacía siglos.

A Evelyn no la habrían secuestrado.

Y él habría sabido que tenía una hija. Una hija que habría crecido teniendo padre. Él se habría encargado de que así fuera. Ya habría buscado el modo.

Recordó la expresión de los ojos de Mia cuando le dijo la verdad, y dicho recuerdo le supuso otro duro golpe, le produjo un desgarro por dentro y no le dejó nada más que un agujero vacío.

Por lo menos, pensó con una brizna de consuelo, por lo menos ahora Mia se encontraba a salvo.

Mia estaba sentada en una silla destartalada en una habitación llena de humo, bebiendo de un vaso de agua mientras aquel viejo enjuto y fuerte de brazos manchados de sangre terminaba de curar la herida de Abu Barzan.

El tratante de antigüedades la había conducido por las calles de atrás de la ciudad vieja hasta la casa de otro de sus contactos. Pese a sus ocasionales refriegas fratricidas, todos los kurdos compartían un odiado enemigo común y se ayudaban unos a otros cuando tocaba mantenerse lejos de las garras del MIT, el servicio turco de inteligencia, una variante local del *mujabarat*.

En la habitación había otros tres hombres, todos nativos del lugar, todos fumando. Discutían a voces entre ellos y con Abu Barzan, en kurdo. Mia no entendía lo que decían, pero se veía a las claras que estaban enfadados por lo que había ocurrido. Después de todo, habían matado a uno de los suyos, y también al sobrino de Abu Barzan, y se hacía obvio que el debate tenía que ver con cuáles podían ser las repercusiones y las posibles represalias.

El médico finalizó su trabajo y salió de la habitación, llevándose a los otros consigo y dejando a Mia a solas con Abu Barzan. Entre ellos se hizo un silencio plúmbeo, mientras las nubes de humo se disipaban y se disolvían. Entonces Abu Barzan se giró hacia ella.

—Todavía tiene el libro —observó. El códice se hallaba en el centro de la mesa, frente a Mia.

Ella afirmó con la cabeza, perdida en sus pensamientos.

—¿Qué va a hacer?

—No lo sé. —Ya había estado pensando en aquella pregunta mientras el médico se afanaba con la herida de Abu Barzan, y no había llegado a ninguna conclusión—. A mi embajada no puedo ir. Ya no conozco a nadie de quien me pueda fiar. —Le contó lo que había sucedido en Beirut y lo del secuestro de Evelyn. El iraquí se sonrojó de furia cuando ella le refirió lo que sabía del *hakim*. Saddam ya había empleado gas nervioso contra los kurdos, no eran lo que se dice su pueblo elegido. Era bastante posible, incluso probable, que alegremente hubiera entresacado los conejillos de indias del *hakim* entre sus filas.

Mia le habló de Corben, pero evitó mencionar lo que le había dicho Kirkwood en la azotea, y meramente lo describió como un funcionario de la ONU que intentaba ayudar.

Ella misma estaba todavía dando vueltas a aquel punto.

En el rostro caído del iraquí se dibujó una expresión escéptica.

—Ese tipo de la ONU, el que quería comprar este libro —señaló el códice con un dedo regordete—, ¿usted se fía de él?

Aquel comentario le causó sorpresa a Mia, y entonces se acordó de haber visto a Kirkwood entregarle el maletín plateado. De repente todo encajó.

—Era el comprador que usted tenía desde el principio, ¿no es así?

Abu Barzan asintió.

—Seiscientos mil dólares que han volado. —Exhaló un suspiro de desolación.

Mia frunció el ceño al pensar nuevamente en Corben. En el fondo de su cerebro había algo que reclamaba atención, y no acababa de saber qué era. Recordó haber visto a Corben cargando con el maletín, pero había algo que no encajaba. Estaba trabajando solo, sin refuerzos, sin ningún equipo de soldados especiales, sin fuerzas turcas que lo asistieran... y eso que, al fin y al cabo, ellos eran aliados.

Estaba operando por cuenta propia. Un agente que iba por libre. La recorrió un escalofrío de preocupación. Kirkwood. Corben lo tenía en su poder. Y si existía alguna posibilidad de recuperar a su madre, era con él.

Intentó calcular cuál iba a ser el siguiente movimiento de Corben. Evelyn no le importaba, aquello resultaba obvio. Había matado a los hombres del *hakim*, lo cual no era exactamente la mejor indicación de que pretendiera hacer buenas migas, si es que la intención era ponerse en contacto con él.

Corben estaba actuando por motivos propios, motivos personales.

Lo cual quería decir que iba a perseguir su objetivo. Y esto quería decir que iría directamente a un lugar concreto.

—¿Quiere recuperar el dinero? —le preguntó a Abu Barzan con un brillo de esperanza en la voz.

Abu Barzan alzó la vista hacia ella, con una expresión agria y confusa en la cara.

—¿Sabe cómo podemos cruzar la frontera? —agregó sin aliento.

63

El sol había trazado un arco en el calinoso cielo de media tarde cuando el Land Cruiser penetró en Iraq.

Corben se había detenido en un improvisado puesto de fruta de la carretera que había a las afueras de Idil, cerca de la frontera, y había comprado un par de botellas de agua y unos plátanos para su prisionero y para él. Desató a Kirkwood —después de sujetarle la muñeca al tirador de la portezuela del pasajero para asegurarse de que no intentara huir— y ambos se concedieron un pequeño alivio junto a la cuneta de la carretera. Después, dejaron atrás la larga fila de camiones de combustible vacíos y de autobuses que aguardaban para cruzar a Iraq y se detuvieron ante el puesto fronterizo turco. El soldado grosero y excesivamente rígido que estaba encargado del mismo fue sojuzgado rápidamente por otro oficial más complaciente, el cual, con los ojos brillantes al ver bailar ante sí el salario de varios meses, tuvo la generosidad de sacar un mapa de aquella región antes de permitirles salir del país.

Seguidamente, Corben y Kirkwood atravesaron el trozo de tierra de nadie, protegido con alambre de espino, que separaba las dos fronteras. Aquella sombría franja estaba aún más desolada que las llanuras que separaba. Un par de centenares de metros más adelante llegaron al puesto fronterizo iraquí, donde un guardia vestido con un mediocre traje de camuflaje también se metió en el bolsillo un pequeño fajo de billetes y se apresuró a darles paso.

Corben hizo un alto en una gasolinera que había justo a la salida de Zaju, una vez que estuvo seguro de que el soborno en la frontera no había resultado contraproducente y de que nadie los había seguido. Llenó el depósito y estudió el mapa para localizar Nerva Zhori. Sus ojos tuvieron que hacer un esfuerzo para encontrarlo, pero tras una punzada de preocupación, dio por fin con el pueblo, que estaba señalado en letra pequeñísima, oculto en las montañas, casi a caballo de la frontera con Turquía.

Iban a tener que dirigirse hacia el sur, a Dahuk, y luego torcer a la izquierda y enfilar hacia el noreste, pasando por Al Amadiya, para internarse en las montañas. Consultó el reloj del coche y miró la altura del sol, e hizo un cálculo rápido. Excluyendo posibles retenciones importantes, imaginó que podrían estar allí justo antes de que se pusiera el sol.

Plegó el mapa, dirigió una mirada a Kirkwood y pisó el pedal del acelerador.

Desde el asiento trasero lleno de bultos del viejo Peugeot, Mia contemplaba el paisaje llano, rocoso, estéril y adormecedor que se desplegaba al otro lado de la ventanilla. No había un solo árbol a la vista; en vez de eso, la carretera estaba bordeaba por una hilera de anoréxicos postes de electricidad, cuyos cables colgaban de forma letárgica de uno a otro. Le recordaban a los cables del telégrafo del Salvaje Oeste, lo cual venía muy a cuento, se dijo, teniendo en cuenta el día —días, más bien— que llevaba hasta el momento.

Abu Barzan iba sentado a su lado, jadeando fuertemente entre las caladas que iba dando a un Marlboro. En la parte de delante viajaban otros dos tipos que había visto en la casa del médico. Ya había perdido la cuenta del número de cigarrillos que habían encendido Abu Barzan y sus colegas a lo largo del trayecto. El iraquí tenía una mancha oscura en la pernera del pantalón, de sangre que se había filtrado a través del vendaje, pero no estaba aumentando de tamaño. Por lo visto, el médico de Diyarbakir le había hecho un buen trabajo, pero claro, dada la inestabilidad que reinaba en aquella región, probablemente ya tenía cierta práctica.

A pesar de que Abu Barzan estaba herido, habían decidido salir de Diyarbakir y partir de inmediato. Su ruta sería más larga que la que Mia y Abu Barzan calculaban que habría tomado Corben. No podían arriesgarse a cruzar la frontera oficial de Zaju, llevando a Abu Barzan con una herida de bala. Además, Mia no llevaba encima el pasaporte, había dejado el bolso en el Land Cruiser. Y tampoco sabían si Corben habría conseguido que los contactos que sin duda tenía en el servicio de inteligencia turco estrecharan el paso de la frontera tras cruzar él, por si acaso. De modo que decidieron desviarse ochenta kilómetros hacia el este, por la carretera principal que bordeaba la frontera, hasta que llegaran a la falda de las montañas Chiya-e Linik. A partir de allí penetrarían en Iraq sin ser vistos.

Atravesaron un par de minúsculos pueblos fronterizos de construcciones de ladrillo antes de que la estepa diera paso a las onduladas estribaciones de las montañas. A lo lejos se erguía una imponente cordillera, y la carretera no tardó mucho en llenarse de curvas y comenzar a ascender, una pendiente por la que el cansado coche subía escorado y tenso a causa del esfuerzo.

Para cuando se salieron de la carretera principal para virar hacia el sur transitando por una estrecha vaguada, el sol ya se había ocultado detrás de los picos que se elevaban sobre ellos. Por el valle discurría un arroyo, y el Peugeot recorrió unos kilómetros dando botes por el camino de grava que lo bordeaba, hasta que éste se ensanchó en un pequeño claro, en el que los aguardaban cuatro individuos de rostro severo.

Habían traído mulas cargadas con material y, según advirtió Mia con un sentimiento de gratitud, ensilladas, y estaban armados con subfusiles Kalashnikov y rifles.

El conductor apagó el motor. Mia se apeó y observó cómo los hombres ayudaban a Abu Barzan a salir del coche. Intercambiaron varios besos en las mejillas, acompañados de fuertes abrazos y palmadas en la espalda, y lamentaron muy sentidamente la herida de bala de Abu Barzan. Una vez quedó completado el intenso ritual, Abu Barzan se volvió hacia Mia.

—Nos vamos ya —declaró sencillamente, y acto seguido la invitó a subirse a la mula infestada de moscas que aguardaba perezosa a su lado.

Ella dirigió una mirada a las abrumadoras montañas que se erguían sobre ellos y afirmó con la cabeza.

Corben abandonó la carretera principal quince kilómetros después de pasar Al Amadiya, y tomó un tortuoso camino sin asfaltar que llevaba en dirección norte. La tracción a las cuatro ruedas del Land Cruiser estaba trabajando de firme, y protestaba con gruñidos conforme el coche ascendía la montaña por una senda que no era mucho más que un camino para mulas.

—Abu Barzan dijo que era un pueblo yasidí —recordó Corben mientras maniobraba con el volante procurando evitar las piedras más grandes del camino—. ¿Sabe usted algo de esa gente?

—Sólo que son adoradores del demonio —mencionó Kirkwood en tono de naturalidad, con una sonrisa irónica.

—Es bueno saberlo —repuso Corben con un encogimiento de hombros.

Se trataba de un concepto erróneo muy extendido, pero en aquel momento, viendo la expresión de fastidio que mostraba Corben, a Kirkwood le proporcionó un mínimo de placer.

Era más exacto decir que los yasidíes, también conocidos como el Culto de los Ángeles, constituían una secta pequeña y pacífica que llevaba siglos resistiéndose al islam. Su religión, que incluía elementos zoroástricos, maniqueos, judíos, cristianos y musulmanes, afirmaba ser la más antigua del mundo. Rechazaban los conceptos del pecado, el diablo y el infierno, y creían en la purificación y la redención mediante la metempsicosis —la transmigración de las almas—, y en efecto, adoraban a Satanás, pero como un ángel caído que se había arrepentido, había sido perdonado por Dios y restituido a su lugar en el cielo como el principal de todos los ángeles. Saddam sentía un odio particular por los yasidíes. Él había fomentado que se los etiquetara de adoradores del diablo, y se había servido de ello para crear una línea de separación entre ellos y los kurdos. Tras la primera guerra del Golfo, durante sus ataques de revancha contra los kurdos, hubo muchos pueblos yasidíes que fueron brutalmente arrasados y saqueados. Se ejecutó a los hombres y se obligó a sus familias a pagar las balas que se utilizaron en la matanza.

El paisaje fue cobrando verdor progresivamente, y empezó a parecerse cada vez más a las montañas de densos bosques que había más al norte. Y a medida que el Land Cruiser subía trabajosamente por la pendiente, también disminuyó notablemente la temperatura. Cuando por fin vislumbraron unas finas columnas de humo que se elevaban en el cielo vespertino, quedaba menos de una hora para que se pusiera el sol. Poco después tuvieron la desnuda aldea a la vista.

Corben aparcó el coche en un exiguo arcén que había junto al camino de piedra. Se metió en el bolsillo un pequeño fajo de billetes de cien dólares, se guardó la pistola debajo del cinturón y se volvió a mirar a Kirkwood.

—Ayúdeme con esto —le dijo—, y yo lo ayudaré a rescatar a Evelyn, le doy mi palabra.

Pero Kirkwood no pareció ablandarse.

—Por lo que veo, no me queda otro remedio, ¿no?

—Usted también desea esto —reiteró Corben—. Pues vamos a buscarlo. Ya pensaremos lo demás.

Kirkwood se encogió de hombros y asintió con un gesto. Corben sabía que Kirkwood tenía razón en cuanto a que no le quedaba otro remedio. Y también sabía que el atractivo de lo que pudieran encontrar en aquella aldea era demasiado fuerte para resistirse a él.

Liberó la muñeca de Kirkwood y ambos echaron a andar hacia el pueblo.

Nerva Zhori era un asentamiento pequeño y olvidado, enclavado en una grieta de la empinada ladera de la montaña. La polvorienta calle central estaba bordeada a un lado y a otro por bajos muros de piedra, interrumpidos aquí y allá por una verja de metal oxidado; detrás de pequeños patios atestados de carretillas y material de construcción, se levantaban las viviendas de adobe, de escasa altura, rodeadas de chopos desperdigados, con un costado pegado a la pared de la montaña y el otro mirando al precipicio y al bosque que había más abajo. En aquellas montañas el material de construcción era el barro; hasta los techos de paja estaban cubiertos por una gruesa capa de tierra seca. A lo largo de la calle se veían unas cuantas camionetas viejas y carcomidas por la intemperie. Había una familia de patos que caminaba en fila atravesando la calzada, y caballos y vacas pastando en la hierba que crecía detrás de las casas, aprovechando los parches de vegetación que salpicaban aquel terreno, por lo demás baldío. Los cultivos habían desaparecido hacía mucho tiempo, y ya se acercaba el duro invierno de la montaña.

Mientras ellos dos avanzaban internándose en el pueblo, se los quedaron mirando varios aldeanos. Un par de niños y una anciana dejaron lo que estaban haciendo para verlos pasar. No recibían muchas visitas, pero los yasidíes eran famosos por su carácter dulce y complaciente y por su hospitalidad. Ambos saludaron a sus anfitriones con breves y amistosos gestos de cabeza que ellos les devolvieron con cautela. Corben estudió los rostros de los aldeanos que lo miraban con cierto nerviosismo, y eligió a un muchacho.

—¿Hablas inglés? —le preguntó.

El chico negó con la cabeza.

—*Aawis itkalam maa il mujtar* —«Necesito hablar con el jefe», le dijo Corben con la esperanza de que el muchacho entendiera algo de árabe. Los yasidíes eran kurdos y hablaban el dialecto del kurdo que predominaba en el norte, el kurmanyi. Corben ayudó a la traducción de aquella frase tomando la mano del chico y poniendo en ella un billete de cien dólares, y repitiendo—: *Mujtar*. El joven titubeó, pero luego asintió con cierta aprensión. Se guardó el billete en el bolsillo trasero del pantalón y les indicó con una seña que lo acompañaran.

Corben le hizo a Kirkwood un gesto de triunfo con la cabeza y echó a andar detrás de su guía local.

Mia experimentaba una sensación de quemazón en la espalda y en las piernas mientras el silencioso convoy serpenteaba pendiente arriba por aquella pista llena de curvas. Ya llevaban horas a lomos de las mulas, y a pesar de que no habían descansado ni un momento, no tenía la impresión de que estuvieran más cerca de su destino.

Se habían encontrado con pastores que portaban rifles, para proteger sus rebaños de ovejas y cabras de las jaurías de lobos y hienas que merodeaban por allí —sólo de pensarlo, su incomodidad se incrementaba todavía más—, y con contrabandistas armados que conducían asnos cargados de tabaco montaña arriba. Unos y otros acusaron mutuamente su presencia a base de gruñidos y miradas mudas y vigilantes.

Aquellas montañas estaban plagadas de pistas, y a las autoridades de uno y otro lado les resultaba imposible abarcarlas todas, de modo que sencillamente habían renunciado a ello. La frontera era porosa, pero para cruzarla se necesitaba tener un grado de empeño y forma física que Mia sólo estaba empezando a entender.

El paisaje que los rodeaba era notablemente distinto de las estériles llanuras que habían dejado detrás. Estaba formado por valles profundos, llenos de rápidos cursos de agua, que se abrían paso por entre las espectaculares escarpaduras que se erguían sobre ellos. El terreno, inhóspito en su mayor parte, se veía salpicado de bosques de color pistacho y arboledas de álamos enormes, todo ello cruzado en todas direcciones por una maraña de senderos ocultos.

—¿Falta mucho? —preguntó Mia.

Abu Barzan trasladó la pregunta a uno de sus hombres y después contestó:

—Una hora. Puede que más.

Mia exhaló el aire con un gesto de abatimiento, pero luego cobró fuerzas y enderezó la postura. Continuó aguantando como un soldado, impulsada por la rabia de haber sido engañada, por la necesidad de averiguar la verdad acerca de su padre y por la urgencia de rescatar a su madre.

El muchacho condujo a Corben y a Kirkwood más allá de una camioneta Toyota de aspecto destartalado, al interior de un patio cubierto de polvo. La vivienda de escasa altura, apoyada contra la ladera, no era diferente de ninguna de las otras. No era exactamente el palacio del ayuntamiento, se dijo Corben mientras seguía al chico hasta la puerta de entrada.

El chico la empujó para abrirla y anunció su presencia. Desde las profundidades de la casa surgió una voz ronca a modo de respuesta. El muchacho se quitó los zapatos y los dejó al lado de otros, andrajosos, que había allí. Corben hizo lo propio, y Kirkwood lo imitó.

Corben recorrió la casa con la mirada al entrar. Pasaron por una cocina pequeña y traspusieron una puerta que conducía a un pasillo de techo bajo. Bajó la vista al suelo cuando llegaron a la puerta de otra estancia, y al poner el pie en ella notó algo en el umbral de su percepción que no encajaba en el ambiente. En las baldosas del suelo había unas finas huellas de las suelas de unas botas, justo en la entrada de la habitación. Se puso en tensión de manera inconsciente, pero ya era demasiado tarde, porque sintió el contacto de un tubo de duro acero en la espalda.

Antes de que pudiera darse la vuelta, descubrió bajo aquella tenue luz una figura esbelta y familiar, sentada con las piernas cruzadas, el cabello plateado peinado hacia atrás, que lo contemplaba con una expresión glacial, distante. Estaba sentado en el suelo —en aquella estancia no había muebles, aparte de unos cuantos cojines distribuidos por el perímetro de la misma— y tenía a un lado su maletín de médico. Todavía sostenía la aguja en la mano. Junto a él se encontraba un gorila fuertemente armado que tenía sus gruesos brazos cerrados en torno a los hombros de un nativo de expresión aterrorizada. Corben supuso que aquél tenía que ser el *mujtar*. Sudaba profusamente y se frotaba el antebrazo.

El resto de la habitación se le hizo visible enseguida. En un rincón había un televisor con el volumen desconectado. En la chimenea de latón ardía un fuego pequeño. Y al lado de éste había tres hombres armados que sujetaban a una mujer y a cuatro críos —un varón adolescente y tres niñas— a punta de pistola.

—Me alegro de que haya podido sumarse a nosotros —anunció el *hakim* secamente—. Justo acabamos de tener una charla de lo más ilustrativa.

64

Corben se giró al momento e intentó hacerse con la pistola que tenía apoyada en la espalda, pero no fue lo bastante rápido. Su adversario levantó los brazos a la velocidad del rayo, lo golpeó con la culata de su Kalashnikov y le dio de lleno en la mandíbula. Corben se desplomó en el suelo con un dolor que le traspasaba el cráneo.

Haciendo un esfuerzo por aclarase de nuevo la vista, se giró y vio que el *hakim* se había puesto de pie y había dado un par de pasos en dirección a él.

Curiosamente, no parecía tener interés por Corben; lo dejó a un lado y prosiguió hasta Kirkwood.

—Así que éste es el comprador misterioso —entonó, recorriendo con la mirada el rostro de Kirkwood sin disimular su fascinación—. ¿Y usted es...? —Dejó la pregunta en el aire.

Kirkwood se quedó donde estaba, mirándolo, sin contestar.

El *hakim* lanzó una breve risita y a continuación, sin apartar los ojos de él, alzó la aguja que sostenía en la mano y dijo a Corben:

—¿Tendría la amabilidad de instruir a nuestro invitado respecto de mi poder de persuasión?

Corben se incorporó laboriosamente, con un gruñido.

—Dígale lo que quiera saber —lo complació a regañadientes—. Créame, eso le ahorrará dolor.

El *hakim* seguía con la mirada fija en Kirkwood, pero ahora en su expresión había además una íntima satisfacción.

Kirkwood miró al hombre en que había estado trabajando el *hakim*. El *mujtar*, que iba vestido con el atuendo tradicional, parecía ahogarse en el sufrimiento físico y, según le pareció también, en la vergüenza.

—Kirkwood. Bill Kirkwood —informó en un tono sin inflexiones al hombre que lo iba acorralando.

—¿Tiene algún otro nombre que añadir a ése? —se burló el *hakim*—. ¿No? —Hizo una pausa para estudiar a su presa—. Muy bien. Lo dejaremos ahí, por el momento. —En su rostro apareció un gesto de desconcierto—. No veo el libro por ninguna parte. ¿Dónde está?

—Yo no lo tengo —respondió Kirkwood en tono cortante.

El *hakim* arqueó una ceja, escéptico.

—Él no lo tiene —intervino Corben—. Se lo dio a la hija de Evelyn Bishop. A estas alturas, es probable que ya la esté acompañando alguien a nuestra embajada.

El *hakim* reflexionó sobre aquella información, y luego se encogió de hombros.

—Supongo que no tiene importancia. De todas formas, no tenía la fórmula dentro, ¿no es cierto? Quiero decir: eso es lo que dijo usted mismo. Y usted no tenía motivos para mentir. —Escudriñó a Kirkwood y después agregó—: Sobre todo a la señorita Bishop. A ella no le mentiría, ¿verdad?

Kirkwood tuvo la sensación de que la sangre se le volvía hielo. Comprendió que el *hakim* debía de haber estado escuchando. Su cerebro se esforzó por recordar lo que había dicho exactamente en aquella habitación.

—Y aun así, ha venido aquí corriendo —prosiguió el *hakim*—, para hablar con este hombre. —Señaló a su víctima sentada con un elegante dedo—. ¿Qué esperaba averiguar de él?

Kirkwood guardó silencio.

—¿Tal vez esperaba averiguar lo que le ocurrió a su antepasado? ¿Y, con un poco de suerte, averiguar también lo que descubrió? —El *hakim* se acercó a la ventana y miró por ella—. Sin duda, un hombre fascinante, su antepasado. Un hombre de muchos talentos. Y de muchos nombres —se mofó—. Sebastian Guerreiro. El marqués de Montferrat. El conde de St. Germain. Sebastian Botelho. Y ésos son solamente los que conocemos nosotros. Pero claro, supongo que debió de tener una vida muy llena, ¿no?

Cada uno de aquellos nombres cayó en el estómago de Kirkwood igual que una caja de ladrillos. No merecía la pena disimular. Era evidente que el *hakim* estaba bien informado.

—¿Cómo sabe usted todo eso?

—Bueno, si usted sabe algo de su antepasado —repuso el *hakim* con altivez— necesariamente tiene que haberse topado con alguna mención de otro mío. Quizá le suene de algo el nombre. ¿Raimondo di Sangro?

Los ladrillos acababan de transformarse en ácido.

Kirkwood conocía bien aquel nombre.

El *hakim* se aproximó más a Kirkwood, con los ojos brillantes de interés.

—Le presta un significado totalmente nuevo a la expresión de «cerrar el círculo», ¿no le parece?

Su semblante se tornó más serio.

—Voy a ahorrarle un poco de tiempo. Como he dicho, nuestro amable anfitrión y yo —el *hakim* señaló despectivamente al *mujtar* con una inclinación de cabeza— precisamente estábamos teniendo una charla encantadora. Y por lo menos dicha charla me ha servido para confirmar que en los lugares remotos como éste los recuerdos de las sucesivas generaciones están muy arraigados.

—Señaló las paredes.

Kirkwood recorrió la habitación con la mirada y vio a qué se refería: una serie de retratos descoloridos de los ancestros del *mujtar*, que los contemplaban desde sus marcos protegidos por un cristal ajado. Ocupaban un sitio de honor en la pared principal de la estancia.

—Esta gente no tiene videojuegos ni televisión por cable para entretenerse —siguió diciendo el *hakim*—. En vez de eso, se juntan alrededor de una fogata y se cuentan historias unos a otros, transmiten sus experiencias de la vida. Y los yasidíes, en particular, poseen una tradición oral extraordinaria, tal vez basada en la necesidad, dado que sus escrituras más sagradas han desaparecido.

El libro sagrado de los yasidíes, el *Mashaf Rash* o *Libro Negro*, se había perdido hacía tiempo. La creencia más común que circulaba entre ellos era que se lo habían llevado los británicos y que en la actualidad se encontraba secuestrado en un museo de algún lugar de Inglaterra. En vez de dicho libro, tenían una tradición de narradores que eran capaces de recitarlo entero de memoria.

Y, según parece, el abuelo de nuestro querido anfitrión le habló en cierta ocasión de un hombre que bajó de la montaña, un jeque nada menos.

Deliraba a causa de una fiebre horrible, tifus o cólera, diría yo, y en sus últimos momentos habló en muchas lenguas distintas, lenguas que él no había oído jamás. Su presencia provocó bastante revuelo, lo cual resulta comprensible.

—¿Murió aquí? —preguntó Kirkwood.

—Eso parece —confirmó el *hakim* en tono sardónico—. Estábamos a punto de salir a echar un vistazo a su tumba. ¿Le apetece verla?

65

Lisboa, Portugal, marzo de 1765

Sebastian se alejó a caballo de los muelles con un sentimiento de profundo contento. En las tardes claras y doradas como aquélla, Lisboa era verdaderamente una ciudad magnífica, y se alegraba de haber vuelto.

Había pasado demasiado tiempo.

Lo había preocupado la idea de mudarse de nuevo al país, y no digamos a la ciudad, en que había nacido, pero había sido una decisión de carácter fortuito. Al igual que aquella ciudad, él estaba experimentando un renacimiento, una reinvención que representaba, para ambos, una notable mejora respecto de sus anteriores encarnaciones.

Lisboa había quedado destrozada por un tremendo terremoto ocurrido en la mañana del 1 de noviembre de 1755, el día de Todos los Santos. Cuando tuvo lugar el primer temblor, las iglesias estaban repletas de fieles que honraban a los muertos. La segunda sacudida llegó cuarenta minutos más tarde. Las aguas del río Tajo se elevaron e invadieron la ciudad, arrasándola en su mayor parte. Los incendios se encargaron del resto. Al finalizar aquel día, Lisboa era un descampado que ardía lentamente. Murieron más de treinta mil de sus habitantes, y la mayoría de los que sobrevivieron se quedaron sin hogar.

El marqués de Pombal, que era el que verdaderamente gobernaba en Portugal, se hizo cargo del desastre con atención y eficacia ejemplares. Se improvisaron a toda prisa refugios y hospitales, y se llamó al ejército para que proveyera de suministros a los necesitados. También contrató a arquitectos visionarios, que rápidamente dieron forma nueva a lo que había sido una ciudad antigua y medieval y la transformaron en una impresionante capital europea. El renacimiento de Lisboa no fue sólo físico. Pombal, cuyo prestigio había aumentado gracias a la forma en que se había hecho cargo del desastre, se aprovechó de ello para librar al país de influencias contra las que llevaba mucho tiempo luchando. De particular importancia para Sebastian era que Pombal había disuelto la orden de los jesuitas, había expulsado a los miembros de la misma y había convertido su sede en un hospital. El Palacio de la Inquisición, derruido por el terremoto, jamás fue reconstruido.

Sebastian y Thérésia habían llegado a Lisboa en medio de las obras de reconstrucción. La falta de documentos registrados y el contagioso optimismo que halló en aquella ciudad le vinieron como anillo al dedo. Todos los que lo habían conocido de sus tiempos de inquisidor habían muerto. Y con la expulsión de los jesuitas, cualquier fantasma que pudiera haber quedado de sus días más oscuros fue despejado igualmente.

Así pues, el conde de St. Germain retomó el nombre de pila que le habían puesto sus padres, Sebastian. Como precaución, renunció a su apellido de origen y escogió utilizar el de su madre, Botelho. Invirtió en una pequeña refinería de azúcar del distrito de Alfama, que convertía la caña de azúcar procedente de las colonias de Brasil en el producto básico de todas las cocinas, el cual él exportaba a toda Europa. El negocio de Sebastian prosperaba, al igual que su hogar. Contrajo matrimonio con Thérésia en una breve ceremonia que tuvo lugar en una iglesia de Tomar, y dos años después nació el hijo de ambos, Miguel.

Había expulsado también a otro persistente fantasma de su pasado el día en que Thérésia y él abandonaron París juntos.

Al pasar junto a los soportales de los edificios de la plaza del Comercio, camino de su casa, le vino a la memoria el rostro radiante de Thérésia. Había sido una buena jornada para los negocios, el contrato se había concluido de manera satisfactoria. Incitó a su caballo para que se lanzara a pleno galope y se deleitó en el aire fresco y salado que se respiraba junto a las bruñidas aguas del Mar de Palha, o «mar de paja» interior, antes de dirigirse hacia el norte, a las colinas bajas y redondeadas que abrazaban la ciudad.

Lo había atenazado una sensación intangible de miedo en el momento mismo en que le dijeron que Miguel aún estaba fuera de casa, montando a caballo con Thérésia. Acababa de comprarle su primer poni, y a Thérésia le gustaba sentarlo a horcajadas sobre la pequeña silla de montar y pasear con él alrededor del lago que había en sus tierras. Sebastian sabía que nunca regresaban tan tarde a casa, sobre todo en aquella época del año, cuando el sol ya estaba fundiéndose con las colinas y rindiéndose al frío de la noche, que no tardaba en caer.

No se tomó la molestia de ir a caballo, y echó a andar cuesta abajo por el prado, dando zancadas cada vez más largas, hasta que terminó corriendo entre los olivos y los limoneros. Se le heló el corazón cuando salió de entre los árboles y vio el poni pastando de manera inofensiva y completamente solo. Se apresuró a llegar hasta él y escrutó la orilla del lago con mirada de pánico, y entonces descubrió a Thérésia tumbada boca abajo en el suelo, a un centenar de metros de donde se encontraba él. Miguel estaba cerca de ella, en un afloramiento rocoso, sentado al lado de un hombre cuya actitud siniestra reconoció Sebastian incluso desde aquella distancia.

Cuando Sebastian acudió a socorrer a Thérésia, el hombre se puso en pie sujetando fuertemente la mano del pequeño. Gracias a Dios, todavía respiraba. No vio sangre, ni tampoco cortes ni heridas. Simplemente estaba semidesmayada. Sebastian supuso que Di Sangro debía de haberla golpeado y derribado para hacerse con el control del niño.

—Miguel —murmuró Thérésia con preocupación cuando se reanimó al sentir el contacto de Sebastian.

Éste afirmó con la cabeza al tiempo que se quitaba el abrigo y se lo ponía a ella debajo de la cabeza, antes de incorporarse para encararse con su atormentador.

El semblante y la postura de Di Sangro eran un vivo testimonio de la década de sufrimiento y frustración que había vivido desde el último encuentro de ambos, acaecido en París. Se le habían hundido los hombros, el pelo lucía ahora un montón de vetas grises y tenía la piel más marchita y más pálida. El alto, ágil y voraz *principe* de Nápoles había desaparecido. En su lugar quedaba sólo su ajado caparazón, profundamente deteriorado por el paso del tiempo y por su propia obsesión. Lo único que no se había atenuado era la codicia que llameaba en sus ojos.

—Suelta al niño —rugió Sebastian.

Pero Di Sangro se mantuvo firme.

—Me lo debes, *marchese. Occhio per occhio, dente per dente.*

—Sacó una daga que llevaba en el cinto y la sostuvo junto a la mejilla del pequeño.

Sebastian comprendió. El hijo de Di Sangro no había sobrevivido a la herida que él le había infligido aquella noche en la Île de la Cité.

—Fuiste a buscarme a mí —dijo Sebastian con rabia al tiempo que apuntaba al príncipe con un dedo, procurando reprimir su cólera, pero sin lograrlo—. Y lo pusiste a él en peligro.

—Igual que tú pusiste en peligro a tu propio hijo al rechazarme —contraatacó Di Sangro.

Sebastian dio un paso al frente, pero Di Sangro reaccionó rápidamente sujetando al chico con más fuerza y apretando la hoja contra su cuello.

—*Tranquillo, marchese* —le advirtió—. No te acerques más.

Sebastian se detuvo y levantó las manos con las palmas abiertas, en un gesto que pretendía llamar a la calma.

—Siento lo de tu hijo —dijo con sincero pesar, sin apartar los ojos de Di Sangro—. Suéltale. Es a mí a quien quieres.

—Tú no me sirves de nada —replicó Di Sangro, enfadado—. Sólo quiero lo que sabes. Dime la verdad, y tal vez estudie la posibilidad de considerarlo *soldi di sangue*. —«Dinero de sangre»—. Tal vez así —agregó con tristeza— mi hijo no habrá muerto en vano.

—Aún estás convencido de que tengo lo que estás buscando —dijo Sebastian en tono calmo, manteniendo las manos apartadas del cuerpo, frente a sí, al tiempo que daba pasos muy medidos hacia el príncipe.

—Sé que es así... —empezó a decir Di Sangro, pero de improviso se le quebró la voz. Sebastian se encontraba ya a unos cinco metros de él, y con cada paso que daba iba cambiando algo en la expresión del príncipe. En sus cansados ojos brilló la confusión cuando se fijó en la cara de Sebastian.

Abrió ligeramente la boca.

—¿Has... has envejecido? —preguntó aflojando un poco la mano con que sujetaba al chico, la vista clavada en Sebastian.

Sus ojos no lo engañaban.

El día en que Sebastian y Thérésia huyeron de París juntos, él dejó de usar el elixir. Ya no había vuelta atrás.

El renacido Sebastian Botelho de Lisboa se marchitaría y moriría como un hombre corriente.

Nunca había lamentado de verdad aquella decisión tan precipitada, y en sus raros momentos de incertidumbre y arrepenti-miento, sólo tenía que mirar la sonrisa traviesa de su hijo de seis años para saber que no se había equivocado. No habría más secre-tos, ni más necesidad de escapar creándose identidades nuevas, ni, lo mejor de todo, más soledad. Iba a compartir el resto de sus días contados con una mujer a la que amaba, dando las gracias por ca-da vez que viera salir el sol estando al lado de ella.

Hasta aquella fatídica tarde.

Di Sangro contempló a su némesis. Había cambiado notable-mente desde Nápoles y París. Tenía el rostro surcado de arrugas, y el cabello, que ahora mostraba mechones grises, estaba retroce-diendo en las sienes.

Sebastian se quedó donde estaba, permitiendo que el desconcierto hiciera mella poco a poco en la determinación de Di Sangro. Se dio cuenta de que el príncipe aflojaba aún más a su hijo al tiem-po que, casi como si estuviera en trance, se aproximaba a él para verlo más de cerca.

—Pero... yo creía que...

En eso, Sebastian saltó sobre él. Con una mano apartó la daga, y con la otra asestó a Di Sangro un puñetazo en el pecho que le hi-zo perder el equilibrio y lo arrojó al suelo.

—¡Ve con tu madre! —chilló Sebastian a Miguel, el cual corrió al lado de Thérésia mientras su padre inmovilizaba a su némesis. Entonces recogió la daga del suelo y la apoyó contra el cuello de Di Sangro.

—¿Por qué no puedes dejarme en paz? —siseó.

Di Sangro bajó los ojos, que habían perdido toda su fuerza.

—¿Qué habrías hecho tú en mi lugar?

Sebastian retiró la hoja de acero.

—Yo también he desperdiciado mi vida buscando algo que no existe. Intenté decírtelo, pero tú no quisiste escucharme.

El príncipe asintió con tristeza.

—Entonces, ¿en realidad no lo tienes?

Sebastian hizo un gesto de negación.

—No.

El rostro del príncipe se tiñó de una expresión de profunda cons-ternación cuando comprendió que aquella respuesta era definitiva. Introdujo una mano por debajo de la camisa y extrajo la cadena que le colgaba del cuello. Tocó el medallón con dedos temblorosos.

—¿Y, entonces, esto? —dijo, mostrándoselo a Sebastian.

—No es más que un truco, un espejismo —contestó Sebastian con voz apagada—. Una sirena que atrae a los hombres y hace que su vida naufrague en las rocas de las falsas promesas.

Miró a Di Sangro y dejó de agarrarlo. Se incorporó y le tendió una mano. El príncipe la aceptó, se puso en pie y desvió la mirada hacia las lisas aguas del lago sintiendo que el desánimo invadía hasta el último rincón de su cansado cuerpo.

—Una lástima. Una tragedia. Para todos nosotros. —Luego se volvió hacia Sebastian—. Imagina que fuera verdad. Imagina cómo cambiaría el mundo, el regalo que supondría. Disponer de más tiempo para estar con las personas que amamos. Disponer de más tiempo para aprender, para viajar, para descubrir... para vivir de verdad.

Sebastian asintió con gesto grave.

—Vete a casa. Vuelve con tu familia. Disfruta del tiempo que te quede. Y déjame a mí en paz para que disfrute del mío.

Di Sangro le dirigió una última mirada y afirmó con la cabeza.

Las voces animadas y las risas lo rodeaban por todos lados, pero Di Sangro no oía ninguna de ellas. Estaba sentado en su mesa de la pequeña taberna, deprimido, acompañado por otra jarra más de cerveza, con la mirada perdida en la llama de la vela que bailaba frente a él, sumido en el abismo de sus pensamientos.

Todo aquello para nada, lamentó. Años desperdiciados. Tiempo, dinero. La vida de su hijo. ¿Y para qué? Para terminar así, viejo y marchito, ahogándose en cerveza amarga, muy lejos de casa.

Pero a pesar de la niebla que le enturbiaba el pensamiento, rebuscó en su memoria intentando recopilar todos los datos que había ido acumulando, todo lo que había oído, hasta el último matiz que había captado a lo largo de su tenaz persecución del hombre que ahora se llamaba a sí mismo Sebastian Botelho. De vez en cuando emergían pensamientos disparatados de los repliegues de su mente y amenazaban con transformarse en una afirmación que anhelaba encontrar, pero en todas esas mismas ocasiones surgía la duda y devolvía dichos pensamientos al reino de las sombras. Dentro de él competían imágenes y voces por atraer su atención: la Contessa di Czergy y lo que ésta recordaba de Venecia, Madame de Fontenay en París, entre otros, pero siempre terminaba apareciendo el rostro impenetrable de Sebastian Botelho, como si fuera un dios, y les imponía sumisión a todos.

Hora tras hora, fue reproduciendo mentalmente los encuentros que había tenido con aquel hombre, los diálogos que habían intercambiado, las revelaciones que había visto, o creído ver, en sus ojos. Y en aquella maraña de confusión, había unas pocas frases que no dejaban de aguijonearlo. «No os conviene saberlo, *principe*. Confiad en mí. No es un regalo, no lo es para ningún hombre. Es una maldición, pura y simple. Una maldición que no concede descanso alguno.»

Descanso.

Se concentró en aquella palabra y en la expresión atormentada que había visto en los ojos de Botelho, que en aquella época era el marqués de Montferrat, cuando la pronunció tantos años atrás.

¿Y si el descanso fuera precisamente lo que Botelho había encontrado por fin? ¿Y si tuviera en su poder el elixir pero, por alguna razón demencial que él no podía ni imaginar, hubiera dejado de usarlo?

Arrojó la jarra de cerveza al suelo y se frotó los ojos con fuerza, en un intento de disipar la niebla que le ofuscaba el pensamiento. Comenzó a latirle el corazón en los oídos conforme iba comprendiendo, furioso, lo que había pasado.

Se habían burlado de él.

El *marchese* había vuelto a hacerlo. Lo había engañado como a un infeliz. En efecto, Botelho estaba más viejo, pero aquello no quería decir que no hubiera tenido nunca el elixir, sino que había dejado de utilizarlo. Y, como el pobre necio en el que ahora se había convertido, Di Sangro había permitido que el *marchese* lo hubiera inducido a creer en él y dejar de perseguirlo.

—Bastardo —rugió al tiempo que se levantaba de la mesa y salía dando tumbos de la abarrotada taberna, impulsado por la rabia que le corría por las venas.

Sebastian contemplaba cómo las débiles sombras que proyectaba el resplandor de la luna iban desplazándose poco a poco por las paredes de la alcoba.

No podía dormir. Seguía carcomiéndolo por dentro la idea de perder a Thérésia o a Miguel a manos de Di Sangro. Se preguntaba si no debería haberlo matado allí mismo, pero ya era demasiado tarde para ello.

Además, no sabía a quién se habría traído consigo el *principe*, a quién le habría transmitido sus sospechas. El hecho de matarlo no era garantía de obtener la paz.

Su refugio corría peligro. El intruso, más que el hombre en sí, eran las cosas que éste había dicho, que todavía resonaban en los oídos de Sebastian.

«Imagina que fuera verdad. Imagina cómo cambiaría el mundo, el regalo que supondría. Disponer de más tiempo para estar con las personas que amamos. Disponer de más tiempo para aprender, para viajar, para descubrir... para vivir de verdad.»

Él lo había imaginado muchas veces, como también lo imaginaron Isaac Montalto y su propio padre. Un regalo que todos habían soñado entregar a la humanidad. Una carga que había pesado únicamente sobre sus hombros. Una promesa de la que no había renegado.

Di Sangro estaba en lo cierto. Era una tragedia.

Ya no podía continuar ignorándola.

Thérésia se removió a su lado, su piel lisa silueteada contra las sábanas blancas. Por la preocupación que vio en sus ojos supo que, igual que en tantas otras ocasiones anteriores, ella era capaz de leerle el pensamiento que se dibujaba en su semblante.

—Tenemos que marcharnos, ¿verdad? —preguntó.

Sebastian se limitó a asentir y tomarla en sus brazos.

Di Sangro irrumpió en la majestuosa mansión al principio como un demonio, blandiendo una espada en una mano y una pistola en la otra, pidiendo a voces que Sebastian se presentara ante él, pero sus gritos no obtuvieron respuesta. Empujó y pateó a los criados que aparecieron e intentaron razonar con él, y se lanzó hacia la escalinata central que subía al piso de arriba, donde se encontraban las alcobas. Abrió de una patada las puertas dobles del dormitorio de Sebastian y Thérésia, pero lo halló vacío.

Hacía mucho que se habían marchado, y en lo más profundo de su corazón supo que jamás volvería a ver a ninguno de los dos.

Cayó de rodillas, las armas rebotando con estrépito contra las baldosas del suelo, y rompió a llorar.

Sebastian observaba a los criados que transportaban el baúl y el maletín neceser de Thérésia hasta la cubierta del barco. El puerto rebosaba de embarcaciones de todos los tamaños, desde las pequeñas gabarras fenicias en forma de media luna que realizaban tareas de carga alrededor del puerto hasta los grandes veleros de tres mástiles que surcaban el Atlántico y unían aquella vieja ciudad portuaria con el Nuevo Mundo.

Se le encogió el corazón al pensar en la travesía que estaban a punto de iniciar su mujer y su hijo. Aquella decisión no había dejado de atormentarlo ni un segundo desde que abandonaron su casa aquella noche, apenas unos días antes.

Nunca hallarían la paz. Di Sangro no los dejaría tranquilos, ni tampoco otros a cuyos oídos, inevitablemente, llegaría la información. No la hallarían mientras estuvieran juntos.

Y él tenía trabajo por hacer.

Una promesa que cumplir.

Un destino que consumar.

—¿Por qué no cambias de idea y permites que vayamos contigo? —le preguntó Thérésia. A su lado tenía a Miguel, cogido de la mano, contemplando con asombro cómo se cargaban los últimos bultos a bordo del imponente navío.

—No es seguro —replicó Sebastian con un hilo de voz.

Sabía lo que decía. Ya había pasado por aquello, y estaba a punto de viajar de nuevo. Iba a regresar a Constantinopla. Asumir la personalidad de un jeque, igual que había hecho medio siglo antes. Y viajar al Levante, a las bulliciosas ciudades de Beirut, Jerusalén, Damasco y Bagdad, y cruzar las montañas y los desiertos que había en medio, con la esperanza de que esta vez su búsqueda no resultara infructuosa.

El primer oficial del barco ordenó que se retirase la pasarela y que se soltasen las amarras.

Thérésia apretó con fuerza la mano de Sebastian.

—Vuelve a mí —le susurró al oído.

Él la tomó en sus brazos y la besó, y a continuación se arrodilló y besó también a su hijo.

—Haré todo lo que esté en mi mano —fue lo más que pudo prometer.

Y con el corazón trémulo, contempló cómo el barco desplegaba las velas y se llevaba consigo la única felicidad verdadera que había conocido.

66

Los empujaron al exterior de la casa a punta de pistola, Kirkwood, Corben, y también el *mujtar* y su familia, y salieron a un cielo semejante a un mosaico de púrpuras y grises. Por el horizonte se desplazaban unas nubes esponjosas, iluminadas desde atrás por el sol poniente.

El cementerio se encontraba situado en un extremo del pueblo. Consistía en un conjunto de lápidas sencillas agrupadas alrededor del *masar*, un pequeño monumento funerario de forma cónica. El *mujtar* los condujo por aquel terreno árido y estéril hasta que llegaron a una pequeña lápida mortuoria. Se detuvo allí y, con una expresión melancólica en la cara, la señaló con la mano.

Kirkwood se arrodilló y examinó la piedra. Se trataba de un austero trozo de piedra caliza que apenas sobresalía del suelo. No tenía nada escrito, a excepción de un pequeño grabado circular en el centro. Kirkwood alargó una mano y limpió el musgo y el polvo de los bordes. Entonces se vio con más claridad la cabeza de la serpiente, un dibujo sencillo erosionado por el paso del tiempo.

Se fijó en que debajo había algo más. Pasó los dedos por el grabado para barrer los escombros depositados por el tiempo.

Era una fecha, en números arábigos.

—Mil ochocientos dos —leyó Kirkwood con voz apagada.

De pronto se abatió sobre él una sensación de pérdida infinita que le secó la boca.

Así que allí era donde había tenido fin su viaje.

La voz del *hakim* irrumpió en el torbellino de recuerdos de Kirkwood y los dispersó.

—Mil ochocientos dos —repitió, pensando en voz alta—. Mi antepasado murió en 1771. Se podría decir que no hay mucha diferencia. Excepto por un pequeño detalle. Nuestros antepasados se conocieron a mediados del siglo XVIII, alrededor de 1750 más o menos. En aquella época, su antepasado, según el diario de Di Sangro, por lo visto era contemporáneo de él, o sea, que se aproximaba a la edad de cuarenta años. Lo cual quiere decir que en el momento de su muerte debía de tener, veamos, cerca de cien años. Pero ahí está el problema. Mi antepasado murió anciano. El suyo, en fin, según el relato que ha llegado hasta nuestros días, el hombre que bajó de la montaña y murió aquí no era un viejo. Había descendido de la montaña él solo. Y fueron unas fiebres las que lo mataron, no la edad avanzada. El *mujtar* lo ha dejado muy claro. Y eso quiere decir que, o bien su antepasado encontró en esas montañas algo que lo mantuvo joven, o bien, y ésta es la explicación que prefiero yo, como sospechaba el *príncipe*, llevaba años haciendo uso de la fórmula. Pero en cambio usted ha dicho que no tenía la fórmula completa. Y eso me resulta desconcertante. ¿Abandonó a su mujer y a su hijo para viajar hasta este peligroso y distante rincón del planeta buscando algo que ya tenía?

Kirkwood se puso rígido.

—No lo tenía.

El *hakim* dio un paso al frente en actitud amenazadora, y su semblante se oscureció gravemente.

—¿Sabe una cosa? Opino que miente. Estoy convencido de que sí lo tenía —dijo con acidez—. Estoy convencido de que mi ilustre antepasado estuvo todo el tiempo en lo cierto. Estoy convencido de que Sebastian Guerreiro se valió de esa fórmula para vivir una vida extraordinariamente larga. Y también —añadió con vehemencia— estoy convencido de que usted está haciendo lo mismo.

Kirkwood procuró reprimir su rabia y su miedo.

—No sabe lo que está diciendo. —La voz no le flaqueó.

Notaba la mirada de Corben clavada en él, pero no se atrevió a volverse. El *hakim* lo vigilaba demasiado de cerca.

—No me diga —repuso el *hakim* con frialdad—. Vamos a verlo.

Ladró una orden a sus hombres. Dos de ellos se pusieron en movimiento y desaparecieron detrás de una de las casas. Los que se quedaron levantaron con precaución sus fusiles, vigilando a Corben y a Kirkwood como halcones.

Pasados unos momentos, los dos de antes regresaron trayendo a un prisionero vestido con traje de camuflaje y con las manos esposadas. Tenía la cabeza cubierta por un saco de tela negro, igual que el que habían usado con Corben. Lo situaron junto al *hakim* y se apartaron.

Incluso antes de que el *hakim* hiciera las presentaciones, Kirkwood vio el rostro que había detrás de aquel traje y aquel saco, y se quedó petrificado. Lanzó una mirada de soslayo a Corben, pero no alcanzó a distinguir la expresión impenetrable del agente.

—¿Decía...? —preguntó el *hakim* en tono de mofa, y a continuación quitó el saco al prisionero.

Evelyn guiñó los ojos unas cuantas veces para adaptarse a la luz. Entonces vio a Kirkwood de pie frente a ella, y se le descolgó la mandíbula.

—Dios mío... ¿Tom?

67

El hecho de ver la expresión de desconcierto de Evelyn fue como una cuchillada en el corazón de Kirkwood.

—Evelyn, gracias a Dios que estás... —Sacudió la cabeza, angustiado—. Lo siento muchísimo.

El *hakim* escudriñaba atentamente la reacción de Evelyn, y se le notaba todo ufano. Se giró hacia Kirkwood con una sonrisa radiante de irritante satisfacción, y dio unos pasos hacia él hasta quedar a escasos centímetros de su rostro.

—Ya sé que hoy en día la cirugía plástica hace milagros, pero esto... —comentó dirigiéndose a Evelyn y mostrando con la mano el cuerpo de Kirkwood— esto es mucho más que cosmético, ¿no le parece?

—Estás... —A Evelyn se le atragantaron las palabras—. ¿Cómo es posible?

El *hakim* hizo una seña a uno de sus hombres, el cual agarró a Evelyn y la apartó.

Entonces el *hakim* se volvió hacia Kirkwood con las facciones contraídas en otro gesto amenazante.

—Usted posee la fórmula —le dijo, furioso—. ¿Qué es lo que busca en realidad?

Kirkwood hizo acopio de todas las reservas de voluntad que le quedaban y se mantuvo firme.

—Lo mismo que usted.

—Pero si ya lo tiene —rugió el *hakim*.

Kirkwood no respondió.

De pronto el *hakim* cogió el arma de uno de sus hombres y la apoyó contra la cabeza de Evelyn.

—Ya lo tiene, ¿no es así?

Todos los nervios del cuerpo de Kirkwood hervían de furia, pero se mantuvo firme y no reaccionó.

El *hakim* tensó el dedo contra el gatillo.

—Ya lo tiene, ¿no es así? —dijo, haciendo rechinar los dientes.

Kirkwood se limitó a mirarlo en silencio.

—En ese caso, sálgase con la suya —siseó el *hakim*. Su voz aguda rasgó el aire y señaló a Evelyn con la mirada, flexionando levemente la muñeca para prepararse a meterle una bala en la cabeza...

—¡Espere! —chilló Kirkwood.

El *hakim* se volvió hacia él, pero sin mover el arma del sitio.

Kirkwood miró a Evelyn y después bajó los ojos.

—Tengo la fórmula —musitó.

Sin levantar la vista, notó que todo el mundo tenía los ojos fijos en él.

—No lo entiendo —dijo Corben impulsivamente—. ¿Entonces, qué diablos estamos haciendo aquí? ¿Por qué está aquí? ¿Qué necesita encontrar con tanta desesperación?

Kirkwood lanzó un profundo suspiro de frustración.

—Los experimentos que describe el libro que tenemos... están incompletos. La fórmula no funciona con... todo el mundo.

—¿A qué refiere al decir que no todo el mundo? —inquirió el *hakim*, bajando el arma.

Kirkwood miró a Evelyn y seguidamente levantó la vista hacia el *hakim*, enfadado.

—A que sólo funciona con los hombres.

El *hakim* asimiló aquel dato, y su semblante se iluminó con una euforia maníaca.

—¿Así que la está utilizando?

Kirkwood asintió.

—El libro que encontró Sebastian no estaba completo. Estaba quemado en parte, y le faltaban las últimas páginas, en realidad nadie sabe cuántas podían ser. Los experimentos que describía no se habían completado de manera satisfactoria, por lo menos en las páginas que teníamos. Seguía habiendo un fallo crucial. Durante muchos años resultó inútil intentar averiguar el motivo de aquella deficiencia y procurar subsanarla; la ciencia todavía no estaba lo suficientemente avanzada para ello, y además, había problemas más importantes en los que poner a trabajar a nuestras mejores mentes, enfermedades más urgentes que vencer. En realidad, solamente en los cincuenta últimos años hemos pensado que por fin había llegado el momento adecuado para dedicar recursos científicos importantes a intentar resolver esta adivinanza.

—¿Por qué habla en plural? —preguntó el *hakim*, agitando el arma en un gesto interrogante.

—Somos un grupo pequeño. Formado por cuatro personas. Cuidadosamente seleccionadas y contactadas por el descendiente de Sebastian al que fue legada la... la carga. Es algo que inició mi padre.

—Y él, a su vez, se lo pasó a usted —dedujo el *hakim*.

—Sí. —Kirkwood se volvió hacia Evelyn—. Por eso no pude quedarme contigo. Había hecho un juramento, y no era una vida que pudiera compartir con nadie, dado que estaba tomando el elixir. Teníamos que trabajar en la tarea de perfeccionarlo, en averiguar cómo hacer que funcionase para todo el mundo, y nuestras células, nuestra sangre, formaban parte de los experimentos. Pero era necesario mantener todo ello en secreto. No podíamos correr el riesgo de dejar que el mundo se enterase de su existencia. Si llegara a salir a la luz, si se pusiera a disposición de cualquiera, y no es complicado de preparar, al menos en su formulación actual, pondría la sociedad patas arriba. Hombres que vivirían un par de cientos de años, mientras que las mujeres sólo vivirían una tercera parte de ese tiempo y luego morirían... Ello definiría de nuevo nuestro mundo, reescribiría todas las reglas de nuestra civilización.

—Oh, no sé —comentó el *hakim* con aire escéptico, observando al *mujtar* con una expresión divertida pero interesada—. Los musulmanes y los mormones toman varias esposas, y por lo visto a ellos les funciona. Esto sería lo mismo, sólo que de forma secuencial.

Evelyn todavía estaba estupefacta.

—¿Ése es el tiempo que te da a ti el elixir? ¿Doscientos años? —preguntó.

Kirkwood asintió.

—Al parecer, más o menos triplica nuestra esperanza actual de vida, si uno empieza a tomarlo cuando el cuerpo ya ha completado su crecimiento. No nos vuelve inmortales. Simplemente envejecemos muy despacio. Ralentiza el deterioro de las células y hace que la senectud se desacelere de forma radical. Después, con el tiempo, las células entran en caída libre.

El científico que el *hakim* llevaba dentro no pudo resistirse a preguntar:

—¿Cómo funciona?

Kirkwood se encogió de hombros.

—Aún no estamos seguros. Por lo que parece, actúa como un devorador superactivo de radicales libres. Hemos descubierto que modifica el modo en que el ADN se enrolla normalmente alrededor de ciertas proteínas de los cromosomas. Como consecuencia, unos genes se incrementan mientras que otros se reprimen. Uno de los genes que se incrementan es un gen del estrés antioxidativo. Pero, por alguna razón, hay algo en la diferencia cromosómica entre hombres y mujeres, en el nivel de las mitocondrias, que inhibe su efectividad en las mujeres.

—Es como el 4-fenilbutirato —se entusiasmó el *hakim*. Aquel fármaco, según habían demostrado los experimentos más recientes, ejercía un efecto asombroso sobre la mosca de la fruta y alargaba su vida de manera espectacular—. Sólo que para los humanos.

Kirkwood asintió de mala gana.

—Exacto.

Evelyn no apartaba los ojos de él. Su mirada le telegrafiaba un cóctel de rabia, decepción, asombro y horror.

—¿Qué edad tienes? —le preguntó con una voz que le salió de la garganta teñida de miedo.

Kirkwood ya llevaba dicho más de lo que era su intención, pero a ella no podía mentirle.

—Nací en 1913 —dijo en voz baja—. Sebastian era mi abuelo.

Apartó los ojos de la expresión de sorpresa de Evelyn y los posó en los demás. Corben lo estaba mirando con frialdad, con el mismo gesto impasible de siempre. El *mujtar* también había estado escuchando con atención, pero se le veía más afectado y se frotaba los antebrazos con nerviosismo.

—De modo que eso es lo que ha estado haciendo a lo largo de todos estos siglos —acusó el *hakim* a Kirkwood con un tono de indignación—. Utilizar el elixir en secreto dentro de su pequeño aquelarre, privando al mundo de la vida en lugar de darlo a conocer, de compartirlo, de invitar a los mejores cerebros del mundo a que lo ayudaran a perfeccionarlo.

—Ya tenemos varios grandes cerebros trabajando en ello —protestó Kirkwood con vehemencia. Aquél era un punto doloroso, fuente de un gran sentimiento de culpa—. Algunos de los científicos más dotados que existen.

—Bueno, tal vez debiera haber contado con más personas trabajando en ello —replicó el *hakim* agitando el arma en el aire de forma agresiva como para acompañar lo que estaba diciendo, con el dedo todavía preocupantemente cerca del gatillo—. A lo mejor a estas alturas ya hubieran dado con la solución. Pero en cambio, ustedes prefirieron esconderlo, guardárselo egoístamente.

—¿Cree que esto es divertido? —disparó Kirkwood, furioso—. ¿No poder intimar nunca con nadie? —Mientras hablaba miraba a Evelyn, y su tono de voz se suavizó—. ¿Ver cómo todas las personas a las que uno ama, todas las personas que le importan, se marchitan y se mueren? Además —añadió girándose hacia el *hakim*—, ¿qué pasaría si no existiera ninguna solución? ¿Qué pasaría si jamás consiguieran que funcionara para todo el mundo?

—Bueno, es evidente que su abuelo creía que sí lo iban a conseguir —señaló el *hakim* en un tono cargado de desdén. Asintió para sí mismo reflexionando sobre lo que había dicho Kirkwood, cavilando. Cuando levantó la vista, en su expresión había una determinación casi zen.

—Quiero la fórmula —dijo con calma—. Y usted me la va a facilitar, eso lo sabemos los dos. Pero no se preocupe, será tan sólo una medida transitoria. Algo que me tenga entretenido mientras mis hombres exploran estas montañas. —Se volvió hacia el *mujtar*—. ¿Qué dice usted? ¿Se considera capaz de guiarme en la dirección correcta?

El *mujtar* dio un traspié hacia atrás y palideció visiblemente al tropezar con uno de los hombres del *hakim*. Con los ojos como platos, negó repetidamente con la cabeza al tiempo que le aparecían gotas de sudor en el borde del turbante que llevaba en la cabeza.

Las facciones del *hakim* se oscurecieron y adquirieron un tinte de amenaza al acercarse a él.

—Resulta que baja de la montaña un hombre incomprensible, de lo más intrigante, soltando palabras en todos los idiomas imaginables, trayendo consigo un libro misterioso en el que escribe un mensaje final empleando una escritura extranjera. Muere aquí, en este pueblo. ¿Y usted pretende que me crea que sus antepasados no sintieron curiosidad por saber de dónde había venido? ¿En serio espera que me crea que no fueron a buscar el lugar del que procedía?

El *mujtar* sacudía la cabeza sin parar, lanzando miradas a izquierda y derecha, a todas partes excepto a aquel extranjero alto y resuelto que le resollaba encima.

—¿Y bien? —preguntó el *hakim*—. *Yaawib, ya kalb* —le ordenó en tono agresivo. «Responde, perro.»

El *mujtar* murmuró algo. No sabía nada.

El *hakim* entrecerró los ojos, y a continuación se giró hacia el sicario que montaba guardia junto a la familia del *mujtar* y le señaló los niños con un ademán de desprecio. El sicario los empujó hacia delante sin contemplaciones.

Kirkwood sintió que se le aceleraba el pulso e instintivamente dio un paso al frente, pero el pistolero que tenía al lado lo detuvo con mano firme.

El *hakim* levantó el arma en dirección a los niños.

—¿Quién es el primero? —le preguntó al *mujtar*. Apuntó al varón adolescente—. ¿El chico? ¿O quizá... —giró el arma de forma temeraria hacia una de las niñas— ella? Escoja uno —ordenó.

Al *mujtar* le resbaló una lágrima por la mejilla. Por fin musitó:

—Por favor —a la vez que caía de rodillas.

—¿Cuál? —gritó el *hakim* con fuerza, los ojos centelleantes de determinación.

—Dígaselo —vociferó Kirkwood.

El *mujtar* negó con la cabeza.

—¡Dígaselo! —repitió Kirkwood—. No merece que paguen con su vida —añadió, indicando con la mirada a los niños paralizados por el terror.

El *mujtar* se pasó las manos por la cara y a continuación, sin levantar la vista, aceptó con un gesto de asentimiento y dijo entre dientes:

—Le llevaré. Le llevaré a donde quiera ir.

Justo en aquel instante, uno de los hombres del *hakim* fue alcanzado por algo en el centro del pecho que hizo surgir una fuente de color rojo y lo lanzó hacia atrás. El sicario se desplomó pesadamente en el suelo, al tiempo que el disparo del rifle levantaba un fuerte eco en las colinas que los circundaban.

68

Se oyó el estrépito de varios tiros más alrededor del cementerio, que hicieron dispersarse a los hombres y a los rehenes presas del pánico.

Kirkwood se lanzó sobre Evelyn, pero el *hakim* la tenía más cerca y se la arrebató en el preciso momento en que tres balas acribillaban una lápida que había al lado. Kirkwood se agachó para protegerse y sólo alcanzó a vislumbrar al *hakim*, que, con una pistola apoyada en la cabeza de Evelyn, la arrastraba hasta la tapia del camposanto. Las balas parecían venir de detrás de una casa situada al borde de la aldea. Uno de los hombres del *hakim* acompañaba a su jefe y se asomaba de manera intermitente desde su escondite para responder al lugar de procedencia de los disparos con una descarga de proyectiles cuidadosamente dirigida al objetivo.

Kirkwood intentó ir a donde estaba Evelyn, pero había otro de los hombres del *hakim* devolviendo disparos desde detrás del *masar*, y el fuego que iba dirigido a éste también obligaba a Kirkwood a mantenerse a cubierto. Volvió la vista hacia el fondo del cementerio y vio a Corben, que se llevaba a toda prisa al *mujtar* y su familia hacia un lugar seguro y ayudaba a los niños a saltar por un rebaje de la tapia. También lo descubrió el *hakim*, el cual ordenó al hombre que tenía consigo que les impidiera huir. Corben también oyó la orden y se giró. El sicario alzó el arma, haciendo puntería. Corben empujó al *mujtar* para que salvara el rebaje del muro y después saltó él mismo, justo en el momento en que un par de balas se incrustaban en los ladrillos.

Hubo más disparos que se estrellaron contra las lápidas que rodeaban a Kirkwood, el cual buscaba un posible refugio detrás del pequeño monumento. A su izquierda, el *hakim* seguía agazapado contra el muro y sujetando con un brazo la garganta de Evelyn, pero iba acercándose poco a poco hacia el lado contrario, el costado del cementerio que descendía ladera abajo, arrastrando consigo a Evelyn. Al otro lado de la tapia se alzaba un bosquecillo de altos álamos. Kirkwood tragó saliva. Se encontraban en el extremo más alejado del pueblo, y el que les disparaba procedía de la dirección contraria. No estaban rodeados. Y ello quería decir que el *hakim* tenía la posibilidad de escapar.

Kirkwood no podía permitir que se llevase otra vez a Evelyn, pero en aquel momento era impotente para hacer nada al respecto. Contempló con irritante frustración cómo el tercer miembro superviviente del grupo del *hakim*, que estaba agachado detrás del muro junto a la entrada del cementerio, se incorporaba y vaciaba un cartucho de munición contra sus atacantes, se agachaba de nuevo y cargaba otro cartucho, luego volvía a erguirse y disparaba unos cuantos tiros más, hasta que de pronto cayó violentamente hacia atrás, con un disparo en la nuca. Entonces, el tirador que lo alcanzó cometió el error de abandonar brevemente su posición a cubierto para comprobar si había tenido éxito. El pistolero que escoltaba al *hakim* se levantó y lo derribó de un solo balazo en el pecho.

El *hakim* y Evelyn llegaron al borde del cementerio. Kirkwood vio que Evelyn intentaba huir, pero que el *hakim* alargaba un brazo y volvía a inmovilizarla sin miramientos. A Kirkwood le ardía la sangre. No podía continuar allí sentado, sin hacer nada. Vio que el sicario del *hakim* era alcanzado por un disparo mientras devolvía el fuego, y que la atención del *hakim* quedaba atrapada momentáneamente por el hombre que se retorcía en el suelo junto a él lanzando miradas de terror hacia el otro lado del muro, y decidió que era su turno.

Se lanzó a la carrera por el cementerio, con la cabeza baja, los puños cerrados y los ojos fijos como dos rayos láser en el *hakim* y en Evelyn. No vino ninguna bala en su dirección, y continuó corriendo. Se encontraba a tres metros de ellos cuando el *hakim* reparó en él.

El *hakim* se giró en redondo en el preciso instante en que Kirkwood se abalanzaba sobre él echando el brazo izquierdo a la pistola que el otro sostenía en la mano derecha. En el momento del impacto se disparó un tiro, cuya explosión lastimó sus sentidos y le causó una oleada de dolor por todo el hombro izquierdo. En medio del torrente de adrenalina, oyó chillar a Evelyn y le clavó la rodilla en el pecho al *hakim*. Éste expulsó el aire pesadamente. Ahora Kirkwood sujetaba con ambas manos la pistola del *hakim*, forcejeando con todas sus fuerzas para apartarla de sí. De repente volvió a dispararse, pero esta vez apuntaba hacia abajo, y la bala no hizo más que levantar un poco de tierra y se enterró en el suelo.

—¡Apártate! —le gritó a Evelyn, sin poder quitarle la vista de encima al *hakim* para calcular si estaba cerca o lejos.

El *hakim* le propinó un codazo a Kirkwood en la mandíbula que le hizo crujir los huesos y le provocó una oleada de dolor que le repercutió por toda la cabeza. Disminuyó la fuerza con que sujetaba la mano del *hakim*, y éste aprovechó aquel momento para zafarse. Volvió la pistola contra Kirkwood, pero Kirkwood no flaqueó, sino que cargó de lleno contra él, lo estampó contra la tapia empujando con todo su peso e hizo saltar de sus dedos el arma, que cayó al suelo.

Las miradas de ambos se cruzaron en una fracción de segundo, con una expresión de odio absoluto y sin paliativos. Los dos miraron, con una diferencia de nanosegundos, el arma caída. Entonces, Kirkwood percibió un movimiento a su costado. Se giró y vio al sicario superviviente, el que se había situado detrás del *masar*, apuntándole con su pistola. Se le detuvo un segundo el corazón antes de que un par de balas perforasen la piedra del monumento y obligasen al sicario a ponerse de nuevo a cubierto. Kirkwood se lanzó sobre Evelyn y la arrojó al suelo. Después se volvió para encararse con el *hakim*, el cual le ofreció una última sonrisa burlona y a continuación trepó al muro y desapareció por el otro lado.

—¡Vamos! —gritó Kirkwood a Evelyn cuando el sicario superviviente le devolvió los disparos frenéticamente. Avanzó a cuatro patas, cubriendo a Evelyn, procurando poner más lápidas entre él y el tirador. A cada movimiento que hacía, sentía otra nueva punzada de dolor en el hombro. Había conseguido alejarse unos metros cuando el pistolero centró la atención en ellos y se asomó para dispararles otra vez, pero antes de que pudiera tirar a matar, fue taladrado por varios proyectiles de un rifle que lo hicieron caer violentamente hacia atrás al tiempo que su propio subfusil escupía una andanada de balas que rasgaron el aire quieto del cementerio y enmudecieron con él.

Sobre el camposanto se abatió un silencio fantasmal. Kirkwood miró fijamente a Evelyn, con el hombro en llamas, el cerebro trabajando a toda velocidad, sin saber si por fin se encontraban a salvo.

—¿Hola? —exclamó sin dirigirse a nadie en particular, con la esperanza de que quienquiera que había intervenido fuera amistoso. La voz que le contestó lo inundó igual que una riada de alegría.

—¿Kirkwood? ¿Mamá? —Era Mia chillando—. ¿Estáis bien?

Miró a Evelyn con una expresión de profundo alivio.

—¡Estamos bien! —exclamó a su vez. Recorrió con la mirada los hombres del *hakim* que habían caído, buscando posibles amenazas que no estuvieran a la vista, y se incorporó con cuidado, acusando el dolor del hombro con una mueca.

Evelyn se puso de pie también. Desde el pueblo veían corriendo a Mia y varios hombres armados.

Evelyn extendió la mano para examinar el hombro de Kirkwood. Cuando se lo tocó, él retrocedió ligeramente; la herida le palpitaba con un dolor profundo e intenso.

—No pasa nada —le aseguró Kirkwood antes de volver la vista hacia la ladera boscosa que descendía desde el cementerio.

El *hakim* seguía libre.

Evelyn lo leyó en sus ojos.

—Tom —lo previno.

Pero él ya estaba echando a andar hacia el sicario muerto.

—Tom, no —lo instó Evelyn al ver que se agachaba y recogía el subfusil del tirador. Examinó el cargador, encontró otro par de repuesto en el cinturón del muerto, se guardó uno en el bolsillo y metió el otro en el arma, e introdujo una bala en la recámara al tiempo que llegaban a ellos Mia y los hombres de Abu Barzan.

—Quédate con tu madre —le dijo Kirkwood a Mia antes de correr de nuevo hacia el muro. Se subió a él con esfuerzo, procurando proteger su brazo lesionado, y a continuación dirigió una mirada fugaz a Evelyn y a Mia y desapareció ladera abajo.

—¿A qué están esperando? —gritó Evelyn a los hombres que acompañaban a Mia—. Vayan con él. *Sa'iduhu* —insistió en árabe. «Ayúdenlo».

Ellos asintieron y se lanzaron tras él.

69

Kirkwood corrió a través del bosque silencioso y cada vez más oscuro, el áspero jadeo de su respiración golpeando en los oídos, el dolor del hombro inflamándose a cada zancada, los ojos perforando los árboles atentos a cualquier señal del *hakim*. A su espalda oía los pasos urgentes y decididos de los hombres de Abu Barzan.

Sentía la cabeza cada vez más nublada, los párpados más pesados, conforme la pérdida de sangre empezaba a minar las funciones básicas de su organismo. Pero hizo fuerza con la mandíbula y apretó el paso, recurriendo a sus últimas reservas de energía, permitiendo que la rabia y la revulsión fueran las que lo impulsaran adelante.

De pronto, en el umbral mismo de su percepción, oyó un suave gemido, un motor que cobraba vida. El sonido fue haciéndose cada vez más intenso a cada paso que daba. Eran las aspas de un rotor, surcando el aire con creciente energía.

Al comprender de qué se trataba, sintió una descarga de adrenalina que lo hizo correr más deprisa monte abajo. Se imaginó el helicóptero antes de verlo, se imaginó al *hakim* escapando, mofándose de él mientras despegaba del suelo y huía a ponerse a salvo, y aquel pensamiento le infundió renovados bríos.

No podía dejarlo escapar.

No podía ni siquiera dejarlo vivir.

A través del confuso juego de luces y sombras que formaban los álamos, vislumbró brevemente al *hakim* subiéndose al monstruoso aparato. Salió como una exhalación de la protección que le proporcionaban los árboles y cayó a plomo sobre él toda la furia del rotor y el chirrido ensordecedor de la turbina.

El helicóptero, un Mi-25, lo miraba de frente. Se asemejaba a una horrenda avispa mutante, con el fuselaje desfigurado por una erupción de cabinas de pilotaje en forma de burbujas y torretas de disparo, con dos pequeñas alas sobresaliendo a cada lado y cargado de lanzacohetes y otros artilugios. A los controles se hallaban dos pilotos, sentados el uno delante del otro, mirando a Kirkwood a través del cristal, instando al helicóptero a elevarse rápidamente.

Kirkwood levantó el arma y comenzó a disparar.

En posición automática.

Un cargador entero, después otro.

Todo lo que tenía.

Cada disparo que hacía le provocaba un doloroso eco en el hombro, pero mantuvo la mano firme sobre la metralleta y la vació sin piedad, arrojando una lluvia de proyectiles sobre el descomunal buitre que se alzaba frente a él. Contempló cómo arrancaban chispas al pellejo metálico del helicóptero igual que dardos rebotando en un camión cisterna, pero no dejó de ajustar la puntería, y unos cuantos de ellos lograron acertar en la burbuja del piloto de delante; el primero la taladró y la hizo pedazos, los siguientes dieron en carne y hueso y formaron una enorme y desagradable mancha roja en la cara interior del parabrisas.

El gigantesco aparato se escoró hacia un lado, y el motor adquirió de repente un rugido distinto, justo en el momento en que llegaron los hombres de Abu Barzan y se sumaron a Kirkwood. Se inclinó formando un ángulo muy pronunciado y comenzó a desplazarse de costado en el aire, y de pronto el rotor alcanzó el borde del bosque de álamos. Las inmensas palas segaron las copas de los árboles, y por un momento el bosque pareció una telaraña gigante que hubiera capturado una valiosa presa. Kirkwood contempló la escena con expresión grave, apartándose instintivamente, ya previendo la explosión que iba a consumir la ladera y reducirla a cenizas, y pensó en Evelyn y Mia mientras el helicóptero se tambaleaba precariamente.

Daba la impresión de estar a punto de desplomarse de costado y hundirse entre los árboles, pero justo cuando parecía entrar en fase terminal, el copiloto recuperó el control. El aparato se inclinó violentamente hacia atrás y giró hacia el otro lado, con lo cual logró desenredar las palas de la trampa de los árboles y elevarse ya libre en el aire.

A medida que ascendía iba virando, y ofreció la cola a sus atacantes en una maniobra de giro en redondo para alejarse de la montaña.

Kirkwood lo contempló marcharse con horror, invadido por un sentimiento de rabia y profunda frustración, y en eso oyó algo a su espalda, procedente de más arriba, de la aldea. Sonó como una bofetada fuerte, algo que no había oído jamás, y fue seguida rápidamente por un estruendo que rasgó el aire por encima de su cabeza. Levantó la vista y vio la delgada estela de un cilindro blanco y estrecho que surcaba el cielo describiendo una trayectoria en forma de arco en dirección al helicóptero, al cual terminó dando caza. El contacto desencadenó una pequeña explosión que fue seguida casi de inmediato por una gigantesca bola de fuego. Las palas del enorme rotor se desprendieron y salieron girando sin control en todas direcciones. El fuselaje giró sobre sí mismo boca abajo, y por fin se precipitó al suelo y estalló en una formidable nube de llamas.

Evelyn y Mia corrieron ladera abajo y encontraron a Kirkwood descansando apoyado contra un árbol. Tenía el rostro cubierto de sudor, la piel pálida y cetrina, los ojos abiertos a duras penas, pero se reanimó ligeramente al verlas. Las acompañaban dos hombres más, uno de ellos empuñando todavía su lanzamisiles SA-14.

Ambos hombres, amigos kurdos de Abu Barzan según explicó Mia, lanzaron aullidos de alegría e intercambiaron abrazos y palmetones en la espalda con sus dos colegas. A lo lejos se distinguía todavía la columna de humo negro elevándose hacia el cielo del crepúsculo.

Evelyn miró fijamente a Kirkwood, mientras que Mia se apresuraba a intentar frenarle la hemorragia de la herida del hombro.

Kirkwood no sabía por dónde empezar.

—Evelyn —le dijo con un hilo de voz, notando que lo abandonaban los últimos vestigios de fuerza—. Yo nunca... —Dejó la frase sin terminar, con la respiración entrecortada por el peso del arrepentimiento.

Ella lo miró a los ojos.

—Luego —le dijo.

Kirkwood asintió, agradecido, pero había una cosa que no podía esperar. Volvió la vista hacia Mia, que le leyó el pensamiento. Luego se giró hacia Evelyn.

—¿Ella es...? —preguntó, sabiendo la respuesta, anhelándola, pero volvió a quedarse sin aliento.

—Sí —confirmó Evelyn—. Es tuya.

—Entonces, ¿cómo debemos llamarte? —quiso saber Mia—. ¿Bill? ¿Tom? ¿Por algún otro nombre?

—Tom —confesó él con una media sonrisa contrita, volviéndose hacia Evelyn—. Tom Webster.

Lo embargó una oleada de sentimientos encontrados, un cóctel mareante de culpabilidad y euforia. No pudo evitar una ancha sonrisa al ver a su hija, allí mismo, a su lado, con su madre, habiéndoselas arreglado, sin saber cómo, para llegar hasta allí y salvarlas, y ahora dejándose curar por ellas. De repente se sintió muy viejo, pero, por primera vez en su vida, ello le procuró placer.

Sus meditaciones se vieron interrumpidas por la visión de una figura que venía bajando a la carrera por la ladera. Era el hijo adolescente del *mujtar*. Traía la cara contraída por el miedo.

Le salieron las palabras de la boca de forma incoherente, pero Kirkwood enseguida comprendió lo que estaba diciendo.

Corben había desaparecido.

Y se había llevado consigo al *mujtar*.

70

Los dos caballos galopaban con fuerza pendiente arriba, golpeando con los cascos las piedras sueltas y levantando eco entre los árboles. La luz disminuía a cada segundo, y no tardaría en caer la oscuridad total.

A Corben no le quedaba otra alternativa. Tenían que marcharse del pueblo ya, sin más dilación. Tenía que huir mientras los demás seguían ensimismados. Antes de que centraran la atención en él.

El *mujtar* abría la marcha montaña arriba, teniendo cuidado de no aventurarse demasiado por delante de su captor, el cual lo llevaba literalmente atado corto. Una vez que estuvieron fuera del pueblo, Corben le amarró una cuerda a la cintura y sujetó el otro extremo de la misma al pomo de la silla de montar. También se había apropiado de la metralleta AK-47 de uno de los sicarios muertos del *hakim*. Hubiera querido tomar más cosas del Land Cruiser —el maletín del dinero, por ejemplo—, pero lo habían dejado aparcado en la entrada que llevaba a la aldea, y le pareció más que probable que Abu Barzan y sus hombres ya hubieran hurgado en su interior al llegar.

La súbita interrupción —con Mia, para empezar, a la que también había distinguido junto a uno de los tiradores— le había resultado tan irritante como impresionante. Sentía curiosidad por saber cómo se las habrían apañado para llegar hasta aquel lugar, pero tenía sus sospechas. Se amonestó a sí mismo por no haberse tomado la molestia de examinar el cuerpo del tratante en la cocina de aquella casa de Diyarbakir, pero bueno, quizá no fuera tan mala cosa. Aquel gordinflón y su gente bien podían haberle salvado la vida.

Teniéndolo todo en cuenta, no se sentía preocupado en exceso por su situación actual. Oficialmente lo habían llevado hasta allí a punta de pistola, y a aquellas alturas el *hakim*, con toda probabilidad, estaría muerto. El *mujtar* y él habían visto el helicóptero explotar en el cielo. Evelyn se encontraba a salvo, y Mia también. Misión cumplida.

No creía que las dos mujeres ni Kirkwood —más bien, el hombre que afirmaba ser Kirkwood— fueran a ser un problema. No les convenía en absoluto armar un escándalo respecto de lo que había sucedido en realidad. De hacerlo, se arriesgarían a dar a conocer la auténtica cara de Kirkwood, y sabía que ninguna de las dos querría tal cosa. Lo más probable era que ambas se conformaran con la historia que él decidiera contarles.

Se recordó a sí mismo que lo principal era que ahora el premio lo tenía al alcance de la mano. Y una vez que fuera suyo, quedaría situado en una posición genial. Era la llave del reino. De todas formas, si las cosas se torcieran, podría negociar desde una posición de suprema fuerza.

De un modo u otro, esperaba convertirse bastante pronto en un hombre pornográficamente rico. Y, como gratificación adicional, disfrutaría de dicha riqueza durante mucho, muchísimo tiempo.

Mia iba maldiciendo para sus adentros mientras seguía fatigosamente la polvorienta pista de los jinetes que iban delante de ella. Aquello no era exactamente lo que estaba deseando encontrar después del viaje de cuatro horas en mula de aquella misma tarde, que le había dejado la espalda destrozada y las piernas entumecidas.

Esta vez la acompañaban otras tres personas. En cabeza iba el hijo mayor del *mujtar*. El chico había reconocido, con cierto titubeo nervioso, que sabía adónde llevaba su padre a Corben. El *mujtar* le había confiado el secreto al inicio de la guerra de Iraq, por si le ocurriera algo a él. Lo seguían de cerca otros dos hombres de la aldea, y Mia ocupaba la retaguardia. Los hombres iban todos armados. Los aldeanos también habían cogido los Kalashnikov de los sicarios muertos del *hakim*, mientras que el hijo del *mujtar*, que, según supo Mia, se llamaba Salem y sólo tenía dieciséis años, portaba un viejo rifle de caza.

La decisión de ir tras ellos ya mismo, sin esperar al día siguiente, presagiaba un trago difícil. Aquellas montañas no tardarían mucho en quedar sumidas en la total oscuridad. Les iba a costar ver por dónde caminaban, y las pistas eran empinadas y traicioneras. Además, la noche traía otros peligros consigo: lobos, hienas y chacales que rondaban aquellas escarpaduras solitarias y sombrías en busca de la escasa comida que pudiera haber.

El hijo del *mujtar* había insistido en partir inmediatamente, y su opinión fue confirmada y apoyada por su madre. Corben y su cautivo no les llevaban tanta ventaja, y si continuaban avanzando por la noche, costaría trabajo darles alcance al hacerse de día. Y el hecho de que Mia se hubiera unido a ellos constituía otro problema más. Había insistido en acompañarlos. Había vivido toda aquella experiencia con Corben, y pensaba que tenía que llegar hasta el final. Creía que, si se daba el caso, a lo mejor podía ser de utilidad, como mediadora, para llegar hasta él, dado el tiempo que había pasado en su compañía. Y aparte de eso, consideraba que en aquel momento tenía la responsabilidad de hacerlo; su relación con la fórmula era algo que llevaba en la sangre.

Tenía que protegerla.

El pelotón organizado a toda prisa había tomado todo el material que pudo: linternas, antorchas, mantas —en aquellas altitudes la temperatura descendía significativamente al ponerse el sol— y agua. Y al dirigir una última mirada al pueblo antes de que desapareciera detrás de un repecho, le vinieron a la memoria las palabras de su padre. Su padre. Todavía le costaba trabajo hacerse a aquella idea, y sospechaba que aún tardaría un tiempo en aceptarla. Él le había confirmado que, en efecto, el elixir era real. Aquello también iba a tardar en asimilarlo. Y luego agregó la advertencia de que sólo funcionaba en los hombres, pero que la fórmula completa se hallaba en algún lugar de aquellas montañas, y que Corben quería hacerse con ella no para ayudar al gobierno a suprimirla, sino para utilizarla en su propio beneficio personal.

Y aquello no podían permitirlo.

Kirkwood —no, Tom, se corrigió— y sus colegas también deseaban que la fórmula completa le fuera revelada al mundo, pero dicha operación debía llevarse a cabo con sumo cuidado y una planificación muy meticulosa. Iba a suponer una tarea abrumadora darla a conocer a un mundo que no abrigaba la menor sospecha; daría lugar a un cambio sísmico para toda la humanidad, tal vez el cambio más trascendental de la historia. Se verían afectados todos los aspectos de la vida.

No era precisamente algo que conviniera confiarle a un asesino impulsado por motivos despreciables.

Forzaron los caballos todo lo que les fue posible, pendiente arriba por una pista que serpenteaba entre las grietas de la montaña y por pasajes que atravesaban aquellos agrestes picos. Mia se giró para mirar nerviosa el horizonte, donde el sol ya estaba ocultándose por detrás de las cumbres. El camino se hizo más áspero y empinado; el terreno, más inseguro y resbaladizo. Sobre ellos se erguían pinos viejísimos y nudosos, vencidos por incontables décadas de dura intemperie, asidos a paredes verticales de roca que amenazaban con engullirlos a cada recodo del camino. Con todo, siguieron avanzando, los caballos resbalando en los pasos angostos, los guijarros y la tierra suelta saltando ladera abajo bajo sus pies, mientras las últimas luces del día se rendían finalmente a la caída de la noche.

El aire iba enfriándose vertiginosamente conforme ascendían, y Mia sintió que se colaba sin piedad a través de la fina capa de ropa que llevaba puesta. Durante un rato procuró ignorarlo, pero pronto sintió que ya le calaba los huesos. Desdobló la manta que le habían atado precipitadamente a la silla de montar y se envolvió en ella. Con los caballos rezongando a causa de la fuerte pendiente, continuaron subiendo por aquel camino tortuoso e interminable que había tallado la naturaleza a través de la cumbre de la montaña.

Para cuando emergieron por fin por el otro lado, la oscuridad ya estaba firmemente consolidada. Frente a ellos brillaba la luna casi llena, arrojando un resplandor claro y plateado sobre el valle profundo y alargado que yacía abajo. Parecía un enorme charco de tinta negra. Sus confines inferiores estaban ocultos en las sombras, protegidos por un bastión de altos picos tras los cuales se extendía una sucesión infinita de montañas y valles. Mia aguzó la vista e intentó ver adónde los conducía el hijo del *mujtar*, pero se topó con el obstáculo insalvable de la falta de luz. También el chico parecía tener dificultades, y no tardó en sacar un mechero y prender una de las antorchas que habían traído consigo.

El pequeño convoy ralentizó la marcha y comenzó a moverse con más cuidado, bajando por el sendero que descendía suavemente en dirección a una arboleda. Las sombras proyectadas por las ramas desnudas bailaban a su alrededor. Más allá de la llama parpadeante de la antorcha, la quietud se hacía opresiva. No soplaba viento, no había pájaros que cantasen, no se oían campanos de cabras. Nada excepto la respiración trabajosa de los caballos, el soñoliento traqueteo de los cascos y el disparo que cortó el aire y descabalgó de su montura a uno de los aldeanos.

Los caballos se sobresaltaron cuando un segundo disparo acertó en un afloramiento rocoso al lado del segundo aldeano. Éste saltó de su caballo sin conseguir dominarlo y se puso a cubierto detrás de las rocas mientras su yegua salía disparada colina abajo, relinchando furiosamente, y se perdía de vista. Mia se deslizó de la silla de montar y llevó a su montura hacia la relativa seguridad de los árboles.

El hijo del *mujtar* hizo lo propio y se deshizo de la antorcha, que siguió ardiendo de todos modos.

Mia escrutó la oscuridad frente a sí. No logró distinguir dónde se encontraba situado Corben. Se oyeron silbar dos balas más que fueron a incrustarse en los troncos de los árboles, peligrosamente cerca de donde estaban ellos. Corben era un buen tirador; ella ya lo sabía.

De pronto rugió la voz de Corben, surcando el asfixiante silencio:

—Dad media vuelta y marchaos de aquí. No quiero tener que herir a ninguno más de vosotros.

Mia oyó que el *mujtar* iba a gritar algo, pero un golpe seco lo hizo enmudecer y puso fin a su arranque.

—Jim —exclamó Mia—, suéltalo. No van a abandonarlo.

—No voy a hacerle daño —exclamó Corben a su vez—. Cuando tenga lo que he venido a buscar, lo soltaré.

Captó su atención alguien que susurraba a su izquierda, y descubrió que el hijo del *mujtar* y el aldeano estaban hablando. Murmuraron unas cuantas palabras a toda prisa y a continuación salieron sigilosamente de su escondite y se abrieron en un amplio arco. Al pasar junto a Mia, el hijo del *mujtar* le dirigió una mirada de despedida, con un pavor en los ojos que resultó inconfundible incluso bajo el tenue resplandor de la antorcha.

A Mia se le cayó el alma a los pies al pensar que pudiera sucederle algo al muchacho, que se derramara más sangre.

—¡Jim! —instó, gritando a la oscuridad—. Por favor, no hagas esto.

Pero él no respondió.

Él sabía lo que tenía que hacer o no.

Corben vigilaba los árboles con la concentración de un halcón, alerta al menor movimiento procedente del bosque de sombras que lo rodeaba.

La presencia de Mia lo preocupaba. ¿Qué diablos estaba haciendo allí? ¿Es que no se había arriesgado ya lo suficiente? Apretó los dientes y apartó a Mia de su pensamiento. Necesitaba mantener la concentración.

Se habían detenido a pasar la noche —la pista se había vuelto demasiado oscura para continuar— cuando oyó aproximarse a sus perseguidores. No había esperado que los demás vinieran tras ellos aquella misma noche. Se había llevado a uno. Estaba bastante seguro de que eran cuatro en total, incluida Mia. Lo cual quería decir que tenía otros dos hombres armados de que preocuparse.

Aquella circunstancia no lo molestaba de forma particular. Además, siempre era mejor ser el que tenía la posición de superioridad. Iban a tener que obligarlo a salir de su escondite, y eso significaba que tendrían que descubrirse. Lo único que tenía que hacer él era estar preparado.

«Mi reino por unas gafas de visión nocturna», pensó. Y por algo de ropa interior térmica. Se estremeció de frío y procuró no hacer caso. Entonces percibió un movimiento a su izquierda.

Unas pisadas cautelosas, que se dirigían lentamente hacia él.

Los movimientos de un cazador.

Cerró los ojos durante unos segundos para sensibilizar las retinas, después volvió a abrirlos y escudriñó los árboles. Entonces fue cuando oyó el crujido de alguien que pisaba el suelo pedregoso, sólo que esta vez provenía del lado derecho.

71

A Mia le retumbaba el corazón en los oídos mientras se esforzaba por ver algo en aquella brutal oscuridad. Odió dicha sensación. Sabía que pronto iba a haber alguien muerto —una vez más—, y no podía hacer nada para evitarlo.

De repente la noche se iluminó con varios destellos de fuego de pistola y se oyeron disparos que levantaron eco entre los árboles. Mia contó al menos una docena, irregularmente espaciados, diferentes, y después oyó el frenético relinchar de unos caballos que se lanzaron al galope y el repiqueteo de sus cascos que se perdió a lo lejos... y luego el silencio.

Aunque no del todo.

Gemidos.

Quejidos de dolor. Seguidos de gritos, en kurdo.

Lamentos enfurecidos, furiosos, doloridos.

Salió a terreno abierto y echó a correr hacia el origen de aquellos sonidos esquivando troncos de árboles y piedras sueltas, procurando conservar el equilibrio.

El primer hombre con el que tropezó era el otro aldeano. Yacía en el suelo, herido pero todavía con vida. Tenía un balazo en el costado. Sufría mucho y estaba visiblemente asustado. La miró con un gesto suplicante que pedía ayuda, luchando por mantener los ojos abiertos. Cuando Mia se agachó para examinarle la herida, oyó que el *mujtar* lanzaba un alarido y volvió la atención hacia el lugar de donde provenían los gritos. Vio una sombra que se movía entre los árboles y oyó más disparos, y a continuación el chasquido inequívoco de un cargador vacío.

Le indicó por señas al aldeano que volvería enseguida, y entonces oyó que el chico le gritaba algo a su padre. El muchacho tosió violentamente, más una arcada que una tos, lo cual indicaba que estaba malherido. Avanzó reptando, para acercarse a la refriega, y encontró a Salem, el hijo del *mujtar*, tumbado en el suelo. Estaba sangrando por debajo del hombro, y la herida parecía estar peligrosamente cerca de la parte superior del pulmón. Tosió un poco de sangre, lo cual vino a confirmar la posible perforación de pulmón y la gravedad de la misma. El *mujtar* estaba allí también, a su lado, con el rostro contorsionado a causa de la rabia y la preocupación, asiendo un rifle con dedos temblorosos. Lo levantó y apuntó hacia un par de árboles gruesos que se alzaban como a diez metros de él.

—Allí —murmuró, señalando con el rifle, como si estuviera indicando una presa acorralada—. Venga.

Avanzó con cautela, sosteniendo el rifle horizontal frente a sí. Mia siguió sus pasos. Ambos se internaron en los árboles, paso a paso, hasta situarse al otro lado de los dos troncos.

Hallaron a Corben tendido en el suelo, con la espalda apoyada contra el árbol más grande. También estaba herido, en algún punto del torso. Tenía la camisa empapada de sangre y aún sostenía en las manos un Kalashnikov, ya vacío.

Levantó la vista hacia el *mujtar* con ojos cansados. Éste empezó a insultarle con vehemencia y a agitar el rifle con gesto amenazante, y de pronto se puso hecho una furia y comenzó a chillar más fuerte, preparándose para meterle una bala en la cabeza.

Pero Mia se interpuso y se lo impidió, gritando:

—¡No!

El hombre, congestionado, seguía maldiciendo en kurdo, señalando a su hijo herido, acusando al agente caído de ser el culpable. Mia no dejaba de gritar «No» sin parar, una y otra vez, agitando los brazos enfadada, hasta que por fin agarró el cañón del rifle y lo empujó hacia un lado.

—¡Ya basta! —vociferó—. Ya está bien. Está acabado. Tu hijo está herido. Y también otro de tus hombres. Necesitan ayuda.

El *mujtar* bajó el rifle a regañadientes, lanzó una última mirada ceñuda a Corben y afirmó con la cabeza.

Mia observó cómo daba media vuelta y volvía a internarse en las sombras. Entonces se arrodilló junto a Corben y le quitó el AK-47 diciendo:

—Ya no vas a necesitar más el arma, ¿no?

Él asintió sin apartar los ojos de Mia.

Mia examinó la herida. Estaba en el abdomen. Resultaba difícil saber qué daños había causado la bala en el recorrido. Allí había un montón de órganos juntos, y la mayoría de ellos eran cruciales.

—¿Te duele mucho? —inquirió.

—No... demasiado —repuso él con una mueca de dolor.

Fuera cual fuera el órgano afectado —estómago, hígado, riñones, intestinos— era necesario atenderlo con premura. Las heridas de bala en el abdomen eran, casi invariablemente, devastadoras. A juzgar por la intensidad de la hemorragia, Mia calculó que existían bastantes posibilidades de que la aorta no hubiera sufrido daños, pero incluso aunque así fuera, lo único que le quedaba a Corben, si no recibía atención médica pronto, eran unos pocos minutos más de vida de los que le quedarían si la aorta se hubiera visto afectada.

—Hay que llevarte otra vez al pueblo.

Él asintió débilmente, pero la expresión pesimista de aceptación que había en sus ojos indicaba que era consciente de que no llegaría a verlo.

De pronto regresó el *mujtar* a toda prisa. Traía de la mano la rienda de un caballo, uno de los que habían montado Corben y él.

—No hay rastro de tus caballos —balbució—. Éste es el único que nos queda.

Mia escrutó la oscuridad que los rodeaba, y tampoco vio ninguna señal de los otros caballos.

Dejó escapar un suspiro de desánimo.

—Tu hijo necesita atención médica urgentemente. Y el otro hombre, el de tu aldea...

—Shaker, mi primo. Está muerto —la informó el *mujtar* con voz tan tenebrosa como el bosque.

Mia asintió. Sabía lo que había que hacer.

—Llévate el caballo, con tu hijo. Podrás montar con él. Yo me quedaré aquí con Corben.

—No puedo dejarte aquí, así —protestó el *mujtar*—. Podemos subirlo al caballo y llevarlo andando.

—No hay tiempo para eso. Necesita ayuda urgente.

El *mujtar* sacudió la cabeza en un ademán de frustración.

—Tú viniste detrás de mí, para salvarme.

—Entonces, date prisa y ve a buscar ayuda —insistió Mia—. Vamos.

El *mujtar* la miró por espacio de unos instantes, como si quisiera grabarse su rostro en la memoria, y luego asintió.

—Voy a ayudarte a hacer una fogata.

—No, vete. Sé hacerla yo.

El *mujtar* la contempló con unos ojos oscurecidos por el arrepentimiento. Cedió de mala gana, lanzó una última mirada furiosa a Corben y a continuación se fue con el caballo en dirección a su hijo.

Se repartieron las linternas, las antorchas —el *mujtar* iba a necesitar ver el camino de vuelta— y las mantas que lograron recuperar. Momentos después, el *mujtar* ayudó a su hijo a subir a la silla de montar y seguidamente subió detrás de él y, agitando la antorcha por última vez con pesar, se marchó. Mia, sosteniendo en alto una antorcha encendida, lo vio marchar, clavando desesperadamente la vista en su figura, que fue desapareciendo poco a poco hasta que la oscuridad terminó por tragárselo del todo.

72

Examinó nuevamente a Corben. No había gran cosa que pudiera hacer por él, aparte de mantenerlo caliente. Con un frío diferente en los huesos, fue a buscar los cadáveres de los dos aldeanos. Los encontró el uno al lado del otro, sobre el gélido suelo, carentes de toda vida. Le buscó el pulso a cada uno, por si acaso, y sintió que le subía a la garganta una oleada de bilis al pensar en los actos temerarios de Corben. Pesarosa, y con un temblor en las manos, le quitó la chaqueta a uno de los muertos y se la llevó a Corben.

Seguidamente se aplicó a la tarea de encender una fogata. Aún no habían llegado las lluvias del invierno, y las ramas y los palos que recogió estaban secos y quebradizos. Consiguió encender un buen fuego delante del árbol contra el que estaba apoyado Corben y acumuló un montoncito de leña de más para seguir alimentándolo.

Se preguntó cuánto tiempo tardaría en llegar la ayuda. Teniendo en cuenta que habían cabalgado durante cerca de dos horas para llegar a aquel lugar, calculó que transcurriría por lo menos el doble de tiempo hasta que apareciera alguien, probablemente incluso más, dado que tendrían que hacer el viaje entero de noche, y eso suponiendo que en efecto intentaran venir aquella noche y no esperaran a que se hiciera de día.

Sintió que la embargaba una sensación de calidez al pensar en Evelyn y en Tom con melancolía. Sabía que no aguardarían hasta el día siguiente, y aun así, al mismo tiempo, no deseaba ponerlos de nuevo en peligro.

El agotamiento —físico y mental— estaba imponiéndose a los últimos restos de adrenalina que la mantenían activa. Por fin se rindió a él y se tendió en el suelo al lado de Corben. Los dos permanecieron allí en silencio un rato, contemplando la hoguera, escuchando cómo ardía y crepitaba, observando cómo las llamas lamían las ramitas y se enroscaban alrededor de ellas antes de derribarlas y consumirlas.

—Lo último que recuerdo es que salí de casa para ir a tomarme una copa con mi madre —dijo Mia al cabo de un rato—. ¿Cómo es que hemos terminado aquí?

Corben reflexionó unos instantes.

—Por culpa de gilipollas como el *hakim*. Y como yo. —Su voz apagada sonó teñida de arrepentimiento.

Mia se volvió hacia él.

—¿Tanto lo deseabas?

Él se encogió de hombros.

—Es capaz de superar a todo, ¿no? —Hizo una mueca de dolor—. Excepto a una bala en las tripas.

—¿Mataste tú a Faruk?

Corben asintió con debilidad.

—Estaba malherido, pero... sí.

—¿Por qué?

—Por avaricia. Por conservación propia. —Meditó sobre aquellas palabras—. Avaricia, sobre todo. —Luego se volvió un poco de costado para mirar a Mia de frente—. No soy una buena persona, Mia. No me entrenaron para que fuera bueno, sino para que fuera eficaz. Para hacer cosas. Y la verdad es que he hecho bastantes cosas cuestionables, algunas horribles que han sido aplaudidas por mis superiores. —Meneó la cabeza negativamente, con pesar—. Supongo que, ya que estaba en ese camino, decidí hacerlo también para mí mismo.

—Así que mi madre y yo éramos simplemente... ¿qué, útiles?

Corben negó con la cabeza.

—No había ningún plan maestro. Aquello me pilló... a todos nos pilló por sorpresa, y nos vimos absorbidos. Sucede algo, se presenta una oportunidad, y uno intenta aprovecharla. Pero lo último que yo he deseado a lo largo de todo esto ha sido ponerte a ti en peligro, que sufrieras daño. Ésa es la verdad. Y fueran cuales fueran mis motivos, siempre he tenido la idea de rescatar a tu madre, lo antes que fuera posible. Lo cierto es que en mi trabajo la primera lección que aprende uno es que las cosas rara vez salen como uno las ha planeado. —Tosió un poco de sangre y se limpió la boca. Luego miró a Mia—. Si te sirve de algo que te lo diga, yo...

—Sacudió la cabeza, como si prefiriese no decirlo—. Te pido perdón. Por todo.

Justo en aquel momento, se oyó un grito estremecedor que rasgó la quietud de la noche. Era el aullido inconfundible de un lobo. Enseguida respondió otro con otra llamada que reverberó alrededor de ellos.

No era un lobo.

Sino varios.

Nunca cazaban solos.

Mia experimentó una súbita punzada de pánico en las tripas. Volvió los ojos hacia Corben. Él también los había oído.

—Es por la sangre —explicó Corben con un timbre lúgubre, irguiendo la postura—. La han olido.

Otro aullido más perforó la noche, esta vez mucho más cerca.

«Sí que han sido rápidos.»

Mia se incorporó con la vista y el oído atentos.

—Las armas —murmuró Corben—. Coge las armas.

Mia se puso de pie a toda velocidad y tomó un palo ardiendo de la hoguera. Con las piernas todavía un tanto flojas, corrió hacia donde recordaba que había caído el hijo del *mujtar*; le parecía recordar haber visto al *mujtar* dejar allí el rifle del muchacho. Había visto subfusiles junto a los dos aldeanos muertos, pero éstos se encontraban más lejos, y no estaba segura de atreverse a aventurarse tanto.

Avanzó con cautela blandiendo el palo ardiendo a izquierda y derecha, escrutando la turbia oscuridad por si veía a alguno de los depredadores. Su mirada se posó en el viejo rifle de caza, que se hallaba apoyado como un talismán contra el árbol sobre el que se había recostado el chico. Dio un paso hacia él, y en el preciso instante en que alargaba la mano para cogerlo, vio las formas grises que aguardaban en las sombras. Le dio un vuelco el corazón al verlos allí al acecho, con los ojos fijos en ella. Agitó contra ellos el palo ardiendo, con lo cual consiguió que dieran un respingo y retrocedieran un paso, pero no se acobardaron fácilmente, sino que volvieron a avanzar enseñando los dientes en gesto de amenaza, tensando el cuerpo a modo de preparación.

Mia se afianzó y cortó el aire con el palo ardiendo, gritándoles, al tiempo que se acercaba con precaución al rifle. Lo cogió con la mano libre, se sorprendió al notar su peso, y después comenzó a apartarse, siempre de espaldas al fuego, retrocediendo sin dejar de agitar el palo alrededor, como una posesa. Más allá oyó gañidos y rugidos furiosos, y de pronto los tres lobos que la habían amenazado se retiraron y se perdieron en la oscuridad. Mia oyó ruidos frenéticos que indicaban que estaban ocupados en algo, y comprendió que habían descubierto los cadáveres de los aldeanos. Antes de que regresaran a por más, volvió a toda prisa a donde se encontraba Corben. Éste se las había arreglado para ponerse de pie y estaba medio encorvado, de espaldas a la hoguera y con otro tizón en la mano. Mia le entregó el arma.

—¿Y las automáticas?

—No he podido llegar hasta ellas —contestó Mia, temerosa.

Corben examinó el rifle y frunció el ceño. Era una carabina rusa SKS, de las utilizadas antiguamente por el ejército iraquí. Su cargador tenía capacidad para diez balas. Corben creyó haber oído dos disparos que erraron el objetivo, y el tercero le había alcanzado a él, lo cual significaba que quedaban siete tiros, si es que inicialmente estaba con el cargador completo. Palpó por debajo del cañón. La bayoneta, normalmente girada, metida hacia dentro y no extraíble en aquella arma de uso militar, había sido retirada, para consternación suya.

Mia lo estaba observando por el rabillo del ojo.

—¿Qué tenemos?

—Siete disparos, como máximo —la informó él en tono lúgubre.

Pronto se materializaron en torno a ellos las formas fantasmales surgidas de la oscuridad, con los ojos centelleantes por el resplandor del fuego. Se desplegaron alrededor de Mia igual que una legión del infierno, entrecruzándose unos con otros con toda calma, casi como si estuvieran conferenciando entre ellos y trazando el plan de ataque. Abrían las fauces y enseñaban los dientes para amedrentar a sus presas, saltaban hacia delante y volvían a retroceder igual de deprisa, jugando con ellas, poniendo a prueba sus defensas.

Su olor fétido hería el olfato de Mia cada vez que los hostigaba sintiendo un fuerte escozor en los ojos a causa del calor de la antorcha y con la espalda a escasos centímetros de la hoguera, cuyas llamas se le acercaban peligrosamente.

—No vamos a poder contenerlos eternamente —le dijo a Corben—, y son más de siete.

Corben estaba pensando lo mismo.

Había estudiado detenidamente el cerco que formaban, intentando calcular a cuántos adversarios se enfrentaban. Por lo que alcanzó a distinguir, por lo visto eran diez, quizá doce. Al menos aquéllos eran los que se veían en primera fila.

Dio un traspié; hacía mucho que lo habían abandonado las fuerzas, y las piernas le funcionaban con tiempo prestado. Un par de depredadores decidieron presionar un poco más y se lanzaron hacia él con el largo hocico abierto, la lengua babeando con gesto de voracidad y los afilados colmillos relucientes a la luz de las llamas. Él los atacó con el tizón, haciendo un esfuerzo por mantenerse de pie, sintiendo en los oídos los latidos ensordecedores de un corazón sobrecargado. Los lobos esquivaron las llamas fácilmente y retrocedieron con la agilidad del rayo. Como si percibieran la disminución de su fuerza vital, uno de ellos decidió tirarse a matar y saltó sobre él con las uñas y los dientes abiertos de par en par, directos a su cuello. Corben acertó a disparar un tiro que alcanzó al lobo en el aire. El animal dejó escapar un gañido y se desplomó a sus pies igual que un saco de arena. Otro aprovechó aquella oportunidad y dio un salto hacia Corben, el cual lo detuvo de otro disparo. Los demás parecieron momentáneamente espantados por los disparos y las repentinas muertes de sus compañeros, y retrocedieron para replegarse en la oscuridad.

—¿Te encuentras bien? —preguntó Mia con la mirada aún fija en las sombras que los acechaban.

Corben a duras penas conseguía sostenerse en pie y mantener los ojos abiertos. Se sentía como si estuviera hundiéndose en un abismo asfixiante.

—Vamos a necesitar esas automáticas —dijo con voz ronca y los dientes apretados. Sentía una quemazón, mucho más intensa que el calor de la hoguera, que lo abrasaba por dentro—. ¿Dónde está la más próxima?

—Yendo por ahí. —Mia señaló en dirección a los aldeanos caídos—. Pero estaban demasiado lejos para alcanzarlas, ya te lo he dicho.

—No tenemos otro remedio. No pienso enfrentarme a los lobos que quedan con el puñado de balas que hay en este trasto. Y sin ellas, estamos muertos de todas formas. El fuego terminará por apagarse. Acabarán con nosotros por agotamiento, es lo que hacen siempre. Y no sé tú, pero yo no tengo ningún interés en terminar siendo pasto de los lobos.

—¿Qué pretendes hacer? —preguntó Mia con la boca seca a causa del miedo.

—Coge dos palos ardiendo, los más grandes que puedas llevar. Vamos a salir ahí fuera, espalda contra espalda. Ve paso a paso, mantenlos a raya. Si es necesario, haré uso de las balas que me quedan. Si conseguimos llegar hasta una de las automáticas, creo que podremos ahuyentarlos. ¿Qué me dices?

—¿Vas a poder llegar hasta allí?

Corben se secó las gotas de sudor que le rodaban por la cara.

—Jamás me he sentido mejor. —Sonrió—. ¿Vamos?

Mia lo miró a los ojos. Con independencia de lo que hubiera hecho o de cuáles hubieran sido sus intenciones, de todos modos le había salvado la vida a ella en más de una ocasión, y quizás estuviera a punto de salvársela otra vez más. Aquello tenía que contar algo.

—Vamos —dijo Corben impulsivamente, tosiendo un poco de sangre—. Mientras seamos jóvenes —añadió con un brillo sardónico en los ojos.

Mia se inclinó al pie de la fogata y tomó dos grandes ramas ardiendo.

Afirmó con la cabeza en dirección a Corben.

—Ve tú por delante, pero no te alejes de mí —le dijo éste.

El uno con la espalda pegada a la del otro, ambos echaron a andar de costado, alejándose poco a poco del fuego, adentrándose en la oscuridad, agitando las antorchas adelante y atrás para rodearse de un anillo de fuego. Paso a paso fueron aproximándose cada vez más al punto en que había caído uno de los aldeanos. La visión del cadáver siendo despedazado por los lobos atormentó sus debilitadas mentes. Todo a su alrededor, los animales rugían, avanzaban y retrocedían, corrían en derredor, con los ojos llameantes y fijos en sus presas.

Bajo el débil resplandor del fuego, Corben descubrió el cuerpo hecho trizas del aldeano, y no muy lejos de él distinguió el destello del cañón de la AK-47.

—Por ahí —le dijo a Mia modificando la trayectoria, girando hacia el arma que representaba su salvación.

Notaba que las piernas estaban a punto de doblársele, pero les ordenó que aguantasen un poco más, y, haciendo un esfuerzo hercúleo, logró que lo acercaran al arma que descansaba en el suelo.

—Que no se me acerquen mientras examino el arma —acertó a

decir, al tiempo que se agachaba a recogerla. Era como si pesara una tonelada. Dejó escapar un gruñido y la alzó con una mueca de dolor. Afianzó los pies en el suelo y extrajo el cargador, empujó contra el cartucho superior con los dedos y examinó la carga.

—¿Y bien? —preguntó Mia con un tono de desesperación.

—Ya podemos irnos —contestó Corben, que a duras penas conseguía sostenerse en pie. Puso el selector de disparo en semiautomático y se giró a medias para poder verle la cara a Mia. Ella lo estaba mirando con los ojos muy abiertos, nerviosa en vista de lo que los aguardaba.

—Coge éste —le dijo Corben tendiéndole el rifle—. Yo mataré a todos los que pueda, pero si pueden conmigo, tendrás que rematarlos tú con el rifle. El seguro está quitado. No tienes más que apuntar y disparar, ¿de acuerdo?

Mia logró esbozar una sonrisa. Abrió la boca como si fuera a decir algo, pero Corben sabía que no era el momento. Y también lo sabía ella.

Los lobos estaban ya ansiosos, pues percibían que se aproximaba la confrontación definitiva y que la matanza era inminente. Uno de ellos flexionó las patas traseras y se abalanzó contra Corben. Éste apretó el gatillo, y el lobo se sacudió en el aire y cayó muerto al tiempo que los otros se lanzaban en tropel a matar.

Corben disparó varias veces más, girando el subfusil a izquierda y derecha, repartiendo muerte. Todo su cuerpo funcionaba arrastrado por el puro ímpetu, cada disparo lo hacía vibrar por dentro, rebotando contra la espalda de Mia, los dedos agarrotados en una tenaza mortal sobre la culata y el cargador del arma. Uno tras otro los lobos iban cayendo, congelados en el aire como si los hubiera golpeado un martillo invisible o se hubieran estampado contra una barrera de cristal, y sus cuerpos iban amontonándose unos sobre otros, cubriendo el suelo de despojos y sangre.

Cuando sólo quedaban dos lobos a sus pies, la lengüeta del disparador golpeó una recámara vacía y produjo un sonoro ruido metálico.

Uno de los lobos saltó sobre Corben. Éste giró hacia arriba la culata de la Kalashnikov y lo apartó de sí. Pero el animal se enderezó casi de inmediato, como si simplemente le hubiera propinado un cachete con un periódico enrollado. Antes de que pudiera volver para otro ataque frontal, Corben dio vuelta al subfusil en las manos, lo agarró por el cañón, como una hacha, y lo descargó con fuerza contra el lobo una vez, y otra más, arrancándole gañidos desesperados que rasgaron el aire.

—¡Jim! —oyó que gritaba Mia, pero antes de que pudiera girarse fue atacado por detrás por el único lobo que quedaba vivo. Sintió los dientes del animal hundiéndose en su cuello, las uñas clavándose en su espalda.

A todo esto, el primer lobo se recuperó, giró sobre sí mismo y se sumó a la refriega. El subfusil se le escapó de las manos y vio que el suelo se acercaba acudiendo a su encuentro, a medida que él se desplomaba. El dolor que sintió fue surrealista, su cuerpo iba desgarrándose por los cuatro costados, pero él ya había perdido toda sensibilidad, sus neuronas se habían agotado hacía tiempo y ya no eran capaces de transmitir ninguna sensación a su cerebro exánime. No estaba seguro, pero le pareció oír un disparo, y después otro, y otro más, y de pronto cesó todo movimiento sobre él, cesó el vapuleo, y los dientes y las uñas que se le habían hundido en el cuerpo quedaron inmóviles.

Rodó de espaldas y sintió que la luz abandonaba su cuerpo. Vio la vaga forma de Mia gruñendo y alargando la mano hacia las bestias que lo habían destrozado, apartándolas de sí, y después vio su rostro encima de él, que lo miraba con una mezcla de tristeza y horror, unas lágrimas que resbalaban de aquellos ojos y le caían sobre los labios con un sabor salado que resucitaba las células muertas sobre las que goteaban, unos dedos suaves que se movían por su rostro y le retiraban algo de la frente, unos labios que se movían y decían algo que no alcanzó a discernir, un halo hipnotizante de estrellas lejanas que titilaban alrededor de aquel rostro celestial, y entonces llegó a la conclusión de que aquélla era una buena manera de morir, mejor de la que nunca había imaginado para sí o creía merecer. Quizá logró esbozar una sonrisa, pero no tuvo la certeza, y bebió un último sorbo caliente del glorioso elixir que tenía frente a sí antes de que éste se fundiera en la negrura y toda sensación abandonara su maltrecho cuerpo.

Mia permaneció sentada junto al cuerpo de Corben durante largo rato, sin moverse. Le vibraba toda la piel con un temblor que no era capaz de controlar, y sus ojos estaban fijos en la oscuridad, evitando los montones de cadáveres, tanto seres humanos como bestias, que salpicaban el suelo a su alrededor.

Finalmente, al reparar en que la antorcha que aún aferraba en la mano estaba apagándose, se incorporó y dio unos pasos hasta la fogata. Ni siquiera se tomó la molestia de mirar en derredor por si hubiera más lobos, se sentía demasiado cansada y sin fuerzas para ello.

Nada la atacó.

Con las manos entumecidas, avivó el fuego y después se dejó caer al suelo, con la espalda apoyada contra el árbol en el que se había recostado Corben, y se cubrió la cara con las manos.

Aún quedaba mucho para que amaneciera. Había perdido toda noción del tiempo, pero sabía que tenía mucha noche por delante. No le importó. No pensaba irse a ninguna parte. Iba a quedarse allí, clavada en aquel lugar, hasta que alguien, o algo, llegara y la arrancara del sitio.

De pronto se oyó un aullido lejano que rompió el silencio.

Pero no obtuvo respuesta.

La criatura que lo había emitido parecía dolida, como si lamentara las vidas que se habían perdido, el huracán de muerte que había anegado el apergaminado terreno de aquella montaña.

Y entonces las vio.

Unas luces a lo lejos, parpadeando entre los árboles, un lento convoy que venía serpenteando hacia ella.

Se esforzó por ver con más nitidez quiénes o qué eran, pero todavía estaban muy lejos. Desaparecían detrás de un repecho y unos minutos después aparecían de nuevo, ligeramente más cerca. Poco a poco fueron aproximándose, viajando en silencio, en muda procesión. Cuando por fin se hicieron visibles, Mia vio que eran más de uno, a caballo, media docena o tal vez más, portando antorchas ardiendo y lámparas de aceite.

No reconoció a ninguno. No le pareció que fueran de Nerva Zhori, había visto a muchos de los habitantes de aquella aldea en la conmoción que siguió a la explosión del helicóptero. Entonces vio el rostro familiar del *mujtar*, que desmontaba de su caballo y se acercaba a ella con una sonrisa de cansancio y una manta.

Se la echó sobre los hombros y la condujo hasta un caballo que aguardaba, mientras los demás observaban cada uno de sus movimientos con un silencio respetuoso, si bien cargado de curiosidad.

74

Filadelfia, diciembre de 1783

El fuego de la chimenea crepitaba en la sala pequeña pero confortable. Thérésia estaba asomada a la ventana. Caía sobre los árboles una manta de niéve ligera cuyos copos parpadeaban bajo el resplandor difuso de la luna y descendían para posarse suavemente. Sabía que él no iba a volver.

Lo supo ya en el muelle de Lisboa, casi dos décadas atrás.

¿Tanto tiempo había pasado?

Su expresión se relajó en una sonrisa agridulce ante los recuerdos que flotaban en su mente.

Thérésia no quería que Sebastian se fuera, pero sabía que tenía que irse. Aquellos años pasados en Lisboa habían sido los más felices, los más plenos de toda su larga vida: vivir con Sebastian, viajar con él, aprender con él, y, por supuesto, criar juntos al hijo de ambos. No quería que aquello terminase, deseaba con desesperación que Sebastian se quedara, o que se los llevara a Miguel y a ella consigo, pero se dio cuenta de que era imposible. Sebastian tenía que seguir su destino, y ella tenía que velar por la seguridad de su pequeño.

El hecho de que Sebastian la dejara y ella cruzara al otro lado del océano le había aportado paz, tal como él le había prometido. Desde que se asentaron en Filadelfia, nadie los había molestado a ella ni a Miguel, que ahora se llamaba Michael. La Ciudad del Amor Fraterno había hecho honor a su nombre. Los últimos años habían sido turbulentos —como suelen ser las revoluciones—, pero, afortunadamente, Michael y ella habían sobrevivido a aquella agitación, y ahora que se había firmado el Tratado de París, por lo visto ya habían dejado atrás lo peor.

Sin embargo, cuánto tiempo iba a vivir para disfrutar de aquella paz era una cuestión que ahora la atormentaba. Los bultos pequeños y duros que le habían aparecido debajo de los brazos y en el pecho izquierdo la preocupaban. En todo momento se había enorgullecido de su independencia y su buena salud a lo largo de todo el tiempo que duró el conflicto, y desde luego estaba estupenda para lo que una viuda de sesenta años —esa mentirijilla había sido aceptada de buena gana cuando llegó a aquella ciudad— podía estar. Pero desde que descubrió los bultos, todos los días al despertarse notaba un cansancio en los huesos, una falta de aire en el pecho y una pesadez en la cabeza que la abrumaban de manera preocupante. Sabía que la sangre que en la última semana había aparecido cada vez que tosía representaba un mal augurio.

No le quedaba mucho tiempo.

Le gustaría saber qué tal le iba a Sebastian. Imaginó que estaría bebiendo de nuevo el líquido destilado, y sonrió para sus adentros al pensar que estaría poco cambiado en comparación con el recuerdo que tenía de él. Captó el reflejo de sí misma, de su rostro lleno de arrugas, que le devolvió el delgado cristal de la ventana, y deseó que Sebastian tuviera éxito. Qué maravilloso regalo sería eso. Era la misión más digna que podía existir... aunque le costara a ella perder al amor de su vida y a Michael quedarse sin padre.

Vio a su hijo aparecer en la verja y dirigirse hacia la casa. Había crecido y se había transformado en un joven estupendo, que había mostrado un comportamiento admirable durante el conflicto trabajando al lado de su madre en la tarea de servir de enlace con los enviados franceses que estaban contribuyendo al esfuerzo de la revolución contra los británicos. Su talento diplomático y organizativo era evidente, y a lo largo de todo el conflicto su madre imaginó grandes cosas que le tenía reservadas el futuro, en su patria de adopción. Pero a cada día que pasaba, su hijo también le recordaba cada vez más a Sebastian. Lo veía en sus ojos, en su porte, incluso en cosas pequeñas, como el modo de sostener una pluma. Y a medida que el niño se fue haciendo hombre, su madre supo que no podía ignorar lo singular de su origen.

Y tampoco podía ignorar el legado de su padre.

Le había prometido a Sebastian que jamás le contaría al pequeño qué había empujado a su padre a abandonarlos. Sebastian se lo hizo prometer, y en aquel momento Thérésia comprendió que tenía su lógica. Sebastian quería que su hijo llevara una vida normal.

No deseaba que la vida del pequeño se viera secuestrada por un juramento que había hecho él. Era una carga que debía soportar él, no su hijo.

Era una promesa que Thérésia ya no podía seguir cumpliendo. Se lo debía a Sebastian. A su memoria y a su legado. Si había de morir lejos de ella, solo, y en una tierra extraña, ella tenía que intentar cerciorarse de que su muerte no fuera en vano.

En lo más hondo de sí, sabía que Sebastian habría deseado lo mismo.

—¿Madre?

Oyó el ruido que hacía Michael al quitarse las botas y acudir a reunirse con ella en la sala. Thérésia se volvió hacia él, y el dolor que aquejaba sus miembros disminuyó cuando vio el rostro radiante de su hijo. Advirtió la expresión interrogante de Michael al fijarse en ella y vio que el chico bajaba los ojos hacia el antiguo libro de cuero que apretaba su madre contra el pecho, el que lucía aquel extraño símbolo circular grabado en la tapa.

—Tengo que contarte una cosa —le dijo Thérésia al tiempo que lo invitaba a sentarse con ella.

Mia se agitó en la estrecha cama. Unos rayos de sol polvorientos bañaban la estancia que la rodeaba. Sintiéndose todavía cansada y confusa, se incorporó sobre los codos y miró alrededor. La saludaron en silencio unas paredes lisas, con acabado a mano, unos sencillos muebles de roble y unos visillos.

Intentó aclararse la mente, y poco a poco acudió a ella una nube de imágenes borrosas que fueron cobrando nitidez. Recordó haber formado parte de un lento convoy, de haber cabalgado en plena noche, de haber dejado atrás los cadáveres destrozados. Recordó las miradas furtivas de los hombres y las mujeres que la acompañaban, así como las del *mujtar*, que cabalgaba justo delante de ella y no dejó de vigilarla durante todo el descenso por la ladera de la montaña, hasta que llegaron a un pueblo que no reconoció. Recordó haber sido conducida al interior de una de sus casas y sentarse ante una desvencijada mesa de cocina junto a una chimenea, recordó que le ofrecieron una infusión de hierbas caliente que tenía un sabor desconocido para ella, y que el *mujtar* y una pareja de ancianos la observaron con amable curiosidad mientras ella se tomaba la tisana, agradecida.

Se sentía igual que si sufriera una leve resaca, y supuso que debieron de darle algún tipo de sedante, decisión que sin duda fue de lo más acertada. La pesadez de la cabeza comenzó a remitir. Sobre una silla situada junto a la pequeña ventana le habían dejado una prenda interior de algodón y un vestido beis de manga larga, con un delicado bordado en los puños y en el cuello. A su lado, en el suelo, había unos mocasines de piel de oveja. Se lo puso todo, abrió la ventana y empujó la contraventana de madera para sentir el bálsamo del calor del sol sobre su piel cansada.

Se asomó al exterior. El conjunto de casas de baja altura se hallaba ubicado en el fondo de un valle. Eran en parte de adobe y en parte de piedra, y tenían los mismos techos de paja que las del pueblo yasidí. Más allá del pequeño asentamiento se veían campos y cuidados prados de tierras de principios del invierno, que se extendían hasta la falda de las abruptas colinas que encerraban el valle. Mia salió de la habitación y paseó por la casa, pero no vio a nadie. Atravesó la cocina y salió por la puerta. El aire, sorprendentemente, era tibio, muy distinto del frío nocturno que había experimentado en la cumbre de la montaña, y no se oía nada aparte de una ligera brisa que mecía las ramas de los pistachos y los trinos y gorjeos de los pájaros. Aquella profunda tranquilidad contrastaba fuertemente con el caos del día —y la noche— anterior.

Se envolvió con los brazos y echó a andar por un angosto sendero, junto a un par de casas y un granero. En aquella aldea se respiraba un ambiente bucólico y sereno que en aquel preciso momento era sumamente bienvenido. A Mia le recordó una pequeña comunidad Amish, en su sencillez ordenada y segura de sí misma y en su espléndido aislamiento. Se tropezó con una familia —los padres y dos muchachos adolescentes— que estaba descargando leña de un carro tirado por un caballo. Le sonrieron cortésmente y continuaron trabajando. Más adelante por aquel camino de tierra, se topó con dos mujeres que conducían una mula cargada con un cesto de panes. La saludaron con expresión cálida y una breve inclinación de la cabeza, sin detenerse.

Mia siguió andando, disfrutando de aquella serenidad y del aire fresco de la montaña, sintiendo que regresaba a la vida. De pronto oyó voces a su derecha y avistó unas figuras al pie de un pequeño altozano, enfrascadas en una conversación. Vio al *mujtar*, y también a una pareja de ancianos a los que reconoció vagamente: eran los que le habían ofrecido la infusión la noche anterior. Junto a ellos, y para su profundo alivio, se encontraban Evelyn y Webster.

—¡Mamá! —exclamó—. ¡Webster! —Todavía no se hacía a la idea de llamarlo «papá», pero sabía que ya llegaría el momento.

Ellos dos se volvieron y la vieron. Sonrientes, le hicieron señas para que se acercase. Mia echó a correr por el prado y se reunió con ellos. Estaban al lado de una pequeña charca. Se arrojó en brazos de su madre y, titubeante, le dio un ligero abrazo a Webster, recordando que estaba herido.

—¿Cuándo habéis llegado aquí? —les preguntó, exultante.

—Esta mañana, a caballo —la informó Evelyn—. *Kaak* Suleimán —señaló al *mujtar*— ha tenido la amabilidad de enviar una persona a su aldea a buscarnos.

Mia se acordó de que el *mujtar* se había ido a caballo con su hijo herido.

—¿Cómo está tu hijo? —le preguntó en voz baja, esperando lo mejor.

—Vivirá —respondió el *mujtar* con un destello de alivio en sus ojos oscuros—. Vivirá —repitió, como si con aquel mantra ayudara a cerrar el trato.

Mia afirmó con la cabeza. Los desagradables recuerdos de la noche anterior le acribillaron el corazón. Como si se hubiera dado cuenta de ello, su padre hizo que desviara la atención hacia la pareja de ancianos que los acompañaba.

—Éstos son Munir y Ariya —dijo—. Nuestros anfitriones.

—Sus movimientos eran cautos y pausados, e hizo una mueca de dolor al bajar el brazo. Evelyn le tomó la mano y la sostuvo en la suya, en un gesto de apoyo.

La pareja de ancianos sonrió afablemente a Mia.

—Gracias por venir a buscarme anoche —les dijo ésta. Ellos se encogieron de hombros con humildad. Mia percibió una ligera tensión e incomodidad en su actitud, y lo vio reflejado fugazmente en Webster y en su madre. De repente recordó lo que los había llevado hasta aquel lugar en un primer momento, y, con una súbita emoción, se volvió hacia Webster.

—¿Y bien? —le preguntó—. ¿La tienen? ¿Se lo has preguntado?

El valle entero pareció vibrar de ilusión cuando Webster miró con complicidad a los dos ancianos y después la miró a ella, antes de volver la vista hacia la charca.

Mia le siguió la mirada, y por su semblante cruzó una expresión de desconcierto, hasta que por fin comprendió.

—¿Es eso? —preguntó, señalando la charca.

Webster sonrió y asintió.

—Eso es.

La charca no tenía nada de particular, era un estanque poco profundo de agua dulce y turbia. Por toda su superficie crecían racimos de unas plantas delgadas y de hojas pequeñas.

Mia se inclinó para verlas más de cerca.

—¿Qué es?

—Se llama *bacopa* —contestó Webster—. *Bacopa monniera*.

También se conoce como hierba de gracia, lo cual da que pensar que... —Dejó la frase en el aire.

—Nosotros la llamamos *yalnim* —añadió Munir en un inglés sorprendentemente bien pronunciado al tiempo que alargaba la mano para arrancar un tallo y se lo daba a Mia.

Mia pasó los dedos por sus hojas gruesas y brillantes y contempló su flor pequeña y blanca. El corazón le dio un vuelco al sentir una oleada de emoción que la recorrió de arriba abajo.

—¿Y qué pasa con...? —Dudó un instante y los miró, con la pregunta clave atascada en la garganta. Entonces se volvió hacia Webster y le preguntó—: ¿Sebastian estaba en lo cierto? ¿Funciona con... todo el mundo?

Webster le sostuvo la mirada, y con una chispa de satisfacción infinita en los ojos, asintió con calma.

Tomaron asiento alrededor de la pequeña mesa de la cocina y se dispusieron a dar buena cuenta de una comida que preparó rápidamente Ariya a base de gachas de maíz, queso, pan y aceitunas. Mia se esforzó mucho en apartar la concentración de las preguntas que se arremolinaban en su cabeza y obligarse a comer, porque sabía que su cuerpo lo necesitaba.

Pero no fue fácil.

Se encontraba en el umbral de un mundo nuevo.

El *mujtar* le había contado a Munir lo que Webster le había dicho al *hakim* en la tumba de Sebastian. Relató cómo Webster y sus socios habían protegido el secreto. Le contó que Webster era el nieto de Sebastian. Todo aquello dejó tranquilo a Munir, por lo menos lo suficiente para explorar por sí mismo el relato de Webster.

—La sociedad secreta que se reunía en las cámaras subterráneas de Al-Hilá —preguntó Evelyn—, ¿qué sabes de ellos?

—Eran antepasados nuestros —respondió Munir—. Ahí fue donde comenzó todo, en el sur de Iraq, hacia mediados del siglo XI.

»Un científico-filósofo poco conocido, de nombre Abu Fares Al-Masbudi, que había estudiado bajo Ibn Sina, Avicena, antes de trasladarse a Kufa, fue el que hizo el descubrimiento. Los pantanos del sur de Iraq tenían abundancia de bacopa, y había viajeros de la India que habían hablado de que los habitantes de aquella zona llevaban siglos utilizándola, pero no en aquel preparado. Eso despertó su curiosidad.

Webster vio la pregunta que bailaba en los ojos de Mia.

—Es como lo que estuvimos hablando de la aspirina —le dijo—. Si se mastica un pedazo de corteza de sauce, no surte el mismo efecto. Es un complicado proceso químico, pero todo empieza con esa planta.

Munir afirmó con la cabeza.

—Al-Masbudi empezó a tomarla él mismo, y creyendo que era meramente un tónico para la salud, se la administró también a su esposa y a dos colegas suyos y sus mujeres. Al cabo de varios años de tomar el elixir, todos empezaron a notar los efectos del mismo. Se dieron cuenta de sus ramificaciones y formaron la sociedad secreta a la que te refieres tú, con el fin de hablar de lo que debían hacer con el elixir, si debían darlo a conocer o no. Tienes que recordar que en aquella época el mundo era un lugar muy distinto. Todo el mundo afirmaba perseguir descubrimientos asombrosos, pero existía una delgada línea de separación entre experimentar con algo y ser tachado de brujo y expulsado, o algo peor.

—Hemos estudiado lo que dejaron escrito —dijo Evelyn mirando a Webster—. ¿Tenían alguna conexión con los Hermanos de la Pureza?

—Uno de los colegas de Al-Masbudi pertenecía a esa hermandad —confirmó Munir con un gesto que indicaba que estaba impresionado—. Debatían si debían o no revelar su descubrimiento a los Hermanos, pero al final decidieron guardárselo para ellos hasta que tuvieran la seguridad de que los gobernantes no iban a hacer un mal uso de él. En aquella época, Iraq se encontraba bajo el poder del califa Al-Qa'im, y sufría casi tantos desórdenes como hoy en día. Los seljúcidas suponían un importante desafío para las dinastías abásidas que ocupaban el poder. A mis antepasados les preocupaba que si entregaban el secreto al califa podían ser asesinados, con lo cual el califa tendría en sus manos la capacidad de conceder una larga vida a quien él escogiera y convertirlo en un dios viviente. De modo que no revelaron nada y esperaron, reuniéndose en secreto, tomando como modelo a los Hermanos, hablando y debatiendo cómo se podía hacer que funcionara un mundo nuevo en el que los seres humanos vivieran más tiempo.

»A medida que fueron transcurriendo los años, fue inevitable que la gente empezara a hablar. Y mis antepasados descubrieron que tenían que mudarse a otros pastos e iniciar una vida nueva. Migraron hacia el norte. Con el tiempo, se asentaron en territorio yasidí

—presentó sus respetos al *mujtar* con una leve inclinación de cabeza— y por fin aquí, en este remoto valle.

—Y cuantos más años vivían, más difícil les resultaba encontrar la manera de dar a conocer el secreto —observó Webster, más que preguntar.

Munir afirmó con la cabeza.

—Hasta hace muy poco, se consideró casi imposible hablar del asunto con nadie más. Nuestra idea ha sido siempre que todo el mundo debería tener acceso al secreto, o bien éste debía permanecer oculto. Pero durante varios siglos el planeta entero estuvo gobernado por aristócratas que se servían a sí mismos y dictadores despiadados. Entre los hombres no existía la fraternidad, la democracia verdadera. Existía la esclavitud. Existían las guerras provocadas por la vanidad o la codicia. Unos pocos controlaban a muchos. Aunque no se podía decir que los muchos fueran mejores. Daba la impresión de que el hombre hallara placer en causar dolor a sus semejantes, en hacer todo lo posible para elevarse por encima de los demás a costa de éstos y sin tomar en consideración el dolor y el sufrimiento que dejara a su paso. Y nosotros sabíamos que algo como esto serviría tan sólo para distorsionar dicha ecuación y dar poder a los instintos más oscuros del ser humano. Así que la cuestión que se planteó fue la siguiente: ¿merece el hombre vivir más tiempo, o eso simplemente le permitiría infligir más dolor a sus semejantes?

—No creo que se pueda juzgar a todo el mundo con el mismo rasero —replicó Webster—. Hay muchas personas buenas.

—Es posible —concedió Munir—. Tú lo sabes mucho mejor que nosotros. Pero podrás entender nuestra reticencia. Por lo visto, la avaricia y el egoísmo son las motivaciones principales de la humanidad.

—¿Y cómo sabíais todas estas cosas del mundo exterior —preguntó Mia—, viviendo en este valle tan aislado?

—Esto no es como la isla de Utopía. Siempre hemos vivido escondidos. Y además, no éramos muchos. Sabíamos que si queríamos sobrevivir teníamos que mezclarnos con la gente del exterior. De modo que decidimos (el pequeño círculo de custodios, si se quiere) turnarnos para salir de este valle y viajar. Siempre lo hemos hecho así. Nunca nos llevábamos el elixir con nosotros, sino que se quedaba aquí. Recorríamos tierras, observábamos cómo evolucionaba el mundo. Regresábamos trayendo libros y tratados para enseñar a los demás. Y esperábamos. De vez en cuando nos tropezábamos con alguien excepcional, alguien que estábamos convencidos de que sería un fuerte aliado, que quizá pudiera ayudarnos a averiguar cómo salvar los obstáculos a los que nos enfrentábamos en nuestro deseo de compartir nuestro secreto con el resto del planeta. Hubo un caballero, durante las Cruzadas, que impresionó a mis antepasados en ese sentido. —Munir se volvió hacia Webster—. Y otro fue tu abuelo.

Webster parecía estar estudiando a Munir, realizando un cálculo mental.

—No —sonrió Munir, como si le hubiera leído el pensamiento—, yo no lo conocí. Aún no había nacido. Pero mi padre sí. Aquí se le recuerda con cariño.

—¿Cómo dio con vosotros? —inquirió Webster.

—Nosotros lo encontramos a él —repuso Munir con ojos sonrientes—. Estaba en Damasco. Había estado preguntando por el Ouroboros, buscando libros que llevaran ese símbolo. Mi padre oyó hablar de él y se puso a buscarlo. Y lo trajo aquí. Iba a ayudarnos a propagar la noticia. Estaba lleno de energía y optimismo, no le daban miedo las fuerzas que habría que vencer. Pero aquel invierno cayó enfermo de fiebres tifoideas. No quería morir aquí, insistió en intentar volver con su esposa... aunque ella se encontraba a varios continentes de distancia.

Mia lo miró con expresión de asombro.

—Y en todos estos años, ¿habéis logrado mantener el secreto? ¿Nadie se ha ido de aquí y lo ha desvelado?

—Este lugar es muy pequeño —apuntó Munir—. La gente, sobre todo la gente joven, necesita salir a explorar el mundo. Así que nosotros no se lo decimos a nadie. Algunos se marchan y no vuelven más. Otros regresan y se traen consigo a sus seres queridos. De modo que esperamos. Y observamos. Una vida de moderación no resulta necesariamente adecuada para todo el mundo, pero cuando nos damos cuenta de que esa persona ha llegado a una etapa de su vida en la que se contenta con lo que puede ofrecerle este valle, un valle en el que se siente satisfecha trabajando la tierra y disfrutando de nuestras sencillas costumbres, un valle en el que no se sentirá frustrada por las limitaciones de esta vida aislada, entonces y sólo entonces invitamos a esa persona a entrar en el círculo de los custodios, a compartir el secreto, a disfrutar de sus beneficios y a protegerlo.

Mia se reclinó en su asiento mientras en su cerebro bullían un sinfín de posibilidades. Miró a Webster, y a Evelyn. Ambos le estaban viendo en la cara lo que estaba pensando. Su padre le hizo un breve gesto de asentimiento. Se volvió hacia Evelyn, la cual también le estaba telegrafiando su aceptación.

Entonces alzó la mirada hacia el anfitrión, y con el corazón en un puño le preguntó:

—¿Podemos ayudarte nosotros a dar a conocer esto al mundo?

Munir se giró hacia su esposa, y hacia el *mujtar*. Éste lo miró fijamente por espacio de unos segundos y luego sonrió con benevolencia.

—¿Tú crees que el mundo está preparado para conocerlo?

—No estoy segura de que vaya a estarlo nunca —contestó Mia—. Pero si se hace como es debido... no veo por qué no podemos intentarlo.

Munir sopesó aquellas palabras y después asintió.

—Vamos a hacer lo siguiente. Regresad a vuestro mundo. Poned vuestros asuntos en orden. Aseguraos de que no os van a echar de menos durante un tiempo. Luego regresáis y os quedáis una temporada con nosotros. No tenemos prisa, podemos hablar las cosas con detenimiento. Y luego, si estamos todos de acuerdo, tal vez podamos conseguirlo juntos.

Mia miró a sus padres.

—¿Qué decís vosotros?

Evelyn puso cara seria.

—Tenemos que asegurarnos de que la clínica del *hakim* quede clausurada y de que se ponga en libertad a todo el que todavía esté encerrado en ella. —Se volvió hacia Webster.

Éste asintió.

—Desde luego. Pero después de eso —se giró hacia Mia con ojos llenos de ilusión y orgullo—, creo que todos tenemos que ponernos al día en muchas cosas.

Mia sonrió, sospechando que para eso iban a disponer de tiempo de sobra.

Nota del autor

Para cumplir nuestro verdadero destino, no hemos de guiarnos por un mito de nuestro pasado, sino por una visión de nuestro futuro.

MARK B. ADAMS, hablando de la biología visionaria
de J. B. S. HALDANE

En el momento de escribir este libro, no existe nada que se haya demostrado que ralentice o detenga el proceso de envejecimiento en los seres humanos. Ésa es la cruda realidad. Pero se puede demostrar que los científicos están realizando progresos significativos en la tarea de descubrir por qué envejecemos y por qué morimos. Dichos progresos se deben en gran medida al cambio de enfoque —el «cambio de paradigma»— que se describe en este libro. En lugar de limitarse a estudiar los «síntomas» del envejecimiento y a averiguar cómo hacerles frente, cómo aliviarlos, como ir poniendo parches a nuestro cuerpo conforme va deteriorándose en lo que los «defensores de la muerte» consideran un descenso ineludible, preestablecido y hasta noble hacia la decrepitud, actualmente estos «defensores de la longevidad» están intentando descubrir por qué se produce el envejecimiento y cómo interrumpir del todo dicho proceso, y se atreven a creer que el envejecimiento, al igual que el cáncer y las enfermedades cardiovasculares, podrá vencerse finalmente, y que vivir más años y con más salud no sería mala cosa.

Los científicos que trabajan en este campo se enfrentan a una tarea hercúlea. No sólo tienen que contender con el problema científico más desconcertante al que jamás se ha enfrentado la humanidad, sino que también tienen que lidiar con el prejuicio que va asociado con el terreno de la medicina de la longevidad, así como con el feroz debate ético que los engulle a cada paso. Los que se encuentran en la vanguardia de este campo, el más difícil, el más discutido y el que más merece la pena de todos —Aubrey de Grey, Tom Kirkwood, Michael Rose, Cynthia Kenyon, Leonard Guarente, Bruce Ames y Barbara Hansen, por nombrar sólo a unos pocos—, son dignos de aplauso y estímulo. Uno de ellos podría hacer —y muy posiblemente hará— un descubrimiento en algún momento del futuro que consiga nada menos que definir de nuevo la humanidad. Este libro también va dedicado a ellos.

Para aquellos que sientan interés por saber más sobre este tema, recomiendo que empiecen por Bryan Appleyard y su nuevo libro, muy concienzudo y sumamente legible, titulado *How to Live Forever or Die Trying* [«Cómo vivir eternamente o morir en el intento»]. También les recomiendo encarecidamente *The Fountain of Youth* [«La fuente de la juventud»], una colección de ensayos enormemente inspirados editada por Stephen Post y Robert Binstock. Otra lectura muy recomendable sobre este tema es *En busca de la inmortalidad*, de Jay Olshansky y Bruce Carnes.

También recomendaría echar un vistazo a la visión de Sherwin Nuland sobre las teorías de Aubrey de Grey en su artículo «Do you want to live forever?» [«¿Quiere usted vivir eternamente?»], que encontrará en la página web *Technology Review* del MIT, a la que se puede acceder mediante *www.technologyreview. com*. Asimismo, en la dirección *www.futurepundit.com* hay un estupendo archivo sobre el envejecimiento que se actualiza con regularidad.

El viaje de Mia a Beirut para trabajar en el proyecto fenicio tiene una deuda de gratitud con Rick Gore y su interesantísima cobertura de la obra de Spencer Wells y Pierre Zalloua, en la que intentan situar los orígenes de los fenicios. A quien tenga interés, recomiendo que visite *https://www3.nationalgeographic.com/genographic* para encontrar el proyecto Genographic de *National Geographic*. Incluso se puede participar y solicitar un análisis de nuestros orígenes personales.

En lo que se refiere a las partes históricas de este libro, es mucho lo que se ha escrito —y elucubrado— acerca del conde de St. Germain. En el siglo XVIII abundaban los cifrados, y cientos de años después su nombre sigue conservando su mística. No hay duda de que existió, tal como lo atestiguan incontables cartas y diarios de esa época escritos por diplomáticos y aristócratas. Por ejemplo, mencionan que «entendía a la perfección las hierbas y las plantas, y había inventado las medicinas de las que constantemente hacía uso y que le prolongaban la vida y la salud». No obstante, hay una gran parte de su leyenda que se sustenta en lo que se considera uno de los grandes engaños literarios, los *Souvenirs de Marie-Antoinette*, supuestamente escritos en el siglo XIX por la condesa de Adhemar y que fueron un éxito de ventas en su época. ¿Fue St. Germain un místico, un poseedor de grandes secretos, un ser iluminado; en palabras de uno de sus contemporáneos, «el más enigmático de todos los seres incomprensibles»? ¿O fue simplemente un brillante charlatán, un hábil estafador que sabía cautivar y engañar a los crédulos aristócratas que lo rodeaban?

Sin embargo, se sabe mucho más sobre Raimondo di Sangro. A favor del relato, me he tomado unas cuantas libertades en cuanto a su vida, pero si el lector va alguna vez a Nápoles, le recomiendo encarecidamente que visite la *Cappella San Severo*, con sus misteriosas esculturas veladas, su extraña iconografía y las inquietantes «máquinas anatómicas» que montan guardia frente al laboratorio que alberga su sótano.

Desde Gilgamesh hasta St. Germain, y aun hasta Aubrey de Grey y los incansables pioneros que trabajan para resolver el más cruel de todos los acertijos, el anhelo de quedarse aquí y experimentar más de la vida es tan viejo como el hombre, y valga la redundancia. No sólo vivimos la vida siendo conscientes de lo inevitable e inminente de nuestra muerte, sino que además somos la única especie que tiene conciencia —y soporta la carga— de que un día morirá. Siendo conscientes de ello, lo lógico es que deseemos resistirnos. Y por muchos obstáculos y escollos que nos interpongan los «defensores de la muerte», en última instancia prevalecerá dicho empeño. En algún momento del futuro, la fragilidad y la senilidad se postergarán de modo significativo, tal vez indefinidamente.

Y no sé ustedes, pero yo opino que sería genial conocer a los nietos de mis hijas y disfrutar de la suficiente forma física para enseñarles a montar en bicicleta.

Agradecimientos

Tengo que empezar por dar las gracias a mi esposa Suellen, por haber tenido la generosidad de compartir conmigo a Mia, Evelyn, Corben y el resto del variopinto grupo de invitados en casa que invadieron nuestra vida a lo largo del año pasado.

Lo bueno que puedo ofrecerle es que con la publicación de este libro ya se han ido todos. Lo malo es que acaba de llamar otro grupo nuevo que ha llegado al aeropuerto, y ya viene de camino a casa.

Hubo varios amigos que generosamente compartieron conmigo sus ideas y su tiempo mientras escribía esta novela, y por las aportaciones que me hicieron, y que dieron forma al libro en detalles pequeños y grandes, quisiera dar las gracias (sin ningún orden en particular) a Mahfouz Zacharia, Nic Ransome, Raya y Carlos Heneine, Joe y Amanda McManus, Richard Burston, Bruce Crowther, Bashar Chalabi, Tamara Chalabi, Alain Schibl, el doctor Amin Milki y Lauren Klee, así como a mi familia: mis padres, mi hermano Richard, mi hermana Doris y mi tía Lillian.

También quisiera dar las gracias a mis sagaces y pacientes editores, Ben Sevier y Jon Wood, sin olvidarme de Mitch Hoffman, que hizo de guía de este libro en los primeros días. Sin ellos y sin el resto de los estupendos equipos con los que he tenido la suerte de trabajar (ya por segunda vez) en Dutton y en Orion, no sería posible nada de esto, y me siento profundamente agradecido por la consumada capacidad y el apoyo continuo de todos los que trabajaron para que este libro llegara a estar en las manos de nuestros lectores.

Y por último, pero no por ello menos importante, tengo que mencionar a mi superequipo de la agencia William Morris. Eugenie Furniss, Jay Mandel, Tracy Fisher, Rafaella De Angelis y Charlotte Wasserstein: me descubro ante vosotros. Muchas gracias a todos.